御製

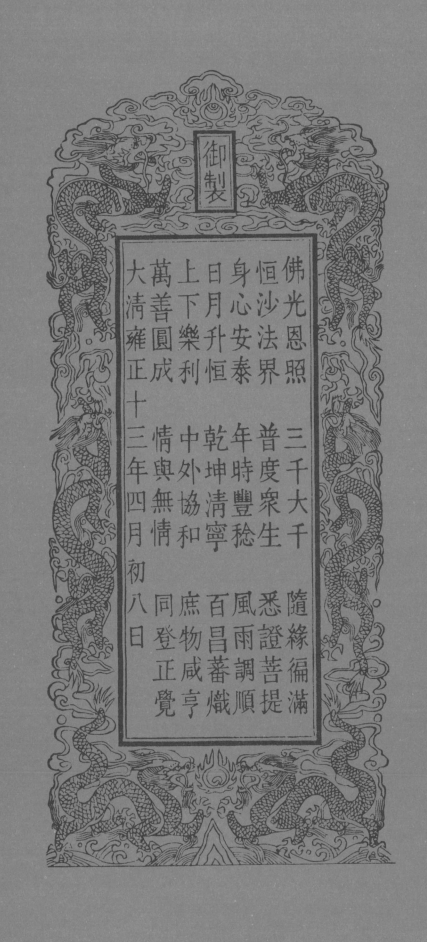

佛光恩照　三千大千　隨緣徧滿
恒沙法界　普度衆生　悉證菩提
身心安泰　年時豐稔　風雨調順
日月升恒　乾坤清寧　百昌蕃熾
上下樂利　中外協和　庶物咸亨
萬善圓成　情與無情　同登正覺
大清雍正十三年四月初八日

第一一四册　此土著述（四）

續高僧傳

唐釋道宣撰

清刻龍藏佛說法變相圖

續高僧傳卷第二十七

唐　釋道宣撰

感通篇中 本傳三十九人 附見四人

釋僧安不知何人戒業精苦坐禪講解時號多能齊文宣時在王屋山聚徒二十許人講涅槃始發題有雌雉來座側伏聽僧若食時

出外飲啄日晚上講依時赴集三卷未了遂絕不至衆咸怪之安曰雉今生人道不須怪也武平四年安領徒至越州行頭陀忽云往年雌雉應生在此徑至一家遥喚雌雉一女走出如舊相識禮拜歡喜女父母異之引入設食安曰此女何故名雌雉耶答曰見其初生髮如雉毛既是女故名雌雉也安大笑爲述本緣女聞涕泣苦求出家二親欣然許之爲講涅槃聞便領解一無遺漏至後三卷茫然不解于時始年十四便就講説遠近咸聽歎其宿習因斯躬勸從學者衆矣

香闍梨者莫測其來以梁初至益州青城山飛赴寺欣然有終志時俗每至三月三日必往山遊賞多將酒肉共相酣樂前後勸喻曾未能斷後年三月又如前集例坐已了香令人於座穿坑方丈人莫知意謂人曰檀越等恒自飲噉未曾與香今日爲衆須飡一頓諸人爭奉肴酒隨得隨盡若塡巨壑識者怪之至晚曰我大醉飽扶我就坑不爾污地及至坑所張口大吐雞肉自口出即能飛鳴羊肉自口出即馳走酒食亂出將欲滿坑魚鯉鵝鴨游泳交錯衆咸驚嗟誓斷辛殺迄今酒肉永絕上山此香之風德也益州別駕羅研朝梁誌公謂曰益州香貴賤答曰甚賤初不謂是人也誌曰既爲人所賤何爲久留研亦不測此語爲有識者説之或曰將不指青城香闍梨乎遂往山具述香曰檀越遠來固非虛説其夜便化弟子等營墓將殯怪棺太輕及開止見几杖而已

益州多寶寺猷禪師者婪道人姓楊氏勤讀

誦四十餘年日夕不捨房後院壁圖九想變露置繩床樓被覆上晝依僧例夜則寢中亘一日方出一食如是漸增七日方食僧以為常弗之怪也如此又經二十餘年忽經一月而不出者不畜侍人僉議不出紙是入定不勞看之忽一夜風雨盛晝壁廊倒旦共往視試撥樓被一無所見唯繩床坐褥存焉

釋僧度不知何人去來邑野略無定所言語出沒時有預知號為狂人周趙王在益州有郫人與王厚便欲反時有告者王未信之至旦郫兵果至王厚者為主在城西大街方床大坐時僧度乃戴皮靴一隻從城西遺糞而走至盤陀塔棄靴而迴眾怪之而莫測也又復將反者將紙筆請度定吉凶便操筆作州度兩字反者喜曰州度與我斯為吉也擇曰往亡我往彼亡重必剋之時趙王據西門樓令精兵三千騎往始交即退隨後殺之至盤陀斬郫兵千餘為京觀今塔東特高者是於後方驗度戴皮相皮郫聲同遺糞而走散於塔地所言州度徒各切反即斫頭目前取驗定後人聞於王遣人四追遂失所在

釋衛元嵩益州成都人少出家為亡名法師弟子聰頴不偶甞以夜靜侍傍曰世人洶洶貴耳賤目即知皂白其可得哉名曰汝欲名聲若不佯狂不可得也嵩心然之遂佯狂漫走人逐成羣觸物摛詠周歷二十餘年亡名入關移住野安自制琴聲為天女怨心風弄亦有傳其聲者甞謂兄曰蜀土狹小不足展懷欲遊上京與國士抗對兄意如何兄曰當今王褒庾信名振四海汝何所知自取折辱

答曰彼多讀書自爲文什至於天才大略非其分也兄但聽看即輕爾造闕爲無過所乃著俗服關中却迴防者執之嵩詐曰我是長安于長公家人欲逃往蜀耳關家送送至京于公曾在蜀忽得相見與之交遊貴勝名士靡所不詣即上廢佛法事自此還俗周祖納其言又與道士張賓密加扇惑帝信而不猜便行屛削嵩又制千字詩即龍首靑煙起長安一代立是也並符識緯事後曉之隋開皇八年京兆杜祈死三日而蘇云見閻羅王問曰卿父曾作何官曰臣父在周爲司命上士王曰若然錯追可速放去然卿識周武帝不答曰曾任左武侯司法恒在階陛甚識王曰可往看汝武帝去一吏引至一處門窻椽瓦並是鐵作於鐵窻中見一人極瘦身作鐵色著鐵枷鎖祈見泣曰大家何因苦困乃爾答曰我大遭苦困汝不見耳今得至此大是快樂祈曰作何罪業受此苦困答曰汝不知耶我以信衛元嵩言毀廢佛法故受此苦祈曰大家何不注引衛元嵩來帝曰我尋注之然曹司處處捜求乃遍三界云無不見若其朝來我暮得脫何所更論卿還語世間人爲元嵩作福早來相救如其不至解脫無期祈蘇不忘具事勸起福助云

釋尚圓姓陳廣漢洛人出家以呪術救物梁武陵王蕭紀宮中鬼怪魅諸婇女或歌或哭紛然亂舉王乃令善射者控弦擬之鬼乃現形即放箭射鬼便遥接還返擲人久而不已聞圓持呪請入宮中諸鬼競前作諸變現龍蛇百獸倏忽前後在空在地怪變多端圓安

坐告曰汝小家鬼何因敢入王宮能變我身則可自變萬種秖是小鬼可住聽我一言諸鬼合掌住立圓始發云南無佛陀鬼皆失所自爾安靜武帝聞召大蒙賞遇值梁覆擾圓行至蜀所有痛惱因之護衛年八十一終所住治城今已摩滅

釋法行者不知何人即論法師之神足也論本住玉泉煬帝隆重見於別傳行性素不倫言多卓異或居山谷時入市鄽每往清溪路由覆船頂見泉流茂木乃顧曰十年之後當有大福慧人營搆伽藍及智者來儀果成先告又嘗往當陽城執竹弓射之後有山賊圍城如所前相然每出異言云梁休咎宣帝惡之令追將戮隨使至馬抗不前曰吾償命於此地尋有使至隨致命盡遂斬之而無有血臨終説諸要偈辭理切附不可具載皆述業報不可逃避及戮訖逡巡間屍靈遂失僕射蕭瑀行至四望山因禪師所爲宣帝懺曰先人殺聖人罪者禮悔之餘願爲及也傳曰以爲後梁纘曆勢不超挺孤守一城傍被禦衛有何榮荷隨妄造愆故斬聖人望延厚祚所謂前望失於後途不久追入流離關壞無辜之責誠不可欺

釋道穆松滋人性愛山林初入荊州神山將事巖隱感迅雷烈風震山折木神蛇繞床羣虎縱吼穆心安泰然都無外想七日一定蛇虎方隱方登山遠眺其山東依浚壑西顧深流有終焉之志山神變形謝過云是田伯王也來請受戒及施法式諸毒潛亡祭祀絶於羶辛祈澤應時雲雨如此衛候不一例可知

也居山三十餘載名聲及遠遊遁之賔咸歸向請沙門則僧展僧安高士則劉虬車綴叙言命的無爽風聲梁湘東王蕭繹欽德經過於挂錫之所建臺一區立碑叙徹簡文爲頌立碑在於山頂及穆將終欣於觀遠乃行至山峯而卒春秋七十矣

釋智曠姓王本族太原中居徐部厥考後住荆州新豐縣母初將孕夢入流浴童子乗寳船來投便覺有娠及生長敏而重行梁大清初喪亂無像元帝當辟曠少勇壯招募壯士隨軍東行未幾淪陷深悟虚假遂不婚娶專求離俗初值巾褐誘以神仙先受符籙次陳章醮便問此術能致道乎答曰籙既護身章亦招貨曠曰斯乃保兹苦器便名道耶又請度世法乃示斷粒必到玉清七日便飛至期不應道士曰爾猶飲水致無有赴次更七日口絶水飲道士又曰爾夜尚眠致無感耳又更七日常坐不臥三期屢滿靡尅昇天而氣力休强遠近驚異後值高僧授戒爲佛弟子德行動人漸示潜迹江陵張詮者二世眼盲曠曰爾家塜内棺枕古井移墳開甓必獲禳焉因即隨言瞽者見道請求剃落衆咸憚之便伐薪施僧空閑静慮又言澗有古鐘可掘出懸寺仁州刺史謂爲詭惑鞭背百下無慘無破便送出臺拘在尚方有力者試以八尺械懸來捶膝傍觀謂言糜碎而曠容既無撓肉亦無痕獄吏云承居士能忍飢便絶食七日身色如故市衢見行驗獄猶有方委分身梁宣大定三年從人乞草屩今夜當急行及三更合城火發四門出人不泄燒殺七千曠

在獄引囚二百安步而出年將不惑始蒙剃落進戒以後頭陀州北四望山去此地福德方安天子去城六十猛獸所屯初止以後馳弭床側每夕山隅四燈同照士俗雲赴奄成華寺後宣明二年平顯二陵皆在寺前驗於往矣至於梁元覆敗王琳上迫後梁國移並預表剪有一宰鴨而爲齋者鴨神夜告便曰何有殺牲而充淨供自爾便斷曾度夏水徒侶數十欲住不可欲去無從前岸兩船無人將至曠笑而舉聲呼之船自截流直到遂因濟水誡以勿傳又於咸陽造佛迹寺有牛産犢出首還隱已過信次母將離弋僧告曠知惻答曰此犢是寺居士侵用僧物今來償債其羞不出牛毋無他因執爐呵誡犢子疾當償報何恥生乎應言便出故神異莫徵不可備載以開皇二十年九月二十四日終於四望開聖寺春秋七十有五自尅終期天香滿室合寺音樂西南而去未亡二年預云終事示如脾痛問律師曰阿那含人亦有疾不未答間自云報身法然及遷神後手屈三指仁壽元年永濟寺僧法貴死而又穌見閻羅王放還正值曠乘宮殿自空直下罪人喜曰三果聖僧來救我等所造八寺咸有靈奇或涌飛泉時降佛跡隨慧日道場法論備見若人爲之碑頌廣彰德行

涪州相思寺無相禪師者非巴蜀人不知何來忽至山寺隨衆而已不異恒人其寺在涪州上流大江水北崖側有銘方五尺許字如掌大都不可識下有佛迹相去九尺長三尺許蹈石如泥道俗敬重相以一時渡水齊返

還無船乃鉢安水中曰何爲常拏汝汝可自渡水便取芭蕉葉搭水立上而渡鉢隨後來須臾達岸時採樵者見之相語覺知已便辭去徒衆苦留不住至水入船諸人禮請不與篙檝乃捉船舷直爾渡水不顧而去即令尋逐莫測所往

釋童進姓李綿州人昔周出家不拘禮度唯樂飲酒謂人曰此可以灌等身也來去酣醉遺尿臰穢衆共非之有遠識者曰此賢愚難識會周武東征云須毒藥勑瀘州營造置監吏力科𢮦採藥蝮頭鐵猩蔄根大蜂野葛鴆羽等數十種釀以鐵瓮藥成著皮衣琉璃障眼方得近之不爾氣衝成瘡致死藥著人畜肉穿便死童進聞之往彼監所官人弄曰能飲一盃豈非酒士進曰得一升解酲亦要官曰任飲多少何論一升便取鐵杓於藥瓮中取一杓飲之言讜自若都不爲患道士等聞皆來看進又舉一杓以勸之皆遠走避或曰此乃故殺人何得無罪進曰無所苦藥進自飲有誰相勸乃噫曰今日得一醉卧方石上俄爾遺尿所著石皆碎良久睡覺精爽如常爾後飲酒更多食亦逾倍隋初得度配等行寺抱疾月餘而終年九十餘弟子檀越等終後檢校衣服床褥皆香絕無酒氣

富上者莫測何人恒依益州淨德寺宿埋一大笠在路晝日坐下讀經人雖去來不喚令施有擲錢者亦不呪願每於靜路不入鬧中狀如五十雖在多年過無所獲有信心者曰城西城北人稠施多在此何爲答曰一錢兩錢足養身命復用多爲陵州刺史趙仲舒者

三代之酷吏也甚無信敬聞故往試騎馬直過伴隋貫錢富但讀經目未曾顧去遠舒令取錢富亦不顧舒乃返來曰你見我錢墮地以不曰見問曰錢今何在曰見一人拾將去舒曰你終日在路唯乞一錢豈有貫錢在地而不取者見人將去何不止之答曰非貪道物何爲浪認仲舒曰我欲須你身上袈裟富曰欲相試耳公能將去復有與者可謂得失一種即疊授與仲舒下馬禮謝曰弟子周朝人官歷三代大與衆僧往還少不貪者聞名故謁本非惡意請往陵州富曰大善然貧道廣欲結緣願公助國安撫即是長相見受供養也舒辭歎曰毛中有人不可輕慢爾後不見益州人蒯相者從揚州還見之亦埋笠路側顏狀如常

釋明恭住鄭州會善寺昔在俗是隋高下犳騎與伴三人膂力相似而時所忌帝深慮以事除之作兩裹餅陷一餅裹一具生鹿角一餅裹五升鹽俱賜食之並盡其噉鹽者出至朝堂腹裂而死恭啟鹿角全無所覺厭俗出家住會善寺其力若神不可當者曾與超化寺爭地彼多召無賴者百餘人來奪會善秋苗衆咸憂惱恭曰勿愁獨詣超化脫其大鍾塞孔以乾飯六升投中水和可噉一手承底一手取噉須臾並盡仍取大石可三十人轉者恭獨拈之如小土塊遠擲于地超化既見一時驚走又隋末賊起周行抄掠先告寺曰明當兵至可辦食具并大猪一頭寺無力制隨言爲辦至時列坐鋪莫食具恭不忍斯負拄杖會所與賊言議賊先讓食恭乃鋪餅數

十安猪裹之從頭咬拉須臾並盡賊衆驚伏恭召爲護寺檀越羣賊然之故會善一寺隋唐交軍絶賊往來恭之力也又曾山行虎猪交鬪猪漸不如恭語虎曰可放令去虎不肯便一手捉頭一手攝尾抛之深谷斯氣力也說多難信而實有之恭戒潔貞嚴常依衆食所敢如恒人一食有值機候便敢二百人料衆但深訝莫知其所由武德五年終於本寺春秋八十五時會善有客遊沙彌口作吴語厨下然火乾竹大如臂兩指折而燒之恭時怪訝亦以指折而不得沙彌出後恭抱厨柱起以沙彌衣置礎上柱壓之沙彌來求衣不得見在柱下欲取不得恭笑爲捧柱取衣此亦難可思者

釋法進蜀中新繁人在俗精進不敢辛腥在

田農作以鏵刃爲鍾磬步影而齋有送食晚便飲水而已所犂田地不損蟲蟻一時空中聲曰進闍梨出家時到如是四五聲合家同聞進因詣洛口山出家行頭陀不居寺舍時隋蜀王秀聞名知難邀請遣叅軍郁九間長卿往便將左右十人辭王曰承有道德如請不來當申俗法王曰不須威逼但以理延明當達此長卿出郭門顧曰今日將你輩往兜率天請彌勒佛亦望得何況山中道人有何不來初至吉陽山下日暮見虎道蹲命人射之馬皆退走欲投村恐違王命俄見一僧負襆上山長卿命住爲伴餘從並留步至寺所召入至床又見虎在床下怖不自安進遣虎出具述王意雖有答對而怖形于相狀進曰檀越初出郭門一何雄勇今來至此一何怯

惲長跏頂禮默然因宿至旦令先往益貧道後來行至望鄉臺顧視進行已及即與同見王入內受戒即日辭出所獲䞋施一無所受令往法聚寺停王顧諸佐曰見此僧令寡人毛竪戒神所護也後更召入城王遥見即禮進曰王自安樂進自安樂何爲苦相惱亂作無益之事耶諸僧諫曰王爲地主應善問訊何爲訶責進曰大德畏死須求王意眼見惡事都不諫勉何名弘教進不畏死責過何嫌乎雖盛飾床筵厚味重結而但坐繩床麤餅而已乃至妃姬受戒但責放逸不念無常又辭入山重延三日限滿便返諸清信等咸設食而邀之至時諸家各稱進到總集計會乃分身數十處焉有時與僧出山赴食欻爾而笑人問其故曰山寺淨人穿壁盜蜜耳及還果如所說斯事非一旦述之耳初王門師慈藏者爲州僧官立政嚴猛㲉衣香花少闕加捶僧衆苦之而爲王所重無敢諫者以事白進請爲救濟答曰其威力如此豈能受語耶苦請不已進造藏房門藏走出謂曰法門未可如是爾亦大力也還返入房蜀人以大甚爲大力自此藏便息言僧由此安以開皇中卒山年九十六

釋道幽代州者闍寺僧善解經論仁壽中於寺講婆伽般若并論聽衆百餘人日午坐繩床如睡見一天人殊爲偉異自云我是釋提桓因故來奉請在天講經初聞介介情不許之以畏死答云爲造佛堂未成事有不可眠覺向侍者如法師述之如曰此事罕逢人生終死死時不知何道今得生天則勝人也開

通法利天解勝人何得不往佛堂事中功德不足及言幽從之不久又如前夢依如天請天帝乃以少香注幽手中尅時來迎及覺見掌中有香氣熏一寺自後如前說法下講至廊下床上諸僧遥見香煙充滿床側驚怪來看幽執香爐正念蟬蜕而去于時寺外道俗望見雲氣從寺而出如一段雲騰空直上飄飄而没

襄州禪居寺岑闍梨者未詳何人住寺禪念爲業有先見之明而寺居山藪資給素少粒食不繼岑每日將坩入郭乞酒而飲又乞滿坩可三斗許將還在道行飲達寺坩亦空竭明日復爾在寺解齋將篤坩就厨請粥三升仍挂杖頭入衆以杖打僧頭從上至下人別一擊日日如是人以其卓越異常或疑打已

災散不辭受之岑將粥入房舊養䴙犬一頭并一寺内鼠乃有數千每旦來集犬鼠同食庭中塥滿道俗共觀一時失一鼠岑悲惋無聊必是犬殺便告責犬犬便銜來岑見懊惱以杖捶犬將鼠埋已悲哀慟哭寺僧被鼠嚙衣及箱以告於岑岑總召諸鼠各令相保一鼠無保岑曰汝何嚙人衣杖捶之鼠不敢動令爲寺貧便於講堂東北白馬泉下灤中迁記其處爲厨庫某處爲倉廩人並笑之經宿水縮地出如語便作遂令豐渥又遥記云却後六十年當有愚人於寺南立重閣者然寺基業不虧鬪訟不可住耳永徽中恰有人立重閣由此相訟如其語焉

丹陽通闍棃者住天保寺唐貞觀末年已八十氣力休健儀容率素常服納衣衣厚一寸

綫如指大以用鉄納極清潔誦法華經市中乞食所得不異流俗得錢財修補寺舍其寺大堂梁時所立朱砂汚灑塗之極厚唐初善禪師鍍大銅像須水銀就梁刮取所用充足餘趾猶赤是知昔人爲福竭於所貴不以爲辭如不用者昔物何在其寺基郭補修所須云有古鎮國金可取治護乃於寺北四十步依言掘得十斤用盡得三十斤便曰地下大有更取殺人於是便止後輒自營土窟於寺北擬終事時未之驗也不久告僧云尋常命終須有付囑引諸財物指訂囑授極有分明經三日而神氣爽健而云將去忽不知所在便就窟視之門已塞開一小孔在上撮卧氣已終矣年九十餘

京師西北有廢凝觀寺有夾紵立釋迦舉高丈六儀相超異屢放光明隋開皇三年寺僧法慶所造捻塑纔了未加漆布而慶忽終同日寶昌寺僧大智又終經三日穌說云初去飄飄若乘風雨可行百里乃見宮殿人物華綺非常又見一人似若王者左右儀仗甚有威雄頃間見慶來而面有憂色又見大像謂殿上人曰慶造我未了何爲令死其人遽而下殿拜訖呼階下人曰慶合死未答云命未盡而食盡彼曰可給荷葉而終其福壽言已失像及慶所在時即問凝觀寺僧云慶公死來三日所造丈六一夕亦失達曙方見時共嗟怪言詳未訖人報云慶穌活衆咸往問與大智說同自爾旦旦解齋進荷葉六枚中食八枚凡欲食時先以煖水沃令耎濕方食之周流遠近率諸士女以成其像依像懺禮無

奕晨昬以大業初卒春秋七十六近如雍州渭南人單道琮者云永徽五年因患風儀容改異差後味諸飲食咸皃唯敢土飲水時俗命為人蟺今周行告乞可年四十餘

釋德山姓山氏莫測何人忽棄妻子入山修道鬚髮不暇削衣食不暇給唯息緣靜念為得性也人莫知其觀行視其相狀如得定者時遊化竹林龍池開悟道俗以清簡為本每云煩亂之法道俗同弊故政煩則國亂心煩則意亂水清則魚石可見神清則想倒可識學清簡者尚自諠煩況在亂使焉可道哉後入馬鞍山每多毒蛇噬人必死然山來往都不為害諸餘僮侍晨夕所行一無所懼曾蹋被嚙山以水洗之尋爾還復後還天柳山夏坐樹下人來山所逢虎迫逐便入繩床下虎蹲床前山曰床下佛子肉味可勝貧道耶即脫衣以施虎屈起而永去後其小子於山訪獲山曰爾來何為曰久不奉見生死不知故來定省山曰汝去各自覓活更來與杖去後數年又來山取杖欲捶之兒却住曰闍黎遇兒如他人他人可受打耶山大笑曰吾不打爾者必更來敗我道意遂長去山年九十餘終於山谷舍時益州草堂寺旭上者不知何許人少居草堂唯以禪誦為業餘無所營蜀土尤尚二月八日四月八日每至二時四方大集馳騁遊遨諸僧忙遽無一閑者而旭端坐竹林泊然寂想瓶水自溢爐香自然諸人城西看了相從叅之旭儼然不動等同金石三日之後方復如常四衆敬而異之故覲如朝日之初出同共目之為旭上也年九十八

釋道悅姓張荆州昭丘人十二於玉泉寺出家受戒安貧苦節尤能持念大品法花常誦爲業隨有經戒日誦一卷人並異之初智者入於玉泉未有鐘磬於泉源所獲怪石一片懸而擊之聲響清徹悅於此寺每誦卷通扣磬一下聞者肅然且其誦聲如清流激韻聽者忘疲所以幽明往者屢有祥感一時患水腹脹如鼓更無餘求唯念般若一夜正誦經次腹忽如裂水出滂流及試手尋洪腫頓消病忽失所斯所謂轉障輕受者也昔朱粲賊擾唯悅守山盜來求減以惠給餘更重取煮而不熟慙而返之他日又來將加害命悅坐地不動曰害吾止此吾欲自見寺舍取盡遂放令引路行數步又坐曰吾沙門也非引路之人浮幻形骸任從白刃賊奇其高尚也送還本寺悅一生不衣蠶衣唯服麻布漢陽王至山覩悅風儀秀眉蘊服請受戒品又遺厚供一無所受王作大布三衣一襲以奉之因問何不著繒帛耶答曰蠶衣損命乖忍辱之名布服儉素表慈悲之相王曰仲由不恥夫子見稱沙門慈忍固其然也悅步影而食少差虛噉食留一分以資飛走沉泳之屬故慈善所熏或飛來肩上或浮泊手中雖衣弊服而絕無蚤虱時又巡村乞虱養之誡勿令殺悅居山五十餘年春秋七十二矣終於巖所永徽中有人於青溪見一僧擎錫跣足自云般若師言已不見然生存常誦般若故人咸號焉

釋慧耀姓岐襄陽人少沉密訥言敏行人共重之受具後歷遊訪道至鄭川命師所又往

衡岳思師所咸伏膺請益觀用清明思公於衆曰公於實相觀善有玄趣居山數年値思長往欲絶迹武當以希素尚行至巴丘曰此地禪律罕聞可隨行化有江陵導因道懿法師聞志焉相攜西上居導因寺積十四年不出戸庭惟味禪靜及智顗返鄉歎爲故鄉不乏賢友足爲模楷遺法也因是道俗稍來禮謁耀杜門密行不偶時俗以仁壽二年暮告人曰吾不願惱此衆僧欲往内華寺可以閑放衆固留不許至三年二月有疾見思命二師來迎至三月六日跏坐直身而卒年七十九遂葬於内華未終前寺中三十餘人咸夢寶刹傾倒及明異口同音而說之昔日導因今天皇寺是也見有栢殿五間兩厦梁右軍將軍張僧瑶自筆圖畫殿其工正北盧舍那相好威嚴光明時發殿前五級亦放光明祥徵休咎故不備述由此奇感聊附此焉

釋道辯齊人住泰山靈巖寺居無常所遊行爲任經史洞達偏解數術以大業年中來遊襄部年過七十又與同邑僧神辯相隨杖策登臨眺望山水多所表詣如曾聞見行至禪居寺南嶺望云此寺達者所營極盡山勢衆侶繁盛清肅有餘如何後銃於前起閣寺僧非唯寡少更增諠諍相接曾未經涉恰如其言於是盤遊諸寺備陳勝負莫不幽通前識鑒徹精靈又至諸墓亦陳休咎有士俗忘姓名去者請爲圖其墳塋巡歴峴原示其一所曰此中安墓足食豐財入地三尺獲粟一升又深一丈獲石二片五彩交映斯曰財縁依言掘鑿果獲粟石遂行卜葬至今殷有襄州

有袁山松者博覽經誥時號儒宗聞辯學廣
故來尋造以楊子太玄王弼易道用相探賾
辯曰楊王道術未足研尋可賜愚徒無聞智
者松勃然變色笑辯抑揚辯曰公學未周信
其前述可除我固當爲指歸便引太玄經云
又於玄象偏所留心曾不寢卧夜便露視審
宿度之所次察孛彗之光景便告人云吾昔
於裕法師所學觀七曜告余云晉朝道安妙
於此術人雖化往遺文在焉其所注素女之
經最爲要舉恨失其本如何得之時有一僧
偶然獲本請爲披決辯得欣然即爲銷摘此
僧茫昧情猶夢海遂以惠之辯曰安目彌天
誠非虛稱學統彌綸數術窮盡此雖四紙文
綜無遺要約包富靈臺斯盡于時月臨井宿
便云事在西楚可告道俗宜營水備不盈兩
夕漢江大漲汎溢襄邑城隍將没預見之明
其類若此所得財物並用市金將事合丹擬
延其壽人告來盜不可行之便云盜假遁甲
六丁吾明此術常以月朔加氣何得相欺吾
不畏也以義寧年與神辯南遊嶺表不知所
往

釋慧琳姓薛綿州神泉人以隋初隱於建明
寺清虛守靜與物不羣寺有塑像常在供養
像爲生鬚三十六枚大業末年掃一古墳豎
二竹竿云是天眼後忽拔一云弘農揚爲魔
所拔也不久義寧嗣曆有時著複衣夏坐墳
上日雖炎赫身無熱狀口雖涉道形同於俗
言談之次以理居先雒縣先有育王浮圖琳
忽一時歷村借車三百乘云欲向雒縣迎浮
圖於此安置未經旬日遂被火燒武德年中

潛伏草野人莫知也彼有楊祜師不測何人直往草中相見曾生未面宛若舊朋各云別來八百年矣曾爲人呪病得差病者令女賷裙以施女遂留衣送直琳遥見謂曰但將裙來我不須錢女驚其聖以貞觀四年示從物故

釋洪滿姓梁安定人在俗年十五遇時患雙足攣躄常念觀音經三年忽有僧執澡罐在前立不言問曰師從何來答曰以檀越常喚所以來滿扣頭問曰弟子往何罪報今施此攣躄僧曰汝前身拘縛物命餘殃致爾汝但閉目吾爲汝療之滿隨言冥目但覺兩膝上各如拔六七寸丁却既了開目將欲謝恩失僧所在起行如故滿乃悟是觀音因爾精誠誓不妻娶後忽自通禪觀安坐不動乃經三日七日者開皇初元變俗從道住救度寺大業融併入居法海貞觀十三年卒春秋八十三矣

釋慧聰姓王出家已後遊行齋講手不釋卷尋經旨趣心自欣躍苦形節食行知足行自云法華經常不輕菩薩不專讀誦經典但行禮拜四衆尚得六根清淨我何爲不禮諸佛世尊即於別院閉門常禮萬五千佛依經自唱一一禮之寺僧怪其所作於壁隙伺之見禮拜頭下天龍八部等亦頭下數數非一諸人來其院者無不心戰走出恒聞異香蔚蔚爾及死在貞觀年中院絶人往每夜常聞彈指禮拜行道等相

釋法通姓關京兆鄠人小出家極尫弱隨風偃仆似任羅綺由是同侶頗輕之通輒流淚

一朝對觀音像慨慷曰通聞菩薩聖鑒所顧尅從乞垂提誘免斯輕侮因斯誦觀音經晝夜不捨後歲餘歸本生覲母旦食訖假寐於庭樹下少間口中涎沫流液向有三升母以爲物忤遽呼覺問何事如此通曰向見有人遺三驢䭾筋通噉始一驢爾呼遂覺餘二失之自爾覺身力雄勇肌膚堅鞕密舉大木石不以爲重寺有僧戲者膂力之最通竊取袈裟安在柱下戲初不見謂是神鬼所爲通笑爲舉梁抽取戲大駭服有大石臼重五百餘斤通於南山負來供僧用今見在貯水施禽鳥隋高祖重之有西蕃貢一人云大壯在北門試相撲無得者帝頗惡之云大隋國無有健者召通來令相撲通曰何處出家人爲此事必知氣力把手即知便喚彼來通任其把捉其人努力把捉通都不以爲懷至通後捉總攬兩手急搦一時血出外潰彼即蟠卧在地乞命通放之曰我不敢殺捉恐你手碎去於是大伏舉朝稱慶京邑弄力者聞而造之通爲把豆麥便碎倒曳車牛却行當時壯士命爲天力士也煬帝末避亂隱南山乃負一具磑并犢子大神通也未幾丁母憂出山歸葬事了返山雖力兼百夫未曾忤物精誠節約時輩推之以武德初卒春秋五十六

釋慧因姓張清河武城人昔依賢法師後以雅志卓然衆所推伏欲屈知寺任遂巡於蜀川詢求禪律訪無夷險必徃叅請唐運大通自蜀而返于時州别一寺但三十僧因即其一持維志節終始無忘後爲開聖本寺去荆五十餘里山藪曠迥阻絶風煙乃獨止此山

草庵蘭若二十餘載四遠咸依昔智者遺言今宛符會貞觀十九年大旱而寺石泉獨無有竭乃自負水外給飛走由斯獲濟江陵令盧行餘承聞往之索水飲馬因負而給之行餘謂少頗出恚言便遣馬就寺俄值羣猪來路人無敢犯後有二人寺北竊食辛肉虎來擁遶哮吼將噉其人得急逃竄無方因聞往救虎乃潛退斯戒德慈明爲若此也法華一部毗尼戒本行往常誦未忘心口年七十五卒於本寺

釋法施姓江武當人少而弘直神智難測形無定方出處不滯遊巴陵顯安寺娑羅樹下宴嘿而人亦莫之顧也依荆南記云晉永康元年僧房床下忽生一樹隨伐隨生如是非一樹生逾疾咸共異之置而不剪旬日之間植柯極棟遂移房避之自爾已後樹長便遲但極晚秀夏中方有花葉秋落與衆木不殊多歷年稔人莫識也後外國僧見攀而流涕曰此娑羅樹也佛處其下涅槃吾思本事所以泣耳而花開細白不足觀採元嘉十一年忽生一花形色如芙蓉樹今見在此亦一方之奇迹也隋末喪亂稱兵非一蕭銑時爲羅縣令施拊背指巴陵城曰此天子城也後果王之米極平賤施識深藏人不測其言於後米斗直萬五千飢餒者衆如此記授來事若指諸掌趙郡王伐僞梁銑問今事如何施遺雙銅筯銑曰令我同矣遂舉衆歸化百姓咸賴其德弘矣嘗於江陵北頭陀虎來牀側人來語虎曰佛子閉目虎即低頭閉目斯遇猛獸如家犬者斯人在斯誦勝天王一部靜念

出觀誦而美之而精進牢强越於常伍後潛
形高邁
釋慧岸者未詳何人面鼻似胡言同蜀漢往來市里默言無準人不之異武德三年科租至岷州程期甚促蜀人初不聞謂在天外人有僦購科索萬錢轉更驚急謂往鬼國被去者皆爲死計散費資糧爲不行之計岸於新繁市大笑曰但去必見歡喜捉頁租拗折數枚衆人去至鹿頭道逢勑停此前言之驗也武德六年輒復悲泣不能自禁曰誰能見煩惱因没水求死衆人爭入水接之乃端坐水底巳卒卒後其年亢旱不收疫死衆矣
釋法運姓鄧荆州長林人姿容挺秀有拔羣之美至於筭曆五行洞其幽致傳述楚二晦星以運爲一也後值智曠禪師誨以出俗之資便削除俗玩剃髮入道修學禪要志樂閑寂別於開聖西北起一道場如常觀行不隔昏曉嘗誦七佛呪等救濟無不輒應隋末虎暴摩頂曰天下正亂百姓遑遑汝可遠藏莫爲他猒及八營賊主楊道生承名迎接安置供給蕭銑次立又加奉敬所獲施物即入悲敬二田又於州內別置道場號爲龍歸精舍銑乃請問興亡答曰貧道薄德不得久爲善友時不測其言也不久趙郡王恭泝游兵至又加頂謁兵又東下圖像隨身又留一影令運慈屬允所謂道德之感動也嘗有信心士女晨夕供施妖邪鬼怪見必迴心社廟神祇悉來歸戒以武德中化往春秋六十葬於開聖寺智曠禪師塔側
貞觀年中遼西柳城靺鞨名帝示階者年十

八時逃入高麗拾得二寸許銅像不知何神明安皮袋中每有飲噉酒肉拔出祭之逢高麗捉獲具說我是北邊靺鞨不信謂是細作斫之三刀不傷皮肉疑是神人問有何道術荅曰無也唯供養神明而已乃出示之曰此我國中佛也因說本末看像背上有三刀痕遂放之令往唐國彼大有佛事可諮問也其人得信在懷深厭俗綱今在幽州出家大聰明有儀止巡講採聽隨聞便解有疑録出以問者皆深隱遠思者難之

釋智顯住遼州護明寺少出家戒操貞峻立操耿介勇銳居懷聞川聞見莫不高賞專務坐禪人不知其所詣隋末賊起川原交陣相推不已動經旬朔顯於兩陣以道和通往返彌時俱隨和散合郡同嘉敬而重之後與道俗十餘行值突厥并被驅掠顯遂隱身不見後訪得問云我念觀音不值賊有同學在箕山守靜獵者奪糧頓盡顯遠知之使人送米其通幽解網非可究也而任吹虛舟無所拘礙每有苦處輒往救拔是知大悲攝濟隨方利生雖行位殊倫而心馬靡異不測其終

釋法聰姓陳住蘇州常樂寺初負表周遊法席參詣隨聞雖曉然未本意意在息言然言爲理詮事須博覽不著爲本無得虛延如灰除垢灰亦須淨後往金陵攝山栖霞寺觀顧泉石僧衆清嚴一見發心思從解髮時遇善友依言度脫遂誦大品不久便通又往會稽聽一音慧敏法師講得自於心蕩然無累貞觀十五年還杭蘇等州開導集衆受道者三百餘人自爾華嚴涅槃相續二十餘遍貞觀

十九年嘉興縣高王神降其祝曰爲我請聰法師受菩薩戒依言爲授又降祝曰自今以往酒肉五辛一切悉斷後若祈福可請衆僧在廟設齋行道又二十一年海鹽縣鄱陽府君神因常祭會降祝曰爲我請聰法師講涅槃經道俗奉迎旛花相接遂往就講餘數紙在又降祝曰蒙法師講説得稟法言神道業障多有苦惱自聽法來身鱗甲内細蟲噉苦已得輕昇願道俗爲我稽請法師更講大品一遍乃不違之顯慶元年冬謂弟子曰吾不久捨報可施諸禽鳥而恒講不輟後講於高座上麈尾忽墮而終春秋七十一矣

釋僧明者不知何人在五臺娑婆古寺所營屋宇二十餘間守一切經禪誦爲業自云年十七時從師上五臺東禮花林山訪文殊師利至一石谷漸深見有石臼木杵又見兩人形大無影眉長披髮眼瞼上掩師便頂禮請救其人曰汝穀皃小遠從何來答昭果寺僧習禪樂道隱在娑婆已數十年然食五穀願眞人救苦報曰待共衆議須臾更一人來長大著樹皮衣云汝來已久可逐我至寺行大石側忽見山谷異常廊院周遶狀若天宮有十四五人同坐談笑問所來方言議久之送出後重尋失路還遵舊業定以貞觀十六年卒八十一矣今娑婆寺二甎塔存

釋明隱者少習禪學次第觀十一切入在中臺北木瓜谷寺三十年唯以定業餘無所懷又往佛光山寺七年又住大孚寺九年志道之徒相從不絶道俗供事塡委山林永徽二年代州都督以昭果寺僧徒事須綱領追還

寺任辭不獲免龍朔元年十月卒於此寺端坐熈怡如在久定其五臺山有故宕昌寺甘泉美岫往而忘返有僧服水得仙身如羅縠明見藏府骨髓武德年末行於山澤今村中父老目者十餘人說之五臺山者斯爲神聖所憩中臺最高所望諸山並下上有大泉名曰大華傍有二塔後諸小石塔動有百千云是孝文從北恒安至此所立石上人馬大跡儼然如初從中臺東南三十里至大孚靈鷲寺南有花園前後遇聖多於此地有東西二道場中含一谷西北上八里許有王子燒身塔寺元是齊帝第三子性樂佛法思見文殊故來山尋如其所願燒身供養因而起塔所將內侍劉謙之於此寺中七日行道祈請文殊既遇聖者掩復丈夫曉悟華嚴經義乃造華嚴論六百卷今五臺諸寺收束猶有三百許卷近龍朔中主上令會昌寺僧會賾兩度將功德物往彼修補塔尊儀與五臺縣官同往備見聖迹異香鐘聲相續不絕

釋法空者不知何人隋末任鴈門郡府鷹擊郎將時年四十欻自生厭離見妻子家宅如牢獄桎梏志慕佛法情無已已總召家屬曰吾爲爾沉日久矣旦夕區區止是供給可各自取計吾自決矣便裹糧負襆獨詣臺山飢則餐松皮柏末寒則入穴苫覆專思經中要偈亦無所叅問時賊寇交起追擊攸歸府司郡官所在追掩將至禁所正念不語志逾慷慨跏坐不動不食不息已經五日守令以下莫不驚愕因放之任其所往一坐三十餘載禽獸以爲親隣妻子尋獲欲致糧粒空曰吾

厭俗爲道以解脫爲先自今以往願爲善知識非爾纒縛吾何解之更不須相見於是遂絶幽居日久每有清聲召曰空禪如是非一空知是自心境界以法遣之後遂安靜初學九次以禪用乃明終爲對礙遂學大乘離相有從學者並以此誨之不知所終

釋明濬姓孫齊人善章草常以金剛般若爲業永徽元年二月十二日夜暴死心上暖周時方穌說云初有二青衣童子將至王所問一生作何業濬答但誦金剛般若經王曰不可言師可更誦滿十萬遍明年必生淨土弟子不見師也還令二青衣送至寺濬自爾精苦倍百逾厲至二年三月卒寺衆咸聞異香云

釋明解者姓姚住京師普光寺有神明薄知才學琴詩書畫京邑有聲然調情敞怳頗以知解自傲於諸長少無重敬心至於飲噉不異恒俗會龍朔之中徵諸三教有能觀國者策第賔王解因此際往赴東都策第及之行次將仕乃脫袈裟吾今脫此驢皮預在人矣遂置酒集諸士俗賦詩曰一乘本非有三空何所歸云云不久病卒與友僧夢曰解以不信故今生惡道甚患飢渴如何不以故情致一食耶及覺遂列食於野祭之又夢極慙愧云云又下夢於畫工先來同役者曰我以不信敬生處極惡思得功德無由可辦鄉舊與相知何爲不能書一兩卷經耶又遺其詩曰

握手不能別　撫膺聊自傷　痛矣時陰短
悲哉泉路長　野風驚晚吹　荒隧落寒霜
留情何所贈　惟斯內典章

畫工不識書令誦十八遍已便去遂覺向諸僧俗説之嗟乎明解可惜一生妄存耶我自陷千載斯謂徒生徒死大聖豈虛言哉貞觀中洛州宋尚禮者薄學有神明好爲謠詭詩賦罷縣還貧無食好乞貸至鄴戒德寺貸粟數與不還又從重貸不與之因發憤造慳伽斗賦可有十紙許加飾莊嚴慳態時俗常誦以爲口實見僧輒弄亦爲黄巾所笑及禮將死謗毁自當兩目圓赤見者咸畏呼嗟擾攘少時而絶

釋法沖字孝敦姓李氏隴西成紀人父祖歷任魏齊故又生於兖部沖幼而秀異傲岸時俗弱冠與僕射房玄齡善相謂曰丈夫年不登五品者則共不仕爲逸人矣沖年二十四果爲鷹揚郎將遭母憂讀涅槃經見居家迫迮之文遂發出家心聽涅槃三十餘遍又至安州暠法師下聽大品三論楞伽經即入武都山修業年三十行至冀州貞觀初年下勑有私度者處以極刑沖誓亡身便即剃落時嶧陽山多有逃僧避難資給告窮便造詣州宰曰如有死事沖身當之但施道糧終獲福祐守宰等嘉其烈亮冒網周濟乃分僧兩處各置米倉可十斛許一所徒衆四十餘人純學大乘并修禪業經年食米如本不減一所有五六十人纔經兩日食米便盡由不修禪兼作外學沖告曰不足怪也能行道者白毫之惠耳蓋利由道感還供道衆行殊道業理固屢空于時逃難轉多復弊霖雨無處投止山有大巖猛獸所居沖往詣巖穴告曰今窮客相投可見容不虎乃相攜而去遂咸依之

仍聽華嚴等經及難解重至安州有道士蔡子晃者閑習內外欽狎僧倫道俗盛集僧寺乃令晃開佛經沖曰汝形同外道邪術纏懷苟講佛經終歸名利我道俗無名要惟釋子身既在此畢不得行早可識機無悔於後晃聞默然逡巡而退爾時大衆歎曰護法菩薩斯其人哉沖以楞伽奧典沉淪日久所在追訪無憚夷險會可師後裔盛習此經即依師學屢擊大節便捨徒衆任沖轉教即相續講三十餘遍又遇可師親傳授者依南天竺一乘宗講之又得百遍其經本是宋代求那跋陀羅三藏翻慧觀法師筆受故其文理克諧行質相貫專唯念慧不在話言於後達磨禪師傳之南北忘言忘念無得正觀爲宗後行中原惠可禪師創得綱紐魏境文學多不齒之領宗得意者時能啓悟今以人代轉遠紕繆後學可公別傳畧以詳之今叙師承以爲承嗣所學歴然有據達磨禪師後有惠可惠育二人育師受道心行口未曾說可禪師後粲禪師惠禪師盛禪師那老師端禪師長藏師眞法師玉法師（已上並口說玄理不出文記）可師後善師（出抄四卷）豐禪師（出疏五卷）明禪師（出疏五卷）胡明師（出疏五卷）遠承可師後大聰師（出疏五卷）道蔭師（抄四卷）沖法師（疏五卷）岸法師（疏五卷）寵法師（疏八卷）大明師（疏十卷）不承可師自依攝論者遷禪師（出疏四卷）尚德律師（出入楞伽疏十卷）那老師後實禪師惠禪師曠法師弘智師（名住京師西明身亡法絶）明禪師後伽法師實瑜師實迎師道瑩師（並次第傳燈于今揚化）沖公自從經術專以楞伽命家前後敷弘將二百遍須便爲引曽未涉文而通變適緣寄勢陶

誘得意如一隨言便異師學者苦請出義乃告曰義者道理也言説已麤麤況舒在紙麤中之麤矣事不獲已作疏五卷題爲私記令盛行之初沖周行東川不任官貫頻有度次髙讓不受年將知命有勑度人兗州度抑令入度隸州部法集寺雖名預公貫而栖泉石撫接遺逸爲心房公位居台輔作書召入沖得題背曰我於三界無所須鄉至三槐位亦極公又重延不守恒度翻翔都邑即弘大法晟動英髦冠蓋雲蒸歎未曾有中書杜正倫親位法席詳評玄義弘福潤法師初未相識曰何處老大德答兗州老小僧耳又問何爲遠至答曰聞此少一乗欲宣一乗教網漉信地魚龍故至潤曰斯實大心開士也因行至大興善寺萬年令鄭欽泰於寺打人沖止之曰公勿於寺打人泰曰打人罪我自當沖曰罪不自當可遣他受然國家立寺本欲安寧社稷唯善行之公今於寺打人豈名爲國祈福泰即禮謝又三藏玄奘不許講舊所翻經沖曰君依舊經出家若不許弘舊經者君可還俗更依新翻經出家方許君此意奘聞遂止斯亦命代弘經護法强禦之士不可及也然沖一生遊道爲務曽無栖泊僕射于志寧曰此法師乃法界頭陀僧也不可名實拘之顯慶年言旋東夏至今麟德年七十九矣

續高僧傳卷第二十七

音釋

酣胡甘切酒樂也　鮔音善蛇形魚也　楚音愁　樓祖冬切木名　郫蒲麋切在蜀地名　摛抽知切舒也　纘作管切繼也　甃側救切砌也　屩訖約切草履　舷胡田切船邊　鬵才心切　謔迄却切戲調也　喬兩舉

切脊撮子括切磲寫聶切鏵戶瓜切襆步
骨挽也柱礎鐅也木
切裳削黧鄰溪切黑濼匹各切鏤獨故切
幅也黃色也陂澤塗金飾
物蟺上演切鑵古玩切鞕魚盂切戡苦合
蚳蚓也矍也堅強也切
搦奴陌切濽即見切磑五對切鞢鶡鞢音
按也水濺也礳也未鶡
何葛切鞢居奄切目
鶡狄種瞼上下曰瞼

續高僧傳卷第二十八

唐　釋　道　宣　撰

感通篇下正傳四十五人附見二人

釋道密姓周氏相州人初投耶舍三藏師習方藝又從鄴下博聽大乘神思既開理致通衍至於西梵文言繼迹前列異術勝能閏諸齊世隋運興法翻譯爲初勑召入京住大興善寺師資道成復弘梵語因循法本留意傳持會仁壽塔興銓衡德望尋下勑召送舍利于同州大興國寺寺即文帝所生之地其處本基般若尼寺也帝以後魏大統七年六月十三日生於此寺中于時赤光照室流溢外戶紫氣滿庭狀如樓閣色染人衣内外驚禁妳母以時炎熱就而扇之寒甚幾絶困不能啼有神尼者名曰智仙河東蒲坂劉氏女也

少出家有戒行和尚失之恐其墮井見在佛屋儼然坐定時年七歲遂以禪觀爲業及帝誕日無因而至語太祖曰兒天佛所祐勿憂也尼遂名帝爲那羅延言如金剛不可壞也又曰此兒來處異倫俗家穢雜自爲養之太祖乃割宅爲寺內通小門以兒委尼不敢名問後皇妣來抱忽見化而爲龍驚惶墮地尼曰何因妄觸我兒遂令晚得天下及年七歲告帝曰兒當大貴從東國來佛法當滅由兒興之而尼沉靜寡言時道成敗吉凶莫不符驗初在寺養帝年至十三方始還家積三十餘歲畧不出門及周滅二教尼隱皇家內著法衣戒行不改帝後果自山東入爲天子重興佛法皆如尼言及登位後每顧群臣追念阿闍梨以爲口實又云我興由佛法而好食

麻豆前身以從道人裏來由小時在寺至今樂聞鍾聲乃命史官王劭爲尼作傳其龍潛所經四十五州皆悉同時爲大興國寺因改般若爲其一焉仁壽元年帝及后宫同感舍利並放光明砧鎚試之宛然無損遂散於州郡前後建塔百有餘所隨有塔下皆圖神尼多有靈相故其銘云維年月菩薩戒佛弟子大隋皇帝堅敬白十方三世一切三寶弟子蒙三寶福祐爲蒼生君父思與民庶共建菩提今故分布舍利諸州供養欲使普修善業同登妙果仍爲弟子法界幽顯三塗八難懺悔行道奉請十方常住三寶願起慈悲受弟子等請降赴道場證明弟子爲諸衆生發露懺悔文多不載密以洽聞之譽送此寺中初下塔時一院之內光明充塞黃白相間兼赤

斑氣旋遶朗徹久而乃滅道俗內外咸同一見寺有四門門立一碑殿塔廊廡及以生地莊嚴綺麗晃發城邑仁壽之末又勑送于鄂州黃鵠山晉安寺掘基至水獲金像一軀髙尺許儀制特異正下塔時野鳥郡飛旋遶塔上事了便散又見金花三枚騰空久之下没基內又放螢光後遂廣大遶塔三帀寺本髙顯素無泉水須便下汲一夕之間去塔五步飛泉自涌有同浪井廣如王劭所紀及大業伊始徙治雒陽上林園中置翻經舘因以傳譯遂卒於彼所出諸經如費氏録

釋智隱姓李氏貝州人即華嚴藏公之弟子也自少及長遵弘道義慧解所傳受無再請而神氣俊卓雅尚清虛時復談吐聽者忘倦開皇七年勑召大德與藏入京住大興善通練智論阿毘曇心及金剛般若論明其窟宂至十六年以解兼倫例須有紹隆下勑補充講論衆生於經藏寺還揚前部仁壽創福勑送舍利于益州之法聚寺寺即蜀王秀之所造也道適印蜀開化彌昌傾其金貝尋即成就晚又奉送置塔華州天雨異花人得半合又放紫光變爲五色盲者來懺欻獲雙目捨杖而歸風躄等病其例皆爾及將下瘞天雨銀花放白色光前後非一正入塔時感五色雲下覆函上重圓如蓋大鳥六頭旋遶雲間閉訖俱散隱以事聞帝大悅付於著作卒於京室

闍提斯那住中天竺摩竭提國學兼群藏藝術異能通練於世以本國忽然大地震裂所開之處極深無底於其岸側獲一石碑文云

東方震旦國名大隋城名大興王名堅意建立三寶起舍利塔彼國君臣欣感嘉瑞相慶希有乃慕道俗五十餘人尋斯靈相初發祖送並出王府路逢賊掠所遺蕩盡唯餘數人逃竄達此以仁壽二年至仁壽宫計初地裂獲碑之時即此土開皇十四年也行途九載方達東夏正逢天子感得舍利諸州起塔天祥下降地瑞上騰前後靈感將有百數闔國稱慶佛法再隆有司以事奏聞帝以事符大夏隩迹東華美其遠度疑是登聖引入大寶殿躬屈四指顧問群僚解朕意不僉皆莫委因問斯那又解意不答曰檀越意謂貧道爲第四果人耶實非是也帝甚異之乃置于别館供給華膳夫以酒酵和麵擬爲麨調候時不起因以問那答曰此不合食便用水溲煑之與常酵者不異上問今造靈塔遍於諸州曹陜二州特多祥瑞誰所致耶答曰陜州現樹地藏菩薩曹州光華虛空藏也又問天華何似答曰似薄雲母或飛不委地雖委地而光明奇勝帝密以好雲母及所獻天華各一箱用示諸人無有别者恰以問那那識天華而退雲母及獻后云崩空發樂音并感異香具以問由答曰西方淨土名阿彌陀皇后往生故致諸天迎彼生也帝奇其識鑒賜綿絹二千餘段辭而不受因强之乃用散諸福地見感應傳

釋明誕姓史衞州汲人律儀行務履顧前賢通十地地持赴機講解攝大乘論彌見弘演後入京住勝光寺溫柔敦厚性無迫暴有勑召送舍利于襄州上鳳林寺基址梁代彫飾

隋初顯敞高林跨谷連院松竹交映泉石相喧邑室相望索然閑舉有遊覽者皆忘返焉文帝龍潛之日因往禮拜乞願弘護及踐寶位追惟往福歳常就寺廣設供養仍又改爲大興國寺及誕之至彼安厝塔基寺之東院鑿地數尺獲瑠璃瓶内有舍利八枚聚散呈祥形質不定或現全碎顯發神奇即與令送同處起塔又下穿掘得石銘云大同三十六年巳後開仁壽之化依檢梁曆有號大同至今歳紀髣髴符會誕欣感嘉瑞乃表奏聞寺有金像一軀舉高丈六面部圓滿相儀充備于時堂内衆鳥無敢踐足庭前樹碑庾信文簫雲書世稱冠絶誕歷覽徽猷講授相接終于本寺

釋明璨姓韋莒州沂水人十歳出家二十受具中途尋閱備通經史禀性調柔初不陳怒未及三夏頻揚成論及涅槃經值廢教隱淪避世林澤還資故業重研幽極周宣創開陟岵慧遠率侶登之璨時投足歸師諸部未久深悟遂演於世講徒百數心計明白開隱析疑善通問難精慮勃興未曾沉息加又福德所被聞見欣然勑召入京住大興善仁壽初歳召送舍利于蔣州之栖霞寺今之攝山寺也本基靈異前傳具詳而璨情存傳法所在追訪乃於江表獲經一百餘卷並是前録所遺及諸闕本隨得施利處處傳寫末又住大禪定寺弘法爲務春秋良序頻往藍田登山臨水欣其得性唐初卒也

釋慧重姓郭雍州人志幹威稜不怯邪障鬼神林屋聞有栖止無往不降淨持戒地明解

攝論履遊名教清迥不羣住大興善慱綜機要榮達叙顧辨章言令寫送有法仁壽置塔勑召送舍利于泰山之岱岳寺初至放光乃至入塔相續流照岳上白氣三道下流至于基所岳神廟門無故自開如是者三識者以爲神靈歸敬故也四年建塔又送于隆州禪寂寺初至設齋忽有野鹿從南山下度嘉陵江直趣塔所人以手摩自然依附乃至下訖其鹿方去夜放大光在佛堂上燄高數丈青赤流集衆人同見三日打剎合州喜捨紫雲覆塔雨金銀華遍於城邑其收得者乃有五色相鏤又獲舍利五枚於天華上浮泛旋轉合散隨心州内修梵寺先爲文帝造塔有一分舍利欲與今塔同日下基其夜兩塔雙放光明朗照幽顯至曉方滅同覩此瑞無數千人將下之晨又雨銀華變轉非一重還京室改革前度專修懺悔晝夜十有二時禮五十三佛餘則跏坐正念畢世終業

釋寶積姓朱冀州條人割畧愛網訪道爲任浮遊靡定不存住止齊亡法毀潛隱太山迴互魯兖乃經年稔開皇十四年隋高東巡候駕請謁一見便悅下勑入京住勝光寺講揚智論及攝大乘而體量虛廓不計仇隙曾有屏毀達其耳者解衣遺之曰卿見吾過眞吾師友仁壽初年勑送舍利於華岳思覺寺寺即左僕射楊素之所立也初下之晨雲垂四布雪滿山邑天地奄闇逼目無見及期當午忽爾天清日朗現五色雲於塔基上去地五丈圓如輪蓋遥有見者望其蓋上赤光赫奕團圓直上遠連天際暨于覆了雲合光收還

如晨旦積後卒於京室

釋道端潞州人出家受具聽覽律藏至於重輕開制銓定綱猷雅為宗匠晚入京都住仁法寺講散毘尼神用無歇時程俊舉後學欽之加復體尚方言梵文書語披葉洞識了其深趣勤心護法匡攝有功仁壽中年勑送舍利于本州梵境寺初入州界山多無水忽有神泉涌頂流者非一舊痾夙痼飲無不愈別有一泉病飲尋差若咽酒肉必重發動審量持戒永除休健端以事聞後還京寺常樂弘演終于本寺

釋道璨恒州人慧學如神鑽求攝論華嚴十地深疑伏旨解其由緒志尚幽靜不務奢華重義輕財自小之大後入關輦便住勝光訪道求賢栖遑靡託仁壽起塔勑召送舍利于許州辯行寺初至塔寺堂中佛像素無靈異忽放大光通屬院宇舍利上踊金瓶之表又放光明遶瓶旋轉既屬炎熱將入塔時感雲承日覆訖方滅又於塔側造池供養因獲古井水深且清輕耎甘美舉州齊調一從此井而無竭濁莫不嗟歎璨後不測其終

釋明芬相州人齊三藏耶舍之神足也通解方俗妙識梵言傳度幽旨莫匪喉舌開皇之譯下勑追延令與梵僧對傳法本而意專檢失好住空閑味詠十地言輒引據問論清巧通滯罕倫仁壽下勑令置塔于慈州之石窟寺寺即齊文宣之所立也大窟像背文宣陵藏中諸彫刻駭動人鬼芬引舍利去州三十許里白雲鬱起從寺至輦長引不絕耿耿橫空中有天仙飛騰往返竟日方滅明旦將曉

還有白雲長引來迎雲中天仙如昨無異人衆同見傾目叵論識者以爲石窟之與鼓山連接密邇竹林仙聖嚮應之乎即至山塔東面有泉自生飲皆病愈芬後卒于興善所著衆經如費氏録

釋僧蓋恒州人曽遊太原專聽涅槃晩至洛下還綜前業蓋聞經陳念慧攝慮爲先遂廢聽業專思定學陶思既久彌呈心過遂終斯習後入京師周訪禪侶住大興善垂帷斂足不務世談近局異乘畧不露口吐言清遠尠不高之仁壽二年勑送舍利于滄州四年又勑送于淅州之法相寺初營石函本唯青色及磨治了變爲鮮錦布彩鋪螺又見僧形但有半身及曉往觀僧變爲佛光燄神儀都皆明著又現三字云人王子也佛前又現雄雞之像冠尾圓具或現仙鳳天人諸相甚衆南鄉縣民多業屠獵因瑞發心受戒永斷後於他日有採柴者於法相寺南見有樸樹乃生奇異果僅有百顆其色紅赤如蓮欲開折取二枚來用供塔官庶道俗千有餘人同往折取味如蒲桃并果表奏帝驚訝其瑞蓋後住禪定寺唐初即卒年九十餘矣

釋曇瑎江都人少學成實兼諸經論涅槃大品包蘊心目雖講道時缺而以慧解馳名每往法筵亟陳論決徵據文旨學者憚焉常讀諸經盈箱滿案記注幽隱追問耆老皆揖其精府反啓其志瑎乃爲斟酌通問槩梗自江左右歷覽多年傳譽不爽實鍾華望煬帝昔爲晉王造寺京室諸方搜選延瑎入住内史令蕭琮合門昆季祖尋義學屈禮歸心奉以

家僧攜現大小常處第內晨夕歡娛講論正理惟其開悟仁壽之末勑送舍利于熙州環公山山谷寺古傳云昔有齊人郭智辯數遊環山之陽世俗重之因以名焉此寺即蕭齊高帝之所立也林崖重映松竹交叅前帶環川北背峻嶺江流縈繞實爲清勝瑎巡此地搆塔焉初正月內當擬基處屢放金光如一疋許十餘日中然後方息舍利恰到如即置基先不相謀若同合契皆大慶也又初到治天本亢陽人物燋渴夜降大雨高下皆足無不頻幸又放赤光流燭如火行道七夕又放大光被諸山世五千餘人蒙斯瑞及懺罪營福不可勝言曉承故業迄于隋運後住弘善以疾而終春秋八十有三武德初矣

釋道貴弁州人華嚴爲業詞義性度寬雅爲能而於經中深意每發精彩有譽當時加以閑居放志不涉煩擾市肆俳優未曾遊目名利貴賤故自絕言精潔守素清貞士也晚在京師住隨法寺擁其道德閑守形心及建塔之初下勑流問令送舍利于德州會通寺至治之日放赤光明如大甕許久之方滅有一婦人躄疾多載聞舍利至舁來塔所苦心發願乞蒙杖步依言立愈疾走而歸將下塔時忽有大鳥十二形相希世不識名目次第行列旋遶空中正當塔上覆訖方逝貴後鎮業京輦不測其終

釋道順貝州人習學涅槃文疏精覈志勤策立堪勝艱苦常樂弘法於囹圄中無緣拘縶假訴良善文書既劾方便雪他投身桎梏情志欣泰監獄者愍斯戹苦將欲解免方取經

疏鋪舒詳讀旁爲因隸說法勸化事本無蹤還蒙放釋出獄之日猶恨太早有問其故答曰吾聞諸聖地獄化生雖不逮彼且事徽轍開皇隆法杖步入關採訪經術住玄法寺及後造塔勑召送于宋州初到宋城市中古井由來醎苦水色又赤無敢嘗者及舍利至色忽變白味如甜蜜至造塔所初放赤光又放白光通照寺内七日辰時天雨白華如雪下落紛紛滿空及下塔時白鶴九頭飛翔塔上下匝既了方乃北逝順後還京遊尋行業唐運初興巡栖山世年既遲暮欲事終心行至霸川驪山南足遇見古寺龕窟崩壞形像縱橫即往修理先有主護乃具表請武皇特聽遂得安復今之津梁寺是也僕射蕭瑀爲大檀越福事所資咸從宋國僧衆濟濟有倫理焉順後卒於住寺春秋八十餘矣

釋法顯雍州扶風人厥姓甯氏生平志尚禪寂爲宗文字紙筆性不遊履沉默寡欲不爲世累其師法開定門幽秘殆是不測元魏之末住京兆王寺與實禪師齊駕朝野兼以簡約清素華貴傾屬顯遇斯明匠承奉累年傳習師宗頗接徽緒住日嚴寺仁壽末歲置塔隴州下勑令送顯發自帝京奉轝至彼藥王寺内然寺去州一十餘里褊狹斜仄殊非形望乃移近州北三王山下背崖臨水高勝博敞仍構大塔放大光明闔境同覩欣其罪滅顯因其所利即而利之廣說法要傾其心惱當斯一會榮歎成諠晚還入京聚徒綜業每年歲首受具者多顯爲開發戒緣鼓行壇儀引聚清衆即而惠之後終時也將八十矣

釋僧世青州人負袠問道無擇夷險觀其途李畧周方岳而雄氣所指鋒刃當時談論是長偏愛喉舌豐詞疊難名聞齊魯開皇入京住興善寺長遊講會必存論決仁壽下勑召送舍利于萊州之弘藏寺四年又勑送密州茂勝寺行達青州停道藏寺夜放赤光從房而出直指東南爾夜密州城内又見光明從西北來相如火炬叢焰非一遶城内外朗徹如日預有目者無不同覩後及勘究方知先告既至治所兩夜放光如前遶城朗徹無異及至舉瓶欲示大衆忽然不見後至寺塔復放大光通照寺宇行道初日打刹教化舍利二粒見于瓶内及造石函忽變爲金如棗如豆間錯函底餘處並變爲青瑠璃因具圖表帝大悦世後還京不久尋卒

釋法周不知何許人狀相長偉言晤高大涅槃攝論是所留神稠會勝集每預登踐身相孤拔多或顧問由是振名者復繫於德矣初住曲池之靜覺寺林竹叢萃蓮沼盤遊縱達一方用爲自得京華時偶形相義學如周者可有十人同氣相求數來歡聚偃仰茂林賦詠風月時即號之爲曲池十智也仁壽建塔下勑送舍利于韓州修寂寺初造石函忽有一鴿飛入函内自然馴狎經久乃去寺有塼塔四枚形狀高偉各有四塔鎮以角隅青瓷作之上圖本事舍利到夜各放光明如燄上衝四方衆生一時同見數數放光至于末入空中如絳長三丈許諸佛聖僧衆相非一皆列其中周後復住大禪定寺唐運初基爲僧景暉於仁壽坊置勝業寺召周經始勑知寺

任又改坊名還符寺號初畢同諸僧侶住在長安晚又變改常度形同俗服栖泊寺宇不捨戒業言語隱伏時符讖記高祖昔住岐州登有前讖既承大寶追憶往言圖像立廟爰彰徽號自周積年處任不事奢華房宇趣充僧事僅足貞觀之始以疾而終春秋八十餘矣

釋慧誕雍州人學究涅槃及通攝論每登講席有名京室即曇延法師之學士也住延興寺仁壽下勑召起塔于杭州天竺寺住在靈隱山林石岑竦實來仙聖初構塔基多逢伏石掘得一所是古石函傍推其際眇不可測因用令造置古函中大小和可宛如昔契誕還本寺講授尋常雖非卓犖亦例能色貞觀初年卒于本寺七十餘矣臨終清言安話神色無異顧諸法屬深累住持通告好住怡然神逝

釋智光江州人居論師之學士也少聽攝論大成其器言論清華聲勢明穆志度輕健鮮忤言諍謙牧推下爲時所重開皇十年勑召居公相從入京住大興善寺仁壽創塔召送循州途經許部行出城南人衆同送舍利於轝忽放光明高出丈餘傾衆榮慶比至番州寄停寺内其夜銅鐘彔彔自鳴連宵至旦驚駭人畜及至食時其聲乃止既達循州道場塔寺當下舍利天降甘露塔邊樹上色類凝酥光白曜日光還京室以法自娛頻開攝論有名秦壤晚厭談説歸靜林泉尋還廬阜屏絶人事安禪自節卒于山舍

釋智教雍州人習誦衆經意存禪觀晝則尋

讀夜便坐默蕭散無爲不存世累住弘善寺
閑居綜業仁壽中年起塔于秦州之永寧寺
下勑令送既至塔所夜逢布薩異香如霧屯
結入門合衆同怪欣所聞見又於塔上刹柱
之前見大人跡長尺二寸蹈深二分十指螺
文圎相周備推無蹤緒蓋神瑞也又降異雲
屯聚塔上又雨天華狀如金寶又聞空中讃
歎佛聲官民道俗相慶騰踊教還本寺綜業
終年

釋圓超觀州阜城人十地涅槃是其經畧言
行所表必詢猷馬晩住京寺策名臺省仁壽
歲下勑造塔於廣州化城寺初達州西四十
餘里道俗導引競列長旛南風勁利樹林北
靡雅有旛脚南北相分雖爲風吹都不移亂
及初行道設二佛盤忽有蜻蛉二枚各在盤
上相當而住形極麤大長五寸許色麗青緑
大如人指七日相續如前停住行道既散欻
然飛去比後下塔還復飛來填埋都了絕而
不見當下正中塔基上空五色慶雲狀如傘
蓋方直齊正如人所爲雲下見一白鶴翔飛
旋轉事了俱散超還京室不測其終

釋慧藏冀州人初學涅槃後專講解禁守貪
競絶迹譏嫌安詳詞令不形顔色入京訪道
住光明寺仁壽中年勑召置塔于觀州初至
塔所行道設齋當其塔上景雲出見彩含五
色有若華蓋綺繡錦繢無以加焉從午至酉
方始隱滅又延興寺僧法順者聽習涅槃善
守根禁退讓自節負德無傲勑住江州廬山
東林寺置舍利塔初至其地耕者見光尋而
掘之獲金銅彌勒像一軀形質瓌異卽而供

養並不測其終

釋寶憲鄭州人寶鎮律師之學士也童稚依止即奉科條審量觀能具承大法受具之日但奉文言至於行模並先具委有師資焉有弘業焉開皇之始與鎮同來住大興善威儀調順言無涉俗仁壽奉勑置塔洪州即豫章之故地初向彼州路由江阻既失正溜泥濘不通人力殆盡無前進理程期又逼道俗惶懼憲乃憑心舍利請垂通涉忽降白鳥船前緩飛乍來乍去如有引導即遣隨逐遂逢水脉通夕汎舟安達無障憲還京室尋事卒世

釋法朗蒲州人學涉三藏偏鏡毘尼開剖篇聚不阻名聞加復器用平直無受輕陵決斷剛正未私强禦後住勝光披究律典經其房户莫不懍然仁壽二年勑召送舍利於陝州大興國寺寺即皇考武元本生處也故置寺建塔仰謝昔緣初達州境大通善法演業三寺夜各放光不知何來而通照寺内朗徹無障善法寺中見三華樹形色分明四月二日靈勝寺中夜忽放光五色彩雲合成一蓋通變爲紫比靈轝入城雲蓋方散又有五色彩雲從乾巽二處纏紖而來至於塔上相合而住及掘塔基下深五尺獲一異鳥狀如鸜鵒色甚青黄巡行基址人捉無畏唯食黄華三日而死又青石爲函忽生光影表裏洞徹現諸靈異東西兩面俱現雙樹樹下悉有水紋生焉函内西面現二菩薩南邊金色北邊銀色相對而立又一菩薩坐華臺上各長一尺並放紅紫光明函内南面現神尼像合掌向西函唇西面又見卧佛右脅而偃首北面西

函外東面雙樹間現前死鳥傾卧須㬰起立鳥上有三金華其鳥西南而行至卧佛下住立不動凡此光相從巳至未形狀儼然命人圖寫上紙素訖方漸歇滅及將下日忽然雲起如煙如霧團圓翳日又如車輪雲色條别又如車輻輪輻雲色皆如紅紫人皆仰視其相歎恠希遇藏瘞既了天還明淨失雲所在當斯時也寺院墻外咸見旛蓋圍遶謂言他處助來供養事了追問一無蹤緒朗慶斯神瑞登即奏聞晚還京師以疾而卒

釋曇遂雍州人初學大論後味唯識研精攝論選其幽理每言三界虛妄但是一心追求外境未悟難息故得名稱高遠有通美焉然復慎守根門勤修戒檢住眞寂寺掩關勵業仁壽中年下勑送舍利于晉州法吼寺初停公館放大光明照精舍門朗如金色又放黃白二光從道場出久久乃滅又從舍利轝所至於塔基而放瑞光三道虹飛色如朝霞耿然空望下塔之日又放光明隱顯時現大都爲言七日之内瑞靈雜沓相仍不絶還京服業迄于唐運八十餘卒矣

釋曇觀莒州人七歲出家慕欣法宇及進具後尋討義門偏宗成實袪析玄滞後以慧解亂神本也乃返駕澄源攝慮巖壑十六特勝彌所留心神呪廣被銷殄邪障高聞周遠及于天闕開皇之始下勑徵召延入京室住大興善供事隆厚日問起居屢止紫庭坐以華褥帝親供待欽德受法觀寬懷敦裕言無浮侈深得法忍苦樂虛心故使名利日增而素氣常在所獲信施並入僧中房宇索然衣鉢

而巳時俗流湎之夫雅尚之也仁壽中歲奉
勑送舍利於本州定林寺初停公館即放大
光掘基八尺獲銅浮圖一枚平頂圓基兩戶
相對制同神造彫鏤駭人乃用盛舍利安瓶
置內恰得相容州民禽巨海者患瘂六年聞
舍利至自書請瑞見本一粒分爲三分色如
黃金乍沉乍舉及見三佛從空而降即能陳
述詞句如流觀還京都不委終事

釋靈遠恒州人先在儒門備叅經史唯見更
相圖畧時有懷仁抱義然復終淪諸有未免
無常乃釋髮道流希崇正軌從遠公學義咸
知大意因即依隨三業無捨及遠之入京輦
慕義相從晚住延興寺退隱自守端歛身心
終日禪默衣食麤弊不希華美仁壽中勑召
送舍利於本州龍藏寺初定基址聞有異香
漸漸芬烈隨風而至遍於寺內有民金玄瓚
者住在寺側先患鼻塞二十餘年莫知香臭
當于此日忽聞香氣驚尋至寺因爾齆差又
雨天華從空而下光彩鮮淨晃若金銀先降
塔所後及寺院道俗競接輕薄如鏤下舍利
訖有白鶴旋於塔上良久翔逝遠後連尋定
業追訪山野不顧名貫頭陀林冢雖逢神鬼
都不怖憚大業之始終於墓叢初不委之村
人怪不乞食就看巳卒跏趺如在因合牀殮
於杜城窟中

釋僧昕潞州上黨人自鶩道法津周聽大小
逮諸禪律莫不登臨傾渴身心無席不赴而
導或愚智衆通諠靜昕一其正度恭愼橫經
聆其披析曽不忽忘初衆見其低目寡言絕
杜論道皆號爲朦叟也後有智者問其文理

咸陳深奧輕浮章句畧不預懷有問其故答曰勿輕末學妙德常箴夫惟大覺方能靜照盛德明約可無細瑕愚師軌物時有通悟唯目兩明殷鑒方取會通不得以法累人致乖祗奉暨周滅二教逃隱泰山大隋開法還歸聽習遊步洛下從學遠公十地涅槃咸究宗領後入關住興善寺體度高爽不屈非濫時復談講辯詞迅舉抑揚有度至於僧務營造情重勤劬躬事率先擔撻運涉仁壽中歲置塔毛州護法寺下勑令送初至公館有沙門曇義者高行名僧聞諸舍利皆放光明我等罪業一無所見即解衣爲懺燒指爲燈竟夕供養明旦出光通燭人物又出金缾迴旋行道青赤白光三色流照經于信宿其光乃隱四月七日初夜放光赫赤欲然滿佛堂内須臾出戶流照四簷將入函時又放赤光烈盛逾日通夜又放光照于函内四月十日天華如雪從空亂下五色相間人皆收得又感異香微風普遍熏塞寺内其函忽變爲青瑠璃内外通徹人以白綾周帀數重幔覆其函又加塼累灰泥其上尋照其泥還如函色又灰泥上畫作十華飾以金薄及成就後唯一金色餘華皆彩末下塔前有張世謙者清信士也常持八戒遠離妻孥靜室誦經乃聞轝所梵讚之聲出户看之見有羣僧各執香華遶旋供養迫之遂失又見天人持諸旛蓋及以香華東南飛來當于塔上變成大雲旋空良久又見百餘沙門在塔基上執箒輦土以陪增者比及明晨寂無所見時經夏暑土地乾燥人皆思雨應念即降三四寸許川野除煩

沙丘縣民路如意者迴心信佛望見光相路雖遠映舉目徹見寺僧五人在佛堂内又聞塔邊音樂讚歎聲極亮遠重雨天華滿四十里塔基倍多昕慶斯衆瑞即具表聞晚還資業不測其卒

釋玄鏡趙州人立志清貞不干流俗四分一律文義精通不樂闡揚恒尋異部激發違順品章廢立有神彩焉住空觀寺閑散優遊無爲僧也仁壽二年奉勑置塔本州無際寺建基址日尋放赤光變轉不常或如形像乍似樓閣又出白光時吐大小巡遶旐側四月四日又放光明紫緑相間三度乃止又於光内見佛像形長二尺餘坐蓮華座并有菩薩俠侍嚴儀從卯至酉方始歇滅當此之時有目皆覩鏡還空觀復學禪宗居止東院合集同侶多行頭陀遂終其寺也

釋智揆冀州人愛慕涅槃淨持戒行不重榮渥知足無求住弘濟寺閉門習業僧衆服其智德敬而宗之每處勝筵推其名實而揆弗之顧也退屏自修若無聞見仁壽之歲弘塔四方有勑召揆送舍利於魏州開覺寺初届治所遂放大光紫白相宣五色遞發有尼智曠冷疰積年因禮發願乃見赤光遍室便吐惡物其患即除有患重者聞斯嘉慶伏枕發願亦蒙光照平復如本方來塔所其例衆夥不復具舒又楊大眼者先患兩目冥無所見牽來至轝乞願求恩即見舍利如本明淨斯例復衆四月八日下塔既訖西北雲彩雨華塔上紛霏如雪色似黄金寺院皆遍道俗收取狀如金華感一黒狗莫知由來直入道場

周旋行道每日午後與餅不食與水便飲至解齋時與粥方食寺内群犬非常禁惡一見此狗低頭畏敬不敢斜視塔所樹碑厚三尺半忽發光彩狀如瑠璃映物對視分明悉見又見象六牙並現石碑内至五月末來於其碑中七變相狀或爲佛像聖僧雙樹衆瑞非一並以事聞揆晚徙迹終南居閑禪寂登陟巖藪往而不返

釋僧範冀州人學大小乘靜務心業追師禪念傾屈盡禮所獲定要倍於同侶住勝光寺以慧解見推及帝建塔下勑徵召送舍利於本州覺觀寺每至日没常放光明黄赤交餤變化非一沙門僧辯患耳四年聞聲如壁一覩舍利兩耳洞開有逾恒日州民蘇法會左足攣跛十有餘年委杖自扶來禮乞願尋得除瘥放杖而歸範目覩靈驗神道若斯信知經教非徒虛誕但由誠節未著故致有差後歸本寺還遵前轍未詳其卒

釋寶安兖州人安貧習學見者敬之初依慧遠聽涉涅槃博究宗領周滅齊亡南投陳國大隋一統還歸鄉壤行次瀍洛又從遠焉因仍故業彌見深隱開皇七年慕義入關住淨影寺當遠盛日法輪之下聽衆將千講會制約一付安掌于時遠方輻湊名望者多難用緝諧故在斯任安隨機喻接匡救有儀雖具徵治而無銜怨各懷敬歎登自稱焉講十地涅槃純熟時匠性存攝嘿不好揚演有問酬對辯瀉泉流仁壽二年奉勑置塔於營州梵幢寺即黄龍城也舊有十七級浮圖權在其内安置舍利當夜半上並放白光狀如雲霧

初雅一丈漸大滿院明徹朗然良久乃滅前後三度相類並同舊有石龜形狀極大欲作函用引致極難匠石規模斲截成函三分去二安自思念石大函小何由卒成懼日愆期內懷憂灼比曉看之其石稱函自然分析不勞鐫琢宛爾成就函雖神造計應大重薄用拖曳輕迅若馳不勞至寺便依期限深慶情願晚還京寺不測其終

釋寶巖幽州人標意十地次綜毘曇末究成實故於宗部涉獵繁焉戶牖玄文踈條本幹時傳富博而性殊省事不樂談說苦祈敷散精理載揚住京下仁覺寺守道自娛無事交厚仁壽下勑召送舍利于本州弘業寺即元魏孝文之所造也舊號光林依峯帶澗面勢高敞多挾徵異事遵清肅故使行僻之徒必致驚悚由斯此衆濫迹希過自開皇將末舍利到前山恒傾摇未曾休止及安塔竟山動自息又仁壽初歲天降剃刀三十三枚用甚銛利而形制殊別令僧常用以剃剪也又初造石函明如水鏡文同碼碯光似瑠璃內外照徹紫燄光起函外生紋如菩薩像及以衆仙禽獸師子林樹雜相非一四月三日夜放大光明照天地有目皆見巖事了還不測其卒

釋明馭瀛州人初學涅槃後習攝論推尋理源究括疑滯晚遊鄴下諮訪未聞隱義重玄皆所披覽開皇八年來儀帝里更就遷師詢求攝論意量弘廣容姿都雅人有勃怒初不改容衆服其忍力也住無漏寺講誦爲業仁壽中年勑請送舍利于濟州崇梵寺寺基帶

危峯多饒異樹山衆盤屈脩竹蒙天實佳地剋日將下寺有育王瑞像乃放三道神光遍于體上金石榴色朗晃奪精經一食頃乃遂漸歇又聞磬聲揺曳長遠寺東巖上唱善哉聲清暢徹心追尋莫委又舍利函上光高三尺狀如華樹本送舍利函上分爲二粒出瑠璃缾相隨而轉並放光明有黃白雲從四南來聲如雨相流音樂聲正當塔上凝住不動復見二華從雲中出或時上下大鳥群飛迴旋塔上又於雲中現仙人頭其數無量於此之時莘州城人見諸仙人從空東來向于魏州馭當斯運欣慶嘉瑞説不可盡民皆捨物積之如山並用構塔沙門五人生逢奇瑞捨戒爲奴供養三寶因勒銘紀廣如別傳獻后昇霞造禪定寺召而處之遂終世矣

釋道生蒲州人延統是其師也名父之子係迹厥師雖雅尚未齊而思力方遠仁正致懷聲色無染受持戒護耽詠文言四分一律薄霑聲教講誨時揚器法難擬住興善寺卓卓標異自不斜眄威儀安帖衆敬憚之仁壽二年勅召送舍利于楚州初停公舘感一野鹿直入城門防人牽來詣舍利所自然屈拜馴善安隱生曰爾爲舍利可上昇階必若他緣隨意而去鹿聞此語遂即昇階出入帳前往還無難乃爲説歸戒鹿乃頓頭香案如有聽受因以繒帛繫之即舐人手夜卧轝邊或往生房經停兩宿自然退出還歸荒野及當下日白鶴兩雙飛旋塔上覆訖方逝生覩斯瑞與諸僚屬具表以聞幷銘斯事在于塔所既還京室不測所終

釋法性兗州人少習禪學精厲行道少欲頭陀孤遊海曲時復入俗形骸所資終潛林阜沉隱爲任開皇十四年文帝東巡搜訪巖穴因召入京住勝光寺仁壽之年勑召送舍利於本州普樂寺初營外函得一青石鑚磨始了將欲鎣飾變成碼碯五色相雜文彩分明函内斑駮雜生白玉凝潤光淨函之内外光如水鏡洞照無障當入函時正當基上白鳥一雙翱翔緩飛遶塔而轉塔西柰樹枝葉並變爲眞金色及文帝既崩置大禪定延住供養遂卒于寺八十餘矣

釋辯寂徐州人少以慧學播名汎浪人世遊講爲業末在齊都專攻大論及阿毘曇心未越周年粗得通解會武平末歲國破道亡南適江陰復師三論神氣所屬鏡其新理開皇更始復返舊鄉桑梓乃存友朋殂落西入京室復尋昔論龍樹之風復由光遠仁壽置塔勑召送于本州流溝寺及初達也舍利塔所忽見異光照寺北嶺及以南山朗同朝日又於石佛山内採石爲函磨飾纔了彩紋間發虎炳光現山海禽獸仙人等像備出其中雖復圖取十不呈一晚綜前業演散京華福利所兼俱充寺府不測其終

釋靜凝汴州人遷禪師之門人也早年聽受深閑邪正經律十地是所詢求後師攝論備嘗幽隱常樂正觀掩關思擇緣來便講唱乩如雷事竟退靜狀如愚叟世間之務畧不在言人不委者謂爲庸劣同住久處方知有道兼以行不涉疑口無慶吊塊然卓坐似不能言開皇六年隨遷入雍住興善寺仁壽二年

下勑送舍利于杞州初至頻放白光狀如㬋月流轉通照及下塔日白鳥空中旋繞基上瘞訖遠逝更有餘相凝爲藏隱示出一二知大聖之通瑞也餘則隱之不書及至京師又被責及方便解免不久而終世矣

釋法楷青州人十五出家依相京賢統而爲弟子師習涅槃通解文義及受具後專攻四分雲暉兩匠振網齊都備經寒暑伏面諮禀皆賜其深奥無所子遺及齊法俱亡南避淮表壽山之陽隋開律教開皇首歲大闡法門還返曹州欲終山水將趣海岸而道俗邀留不許東騖楷性虛靜更於城北三里左丘山營造一寺名曰法元高顯平博下臨城邑遥望發心皆來受法未爲安而能遷古人所尚久在塵䦨不無流轉便入闗壞觀化京都住揚化寺復揚戒律仁壽置塔奉勑送舍利於曹州楷以初基有由欲報斯地表請樹塔還置法元上帝不違任從所請初達曹部置轝州治廣現神瑞備如別紀但學未經遠難得遍知故畧編之想未繁撓日別異見具如後述於三月十四日中時見佛半身面白如玉舍利轝前佛頂之上黄赤光起二十九日夜降甘露味甜逾蜜見於赤光遍於城上須臾流照達于塔所四月五日舍利上踊白色鮮明其日申時帳上北面忽見光影中有白雲氣中生樹狀如青桐下有青色師子面西而蹲六日卯時復有光影見雲氣内有三蓮華兩廂雙樹下有佛像樓閣樹林重沓而出上有立菩薩像辰時又見金色光明出沒漸大巳時復見重閣閣上有樹葉如貝多傍立聖

僧午時復見雙樹之形下列七佛申時雙樹又見一佛二菩薩像三華承足又見天人擎華在空黄師子等亥時帳後見千佛形舍利室内出黄白光四月七日又見雙樹黄雀一頭及以光雲師子等像辰時又見金翅鳥身飛龍樹林寶蓋等像傍現二菩薩及黄師子巳時又見寶幢樹林下有菩薩黄衣居士白色師子蹲踞石上又有雲氣樹林樓閣菩薩午時又見白色雲氣寶幢樹林青色師子申時又現雙樹繁茂須臾變爲宫殿樓閣佛座華臺其色黄白亥時雲起西北雨潤三寸雲上六天一時見身四月八日將欲下塔平旦之時天雨白華飛颺不下卯時又見諸天寶蓋樹側菩薩及黄師子辰時又見大蓋兩重衆寶莊嚴下坐菩薩及白師子踞在石上帳上又見光影雲氣氣中金光乍大乍小下有蓮華時開時合又雨天花大者在空面闊尺餘小者墮地狀如桃華巳時帳後見三諸天三師子及蓮華水池午時將下又見雙樹幷立菩薩舍利忽分以爲五粒流轉光曜四月九日塡平巳後帳後板上光影之内疊石紋生又見大樹青衣沙門執爐而立又感奇香郁烈人鼻楷具列聞帝大悦令圖經之以流海内自仁壽創塔前後百餘感徵最優匆高於楷後以常業終於本寺

釋智能姓李氏懷州河内人希意遠塵東懷律教收聽令譽風被河右開皇之始觀道渭陰隨奉貧行住轉輪寺仁壽置塔奉勑召送於青州勝福寺中處約懸峯山叅天際風樹交結迴瞰千里古名巖勢之道場也元魏末

時創開此領初置基日跳山鑿地入土三尺獲古石函長可八尺深六尺許表裏平滑殆非人運所謂至感冥通有祈斯應矣及下舍利大放光明挺溢山宇道俗俱見乃至出没流轉變狀叵論能晚還寺更崇定業林泉栖託不預僧倫逃名永逝莫測終卒

釋曇良姓栗潞州人十六出家專尋經典及長成德以大論傳名兼講小經接叙時俗亟發歸信爲衆賢之賞入京遊聽住眞寂寺文帝下勑召送舍利于亳州開寂寺將欲起塔先造石函地非山鄉周訪難得良曰待覓得石期至叵成但發勝心何緣不濟乃要心祈請願賜哀給忽於州境獲石三丈底廂及蓋各是異縣運來合之宛是一物衆嘉異之具聞臺省良性樂異迹周覽觀之亳州西部縠陽城中有老君宅今爲祠廟庭前有古栢三十餘株碑文薛道衡製廟東百餘步老君母宅亦有廟舍次西十里有苦城即傳所云李聃苦縣人斯處是也還歸本寺專誠懺禮食息已外常在佛前唐初卒世八十餘矣

釋道嵩姓劉瀛州河間人十三出家遊聽洛下訪訊明哲終日栖惶衣服麤單全不涉意值慧遠法師講諸經論陶染積時遂寢幽極隨入京爲慕義學士同侶推崇道心人也仁壽置塔勑召送於蘇州舍利將至井吼出聲二日乃止造基掘地得古甎函内有銀合獲舍利一粒置水甌内旋遶呈祥同藏大塔嵩還京室住總化寺餐味涅槃依行懺悔身戒心慧悉戴奉之一鉢三衣盈長不畜遵經聖行息世譏嫌遂卒於世

釋智嶷姓康本康居王胤也國難東歸魏封
于襄陽因累居之十餘世矣七歲初學尋文
究竟無師自悟敬重佛宗雖晝擁俗緣令依
學侶而夜私誦法華竟文純熟二親初不知
也十三拜辭即蒙剃落更諮大部情用彌著
二十有四方受具足攜帙洛濱依承慧遠傳
業十地及以涅槃皆可敷導後入關中住靜
法寺仁壽置塔勑召送舍利于瓜州崇敬寺
初達定基黃龍出現於州側大池牙角身尾
合境通矚具表上聞嶷住寺多年常思定慧
非夫要事不出戶庭故往參候罕覩其面末
以年事高邁勵業彌崇寺任眾務並悉推謝
唐初卒也年七十餘矣

釋道顏姓李氏定州人初學遠公涅槃十地
領牒樞紐最所殷贍頻仍講授門學聯塵道
啓東川開悟不少後入京輦還住淨影寺當
遠盛世居宗紹業仁壽中年置塔赤縣下勑
徵召送舍利于桂州初入州境有鳥數千齊
飛行列來迎轝上從野入城良久方散及下
安處感五色雲靉靆垂布屯聚基上餘便廓
清日曜天地後返京邑常遵上業唐運惟新
宇內尚梗崇樹齋講相循淨影因疾而卒春
秋七十餘即武德五年矣臨終清漱手執香
爐若有所見奄然而逝自顏之處世也衣服
麤素不妄朋從行必以時情避嫌隙言必詳
審深惟物忤又兼濟禽畜慈育在心微經惱
頓便即垂泣不忽童稚不行楚叱縱有輕陵
事同風拂顧諸屬曰不久去也何煩累人故
於無常得其旨矣

釋淨辯姓韋齊州人少涉儒門備聞丘索孔

墨莊老是所詢謀忽厭浮假屏迹出家經律具嘗薄通幽極後纏名教避世山林受習禪門息緣靜處開皇隆法入住京師依止遠公住淨影寺更學定境又從遷尚受攝大乘積歲研求遂終此業曾與故友因事相乖彼加言謗辯終不雪及委曲問答曰吾思其初結交也情欣若絃豈以後離復陳其失時以此高之後勑召送舍利於衡州岳寺本號大明即陳宣帝爲思禪師之所立也行達江陵風浪重阻三日停浦波猶未靜又迫嚴程憂惶無許乃一心念佛衡波直去即蒙風止安流沿下既入湘水泝流極難又依前念舉帆利涉不盈半月便達衡州及至岳寺附水不堪巡行山亭平正可搆正當寺南而有伏石辯乃執爐發願必堪起塔願降祥感便見岳頂白雲從上而下廣可一疋長四十里至所塔基三轉旋迴久久自歇又感異香形如削沉收獲數斤氣煙倍世道俗稱慶因即搆成初此山僧顗禪師者通鑒僧也曾有一粒舍利欲建大塔在寺十年都無異相及今送至乃揚瑞迹黃白大小聚散不定當下之日衡山縣治顯明寺塔放大光明遍照城邑道俗同見古老傳云此寺立來三百餘年但有善事必放光明經今三度將非帝主弘福思與衆同感見之來誠有由矣辯欣斯瑞迹合集前後見聞之事爲感應傳一部十卷後興禪定復請住之大業末年終於此世

論曰夫吟嘯之鼓風雲律調之通寒暑物理相會有若自天況乃神道玄謀義乖恒應而可思也故聖人之爲利也權巧衆途示威雄

以攝生爲敦初信現光明而授物情在悟宗規模之道既弘汲引之功無墜至於混小大之非有均彼我之恒儀齊色心於性空絕形有之流轉幽通而揚化本極變以達神源斯道窮微非唇言也然則教敷下士匪此難弘先以威權動之後以言聲導之輪發信然所以開萌漸也像末澆競法就崩離神力靜流通感殆絕二石之世澄上揚名兩蕭接統誌公標德備諸紀錄未敢詳之頃世蒙俗情多浮濫時陳靈相或加褒飾考覈本據顛墜滛邪妖異之諺林蒸是非之論蜂起至如觀音之拔濟信而有徵大聖之通夢華實相半斯則託事親蒙難免語意無涉餘求想像實假冥緣故得有倫虛指因斯以言良有以也圓通之遊聖寺照達之涉仙宮信其言焉難窮事矣前傳之叙蓬萊無乖鄙例曩者顯宗通感創開玄化之基法本內傳具列靈通之應或騰虛而現奇或飛光而吐瑞有晉嘉相雜沓臻焉曇翼之感育王陶侃之逢妙德自後繁華難具陳矣隋高建塔之歲踊瑞紛綸神光屬於羣物至澤通於疾癘天華與甘露同降靈芝共瑞鹿俱程空遊仙聖結霧來儀水族龜魚行鱗出聽百有餘塔皆備潛通君臣相慶緇素欣幸其德榮明不可加也然而當年即世或墜流言俗習常談五福欣其壽考通神達命三畏君子所弘及煬帝鎔鑄高陽開模之始其像頂含翠髻身曜紫金靈光通照顯五色之希奇瑞華滿庭開六彩之殊相上下同泰無得稱焉下詔圖之遠頒郡國義當響斯厚澤荷福無壃遺廞宗社如山之固

尋復兵飢荐集宇內分崩亡曆喪寳卒于身世統詳終古五運非不推遷近以情求殃慶迷其倚伏又如聖母上天功高遂舉輪王樹塔禍及凶終何以明其然乎信由業命之淳薄故感報果之休咎耳豈以恒人之耳目而遠籌於三世之道哉若夫卜商賈誼之爲言班彪李康之著論但知混而謂之命莫辨命之所以爲然何異見羅紈於篋笥而未識成之由機杼也覩百穀於倉廪而未知得之由稼穡也儒之所云命也釋之所云業也命繫於業業繫於心心發既其參差業成故亦無准是以達命業之開士知報熟而無辭迷因果之恒人謂徒言而不應故馬遷嗟報施之爽積疑而莫之通范滂惑善惡之宜舍憤而無以釋斯皆覩流而不尋源見一而不知二

覽釋門之弘教豈復淪斯網哉夫造業千端感報萬緒或始善而終惡故先榮而後枯或吉凶之雜起故禍福而同萃唯色一也等面異而殊形唯心一也齊自他而無定故無學或業盡於此生往業或終於即世有縛感由於既往受報未止於今時身子悟理之通人常懷疾惱目連威雄之達士終纏碎身至聖納謗於祇園王子被讒於清衆儒宗絶粒於陳壤堯湯遭變於中原雖玄素之相或乖而業命之緣無爽是知文煬大寳往福終於此世崇建塔像今業起於將來交運相投無識因之致惑隨遭兩鏡通命豈其然乎復有深宮法濟寄神祝而銷災慧日法安憑斫石而流水轉明之越巨防通達之沐炎湯瓊公拜而邪像崩道英終而大地轉斯德衆矣其徒

繁矣既云神化固不可以由來擬之輒叙篇
中識僧倫之難偶耳

續高僧傳卷第二十八

音釋

酵居效切酒酵也 溲疏鳩切淘也 痾於何切病寖深也 痼古慕切久固之疾 㖨力篤切 鸜鵒鸜求於切鵒余六切鸜鵒鳥名 勵力霽切勉也 鏤郎豆切雕也 齆烏貢切鼻塞病 摙力展切運物也 擔跛補火切足偏躄也 舐丈几切餂也 瀛餘卿切州名 荐在甸切屢也 紈胡官切素也

續高僧傳卷第二十九上

唐　釋　道　宣　撰

遺身篇第七正傳十二人附見四人

雍州新豐福緣寺釋道休傳十二

釋法凝會州人也俗姓龐氏初齊武帝夢遊齊山不知在何州縣散頒天下覓之時會之父老奏稱去州城北七里臣人山是舊號齊山武帝遣於上立精舍度僧給田業凝以童子在先得度專心持戒道德日新月六年三齋供不斷但以坐禪爲念出禪則誦經恒常入禪百姓爭往看而不敢入唯於窻中遥見動經一月出猶不食大德名僧多往勸之雖復進食漸漸微少後年至七十於佛像前置座而坐初燒一指晝夜不動火然及臂諸人與弟子欲往撲滅及有呌喚者復有禁止不聽者臂然火燄彌熾遂及身七日七夜時俗男女有號哭自搥者又有頂禮讚歎者至身盡唯有聚灰衆共埋之於上起塔今唯有一

精舍在餘皆摧滅

釋僧崖姓牟氏祖居涪陵晉義熙九年朱齡石伐蜀涪陵獽三百家隨軍平討因止于廣漢金淵山谷崖即其後也而童幼少言不雜俳戲每遊山泉必先禮而後飲或諦觀不瞬坐以終日人問其故答曰是身可惡我思之耳後必燒之及年長從戎毅然剛正嘗隨伴捕魚得已分者用投諸水謂伴曰殺非好業我今舉體皆現生瘡誓斷獵矣遂燒其獵具時獽首領數百人共築池塞資以養魚崖率家僮往彼觀望忽有異蛇長尺許頭尾皆赤須臾長大乃至丈餘圍五六尺獽衆奔散蛇便趣水舉尾入雲赤光遍野久之乃滅尋爾衆聚具論前事崖曰此無憂也但斷殺業蛇不害人又勸停池堰衆未之許俄而隄防決壞時依悉禪師施力供侍雖充驅使而言語訥澁舉動若癡然一對一言而合大理經留數載無所異焉至玄冬之月禪師患足冷命之取火乃將大爐炎炭直頓於前禪師責之曰癡人何煩汝許多火乃正色答曰須火却寒得火嫌熱孰是癡人情性若斯何曰得道禪師謂曰汝不畏熱試將手置火中崖即應聲將指置火中振吒作聲青煙涌出都不改容禪師陰異之未即行敬又以他日諸弟子曰崖耐火共推之火爐被燒之處皆並成瘡而欣笑自如竟無痛色諸弟子等具諮禪師禪師喚來謂曰汝於此學佛法更莫謾作舉動惑亂百姓答曰若不苦身焉得成道如得出家一日便足禪師遂度出家自爲剃髮但覺鬢髮鬚易除猶如自落禪師置刀於地攝衣

作禮曰崖法師來爲我作師我請爲弟子崖謙謝而已既法衣著體四輩尊崇歸命輸誠無所悋惜或有疾病之處往到無不得除三十年間大弘救濟年踰七十心力尚强以周武成元年六月於益州城西路首以布裹左右五指燒之有問燒指可不痛耶崖曰痛由心起心既無痛指何所痛時人同號以爲僧崖菩薩或有問曰似有風疾何不治之答曰身皆空耳如何所治又曰根大有對何謂爲空答曰四大五根復何住耶衆服其言孝愛寺兊法師者有大見解承崖發迹乃率弟子數十人往彼禮敬解衣施之顧大衆曰真解般若非徒口說由是道俗通集倍加崇信如是經日左手指盡火次掌骨髓沸上涌將滅火燄乃以右手殘指挾竹挑之有問其故崖曰緣諸衆生不能行忍今勸不忍者忍不燒者燒耳兼又說法勸勵令行慈斷肉雖煙燄俱熾以日繼夕並燒二手眉目不動又爲四衆說法誦經或及諸切詞要義則頷頭微笑時或心怠私有言者崖顧曰我在山中初不識字今聞經語句句與心相應何不至心靜聽若乖此者則空燒此手何異樵頭耶於是大衆懍然莫不專到其後復告衆曰末劫輕慢心轉薄淡見像如木頭聞經如風過馬耳今爲寫大乘經教故燒手滅身欲令信重佛法也闔境士女聞者皆來遶數萬帀崖夷然澄靜容色不動頻集城西大道談論法化初有細雨殆將霑漬便斂心入定即雲散月明而燒臂掌骨五枚如殘燭燼忽然各生並長三寸白如珂雪僧尼僉曰若菩薩滅後願奉

舍利起塔供養崖乃以口嚙新生五骨拔而折之吐施大衆曰可爲塔也至七月十四日忽有大聲狀如地動天裂人畜驚駭於上空中或見犬羊龍蛇軍器等像少時還息人以事問崖曰此無苦也警睡三昧耳吾欲捨身可辦供具時孝愛寺導禪師戒行精苦耆年大德捨六度錫杖并及紫被贈崖入火捷爲僧淵遠送斑納意願隨身于時人物諠擾施財山積初不知二德所送物也至明日平旦忽告侍者法陁曰汝往取導師錫杖紫被及納袈裟來爲吾著之便往造焚身所于時道俗十餘萬衆擁轝而哭崖曰但守菩提心義無哭也便登高座爲衆說法時時舉目視於薪積欣然獨笑久頃右脇而寢都無氣息狀若木偶起言曰時將欲至仍下足白衆僧曰佛法難值宜共護持先於城都縣東南積柴壘以爲樓高數丈許上作乾麻小室以油潤之崖緩步至樓遶旋三帀禮拜四門便登其上憑欄下望令念般若留以一心有施主王撰懼曰我若放火便燒聖人將獲重罪崖陰知之告撰上樓臂摩頂曰汝莫憂造樓得罪乃大福也促命下火皆畏之置炬著地崖以臂挾炬先燒西北次及西南麻燥油濃赫然熾合於盛火中放火設禮比第二拜身面焦坼重復一禮身踣炭上及薪盡火滅骨肉皆化唯心尚存赤而且濕肝腸脾胃猶自相連更以四十車柴燒之腸胃雖卷而心猶如本兊法師乃命收取葬于塔下今在寶園寺中初未燒前有問者曰菩薩滅度願示瑞相崖曰我身可盡心不壞也衆謂心神無形不由

燒蕩及後心存方知先見留以一心之不朽也然崖自生及終頻現異相有數十條曾於一家將欲受戒無何笑曰將捨寶物生疑慮耶衆相推問有楊氏婦欲施銀釵恐夫責及因決捨之有孝愛寺僧佛與者偏嗜飲噉流俗落度隨崖輦後私發願曰令值聖人誓斷酒肉及返至寺見黃色人曰汝能斷肉大好汝若食一衆生肉即食一切衆生肉若又食者即食一切父母眷屬肉矣必欲食者當如死屍中蟲蟲即肉也又曰日有六時念善大好若不能具一時亦好如是一念其心亦好皆能滅惡也見其言詞眞正音句和雅將欲致問不久而滅於是佛與翹心精進遶塔念誦又聞空中聲曰汝勤持齋願令衆生得不食身又令餓鬼身常飽滿觀其感被皆崖力也初登柴樓沙門僧育在大建昌寺門見有火光高四五丈廣三四丈從地而起上衝樓邊久久乃滅又初焚日州寺大德沙門寶海問曰等是一火何故菩薩受燒都無痛相崖曰衆生有相故痛耳又曰常云代衆生受苦爲實得不答曰既作心代受何以不得又曰菩薩自燒衆生罪熟各自受苦何由可代答曰猶如燒手一念善根即能滅惡豈非代耶時普法師又問曰二家共諍大義終未之決一云佛智緣無相理理是緣境智是能緣一云除倒息妄即是眞諦何者爲定崖曰佛即無相無別異相海法師曰佛即無相無相之相本無異相若如此者菩薩即釋迦觀音崖曰我是凡夫誓入地獄代苦衆生願令成佛耳海曰前佛亦有此願何故早巳成佛答曰

前佛度一時衆生盡也又問藥王等聖何故成佛今菩薩獨未成佛而救衆生是則前佛殊塗答曰前段衆生已得藥王意今衆生未得我意由我始化如將落之華也故其應對一時皆此之類乃謂侍者智炎曰我滅度後好好供養病人並難可測其本多是諸佛聖人乘權應化自非大心平等何能恭敬此是實行也座中疑崖非聖人者乃的呼其人名曰諸佛應世形無定方或作醜陋諸疾乃至畜生下類檀越慎之勿妄輕也及將動火也皆覩異相或見圓蓋覆崖有三道人處其蓋上或見五色光如人形像在四門者或見柴樓之上如日出形並雨諸華大者如兩斛甕許小者如鍾乳片五色交亂紛紛而下接取非一帳觸皆消又聞天鼓殷殷深遠久久方息及崖滅後郫縣人於郫江邊見空中有油絡轝崖在其上身服班納黃偏袒紫被捉錫杖後有五六百僧皆草竹傘乘空西沒又潼州靈果寺僧慧榮者承崖滅度乃為設大齋在故市中於食前忽見黑雲從東南來翳日蔭會仍雨龍毛五色分明長者尺五短猶六寸又雨諸華旛香煙滿空繽紛大衆通見又初收心舍利至常住寺中皆見華叢舍盛光榮庭宇又阿迦膩吒寺僧慧勝者抱病在床不見焚身心懷悵恨夢崖將一沙彌來帊裹三斛許香并檀屑分為四聚以遶於勝下火焚香勝怖曰凡夫耳未能燒身也崖曰無怖用熏病耳煨燼既盡即覺爽健又請現瑞答曰我在益州詭名崖耳真名光明遍照寶藏菩薩勝從覺後力倍於常有時在於外村為

崖設會勝自唱導曰潼州福重道俗見瑞我等障厚都無所見因即應聲二百許人悉見天華如雪紛紛滿天映日而下至中食竟華形漸大如七寸盤皆作金色明淨耀目四衆競接都不可得或緣樹登高望欲取之皆飛上去又成都民王僧貴者自崖焚後舉家斷肉後因事故將欲解素私自評論時屬二更忽聞門外喚檀越聲比至開門見一道人語曰愼勿食肉言情酸切行啼而去從後走趂似近而遠忽失所在又焚後八月中獠人牟難當者於就嶠山頂行獵搦箭聲弩舉眼望鹿忽見崖騎一青麖獵者驚曰汝在益州已燒身死今那在此崖曰誰道許誑人耳汝能燒身不射獵得罪也汝當勤力作田矣便爾別去又至冬間崖兒子於溪中忽聞山谷喧動若數萬衆舉望見崖從以兩僧執錫杖而行因追及之欲捉袈裟崖曰汝何勞捉我乃指前雞猪曰此等音聲皆有詮述如汝等語他人不解餘國言音汝亦不解人畜有殊皆有佛性但爲惡業故受此形汝但力田莫養禽畜言極周委故其往往現形預知人意率皆此也具如沙門忘名集及費氏三寶録并益部集異記

釋普圓不知何許人聲議所述似居河海周武之初來遊三輔容貌姿美其相偉大言顧弘緩有丈夫之神彩焉多歷名山大川常以頭陀爲志樂行慈救利益爲先人有投者輒便引度示語行要令導苦節誦華嚴一部潛其聲相人無知者弟子侍讀後因知之然而常坐繩床斂容在定用心彌到不覺經過晨

夕有時乞食暫往村聚多依林墓取靜思惟夜有强鬼形極可畏四眼六牙手持曲棒身毛垂下徑至其前圓努目觀之都無怖懾不久便退其例非一又有惡人從圓乞頭將斬與之又不肯取又復乞眼即欲剜施便從索手遂以繩繫腕著樹齊肘斬而與之心悶委地村人明乃聞知因斯卒于郊南樊川也諸村哀其苦行爭欲收葬衆議不決乃分其屍爲數段各修塔焉

釋普濟雍州北山互人初出家依止圓禪師儀軌行法獨處林野不宿人世跏坐修禪至于没齒栖遲荒險不避豺虎雖遊浪物表而手不釋卷常讀華嚴依而結業自佛法淪廢便投太白諸山行不褁糧依時噉草咀嚼咽飲都不爲患顧像教一興捨身供養修普賢行生賢首國開皇之始大闡法門思願既满即事捐捨引衆集於炭谷之西崖廣發弘誓自投而殞方遠填赴充於巖谷爲建白塔于高峯焉近貞觀初有山居沙門普濟者立操標勇貞專自固恒遊名山習誦經典大品法華偏所通利其所造集多誦兩經仍隨文句時重解釋聲氣所及周于一里故使數萬衆中無不聞者以武德十八年西入關壤時經邑落還居林靜貞觀度僧時以濟無貫擢預公籍住京師光明寺衆聚山結樂聞經旨濟弊斯諠擾遂遺名逃隱不測所之有說今在終南幽巖獨坐傍饒山果須者負還重更追尋便失來徑余曾同聚自悦斯人衣則百結相連缽則纔充受用汲灌瓦瓶麻繩繫頸坐則籍草脇無著地驍悍果敢睡蓋莫欺節約

儉退利賊潛迹言論所指知足爲先談授正義如行爲最所以一坐說法施積如山曾無顧涉任委監護乃重惟曰城邑所屬五欲爲根余力既微無宜自陷遂逃遁矣

釋普安姓郭氏京兆涇陽人小年依圓禪師出家苦節頭陀捐削世務而性在和忍不喜怨酷或代執勞役受諸勤苦情甘如薺恐其事盡晚投藹法師通明三藏常業華嚴讀誦禪思唯爲標擬周氏滅法栖隱于終南山之楩梓谷西坡深林自庇廓居世表潔操泉石連蹤禽魚又引靜淵法師同止林野披釋幽奧資承玄理加以遵修苦行亡身爲物或露形草莽施諸蚤蝱流血被身初無懷憚或委臥亂屍用施豺虎望存生捨以祈本志而虎豹雖來皆嗅而不食常懷介介不副情願孤踐獸蹤冀逢食噉于時天地既閉像教斯蒙國令嚴重不許逃難京邑名德三十餘僧避地終南投骸未委安乃總召詳集州渚其心幽密安處自居顯露身行乞索不懼嚴誅故得衣食俱豐修業無廢亂世智士安其在歟時有重募捉獲一僧賞物十段有人應募來欲執安即慰喻曰觀卿貧煎當欲相給爲設食已俱共入京帝語此人曰我國法急不許道人民間你復助急不許道人山中若爾遣他何處得活宜放入山不須檢校又周臣柳白澤者奉勑傍山搜括逃僧有黨告云此楩梓谷內有普安道人因遣追取即與俱至澤語黨曰我不得見宜即放還於是釋然復歸所止前後遭難曾無私隱皆見解免例如此也時藹法師避難在義谷杜映世家掘窟藏

之安被放還因過禮覲謁曰安公明解佛法頗未寬多而神志絶倫不避强禦葢難及也安曰今蒙免難乃唯華嚴力耳凡所祈誠莫不斯賴因請謁還山親自經理四遠承風投造非一謁乃與安更開其所住具如别傳隋文創曆佛教大興廣募遺僧依舊安置時梗梓一谷三十餘僧應詔出家並住官寺唯安欣玆重復以爲名馳依本山居守素林壑時行村聚惠益生靈終寢煙霞不接浮俗末有人於子午虎林兩谷合澗之側鑿龕結庵延而住之初止龕日上有大石正當其上恐落掘出逐峻崩下安自念曰願移餘處莫碎龕窟石遂依言迸避餘所大衆共怪安曰華嚴力也未足異之又龕東石壁澗左有索陁者川鄉巨害縱横非一陰嫉安德恒思誅殄與伴三人持弓挾刃攘臂挽弓將欲放箭箭不離弦手張不息努眼舌噤立住經宿聲相通震遠近雲會鄉人稽首歸誠請救安曰素了不知豈非華嚴力也若欲除免但令懺悔如語教之方蒙解脱又龕西魏村張暉者夙與惡念以盜爲業夜往安所私取佛油瓮受五升背負而出既至院門迷昏失性若有所縛不能動轉眷屬鄉村同來爲謝安曰余不知葢華嚴力乎語令懺悔扶取油瓮如語得脱又龕南張卿者來盜安錢袖中持去既達家内寫而不出口噤無言即尋歸懺復道而返有程郭村程暉和者頗懷信向恒來安所聽受法要因患身死已經兩宿纏屍於地伺欲棺殮安時先往鄠縣返還在道行達西南之德行寺東去暉村五里遥唤程暉和何爲不

見迎耶連喚不已田人告曰和久死矣無由迎也安曰斯乃浪語吾不信也尋至其村厲聲大喚和遂動身旁親乃割所纏繩令斷安入其庭又大喚之和即屈起匍匐就安令屏除棺器覆一筥箒以當佛座令和遶旋尋復如故更壽二十許歲後遇重病來投乞救安曰放爾遊蕩非吾知也便遂命終時安風聲搖逸道俗崇向其例衆也皆來請謁興建福會多有通感畧述一兩昆明池北白村老母者病卧床枕失音百日指撝男女思見安形會其母意請來至宅病母既見不覺下迎言問起居奄同常日遂失病所在于時聲名更振村聚齊集各率音樂巡家告令欲設大齋大方村中田遺生者家途壁立而有四女妻著弊布齊膝而已四女赤露迴無條線大女名華嚴年已二十唯有麤布二尺擬充布施安引村衆次至其門愍斯貧苦遂度不入大女思念由我貧煎不及福會今又不修當來倍此周遍求物闃爾無從仰面悲號遂見屋甍一把亂床用塞明孔挽取抖捒得穀十餘挼以成米并將前布擬用隨喜身既無衣待至夜闇匍匐而行趣齋供所以前施物遥擲衆中十餘粒米別奉炊飯因發願曰女人窮業久自種得竭貧行施用希來報輒以十餘黃米投飯甑中必若至誠貧業盡者當願所炊之飯變成黃色如無所感命也柰何作此誓已掩淚而返於是甑中五石米飯並成黃色大衆驚嗟未知所以周尋緣搆乃云田遺生女之願力也齋會齊率獲粟十斛尋用濟之安辦法衣仍度華嚴送入京寺爾後聲名

重振弘悟難述安居處雖隱每行慈救年常二社血祀者多周行救贖勸修法義不殺生邑其數不少嘗於龕側村中縛猪三頭將加烹宰安聞往贖社人恐不得殺增長索錢十千安曰貧道見有三千已加本價十倍可以相與衆各不同更相忿競忽有小兒羊皮褁腹來至社會助安贖猪既見諍競因從乞酒行飲行舞焜煌旋轉合社老少眼並失明須臾自隱不知所在安即引刀自割䏶肉曰此彼俱肉耳猪食糞穢爾尚噉之況人食米理是貴也社人聞見一時同放猪既得脫繞安三帀以鼻㖃觸若有愛敬故使郊之南西五十里內雞猪絕嗣乃至于今其感發慈善皆此類也性多誠信樂讀華嚴一鉢三衣累紀彌勵開皇八年頻勑入京爲皇儲門師長公主營建靜法復延住寺名雖帝宇常寢巖阿以大業五年十一月五日終于靜法禪院春秋八十遺骸於終南起塔在至相寺之側矣

釋大志姓顧氏會稽山陰人發蒙出家師事天台智者顗禪師顗覩其形神灑落高放物表因名爲大志禪誦爲業苦節自專四方名匠無遠必造而言氣清穆儀相貞嚴故見者眄睞知非凡器開皇十年來遊廬岳住峯頂寺不隷公名不預僧伍誦法華經索然閑雅絕能清轉使諸聽者忘疲後於蓮華山甘露峯南建靜觀道場頭陀爲業介爾一身不避虓虎聞有惡獸輒往投之皆避而不敢山粒本絕終日忘餐或以餅果繼命而已外覩不堪其惱而志安之容色如故經于七載禪業無斷晩住此山福林寺會大業屏除流徙隱

逸慨法陵遲一至於此乃變服毀形頭摽孝絰麤布爲衣在佛堂中高聲慟哭三日三夕初不斷絶寺僧慰喻志曰余歎惡業乃如此耶要盡此形骸伸明正教耳遂往東都上表曰願陛下興顯三寶當然一臂於嵩岳用報國恩帝許之勑設大齋七衆通集志不食三日登大棚上燒鐵赫然用烙其臂並令焦黑以刀截斷肉裂骨現又烙其骨令焦黑已布裹蠟灌下火然之光耀巖岫于時大衆見其行苦皆痛心貫髓不安其足而志雖加燒烙詞色不變言笑如初時誦法句或歎佛德爲衆說法聲聲不絶臂燒既盡如先下棚七日入定跏坐而卒時年四十有三初志出家至終結操松竹冬夏一服無御緜纊布艾麤素自此爲常形極鮮白脣如丹晝裙垂半脛足躡蒲屩言氣爽朗調逸風雲人或不識怪所從來者便捋眉告曰余九江廬山福林寺小道人大志耳又善屬文藻編詞明切撰願誓文七十餘紙意在共諸衆生爲善知識也僧爲强禦難奉信者有見此誓無不掩淚今廬山峯頂每至暮年諸寺見僧宿集一夜讀其遺誓用曉道俗合衆皆酸結矣

釋智命俗姓鄭名頲滎陽人族望清勝文華曜世詞鋒所指罕有當之初仕隋爲羽騎尉班位斯薄逃官流俗備歷講會餐寢法輿就耕于寧州大業初年僕射楊素因事往彼乃通名謁見與語終日素曰觀鄉風韻殊非鄙俗所懷乃廊廟偉器耳且權抑忍辱尋當徵召及元德作貳搜訪賢能素遂拔之對晤宣傳應變不一有令試以三百對語一遍授之

覆無遺漏致大重敬遷爲中舍人官至五品及元德云薨不仕於世遊聽三論法華研味積年踰深信篤皇泰之初越王即位歷官至御史大夫僞鄭開明連任不改深謀廣畧有國惟寄于斯時也令上任總天策御兵西苑李密鴟張蟻結魚烋洛汭世充獨固一都内外煎迫上下同懼頲弊斯紛梗情慕出家頻請鄭主爲國修道既不遂志惟思剪削不累刑科夜則潛讀方等諸經晝則緝理公政斯須不替經四十日誦得法華暢滿胷襟決心出俗又勸婦氏歸宗釋教言既切至即依從之更互剃髮頲語妻曰吾願滿矣不死而生當啓鄭主不宜爾也便法服擎錫徑至宮門云鄭頲輒已出家故來奉謁世充不勝憤怒下勑斬之頲聞喜曰吾願又滿矣欣笑泰然行至洛濵時唯旭旦未合行決頲曰若爲善知識者願早見過度不爾尋應被放不滿本懷于時道俗圍遶勸引至暮而頲厲色唱言不許因即斬之尋有勑放既所不救舉朝悅恨即僞鄭開明之初年也初頲從吉藏法師聽講有僧告曰觀卿頭顱額頷有富貴相但以眄睞後顧恐不得其終頲曰豈非傷死耶必如所相乃是本願甞見諸死者疾甚危弱心不自安紛擾不定便就後世生死終一期也定不能免何如發正願緣勝境心力堅明不有馳散刀落命終神爽自在豈不善乎故頲之臨刑遍禮十方口詠般若索筆題詩曰

幻生還幻滅　大幻莫過身　安心自有處
求人無有人

與諸知故别已合眼少時曰可下刀矣尋聲

斬之面貌熈怡有逾恒日妻爲比丘尼見住洛州寺也

釋玄覽姓李趙州房子人昆季五人最處其末伯父任蒲州萬泉令久而無子養之若親年十三心慕出家深見俗過遂逃迸山谷北達汾州超禪師所見其言情慱遠即而出家令既失之遣人羅捕雖復藏竄不免捉獲口云身屬伯耳心屬諸佛終無俗志願深照也伯乃愍而放之貞觀年初入京蒙度配名弘福常樂禪誦禮悔爲業每語法屬曰雖同恒業而誓欲捨身至貞觀十八年四月初脱諸衣服總作一樸付本寺僧唯著一覆單衣容去至京東渭陰洪陂坊側且臨渭水稱念禮訖投身瀅中衆人接出覽告衆曰吾誓捨身命久矣意欲仰學大士難捨能捨諸經正行幸勿固遮兩妨其業衆悟意故乃從之即又入水合掌稱十方佛廣發弘願已投于旋渦中三日後其屍方出村人接之起塔木寺恠其不歸顧問無處便開衣樸乃見遺文云敬白十方三世諸佛弟子玄覽自出家來一十二夏雖霑僧數大業未成今欲修行檀波羅容如薩埵投身尸毘割股魚王肉山經文具載請從前聖敢附後塵衣物衆具任依佛教臨終之人多不周委同學等見其遺文方往尋究云

釋法曠姓駱雍州咸陽人少有異節偏愛儒素後聽弘善寺榮師大論榮即周世道安之弟子也創染玄業便悟非常資學之勤不出門院年十六講解前論道穆京華酬答泠然無替玄理專修念定無涉時方無量壽經世

稱難誦曠聞試尋一日兩卷文言闇了故其誦持罕有加者自爾藏經披讀以爲恒任文理所指問無不知顧諸布薩人多説欲乃自勵心力立誦千遍數旬之間便得滿願性樂儉約不尚華靡故其房中無有氊席滿院種莎用擬隨坐頭陁行也勗誡門人唯存離著以末代根機隨塵生染故也年登知命便但三衣瓶鉢以外一無受畜卓然正色凛絜風霜人有與語唯言離著至時分衞一食而已每曰余唯生死滯著無始輪迴生厭者希死厭又少常懷怏怏欲試捨之以貞觀七年二月二十一日入終南山在炭谷内四十里許脱衣掛樹以刀自刎既獨自殞無由知處諸識故等至八月中方始訪得其遺身頌云云

紹闍梨者梓州玄武人也俗姓蒲氏未出家前山行見一大蟲甚瘦又將一子於澗中取蝦子蝦子又不可得紹乃歎曰此蟲應在深山今乃出路飢渴甚矣等是一死不如充此飢渴乃脱衣往卧蟲前蟲乃避去後方出家唯誦經行道而已更無異行大業之初汝州界蟲暴非常三五十人持杖不敢獨行害人既多紹乃往到其處立茅苫而坐蟲並遠去道路清夷年一百九歲乃見疾謂弟子曰我欲露屍乞諸蟲鳥而虎嫌我身生尚不食豈死能肯可焚之無餘燼弟子等不忍依其言乃露屍月餘鳥獸不犯乃收葬之

又近有汾州大乘寺僧忘名者常厭生死濁世難度誓必捨身先節食服香至期道俗通集香華旛蓋列衞而往西山子夏學巖面西斂容衆唱善哉咸送隨喜乃放身懸壑至地

起坐及衆就視方知已逝博訪遺身其類甚衆且隨疏出示爲一例餘者蓋闕

釋會通雍州萬年御宿川人少欣道檢遊泊林泉苦節戒行是其顧習投終南豹林谷潛隱綜業讀法華經至藥王品便欣厭捨私集柴木誓必行之以貞觀末年靜夜林中積薪爲窟誦至藥王便令下火風驚焰發煙火俱盛卓爾跏坐聲誦如故尋爾西南有大白光流入火聚身方偃仆至曉身火俱滅乃收其遺骨爲起白塔勒銘存焉貞觀之初荊州有比丘尼姊妹同誦法華深猒形器俱欲捨身節約衣食欽崇苦行服諸香油漸斷粒食後頓絕穀唯噉香蜜精力所被神志鮮爽周告道俗剋日燒身以貞觀三年二月八日於荊州大街置二高座乃以蠟布纏身至頂唯出面目衆聚如山歌讚雲會誦至燒處其姊先以火炷妹頂請妹又以火炷姊頂清夜兩炬一時同耀焰下至眼聲相轉明漸下鼻口方乃歇滅恰至明晨合座洞舉一時火化骸骨摧朽二舌俱存合衆欣嗟爲起高塔近并州城西有一書生年可二十四五誦法華經誓燒供養乃集數束蒿乾籠之人問其故密而不述後於中夜放火自燒及人往救火盛已死乃就加柴薪盡其形蔭近有山僧善導者周遊寰寓求訪道津行至西河遇道綽部唯行念佛彌陀淨業既入京師廣行此化寫彌陀經數萬卷士女奉者其數無量時在光明寺說法有人告導曰今念佛名定生淨土不導曰定生定生其人禮拜訖口誦南無阿彌陀佛聲聲相次出光明寺門上柳樹表合掌

西望倒投身下至地遂死事聞臺省
釋道休未詳氏族住雍州新豐福緣寺常以
頭陀爲業在寺南驪山幽谷結草爲庵一坐
七日乃出其定執鉢持錫出山乞食飯鉢滿
已隨處而食還來庵所七日爲期初無替廢
所以村墅有信剋日至山路首迎逆而休歡
笑先言畢詞問訊行說禁戒誨以慈善諸俗
待其食已從受歸戒送入山門然後乃返積
四十餘載貞觀三年夏內依期不出就庵看
之端拱而卒衆謂入定於傍宿守乃經信宿
迫而察之方知氣盡跏坐不腐儼若生焉仍
就而掩扉外加棘刺恐蟲傷也四年冬首余
往觀焉山北村人接還村內爲起廟舍安置
厥形雖皮鞕骨連而容色不改跏坐如故乃
於其上加漆布焉然休出家已來常但三衣
不服繒纊以傷生也又所著布衣積有年稔
塵朽零破見者寒心時屬嚴冬忽然呻噤即
合脫三衣露背而坐冷厲難耐便取一重披
之遂便覺暖自誡勸曰汝亦易誑前後俱冷
俱是一衣如何易奪遂覺暖也汝不可信當
爲汝師或時欲補衣以布相著欲加縫綴即
便入定後出之時收而乞食斯季世以死要
生業道者罕有蹤也余曾叅翻譯親問西域
諸僧皆以布氎而爲袈裟都無繒絹者縱用
以爲餘衣不得加受持也其龜茲于闐諸國
見今養蠶唯擬取綿亦不殺害故知休之慈
救與衡岳同風前已廣彰恐迷重舉自餘服
翫安可言矣
論曰竊聞輕生徇節自古爲難苟免無恥當
今爲易志人恒人之傳列樹風猷上達下達

之言昭揚經典皆所以箴規庸度開導精靈唯道居尊唯德生物故能兼忘通塞兩遣是非體流縛之根源曉想倒之條緒也是以達人知身城之假合如塵無性鑒命筭之若流唯心生滅由斯以降同是幻居安有智者而能常保然則宅生附世纏取未捐寄以弘因用清心惑或挫拉以加惱辱或抑制以事奴僊或焚灼以拔貪源或刳剔以窮癡本纏身爲炬且達迷塗然臂爲明時陳報德出燈入鐵之相其蹤若林肉山乳海之能備聞前策斯皆拔倒我之宏根顯坏形之可厭以將崩之朽宅貿金剛之法身經不云乎誠至言矣若夫厚生所實極貴者形就而揆之其實唯命大聖成教豈虛搆哉故藥王上賢焚體由其通顧下凡仰慕灼爛寧不失心然僧崖正身於猛燄言聲不改大志刳臂以熱鐵神操逾新玄覽致命於中流雖出還沒法安亡形於縲紲放免來投是知操不可奪行不可掩誠可嘉乎難行事矣復有引腸樹表條肉林中舒顔而臨白刃含笑而受輕辱並如本紀又可嘉哉然則四果正士灰身而避謗徒八千受決護法而逃忍界彼何力而登危此何情而脫苦自非懷安曠濟行杜我人觀色相爲聚塵達性命如風燭故能追蹤前聖誠宗像末之寄乎或者問曰夫厭生者當拔生因豈斷苦果而摧集本未聞其旨請爲陳之斯立言也不無恒致且集因綿亘如山之相屬我爲集本如煙之待搆生重唯身隨重而行對治如世之病任形而設方術故焚溺以識貪瞋謙虛以攻癡慢斯業可尚同靜觀而緣

色心斯道可崇等即有而爲空也必迷斯迹謂我能行倒本更繁徒行苦聚故持經一句勝捨多身世諺所質唯斯人也但患闇而不行更增常結何如薄捐肢節分遣著情聖教包羅義含知量自有力分虛劣安敢思齊或呻嘷而就終或邀激而赴難前傳所評何世無耶又有未明教迹婬惱纏封恐漏初篇割從閹隷矜誕爲德輕侮僧倫聖教科治必有深旨良以愛之所起者妄也知妄則愛無從焉不曉返檢内心而迷削於外色故根色雖削染愛逾增深爲道障現充戒難尚須加之擯罪寧敢依之起福又有臨終遺訣露骸林下或沉在洄流通資翔泳或深瘞高墳豐碑紀德或乘崖漏窟望遠知人或全身化火不累同生之神或灰骨塗像以陳身奉之供鐀膚劓刵謂遣塵勞剜目肢解言傾情欲斯途衆矣因而敘之且夫陳屍林薄少袪鄙悋之心飛走以之充飢幽明以之熏勃得失相補尠能兼濟遂有蟲蛆涌於内外烏隨啄呑狼籍膏於原野傷於慈惻然西域本葬其流四焉火葬焚以蒸薪水葬沉於深淀土葬埋於崖旁林葬棄之中野法王輪王同依火禮世重常習餘者希行東夏所傳唯聞林土水火兩設世罕其蹤故瓦掩虞棺廢林薪之始也夏后堲周行瓦棺之事也殷人以木槨櫝縢緘之也中古文昌仁育成治雖明窆葬行者猶希故掩骼埋胔堋而瘞也上古墓而不墳未通庶類赫胥盧陵之后現即因山爲陵下古相沿同行土葬紜紜難紀故且削之若乃碑行紀言導後葉之清緒施輪樹塔表前德

之微功阿含之所開明即世彌其昌矣至於埋屍塔側尚制遠撤邊坊親用骨塗實乃虛通諂附又有猒割人世生迯深林廣告四部望存九請既失情投僶俛從事道俗讚善償從相催聳慼不已放身巖壑據律則罪當初聚論情則隨與大捨餘有削畧贅疣雖符極教而心舍不淨多存世染必能曠蕩無寄開化昏迷故非此論所詳自可仰歸清達而世或多事妄行斷粒練形以期羽化服餌以却重尸或呼吸沆瀣或吐納陰陽或假藥以導遐齡或行氣以窮天地或延生以守慈氏或畏死以求邪術斯蹤極衆焉足聞乎並先聖之所關鍵後賢之所揃擲方復周章求及追賞時澆負钁陵峯望五芝之休氣擔鍋赴壑趣八石之英光以左道爲吾賢用淫祀爲終志畢從小朴未免生涯徒寄釋門虛行一世可爲悲夫是知生死大期自有恒數初果分齊餘未詳論而忽厠以凡心籌諸聖道通成愚結知何不爲然則寒林之動庸識因悟無常捨生而存大義用開懷道全身碎身之相權行實行之方顯妙化之知機通大聖之宏畧也冰情有著終累言於厚葬虛心不寄則任物之行藏斯道不窮固畧言矣

續高僧傳卷第二十九上

音釋

頒 逋還切 布也　獽 汝羊切 戎屬　堰 於幰切 水爲埭　壅壘 魯水切

掁 除庚切 觸也　罩 陟教切 覆也　麖 居卿切 大鹿　藹 依亥切　攘 知羊切 拵也

挽 武綰切 引也　噤 居廕切 口閉也　鄮 侯古切 縣名　筥 俱許切

笭 離呈切 筥笭並竹器　抖 當口切　捒 先勇切 抖捒振舉

貌
棚蒲庚切閣也
烙歷各切燒灼也
縑纊縑古嫌切繒帛也纊苦謗切絮也
頲徒鼎切
炰烋炰蒲交切烋虛交切炰烋氣健貌
彪補尤切小虎
刳剔刳音枯剔他歷切刳剔剖解也
劓刵劓以智切刑鼻也刵而至切斷耳
剜烏歡切刻也
骼各頟切骨也
胔資四切殘骨

續高僧傳卷第二十九下

唐　釋　道　宣　撰

讀誦篇第八正紀十四人 附見八人

釋志湛齊州山茌人是朗公曾孫之弟子也立行純厚省事少言仁濟爲務每遊諸禽獸而羣不爲亂住人頭山邃谷中銜草寺寺即宋求那跋摩之所立也讀誦法華用爲常業將終之日沙門寶誌奏梁武曰北方山茌縣人頭山銜草寺須陀洹果聖僧者今日入涅槃揚都道俗聞誌此告皆遥禮拜故湛之亡也寂無餘惱端然氣絶兩手各舒一指有西天竺僧解云若二果者舒兩指驗湛初果也還收葬于人頭山築塔安之石灰泥塗鳥獸不敢陵汙今猶存焉又范陽五侯寺僧失其名常誦法華初死之時權殯堤下後遷改葬骸骨並枯唯舌不壞雍州有僧亦誦法華隱

于白鹿山感一童子常來供給及死置屍巖下餘骸枯朽唯舌如故齊武成世并州東看山側有人掘地見一處土其色黄白與傍有異尋見一物狀如兩脣其中有舌鮮紅赤色以事聞奏帝問諸通人無能知者沙門大統法上奏曰此持法華者六根不壞報耳誦滿千遍其徵驗乎乃勑中書舍人高珍曰卿是信向之人自往看之必有靈異宜遷置淨所設齋供養珍奉勑至彼集諸持法華沙門執爐潔齋遶旋而呪曰菩薩涅槃年代已遠像法流行幸無謬者請現感應纔始發聲此之脣舌一時鼓動雖無響聲而相似讀誦諸同見者莫不毛豎珍以狀聞詔遣石函藏之遷于山室云云又元魏北代乘禪師者受持法華精動匪懈命終託河東薛氏爲第五子生而能言自陳宿世不願處俗其父任北泗州刺史隨任便往中山七帝寺尋得本時弟子語曰汝頗憶從我渡水往狼山不乘禪師者我身是也房中靈几可送除之父母恐其出家便與納室爾後便忘宿命之事而常與厭離端拱靜居又太和初年代京閹官自慨形餘不逮人族奏乞入山修道有勑許之乃齎一部華嚴晝夜讀誦禮悔不息夏首歸山至六月末髭鬚盡生復丈夫相遥狀奏聞高祖信敬由來忽見驚訝更增常日於是大代之國華嚴一經因斯轉盛並見侯君素旌異記

釋法建者廣漢雒縣人也俗姓朱氏誦經一千卷仍多閑暇遨遊偶俗無所異焉忽復閉門則累日不出無所食矣唯聞誦經然小聲吟諷音不外徹有人倚壁竊聽臨響但聞疊

奞溜溜似伏流之吐波時乃一出追從無聞武陵王東下令弟規守益州魏遣將軍尉遲迥來伐蜀規既降欵城内大有名僧皆被拘禁至夜忽有光明迥遣人尋光乃見諸僧並睡唯法建端坐誦經光從口出迥聞自到建所頂禮坐聽至旦始休迥問曰法師昨夜所誦名作何經答曰華嚴經下袠十卷迥曰何不從頭誦之答曰貧道誦次到此耳迥曰法師誦得幾許答曰貧道發心欲誦一藏情多懈怠今始得千卷迥驚疑不信將欲試之曰屈總誦一遍應不勞損耶建報曰讀誦經典沙門常事豈憚勞苦乃設高座令諸僧衆並執本遂聽法建登座爲誦或似急流之注峻壑其吐納音句呼噏氣息或類清風之入高松聰明者纔聞餘音情踈意逸者空望塵躅七日七夜數已滿千猶故不止迥起謝曰弟子兵將不得久停請從此辭諸僧因並釋散迥既出歎息曰自如來稱滅之後阿難號爲總持豈能過此蜀中乃有如此人所以常保安樂奇哉奇哉建年八十終

釋慧恭者益州成都人也俗姓周氏周未廢佛法之時與同寺惠遠結契勤學遠直詣長安聽採恭長往荆楊訪道遠於京師聽得阿毘曇論迦延拘舍地持成實毘婆沙攝大乘並皆精熟還益州講授卓爾絶羣道俗欽重賟施盈積恭後從江左來還二人相遇欣懽共叙離別三十餘年同宿數夜語說言談遠如泉涌恭竟無所道遠問恭曰離別多時今得相見慶此歡會伊何可論但覺仁者無所說將不得無所得耶恭對曰爲性闇劣都無

所解遠曰大無所解可不誦一部經乎恭答曰唯誦得觀世音經一卷遠厲色曰觀世音經小兒童子皆能誦之何煩大汝許人乎且仁者童子出家與遠立誓望證道果豈復三十餘年唯誦一卷經如指許大是非闇鈍嬾墮所爲請與斷交願法師早去無增遠之煩惱也恭曰經卷雖小佛口所説導敬者得無量福輕慢者得無量罪仰願暫息瞋心當爲法師誦一遍即與長別遠大笑曰觀世音經是法華經普門品遠已講之數過百遍如何始欲鬧人耳乎恭曰外書云人能弘道非道弘人但至心聽佛語豈得以人棄法乃於庭前結壇壇中安高座繞壇數帀頂禮昇高座遠不得已於簷下據胡牀坐聽恭始發聲唱經題異香氳氳遍滿房宇及入文天上作樂雨四種華樂則嘹亮振空華則雰霏滿地經訖下座自爲解座梵梵訖華樂方歇惠遠接足頂禮涙下交流謝曰惠遠臭穢死屍敢行天日之下乞暫留賜見教誨恭曰非恭所能諸佛力耳即日拂衣長揖㳂流而去爾後訪問竟不知其所之其寺久已湮滅

釋法泰眉州隆山縣人也俗姓呂氏初爲道士十餘年中間忽自悟迴心正覺因即剃除始誦法華經尋即通利乃精勤寫得法華經一部數有靈瑞欲將向益州裝潢令一人擔負一頭以籠盛錢二千束縛經置錢上一頭是衣服擔行至地名笮橋橋忽斷泰在後負擔人俱墜水中人浮得出擔没不見泰於岸上搥胷號哭曰錢衣豈非閑事何忍溺經即高聲唱言如能爲漉得者賞錢兩貫時有一

人聞之脫衣入水沒求之數度出入得錢與衣襆而不得經泰轉悲泣巡岸上下望小洲上有一襆命人取之乃是經也草木擎之宛無濕處泰不勝歡喜即以三千錢償所漉人曰法師悲號劇喪父母故爲急覔非是貪錢弟子雖庸夫亦知福報請以此錢充莊嚴之直言訖遁去更欲與言去已遠矣泰至成都裝潢以檀香爲軸表帶及裹并函將還本寺別處安置夜夜有異香泰勤誦持一夜一遍時處法師彼寺講夜欲看讀恒嫌泰閙亂其心自欲往請令稍下聲乃見泰前大有人衆皆胡跪合掌處退流汗即移所住泰年八十終矣

釋慧超姓沈氏丹陽建康人稟懷溫裕立性懷仁弱齡厭俗自出家後誦法華經聞光州大蘇山慧思禪師獨悟一乘善明三觀與天台智者仙城命公篤志幽尋積年請業行優智遠德冠時賢思對衆命曰超之神府得忍人也及遊衡嶺復與同途留誦經停亟移歲序自隋初廓定北入嵩高餌藥坐禪冀言終老隋太子勇召集名德總會帝城以超業行不羣特留供養而恭愼凝攝不預世華及勇廢免一無所涉晚移定水高振德音道俗歸宗仰其戒範會淨業法師卜居藍谷之悟眞寺欽超有道躬事邀迎共隱八年倍勤三慧及大業承運禪定初基爰發詔書延入行道屢辭砭疾後許還山德感物情頗存汲引四川貴望一縣官民莫不委質投誠請傳香德并爲經始伽藍繼綜羞粒大唐伊始榮重於前京邑名僧慧因保恭等情慕隱淪咸就栖

止蔭松偃石論詳道義皆曰斯誠出要樂也後卧疾少時弟子跪問答曰吾之常也長生不欣夕死不感乃面西正坐云第一義空清淨智觀言如入定奄遂長往春秋七十有七即武德五年十二月六日也露骸松石一月餘日顏色不變天策上將聞稱希有遣人就視端拱如生自超九歲入道即誦法華五十餘年萬有餘遍感靈獲瑞不可勝言弟子法成等爲建白塔于寺之北峯焉

釋慧顯伯濟國人也少出家苦心精專以誦法華爲業祈福請願所遂者多聞講三論便從聽受法一染神彌增其緒初住本國北部修德寺有衆則講無便清誦四遠聞風造山諠接便往南方達拏山山極深險重鄣巖固縱有往展登陟艱危顯靜坐其中專業如故遂終于彼同學昇屍置石窟中虎噉身骨並盡唯餘髏舌存焉經于三周其舌彌紅赤柔軟勝常過後方變紫鞕如石道俗怪而敬焉俱緘閉于石塔時年五十有八即貞觀之初年也

釋道積蜀人住益州福感寺誦通涅槃生常恒業凡有宣述必洗滌身穢淨衣法坐然後開之立性沈審慈仁總務諸有癘疾洞爛者其氣彌復鬱勃衆咸掩鼻而積與之供給身心無貳或同器食或爲補浣時有問者積云清淨臭處心憎愛也吾豈一其神慮耶寄此陶練耳皆慕其爲行也而患己不能及之以貞觀初年五月終于住寺春秋七十餘矣時屬炎夏而不腐臭經停百日跏坐如初莫不嗟尚乃就加漆布輿敬巴蜀京邑諸僧受誦

涅槃其例非少又有沙門洪遠僧恩並誦涅槃皂素迴向遠志尚敦慤情捐名利徵入會昌隆禮供給恩道心清肅成節動人弘福禪定兩以崇德而卑牧自處蒙俗罕知時弘福寺有沙門智畢者本族江表隋朝徵入深樂法華鎮恒抄寫所得外利即用顧人前後出本二千餘部身恒自勵日寫五張年事乃秋斯業無怠今總寺任彌勤恒業年七十餘矣釋寶瓊馬氏益州綿竹人小年出家清貞儉素讀誦大品兩日一遍爲常途業歷遊邑落無他方術但勸信向尊敬佛法晚移州治住福壽寺率勵坊郭邑義爲先每結一邑必三十人合誦大品人別一卷月營齋集各依次誦如此義邑乃盈千計四遠聞者皆蒙造欵瓊乘機授化望風靡服而卑弱自持先人後德經行擁内下道相避言問酬對怡聲謙敬斯實量也不媚於時本邑連比什邡諸縣並是道民尤不奉佛僧有投寄無容施者致使老幼之徒於沙門像不識者衆瓊雖桑梓習俗難改徒有開悟莫之能受李氏諸族正作道會邀瓊赴之來既後至不禮而坐僉謂不禮天尊非法也瓊曰邪正道殊所事各異天尚不禮何況老君衆議紜紜頗相陵侮瓊曰吾禮非所禮恐貽辱也遂禮一拜道像并座動摇不安又禮一拜連座返倒摧殘在地道民相視謂是風鼓競來周正瓊曰斯吾所爲勿妄怨也初如未之信既安又禮依前崩倒合衆驚懼舉堂禮瓊一時迴信從受歸戒傍縣道黨相將歎訝咸復奉法時既創開釋化皆受菩薩戒焉縣令高違者素有誠敬承風

敷道更於州寺召僧弘講閫境傾味自此而繁以貞觀八年終於所住

釋善慧姓荀氏河內溫人博通羣籍統括文義逮于九章律曆七曜盈虛皆吞若胷中指掌符會乃深惟世務終墜泥塗遂解褐抽簪創歸僧伍初在徐州之彭城寺誦法華經聽采攝論時遭寇蕩兵食交侵而慧抱飢自勵奉法無殆洗穢護淨彌隆恒日但以邊邑寡學文字紕繆至於音詁衆議紛然雖復俗語時通而慧意存雅正周訪明悟還同昔疑乃以大業末齡負錫西入屢逢羣盜衣裳略盡但有弊布自遮猶執破缾常充淨用既達關口素闕繻文遂即正念直前從門而度于時中表列刃曾無遮止孟冬十月初達京師值沙門吉藏正講法華深副本圖即依聽受形服鄙惡衆不納之乃掃雪藉地單裙襯坐都講纔唱傾耳詞句擬定經文藏既闡揚勇心承習望通理義由情存兩得不暇忍寒歡笑熈熈如賈獲寶竟冬常爾衆方美之問以詞旨片無遺忘乃以聞法同屬禪定寺沙門法喜便脫衣迎之引至房中智觀無濫慧又師喜兩振芳規武德初年隨住藍田之津梁寺俗本驪戎互相梗戾率獎陶化十室而九然而性愛英賢樂相延致自西自東百有餘里名林勝地皆建禪坊所以逃逸之儔賴其安堵以貞觀九年正月終於驪山之陽涼泉精舍春秋四十有九初慧棄擲俗典莅此玄模言不重涉專心道業省言節食佩律懷仁迎頓客旅雅重經教其有未曾覿者要必親覽若值行要累日誦持以爲重習之基也時太

原沙門慧達者亦誦法華五千餘遍行坐威儀其聲不輟偏存物命直視低目地有蟲豸必迴身而避不敢跨越有問答曰斯之與吾生死不定將不先成正覺安可妄輕之耶以貞觀八年四月跏坐而終人謂入定停于五宿既以長逝又不臭腐乃合牀内于窟中

釋法誠姓樊氏雍州萬年人童小出家止藍田王效寺事沙門僧弘和弘和亦鄉族所推奉之比聖嘗有人欲害夜往其房見門内猛火騰燄斗帳遂即退悔性飲清泉潔清故也人或弄之密以羊骨沉水和素不知飲便嘔吐其冥感潛識爲若此矣誠奉佩訓勗誦法華經以爲恒任又謁禪林寺相禪師詢于定行而德茂時宗學優衆仰晚住雲華綱理僧鎮而隋文欽德請遵戒範乃陳表固辭薄言抗禮遂負笈長驅歷遊名岳追蹤勝友咸承志道因見超公隱居幽靜乃結心期栖遲藍谷處既局狹纔止一牀旋轉經行恐顛深壑便剗迹開林扳雲附景茅茨葺宇甕牖疎簷情事相依欣然符合今所謂悟眞寺也法華三昧翹心奉行澡沐中表温恭朝夕夢感普賢勸書大教誠曰大教大乘也諸佛智慧所謂般若於即入淨行道重惠匠人書八部般若香臺寶軸莊嚴成就又於寺南横嶺造華嚴堂陻山闐谷列棟開甍前對重巒右臨斜谷吐納雲霧下瞰雷霆余曾遊焉實奇觀也又竭其精志書寫受持弘文學士張靜者時號筆工罕有加勝乃請至山舍令受齋戒潔淨自修口含香汁身被新服然靜長途寫經不盈五十誠料其見纔兩紙酬直五百靜利

其貨竭力寫之終部已來誠恒每日燒香供養在其案前點畫之間心緣目覩畧無遺漏故其剋心鑽注時感異鳥形色希世飛入堂中徘徊鼓舞下至經案復上香爐攝靜住觀自然馴狎久之翔逝明年經了將事興慶鳥又飛來如前馴擾鳴唳哀亮貞觀初年造畫千佛鳥又飛來登止匠背後營齋供慶諸經像日次中時怪其不至誠顧山岑曰鳥既不至誠吾無感也將不嫌諸穢行致有此徵言已欻然飛來旋還鳴囀入香水中奮迅而浴中後便逝前後如此者非復可述靜素善翰墨鄉曲所推山路巖崖勒諸經偈皆其筆也手寫法華正當露地因事化行未營收舉屬洪雨滂注溝澗波飛走往看之而合案並乾餘便流潦甞却偃橫松遂落懸溜未至下澗不覺已登高岸無損一毛又青泥坊側有古佛龕周氏瘞藏今猶未出誠夜夢其處大有尊形既覺往開恰獲龕像年月積久並悉剥壞就而修理道俗稱善斯並冥衞之功自誠開發至貞觀十四年夏末日忽感餘疾自知即世願生兜率索水浴訖又索絡鞾傍自檢校不許榮厚恰至月末明相將現無故語曰欲來但入未暇絃歌顧侍人曰吾聞諸行無常生滅不住九品往生此言驗矣今有童子相迎久在門外吾今去世爾等佛有正戒無得有虧後致悔也言已口出光明照于楹内又聞異香苾芬而至但見端坐儼思不覺其神已逝時年七十有八然誠之誦習也一夏法華料五百徧餘日讀誦兼而行之猶獲兩徧縱有人客要須與語者非經部度中不他

言畧計十年之勤萬有餘徧
釋空藏俗姓王氏先祖晉陽今在雍州之新豐焉毋初孕日自然不食酒肉五辛時以同塵身子故密加異之既誕育後靈鑒日陳情用高遠讀誦經論思存拔濟至年十九同佛出家既唯一已二親留礙乃於父前以身四布七日不起恐其命絶方從所願即辭向藍田負兒山中私自剃落初齋麪六斗擬作月糧日噉二升三年不盡屢感神鼎自然而至由是增其禪誦晨宵無輟後依止判法師住龍池寺欽重經論日誦萬言前後總計三百餘卷三論涅槃探窮巖穴大業之始以藏名稱唯遠道俗所聞下勑徵延入住禪定唐運既興崇繕法宇有勑於金城坊建會昌寺并請大德十八人度僧五十人永用住持以藏行德夙彰又請住焉供事彌隆極光恒度而性樂山水志存清曠每年仲春遊浪林阜行次玉泉遂有終焉之思居止載紀衆聚如山説導不疲開悟逾廣後爲亢旱經時山泉乃竭合寺僧衆咸以驚嗟藏乃至心祈請其泉應時還復遠近道俗動色相歡兼又弘操嶽峙器局川渟不擾榮利不懷寵辱濟度羣有不畧寸陰乃鈔摘衆經大乘要句以爲卷軸紙別五經三經卷部三十五十總有十卷每講開務極增成學閒義兩持偏無迷忘夏分常行方等懺法賢劫千佛日禮一遍常坐不卧垂二十年翹勤專注難加係迹以貞觀十六年五月十二日終於會昌春秋七十有四遺身於龍池寺側收骨起塔觀其讀誦之窩振古罕儔視其髏骨兩耳通明頂有雙孔眼

賍合竅各有三馬弟子等追惟永往樹碑於
會昌寺中金紫光禄大夫衛尉卿于志寧爲
文云

釋慧齡姓蕭氏今特進宋公瑀之兄子也父
仕隋爲梁公祖即梁明帝矣性度恢簡志用
沖粹姑即隋煬之后也自幼及長恒在宮闕
慕樂超世無因自達年既冠成帝乃尚以秦
孝王女爲妻非其願也事不獲巳時行伉儷
及妻終後方遂夙心以鄭氏東都預兹剃落
及武德初歳方還京輦住莊嚴寺廣聽衆部
而以攝論爲心頗懷篇什尤能草隸隨筆所
被用爲模楷故經題寺額咸推仰之兄鈞任
東宮中舍文才之舉朝廷攸屬每歳春秋相
携巖岫觸興題篇連句同韻時以爲難兄弟
也又弟智證出家同住即宋公之兄太府卿
之子也畧榮位之好欣懷道業勤勤自課無
擇昏曉證與兄鈞相次而卒以家世信奉偏
弘法華同族尊卑咸所成誦故蕭氏法華皂
素稱富特進撰疏總集十有餘家採掇菁華
糅以胷臆勒成命氏常自敷弘時召京輦名
僧指摘瑕累或集親屬僧尼數將二十給惠
以時四事無怠故封禄所及唯存通濟太府
情存好善讀誦爲先從生至終誦盈萬遍顧
人抄寫總有千部每日朝叅必使僧者執經
在前至於公事微隙便就轉讀朝伍仰屬以
爲絶倫自釋化東傳流味彌遠承受讀誦世
罕伊人蕭氏一門可爲天下模楷矣

釋遺俗不知何人以唐運初開遊止雍州醴
泉縣南美泉鄉湯陸家鎮常供養清儉寡欲
唯誦法華爲業晝夜相係乃數千遍以貞觀

初因疾將終遺囑友人慧廓曰比雖誦經意望靈驗以生蒙俗信向之善若身死後不須露骸埋之十載可爲發出舌根必爛知無受持若猶存在當告道俗爲起一塔以示感靈言訖而終遂依埋葬至貞觀十一年廓與諸知故就墓發之身肉都銷唯舌不朽一縣士女咸共仰戴誦持之流又倍恒度乃函盛其舌於湯陸村北甘谷南崖爲建甎塔識者尊嚴彌隆信敬誦讀更甚又京城西南豐谷鄉福水南史村史呵擔者少懷善念常誦法華行安樂行悲忍在意不乘畜產虛約爲心名露令史往還京省以習誦相仍恐路逢相識人事暄涼便廢所誦故其所行必小徑左道低氣怡顏緣念相續初不告倦及終之時感異香氣充於村曲親疎同怪遂埋殯之爾後十年妻亡乃發屍出舌相鮮明餘並朽盡乃別標顯葬又黃州濟華寺僧玄秀者性清慎溫恭爲志常誦法華每感徵異未以爲怪時屬炎暑同友逐涼遣召秀來欲有談笑既至房前但見羽衛嚴肅人馬偉大怖而返告同往共覩如初不異轉至後門其徒彌盛上望空中塡塞無際多乘象馬類雜鬼神乃知其感通也置而却返明晨懃謝朋從遂絕秀專斯業隋末終寺

釋寶相姓馬雍州長安人十九出家清貞栖德住羅漢寺專聽攝論深惟妄識之難伏也無時不諠及入禪坊頭陁自靜六時禮悔四十餘年夜自篤課誦阿彌陀經七遍念佛名六萬遍晝讀藏經初無散捨後專讀涅槃一千八十遍兼誦金剛般若經終于即世然身

絕患惱休健翕習冷食麤衣隨得便服情無憚苦又志存正業翹注晨宵蚤蝨流身不暇覲採遇患將極念誦無捨剋至大期累囑道俗以念佛爲先西方相待勿虚度世又囑當焼散吾屍不勞銘塔用塵庸俗言訖而逝年八十三六十二夏不畜長財無勞僧法又同寺僧法達者以誠素見稱供嚫之直用寫華嚴八部般若焼香自讀一百餘遍而生常清潔不畜門人單已自怡食無餘粒斯亦輕清之高士也年登七十便齋所讀經贈同行者但捧勝天王一部以爲終老即擲功名趣雲陽巖中擁緣迭死經于四載遂卒彼山並是即目近事且夫讀誦徵感其類繁焉別有紀傳故不曲盡畧引數條示光緒耳

論曰尋夫讀誦之爲業也功務本文經歎說行要先受誦何以然耶但由庸識未剖必假聞持崑竹不斷鳳音寧顯義當纔登解髮即須通覽採酌經緯窮搜名理疑僞雜録單複出生普閲目前銓品人世然後要約法句誦鎮心神廣說緣本用疎迷結遂能條貫本支釋疑滯以通化統畧玄旨附事用以徵治是故經云受持讀誦書寫解說如法修行斯誠誡也世多惰學愚計相封以尋理爲諸見用博文爲障道故調達善星之廣富未免泥犁盤特薄拘之寡約尚叅中聖凡斯等議未成通論原夫道障之起起乎心行道在無滯滯則障道焉有多聞能爲道障夫聞本筌解封附不行此則滯指亡月正達出要是以愚夫當斯一計莫非學既未功隨言便著於經律論生未曾沾或妄發心誓不執卷見學教者

目爲文字故使慢水覆心膏肓誰遣至於決斷篇聚判析僞眞由來未知事逾聾瞽既恥來問反啓寧陳遂即惟心臆斷汎浪無准傍爲啓齒何急如前又有薄讀數袠畧誦短章謂爲止足更絶欣尚便引大集法行比丘十住不貴多讀竊以教門宏曠待對塵勞藥病相投豈徒繁積藏部所設止在奉持聞而莫依教毀非一今倒想如草之蔓慢我如山之立要資傅讀見有廣治之能隨境流觀務存祛滯之本但以暗識夫萌集熏忿構稱情昏倒反福成罪故此方見録卷止六千尚怖不希纏迷頓足何論天竺遺典龍藏現經敢慕窺求通觀聞海必能追功起觀無暇廣尋要拔苦輪方聞爲飾斯則莊嚴道論慧解前驅不待抑揚自然會理又有曲媚佛言詐詞學論便言論作小聖吐言隱密彫淳樸散道味已離故我讀持無心悟入斯言何哉妄有穿鑿原夫諸佛説法本唯至道赴接凡小方便乘權權道多謀任機而現或以聲光動之或以威容鼓之法譬亂舉縁事相關以悟達爲本言以忘筌爲意得但以去聖久遠時接澆浮尃實文詞罕會幽旨所以大小諸聖悲大道之將崩廣採了義製明論以通教故文云隨聲取義有五過失謗佛輕法誑人退信斯言極矣不量已之神府而輒揆於成教朋佛而侮賢聖憎愛於是由生嗟乎法侶又可詳哉且厦屋非散材所成大智豈庸情所搆固當通其所滯悟其所迷不然則至聖於何起悲正士於何揚化事叙縁於本紀故不廣之

續高僧傳卷第二十九下

音釋

嘹嚌連條切嘹亮清徹之聲 慤克角切謹也 訝五駕切嗟也 苾滂密切香也 眶曲王切目涯也 窾苦弔切穴也 伉儷伉口浪切儷力霽切伉儷配偶 掇都括切採也 糅女又切雜也

续高僧傳卷第三十

唐　釋　道　宣　撰

興福篇第九 正傳十二人 附見五人

釋明達姓康氏其先康居人也童稚出家嚴持齋戒初受十戒便護五根年及具足行業彌峻脇不著席日無再飯外儀軌則內樹道因廣濟爲懷遊行在務以梁天監初來自西戎至于益部時巴峽蠻夷鼓行抄劫州郡徵兵克期誅討達愍其將苦志存拯拔獨行詣賊登其堡壘慰喻招引未狎其情俄而風雨晦冥雷霆震擊群賊驚駭惻爾求哀達乃教具千燈祈誠三寶營辦始就昏霾立霽山澤通氣天地開朗翕然望國並從王化襁負排藪獺獸前趨者其徒充澤遂使江路肅清往還無阻兵威不設而萬里坦然達之力也後因行役中路逢有人縛㹠在地聲作人語曰願上聖救我達即解衣贖而放之嘗於夜中索水洗脚弟子如言而泥竟不脫重以湯洗

如前不去乃自以水灌之其脚便淨達曰此魚膏也更莫測其所從行至梓州牛頭山欲構浮圖及以精舍不訪材石直覓匠工道俗莫不怪其言也于時三月水竭即下求木乃於水中得一長材正堪剎柱長短合度僉用欣然仍引而竪焉至四月中涪水大溢木流翳江自泊村岸都無溜者達率合邑素通皆接取從橫山積創修堂宇架塔九層遠近併力一時繕造役不逾時欻然成就而躬襲三衣並是麤布破便治補寒暑無華有時在定據于繩床赫然火起衆往撲滅唯覺清涼有沙門僧救者積患攣躄來從乞瘥達便授杖令行不移晷景驟步而返斯陰德顯濟功不可識其例甚矣又布薩時身先衆坐因有偷者穿牆負物既出在外迷悶方所還來投寺遂喻而遣之故達化行楚蜀德服如風之偃仆也故使三蜀岷流或執爐請供者或散華布衣者或捨俗歸懺者或翦落從法者日積歲計又不可紀以天監十五年隋始興王還荊州冬十二月終于江陵春秋五十有五達形長八尺容式偉然敷弘律訓及以講誦作諷俗書用悟昏識銓序罪福無待重尋故詳略而傳矣

釋僧明俗姓姜鄜州內部人住既山栖立性淳素言令質樸敘晦非任而能守禁自修不隨鄙俗雖不閑明經誥然履操貞梗有聲時俗因遊邑落往還山谷見一崎岸屢有異光怪而尋討上下循擾乃見澗底石趺一枚其狀高大遠望岸側卧石如像半現於外遂加工發掘乃全像也形同佛相純如鐵礦不加

鏨琢宛然圓具舉高三丈餘時周武已崩天元嗣曆明情發增勇不懼嚴誅顧問古老無知來者其地久荒榛梗素非寺所明自惟曰當是育王遺像散在人間應現之來故在斯矣即召四遠同時扡舉事力既竭全無勝致明乃執爐誓曰若佛法重興蒼生有賴者希現威靈得遂情願適發言已像乃忽然輕舉從山直下徑趣趺孔不假扶持卓然峙立大衆驚嗟得未曾有因以奏聞帝用爲嘉瑞也乃改元爲大像焉自爾佛教漸弘明之力也又尋下勑以其所住爲大像寺今所謂顯際寺是也在坊州西南六十餘里時值陰闇便放神光明重出家即依此寺盡報修奉大感物心以開皇中年卒于彼寺余以爲興福之來事有機會感見奇跡其相彌隆略引五三用開神理至如徐州吳寺太子思惟瑞像者昔東晉沙門法顯厲節西天歷觀聖迹往投一寺小大承迎顯時遇疾心希鄉飯主人上座親事經理乃勑沙彌爲取本鄉齋食倏忽往還脚有瘡血云往彭城吳蒼鷹家求食爲犬所嚙顯怪其旋轉之頃而遊萬里之外方悟寺僧並非常也及隨舶還故往彭城訪吳蒼鷹具知由委其犬嚙餘血塗門之處猶在顯曰此羅漢聖僧血也當時見爲取食何期犬遂損耶鷹聞懺咎即捨宅爲寺自至揚都廣求經像正濟大江船遂傾側忽有雙骨各長一丈隨波騰漾奄入船中即得安流昇岸以事奏聞有司觀檢乃龍齒也鷹求像未獲泝江西上暫息林間遇見婆羅門僧持像而行云往徐州與吳蒼鷹供養鷹曰必如來言

弟子是也便以像付之鷹將像還至京詔令模之令造十軀皆足下置字新舊莫辨任鷹探取像又降夢示其本末恰至鷹取還得本像乃還徐州每有神瑞元魏孝文請入北臺高齊後主遣使者常彪之迎還鄴下齊滅周廢爲僧藏舉大隋開教還重興世今在相州鄴縣大慈寺也又京師崇義寺石影像者形高一尺徑六寸許八楞紫色内外映徹其源梁武太清中有天竺僧齎來謁帝會侯景作亂便置江州廬山西林寺大像頂上至隋開皇十年煬帝作鎮江海廣搜英異文藝書記並委𢇲括乃於雜傳得景像記即遣中使王延壽往山推得王自虔奉在内供養在蕃歷任每有行往函盛導前初無寧舍及登儲貳乃送於曲池日嚴寺不令外人瞻覩武德七年廢入崇義像隨僧來京邑道俗備得觀仰其中變現斯量難准或佛塔形像或賢聖天人或山林帳蓋或三塗苦趣或前後見同或俄頃轉異斯並目矚而叙之信業鏡而非謬矣貞觀六年下勑入内外遂絶也又梁襄陽金像寺丈六無量壽瑞像者東晉孝武寧康三年二月八日沙門釋道安之所造也明年季冬嚴飾成就刺史郗恢創莅此蕃像乃行至萬山恢率道俗迎還本寺復以其夕出住寺門合境同嗟具以聞奏梁普通三年勑於建興苑鑄金銅花趺高六尺廣一丈上送承足立碑讃之劉孝儀爲文又荆州長沙寺瑞像者晉太元年此像現于城北光相奇特具如前傳形甚瓌異高於七尺昔經夜行人謂非類以刀擊之及旦往視乃金像也刀所擊

處文現於外梁高奉法情欲親謁雖加事力終無以致後遣侍中廣齎香供丹欵既達夜忽放光似隨使往旦加延接還復留礙重謁請祈方許從就去都十八里帝躬出迎竟路放光相續不絕白黑欣慶在殿供養三日已後從大通門送同泰寺末被火燒堂塔並盡唯像居殿巋然獨存又高齊定州觀音瑞像及高王經者昔元魏天平定州募士孫敬德於防所造觀音像及年滿還常加禮事後為劫賊所引禁在京獄不勝拷掠遂妄承罪並處極刑明日將決心既切至淚如雨下便自誓曰今被枉酷當是過去曾枉他來願償債畢了又願一切眾生所有禍橫弟子代受言已少時依俙如睡夢一沙門教誦觀世音救生經經有佛名令誦千遍得免死厄德既覺已緣夢中經了無遺謬比至平明已滿百遍有司執繫向市且行且誦臨欲加刑誦滿千遍執刀下斫折為三段三換其刀皮肉不損怪以奏聞丞相高歡表請免刑仍勑傳寫被之於世今所謂高王觀世音經是也德既放還觀在防時所造像項有三刀迹悲感之深慟發鄉邑又昔彌天襄陽金像更歷晉宋迄于齊梁屢感靈相聞之前紀周武滅法建德三年甲午之歲太原公王秉為荊州副鎮將上開府長孫哲志性凶頑不信佛法聞有此像先欲毀之邑中士女被廢僧尼掩淚痛心無由救止哲見欽敬彌至瞋怒彌盛逼遂侍從速令摧殄令百餘人以繩繫項牽挽不動哲謂不用加力便杖監事人各一百牽之如故鏗然逾固進三百人牽猶不動哲怒彌盛

又加五百牽引有倒聲震地動人皆悚慄哲獨加勇即遣鎔毀都無慙懼自又馳馬欲報刺史纔可百步塩然落地失瘖直視四肢不勝至夜而卒道俗唱快當毀像時於腋下倒垂衣內銘云晉太元十九年歲次甲午比丘道安於襄陽西郭造丈八金像此像更三周甲午百八十年當滅計勘年月興廢悉符同焉信知印手聖人崇建容範動發物心生滅之期世相難改業埋之致復何虛矣又楊都長干寺育王瑞像者光趺身相祥瑞通感五代侯王所共遵敬具如前傳每有亢陽之歲請像入宮必乘御輦上加油帔僧衆從像以蓋自遮初雖炎赫洞天像出中途無不雨流滂注家國所幸有年期賴所以道俗恒加雨候至陳氏禎明年中像面轉西直月監堂屢迴正南及至晨起還西如故具以奏聞勑延太極殿設齋行道先有七寶冠在于像頂飾以珠玉可重百斤其上復加錦帽經夜至曉寶冠掛于像手錦帽猶加頂上帝聞之乃燒香禮曰若必國有不祥還脫冠也仍以冠在頂及至明晨脫掛如故上下同懼莫測其徵及隋滅陳降舉朝露首面縛京室方知其致文帝後知乃遣迎接大內供養以像立故帝恒侍奉不敢對坐乃下勑曰朕年老不堪久立侍佛可令有司造坐佛其相還如育王本像送興善寺既達此寺形相偉壯不會即機遂置于北面及明見像乃在南面中門衆咸異焉還送北面堅封門鑰明旦更看像還在南僉皆愧悔謝其輕侮即見在寺圖寫殷矣又梁高祖崇重釋侶欣尚靈儀造等身金銀

像二軀於重雲殿晨夕禮敬五十許年初無替廢及侯景篡奪猶存供養太尉王僧辯誅景江南元帝儲宮復没辯乃通欵於齊迎貞陽侯爲帝時江左未定利害相雄辯女壻杜龕典衛宮闕爲性凶悍不見後世欲毁二像爲金銀鋌先遣數十人上三休閣令鑱佛項二像忽然一時迴顧所遣衆人失瘖如醉不能自勝杜龕即被打築遍身青腫唯見金剛力士怖畏之像競來打擊略無休息呻號數日洪爛而死及梁運在陳武帝崩背兄子陳蒨嗣膺大業將修葬具造轀輬車國創新定未遑經始勅取重雲殿中佛像寶帳珩珮珠玉鎣飾之具將用送終人力既豐四面齊至但見雲氣擁結圍遶佛殿自餘方左白日開朗百工聞怪同奔看覩須臾大雨横注雷電震吼煙張鵄吻火烈雲中流光布燄高下相涉並見重雲殿影二像峙然四部神王并及帳坐一時騰上煙火相扶欻然遠逝觀者傾都咸生深信雨晴之後覆看故所惟見柱礎存焉至後月餘有從東州來者是日同見殿影東飛于海今有望海者時往見之近高齊日沙門僧護守道直心不求慧業願造丈八石像咸怪其言後於寺北谷中見一卧石可長丈八乃顧匠營造向經一周面腹粗了而背著地以六具拗舉之如初不動經夜及旦忽然自翻即就營訖移置佛堂晉州陷日像汗流地周兵入齊燒諸佛寺此像獨不變色又欲倒之人牛六十餘頭挽不可動忽有異僧以丸木土墼壘而圍之須臾便了失僧所在像後降夢信心者曰吾患指痛其人寤而

視焉乃木傷其二指也遂即補之開皇十年有盜像旛蓋者夢丈八人入室責之賊遂慙怖悔而謝焉其像現存並見旌異記及諸僧録然斯通感佛教備彰但是福門無非靈應竊以像避延燒獸驚邪道影覆異術經焚不灰靈骨之放神光客迹之興弘護其相大矣具在前文至如貞觀五年梁州安養寺慧光師弟子毋氏貧窶內無小衣來入子房取故袈裟作之而著與諸鄰母同聚言笑忽覺脚熱漸上至腰須臾雷震擲鄰母百步之外土泥兩耳悶絕經日方得醒悟所用衣者遂被震死火燒焦踡題其背曰由用法衣不如法也其子收殯又再震出乃露骸林下方終銷散是知受持法服惠及三歸之龍信不虛矣近有山居僧在深巖宿以木障前感異神來形極可畏伸臂內探欲取宿者畏觸袈裟礙不得入遂得免脫如是衆相不可具紀並如上下諸列中

釋慧達姓王家于襄陽幼年在道繕修成務或登山臨水或邑落遊行但據形勝之所皆厝心寺宇或補緝殘廢爲釋門之所宅也後居天台之瀑布寺修禪繫業又北遊武當山如前攝靜有陳之日癘疫大行百姓斃者殆其過半達內興慈施於楊都大市建大藥藏須者便給拯濟彌隆金陵諸寺數過七百年月逾邁朽壞略盡達課勸修補三百餘所皆鑿飾華敞有移恒度仁壽年中於楊州白塔寺建七層木浮圖材石既充付後營立乃泝江西上至鄱陽豫章諸郡觀檢功德顧與衆生同此福緣故其所至封邑見有坊寺禪宇

靈塔神儀無問金木土石並即率化成造其數非一晚爲沙門慧雲邀請遂止廬岳造西林寺重閣七間欒櫨重疊光輝山勢初造之日誓用黄楠闔境推求了無一樹僉欲改用餘木達曰誠心在此豈更餘求但至誠無感故訪追不遂必心期果決松散並變爲楠如求不獲閣成則無日矣衆懼其言四出追索乃於境内下巢山感得一谷並是黄楠而在窮澗幽深無由可出達尋行崖壁忽見一處晃有光明窺見其中可通材道雖有五尺餘並天崖遂牽曳木石至於江首中途灘瀨簰筏並壞乃至廬阜不失一根閣遂得成宏冠前構後忽偏斜向南三尺工匠設計取正無方有石門澗當于閣南忽有猛風北吹還正于今尚在晚往長沙鑄鐘造像所至方面若草從焉傾竭金貝者兢兢業業恐其不受達任性造真言無華綺據經引喻篤勵物情然其形服弊麤殆不可覩外綜繁殷内堅理靜傍觀沉伏似不能言而指撝應附立有成遂斯即處煩不撓固其人矣又爲西林閣成尊容猶缺復泝江投造修建充滿故舉閣圓備並達之功大業六年七月晦日舊疾忽增七日倚卧異香入室旋繞如雲閣中像設並汗流地衆見此瑞審達當終宫人檢驗具以聞奏達神志如常累以餘業奄爾長逝年八十七矣

釋僧晃姓馮氏綿州涪城南昌人形長八尺顔貌都偉威容整肅動中規矩而鷹眼虎身鵝行象步聲氣雄亮志畧宏遠綱維法任有柱石焉故使岷巴領袖咸所推仰昔年在志

學文才愽達時共聲譽嘗夢手擎日月太虛中坐便晃然厭俗欣慕出家私即立名爲僧晃也父母未之許拘械兩足牢繫屋柱決意已絕誓心無改不移旦夕鏁自然解乃歎曰失志之所及也山岳以之轉江河以之絕城臺以之崩瀛海以之竭日月爲之潛光須彌爲之崩頹星辰爲之改度嘉樹爲之藏摧況復金木之與桎梏奚足以語哉二親顧其宜感任從道化依彖法師出家受業學通大小夙夜匪懈會梁末周初佛法淆濫行多浮略迂誕毘尼晃具戒未閒而超然異表少能精苦性自矜持卒非師友所成立也衆皆挹其神宇密相高尚及昇壇之後偏攻十誦數年劬勞朗鑒精熟研微造盡彬鬱可崇周保定後更業長安進學僧祇討其幽旨有難必究是滯能通又於曇相禪師禀受心法觀道圓淨由此彌開又於開禪師方等行道洞入時倫無與相映自此罕得而傳者由多營福業勞事有爲是以隱墜世不稱也既而遐迩諷德聲聞天庭武帝下勅延於明德殿言議開闡彌遂聖心乃授本州三藏大隋啓祚面委僧正匡御本邑而剛決方正賞罰嚴肅綿益欽風貴賤遐奉前後州主十有餘人皆授戒香斷惡行善開皇十五年又於寺中置頭陀衆僧事蠲免以引墮者仁壽已後重率寺衆共轉藏經周而復始初不斷絕供給賙錫一出俗緣皆晃指授故福報所至如泉不窮僧業茂盛方類推舉以武德冬初終於所住之振嚮寺春秋八十五矣初未終前佛堂蓮花池自然枯竭池側慈竹無故凋死寺內薔薇

非時發花曄如夏月衆以榮枯兩瑞不無生滅之懷德異常倫故感應之所期耳

釋住力姓褚氏河南陽翟人避地吳郡之錢塘縣因而出家焉宿植勝因早修慧業甫及八歲出家學道器宇凝峻虛懷接悟聲第之高有聞緇俗陳中宗宣帝於京城之左造泰皇寺宏壯之極罄竭泉府迺勑專監百工故得揆測指撝面勢嚴淨至德二年又勑爲寺主值江表淪亡僧徒乖散乃負錫遊方訪求勝地行至江都乃於長樂寺而止心焉隋開皇十三年建塔五層金盤景輝巍然挺秀遠近式瞻至十七年煬帝晉蕃又臨江海以力爲寺任繕造之功故也初梁武得優填王像神瑞難紀在丹陽之龍光寺及陳國云亡道場焚毀力乃奉接尊儀及王謐所得定光像者並延長樂身心供養而殿宇褊狹未盡莊嚴遂宣導四部王公黎庶共修高閣并夾二樓寺衆大小三百餘僧咸同喜捨畢願締構力乃勵率同侶二百餘僧共往豫章刋山伐木人力既壯規模所指妙盡物情即年成立制置華絶力異神工宏壯高顯挺冠區宇大業四年又起四周僧房廊廡齋廚倉庫備足故使衆侶常續斷緒無因再往京師深降恩禮還至江都又蒙勑慰大業十年自竭身資以栴檀香木模寫瑞像并二菩薩不久尋成同安閣内至十四年隋室喪亂道俗流亡骸若萎朽充諸衢市誓以身命守護殿閣寺居狐兔顧影爲儔啜菽飲水載離寒暑雖耆年暮齒而心力逾壯泥塗陁落周帀火燒口誦不輟手行治葺賊徒雷泣見者哀歎往往革

心相佐修補皇唐受命弘宣大法舊僧餘衆並造相投邑屋雖焚此寺猶在武德六年江表賊帥輔公祐負阻繕兵潛圖反叛凡百寺觀撤送江南力乃致書再請願在閣前燒身以留寺宇祐僞號尊稱志在傾殄雖得其書全不顧遇力謂弟子曰吾無量劫來積習貪愛不能捐捨形命以報法恩今欲自於佛前取盡決不忍見像濟江河可積乾薪自燒供養吾滅之後像必南渡衣資什物並入尊像泣服施靈理宜改革便以香湯沐浴跏趺面西引火自焚卒於炭聚時年八十即武德六年十月八日也命終火滅合掌凝然更足闍維一時都化初力在佛前焚時羣鵲哀鳴其聲甚切右遶七帀方始飛去及身沒後像果南還殿閣房廊得免煨燼法寶僧衆如疇昔焉門人慧安智賾者師資義重甥舅恩深爲樹高碑于寺之内東宮庶子虞世南爲文今像還歸於本閣云

釋智興俗緣宋氏洛州人也謙約成務厲行堅明誦諸經數十卷弁行法要偈數千行心口相師不輟昏曉住禪定寺今所謂大莊嚴也初依首律師隨從講會思力清徹同侶高之徵難鱗錯詞鋒驚挺又能流靡巧便不傷倫次時以其行無諍也大業五年仲冬次掌維那時鍾所役奉佩勤至僧徒無擾寺僧三果者有兄從帝南幸江都中路亡没初無凶告忽通夢其妻曰吾行從達於彭城不幸病死生於地獄備經五苦辛酸叵言誰知吾者賴以今月初日蒙禪定寺僧智興鳴鐘發聲響震地獄同受苦者一時解脱今生樂處思

報其恩可具絹十疋奉之弁陳吾意從睡驚覺怪夢所由與人共說初無信者尋又重夢及諸巫覡咸陳前說經十餘日凶問奄至恰與夢同果乃奉絹與之而與自陳無德並施大衆有問興曰何緣鳴鐘乃感斯應興曰余無他術見付法藏傳罽膩吒王劒輪停事及增一阿含鐘聲功德敬遵此轍苦力行之每冬登樓寒風切肉僧給皮袖用執鐘槌余自厲意露手捉之嚴寒裂肉掌内凝血不以爲辝又至諸時鳴鐘之始願諸賢聖同入道場然後三下將欲長打如先致敬願諸惡趣聞此鐘聲俱時離苦如斯願行志常奉修豈唯微誠遂能遠感衆服其言以貞觀六年三月遘疾少時自知終日捨緣身資召諸師友因食陳別尋卒莊嚴春秋四十有五葬於杜城窟中弟子善因宗師戒範講四分律誦法華經寘神福慧著聞京邑

釋道積河東安邑人也俗姓相里名梓材既莅玄門更名道積其先蓋鄭大夫子産之苗裔矣昔子産生而執拳啓手觀之文成相里其後因而氏焉又宣恢廓有大志好學該富宗尚嚴君積早習丘墳神氣爽烈年至二十將欲出家未知所適乃遇律師洪湛見而異之即爲剃落晦迹雙巖又依法朗禪師希求心學絕影三載不出山門然爲幽證自難聖教須涉開皇十三年辝師擐鉢周行採義路經滄海冀就遠行寺普與法師尋學涅槃慶所未聞乃經四載清通三事爲門學所推至十八年入於京室依寶昌寺明及法師諮習地論又依辯才智凝法師攝大乘論於十義

熏習六分轉依無塵唯識一期明悟仁壽三年又往幷州武德寺沙門法稜所聽採地持故得十法三持畢源斯盡四年七月楊諒作亂遂與同侶素傑諸師南旋蒲坂既達鄉壤法化大行先講涅槃後敷攝論幷諸異部往往宣傳及知命將隣偏弘地持以爲誡勗之極持是開心之要論也故成匠道俗並潤朱藍結宗慈訓遠近通洽而深護煩惱重慎譏疑尼衆歸依初不引顧每謂徒屬曰女爲戒垢聖典常言佛度出家損減正法尚以聞名汙心況復面對無染且道貴清顯不叅非濫俗重遠嫌君子攸奉余雖不逮請遵其度由此受戒教授没齒未登叅謁諮請不聽入室斯則骨梗潔已清貞高蹈河東英俊莫與同風先是沙門寶澄隋初於普救寺創營大像百尺萬工纔登其一不卒此願而澄早逝鄉邑耆艾請積繼之乃惟大像之未成也且引七貴而崇樹之修建十年彫粧都了道俗慶賴欣喜相幷初積受請之夕寢夢崖傍見二師子於大像側連吐明珠相續不絶既覺惟曰獸王自在則表法流無滯寶珠自涌又喻財施不窮冥運潛開功成斯在即命工匠圖夢所見於彌勒大像前今猶存焉其寺蒲坂之陽嵩高華博東臨州里南望河山像設三層巖廊四合上坊下院赫奕相臨園磑田蔬周環俯就小而成大咸積之功搗空樹有皆積之力而弊衣蔬食輕財重命普救般贍追靜歸閑爲而不恃即處幽隱天懷抗志頓絶人世不令而衆自嚴不出而物自往僕射裴玄眞寵居上宰欽其令聞頻贈香衣刺史杜

楚容知人之重造展求法其感動柔靡皆此類也徃經隋季擁閉河東通守堯君素鎮守荒城偏師肆暴時人莫敢窺視也欲議諸沙門登城守固敢諫者斬玄素同憂無能忤者積憤歎內發不顧形命謂諸屬曰時乃盛衰法無隆替天之未喪斯文在斯且沙門塵外之賓迹類高世何得執戈擐甲爲禦侮之卒乎遂引沙門道悉神素歷階厲色而諫曰貧道聞人不畏死不可以死怖之今視死若生但懼不得其死死而有益是所甘心計城之存亡公之略也世之否泰公之運也豈五三虛怯而能濟乎昔者漢欽四皓天下隆平魏重干木舉國大治今欲拘繫以從軍役反天常以會靈祇恐納不祥之兆耳敢布腹心願深圖之無宜空肆一朝自傾於後爲天下笑也公若索頭與頭仍爲本願必縱以殘生逼充步甲者則不知生爲何生死爲何死積陳此語傍爲寒心素初聞諫重積詞氣但張目直視曰異哉斯人也何乃心氣若斯之壯耶因捨而不問果詣積陳懺堯素以殺戮無度騁其毒心加又舉意輕陵雖當時權寢而禍作其兆卒爲城人薛宗所害自積立性剛果志決不迴遇逢瞋忿動爲魚肉既出家後訶責本緣挫拉無情轉增和忍歲登耳順此行彌隆習與性成斯言不爽以貞觀十年九月十七日終於本寺春秋六十有九初積云疾的無所苦自知卽世告門人曰吾今七十有五卒今年矣其徒曰師六十九矣何遽辭耶告曰死生法爾吾不懼也且老僧將年七十刺史貌吾增爲六歲故其命在旦夕宜深剋

勵視吾所行又曰經不云乎世實危脆無牢强者去終三日鐘不發聲逝後如舊衆咸哀歎

釋德美俗姓王清河臨清人也年在童稚天然樂善口中所演恒鋪讃唄擁塵聚戲必先影塔每見形像生知禮敬由是親故容而異之知非紹續之胤也任從師學十六辭親投諸林野廣訪名賢用爲師傅年至十九方蒙剃落謹敬謙恪專思行務雖經論備閱而以律要在心故四分一部薄通宗系追求善友無擇遐邇潔然自厲不羣非類開皇末歲觀化京師受持戒檢禮懺爲業因往太白山誦佛名經一十二卷每行懺時誦而加拜人以其總持念力功格涅槃太白九隴先有僧邑禪師道行僧也因又奉之而爲師導從受義業亟染暄涼後還京輦住慧雲寺值靜默禪師又從請業默即道善禪師之神足也善遵承信行普功德主節約形心不衣皮帛默從受道聞見學之望重京都偏歸俗衆美依承默十有餘年三業隨從深相器待所以每歲禮懺將散道場去期七日苦加勵勇萬五千佛日別一遍精誠所及多感徵祥自爾至終千有餘遍故默之弘獎福門開悟士俗廣召大衆盛列檀那利養所歸京輦爲最積而能散時又彌重常於興善千僧行道期滿嚫奉人別十縑將及散晨外赴加倍執事懼少依名付物默聞告曰何有此理不成僧義如若約截凡聖難知但當供養不慮虛竭庫先無貯物出散晨及設大會七衆俱集施物山積新舊咸充時又欽之謂其志大而致遠故使

靈祇冥助也不然誰能覩斯不懼耶故自開皇之末終於大業十年年別大施其例咸爾黙將滅度以普福田業用委於美美頂行之故悲敬兩田年常一施或給衣服或濟餱糧及諸造福處多有匱竭皆來祈造通皆賑給又至夏末諸寺受盆隨有盆處皆送物往故俗所謂普盆錢也往往禪定斯事無殆大業末歲夏召千僧七日行道忽感異人形服率然來告美曰時既炎熱何不打餅以用供養美曰麵易辦也人多餅壞何由可致便曰易可辦耳先溲二十斛麵作兩日調餅不壞也即隨言給但云多辦瓮水槽多貯冷水明旦將設半夜便起打麵槌案鼓動人物僧俗聚觀驚亂眼耳須臾打切麵已將半命人責之隨熟內水自往攪之及明行餅皆訝堅韌抽抜難斷千人一飽咸共欣泰試尋匠者通問失所餘有槽瓮中餅日別供僧乃盡限期一無爛壞合衆悲慶感通斯應武德之始創立會昌又延而住美乃於西院造懺悔堂像設嚴華堂宇宏麗周廊四注複殿重敞普共含生斷諸惡業鎮長禮懺潔淨方等凡欲進具必先依憑蕩滌身心方登壇位又於一時所汲浴井忽然自竭徒衆駐立無由洗懺美乃執爐臨井苦加祈告應時泉涌還同恒日時共宗焉所畜舍利藏以寶函隨身所往必齎供養每諸起塔祈請散之百粒千粒隨須而給精苦所感隨散隨滿由是增信彌隆勤懇不絶又年經秋夏常行徒跣恐蹈蟲蟻慈濟意也或行般舟一夏不坐或學止過三年不言或効不輕通禮七衆或同節食四分之一

如斯雜行其相紛綸即自畧舒尤難備舉生常輟想專固西方口誦彌陀終于盡命以貞觀十一年十二月二十六日合掌稱佛卒于寺院春秋六十三矣乃送於南山鵄鳴阜後又收骸於梗梓谷起塔弟子等樹碑于會昌寺侍中于志寧爲文又京邑沙門曇獻者亦以弘福之業功格前賢身令成範衆所推揖所造福業隨處成焉故光明寶閣冠絶寰中慈悲佛殿時所驚異人世客爾故不廣焉

釋慧胄姓王蒲州蒲坂人少在道門樂崇福事受具巳後師表僧祇及至立年又專禪誦曉夕相繼偏重法華後住京邑清禪寺草創基構並用相委四十餘年初不告倦故使九級浮空重廊遠攝堂殿院宇衆事圓成所以竹樹森繁園圃周遶水陸莊田倉廩碾磑庫藏盈滿莫匪由焉京師殿有無過此寺終始監護功實一人年至耳順便辭僧任衆以勤劬經久且令權替及於臨機斷決並用諮詢寺足淨人無可役者乃選取二十頭令學鼓舞每至節日設樂像前四遠同觀以爲欣慶故家人子女接踵傳風聲伎之最高於俗里遇患極困自然知卒香湯沐浴正理衣襟曰吾有小罪須加重病事由營造掘鑿故也至於終晨言氣不昧告弟子曰酬債了矣吾其去矣尋聲而卒春秋六十有九即貞觀初年也乃露骸收葬爲起方墳就而銘之時京邑會昌有沙門法素者倜儻不倫操業奇卓雅爲衆怪本師智顗專行勸福昔在江表遊適所至皆設萬人大會夜告纔竟明即成辦此例非一隋末東都嬰城自固飢骨相望有若

塊馬嘗有金像二軀各長一丈素不忍見斯
窮厄取一鎔破糴米作糜餧諸餓者須臾米
盡又取欲壞時沙門辯相與諸僧等拒諍不
與素曰諸大德未知至理也昔如來因地爲
諸衆生尚不惜頭目髓腦或生作肉山或死
作大魚以濟飢餒如何成果復更貪惜化形
必不然矣素今身肉堪者亦所不惜大德須
知今此一像若不惠給衆生城破之後亦必
從毀則墜陷多人何如素今一身當也衆不
許之及爲鄭降日像先分散如其言焉然其
言行譎詭險而難遵其例不一後入京室卒
會昌寺

釋智通姓陳住梓州八歲出家爲正道法師
弟子後誦法華并講在牛頭山善持威儀奉
戒貞苦降伏黄老士女奏章必杖之五十遠
近皆憚寺宇成就惟其經始合衆畏懾無蓄
私財者常有雙鵝依時聽講講百餘遍兩度
放光至貞觀二十三年十月十三日告衆吾
造山寺可用十萬貫恨未用備今便永別言
訖而卒春秋九十七矣小食時終合寺房堂
皆動而作白色經一食頃

釋慧震姓龐住梓州通泉寺身長八尺後聽
嵩師三論大領玄旨福力所被蜀部遥推嵩
之還南得袈裟三百領以贈路首每年正月
轉藏經千人袈裟奉施無闕常弘三論聽衆
百餘忽於高座似悶見人語曰西山頭好造
大佛既覺下座領衆案行中堪造像兩邊泉
流即命石工鐫鑿坐身高百三十尺貞觀八
年周備成就四面都集道俗三萬慶此尊儀
其像口中放大白光遠近同奉先有一馬曰

行五百里曾經入陣餘馬並死唯此得還至十四年七月忽自嘶鳴不食三日震聞毛竪有一異僧名爲十力語震曰馬與主別主當先行來年正月十五日日正中時應入涅槃法師須散財物無留於後於身何益言已而隱莫知其由先造藏經請僧常轉開大施門四遠悲敬來者皆給至終年初又請衆僧讀經行道作三七日俗緣昆季内外皆集至於八日香氣鬱勃充滿寺中傾邑道俗共聞異香捨散山積至十五日氣猶不歇從旦至午寺内樹木土地皆生蓮華衆覩奇瑞知其即世震曰嘉相已現不容待滿便行䞋施早食訖手執香爐繞盧舍那三帀還於佛前胡跪正念大衆滿堂不覺已逝春秋六十有六停喪待滿香氣猶存兄弟三人各捨五十萬於墓所作僧德施及以悲田作石塔高五丈龕安繩牀扶屍置上經百餘日猶不委仆道俗萬餘悲泣相繼云耳

釋慧雲姓王太原人也遠祖避地止于九江弱年樂道投王山大林寺沙門智鍇而出家馬鍇亦標領當時有聲出世而雲慷慨時俗精厲歸從故得獨異恒倫不拘物累致有大節大務偏所留心時年二十有五有達禪師者江淮内外所在興造事力不遂咸來祈請雲爲寺廟毀壞故致邀延達不許之雲以來告不申便陳死請委身在地涕泗滂沲流迸塗漫滿五尺許又以頭叩地青腫覆眼加諸誓願曰若不蒙赴雲亦投江達見其意盛欻然迴意雲即前告道俗所在迎候披草望山行不由徑路值羣虎不暇駐目延達至山頂

有經始泝流諸處檢校功德時屬嚴冬冰擁船路崩砂頽結屢阻舟人雲乃急繫衣裳破冰挽纜腰胯巳下淩澌截肉流血凝住不覺疲苦自此船行三百餘里方登所在其懇誠難繼並例此也隋季末齡中表賊亂有林士弘者結衆豫章僞稱楚帝僞尚書令鄱陽胡秀才親領士衆臨據九江因感發心欲寫廬山東林文殊瑞像盡所鎮境訪監護者道俗僉議以雲有出衆之奇雅當此選鑪錘既辦便就鎔範光儀乃具唯頸及脇兩處有孔時衆未之悟也其年秀才僞勑所追有像色金百二十兩感以竹筒雲以賊徒蜂起無方守護並用付才又以念誦銅珠一環遺才爲信行至宮亭軍士乞福才得便風舉帆前引於江中路遭浪船没財物蕩盡唯人達岸才諸無所恨但恨失像色金煩寃江畔吁嗟不絶誓願不成深爲業也須臾金筒隨浪逆流弁遺銅珠前後相繼汎汎隱隱向岸就才既獲色金舉衆同叫歡欣無量計被没處至所出岸三十餘里重而能浮逆波相授軍民通怪驚異靈感及才之遇害也刃開頸脇恰符像焉初才之欲擊賊以金用委叔父曉禪師及楚都既覆群寇交侵曉用弊布裹金擔以避難不免爲賊所奪既失像金取求無計尋有賊中來者盜金投曉俱不知是金擔也曉得本金委雲成就光相超挺今在山閣初鑄像時有李五戒者私發願曰若鎔金日誓然一臂雲爲模樣早成遂前期日李氏不知巳鑄乃夢像曰汝先願然臂如何違信耶李氏夢寤因知之即於像前以刀解臂蠟布纏骨

而燒馬又感徵應畧其事也雲以江水成紆頻逢草竊經論乃積而戒律未弘遠趣帝京躬叅學府值首律師當隅開化大適本志悲喜交并採掇行務有聞朝省下勑令住弘福而形貌長偉骨面多髯言語成章衆所知識偏能讀誦頗盛威容故齋福大集恒居坐首羣公卿士側席虛心一舉五卷須臾尋了未聞嗽噎莫不嘉尚然其程器即目故畧序叙之

論曰夫住持之相其例乃多包舉精博要惟二種道法弘世則靜倒絕其生源相法所持則導昏開其耳目宗途既闡萬代奉其風規雖或中微終亦依之成則昔如來創化寺開須達之源塔現古今初唯積土之漸沿斯已後福事彌隆無憂之碣林繁有信之園星布自摩騰入洛其相先揚建寺以宅僧尼顯福門之出俗圖繪以開依信知化主之神工故有列寺將千繕塔數百前修標其華望後進重其高奇遂得金剎干雲四遠瞻而懷敬寶臺架迥七衆望以知歸並弘道之初津攝度之權術也至如引風治閣出慧達之深誠傳聲停毒實智興之通感僧明志開遺寄僧晃操動幽明達公因涪水而集材美上假冥聖而陳供慧雲貞烈黃金以之不沉道積抗言白刃由斯不拔若斯監護不茂由來然則經理衆事論陳退沒並由志節素少精非巧能致涉難違便虧誓願功致垂成義當斯也昔如來在世躬治院門大集僧務非聖不履迦葉之營五寺恒預躡泥目連之任月直常供掃地是以福事之來導引逾遠下凡祖習故

是常科而頃世噴㙺每多欺負覩塗塔爲庸夫謂引材爲竪伍出道無宜行施入俗有絶清心斯語不倫殊乖正則故天報爲貴尚行乞於人間聖果爲高猶被餓於僧部斯徒衆矣畧舉可知是以福智二嚴空有兩諦大經大論盛引綱猷即可師承難爲排斥且自世有諸福其流多雜倚傍了經陳揚疑僞隋祖開皇之始釋教勃興眞僞混流恐乖遺寄乃勑沙門法經定其正本所以人中造作五百餘卷同並燔之餘不盡者隨方間出比諸經藏唯録正本通數則有三千餘卷已外別生雜集並不寫之至於疑僞時復抄録斯由未曾陶鍊故致此涉疑試爲論之至如藥師行事源出宋朝比用在疑頗存沿俗隋煬洛水彦琮所翻義節全同文鋪少畧斯則梵本有據祈福之元宰也但以世惟相有非相何以曉心大聖逗機任物而敷此要如說行者必致禳除恐涉懷已自虧名實故彼文云口爲說空行在有中誠言得矣或有精專懇苦厚供彌隆而所祈無應者則往業堅明定須酬償故文云唯除宿殃餘則可脫然則業無永定皆可轉除任業增生無成聖義故經明懺止約內心有愧則亡無慙斯有三報輕重具顯涅槃六根淳薄亦陳實觀是知宿殃不請例是別時通諸理教義須隱括又有普賢別行金光總懺名歸清衆事乖通俗比有行事執著者多遍吉雖來皆舒法利故彼文云諸業障海從妄想生還須體妄乃傾前業今則緣念彼此我所兩存倒想愈增故難遭聖義應塵無以表達眞識有以明通俗在凡下位

行漸若斯順舊常熏理非筌悟梁初方廣源在荊襄本以厲疾所投祈誠悔過哀茲往業悲慟酸涼能使像手摩頭所苦欻然平復因疾相重遂廣其塵乃依約諸經抄撮成部擊聲以和動發恒流談述罪緣足使汗垂淚寫統括福慶能令藏府俱傾百司以治一朝萬化唯通一道被時濟世諒可嘉之而恨經出非本事須品藻六根大懺其本唯梁武帝親行情矜黔識故文云萬方有罪在予一人當由根識未調故使情塵濫染年别廣行捨大實而充僮僕心力所被感地震而天降祥是稱風靡鬱彰成恒則有陳眞觀因而廣之但爲文涉菁華心行頗淡原夫懺悔之設務在專貞欲使肝膽露於衆前慙愧成於即日固得罪終福始言行可依如文宣之製淨住言詞可屬引經教如對佛述厭欣如寫面卷雖三十覽者不覺其繁文乃重生讀人不嫌其廣世稱筆海固匪浮言又有安讀懺文行於悔法罪事叢雜不解位以十條因構煩拏未知本於三惱浪誦盡紙昏憒通於自他爲師難哉墮負歸於彼此如斯遺累未曰清澄因約前論薄爲准的六道慈懺源亦同前事在歲終方行此禮道别開奠海陸之味畢陳隨趣請祝慈悲之意弘矣原夫六道至果趣别重輕人含十等之差餘則舉例可悉阿含所述入處鬼道有親供祭心生隨喜心喜身飽故曰充飢非由供福業令自受以正法義理有所從無有自作他人受果斯則目連飯母事也自外五趣報局所收隨報位隔無由通給今則道别陳奠恐非臨響然又報得諸通事

含生趣不妨他心徹視待會而從祭酹自此已外其例難收或度星安宅決明罪福占察投輪懷疑結線同歸淺俗未入深經然罪積由來福與伊始俱唯妄想而善卦難諧愚凡所履諒參其用又有不揆分量登冐聖賢端然思道剋成位地此並想心懷道不識道是妄心知妄思心不起有起實歸唯識識心達俗知何不爲用此投輪應分業相又有方等佛名般舟誦呪多以夢王表淨准此用顯澆淳且夢唯冥妄想像尚取依憑況在現輪舉擲其心可准若夫惑業所起梯構有因惑必違理而生故懺務觀其理業生依事而起故懺還須緣事悔必勤身營構慚愧爲其所宗理悔必析破我人知妄是其大略並如別録悔法度之是知釋宗一化大較三門若樂罪時須弘福事因修福故便起想著則應破遣教思理觀如斯易奪集業可期若滯此三全乖教意惟夫大聖垂世未欲增生福順情欣還資故習義須思擇斷結入道斯言極矣世不達者以福爲道耽附情纒用爲高勝正是戒見二結所收我倒常行何能遣縛是以通人審權實之有從達界繫之無爽明惑性之重輕曉分量之優劣莫不以罪障天人一向須捨福爲有基雖行不著由諸八禪滯情六度不淨事觀及世順善皆爲有法大論明言計並封心故非道業至如色有初定凡聖通行非想極居無生不止終乖出要未靜輪迴但爲封迷不厭故也況以亂善用充靜業有識聞之足爲殷鑒流俗儒素尚掯固我之心但謂我能行之故非清蕩所攝豈得心用浮

動觸境增迷妄計爲道一何可笑復聞福爲有本潛神不修身行處世何能無事事涉罪福理必通知且如衣食四資無時不假佛制取納惟依觀門輕侮對治斯誠罪也奉勸勤行斯誠福也謂我能行便成違理我不能行又是違事違事則業繫三途違理則福纏諸欲在凡使性何能靜心入上正見方傾苦趣故知因修世相知何不爲惟勤觀用漸當鈌有不爾沉淪還歸無始伊我同舟可不勉哉

續高僧傳卷第三十

音釋

堡博浩切晦也　霾謨皆切晦也　襲席入切重衣　孿閭圓切係也　鄜方無切邑名也　礦古猛切銅鐵朴石　鏨慈奄切鑿也　嚙魚列切噬　舶薄陌切海中大舟　矚之六切視也　瓌姑回切偉也　巋丘愧切山貌　篡初患切逆而奪取之也　鑱初咸切鏨也　蒨倉甸切　轀輬轀烏昆切輬音良轀輬喪車　鎣縈定切飾也　踡逵員切屈也　緝七入切修補也　斃昆意切死也　欒櫨欒盧官切櫨龍都切欒櫨曲枅也　翟杜歷切　謐覓筆切人名　褊補典切陿也　締丁計切結也　摜古慣切貫也　餱音侯乾糧也　韌而振切柔難斷也　窳弋渚切嬾也　黔其廉切黎也　酹力遂切餟祭也

續高僧傳卷第三十一

唐　釋　道　宣　撰

雜科聲德篇第十 正傳十二人 附見八人

釋慧明不知何許人儀貌像胡故世以胡明爲目然其利口奇辯鋒涌難加摛體風雲銘目時事吐言驚世聞皆諷之後乃聽採經論傍尋書史捃拾大旨不存文句陳文御世多營齋福民百風從其例遂廣衆以明騁衒脣吻機變不思諸有唱導莫不推指明亦自顧才力有餘隨聞即舉牽引古今包括大致能使聽者欣欣恐其休也宣帝在位大建五年將事北征觀兵河上巳遣大都督程文季等領軍淮浦與齊對陣雄氣相傾帝甚憂及乃於太極殿中命龜卜之試拄腹文颯然長裂君臣失色爲不祥也即請百僧齋時一會臨中倉卒未測所由及行香訖乃陳卜意明抗聲叙致又述緣曰卜征龜破可謂千里路通旣其文季前鋒豈不一期利捷時以爲浮飾

也至四月中次大小峴與齊大戰俘虜援兵二十餘萬軍次樵合呂梁彭越前無橫陣故下勑云今歲出師薄伐邊服所獲梁土則江淮二百許城東西五千餘里然龜腹長文號千里也遠驗明言宛同符契故明承此勢爲業復隆偏意宗猷達悟登白者其量弘矣莫測其終

釋道紀未詳氏族高齊之初盛弘講說然以成實見知門學業成分部結衆紀用欣然以教習之功成遺業也天保年中秋初立講紀引衆首出鄴城南彼舊門人又引衆入正於閫側欻爾相值紀曰卿從何來乃殊無禮也如何師範輙抗拒耶既不傾屈理宜下道彼曰法鼓競鳴利建斯在聲榮之望師資焉有紀何不答自爲下道出于城外迴首告其屬曰吾講成實積三十載開悟正道望有功夫解本擬行斯遺誡也今解而不行還如根本不解矣徒失前功終無後利往不可追來猶可及請並返京吾當別計乃退掩房戶廣讀經論爲彼士俗而行開化故其撰集名爲金藏論也一袟七卷以類相從寺塔旛燈之由經像歸戒之本具羅一化大啓福門論成之後與同行七人出鄴郊東七里而頓周匝七里士女通集爲講斯論七日一遍往必荷擔不恥微行經書塔像爲一頭老母掃箒爲一頭齊佛境內有塔斯掃每語人曰經不云乎掃僧地如閻浮不如佛地一掌者由智田勝也親供母者以福與登地菩薩齊也故其孝必性淳深爲之縫補衣著食飲大小便利必身經理不許人兼有或助者紀曰吾母也非

他之毋形骸之累並吾身也有身必苦何得以苦勞人所以身爲苦先幸勿相助因斯以勵道俗從者衆矣又復勸人奉持八戒行法社齋不許屠殺所期既了又轉至前還依上事周歷行化數年之閒遶鄴林郊奉其教者十室而九有同侶者故往候曰比行化俗何如道耶紀曰彼講可追今則無悔既往不咎知復何言後遭周氏吞併玄教同廢呼嗟俗壞毋崇斯業及開法始更廣其門故彼論初云邪見者是也所以世傳何隱論師造金藏論終唯紀也故改名云然其所出抄略正文深可依准後不測其終

釋法稱江南人誦諸經聲清響動衆陳氏所化舉朝奉之又善披導即務標奇雖無希世之明而有隨機之要隋平南服與白雲經師同歸秦壤住興善寺每引內禁叙論正義開納帝心即勅正殿常置經座日別差讀經聲聲不絕聽覽微隙即問經旨遂終昇遐晚住定水與雲同卒俱八十餘仁壽年也時有智雲亦善經唄對前白者世號烏雲令望所高聲飛南北每執經對御響震如雷時叅哀囀停駐飛走其德甚衆秘不泄之故無事緒可列又善席上談吐驚奇子史丘索都皆諳曉對時引挽如宿搆焉隋煬在蕃彌崇敬愛召入慧日把臂朋從欣其詞令故也年登五十卒於京師王悲惜焉數日不出廣爲追福又教沙門法論爲之墓誌見於別集

釋眞觀字聖達吳郡錢唐人俗姓范氏祖延蒸給事黃門侍郎父兗通直散騎常侍毋桓氏溫良有德嘗悱憤無亂潔齋立誓誦藥師

觀世音金剛般若願求智子紹嗣名家時獻統所圖迦毗羅王者在上定林寺巨有靈異躬往祈禱刻寫容影事像若真依藥師經七日行法至於三夕覺遊光照身自爾志性非恒言輒詣達豈非垂天託人寄范弘釋者也及其誕育奇相不倫左掌仙文右掌人字口流津液充潤榮府從幼至終未甞患渴故體膚光偉雖老不衰舌文交加狀如羅綺故得含章蘊辯開神明晤又聲韻鍾鈴捷均風雨其見聞者莫不小有大槩五歲能蔬齋或登衣篋或執扇篇戲爲談講八歲通詩禮和庾尚書林檎之作十六儒道群經柱下河上無所遺隱時又流涉碁琴暢懷文集日新月異師友驚忻嘗共友人道遙津渚有善相者迎而拜曰年少當爲大法師後即專誦淨名般若志存入道伺機承色二親弗許乃迦毗降夢子欲開籠勿令在網此非黠慧父母咸開心隨喜啓勑降言弁賜衣鉢義與生法師行潔小震躬爲翦落大德貞律師道藹雲陽請任和尚研思十誦一遍能述又從華林圓法師受成實論十遍十覆超振前標自謂解成可填以行也始誦法華日限一卷因斯通夢汝有大根忽守小道深可惜也遂往與皇聽摩訶衍質疑明難唐突玄門朗公精通綽然復加脂粉吾出講八年無一問至此能使妙義開神真吾師矣仍從北面數載研尋開善大忍法師匿影鍾山遊心方等將欲試瞻先達問津高士因操桴扣寂用程玄妙乃歎曰龍樹之道方與東矣辯勇二師當塗上將頻事折關亟經重席時人語曰錢唐有真觀當

天下一半沙門洪偃才邁儒英鉤深釋傑面相謂曰權高多智耳白有名我有四絶爾具八能謂義導書詩辯貌聲基是也由此王公貴遊多所知識始與王東臨禹井請以同行于時興皇講筵選能義集觀臨途既促咸推前次既登高座開二諦宗旨並縱横一言冰泮學士傅縡在席嗟曰三千稱首七十當初是上人者當爲酬對金陵道俗見知若此既達東夏住香嚴寺講大涅槃四方義集復增榮觀興皇又三追曰吾大乘經論略已弘通而燕趙齊秦引領翹足專學雖多兼該者寡宜速反東蕃法門相寄于斯時也征周失律朝議括僧無名者休道觀乃傷迷歎曰夫剎利居士皆植福田富強黎庶斯小造罪貧弱欲茂枝葉反剋根本斯甚惑矣人皆惜命偷生我則亡身存法乃致書僕射徐陵文見別集陵封書令奏帝懔然動容括僧由寢據斯以言非但梁柱佛法亦乃明略佐時矣江夏王出鎮于越復請同行朗師吞咽良久言曰能住三年講堂相委復屬英王尚法利益深不可留也仍於禹穴屢動法輪特進杜稜請歸光顯傳教學徒及永陽鄱陽二王司空司馬消難並相次海運延仰浙東故得塗香慧炬以業以煥頂敬傾心盡誠盡節天台智者名行絶倫先世因緣敦猷莫逆年臘既齊爲法兄弟共遊秦嶺陵雲舊房朝暘澄景則高談慧照夕陰匿彩則深安禪寂及智者徵上闕庭觀便孤園敷説大流法味載廣俗心永陽還京仰奏清德舉朝僧正同請絲綸遂逢祚終斯事便寢隋祖尚法惟深三勑勞問秦

王莅蕃二延總府皆辭以疾確乎不就齊王晚迎江浦躬伸頂禮傳以香火送還舊邑之衆善寺開皇十四年時極亢旱刺史劉景安請講海龍王經序王既訖驟雨滂注自斯厥後有請便降吳越宗仰其若神馬縣西有靈隱山者舊曰仙居峯吐蓮花洞藏龍穴信江東之秀嶽也觀既仁智內冥山水外狎共道安禪師頭陀石室檀越陳仲寶率諸同侶開藏拓基構立精舍號南天竺遂即去邑還谷栖止終焉衆善講堂付門人玄鏡鏡承瓶瀉相從不絕及文宣造塔形勝所歸不謀同集取決於觀乃指崔嵬高石可安塔基雖發誠言孰爲可信俛仰穿鑿洞穴自然狀似方函宛如奩底天工神匠冥期若符自爾在山常講法華用爲心要受持讀誦躬自書弘五種法師於斯乎在又持於經旨明練深趣談吐新奇非尋紙墨智思擊揚逈飛文外又感盥洗遺渧地不爲濡事理異人經之力也皋亭神姓陳名重降祝請講法華一遍遺以錢物又降祝捨其廟堂五間爲衆善佛殿據斯以言感靈通供誠希有也大業七年四月八日司馬李子深更延出邑講大涅槃初出天竺自標葬地至現病品夢見三人容服甚盛把旛俱禮云淨居遣迎至六月六日以疾而卧又夢與智者同轝夾侍尊像翼佛還山覺已歎曰昔六十二應終講法華力更延一紀今七十四復致斯應生期畢矣即集內衆訓將來事曰欲生善道欲備神力欲出生死欲具佛法宜須持戒修定學慧弘通正法勿令空過無所得也爾日天台送書并致香蘇石蜜

觀覽書曰宿世因緣最後信矣命兩如意一東向天台一留西法志諸雜服式吾眼自分一還僧羯磨二成第五僧施嘗有人夢飛殿來迎沙門寶慧又聞空中伎樂至七月七日中夜跏趺而坐盥漱整服曰有人請講菩薩戒也端坐怡然不覺已滅逝於衆善之舊寺從子至午心頂俱暖身體柔軟顏色不變右手內屈三指信宿流汗遍身至四日移入禪龕時屬流火焰氣尚嚴而儼若生存實資神力從此至二十五日四方輻湊六縣同集道俗公私一期咸萃皆就屍手傳香表別攀德號慕悲起纏雲追惟戒德泣垂零雨至於香華供獻日有千群隨次大齋開龕瞻奉而色相光潔眉毫更長倍與生前咸加奇歎至二十六日乃永窆於靈隱山眞容掩方墳寫狀留天竺是日四部亘一由旬香蓋成蔭幢旛蔽野存亡榮慶非可勝言初觀聲辯之雄最稱宏富江表文國莫敢爭先自正法東流談導之功衞安爲其稱首自爾詞人莫不宗猷於觀是知五百一賢代與有日佛法榮顯實賴斯乎開皇十一年江南叛反王師臨弔乃拒官軍羽檄競馳兵聲逾盛時元帥楊素整陣南驅尋便瓦散俘虜誅翦三十餘萬以觀名聲昌盛光揚江表謂其造檄不問將誅既被嚴繫無由伸雪金陵才士鮑亨謝瑀之徒並被擁略將欲斬決來過素前責曰道人當坐禪讀經何因妄忤軍甲乃作檄書罪當死不觀曰道人所學誠如公言然觀不作檄書無辜受死素大怒將檄以示是你作不觀讀曰斯文淺陋未能動人觀實不作若作過此

乃指摘五三處曰如此語言何得上紙素既解文信其言也觀曰吳越草竊出在庸人士學儒流多被擁逼即數鮑謝之徒三十餘人並是處國賔王當世英彥願公再慮不有怨辜素曰道人不愁自死乃更愁他觀曰生死常也既死不可不知人以爲深慮耳素曰多時被縶頗解愁不索紙與之令作愁賦觀攬筆如流須叟紙盡命且將來更與一紙素隨執讀驚異其文口唱師來不覺起接即命對坐乃盡其詞故賦略云若夫愁名不一愁理多方難得麗縷試舉宏綱或稱憂憒或號酸涼蓄之者能令改貌懷之者必使迴腸爾其愁之爲狀也言非物而是物謂無像而有像雖則小而爲大亦自狹而成廣譬山岳之穹隆類滄溟之滉瀁或起或伏時來時往不種而生無根而長或比煙霧乍同羅網似玉葉之晝舒類金波之夜上爾乃過違道理殊乖法度不遣喚而輙來未相留而愜住雖割截而不斷乃驅逐而不去討之不見其蹤尋之靡知其處而能奪人精爽罷人歡趣減人顔容損人心慮至如荆軻易水蘇武河梁靈均去國阮叔辭鄉且如馬生未達顔君不遇夫子之詠山梁仲文之撫庭樹並恺懣於胷府俱讚揚於心路是以虞卿愁而著書東晳憑而作賦又如蕩子從戎倡婦閨空悠悠塞北杳杳江東山川既阻夢想時通高樓進月傾帳來風愁眉歇黛淚臉銷紅莫不感悲枕席結怨房櫳乃有行非典則心懷疑惑未識唐虞之化寧知禹湯之德霧結銅柱之南雲起燕山之北箭既盡於晉陽水復乾於踈勒文

多不載素大嗟賞即坐釋之所達文士免死而爲僕隸觀以才學之富弘導不疲講釋開悟榮光俗塵具於前叙其所講大乘四十二載又造藏經三千餘卷金銅大像五驅搆塔五層五僧德施造寺二所著諸導文二十餘卷詩賦碑集三十餘卷近世竊用其言衆矣

釋法韻姓陳氏蘇州人追慕朋從偏工席上騷索遠度罕得其節誦諸碑誌及古導文百有餘卷幷王僧孺等諸賢所撰至於導達善能引用又通經聲七百餘契每有宿齋經導兩務並委於韻年至三十弊於諠梗邀延蹤請日別重疊乃於正旦割繩永斷即聽華嚴不久便覆恨浪棄功妄銷脣舌承栖霞清衆江表所推尋聲即造從受禪道又聞泰岳靈巖因往追蹤般舟苦行立志梗潔不希名聞擔石破薪供給爲任晚還故鄉有浮江石像者如前傳述後被燒燼而不委相量無由可建便於石像故基願禮八萬四千塔樹功既滿感遇野姥送一卷書及披讀之乃是昔像之緣也既有樣度依而造成大有徵應海中有陽虎島者去岸三里韻往安禪唯服布艾行慈故也初達逢恠大風鬼物既見如常心毛不動九十日後恬然大安自知命終事還返栖霞不久便卒春秋三十五即仁壽四年矣

釋立身江東金陵人志節雄果不緣浮綺威容肅然見者憚懾有文章攻辯對時江左文士多興法會每集名僧連宵法集導達之務偏所牽心及身之登座也創發謦欬砰磕如雷道俗歛襟毛竪自整至於談述業緣布列

當果泠然若面人懷猷勇晚入慧日優贈日隆大業初年聲唱尤重帝以聲辯之功動衷情抱賜帛四百段氈四十領性本清儉無兼諸蓄率命門學通共均分從駕東都遂終于彼時年八十餘矣時西京興善官供尋常唱導之士人分羽翼其中高者則惠寧廣壽法達寶巖哮吼之勢有餘機變之能未顯人世可覩故不廣也

釋善權揚都人住寶田寺聽採成論深有義能欻爾迴思樂體人物隨言聯貫若珠璧也衆以學功將立不願弘之而權發悟時機爲功不少適詣爲得遂從其務然海內包括言辯之最無出江南至於銓品時事機斷不思莫有高者晚以才術之舉煬帝所知召入京師住日嚴寺獻后既崩下令行道英聲大德五十許人皆號智囊同集宮內六時樹業令必親臨權與立身分番禮導既絕文墨唯存心計四十九夜總委二僧將三百度言無再述身則聲調陵人權則機神駭衆或三言爲句便盡一時七五爲章其例亦爾煬帝與學士柳顧言諸葛頴等語曰法師談寫乍可相從導達鼓言奇能切對甚可訝也頴曰天授英辯世罕高者時有竊誦其言寫爲卷軸以問於權權曰唱導之法設務在知機誦言行事自貽打棒雜藏明誠何能輒傳宜速焚之勿漏人口故權之導文不存紙墨每讀碑誌多疏儷詞傍有觀者若夢遊海及登席列用牽引囀之人謂拔情實惟巧附也大業初年終日嚴寺時年五十三矣門人法綱傳師導法汪汪放曠譎詭多奇言雖不繁寫情都盡

蕭僕射昆季時號學宗常營福祀登臨莫逮每有檀會必遣邀迎然其令響始飛飈焉早逝釋門掩扇道俗咸惋

釋智果會稽剡人率素輕清慈物在性常誦法華頗愛文筆經史固其本圖摘目得其清致時弘唱讀文學所欣俗以其書勢逼右軍用呈藩晉王乃召令寫書果曰吾出家人也復爲他役都不可矣一負聲教之寄二違發足之誠王逼吾身心不可逼乃云眼闇不能運筆王大怒長囚江都令守寶臺經藏及入京儲貳出巡揚越乃上太子東巡頌其序略曰智果振衣出俗慕義遊梁感昔日之提奬喜今晨之嘉慶遂下令釋之賜錢一萬金鐘二枚召入慧日終于東都六十餘矣時慧日沙門智騫者江表人也偏洞字源精閑通俗晚以所學追入道場自秘書正字讎校著作言義不通皆諮騫決即爲定其今古出其人世變體詁訓明若面馬每曰余字學頗周而不識字者多矣無人通決以爲恨耳造衆經音及蒼雅字苑宏叙周贍達者高之家藏一本以爲珍璧晚事導述變革前綱既絕文縟頗程深器綴本兩卷陳叙謀猷學者秘之故斯文殆絕京師沙門玄應者亦以字學之富皁素所推通造經音甚有科據矣

釋法琰俗姓嚴江表金陵人本名法藏住願力寺聽莊嚴寺嚼公成實入義知歸時共讃賞每聞經聲唄讃如舊所經充滿胷臆試密尋擬意言通諳即以所解用諮先達咸曰卿曾共習故有今緣不可怪也遂取瑞應依聲盡卷舉擲牽迸轉態怘驚馳無不訝之皆來返

啓乃於講隙一時爲叙陳國齋會有執卷者若不陳聲齋福不濟故使人各所懷相從畢聽清音盈耳頌聲洋溢廣流世路晚被晉府召入日嚴終于武德復居玄法師雖年迫期頤而聲喉不敗京室雖富聲業甚貧諸有尋味莫有高於琰者然而性在知足不畜貲財福利所歸隨皆散盡以貞觀十年卒于此寺九十餘矣

釋慧常京兆人以梵唄之功住日嚴寺尤能却轉弄響飛揚長引滔滔清流不竭然其聲發喉中脣口不動與人並立推檢莫知自非素識方明其作時隋文與法煬帝倍隆四海輻湊同歸帝室至於梵導讃叙各重家風聞常一梵颯然傾耳皆摧心喪膽如飢渴焉僉曰若此聲梵有心聞之何得不善也衆雖效學風骨時忝至於用與牽挽皆不及矣晚入東都梟感作亂齋梵總任咸共委常及平殄後復還關壤時有僭帝曰逆賊建福言涉國家並可收之因即募覓常被固送行次莎柵逃賊留曰往必被戮可於此止常曰債負久作終須償了送至東都果如言焉年四十餘矣時京師興善有道英神爽者亦以聲梵馳名道英喉顙偉壯詞氣雄遠大衆一聚其數萬餘聲調稜稜高超衆外興善大殿鋪基十畝欞扇高大非卒摇鼓及英引衆遶旋行次窻門聲聒衝擊皆爲動震神爽唱梵彌工長引遊囀聯綿周流內外臨機脅促愜洽衆心貞觀年中豫州治下照機寺曇寶禪師者斷穀練形戒行無黙年六十許常講觀音導引士俗而聲調超挺特異仁倫寺有塔基至於

靜夜於上讚禮聲響飛衢周三十里四遠所聞無不驚仰

釋智凱姓安江表揚都人家世大富奴僕甚多年在童丱雅重謿詭引諸群小乃百數人同戲街衢以爲自得陳氏臺省門無衞禁凱乃率其戲侶在太極殿前號令而過朝宰江總等顧其約束銓敘駐步訝之相視笑曰此小兒王也及至學年總擲前緒承沙門吉藏振宗禹穴往者談之光聞遠邇便辭親詣焉從受三論偏工領疊所以初章中假複詞遺滯學人苦其煩拏而凱統之泠然頓釋各有投詣及藏入京因倍同住義業通廢專習子史今古集傳有開意抱輙條踈之隨有福會因而標擬至於唱導將半更有緣來即爲敘引冥符衆望隋末唐初嘉猷漸著每有殿會無不仰推廣誦多能罕有其類嘗於殿內佛道雙嚴兩門導師同時各唱道士張鼎雄辯難加自恨聲小爲凱陵架欲待言了方肆其術語次帝德鼎延其語凱糾目之知其度也乃含笑廣引古今皇王治亂濟弱得喪銓序言無浮重文極鋪要鼎搆既窮凱還收緒一代宰伯同賞標奇臨機之妙銛鋒若此而情均貧富赴供不差存念寒微多行針療後以蝇點所拘伸雪無路徙於原部乃冠服古賢講開莊老時江夏王道宗昔在京輦第多福會至於唱敘無非凱通後督靈州携隨任所留連歲稔欣慕朋從及巡撫燕山問罪泥海皆與連騎情同比影在蕃齋祀頃有導達乃隔幔令凱作之至于終詞無不泣淚王亦改容遂卒於彼

釋寶巖住京室法海寺氣調閑放言笑聚人情存導俗時共目之說法師也與講經論名同事異論師所設務存章句消判生起採結詞義巖之制用隨狀立儀所有控引多取雜藏百譬異相聯璧觀公導文王孺懺法梁高沈約徐庾晉宋等數十家包納喉衿觸興抽拔每使京邑諸集塔寺肇興費用所資莫匪泉貝雖玉石通集藏府難開及巖之登座也案几顧望未及吐言擲物雲崩須臾坐沒方乃命人徙物談叙福門先張善道可欣中述幽途可猒後以無常逼奪終歸長逝提耳抵掌達晤時心莫不解髮撤衣書名記數剋濟成造咸其功焉時有人云夫說法者當如法說不聞陰界之空但言本生本事巖曰生事所明爲存陰入無主但濁世情鈍說陰界者皆昏睡也故隨物附相用開神府可不佳乎以貞觀初年卒于住寺春秋七十餘矣

論曰自古諸傳多略後科晉氏南遷方開名實然則利物之廣在務爲高忍界所尊唯聲通解且自聲之爲傳其流雜焉即世常行罕歸探索今爲未悟試揚搉而論之爰始經師爲德本實以聲糅文將使聽者神開因聲以從迴向頂世皆揖其旨鄭衛珍流以哀婉爲入神用騰擲爲清舉致使淫音婉變嬌弄頗繁世重同迷尠宗爲得故聲唄相涉雅正全乖縱有刪治而爲時廢物希貪附利涉便行未曉聞者悟迷且貴一時傾耳斯並歸宗女衆僧頗嫌之而越墜堅貞殊虧雅素得唯隨俗失在戲論且復彫訛將絕宗匠者希昔演三千今無一契將非沿世遷貿因得行藏有

儀乎道達之任當今務先意在寫情跡通玄
理本實開物事屬知機不必誦傳由乖筌悟
故佛世髙例則身子爲其言初審非斯人則
雜藏陳其殃咎統其朗拔終歸慧門法師說
法之功律師知律之用今且隨相分位約務
終篇俗有無施不可又陳無備一人道則不
輕末學亦開降外須博是以前傳所叙殷勤
四能即用以觀誠如弘例何以明耶若夫聲
學既豐則温詞雅贍才辯横逸則慧發鄰幾
必覆此蹤則軌躅成於明道如乖此位則濫
罔翳於玄津但爲世接五昏人纒九惱俗利
日隆而道弘頗躓所以坐列朝宰或面對文
人學構疎蕪時陳鄙俚褒奬帝德乏類阿衡
讃美寒微翻同旒冕如陳滿月則曰聖子歸
門迷略璋弧豈聞牀几若叙閨室則誦窈窕

縱容能令子女奔逃尊卑動色僧倫爲其掩
耳士俗莫不寒心非唯謂福徒難施亦使信
情萎萃又有逞衒脣吻搖鼓無慙艶飾園庭
潤光犬馬斯並學非師授詞假他傳勇果前
聞無思箴艾遂即重輕同迹真誤混流頽厚
既增彌深癡券寧謂導達豈並然耶至如善
權之對晤儲兩千紙不弊其繁華真觀之拔
難程神百句彌開其邪信故得存亡定其尊
考佳嚴審其郊邑詞調流便奕奕難窮引挽
倫綜愜當情事能令倨傲折體儒素解頤使
識信牢強頌聲載路今且略明機舉則得人
開悟如此有背斯言則來誚掩化如彼輒試
論矣臨機難哉唄匿之作沿世相驅轉革舊
章多弘新勢討覈原始共委漁山或指東阿
昔遺作陳竟陵冥授未詳古述且叙由來豈

非聲乖久布之象唯信口傳在人爲高畢固
難准大約其體例其衆焉至如梵之爲用則
集衆行香取其靜攝專仰也考其名實梵者
淨也實惟天音色界諸天來覲佛者皆陳讃
頌經有其事祖而習之故存本因詔聲爲梵
然彼天音未必同此故東川諸梵聲唱尤多
其中高者則新聲助哀般遮屈勢之類也地
分鄭魏聲亦參差然其大途不爽常習江表
關中巨細天隔豈非吳越志揚俗好浮綺致
使音頌所尚唯以纖婉爲工秦壤雍冀音詞
雄遠至於詠歌所被皆用深高爲勝然則處
事難常未可相奪若都集道俗或傾國大齋
行香長梵則秦聲爲得五衆常禮七貴雪與
開發經講則吳音抑在其次豈不以清夜良
辰昏漠相阻故以清聲雅調駭發沉情京輔

常傳則有大小兩梵金陵昔弄亦傳長短兩
引事屬當機不無其美劔南隴右其風體秦
雖或盈虧不足論評故知神州一境聲類既
各不同印度之與諸蕃詠頌居然自別義非
以此唐梵用擬天聲敢惟妄測斷可知矣唄
匿之作頗涉前科至於寄事置布仍別梵設
發引爲功唄匿終於散席尋唄匿也亦本天
音唐翻爲靜深得其理謂衆將散恐涉亂緣
故以唄約令無逸也然靜唄爲義豈局送終
善始者多慎終誠寡故隨因起誠而不無通
讖頌讃之設其流實繁江淮之境偏饒此翫
彫飾文綺糅以聲華隨卷稱揚任契便搆然
其聲多艷逸翳覆文詞聽者但聞飛弄竟迷
是何筌目關河晉魏兼而重之但以言出非
文雅稱呈拙且其聲約詞豐易聽而開深信

唯彼南服文聲若林向若節之中和理必諧諸幽遠隨墮難泝返亦希焉至如生嚴之詠佛緣五言結韻則百歲宗爲師轄遠運之讚淨土四字成章則七部欽爲風素斯並無聲以廁其本故得列代傳之或者問曰向敘諸讚敗績由聲余聞非聲無以達心非聲不颺玄理故歌詠頌法以爲音樂斯言何哉必有此陳未聞前喻義須鎔裁節約得使文質相勝詞過其實世諺所非聲覆法本佛有弘約何得掩清音而希激楚忽雅衆而冐昏夫斯誠恥也京輦會坐有聲聞法事者多以俗人爲之通問所從無由委者昌然行事謂有常宗並盛德之昔流未可排斥至於聖哲尋訓通別兩序以命章述經敘聖人之法諸頌以標首雖復序頌文別而開發義同古聖垂範於教端今賢祖承於事表世遠莫測其面斯推想得其蹤信有依焉固非誕妄且大集叢鬧昏雜波騰卒欲正理何由可靜未若高颺洪音歸依三寶忽聞駭耳莫不傾心斯亦發萌草創開信之奇略也世有法事號曰落花通引皂素開大施門打剎唱舉拘撤泉唄別請設座廣說施緣或建立塔寺或繕造僧務隨物讚祝其紛若花士女觀聽擲錢如雨至如解髮百數別異詞陳願若星羅結句皆合韻聲無暫停語無重述斯實利口之銛奇一期之赴捷也餘則界得僧得其徒復弘尋常達嚫科要易悉故不廣也若夫適化無方陶甄不一知微詎幾達信誰焉然則堅信終乎我亡知微極乎想滅自斯階降漸次不倫達化以識變爲明通法以濫委爲闇故身子謬

說無昇悟入衆首妄悔畢爲譏訶自餘下凡諒難圖矣且道開物悟信乎誑導之功既非會正何能審觀止可登機之務以意商量接俗之能存乎此舉猶應執文信度懲革者希擬人以倫固當非咎悠哉遐想通斯意焉終南太一山沙門京兆釋道宣敢告法屬曰

竊以法流所被非人不弘頃世澆漓多乖名實後學奔競未志尋籌致混篇章凋殘者衆自梁已後僧史荒蕪追討英猷罕有微緒豈非綴緝寡鮮聞見遂沉高行明德湮埋難紀輒不崖揆且掇在言至於傳述固虧嘉績猶賢絕墜無聞於世所以江表陳統瓊晃琰璿之儔河北高都融琛散魏之侶英聲昌於天漢盛行動於人心並可楷模俱從物故嘗以暇日遍訪京賢名尚不聞何論景行撫心之痛自積由來相成之規意言道合仰託周訪務盡搜揚勿謂繁多致乖弘略世之三史卷餘四百尚有師尋豈喻釋門三五袠也故當微有操行可用師模即須綴筆更廣其類豈不光聞僧海舟徑聖蹤則釋門道勝顧思齊之有日俗流上達增景仰於生常邪輒舒傳末冀期神人知有據耳

續高僧傳卷第三十一

音釋

捃舉蘊切拾也　袠直質切書衣也　唄薄邁切梵音　黠胡八切慧也　驟鉏救切疾也　縶質入切係也　覼郎何切覼縷委曲也　侘憏侘徒各丑加二切憏丑芥切　砰磕砰普庚切磕克合切砰磕雷聲也　謔迄却切戲調也　躓支義切跲也　轄胡八切車軸頭鐵　爝即約切

宋高僧傳

宋左街天壽寺通慧大師賜紫沙門賛寧等奉勅撰

清刻龍藏佛說法變相圖

進高僧傳表

臣僧贊寧等言自太平興國七年伏奉勑旨俾修高僧傳與新譯經同入藏者臣等遐求事跡博採碑文今已撰集成三十卷謹詣闕庭進上益琅函而更廣延王曆以彌長臣等誠憂誠恐兢惕之至臣等聞渾儀之外別有釋天法海之中多生僧寳釋天可則阿難記事而載言僧寳堪稱慧皎爲篇而作傳猗歟我佛號大徧知知教法之無依委帝王之有力當二千載之後屬一萬年之初伏惟應運統天睿文英武大聖至明廣孝皇帝陛下神龍在天愛日升上土疆開闢四夷請吏而貢琛時律均和百穀登敹而棲畝耕籍田而又勸賜酺飲以咸歡儒術特興玄風爰振是以麒麟非中國之物白雉非草莽之禽今遊苑

囿之間且類牢籠之畜近以從澶至濮黄河牽一帶之清自古及今青史載千年之應斯蓋陛下來從不動之地示爲長壽之王翻譯成經製甚深之御序迴文作頌演無盡之法音仍降鳳書令編僧史屬此雍熈之運伸其貞觀之風合選兼才豈當末學得不擒犀截角搴翠刪毛精求出類之人取法表年之史所恨空門寡學擇胄何知或有可觀實録聊摹於陳壽如苞深失戾經宜罪於馬遷副陛下遺賢必取之心助陛下墜典咸修之美今遇乾明聖節謹令弟子賜紫顯忠同元受勑相國寺賜紫智輪進納伏乞睿慈略賜御覽恭惟聖主是文章之主微臣非惇史之臣儻示天機令知凡例如得操北斗而斟酌或示刀圭執南箕而簸揚方除糠糩臣等冒黷天顔無任惶懼激切屏營之至謹言

端拱元年十月日左街天壽寺通慧大師賜紫臣僧賛寧上表

批答

勑通慧大師賛寧省所令左街天壽寺賜紫僧顯忠進編修有宋高僧傳三十卷事具悉一乘妙道六度玄門代有奇人迭恢聖教若無纂述何以顯揚緊爾眞流棲心法苑成兹編集頗効辛勤備覩該總之能深切歎嘉之意其所進高僧傳已令僧録司編入大藏今賜絹三千匹至可領也故兹獎諭想宜知悉冬寒想比清休否遣書指不多及十八日勑

宋高僧傳序

臣聞賢劫緜長世間宏廓天與時而不盡地受富以無疆最靈之氣牣于中大聖之師居于上偉哉釋迦方隱彌勒未來其間出命世

之人此際多分身之聖肆為僧相喜示沙門言與行而可觀槧兼觚而爭録是以王巾僧史孫綽道賢摹列傳以周流象世家而布濩蓋欲希顔之者慕藺之儔成飛錫之應眞作曳山之上士時則裴子野著衆僧傳釋法濟撰高逸沙門傳陸杲述沙門傳釋寶唱立名僧傳斯皆河圖作洪範之推輪土鼓為咸池之坏器焉知來者靡曠其人慧皎刊修用實行潛光之目道宣緝綴續高而不名之風令六百載行道之人弗墜于地者矣爰自貞觀命章之後西明絶筆已還此作蔑聞斯文將缺時有再至肅殺過而繁華來世無久虛地天奏而聖明出我應運統天睿文英武大聖至明廣孝皇帝陛下陽龍挺德斗電均威踐大道也犧黄輸執御之勞多天才也周孔行弟子之職講信修睦崇德報功一統無遺百王有愧四海若窺於掌内萬機皆發於宸衷然而玄牝留神釋天淡慮長生授術時開太一之壇續法延期僧度倍千之戒浮圖揭漢梵夾翻華將佛國之同風與王京而合制慨玆釋侶代有其人思景行之莫聞實紀録之彌曠臣等謬膺良選俱乏史才空門不出於董狐弱手難探於禹穴而乃循十科之舊例輯萬行之新名或案誄銘或徵志記或問輶軒之使者或詢耆舊之先民研磨將經論略同讎校與史書懸合勒成三帙上副九重列僧寶之瓌奇知佛家之富貴昔者嘉梓筆削盡美善於東南澄照纂修足英髦於關輔蓋是拘於墟也傳不習乎豈若皇朝也八極張羅舉之則無物不至四夷弭伏求之則何事

不供臣等分面徵捜各塗搆集如見一家之好且無諸國之殊所以成十科者易同拾取其正傳五百三十三人附見一百三十人矧復逐科盡處象史論以攄辭因事言時爲傳家之系斷厥號有宋高僧傳焉庶幾乎銅馬爲式選千里之駿駒竹編見書實六和之年表觀之者務進悟之者思齊皆登三藐之山悉入薩云之海永資聖曆俱助皇明齊愛日之炳光應嵩山之呼壽云爾時端拱元年乾明節臣僧贊寧等謹上

譯經篇第一 變梵成華通凡入聖法輪斯轉諸佛所師

義解篇第二 尋文見義得意忘言三慧克全二依當轉

習禪篇第三 修至無念善惡都亡亡其所亡常住安樂

明律篇第四 嚴而少恩正而急護嬰守三業同彼金湯

護法篇第五 家有良吏守藏何虞法有名師外禦其侮

感通篇第六 迹於常理感而遂通化于世間觀之難測

遺身篇第七 難捨易捐施中第一以穢漏體迴金剛身

讀誦篇第八 十種法師此爲高大染枸擷花果時瓤赤

興福篇第九 爲己爲他福生罪滅有爲之善其利博哉

雜科聲德十 統攝諸科同歸高尚唱導之匠光顯佛乘

宋高僧傳卷第一

宋左街天壽寺通慧大師賜紫沙門賛寧等奉勅撰

譯經篇第一之一 正傳三人 附見一人

唐京兆大薦福寺義淨傳

釋義淨字文明姓張氏范陽人也髫齓之時辭親落髪徧詢名匠廣探羣籍内外閑習今古博通年十有五便萌其志欲遊西域仰法顯之雅操慕玄奘之高風加以勤無棄時手不釋卷弱冠登具愈堅貞志咸亨二年年三十有七方遂發足初至番禺得同志數十人及將登舶餘皆退罷淨奮勵孤行備歷艱險所至之境皆洞言音凡遇酋長俱加禮重鷲峯雞足咸遂周遊鹿苑祇林並皆瞻矚諸有聖跡畢得追尋經二十五年歷三十餘國以天后證聖元年乙未仲夏還至河洛得梵本經律論近四百部合五十萬頌金剛座眞容一鋪舍利三百粒天后親迎于上東門外諸寺緇伍具旛蓋歌樂前導勑於佛授記寺安置焉初與于闐三藏實叉難陀翻華嚴經久視之後乃自專譯起庚子歲至長安癸卯於福先寺及雍京西明寺譯金光明最勝王能斷金剛般若彌勒成佛一字呪王莊嚴王陀羅尼長爪梵志等經根本一切有部毗柰耶尼陀那目得迦百一羯磨攝等掌中取因假設六門教授等論及龍樹勸誡頌凡二十部北印度沙門阿你眞那證梵文義沙門波崙復禮慧表智積等筆受證文沙門法寳法藏

德感勝莊神英仁亮大儀慈訓等證義成均太學助教許觀監護繕寫進呈天后製聖教序令標經首暨和帝神龍元年乙巳於東洛內道場譯孔雀王經又於大福先寺出勝光天子香王菩薩呪一切莊嚴王經四部沙門盤度讀梵文沙門玄傘筆受沙門大儀證文沙門勝莊利貞證義兵部侍郎崔湜給事中盧粲潤文正字祕書監駙馬都尉楊慎交監護帝深崇釋典特抽睿思製大唐龍興三藏聖教序又御洛陽西門宣示羣官新翻之經二年淨隨駕歸雍京置翻經院於大薦福寺居之三年詔入內與同翻經沙門九旬坐夏帝以昔居房部幽厄無歸祈念藥師遂蒙降祉荷茲往澤重闡鴻猷因命法徒更重傳譯於大佛光殿二卷成文曰藥師瑠璃光佛本願功德經帝御法筵手自筆受睿宗永隆元年庚戌於大薦福寺出浴像功德經毗柰耶雜事二衆戒經唯識寶生所緣釋等二十部吐火羅沙門達磨末磨中印度沙門拔弩證梵義罽賓沙門達磨難陀證梵文居士東印度首領伊舍羅證梵本沙門慧積居士中印度李釋迦度頗多語梵本沙門文綱慧沼利貞勝莊愛同思恒證義玄傘智積筆受居士東印度瞿曇金剛迦溼彌羅國王子阿順證譯修文館大學士李嶠兵部尚書韋嗣立中書侍郎趙彥昭吏部侍郎盧藏用兵部侍郎張說中書舍人李乂二十餘人次文潤色左僕射韋巨源右僕射蘇瓌監護祕書大監嗣虢王邕同監護景雲二年辛亥復於大薦福寺譯稱讚如來功德神呪等經太常卿薛崇

嗣監護自天后久視迄睿宗景雲都翻出五十六部二百三十卷又別撰大唐西域求法高僧傳南海寄歸傳內法傳別說罪要行法受用三法水要法護命放生軌儀凡五部九卷又出說一切有部跋窣堵即諸律中揵度跋渠之類蓋梵音有楚夏耳約七十八卷淨雖偏翻三藏而偏攻律部譯綴之暇曲授學徒凡所行事皆尚急護漉囊滌穢特異常倫學侶傳行徧于京洛美哉亦遺法之盛事也先天二年卒春秋七十九法臘五十九葬事官供所出跋窣堵唯存眞本未暇覆疏而逼泥曰然其傳度經律與奘師抗衡比其著述淨多文性傳密咒最盡其妙二三合聲爾時方曉矣今塔在洛京龍門北之高岡焉

系曰譯之言易也謂以所有易所無也譬諸枳橘焉由易土而殖橘化爲枳枳橘之呼雖殊而辛芳榦葉無異又如西域尼拘律陀樹即東夏之楊柳名雖不同樹體是一自漢至今皇宋翻譯之人多矣晉魏之際唯西竺人來止稱尼拘耳此方參譯之士因西僧指楊柳始體言意其後東僧往彼識尼拘是東夏之柳兩土方言一時洞了焉唯西唯東二類之人未爲盡善東僧往西學盡梵書解盡佛意始可稱善傳譯者宋齊已還不無去彼迴者若入境觀風必聞其政者奘師淨師爲得其實此二師者兩全通達其猶見璽文知是天子之書可信也周禮象胥氏通夷狄之言淨之才智可謂釋門之象胥也歟

唐洛陽廣福寺金剛智傳

釋跋日羅菩提華言金剛智南印度摩賴耶

國人也華言光明其國境近觀音宮殿補陀落伽山父婆羅門善五明論爲建支王師智生數歲日誦萬言目覽心傳終身無忘年十六開悟佛理不樂習尼揵子諸論乃削染出家蓋宿植之力也後遊師往中印度那爛陀寺學修多羅阿毗達磨等洎登戒法徧聽十八部律又詣西印度學小乘諸論及瑜伽三密陀羅尼門十餘年全通三藏次復遊師子國登楞伽山東行佛誓躶人等二十餘國聞脂那佛法崇盛泛舶而來以多難故累歲方至開元己未歲達于廣府勑迎就慈恩寺尋徙薦福寺所住之刹必建大曼拏羅灌頂道場度於四衆大智大慧二禪師不空三藏皆行弟子之禮焉後隨駕洛陽其年自正月不雨迨于五月嶽瀆靈祠禱之無應乃詔智結壇祈請於是用不空鉤依菩薩法在所住處起壇深四肘躬繪七俱胝菩薩像立期以開光明日定隨雨焉帝使一行禪師謹密候之至第七日炎氣爞爞天無浮翳午後方開眉眼即時西北風生飛瓦拔樹崩雲泄雨遠近驚駭而結壇之地穿穴其屋洪注道場質明京城士庶皆云智慧一龍穿屋飛去求觀其處日千萬人斯乃生法之神驗也于時帝留心玄牝未重空門所司希旨奏外國蕃僧遣令歸國行有日矣侍者聞智智曰吾是梵僧且非蕃胡不干明勑吾終不去數日忽乘傳將之鴈門奉辭帝大驚下手詔留住初帝之第二十五公主甚鍾其愛久疾不救移卧於咸宜外館閉目不語已經旬朔有勑令智授之戒法此乃料其必終故有是命智詣彼擇

取宮中七歲二女子以緋繒纏其面目卧於地使牛仙童寫勑一紙焚於他所智以密語呪之二女冥然誦得不遺一字智入三摩地以不思議力令二女持勑詣琰摩王食頃間王令公主亡保母劉氏護送公主魂隨二女至於是公主起坐開目言語如常帝聞之不俟仗衛馳騎往于外館公主奏曰冥數難移今王遣迴略覲聖顏而已可半日間然後長逝自爾帝方加歸仰焉武貴妃寵異六宮荐施寶玩智勸貴妃急造金剛壽命菩薩像又勸河東郡王於毗盧遮那塔中繪像謂門人曰此二人者壽非久矣經數月皆如其言凡先覺多此類也智理無不通事無不驗經論戒律祕呪餘書隨問剖陳如鐘虛受有登其門者智一覿其面永不忘焉至於語默興居

疑然不改喜怒逆順無有異容瞻禮者莫知津涯自然率服矣自開元七年始届番禺漸來神甸廣敷密藏建曼拏羅依法製成皆感靈瑞沙門一行欽尚斯教數就諮詢智一一指授曾無遺隱一行自立壇灌頂遵受斯法既知利物請譯流通十一年奉勑於資聖寺翻出瑜伽念誦法二卷七俱胝陀羅尼二卷東印度婆羅門大首領直中書伊舍羅譯語嵩岳沙門温古筆受十八年於大薦福寺又出曼殊室利五字心陀羅尼觀自在瑜伽法要各一卷沙門智藏譯語一行筆受刪綴成文復觀舊隨求本中有闕章句加之滿足智所譯總持印契凡至皆驗祕密流行爲其最也兩京稟學濟度殊多在家出家傳之相繼二十年壬申八月既望於洛陽廣福寺命門

人曰白月圓時吾當去矣遂禮毗盧遮那佛旋遶七帀退歸本院焚香發願頂戴梵夾弁新譯教法付囑訖寂然而化壽七十一臘五十一其年十一月七日葬於龍門南伊川之右建塔旌表傳教弟子不空奏舉勑謚國師之號灌頂弟子中書侍郎杜鴻漸素所歸奉述碑紀德焉

系曰五部曼拏羅法攝取鬼物必附麗童男處女去疾除祅也絕易近世之人用是圖身口之利乃寡徵驗率爲時所慢吁正法醨薄一至於此

唐京兆大興善寺不空傳 慧明

釋不空梵名阿目佉跋折羅華言不空金剛止行二字略也本北天竺婆羅門族幼失所天隨叔父觀光東國年十五師事金剛智三藏初導以梵本悉曇章及聲明論浹旬已通徹矣師大異之與受菩薩戒引入金剛界大曼荼羅驗以擲花知後大興教法洎登具戒善解一切有部諳異國書語師之翻經常令共譯凡學聲明論一紀之功六月而畢誦文殊普賢行願一年之限壽夕而終其敏利皆此類也欲求學新瑜伽五部三密法涉于三載師未教詔空擬迴天竺師夢京城諸寺佛菩薩像皆東行寐寤乃知空是真法器遂允所求授與五部灌頂護摩阿闍梨法及毗盧遮那經蘇悉地軌則等盡傳付之厥後師往洛陽隨侍之際遇其示滅即開元二十年矣影堂既成追謚已畢曾奉遺旨令往五天并師子國遂議遐征初至南海郡採訪使劉巨鄰懇請灌頂乃於法性寺相次度人百千萬

衆空自對本尊祈請旬日感文殊現身及將登舟採訪使召誡番禺界蕃客大首領伊習賓等曰今三藏往南天竺師子國宜約束船主好將三藏并弟子含光慧䛒等三七人國信等達彼無令疎失二十九年十二月附崑崙舶離南海至訶陵國界遇大黑風衆商惶怖各作本國法禳之無驗皆膜拜求哀乞加救護慧䛒等亦慟哭空曰吾今有法汝等勿憂遂右手執五股菩提心杵左手持般若佛母經夾作法誦大隨求一徧即時風偃海澄又遇大鯨出水噴浪若山甚於前患衆商甘心委命空同前作法令慧䛒誦娑竭龍王經逡巡衆難俱息既達師子國王遣使迎之將入城步騎羽衛騈羅衢路王見空禮足請住宮中七日供養日以黃金斛滿盛香水王爲空躬自洗浴次太子后妃輔佐如王之禮焉空始見普賢阿闍梨遂奉獻金寶錦繡之屬請開十八會金剛頂瑜伽法門毗盧遮那大悲胎藏建立壇法并許含光慧䛒等同受五部灌頂空自爾學無常師廣求密藏及諸經論五百餘部本三昧耶諸尊密印儀形色像壇法幖幟文義性相無不盡源一日王作調象戲人皆登高望之無敢近者空口誦手印住於慈定當衢而立狂象數頭頓皆踢跌舉國奇之次遊五印度境屢彰瑞應至天寶五載還京進師子國王尸羅迷伽表及金寶瓔珞般若梵夾雜珠白氎等奉勑權止鴻臚續詔入內立壇爲帝灌頂後移居淨影寺是歲終夏愆陽詔令祈雨制曰時不得賒雨不得暴空奏立孔雀王壇未盡三日雨已浹洽帝

大悦自持寶箱賜紫袈裟一副親爲披擐仍賜絹二百匹後因一日大風卒起詔空禳止請銀餅一枚作法加持須臾戢靜忽因池鵝誤觸餅傾其風又作急暴過前勑令再止隨止隨効帝乃賜號曰智藏焉天寶八載許迴本國乘驛騎五匹至南海郡有勑再留十二載勑令赴河隴節度使哥舒翰所請十三載至武威住開元寺節度使洎賔從皆願受灌頂士庶數千人咸登道場弟子舍光等亦受五部法别爲功德使開府李元琮受法并授金剛界大曼荼羅是日道場地震空曰羣心之至也十五載詔還京住大興善寺至德初鑾駕在靈武鳳翔空常密奉表起居肅宗亦密遣使者求秘密法洎收京反正之日事如所料乾元中帝請入内建道場護摩法爲帝受轉輪王位七寶灌頂上元末帝不豫空以大隨求眞言祓除至七過翼日乃瘳帝愈加殊禮焉空表請入山李輔國宣勑令於終南山智炬寺修功德念誦之夕感大樂薩埵舒毫發光以相證驗位鄰悉地空曰衆生未度吾安自度耶肅宗厭代代宗即位恩渥彌厚譯密嚴仁王二經畢帝爲序焉頒行之日慶雲俄現舉朝表賀永泰元年十一月一日制授特進試鴻臚卿加號大廣智三藏大曆三年於興善寺立道場勑賜錦繡褥十二領繡羅旛三十二首又賜道場僧二七日齋粮勑近侍大臣諸禁軍使並入灌頂四年冬空奏天下食堂中置文殊菩薩爲上座制許之此蓋慊憍陳如是小乘教中始度故也五年夏有詔請空往五臺山修功德于時彗星出焉

法事告終星亦隨没秋空至自五臺帝以師子駱幷御鞍轡遣中使出城迎入賜沿道供帳六年十月二日帝誕節進所譯之經表云爰自幼年承事先師三藏十有四載稟受瑜伽法門復遊五印度求所未授者幷諸經論計五百餘部天寶五載却至上都上皇詔入内立灌頂道場所齎梵經盡許翻度肅宗於内立護摩及灌頂法累奉二聖令鳩聚先代外國梵文或條索脫落者修未譯者譯陛下恭遵遺旨再使翻傳利濟羣品起于天寶迄今大曆六年凡一百二十餘卷七十七部幷目録及筆受等僧俗名字兼略出念誦儀軌寫畢遇誕節謹具進上勅付中外並編入一切經目録中李憲誠宣勅賜空錦綵絹八百疋同翻經十大德各賜三十疋沙門潛眞表謝僧俗弟子賜物有差又以京師春夏不雨詔空祈請如三日内雨是和尚法力三日已往而霈然者非法力也空受勅立壇至第二日大雨云足帝賜紫羅衣幷雜綵百匹弟子衣七副設千僧齋以報功也空進表請造文殊閣勅允奏貴妃韓王華陽公主同成之捨内庫錢約三千萬計復翻孽路荼王經宣賜相繼旁午道路至九年自春抵夏宣揚妙法誡勗門人每語及普賢願行出生無邊法門經勸令誦持再三歎息其先受法者偏令屬意觀菩提心本尊大印直詮阿字了法不生證大覺身若指諸掌重重囑累一夜命弟子趙遷持筆硯來吾略出涅槃荼毗儀軌以貽後代使準此送終遷稽首三請幸乞慈悲久住不然衆生何所依乎空笑而已俄而示疾

上表告辭勑使勞問賜醫藥加開府儀同三司封肅國公食邑三千戸固讓不俞空甚不悅且曰聖衆儼如舒手相慰白月圓滿吾當逝矣柰何臨終更竊名位乃以五股金剛鈴杵先師所傳者幷銀盤子菩提子水精數珠留别附中使李憲誠進六月十五日香水澡沐東首倚卧北面瞻望闕庭以大印身定中而寂享年七十僧臘五十弟子慧朗次紹灌頂之位餘知法者數人帝聞輟視朝三日賜絹布雜物錢四十萬造塔錢二百餘萬勑功德使李元琮知護喪事空未終前諸僧夢千仞寶臺摧文殊新閣穨金剛杵飛上天又興善寺後池無故而涸林竹生實庭花變萎七月六日荼毗帝詔高品劉仙鶴就寺置祭贈司空謚曰大辯廣正智三藏火滅收舍利數百粒八十粒進内其頂骨不然中有舍利一顆半隱半現勑於本院别起塔焉空之行化利物居多於總持門最彰殊勝測其忍位莫定高卑始者玄宗尤推重焉嘗因歲旱勑空祈雨空曰過其日可禱之或強得之其暴可怪勑請本師金剛智設壇果風雨不止坊市有漂溺者樹木有拔仆者遽詔空止之空於寺庭中捏泥媪五六溜水作梵言罵之有頃開霽矣玄宗召術士羅公遠與空捔法同在便殿空時時反手搔背羅曰借尊師如意時殿上有花石空揮如意擊碎於其前羅再三取如意不得帝欲起取空曰三郎勿起此影耳乃舉手示羅如意復完然在手又北邙山有巨蛇樵采者往往見之矯首若丘陵夜常承吸露氣見空人語曰弟子惡報和尚如何

見度每欲翻河水陷洛陽城以快所懷也空爲其受歸戒説因果且曰汝以瞋心故受今那復恚恨乎吾力何及當思吾言此身必捨矣後樵子見蛇死澗下臭聞數里空凡應詔祈雨無他軌則但設一繡座手簸旋數寸木神子念咒擲之當其自立於座上已伺其吻角牙出目瞬則雨至矣又天寶中西蕃大石康三國帥兵圍西涼府詔空入帝御于道場空秉香鑪誦仁王密語二七徧帝見神兵可五百員在于殿庭驚問空空曰毗沙門天王子領兵救安西請急設食發遣四月二十日果奏云二月十一日城東北三十許里雲霧間見神兵長偉鼓角諠鳴山地崩震蕃部驚潰彼營壘中有鼠金色咋弓弩弦皆絶城北門樓有光明天王怒視蕃帥大奔帝覽奏謝空因勅諸道城樓置天王像此其始也空既終三朝所賜墨制一皆進納生榮死哀西域傳法僧至此今古少類矣嗣其法位慧朗師也御史大夫嚴郢爲碑徐浩書之樹於本院焉

系曰傳教令輪者東夏以金剛智爲始祖不空爲二祖慧朗爲三祖已下宗承所損益可知也自後岐分泒别咸曰傳瑜伽大教多則多矣而少驗者何亦猶羽嘉生應龍應龍生鳳皇鳳皇已降生庶鳥矣欲無變革其可得乎

宋高僧傳卷第一

音釋

競惕競居陵切惕他歷切競惕懼也酺蓬脯切會聚飲食也澶時連切地
名濮博木切州名搴去乾切取也摹莫胡切有所規倣也糠糩
糠苦郎切糩苦外切糠糩穀皮也黷徒谷切濁也槧七豔切牘樸也觚
古胡切木簡也濩胡誤切布濩散也藺良刃切姓也牝毗忍切誄
力水切諡也瓌公回切偉也纂祖管切集也髦莫袍切俊也系
斷系胡計切繫也斷都玩切決也枸櫞枸舉朱切櫞音緣枸櫞菓名瓤
女陽切果中實也髫徒聊切童子垂髮也齔初覲切毀齒也番禺番鋪
官切禺魚容切番禺南海縣名舶旁陌切海舟曰船酋七由切酋長魁帥之
名闐堂線切于闐西域國名湜視力切罽古刈切虢古獲切國
名爞直中切薰也荐才線切重也覿徒歷切見也醨力支切薄
也諞符蹇切逡七倫切逡巡却退貌駢蒲眠切駢聯也踼跌踼徒
郎切跌徒結切踼跌頻伏也擐古患切貫也祓分勿切除惡祭也瘳
丑鳩切疾愈也慊去琰切不滿也絛他刀切編絛繩也仆敷救切頓也
嫗烏老切女人老稱也吻武粉切口邊也潰胡對切衆散流移也壘力軌
切軍壁也咋側革切齧也

宋高僧傳卷第二

宋左街天壽寺通慧大師賜紫沙門贊寧等奉勑撰

譯經篇第一之二 正傳十五人 附見八人

唐洛京聖善寺善無畏傳 達摩掬多

釋善無畏本中印度人也釋迦如來季父甘露飯王之後梵名戍婆揭羅僧訶華言淨師子義翻爲善無畏一云輸波迦羅此名無畏亦義翻也其先自中天竺因國難分王烏荼父曰佛手王以畏生有神姿宿齎德藝故歷試焉十歲統戎十三嗣位得軍民之情昆弟嫉能稱兵構亂閱牆斯甚薄伐臨戎流矢及身掉輪傷頂天倫既敗軍法宜誅大義滅親忍而曲赦乃抆淚白母及告羣臣曰向者親征恩已斷矣今欲讓國全其義焉因致位於兄固求入道母哀許之密與傳國寶珠猶諸

侯之分器也南至海濱遇殊勝招提得法華三昧聚沙爲塔僅一萬所黑蛇傷指而無退息復寄身商船往遊諸國密修禪誦口放白光無風三日舟行萬里屬商人遇盜危於俄命畏恤其徒侶默諷眞言七俱胝尊全現身相羣盜果爲他寇所殲寇乃露罪歸依指蹤夷險尋越窮荒又逾毒水纔至中天竺境即遇其王王之夫人乃畏之女兄也因問捨位之由稱歎不足是日攜手同歸慈雲布陰一境丕變畏風儀爽俊聰叡超羣解究五乘道該三學總持禪觀妙達其源藝術伎能悉闡精練初詣那爛陀寺此云施無厭也像法之泉源衆聖之會府畏乃捨傳國寶珠瑩于大像之額晝如月魄夜若曦輪焉寺有達摩掬多者掌定門之祕鑰佩如來之密印顏如四

十許其實八百歲也玄奘三藏昔曾見之畏投身接足奉爲本師一日侍食之次旁有一僧震旦人也畏現其鉢中見油餌尚溫粟飯猶暖愕而歎曰東國去此十萬餘里是彼朝熟而返也掬多曰汝能不言眞可學焉後乃授畏總持瑜伽三密教也龍神圍遶森在目前其諸印契一時頓受即日灌頂爲人天師稱曰三藏夫三藏之義者則內爲戒定慧外爲經律論以陀羅尼總攝之也陀羅尼者是菩提速疾之輪解脫吉祥之海三世諸佛生於此門慧照所傳一燈而已根殊性異燈亦無邊由是有百億釋迦微塵三昧菩薩以綱總攝於諸定頓升階位鄰於大覺此其旨也于時畏周行大荒徧禮聖迹不憚艱險凡所履處皆三返焉又入雞足山爲迦葉剃頭受

觀音摩頂眷結夏於靈鷲有猛獸前導深入山穴穴明如晝見牟尼像左右侍者如生焉時中印度大旱請畏求雨俄見觀音在日輪中手執軍持注水於地時衆欣感得未曾有復鍛金如貝葉寫大般若經鎔中金爲窣覩波等佛身量焉毋以畏遊方日久謂爲已歿旦夕泣淚而喪其明洎附信問安朗然如故五天之境自佛滅後外道崢嶸九十六宗各專其見畏皆隨所執破滯析疑解邪縛於心門捨迷津於覺路法雲大小而均澤定水方圓而任器仆異學之旗鼓建心王之勝幢使彼以念制狂即身觀佛掬多曰善男子汝與震旦有緣今可行矣畏乃頂辭而去至迦濕彌羅國薄暮次河而無橋梁畏浮空以濟一日受請於長者家俄有羅漢降曰我小乘之人大德是登地菩薩乃讓席推尊畏施之以名衣升空而去畏復至烏萇國有白鼠馴遶日獻金錢講毗盧於突厥之庭安禪定於可敦之樹法爲金字列在空中時突厥宫人以手按乳乳爲三道飛注畏口畏乃合掌端容曰我前生之母也又途中遭寇舉刃三斫而肢體無傷揮劍者唯聞銅聲而已前登雪山大池畏不悆掬多自空而至曰菩薩身同世間不捨生死汝久離相寧有病耶言訖沖天畏洗然而愈路出吐蕃與商旅同次胡人貪貨率衆合圍畏密運心印而蕃豪請罪至大唐西境夜有神人曰此東非弟子界也文殊師利實護神州禮足而滅此亦猶迦毗羅神送連眉也畏以駝負經至西州涉于河龍陷駝足沒于泉下畏亦入泉三日止住龍宫宣

揚法化開悟甚衆及牽駝出岸經無沾濕焉初畏途過北印度境而聲譽已達中國睿宗乃詔若那及將軍史獻出玉門塞表以候來儀開元初玄宗夢與眞僧相見姿狀非常躬御丹青寫之殿壁及畏至此與夢合符帝悅有緣飾內道場尊爲教主自寧薛王已降皆跪席捧器焉賓大士於天宮接梵筵於帝座禮國師以廣成之道致人主於如來之乘巍巍法門於斯爲盛時有術士握鬼神之契叅變化之功承詔御前角其神異畏恬然不動而術者手足無所施矣開元四年丙辰齎梵夾始屆長安勅於興福寺南院安置續宣住西明寺問勞重疊錫貺異常至五年丁巳奉詔於菩提院翻譯畏奏請名僧同叅華梵開題先譯虛空藏求聞持法一卷沙門悉達譯語無著筆受綴文繕寫進內帝深加賞歎有勅畏所將到梵本並令進上昔有沙門無行西遊天竺學畢言歸方及北印不幸而卒其所獲夾葉悉在京都華嚴寺中畏與一行禪師於彼選得數本並總持妙門先所未譯十二年隨駕入洛復奉詔於福先寺譯大毗盧遮那經其經具足梵文有十萬頌畏所出者撮其要耳曰大毗盧遮那成佛神變加持經七卷沙門寶月譯語一行筆受刪綴辭理文質相半妙諧深趣上符佛意下契根緣利益要門斯文爲最又出蘇婆呼童子經三卷蘇悉地揭羅經三卷二經具足呪毗柰耶也即祕密禁戒焉若未曾入曼荼羅者不合輒讀誦猶未受具人盜聽戒律也所出虛空藏菩薩能滿諸願最勝心陀羅尼求聞持法一卷

即金剛頂梵本經成就一切義圖略譯少分耳畏性愛恬簡靜慮怡神時開禪觀獎勸初學奉儀形者蓮華敷於眼界稟言説者甘露潤於心田超然覺明日有人矣法侶請謁唯尊奉長老寶思惟三藏而已此外皆行門人之禮焉一行禪師者帝王宗重時賢所歸定慧之餘陰陽之妙有所未決亦咨稟而後行畏嘗於本院鑄銅爲塔手成模範妙出人天寺衆以銷冶至廣庭除深隘慮風至火盛災延寶坊畏笑曰無苦自當知也鼓鑄之日果大雪蔽空靈塔出鑪瑞花飄席衆皆稱歎焉又屬暑天亢旱帝遣中官高力士疾召畏祈雨畏曰今旱數當然也若苦召龍致雨必暴適足所損不可爲也帝強之曰人苦暑病矣雖風雷亦足快意辭不獲已有司爲陳請雨具旛幢螺鈸備焉畏笑曰斯不足以致雨急撤之乃盛一鉢水以小刀攪之梵言數百呪之須臾有物如龍其大如指赤色矯首瞰水面復潛于鉢底畏且攪且呪頃之有白氣自鉢而興逕上數尺稍稍引去畏謂力士曰亟去雨至矣力士馳去迴顧見白氣疾旋自講堂而西若一匹素翻空而上既而昏霾大風震電力士纔及天津橋風雨隨馬而驟街中大樹多拔焉力士入奏而衣盡霑濕矣帝稽首迎畏再三致謝又邙山有巨蛇畏見之歎曰欲決潴洛陽城耶以天竺語呪數百聲不日蛇死乃安禄山陷洛陽之兆也一説畏曾寓西明道宣律師房示爲麤相宣頗嫌鄙之至中夜宣捫蝨投于地畏連呼律師撲死佛子宣方知是大菩薩詰旦攝衣作禮焉若觀

此說宣滅至開元中僅五十載矣如畏出沒無常非人之所測也二十年求還西域優詔不許二十三年乙亥十月七日右脅累足奄然而化享齡九十九僧臘八十法侶淒涼皇心震悼贈鴻臚卿遣鴻臚丞李現具威儀賓律師護喪事二十八年十月三日葬於龍門西山廣化寺之庭焉定慧所熏全身不壞會葬之日涕泗傾都山川變色僧俗弟子寶畏禪師明畏禪師滎陽鄭氏琅邪王氏痛其安仰如喪考妣焉乾元之初唐風再振二禪師刻偈諸信士營龕弟子舍于旁有同孔墓之戀今觀畏之遺形漸加縮小黑皮隱隱骨其露焉累朝旱澇皆就祈請徵驗隨生且多檀施錦繡巾帊覆之如偃息耳每一出龕置于低榻香汁浴之洛中豪右爭施襌帊淨巾澡豆以資浴事上禳禱多遣使臣往加供施必稱心願焉

唐洛京智慧傳

釋智慧者梵名般剌若也姓憍荅摩氏北天竺迦畢試國人穎悟天資七歲發心達侍二親歸依三寶時從大德調伏軍教誦四阿含滿十萬頌阿毗達磨三萬頌及年應法隨師往別國納具足戒誦薩婆多近四萬頌俱舍二萬八千頌又誦大婆沙兼通其義七年於彼專習小乘後詣中天竺那爛陀寺稟學大乘唯識瑜伽中邊等論金剛般若經因明聲明醫明王律論等並依承智護進友智友三大論師復遊雙林經八塔往來瞻禮十有八年聞南北竺頗尚持明遂往諮稟彼有灌頂師名達摩耶舍見慧勤重可教授瑜伽法入

曼荼羅三密護身五部印契經于一年誦徹三千五百餘頌常聞支那大國文殊在中錫指東方誓傳佛教乃泛海東邁垂至廣州風飄却返抵執師子國之東又集資糧重修巨舶徧歷南海諸國二十二年再近番禺風濤遽作舶破人没唯慧存焉夜至五更其風方止所賫經論莫知所之及登海壖其夾筴已在岸矣於白抄内大竹箭中得之宛爲鬼物扶持而到乃歎曰此大乘理趣等經想支那人根熟矣遂東北行半月達廣州即德宗建中初也屬帝違難奉天貞元二年始届京輦見鄉親神策軍正將羅好心即慧舅氏之子也悲喜相慰將至家中延留供養八年上表舉慧翻傳有勑令京城諸寺大德名業殊衆者同譯得罽賓三藏般若開釋梵本翰林待詔光宅寺沙門利言度語西明寺沙門圓照筆受資聖寺道液西明寺良秀莊嚴寺應眞醴泉寺超悟道岸辯空並充證義六月八日欲刱經題勑右街功德使王希遷與右神策軍大將軍王孟涉驃騎大將軍馬有鄰等送梵經出内緇伍威儀樂部相間士女觀望車騎交駢迎入西明寺翻譯即日賜錢一千貫茶三十串香一大合充其供施開名題曰大乘理趣六波羅蜜多經成十卷又華嚴長者問佛那羅延力經般若心經各一卷皆貞元八年所譯也是歲十月繕寫畢二十八日設綵車大備威儀引入光順門進帝覽忻然慰勞勤至勑於神策軍賜齋食襯慧絹五百疋冬服一副餘人賜各有差慧表謝荅詔褒美同日請譯經奉天定難功臣開府儀同三司

檢校太子詹事羅好心上表云臣表弟沙門般剌若先進大乘理趣六波羅蜜梵本經伏奉今年四月十九日勑令王希遷精選有道行僧於西明寺翻譯今經帙已終同詣光順門進上荅詔云卿之表弟早悟大乘遠自西方來遊上國宣六根之奥義演雙樹之微言念以精誠所宜欽重是令翻譯俾用流行卿夙慕忠勤職司禁衛省覽表疏具見乃懷所謝知好心以朱泚圍逼之際頗有戰功預其中兵為帝寵重慧得好心啓導譯務有光帝製經序焉慧後終于洛陽葬龍門之西岡塔今存矣

唐玉華寺玄覺傳

釋玄覺高昌國人也西土種姓未得聞焉學慕大乘從玄奘三藏研覈經論亦於玉華宮叅預翻譯及大般若經向就同請翻寶積經奘辭懓然覺因夢一浮圖莊嚴高大忽然摧倒遂驚起告奘奘曰非汝身事此吾滅之徵耳覺瘖悲安慠勸諸法侶競求醫藥覺後莫測終焉

唐益州多寶寺道因傳（嵩公　實暹）

釋道因姓侯氏濮陽人也稟祐居醇含章縱掊覃訏之歲粹釆多奇髫齓之辰殊姿特茂孝愛之節慈順之風率志于斯因心以極年甫七歲丁于内艱嗌粒絶漿殆乎滅性成人之德見稱州里免喪之後思酬罔極出家之志人莫我移便詣靈巖寺求師誦習曾不浹旬通涅槃經二帙舉衆驚駭謂為神童落髪已來砥礪其行揣摩義章即講涅槃宿齒名流咸所歎服及升上品旋學律儀又於彭城

嵩法師所傳攝大乘嵩公懿德玄猷蘭薰月映門徒學侶魚貫凫趨講室談筵爲之闐隘遂依科戒而爲節文年少沙門且令習律曉四分者方許入聽因夏臘雖幼業行攸高獨於衆中迥見推揖每敷攝論即令覆講後隱泰嶽凡經四秋將詣洛中屬昏季陵夷法網嚴峻僧無徒侶弗許遊方於是杖錫出山孑焉超邁恐罹刑憲靜念觀音少選之間有僧欻至皓然白首請與偕行迨至銅街蹔於金地俯仰之際莫知所在咸謂善逝之力有感斯見未幾因避難三蜀居于多寶寺好事者素聞道譽乃命開筵攝論維摩聽者千數時有寶暹法師東海人也殖藝該洽尤善大乘昔在隋朝英塵久播學徒來請接武磨肩暹公傲爾其間仰之彌峻每至因之論席肅然改容沈吟久之方用酬遣因抗音馳辯雷驚波注盡妙窮微藏牙折角益州總管酇國公竇璡行臺左僕射贊國公竇軌長史申國公高士廉范陽公盧承慶及前後首僚西南嶽牧並國華朝秀重望崇班共籍芳聲俱申虔仰乃於彭門山寺習道安居此寺往經廢毀院宇凋弊因慨然構懷專事營緝未移再稔蔚成淨場又以九部微言三界式仰緬惟法盡將翳龍宮遂於寺之北巖刻書經典窮多羅之祕袠盡毗尼之正文縱堯世之洪水襄陵任趙簡之北山燎狩必無他慮與劫齊休既而清猷遠暢峻業遐昭遂簡宸衷乃紆天綍追赴京邑止大慈恩寺與玄奘法師飜譯校定梵本兼充證義奘師偏獎賞之每有難文同加叅酌新飜弗墜因有力焉慧日寺主

楷法師者聰爽温贍聲蔼鴻都首建法筵請開輿義帝城緇俗具來諮稟欣焉相顧得所未聞因研幾史籍尤好老莊咀其菁華含其腴潤包四始於風律綜五聲於文緒故所講訓内外該通其專業者涅槃華嚴大品維摩法華楞伽等經十地地持毗曇智度攝大乘對法佛地等論及四分等律其攝論維摩仍著章疏已而能事畢矣示疾終于長安慧日寺則顯慶三年三月十一日也春秋七十二越明年正月旋神座于益部二月八日窆于彭門光化寺石經之側道俗送葬數有數千弟子玄凝等嗣其香火至龍朔中中臺司藩大夫李儼製碑歐陽通書焉

唐波凌國智賢傳 會寧

釋若那跋陀羅華言智賢南海波凌亦曰訶凌國人也善三藏學麟德年中有成都沙門會寧欲往天竺觀禮聖跡泛舶西遊路經波凌遂與智賢同譯涅槃後分二卷此於阿笈摩經内譯出說世尊焚棺收設利羅等事與大涅槃頗不相涉譯畢寄經達交州寧方之西域至儀鳳年初交州都督梁難敵遣使同會寧弟子運期奉表進經入京三年戊寅大慈恩寺沙門靈會於東宮啓請施行運期奉侍其師因心莫比師令齎經行化故無暇影隨往西域也

唐洛京白馬寺覺救傳

釋佛陀多羅華言覺救北天竺罽賓人也齎多羅夾誓化支那止洛陽白馬寺譯出大方廣圓覺了義經此經近譯不委何年且隆道爲懷務甄詐妄但眞詮不謬豈假具知年月

耶救之行迹莫究其終大和中圭峯密公著疏判解經本一卷後分二卷成部續又爲鈔演暢幽邃今東京太原三蜀盛行講演焉

唐五臺山佛陀波利傳 順貞

釋佛陀波利華言覺護北印度罽賓國人忘身徇道徧觀靈跡聞文殊師利在清涼山遠涉流沙躬來禮謁以天皇儀鳳元年丙子杖錫五臺虔誠禮拜悲泣雨淚冀覩聖容倏焉見一老翁從山而出作婆羅門語謂波利曰師何所求耶波利荅曰聞文殊大士隱迹此山從印度來欲求瞻禮翁曰師從彼國將佛頂尊勝陀羅尼經來否此土衆生多造諸罪出家之輩亦多所犯佛頂神呪除罪祕方若不齎經徒來何益縱見文殊亦何能識師可還西國取彼經來流傳此土即是徧奉衆聖廣利羣生拯接幽冥報諸佛恩也師取經來至弟子當示文殊居處波利聞已不勝喜躍裁抑悲淚向山更禮舉頭之頃不見老人波利驚愕倍增虔恪遂返本國取得經迴既達帝城便求進見有司具奏天皇賞其精誠崇斯祕典下詔鴻臚寺典客令杜行顗與日照三藏於內共譯譯訖襯絹三十匹經留在內波利垂泣奏曰委弃身命志在利人請帝流行是所望也帝愍其專切遂留所譯之經還其梵本波利得經彌復忻喜乃向西明寺訪得善梵語僧順貞奏乞重翻帝俞其請波利遂與順貞對諸大德翻出名曰佛頂尊勝陀羅尼經與前杜令所譯者呪韻經文少有同異波利所願既畢却持梵本入于五臺莫知所之或云波利隱金剛窟今永與龍首岡有

波利藏舍利之所焉大曆中南嶽雲峯寺沙門法照入五臺山禮金剛窟夜之未央剋責撲地忽見一僧長七尺許梵音朗暢稱是佛陀波利問曰阿師如此自苦得無勞乎有何願樂照對曰願見文殊曰若志力堅强眞實無妄汝可脫履於板上咫尺聖顏令子得見照遂瞑目俄已入窟見一院題額云金剛般若寺字體酋健光色閃爍其院皆是異寶莊嚴名目不暇樓觀複沓殿宇連延罘罳密緻鈴鐸交鳴可二百所間有祕藏中緘金剛般若弁一切經法人物魁偉殆非常所覩也文殊大聖處位尊嚴擁從旁午宣言慰勞分茶賦食訖波利引之出去照苦乞在寺波利不許臨別勉之努力修進再來可住照還至板上躡履迴眸之際波利隱焉

系曰道家尸解說有多端或隱眞形而存假質矧以登地大士漏盡羅漢或此在他亡或分身易態皆以之爲遊戲耳以之爲利物焉其佛陀波利出沒無恒變化何極出金剛窟接法照師蓋與之有緣闖然而現故杜多迦葉久隱諸峯晉法顯往遊靈鷲見于山下焉

唐尊法傳

釋尊法西印度人也梵云伽梵達磨華云尊法遠踰沙磧來抵中華有傳譯之心堅化導之願天皇永徽之歲翻出千手千眼觀世音菩薩廣大圓滿無礙大悲心陁羅尼經一卷經題但云西天竺伽梵達磨譯不標年代推其本末疑是永徽顯慶中也又準千臂經序云智通同此三藏譯也法後不知其終

唐西京慧日寺無極高傳（阿難律木叉師　迦葉師）

釋無極高中印度人梵云阿地瞿多華云無極高也出家氏族未憑書之高學窮滿字行潔圓珠精練五明妙通三藏永徽三年壬子歲正月自西印度齎梵夾來屆長安勑令慈門寺安置沙門大乘琮等十六人英公李世勣鄂公尉遲德等十二人同請高於慧日寺浮圖院建陀羅尼普集會壇所須供辦法成之日屢現靈異京中道俗咸歎希逢沙門玄楷等固請翻其法本以四年癸丑至于五年於慧日寺從金剛大道場經中撮要而譯集成一部名陀羅尼集經一十二卷玄楷筆受于時有中印度大菩提寺阿難律木叉師迦葉師等於經行寺譯功德天法編在集經第十卷內故不別出焉

唐廣州制止寺極量傳

釋極量中印度人也梵名般剌蜜帝此言極量懷道觀方隨緣濟物展轉遊化漸達支那（印度俗呼廣府爲支那名帝京爲摩訶支那也）乃於廣州制止道場駐錫衆知博達祈請頗多量以利樂爲心因敷祕賾神龍元年乙巳五月二十三日於灌頂部中誦出一品名大佛頂如來密因修證了義諸菩薩萬行首楞嚴經譯成一部十卷烏萇國沙門彌伽釋迦（釋迦稍訛正云鑠佉此曰雲峯）譯語菩薩戒弟子前正議大夫同中書門下平章事清河房融筆受循州羅浮山南樓寺沙門懷迪證譯量翻傳事畢會本國王怒其擅出經本遣人追攝泛舶西歸後因南使入京經遂流布有惟慤法師資中沆公各著疏解之

唐洛京大徧空寺實叉難陀傳

釋實叉難陀一云施乞叉難陀華言學喜葱

嶺北于闐人也智度恢曠風格不羣善大小乘旁通異學天后明揚佛日崇重大乘以華嚴舊經處會未備遠聞于闐有斯梵本發使求訪并請譯人叉與經夾同臻帝闕以證聖元年乙未於東都大內大徧空寺翻譯天后親臨法座煥發序文自運仙毫首題名品南印度沙門菩提流志沙門義淨同宣梵本後付沙門復禮法藏等於佛授記寺譯成八十卷聖曆二年功畢至久視庚子駕幸潁川三陽宮詔叉譯大乘入楞伽經天后復製序焉又於京師清禪寺及東都佛授記寺譯文殊授記等經前後總出一十九部沙門波崙玄軌等筆受沙門復禮等綴文沙門法寶恒景等證義太子中舍賈膺福監護長安四年叉以母氏衰老思歸慰覲表書再上方俞勑御史霍嗣光送至于闐暨和帝龍興有勑再徵景龍二年達于京輦帝屈萬乘之尊親迎於開遠門外傾都緇侶備旛幢導引仍飾青象令乘之入城勑於大薦福寺安置未遑翻譯遘疾彌留以景雲元年十月十二日右脇累足而終春秋五十九歲有詔聽依外國法葬十一月十二日於開遠門外古然燈臺焚之薪盡火滅其舌猶存十二月二十三日門人悲智勑使哥舒道元送其餘骸及斯靈舌還歸于闐起塔供養後人復於荼毗之所起七層塔土俗號爲華嚴三藏塔焉

周西京廣福寺日照傳

釋地婆訶羅華言日照中印度人也洞明八藏博曉五明戒行高奇學業勤悴而呪術尤工以天皇時來遊此國儀鳳四年五月表請

翻度所齋經夾仍準玄奘例於一大寺別院安置幷大德三五人同譯至天后垂拱末於兩京東西太原寺（西太原寺後改西崇福寺東太原寺後改大福先寺）及西京廣福寺譯大乘顯識經大乘五蘊論等凡一十八部沙門戰陀般若提婆譯語沙門慧智證梵語勅諸名德助其法化沙門道成薄塵嘉尚圓測靈辯明恂懷度證義沙門思玄復禮綴文筆受天后親敷睿藻製序冠首焉照嘗與覺護同翻佛頂深體唐言善傳佛意每進新經錫賚豐厚後終于翻經小房享年七十五天后勅葬于洛陽龍門香山塔見存焉

周洛京魏國東寺天智傳

釋提雲般若或云提雲陀若那華言天智于闐國人也學通大小解兼真俗呪術禪門無不諳曉永昌元年來肩于此謁天后於洛陽勅令就魏國東寺（後改大周東寺）翻譯即以其年巳丑至天授二年辛卯出華嚴經法界無差別論等六部七卷沙門處一筆受沙門復禮綴文沙門德感慧儼法明恒景等證義智終年卒地莫得而聞

周洛京佛授記寺慧智傳（明佺）

釋慧智其父印度人婆羅門種因使遊此方而生於智少而精勤有出俗之志天皇時從長年婆羅門僧奉勅度爲弟子本旣梵人善閑天竺書語生于唐國復練此土言音三藏地婆訶羅提雲若那寶思惟等所有翻譯皆召智爲證兼令度語後至長壽二年癸巳智於東都佛授記寺自譯觀世音頌一卷不詳所終有沙門明佺者不知何許人出家隸業

悉在佛授記寺尤善毗尼兼閑經論天冊萬歲元年勑令刊定經目僉所專纂録編次持疑更與翻經大德二十餘人同共参正號曰大周經録焉智昇云雖云刊定繁穢尤多徒見流行寔難憑準蓋此録支經別品雜沓不倫致爲昇公之所黜矣

周洛京寂友傳

釋彌陀山華言寂友覩貨邏國人也自幼出家遊諸印度徧學經論楞伽俱舍最爲窮覈志傳像法不悋鄉邦杖錫孤征來臻諸夏因與實叉難陀共譯大乘入楞伽經又天授中與沙門法藏等譯無垢淨光陀羅尼經一卷其經佛爲刧比羅戰荼婆羅門說延其壽命譯畢進內辭帝歸鄉天后以厚禮餞之

宋高僧傳卷第二

音釋

鬩呼狄切爭訟也　殲子廉切滅也　鑰以灼切鍵鑰也　愕五各切驚也　崢嶸崢鉏庚切嶸戶萌切　長直良切　馴詳遵切順善也　悆余慮切與豫同　瞰苦濫切視也　霾莫佳切晦也　潴陟魚切所停也　朩蝨踈櫛切　詰去吉切詰旦平旦也　澇郎到切霪雨也　帊普罵切幞也　榻他合切牀狹而長也　壖乳充而緣二切海邊沙地也　刱初亮切始造也　驃眦召切驃騎官名　弗楚簡切　襃博毛切奬飾也　泚且禮切　覈下革切考也　惙陟雪切疲也　暹息廉切　覃訏覃徒含切訏許千切覃訏謂延引漸長也　嗌於亦切　砥礪砥掌氏切柔石也礪力制切磨也　揣初委切量度也　囂隘囂許驕切塵也隘烏懈切湫隘也　孑居列切孤獨貌　罹呂支切遭也　欻許勿切忽也　稔汝錦切年也　蔚紆勿切茂也　袠直一切書衣也　燎狩燎力嶠切縱火也狩舒救切火田爲狩　綍分勿切大索也謂王言如綸其出如綍也　咀才與切含味也　菁子盈切精英曰菁華　笈其立切　顗魚豈切　罘罳罘縛謀切罳昔茲切罘罳網也　緻直利切密也　緘古咸切封也　闖丑禁切馬出門貌　磧七迹切虜中沙漠曰磧

賾鋤陌切幽深也愨苦角切沇以轉切賚落蓋切賜也佺此緣切邏郎賀切

宋高僧傳卷第三

宋左街天壽寺通慧大師賜紫沙門贊寧等奉勑撰

譯經篇第一之三 正傳十四人 附見三人

唐京師總持寺智通傳

釋智通姓趙氏本陝州安邑人也隋大業中出家受具後隸名總持寺律行精明經論該博自幼挺秀即有遊方之志因往洛京翻經館學梵書并語曉然明解屬貞觀中有北天竺僧賫到千臂千眼經梵本太宗勑搜天下僧中學解者充翻經館綴文筆受證義等通應其選與梵僧對譯成二卷天皇永徽四年復於本寺出千囀陀羅尼觀世音菩薩咒一卷觀自在菩薩隨心咒一卷清淨觀世音菩薩陀羅尼一卷共四部五卷通善其梵字復究華言敵對相翻時皆推伏又云行瑜伽祕密教大有感通後不知所終

唐京師奉恩寺智嚴傳

釋智嚴姓尉遲氏本于闐國質子也名樂受性聰利隸鴻臚寺授左領軍衛大將軍上柱國封金滿郡公而深患塵勞唯思脫屣神龍二年五月奏乞以所居宅爲寺勑允題牓曰奉恩是也相次乞捨官入道十一月二十四日墨制聽許景龍元年十一月五日孝和帝誕節剃染尋奉勑於此寺翻經多證梵文諸經成部嚴有力焉嚴重譯出生無邊法門陀羅尼經後於石鼈谷行頭陀法又充終南山至相寺上座體道用和率從清謹不知其終

唐洛京天竺寺寶思惟傳

釋阿你眞那華言寶思惟北印度迦濕蜜羅國人刹帝利種幼而捨家禪誦爲業進具之後專精律品而慧解超羣學兼眞俗乾文呪術尤攻其妙加以化導爲心無戀鄉國以天后長壽二年屆于洛都勑於天宮寺安置即以其年創譯至中宗神龍景午於佛授記天官福先等寺出不空羂索陀羅尼經等七部睿宗大極元年四月太子洗馬張齊賢等繕寫進内其年六月勑令禮部尚書晉國公薛稷右常侍高平侯徐彥伯等詳定入目施行那自神龍之後不務翻譯唯精勤禮誦修諸福業每於晨朝磨香爲水塗浴佛像後方飲食從始洎終此爲恒業衣鉢之外隨得隨施後於龍門山請置一寺制度皆依西域因名天竺焉門徒學侶同居此寺精誠所感靈應寔繁壽百有餘歲以開元九年終於寺構塔旌表焉

唐洛京長壽寺菩提流志傳

釋菩提流志南天竺國人也淨行婆羅門種姓迦葉氏年十二就外道出家事波羅奢羅學聲明僧佉等論曆數呪術陰陽讖緯靡不該通年逾耳順方乃迴心知外法之乖違悟釋門之淵默隱居山谷積習頭陀初依耶舍瞿沙三藏學諸經論其後遊歷五天徧親講肆高宗大帝聞其遠譽挹彼高風永淳二年遣使迎接天后復加鄭重令住東洛福先寺譯佛境界寶雨華嚴等經凡十一部中宗神龍二年又住京兆崇福寺譯大寶積經屬孝和厭代睿宗登極勑於北苑白蓮池甘露亭續其譯事翻度云畢御序冠諸其經舊新凡四十九會總一百二十卷先天二年四月八日進內此譯場中沙門思忠天竺大首領伊舍羅等譯梵文天竺沙門波若屈多沙門達摩證梵義沙門履方宗一慧覺筆受沙門深亮勝莊塵外無著懷迪證義沙門承禮雲觀神暕道本次文次有潤文官盧粲學士徐堅中書舍人蘇瑨給事中崔璩中書門下三品陸象先尚書郭元振中書令張說侍中魏知古儒釋二家構成全美寶積用賢既廣流志運功最多所慊者古今共譯一切陀羅尼末句云莎嚩訶皆不竊考清濁遂使命章有異或云薩婆訶或云馺皤訶等九呼不倫楷定梵音悉無本旨此非梵僧傳誦不的自是執筆之誤故剋取莎（桑巴反）嚩（無可反）訶（呼箇反）爲正矣志開元十二年隨駕居洛京長壽寺十五年十一月四日囑誡弟子五日齋時令侍人散去右脅安卧奄然而卒春秋一百五十六帝聞軫悼勑試鴻臚卿謚曰開元一切徧知

三藏遣内侍杜懷信監護喪事出内庫物務令優贍用鹵簿羽儀幡幢花蓋闐塞衢路十二月一日遷窆于洛南龍門西北原起塔勒石誌之

系曰西域喪禮其太簡乎或有國王酋長傾心致重者多過昇之火葬若東夏僧用鹵簿導喪車罕聞之矣嗚呼道尊德貴不言而邀此不其盛歟

唐羅浮山石樓寺懷迪傳（般若力 善部末摩）

釋懷迪循州人也先入法于南樓寺其山半在海涯半連陸岸乃仙聖遊居之靈府也迪久探經論多所該通七略九流粗加尋究以海隅之地津濟之前數有梵僧寓止于此迪學其書語自兹通利菩提流志初譯寶積召迪至京證義事畢南歸後於廣府遇一梵僧賫多羅葉經一夾請共翻傳勒成十卷名大佛頂萬行首楞嚴經是也迪筆受經旨緝綴文理後因南使附經入京即開元中也又乾元元年有罽賓三藏般若力中天竺婆羅門三藏善部末摩箇失密三藏舍那並慕化入朝詔以力爲太常少卿末摩爲鴻臚少卿並員外置放還本土或云各賫經至屬燕趙阻兵不遑宣譯故以官品榮之

唐京兆慈恩寺寂默傳

釋牟尼室利華言寂默其爲人也神宇高爽量度眞率德宗貞元九年發那爛陀寺擁錫東來自言從北印度往此寺出家受戒學法焉十六年至長安興善寺十九年徙崇福醴泉寺復於慈恩寺請行翻譯事乃將奘師梵本出守護國界主陀羅尼經十卷又進六塵

獸圖帝悅檀施極多元和元年六月十九日卒于慈恩寺初黙說中天竺摩伽陀國那爛陀寺周圍四十八里九寺一門是九天王所造黙在寺日住者萬餘以大法師處量綱任西域伽藍無如其高廣矣寀守護國界主經是般若譯牟尼證梵本翰林待詔光宅寺智眞譯語圓照筆受鑒虛潤文澄觀證義焉

唐丘慈國蓮華寺蓮華精進傳

釋勿提提羼魚華言蓮華精進本屈支城人也即龜茲國亦云丘慈正曰屈支時唐使車奉朝到彼土城西門外有蓮華寺進居此中號三藏苾芻奉朝至誠祈請開譯梵夾傳歸東夏進允之遂譯出十力經可用東紙三幅成一卷是佛在舍衛國說安西境内有前䟦山山下有伽藍其水滴溜成音可愛彼人每歲一時采綴其聲以成曲調故耶婆瑟雞開元中用爲羯鼓曲名樂工最難其杖撩之術進寺近其滴水也其經是沙門悟空同十地迴向輪經共十一卷齎進貞元中請編入藏值圓照續録故述其由

唐北庭龍興寺戒法傳

釋尸羅達摩華言戒法也本于闐人學業該通善知華梵居于是國爲大法師唐貞元中悟空迴至北庭其本道節度使楊襲古與龍興寺僧請法爲譯主翻十地經法躬讀梵文并譯語沙門大震筆受法超潤文善信證義悟空證梵文又譯迴向輪經翻傳纔畢繕寫欲終遇北庭宣慰中使段明秀事訖迴與北庭奏事官牛昕安西奏事官程鍔等相隨入朝爲沙河不通取迴鶻路其梵夾留北庭龍

興寺藏齋所譯唐本至京即貞元五載也法譯事方終却迴緇丹緇丹一云于遁此皆嶺北人之呼召耳若五印度語云瞿薩怛那華言乳國亦云地乳也

唐蓮華傳

釋蓮華本中印度人也以興元元年杖錫謁德宗乞鐘一口歸天竺聲擊勑廣州節度使李復修鼓鑄畢令送於南天竺金墖寺華乃將此鐘於寶軍國毗盧遮那塔所安置後以華嚴後分梵夾附舶來爲信者般若三藏於崇福寺翻成四十卷焉一云梵夾本是南天竺烏荼國王書獻支那天子書云手自書寫華嚴經百千偈中所說善財童子五十五聖者善知識入不思議解脫境界普賢行願品謹奉進上願於龍華會中奉覲云即貞元十一年也至十二年六月詔於崇福寺翻譯罽賓沙門般若宣梵文洛京天宮寺廣濟譯語西明寺圓照筆受智柔智通綴文成都府正覺寺道恒鑒虛潤文千福寺大通證義澄觀靈邃詳定神策軍護軍中尉霍仙鳴左街功德使竇文場寫進十四年二月解座

唐大聖千福寺飛錫傳

釋飛錫未知何許人也神氣高邈識量過人初學律儀後於天台法門一心三觀與沙門楚金棲心研習天寶初遊于京闕多止終南紫閣峯草堂寺屬不空當途傳譯慎選英髦錫預其數頻登筆受潤文之任代宗永泰元年四月十五日奉詔於大明宮內道場同義學沙門良賁等十六人參譯仁王護國般若經幷密嚴經先在多羅葉時並是偈頌今所

譯者多作散文不空與錫等及翰林學士柳抗重更詳定錫充證義正貟辭筆不愧斯職也

系曰錫外研儒墨其筆仍長時多請其論譔如忠國師楚金等碑與晉陵德宣吳興晝公同獵廣原不知鹿死何人之手然宣錫二公亦有不羈之失緣飾過其實如晝公合建中之體僻事得其倫唯虛與實不可同日也

唐京師大安國寺子鄰傳

釋子鄰姓范氏兖州乾封大范村人也父峻朝不喜三寶或見桑門必加咄唾有問其故即欲毆焉鄰生已數歲小字鄰兒見著袈裟者則生慕羡之意開元初東都廣愛寺慶修律師遊于代宗經范氏之舍鄰一見之喜貫顏色拜求出家問曰父母云何對曰不令堂親知知則遭箠撻矣師但先去某乃影隨律師行五里間鄰已至矣及洛寺受教之易若甘之受和焉染削已或名志鄰至十一年忽思二親辭歸寧覲其父喪明母終已三載矣因詣嶽廟求知母之幽趣即敷坐具誦法華經誓見天齊王爲期其夜嶽神果召鄰問何故懇苦如是鄰曰母王氏亡來已經除服敢問大王母今何在王顧簿吏對曰王氏見繫獄受苦鄰曰我母何罪王曰生和尚時食雞卵又取白傳頭瘡坐是之故職汝之由鄰悲號委頓求王請免曰繫縻有分放釋無門然則爲法師計請往鄮山禮阿育王塔或可原也鄰詰朝遵途到句章山寺叩頭哀訴五輪著地禮畢投策至四萬數俄聞有呼鄰聲若蔡順之解望空見雲氣中母謝曰承汝之力

得生忉利天矣故來報汝倏然不見鄰後求解經論至于關輔間外學兼通美聲籍甚以名僧之選恒入肅宗內殿應奉高其舌端精於捷對御前口占敘述皇道時輩靡及敕賜紫方袍充供奉僧代宗即位更崇釋氏永泰中不空重譯仁王護國密嚴等經鄰與千福寺法崇西明寺慧靜保壽寺圓寂分職證義並良賁潤文鄰莫測其終先所禮塔今鄮山育王寺後峯之翠微茅庵基及井存焉井實方池其水碧色綠苔泛泛然辭人遊者詩詠絕多矣

唐醴泉寺般若傳

釋般若罽賓國人也貌質魁梧執戒嚴整在京師充義學沙門憲宗敦崇佛門深思翻譯柰何有事于蜀部劉闢阻命王承宗未平朝廷多故至元和五年庚寅詔工部侍郎歸登孟簡劉伯芻蕭俛等就醴泉寺譯出經八卷號本生心地觀此之梵夾乃高宗朝師子國所進者寫畢進上帝覽有敕朕願爲序尋頒下其文冠于經首三藏賜帛證義諸沙門錫賚有差先於貞元中譯華嚴經後分四十卷此蓋烏荼國王所進者于時而賜紫衣後大中中法寶大師玄暢奏請入藏焉

唐上都章敬寺悟空傳

釋悟空京兆雲陽人姓車氏後魏拓跋之遠裔也天假聰敏志尚典墳孝悌之聲藹于鄉里屬玄宗德被遐方罽賓國願附大唐遣大首領薩婆達幹與三藏舍利越摩於天寶九載來朝闕庭請使巡按明年敕中使張韜光將國信行官兼吏四十餘人西邁時空未出

俗名奉朝授左衛涇州四門府別將令隨使臣自安西路去至十二載至健陀羅國罽賓東都城也其王禮接唐使使迴空篤疾留健陀羅病中發願痊當出家遂投舍利越摩落髮號達摩馱都華言法界當肅宗至德二年也洎年二十九於迦濕彌羅國受具足戒文殊矢涅地爲親教師鄔不羼提爲羯磨阿遮利耶馱里魏地爲教授於蒙鞮寺諷聲聞戒習根本律儀然北天竺國皆薩婆多學也後巡歷數年徧瞻八塔爲憶君親因咨本師舍利越摩再三方允摩手授梵本十地迴向輪十力三經共一夾幷佛牙舍利以贈別空行從北路至覩貨羅國五十七蕃中有一城號骨咄國城東有小海空行次南岸地輙摇動雲陰雨暴霆擊雹飛乃奔就一大樹間時有衆商咸投其下商主告衆曰誰齎佛舍利異物殊珍耶不爾龍神何斯忿怒有則投于海中無令衆人惶怖如藏匿者自貽伊咎空爲利東夏之故潛乞龍神宥過自卯達申雨雹方霽迴及龜茲居蓮華寺遇三藏法師勿提提羼魚善於傳譯空因將十力經夾請翻之尋抵北庭大使復命空出梵夾于闐三藏戒法爲譯主空證梵文幷度語翻成十地迴向輪經事訖隨中使段明秀以貞元五年己巳達京師勑於躍龍門使院安置進上佛牙舍利經本宣付左神策軍繕寫功德使竇文場寫畢進呈勑署空壯武將軍試太常卿乃歸章敬寺次返雲陽問二親墳樹已拱矣凡所徃來經四十年于時已六十餘所翻經三本共十一卷翻經大德圓照續開元録皆編入

藏復記空之行狀焉

唐京師滿月傳 智慧輪

釋滿月者西域人也爰來震旦務在翻傳瑜伽法門一皆貫練既多神効衆所推欽開成中進梵夾遇僞甘露事去未旋踵朝廷無復紀綱不暇翻譯時悟達國師知玄好學聲明禮月爲師情相欵密指教梵字并音字之緣界悉曇八轉深得幽趣玄曰异哉吾體兩方之言願參象胥之末可乎因請翻諸禁呪乃與菩提嚩日羅金剛悉地等重譯出陀羅尼集四卷又佛爲毗戍陀天子説尊勝經一卷詳覈三復曲盡佛意此土先已有陀羅尼集十二卷新翻四卷未聞入藏月等俱不測其終次有般若斫迦三藏者華言智慧輪亦西域人大中中行大曼拏羅法已受灌頂爲阿闍梨善達方言深通密語著佛法根本宗乎大毗盧遮那爲諸佛所依法之根本者陀羅尼是也至於出生無邊法門學者修戒定慧以總持助成速疾之要無以超越又述示教指歸共一十餘言皆大教之鈐鍵也出弟子紹明咸通年中刻石記傳焉

論曰無漏海中震潮音而可怪總持言下書梵字而不常未聞者聞闡光音天之餘響未解者解解最上法之所詮聖賢飲之爲醇醪凡劣啜之成糟粕若夫有緣則遇無道則違秦獄既械其利防此無緣也漢庭肇迎其白馬斯有感焉聽彼異呼覽其横字情可求而呼相亂字雖殊而意且同是故周禮有象胥氏通六蠻語狄鞮主七戎寄司九夷譯知八狄今四方之官唯譯官顯著者何也疑漢已

來多事北方故譯名爛熟矣又如周秦輶軒使者奏籍通別國方言令君王不出戶庭坐知絕遐異俗之語也若然者象胥知其遠也方言知其近也大約不過察異俗達遠情者矣懿乎東漢始譯四十二章經復加之爲翻也翻也者如翻錦綺背面俱花但其花有左右不同耳由是翻譯二名行焉初則梵客華僧聽言揣意方圓共鑿金石難和椀配世間擺名三昧咫尺千里覿面難通次則彼曉漢談我知梵說十得八九時有差違至若怒目看世尊彼岸度無極矣後則猛顯親往奘空兩通器請師子之膏鵝得水中之乳內豎對文王之問楊雄得絕代之文印印皆同聲聲不別斯謂之大備矣逖觀道安也論五失三不易彥琮也籍其八備明則也撰翻經儀式玄奘也立五種不翻此皆類左氏之諸凡同史家之變例今立新意成六例焉謂譯字譯音爲一例胡語梵言爲一例重譯直譯爲一例麤言細語爲一例華言雅俗爲一例直語密語爲一例也初則四句一譯字不譯音即陀羅尼是二譯音不譯字如佛胷前卍字是三音字俱譯即諸經律中純華言是四音字俱不譯如經題上𠂊乙二字是第二胡語梵言者一在五天竺純梵語二雪山之北是胡山之南名婆羅門國與胡絕書語不同從羯霜那國字源本二十餘言轉而相生其流漫廣其書豎讀同震旦歟至吐貨羅言音漸異字本二十五言其書橫讀度葱嶺南迦畢試國言字同吐貨羅已上雜類爲胡也若印度言字梵天所製本四十七言演而遂廣號青

藏焉有十二章教授童蒙大成五明論大抵與胡不同五印度境彌亘既遥安無少異乎又以此方始從東漢傳譯至于隋朝皆指西天以爲胡國且失梵天之苗裔遂言胡地之經書彦琮法師獨明斯致唯徵造録痛責彌天符佛地而合阿含得之在我用胡名而迷梵種失則誅誰唐有宣公亦同鼓唱自此若聞彈舌或覩黑容印定呼爲梵僧雷同認爲梵語琮師可謂忙於執斧捕前白露之蟬瞻在迴光照後黄衣之雀既云西土有梵有胡何不南北區分是非料簡致有三失一改胡爲梵不析胡開胡還成梵失也二不善胡梵二音致令胡得爲梵失也三不知有重譯失也當初盡呼爲胡亦猶隋朝已來總呼爲梵所謂過猶不及也如據宗本而談以梵爲主若從枝末而説稱胡可存何耶自五天至嶺北累累而譯也乃疑琮公留此以待今日亦不敢讓焉三亦胡亦梵如天竺經律傳到龜兹龜兹不解天竺語呼天竺爲印特伽國者因而譯之若易解者猶存梵語如此胡梵俱有者是四二非句純華言是也第三重譯直譯者一直譯如五印夾牒直來東夏譯者是二重譯如經傳嶺北樓蘭焉耆不解天竺言且譯爲胡語如梵云鄔波陀耶疏勒云鶻社于闐云和尚又天王梵云拘均羅胡云毗沙門是三亦直亦重如三藏直齎夾牒而來路由胡國或帶胡言如覺明口誦曇無德律中有和尚等字者是四二非句即齎經三藏雖兼胡語到此不翻譯者是第四麤言細語者聲明中一蘇漫多謂汎爾平語言辭也二彦

底多謂典正言辭也佛說法多依蘇漫多意住於義不依於文又被一切故若彦底多非諸類所能解故亦名全聲者則言音分明典正此細語也半聲者則言音不分明而訛僻此麤語也一是麤非細如五印度時俗之言是二唯細非麤如法護寶雲奘師義淨洞解聲明音律用中天細語典言而譯者是三亦麤亦細如梵本中語涉麤細者是或注云此音訛僻即麤言也四二非句闕第五華言雅俗者亦云音有楚夏同也且此方言語雅即經籍之文俗乃街巷之說略同西域細即典正麤即訛僻也一是雅非俗如經中用書籍言是二是俗非雅如經中乞頭博頰等語是三亦雅亦俗非學士潤文信僧執筆其間渾金璞玉交雜相投者是四二非句闕第六直語密語者二種作句涉俗爲直涉真爲密如婆留師是一是直非密謂婆留師翻爲惡口住以惡口人人不親近故二是密非直婆留師翻爲菩薩所知彼岸也既通達三無性理亦不爲衆生所親近故三兩亦句即同善惡真俗皆不可親近故四二非句謂除前相故又阿毗持呵婁(目數數得定)欝婆提(目生起拔根弃背)婆羅(目具實離散亂)此諸名在經論中例顯直密語義也更有胡梵文字四句易解凡諸類例括彼經詮解者不見其全牛行人但隨其老馬矣或曰翻梵夾須用此方文籍者莫招濫涉儒雅之過乎通曰言不關典非子史之言用其翻對豈可以委巷之談而糅于中耶故道安云乃欲以千載上之微言傳所合百王下之末俗斯爲不易矣或曰漢魏之際盛行斯意

致使陳壽國志述臨兒國云浮屠所載與中國老子經而相出入蓋老子西出關過西域之天竺教胡爲浮屠此爲見譯家用道德二篇中語便認云與老子經互相出入也設有華人能梵語與西僧言說兩相允會可便謂此人爲天竺人耶盍窮其始末乎是知若用外書須招此謗如童壽譯法華可謂折中有天然西域之語趣矣今觀房融潤文於楞嚴僧肇徵引而造論宜當此誚焉苟參鄙俚之辭曷異屠沽之譜然則糅書勿如無書與其典也寧俗儻深溺俗厥過不輕折中適時自存法語斯謂得譯經之旨矣故佛說法多依蘇漫多也又傳譯之興奉行之意不明本起何示將來今究其宣揚略陳梗槩夫教者不倫有三疇類一顯教者諸乘經律論也（不同瑜伽論中顯了教是多分大乘藏教）二密教者瑜伽灌頂五部護摩三密曼拏羅法也（瑜伽隱密教是多分聲聞藏教）三心教者直指人心見性成佛禪法也次一法輪者即顯教也以摩騰爲始祖焉次二教令輪者即密教也以金剛智爲始祖焉次三心輪者（義加此輪）即禪法也以菩提達磨爲始祖焉是故傳法輪者以法音傳法音傳教令輪者以祕密傳祕密傳心輪者以心傳心此之三教三輪三祖自西而東化凡而聖流十五代（漢魏晉宋齊梁陳隋唐朱梁後唐石晉劉漢郭周今大宋）法門之貽厥孫謀萬二千年眞教之克昌厥後或曰譯場經館設官分職不得聞乎曰此務所司先宗譯主即齎葉書之三藏明練顯密二教者充之次則筆受者必言通華梵學綜有空相問委知然後下筆西晉僞秦已來立此員者即沙門道

舍玄賾姚嵩聶承遠父子至于帝王即姚興梁武天后中宗或躬執翰又謂爲綴文也次則度語者正云譯語也傳度轉令生解亦名傳語如翻顯識論沙門戰陀譯語是也次則證梵本者求其量果密能證知能詮不差所顯無謬矣如居士伊舍羅證譯毗柰耶梵本是也至有立證梵義一員乃明西義得失貴令華語下不失梵義也復立證禪義一員沙門大通充之次則潤文一位員數不恒令通內外學者充之良以筆受在其油素文言豈無俚俗儻不失於佛意何妨刊而正之故義淨譯場則李嶠韋嗣立盧藏用等二十餘人次文潤色也次則證義蓋證已譯之文所詮之義也如譯婆沙論慧嵩道朗等三百人考正文義唐復禮累場充任焉次則梵唄法筵肇啓梵唄前興用作先容令生物善唐永泰中方聞此位也次則校勘讎對已譯之文隋則彥琮覆疏文義蓋重慎之至也次則監護大使後周平高公侯壽爲總監撿校唐則房梁公爲奘師監護相次許觀楊慎交杜行顗等充之或用僧員則隋以明穆曇遷等十人監掌翻譯事詮定宗旨其處則秦逍遥園梁壽光殿瞻雲館魏汝南王宅又隋煬帝置翻經館其中僧有學士之名唐於廣福等寺或宫園不定又置正字字學玄應曾當是職後或置或否朝廷罷譯事自唐憲宗元和五年至于周朝相望可一百五十許歲此道寂然迨我皇帝臨大寶之五載有河中府傳顯密教沙門法進請西域三藏法天譯經于蒲津州府官表進上覽大悦各賜紫衣因勑造譯

經院於太平興國寺之西偏續勅搜購天下梵夾有梵僧法護施護同參其務左街僧録智照大師慧温證義又詔滄州三藏道圓證梵字慎選兩街義解沙門志顯綴文令遵法定清沼筆受守巒道眞知遜法雲慧超慧達可瓌善祐可支證義倫次綴文使臣劉素高品王文壽監護禮部郎中張洎光禄卿湯悅次文潤色進校量壽命經善惡報應經善見變化金曜童子甘露鼓等經有命授三藏天息災法天施護師號外試鴻臚少卿賜廄馬等筆受證義諸沙門各賜紫衣并帛有差御製新譯經序冠于經首觀其佛曰重光法輪發軔赤玉箱而啓祕青蓮朶以開芳聖感如然前代孰堪比也又以宣譯之者樂略樂繁隋之已前經題簡少義淨已降經目偏長古則隨取強名後則繁盡我意又舊翻祕呪少注合呼唐譯明言多詳音反受持有驗斯勝古蹤淨師大譯諸經偏精律部自高文彩最有可觀金剛智也祕藏祖師阿目佉也多經譯匠師資相接感應互彰無畏言辭且多朴實覺救加佛頂之句人無間然日照出顯識之文刃有餘地思惟罥索學喜華嚴密語斷章大人境界流志寶積菩提曼荼華胥之理致融明灌頂之風標祕篋迪公勤其筆受般若終乎譯場其餘諸公皆翻夾牒欲知狀貌聊舉喻言其猶人也人皆人也柰何姿制形儀各從所肖肖其父焉若如此大則同而小有異耳良由譯經是佛法之本本立則道生其道所生唯生釋子是以此篇冠首故曰先王將禁海必先有事于河者示不忘本也

宋高僧傳卷第三

音釋

罥古法切　睍古限切　璩其於切　駁皤駁蘇合切皤薄波切　鹵簿鹵郎古切簿音部車駕行羽儀導從謂之鹵簿也　舁以諸切共舉也　羼初限切　盺許斤切　鍔五各切　塠都回切　毆烏后切捶擊也　箠主桒切杖也　縶陟立切絆也　鄮莫候切縣名　拓跋拓他各切跋蒲撥切拓跋氏也　韜土刀切　鞮丁奚切　异余吏切與異同　鈐鍵鈐巨淹切鍵渠建切　輶以周切輕車也　逖他歷切遠也　瞢黙鄧切目暗也　唄蒲拜切梵音也　購居候切以財有所求也　瘕居又切馬舍也　禜為命切音詠祭也

宋高僧傳卷第四

宋左街天壽寺通慧大師賜紫沙門贊寧等奉敕撰

義解篇第二之一 正傳二十一人 附見七人

唐京兆大慈恩寺窺基傳

釋窺基字洪道姓尉遲氏京兆長安人也尉遲之先與後魏同起號尉遲部如中華之諸侯國入華則以部爲姓也魏平東將軍說六代孫孟都生羅迦爲隋代州西鎮將乃基祖焉考諱宗唐左金吾將軍松州都督江由縣

開國公其鄂國公德則諸父也唐書有傳基毋裴氏夢掌月輪吞之寤而有孕及乎盈月誕彌與羣兒弗類數方誦習神晤精爽奘師始因陌上見其眉秀目朗舉措疎略曰將家之種不謬也哉脫或因緣相扣度爲弟子則吾法有寄矣復念在印度時計迴程次就尼揵子邊占得卦甚吉師但東歸哲資生矣遂造此門將軍微諷之出家父曰伊類麤悍那勝教詔奘曰此之器度非將軍不生非某不識父雖然諾基亦強拒激勉再三拜以從命奮然抗聲曰聽我三事方誓出家不斷情欲葷血過中食也奘先以欲勾牽後令入佛智佯而肯焉行駕累載前之所欲故關輔語曰三車和尚即貞觀二十二年也一基自序云九歲丁艱漸踈浮俗若然者三車之說乃厚誣也至年十七遂預緇林及乎入法奉勑爲奘師弟子始住廣福寺尋奉別勑選聰慧頴脫者入大慈恩寺躬事奘師學五竺語解紛開結統綜條然聞見者無不嘆伏凡百犍度跋渠一覽無差寧勞再憶年二十五應詔譯經講通大小乘教三十餘本創意留心勤勤著述蓋切問而近思其則不遠矣造疏計可百本奘所譯唯識論初與昉尚光四人同受潤色執筆撿文纂義數朝之後基求退焉奘問之對曰夕夢金容晨趨白馬雖得法門之糟粕然失玄源之醇粹其不願立功於參糅若意成一本受責則有所歸奘遂許之以理遣三賢獨委於基此乃量材授任也時隨受撰録所聞講周疏畢無何西明寺測法師亦俊朗之器於唯識論講場得計於閽者賂之

以金潛隱厥形聽尋聯綴亦疏通論旨猶數座方畢測於西明寺鳴椎集僧稱講此論基聞之慙居其後不勝悵快奘勉之曰測公雖造疏未達因明遂爲講陳那之論基大善三支縱橫立破述義命章前無與比又云請奘師唯爲已講瑜伽論還被測公同前盜聽先講奘曰五性宗法唯汝流通他人則否後躬遊五臺山登太行至西河古佛宇中宿夢身在半山巖下有無量人唱苦聲冥昧之間初不忍聞徙步陟彼層峯皆瑠璃色盡見諸國土仰望一城城中有聲曰住住咄基公未合到此斯須二天童自城出問曰汝見山下罪苦衆生否荅曰我聞聲而不見形童子遂投與劒一鐔曰剖腹當見矣基自剖之腹開有光兩道暉映山下見無數人受其極苦時童子入城持紙二軸及筆投之捧得而去及旦驚異未已過信夜寺中有光久而不滅尋視之數軸發光者探之得彌勒上生經乃憶前夢必慈氏令我造疏通暢厥理耳遂援毫次筆鋒有舍利二七粒而隕如吳含桃許大紅色可愛次零然而下者狀如黃粱粟粒一云行至太原傳法三車自隨前乘經論箱袠中乘自御後乘家妓女僕食饌於路間遇一老父問乘何人對曰家屬父曰知法甚精攜家屬偕恐不稱教基聞之頓悔前非翛然獨往老父則文殊菩薩也此亦卮語矣隨奘在玉華宮參譯之際三車何處安置乎基隨處化徒獲益者衆東行博陵有請講法華經遂造大疏焉及歸本寺恒與翻譯舊人往還屢謁宣律師宣每有諸天王使者執事或冥告雜

務爾日基去方來宣怪其遲暮對曰適者大乘菩薩在此善神翼從者多我曹神通爲他所制故爾以永淳元年壬午示疾至十一月十三日長往于慈恩寺翻經院春秋五十一法臘無聞葬于樊村北渠祔三藏奘師塋隴焉弟子哀慟餘外執紼會葬黑白之衆盈于山谷基生常勇進造彌勒像對其像日誦菩薩戒一徧願生兜率求其志也乃發通身光瑞爛然可觀復於五臺造玉石文殊菩薩像寫金字般若經畢亦發神光焉弟子相繼取基爲折中視之如奘在焉太和四年庚戌七月癸酉遷塔於平原大安國寺沙門令儉撿校塔亭徙棺見基齒有四十根不斷玉如衆彈指言是佛之一相焉凡今天下佛寺圖形號曰百本疏主眞高宗大帝製讚一云玄宗

然基魁梧堂堂有桓赳之氣而慈濟之心誨人不倦自天然也其符彩則項負玉枕面部宏偉交手十指若印契焉名諱上字多出没不同者爲以慈恩傳中云奘師龍朔三年於玉華宮譯大般若經終筆其年十一月二十二日令大乘基奉表奏聞請御製序至十二月七日通事舍人馮義宣由此云靈基開元録爲窺基或言乘基非也彼曰大乘基蓋慧立彥悰不全斥故云大乘基如言不聽泰耳循謹遣大乘光奉表同也今海内呼慈恩法師焉

系曰性相義門至唐方見大備也奘師爲瑜伽唯識開創之祖基乃守文述作之宗唯祖與宗百世不除之祀也蓋功德被物廣矣大矣奘苟無基則何祖張其學乎開天下人眼

目乎二師立功與言俱不朽也然則基也鄂公猶子奘師門生所謂將家來爲法將千載一人而已故書有之厥父菑厥子乃肯播矧能肯穫其百本疏主之謂歟

唐京師西明寺道世傳

釋道世字玄惲姓韓氏厥先伊闕人也祖代因官爲京兆人焉生且渥潤漸而聰敏俄厭衆沙思叅救蟻二親鍾愛遏絶其請久而遂心時年十二於青龍寺出家從執德瓶止臨欣鑑律宗研覈書籍鑽尋特慕上乘融明實性于時籍甚三輔欽歸顯慶年中大帝以玄奘師所翻經論未幾詔入内及慈恩寺大德更代行道不替於時世亦預其選及爲皇太子造西明寺爰以英博召入斯寺時道宣律師當塗行律世且旁敷同驅五部之車共導三乘之軌人莫我及道望芬然復因講貫之餘仍覽甚深之藏以爲古今緜代製作多人雖雅趣佳辭無足於傳記由是搴文囿之菁華嗅大義之瞻蔔以類編録號法苑珠林總一百篇勒成十袠始從劫量終乎雜記部類之前各序别論令學覽之人就門隨部撿括所知如提綱焉如舉領焉世之用心周乎十稔至總章元年畢軸蘭臺郎李儼爲之都序此文行于天下又著善惡業報及信福論共二十三卷大小乘禪門觀及大乘觀共十一卷受戒儀式禮佛儀式共六卷四分律討要五卷四分律尼鈔五卷金剛經集注三卷十部都一百五十三卷世頗多著述未測其終名避太宗廟諱多行字耳故時稱玄惲焉

唐京兆大慈恩寺普光傳

釋普光未知何許人也明敏爲性爰擇其木請事三藏奘師勤恪之心同列靡及至於智解可譬循環聞少證多奘師默許未參傳譯頭角特高左右三藏之美光有功焉初奘嫌古翻俱舍義多缺然躬得梵本再譯眞文乃密授光多是記憶西印薩婆多師口義光因著疏解判一云其疏至圓暉略之爲十卷如漢之有淹鄒又嘗隨奘往玉華宮譯大般若經厥功出乎裨贊也時號大乘光觀夫奘自貞觀十九年創譯訖麟德元年終于玉華宮凡二十載總出大小乘經律論七十五部一千三百三十五卷十分七八是光筆受或謂嘉光普光也若驗從辯機同參譯務即普光是也

唐京兆大慈恩寺法寶傳 勝莊

釋法寶亦三藏奘師學法之神足也性靈敏利最所先焉奘初譯婆沙論畢寶有疑情以非想見惑請益之奘別以十六字入乎論中以遮難辭寶白奘曰此二句四句爲梵本有無奘曰吾以義意酌情作耳寶曰師豈宜以凡語增加聖言量乎奘曰斯言不行我知之矣自此炰烋頡頏于奘之門至乎六離合釋義俱舍宗以寶爲定量矣光師往往同迦濕彌羅餘師禮記行字也時光寶二法師若什門之融叡焉後越精義學令問孔膠長安三年於福先寺京西明寺預義淨譯場寶與法藏勝莊等證義于時頗露頭角莫之與京歟

唐京師西明寺圓測傳 薄塵 靈辯

釋圓測者未詳氏族也自幼明敏慧解縱横三藏奘師爲慈恩基師講新翻唯識論測賂

守門者隱聽歸則緝綴義章將欲罷講測於西明寺鳴鐘召衆稱講唯識基慊其有奪人之心遂讓測講訓奘講瑜伽還同前盜聽受之而亦不後基也迨高宗之末天后之初應義解之選入譯經館衆皆推挹及翻大乘顯識等經測充證義與薄塵靈辯嘉尚攸方其駕所著唯識疏鈔詳解經論天下分行焉

唐京師安國寺元康傳

釋元康不詳姓氏貞觀中遊學京邑有彭亨之譽形擁腫而短然其性情酋勇聞少解多羣輩推許先居山野恒務持誦觀音求加慧解遂感鹿一首角分八岐厥形絶異康見之撫而馴伏遂豢養之乘而致遠曾無倦色以三論之文荷之于背又以小軸繫之於尾曳入上都意爲戲弄説有之徒不達空性我與輕軸碾之令悟眞理又衣大布曳納播戴竹笠笠寛丈有二尺裝飾詭異人皆駭觀既入京城見一法師盛集講經化導康造其筵近其座便就所講義申問往返數百言人咸驚康之辯給如此復戲法師曰甘桃不結實苦李壓低枝講者曰輪王千箇子巷伯勿孫兒蓋譏康之無生徒也康曰丹之藏者赤漆之藏者黑隨汝之赤者非纁絳焉入汝之黑者非鉛墨焉舉衆皆云辭理渙然可非垂跡之大士也帝聞之喜曰何代無其人詔入安國寺講此三論遂造疏解中觀之理别撰玄樞兩卷總明中百門之宗旨焉後不測其終

系曰康師曳納播者何通曰梵言立播華言裹腹衣亦云抱腹形制如偏袒一幅纔穿得手肩袖不寛著在左邊右邊施帶多貯縣絮

然是禦寒之服熱國則否用此亦聖開流于東土則變成色帛而削幅綴于左右袖上垂之製曳然旌表我通贍經論一本則曳一支多則多曳未知稽古自何人始乎今單言播略立字耳全非禦寒之意翻爲我慢之衣既失元端而多濫作別形聖教以俟後賢此外無施異制以亂大倫詩曰服之不稱身之災也吁

唐簡州福聚寺靖邁傳

釋靖邁梓潼人也少孺矜持長高志操特於經論研覈造微氣性沉厚不妄交結遊必擇方抵于京輔貞觀中屬玄奘西迴勑奉爲太穆太后於京造廣福寺就彼翻譯所須吏力悉與玄齡商量務令優給遂召證義大德諳練大小乘經論爲時所尊尚者得一十一人邁預其精選即居慈恩寺也同普光寺棲玄廣福寺明濬會昌寺辯機終南山豐德寺道宣同執筆綴文翻譯本事經七卷邁後與神昉筆受於玉華宮及慈恩寺翻經院皆推適變故得經心矣後著譯經圖紀四卷銓序古今經目譯人名位單譯重翻疑僞等科一皆條理見編于藏開元中智昇又續其題目焉

唐新羅國順璟傳

釋順璟者浪郡人也本土之氏族東夷之家系故難詳練其重譯學聲教甚出天然況乎因明之學奘師精研付受華僧尚未多達璟之克通非其宿殖之力自何而至于是歟傳得奘師眞唯識量乃立決定相違不定量於乾封年中因使臣入貢附至于時奘師長徃向及二年其量云眞故極成色定離眼識自

許初三攝眼所不攝故猶如眼根良以三藏隱密周防非大智不明璟爲宗云不離於眼識自許初三攝眼所不攝故猶如眼識也如此善成他義時大乘基覽此作便見璟所不知雖然終仰邊僧識見如此故歎之曰新羅順璟法師者聲振唐蕃學包大小業崇迦葉唯執行於杜多心務薄拘恒馳聲於少欲既而蘊藝西夏傳照東夷名道日新緇素欽挹雖彼龍象不少海外時稱獨步於此量作決定相違基師念遠國之人有茲利慧搪突奘師暗中機發善成三藏之義惜哉璟在本國稍多著述亦有傳來中原者其所宗法相大乘了義教也見華嚴經中始從發心便成佛巳乃生謗毀不信或云當啓手足命弟子輩扶掖下地地則徐裂璟身俄墜時言生身陷地獄焉于今有坑廣袤丈餘實坎窞然號順璟捺落迦也

系曰曲士不可以語道者束其教也是故好白者以黑爲污好黑者以白爲污焉璟怒心尤重猛利業增如射箭頃墮在地獄列高僧品次起穢以自臭邪通曰難信之法易速謗誚謗誚豈唯一人乎俾令衆所知識者直陷三塗乃知順璟真顯教菩薩也況乎趙盾爲法受惡菩薩乃爲法亡身斯何足怪君不見尼犍外道一一謗佛而獨使提婆生陷後於法華會上受記作佛靜言思之

唐京兆大慈恩寺嘉尚傳

釋嘉尚未知何許人也慧性天資瓌奇氣質篇聚堅守性相克攻勤在進脩務於翻譯遠棲心于奘三藏門見宗廟之富窺室家之好

久稽考瑜伽師地佛地論旨成唯識論深得義趣隨奘於玉華宮譯大般若經充證義綴文多能傑出及三藏有疾命尚具録所翻經論合七十五部總一千三百三十五卷又録俱胝畫像一千幀造十俱胝像寫經放生然燈令尚宣讀奘合掌歡喜曰吾心中願也汝代導之得没而無悔焉奘卒著述疏鈔出雜集義門夥多天后朝同薄塵靈辯等預譯場證義功績愈繁尚初侍奘師在玉華宮翻經至初會嚴淨佛土品説諸佛菩薩以神通願力盛大千界上妙珍寶諸妙香花及意樂所生五塵妙境供養莊嚴説法處與寺主慧德夜覩玉華寺內廣博嚴淨伎樂盈滿又聞三堂講法明日白奘歡喜符合尚不知所終

唐淄州慧沼傳 大願 塵外

釋慧沼不知何許人也少而警慧始預青衿依于庠序誦習該通入法脩身不違戒範乃被時諺沼闍棃焉次攻堅于經論善達翻傳自奘三藏到京恒窺壼奥後親大乘基師更加精博及菩提流志於崇福寺譯大寶積經沼預其選充證義新羅勝莊法師執筆沙門大願塵外皆一時英秀當代象龍于時武平一充使盧藏用陸景初總預斯場中書侍郎崔湜因行香至翻經院歎曰清流盡在此矣豈應見隔因奏請乞同潤色新經初沼證義於義淨譯場多所刋正訛言舛義悉從指定無敢踰制後著諸疏義號淄州沼也

唐京兆大慈恩寺彦悰傳

釋彦悰未知何許人也貞觀之末覩光上京求法于三藏法師之門然其才不逮光寶偏

長綴習學耳於玄儒之業頗見精微辭筆之能殊超流輩有魏國西寺沙門慧立性氣烋烋以護法爲己任著傳五卷專記三藏自貞觀中一行盛化及西域所歷夷險等號慈恩傳蓋取寺題也及削藁云畢慮遺諸美遂藏于地穴至疾亟命門徒掘土出之而卒其本數年流散他所搜購乃獲弟子等命悰排次之序引之或文未允或事稍虧重更伸明曰箋述是也乃象鄭司農箋毛之詁訓也或有調之曰子與隋彥悰相去幾何對曰賜也何敢望回雖長卿慕藺心宗慕於玉宗故有以也詩曰言念君子溫其如玉自許亦顏之士也或人許焉悰不知終所

唐新羅國義湘傳

釋義湘俗姓朴雞林府人也生且英奇長而出離逍遙入道性分天然年臨弱冠聞唐土教宗鼎盛與元曉法師同志西遊行至本國海門唐州界計求巨艦將越滄波倐於中塗遭其苦雨遂依道旁土龕間隱身所以避飄濕焉迨乎明旦相視乃古墳骸骨旁也天猶霢霂地且泥塗尺寸難前逗留不進又寄埏甓之中夜之未央俄有鬼物爲怪曉公歎曰前之寓宿謂土龕而且安此夜留宵託鬼鄉而多祟則知心生故種種法生心滅故龕墳不二又三界唯心萬法唯識心外無法胡用別求我不入唐却攜囊返國湘乃隻影孤征誓死無退以總章二年附商船達登州岸分衛到一信士家見湘容色挺拔留連門下既久有少女麗服靚粧名曰善妙巧媚誨之湘之心石不可轉也女調不見荅頓發道心於

前矢大願言生生世世歸命和尚習學大乘成就大事弟子必爲檀越供給資緣湘乃徑趨長安終南山智儼三藏所綜習華嚴經時康藏國師爲同學也所謂知微知章有倫有要德瓶云滿藏海嬉遊乃議迴程傳法開誘復至文登舊檀越家謝其數稔供施便慕商船逡巡解纜其女善妙預爲湘辦集法服并諸什器可盈篋笥運臨海岸湘船已遠其女呪之曰我本實心供養法師願是衣篋跳入前船言訖投篋于駭浪有頃疾風吹之若鴻毛耳遥望徑跳入船矣其女復誓之我願是身化爲大龍扶翼舳艫到國傳法於是攘袂投身于海將知願力難屈至誠感神果然伸形夭矯或躍蜿蜒其舟底寧達于彼岸湘入國之後徧歷山川於駒麗百濟風馬牛不相及地曰此中地靈山秀眞轉法輪之所無何權宗異部聚徒可半千衆矣湘默作是念大華嚴教非福善之地不可興焉時善妙龍恒隨作護潛知此念乃現大神變於虛空中化成巨石縱廣一里蓋于伽藍之頂作將墮不墮之狀羣僧驚駭罔知攸趣四面奔散湘遂入寺中敷闡斯經冬陽夏陰不召自至者多矣國王欽重以田莊奴僕施之湘言於王曰我法平等高下共均貴賤同揆涅槃經八不淨財何莊田之有何奴僕之爲貧道以法界爲家以盂耕待稔法身慧命藉此而生矣湘講樹開花談叢結果登堂覩奧者則智通表訓梵體道身等數人皆啄巨縠飛出迦留羅鳥焉湘貴如説行講宣之外精勤修練莊嚴刹海靡憚暄涼又常行義淨洗穢法不用巾

恍立期乾燥而止持三法衣瓶鉢之餘曾無他物凡弟子請益不敢造次伺其怡寂而後啓發湘乃隨疑解滯必無滓核自是已來雲遊不定稱可我心卓錫而居學侶蜂屯或執筆書紳懷鉛札葉抄如結集録似載言如是義門隨弟子爲目如云道身章是也或以處爲名如云錐穴問答等數章疏皆明華嚴性海毗盧遮那無邊契經義例也湘終于本國塔亦存焉號海東華嚴初祖也

唐京兆大慈恩寺義忠傳

釋義忠姓尹氏潞府襄垣人也年始九歲宿殖之性志願出家得淄州沼闍梨爲師若鳳巢中之生鵷鶵也少秉奇操慧解不倫沼授與大涅槃經時十三歲矣相次誦徹四十卷衆皆驚駭號空門奇童也二十登戒學四分律義理淹通旁習十二門論二本即當講演沼師知是千里之駿學恐失時聞長安基師新造疏章門生塡委聲振天下乃師資相將同就基之講肆未極五年又通二經五論則法華無垢稱及百法因明倶舍成唯識唯識道等也由茲開奬弟子繁多講樹別茂於枝條義門旁開於闗竅乃著成唯識論纂要成唯識論鈔三十卷法華經鈔二十卷無垢稱經鈔二十卷百法論疏最爲要當移解二無我歸後是以掩慈恩之繁于今盛行勿過忠本所謂列羣玉貫衆花玉裝瓊樹之林花綴蜀機之錦輩流首伏聲彩悠颺況基師正照於太陽忠也旁銜於龍燭四方美譽千里歸心者不可勝筭矣傳持靡怠僅五十餘年計講諸教七十許徧至年七十二忽起懷土之

心歸于昭義示同初夏誦戒行道每一坐時面向西北仰視兜率天宮寘心内院願捨壽時得見天主永離凡濁終得轉依一日晨興澡洗訖整肅容儀望空禮拜如有哀告之狀少頃結加趺坐囑付流通教法之意畢忽異香滿室彩雲垂空忠合掌仰視曰穢弱比丘何煩大聖躬來引接言盡而化鄉人道俗建塔供養全身不壞至今河東鄉里高岡存焉

唐新羅國黃龍寺元曉傳 大安

釋元曉姓薛氏東海湘州人也丱䰀之年惠然入法隨師禀業遊處無恒勇擊義圍雄橫文陣仡仡然桓桓然進無前却蓋三學之淹通彼土謂為萬人之敵精義入神為若此也嘗與湘法師入唐慕奘三藏慈恩之門厥緣既差息心遊往無何發言狂悖示跡乖疎同居士入酒肆倡家若誌公持金刀鐵錫或製疏以講雜華或撫琴以樂祠宇或閭閻寓宿或山水坐禪任意隨機都無定檢時國王置百座仁王經大會徧搜碩德本州以名望舉進之諸德惡其為人譖王不納居無何王之夫人腦嬰癰腫醫工絕驗王及王子臣屬禱請山川靈祠無所不至有巫覡言曰苟遣人往他國求藥是疾方瘳王乃發使泛海入唐募其醫術溟漲之中忽見一翁由波濤躍出登舟邀使人入海覩宮殿嚴麗見龍王王名鈐海謂使者曰汝國夫人是青帝第三女也我宮中先有金剛三昧經乃二覺圓通示菩薩行也今託仗夫人之病為增上緣欲附此經出彼國流布耳於是將三十來紙重沓散經付授使人復曰此經渡海中恐罹魔事王

令持刀裂使人腨腸而內于中用蠟紙纒縢以藥傅之其腨如故龍王言可令大安聖者銓次綴縫請元曉法師造疏講釋之夫人疾愈無疑假使雪山阿伽陀藥力亦不過是龍王送出海面遂登舟歸聞時王聞而歡喜乃先召大安聖者黏次焉大安者不測之人也形服特異恒在市鄽擊銅鉢唱言大安大安之聲故號之也王命安安云但將經來不願入王宫閾安得經排來成八品皆合佛意安曰速將付元曉講餘人則否曉受斯經正在本生湘州也謂使人曰此經以本始二覺爲宗爲我備角乘將案几在兩角之間置其筆硯始終於牛車造疏成五卷王請剋日於黃龍寺敷演時有薄徒竊盜新疏以事白王延于三日重録成三卷號爲略疏洎乎王臣道俗雲擁法堂曉乃宣吐有儀解紛可則稱揚彈指聲沸于空曉復昌言曰昔日採百椽時雖不預會今朝横一棟處唯我獨能時諸名德俯顔慚色伏膺懺悔焉初曉示跡無恒化人不定或擲盤而救衆或噀水而撲焚或數處現形或六方告滅亦盃渡誌公之倫歟其於解性覽無不明矣疏有廣略二本俱行本土略本流入中華後有飜經三藏改之爲論焉

系曰海龍之宫自何而有經本耶通曰經云龍王宫殿中有七寶塔諸佛所説諸深義別有七寶篋滿中盛之謂十二因緣總持三昧等良以此經合行世間復顯大安曉公神異乃使夫人之疾爲起教之大端者也

周京兆崇福寺神楷傳 明恂

釋神楷姓郭氏太原人也即漢末林宗之後世襲冠裳後隨父宦于秦爲京兆人也昆弟六人楷居其季幼而聰敏立志弗羣不樂浮榮誓求翦落禮明恂法師爲弟子即大乘恂也洎乎年滿受具於經論義理大小該通耳聞口誦譬鮮氎之易染遂講攝大乘俱舍等論頴晤輩流罕有齊駕後因講淨名經見古師判處喟然歎曰美則美矣未盡善也乃於安陸白趙山撰疏一云在越州剡石城寺述作素有巧性於剡溪南巖之下映水塑貌今有池巳涸矣巖下石隙縫間幽暗然中有木棺者云是楷殯于此遊人下窺歷歷皆覩又言楷因慈恩西明等寺度公者出家及翻經論勑諸道高行才學僧並赴京師遂應詔而入配居崇業寺至天后朝方行其疏後卒於此寺弟子遷塔于南逍遥園焉實大乘基之法門猶子也

系曰楷師遺迹何京兆剡溪二處孰是今人疑惑若兩家之俱見覩訓焉此乃古人名顯於四方因子孫南北遷徙追念先宗遂有僑置焉如晉氏渡江衣冠之家多立祖先之遺迹同也若然者剡則是楷曾遊歷之地也

周京兆廣福寺會隱傳

釋會隱不詳何許人也精明之氣綽有盈餘處于等夷若雞羣之見鶴也天皇朝慎選高學名德隱膺斯選麟德二年勑北門西龍門修書所同與西明寺玄則等一十人於一切經中略出精義玄文三十卷號禪林要鈔書成奏呈勑藏祕閣隱亦嘗預翻譯玄則頗聞著述高宗朝斯爲龍象之最焉

周虎丘山寺僧瑗傳

釋僧瑗字辯空姓郁氏高平昌邑人也姬水疏源狼亭襲慶魯相繼昌侯之業歷載彌光少傳纂尚書之風清塵不昧瑗夙殖奇穎早擅嘉祥毋趙氏娠孕之日側侍聖賢浮空遊樂及年六歲隨毋入舍利塔見聖僧像欣然跳躍狀若舊交因啓毋出家毋以其尚幼抑而未許至年十三方遂其志依虎丘寺慧嚴法師為弟子謙揖之操出自生知辯慧之能業稱上首以龍朔二年奉勑剃落冥符所應還隷此山暨嚴公長往乃依慧詡禪師受具足戒聽常樂寺聰法師三論甚深無相疑滯豁除方便解脫怡然獨悟因智從心證遂詣江寧融禪師求學心法攝念坐禪衆魔斯伏勤行精進猛獸恒馴是以名稱普聞聲光八絕旗亭趨利削跡無踐冬夏不易常披一納或滴水以充於夕渴或數粒將濟於朝飢或風雪凜凜禮誦無替於六時或炎暑爞爞經行不虧於少選稱揚歎羨容色湛如毀辱訶罵歡喜而受每蔭以長松屬思鴻遠清泉獨坐映定水以彫文虛室高栖韜禪枝而蕩慮撰武丘名僧苑一卷注郁子兩卷文集三卷蓋道俗之儀表人物之師範焉永昌元年十二月二十日見身有疾謂弟子曰吾聞屍所到處便為穢惡出就別方乃稱離罪爾門弟子等迎止於通波亭北靜志莊忽聞異香從空而下瑗遺訓勤切正觀叮寧滅後可依外國法言訖合掌而終春秋五十有一緇素奔慟咸悲眼滅弟子僧義玄及雉山縣尉檀信等同遵師旨如法闍維收其舍利於寺建塔

勑銘于所

唐會稽山妙喜寺印宗傳

釋印宗姓印氏吴郡人也毋劉氏始娠鄰家咸見一沙門端雅徐步入印舍白劉曰願爲子焉毋夢同此再三陳讓不克父夢有饋栴檀香木童子跪授付劉劉頓厭葷羶俗間食味隅在脣吻之外及生而長從師誦通經典末最精講者涅槃經咸亨元年在京都盛揚道化上元中勑入大愛敬寺居辝不赴請於蘄春東山忍大師諮受禪法復於番禺遇慧能禪師問答之間深詣玄理還鄉地刺史王胄禮重殊倫請置戒壇命宗度人可數千百續勑召入内乃造慈氏大像所著心要集起梁至唐天下諸達者語言總録焉又奉勑江東諸寺院天柱報恩各置戒壇度人又纂百家諸儒士三教文意表明佛法者重結集之手筆逾高著述流布至先天二年二月二十一日示終囑循輪王法葬之年八十七會稽王師乾立塔銘焉

唐太原府崇福寺宗哲傳

釋宗哲西河平遥人也稚歲而有奇相聰穎天資既尋師範砥節飾躬屬玄奘三藏新翻諸經論哲就其門請益無替凡幾周星備窮諸典若指于掌於奘門下號爲得意哲猶隋慧布之題目焉後因講唱厥義曰新時謂之爲法江哲曰爲吾謝此品藻焉殊不知法海在乎大原矣所指者蓋浮丘爲滄溟也哲憫學者不達其意而師詩哉乃著義例褱海之内莫不企羡其如説佛位三事喻中沼法師言三點三目强分上下勝劣配屬太成巧誣

掐云三事俱得然無名師品量退而省之掐其得矣號之得意豈虛也乎沼師所以成餘師之說也

唐洛京佛授記寺德感傳

釋德感姓侯氏太原人也儀容瓌麗學業精贍衆典服勤於瑜伽論特振聲彩天皇大帝徵爲翻經大德又與勝莊大儀等同參義淨譯場對敭受賜言謝劉亮帝悅尋授封昌平縣開國公累井田至三千戸帝爲讚曰河汾之寶山嶽之英早袪俗累夙解塵纓緇門仰德紺宇馳聲式亞龍樹爰齊馬鳴爲時君之所貴爲若此也御製風行緇伍榮之後充河南佛授記寺都維那晚升寺任中外肅然終年六十餘著義門行于世如其七方便人迴心漸頓悟義與湛法師爲剏敵耳故交綏而退焉

唐太原崇福寺浮丘傳

釋浮丘姓張氏太原人也挺然奇表慧悟絶倫於瑜伽論差成精博旁綜羣書言分雅俗四方學者爭造其門然訥於宣剖敏於通解深藏若虛庸庸品類多所不知于時掐公露其頭角博聞强識之者懼其觝觸豈況諸餘乎掐惟神伏丘之義學故謂爲法海焉享年七十餘終于所居然未聞其有所著述矣

宋高僧傳卷第四

音釋

昉分兩切　駱落故切以財與人也　鐔覃尋二音釼鼻也　翛先彫切飛羽貌　卮章移切　祔符遇切合葬也　塋余傾切墓也　赳居柳切勇也　菑側持切不耕田也　獲胡郭切刈穀也　惲紆憤切　沲達河切江之別流也　裨頻彌切助也　炰烋炰白交切烋虛交切炰烋氣健自矜貌　頡

頡頡胡列切頏户郎切頡頏鳥飛上下也　豢乎慣切以穀養也　濬私閏切　環於景切　袤莫候切廣袤東西口廣南北曰袤　窌户籥切地隤也　盾杜本切晉卿名　幀猪孟切張畫繒也　夥胡果切多也　諺魚變切俗諺也　壼苦本切宮中道也　箋則前切編也　詁姑五切通古今之言而明其故也　霢霂霢莫白切霂莫十切霢霂小雨也　逗音豆逗留止也　埏式連切和泥打瓦也　甓蒲歷切瓴甋也　祟雖遂切神禍也　靚疾政切粉白黛綠謂之靚粧也　舳艫舳音逐艫力胡切舳艫舟名　蜿蜒蜿於袁切蜒夷然切蜿蜒龍貌　帨始鋭切拭物之巾也　滓側氏切　核胡革切　丱古患切束髮貌　鬃倉宰切髻也　仡魚乞切仡仡壯勇也　譖莊蔭切讒毀也　覡胡狄切巫覡女曰巫男曰覡　腨市兖切脛腸也　縢徒登切緘也　黏女廉切相著也　恂相倫切　剡時冉切　塑音素捏土象物也　隙乞逆切孔也　蒯古詰切姓也　瑗於願切　姖居之切水名　娠升人切霢孕也　詡況羽切　鄿渠羈切鄿春縣名　誖蒲末切亂逆也　瀏力求切水清貌　勍渠京切彊也　觝典禮切觸突也

宋高僧傳卷第五

宋左街天壽寺通慧大師賜紫沙門贊寧等奉勑撰

義解篇第二之二 正傳十四人 附見五人

周洛京佛授記寺法藏傳 大儀

釋法藏字賢首姓康康居人也風度奇正利智絕倫薄遊長安彌露鋒穎尋應名僧義學之選屬奘師譯經始預其間後因筆受證義潤文見識不同而出譯場至天后朝傳譯首登其數實叉難陀齎華嚴梵夾至同義淨復禮譯出新經又於義淨譯場與勝莊大儀證義昔者燉煌杜順傳華嚴法界觀與弟子智儼講授此晉譯之本智儼付藏藏爲則天講新華嚴經至天帝網義十重玄門海印三昧門六相和合義門普眼境界門此諸義章皆是華嚴總別義網帝於此茫然未決藏乃指鎮殿金師子爲喻因撰義門徑捷易解號金

師子章列十門總別之相帝遂開悟其旨又爲學不了者設巧便取鑑十面八方安排上下各一相去一丈餘面面相對中安一佛像然一炬以照之互影交光學者因曉刹海涉入無盡之義藏之善巧化誘皆此類也其如宣翻之寄亦未能捨蓋帝王歸信緇伍所憑之故洎諸梵僧罷譯帝於聖曆二年已亥十月八日詔藏於佛授記寺講大經至華藏世界品講堂及寺中地皆震動都維那僧恒景具表聞奏勅云昨請敷演微言闡揚祕賾初譯之日夢甘露以呈祥開講之辰感地動以標異斯乃如來降迹用符九會之文豈朕庸虛敢當六種之震披覽來狀欣愓于懷云其爲帝王所重實稱非虛所以華嚴一宗付授澄觀推藏爲第三祖也著般若心經疏爲時所貴天下流行復號康藏國師是歟

唐荊州玉泉寺恒景傳

釋恒景姓文氏當陽人也貞觀二十二年勅度聽習三藏一聞能誦如說而行初就文綱律師隸業毗尼後入覆舟山玉泉寺追智者禪師習止觀門於寺之南十里別立精舍號龍興是也自天后中宗朝三被詔入内供養爲受戒師以景龍三年奏乞歸山勅允其請詔中書門下及學士於林光宫觀内道場設齋先時追召天下高僧兼義行者二十餘人常於内殿修福至是散齋仍送景并道俊玄奘各還故鄉帝親賦詩學士應和即中書令李嶠中書舍人李乂等數人時景等捧詩振錫而行天下榮之景撰順了義論二卷攝正法論七卷佛性論二卷學其宗者如渴之受

漿至先天元年九月二十五日卒于所住寺春秋七十九弟子奉葬于寺之西原也

系曰江陵玄奘與三藏法師形影相接相去幾何然其名同實異亦猶藺相如得强秦之所畏馬相如令楊雄之追慕然則各有所長短亦可見也

唐中嶽嵩陽寺一行傳

釋一行俗姓張鉅鹿人也本名遂則唐初佐命剡國公公謹之支孫也丱歲不羣聰黠明利有老成之風讀書不再覽已暗誦矣因遇普寂禪師大行禪要歸心者衆乃悟世幻禮寂爲師出家剃染所誦經法無不精諷寂師甞設大會遠近沙門如期必至計逾千衆時有徵士盧鴻隱居於别峯道高學富朝廷累降蒲輪終辭不起大會主事先請鴻爲導文序讃邑社是日鴻自袖出其文置之机案鐘梵旣作鴻謂寂公曰某爲數千百言況其字僻文古請求朗雋者宣之當須面指擿而授之寂公呼行伸紙覽而微笑復置机案鴻恠其輕脫及僧聚於堂中行乃攘袂而進抗音典裁一無遺誤鴻愕視久之降歎不能已復謂寂公曰非君所能教導也當縱其遊學自是三學名師罕不諮度因往當陽值僧眞纂成律藏序深達毗尼然有陰陽讖緯之書一皆詳究尋訪筭術不下數千里知名者往詢焉末至天台山國清寺見一院古松數十步門枕流溪淡然岑寂行立于門屏聞院中布筭其聲蔌蔌然僧謂侍者曰今日當有弟子自遠求吾筭法計合到門必無人導達耶即除一筭子又謂侍者曰門前水合却西流弟

子當至行承其言而入稽首請法盡授其決焉門前水復東流矣自此聲振遐邇公卿籍甚玄宗聞之詔入謂行曰師有何能對曰略能記覽他無所長帝遂命中官取宮籍以示之行周覽方畢覆其本記念精熟如素所習唱數幅後帝不覺降榻稽首曰師實聖人也嗟歎良久尋乃詔對無恒占其災福若指于掌言多補益時邢和璞者道術人莫窺其際嘗謂尹愔曰一行和尚眞聖人也漢洛下閎造曆云八百歲當差一日則有聖人定之今年期畢矣屬大衍曆出正其差謬則洛下閎之言可信非聖人孰能預於斯 矣又於金剛三藏學陀羅尼祕印登前佛壇受法王寶復同無畏三藏譯毗盧遮那佛經開後佛國其傳密藏必抵淵府也睿宗玄宗並請入內集賢院尋詔住興唐寺所翻之經總遂著疏七卷又攝調伏藏六十卷釋氏系錄一卷開元大衍曆五十二卷其曆編入唐書曆律志以爲不刊之典又造游儀黃赤二道以鐵成規於院製作次有王媼者行鄰里之老嫗昔多贍行之貧及行顯遇常思報之一日拜謁云兒子殺人即就誅矣況師帝王雅重乞奏減死以供母之殘齡如是泣涕者數四行曰國家刑憲豈有論請而得免耶命侍僧給與若干錢物任去別圖媼戟手曼罵曰我居鄰周給迭互繃褓間抱乳汝長成何忘此惠耶行心慈愛終夕不樂於是運筭畢召淨人戒之曰汝曹挈布囊於其坊閑靜地午時坐伺得生類投囊速歸明日果有猳彘引㹠七箇淨人分頭驅逐猳母走矣得㹠而歸行已備巨瓮

遂一入之閉蓋以六乙泥封口誦胡語數契而止投明中官下詔入問云司天監奏昨夜北斗七座星全不見何耶對曰昔後魏曾失熒惑星至今帝車不見此則天將大儆於陛下也夫匹夫匹婦不得其所猶隕霜天旱盛德所感乃能退之感之切者其在葬枯骨乎釋門以慈心降一切魔微僧曲見莫若大赦天下玄宗依之其夜占奏北斗一星見七夜復初其術不可測也又開元中嘗旱甚帝令祈雨曰當得一器上有龍狀者方可致雨勑令中官同於內庫中徧視之皆言弗類數曰後指一古鑑鼻盤龍喜曰此真龍也乃將入壇場一日而雨其異術通感爲若此也玄宗在大明宮從容密問社稷吉凶并祚運終畢事行對以他語帝詢之不已遂曰陛下當有萬里之行又曰社稷畢得終吉帝大悅復遺帝一金合子形若彈丸內貯物撼必有聲發之不得云有急則開帝幸蜀倉黃都忘斯事及到成都忽憶啓之則藥分中當歸也帝曰伊藥產於此師知朕違難至蜀當歸也復見萬里橋曰一行之言信其神矣命中官焚香祝之乃告謝也及昭宗初封吉王至太子德王唐爲梁滅終行之言社稷畢得終吉也開元十五年九月於華嚴寺疾篤將輿病入辭小間而止玄宗此夜夢瞰禪居見繩牀紙隔開扇曉而驗問一如所覩乃詔京城名德致大道場爲行祈福危疾微愈其寵愛如是十月八日隨駕幸新豐身無諸患口無一言忽然浴香水換衣趺坐正念怡然示滅一云辭告玄宗後自駕前東來嵩山謁禮本師即寂

也時河南尹裴寬正謁寂寂云有少事未暇與大尹欵話且請踟躕休息也寬乃屏從人止於旁室伺寂何爲見潔淨正堂焚香默坐如有所待斯須叩門連聲云天師一行和尚至（僧號天師始見於此言天子師也）行入頗忽切之狀禮寂之足附耳密語其貌愈恭寂但頷膺曰無不可者語訖又禮禮語者三寂唯言是是無不可者行語訖降階入南室自閉其戸寂乃徐召侍者曰速聲鐘一行已滅度左右疾走視之瞑目而坐手掩伺息已絶四衆弟子悲號沸渭撼動山谷乃停神於罔極寺自終及葬凡經三七日爪甲不變鬚髮更長形色怡悅時衆驚異帝覽奏悲愴曰禪師捨朕深用哀慕喪事官供詔葬于銅人原謚曰大慧禪師御撰塔銘天下釋子榮之

唐京兆西崇福寺智昇傳

釋智昇未詳何許人也義理懸通二乘俱學然於毗尼尤善其宗此外文性愈高博達今古毎慊聶道眞道安至于明佺宣律師各著大藏目録記其翻傳年代人物者謂之晉録魏漢等録乃於開元十八年歳次庚午撰開元釋教録二十卷最爲精要何耶諸師於同本異出舊目新名多惑其文眞僞相亂或一經爲兩本或支品作別翻一一裁量少無過者如其舊録江泌女子誦出經黜而不留可謂藻鑑杜塞妖僞之源有茲獨斷後之圓照貞元録也文體意宗相岠不知幾百數里哉麟德中道宣出内典録十卷靖邁出圖紀四卷昇各續一卷經法之譜無出昇之右矣

唐中大雲寺圓暉傳（懷遠　崇廙）

釋圓暉未詳何許人也關輔之間聲名籍甚
精研性相善達諸宗幼於俱舍一門最爲銳
意時禮部侍郎賈曾歸心釋氏好樂斯文多
命暉談此宗相然其難者則非想見惑繁者
則得非得章爰請暉師略伸梗槩究其光師
疏義繁極難尋又聖善寺懷遠律師願心相
合因節略古疏頌則再牒而釋論乃有引而
具注甚爲徑捷學者易知後有崇廙著金華
鈔十卷以解焉光寶二師之後暉公間出兩
河間二京道江表燕齊楚蜀盛行暉疏焉

唐京兆華嚴寺玄逸傳

釋玄逸姓竇氏即玄宗神武皇帝從外父也
繁柯懿葉莫我與京昆友姪弟多升朝列或
以靡麗自持或以官榮相抗逸乃風神秀朗
蕭灑拔俗悟色空之迹到眞寂之場糠粃膏
粱幺麼軒冕既而形厠緇伍學追上流祕藏
香龕披閱通理一日喟然興歎曰去聖日遠
編簡倒錯或止存夏五或濫在魯魚加以筆
札偷行校讎喪句若犍度失其夾葉猶禮記
脫錯後先日見乖訛迷而不復有一于此彝
倫攸斁遂據古今所撰目録及勘諸經披文
已浩於机案積卷仍溢於堂宇字外者詳義
而綸之品差者贖理而綱之星霜累遷功業
克著非夫心斷金石志堅冰蘗者曷登此哉
既綜結其科目諒條而不紊也都爲三十卷
號釋教廣品曆章焉考其大小乘經律論幷
東西土賢聖集共一千八十部以蒲州共城
二邑紙書校知多少縛定品次俾後世無闕
焉其章頗成倫要備預不虞古之善制有樂
陵尹霊琛爲序逸後不知所終

唐長安青龍寺道氤傳

釋道氤俗姓長孫長安高陵人也父容殿中侍御史毋馬氏夢五色雲覆頂因有娠焉母常聽講讀大乘經曉夜不輟意行太任之胎教也逮乎誕彌異香芬馥成于童稚神氣俊秀學問詳明應進士科一舉擢第名喧日下才調清奇榮耀親里後有梵僧扣門分衛飯訖顧寓宵宿氤接之談話言皆詣理梵僧稱歎明曉辯訣方出門閃然不見氤由此無調選之心矣乞願出家將知良珠度寸雖有百仞之水不能掩其雲也何君親而能阻入道之猛利心焉乃禮京招福寺愼言律師爲師請益無替及登戒法旋學律科又隸經論如是内外偕通矣時有興善寺復禮法師善屬文謂氤曰籍汝少俊可爲余造西方讚一本遂擘紙援毫略不停綴斯須已就其辭典麗清淨佛國境物莊嚴臨文若現前矣禮師讀訖顧左右諸德曰奇才秀句吾輩莫能測也自後服膺窻案晝夜精勵辯給難訓善於立破禮師仰其風規嘗於稠人廣衆中宣言曰氤之論端勢若泉涌從此聞天供奉朝廷玄宗幸雒勑與良秀法修隨駕御史李埤同請氤於天宮寺講淨業障經其疏亦氤之著述也時一行禪師國之師匠過慮將來佛法誰堪扞禦誰可闡揚奏召天下英髦學兼内外者集于洛京福先寺大建論場氤爲衆推許乃首登座於瑜伽唯識因明百法等論竪立大義六科敵論諸師茫然屈伏一行驚異曰大法梁棟伊人應焉余心有憑死亦足矣及乎大駕西還勑令扈從乃有小疾上表帝降

中使賜藥并方詔曰法師將息朕此藥并方甚好服食必差所患痊愈早來西京其顧遇也若此仍屬此際一行遷神勑令東宮已下京官九品已上並送至銅人原藍田設齋推氤表曰法事方畢宰相張燕公說執氤手曰釋門俊彥宇內罕匹幸附口錄向所導文一本置于篋笥由是其文流行天下也開元十八年於花萼樓對御定二教優劣氤雄論奮發河傾海注道士尹謙對答失次理屈辭殫論宗乖舛帝再三嘆羨詔賜絹伍伯匹用充法施別集對御論衡一本盛傳于代後撰大乘法寶五門名教并信法儀各一卷唯識疏六卷法華經疏六卷御注金剛經疏六卷初玄宗注經至若有人先世罪業應墮惡道乃至罪業則爲消滅雖提兎翰頗見狐疑慮貽謬解之愆或作餘師之義遂詔氤決擇經之功力剖判是非奏曰佛力經力十聖三賢亦不可測陛下曩於般若會中聞熏不一更沉注想自發現行帝於是豁然若憶疇昔下筆不休終無滯礙也續宣氤造疏矣四海嚮風學徒鱗萃於青龍寺執新疏聽者數盈千計至于西明崇福二寺講堂悉用香泥築自水際至于土面莊嚴之盛京中甲焉開元二十八年有疾將終遺門弟子齎遺表云某末品輕生虛均雨露得陪緇伍許自精修雖常袒右肩無施舉袂之役而執錫舒步得躡負載之勞屬以時暢玄功德揚眞化不謂勤劬慕學造次養生今月十六日苦腸忽加湯藥無救泉門自掩安沐堯風夜臺一歸寧逢舜日有定遷於蒼隴無再謁於丹墀云時帝覽惻

怛遣中使內給事賈文瓌將絹五十匹就院弔贈宣口勑奉問氤弟子等適聞法師遷神寂滅痛惜良深未審擬於何處安厝賜到絹帛等聖恩追悼生榮死哀光于僧伍俗壽七十三僧臘五十三以其年秋八月十二日葬于終南山陰道遥園側白塔存焉

唐京師安國寺良賁傳

釋良賁姓郭氏河中虞鄉人也世襲冠裳法門之流不標祖禰故闕如也賁識鑒淵曠風表峻越外通墳典內善經論義解之性人罕加焉永泰中不空盛行傳譯實難其人賁預其翻度代宗請爲菩薩戒師因新出仁王護國經勑令撰疏解判曲盡經意以所住寺爲疏目曰青龍也原夫是經已當三譯一晉太始三年法護譯一卷名仁王般若次秦羅什出名仁王護國般若波羅蜜次梁承聖三年眞諦於洪州寶因寺譯名仁王般若并疏六卷然則晉本初翻方言尚隔梁朝所譯隱而不行僞秦之經傳流宇內柰何止言波羅蜜而闕多字則是虧其到義是以肅宗皇帝齋心沐德請不空重譯及肅皇晏駕代宗成先聖之願言詔與譯務勑軍容使魚朝恩監護於南桃園起乎告朔終乎望日帝御承明殿灌頂道場躬執舊經對譯新本而復爲序冠于經首仍勑賁造疏通經賁上表曰學孤先拓有玷清流叨接翻傳謬膺筆受幸揚天闕親奉德音令於大明宮南桃園修疏贊演宸光曲照不容避席窮玄珠於貝葉俱益懣惶捧白璧於丹墀寧勝報斅仰酬皇澤俯課忠勤旣竭愚誠庶昭玄造賁勤勤筆削三卷克

成奏乞流行復上牋䟽今年二月二十一日
恩命令在内園修撰經䟽微僧寡學懼不稱
旨洗心滌慮扣寂求音發明起自於天言加
被仰憑於佛力咸約經論演暢眞宗亦猶集
羣玉於崑山納大川於溟海火生於木與兩
曜而俱明識轉於如體一相而等照成道者
法也載法者經也釋經者䟽也廣度羣有同
於大通是菩提心如陛下意所撰經䟽繕寫
畢功文過萬言部有三卷施行竊慙於愚見
裁成巽答於聖恩并念誦儀軌一卷承明殿
講密嚴經對御記一卷同進上輕塵玄覽祇
畏無任答詔云法師智炬高明辭峯逈秀覩
憑梵夾宣闡微言幽賾眞宗演成章䟽開如
來之祕藏示羣有之迷津貫玉聯珠鉤深致
遠再三披閱頗謂精詳傳之招提永爲法寶
也皇命褒揚釋門翕盛又屬章信寺初成執
䟽服膺者常數百衆雖紙貴如玉無以加焉
其在安國寺講筵官供不匱數年之内歸學
如林大曆七年正月不空奏請入目録勑依
貢於六年徙居集州教授傳經不遑寧處至
十二年三月十日無疾枕肱終于符陽春秋
六十一夏臘二十九宕渠嘉川之人哀悼法
梁摧折闍維收灰中舍利百餘粒遺表中進
念誦儀對御記二卷以其先進者遂留在内
中之故令門弟子齎之重進後於上都城東
置墳塔焉即大曆十三年也貢累朝供奉應
制辭辯富贍學問高深未塗淪躓同利涉之
徙移若神會之流外吁哉

唐越州禮宗傳

釋禮宗俗姓宋會稽人也道氣遒壯志求玄

微願遂出塵決除鞅絆聞長壽寺和尚通達禪觀往叩其關學習之心未嘗少懈師誨之曰汝之出塵有大利益可謂良王度尺雖有十仞之土不能揜其光矣乃奮藻攄華注涅槃經懷鉛握槧周于二載挫銳解紛怡然理順遂成夾注八十卷焉及鄭卿尚書典郡聞其盛名致疏往請確然拒而不赴景龍二年有御史大夫馮思忽爾暴終入一處有二童子持簿領馮庭對判官廳按覆罪愆令望彼巨樹枝柯可覆數畝判官身旁舊識者張思義招手呼馮曰吾是汝舅曾爲洛陽倉吏被長官越格誣殺兼假貸太平寺中錢及油麪于今未脫汝所坐者不合於天后宮中亂越致此暴卒可發願造涅槃經鑄鐘登即關奏判放却還人世臨行張語馮曰在閻浮一日造功德得福無量胡忍一生不修功德耶此涅槃經者禮宗大師注解從天台傳授每有善神守護時張差押馮往諸司考校輕重生處囑之曰汝去洛城道光坊内十字街第三宅是吾家家有池亭竹樹爲問妻兒安否馮起尋經本未獲而又死經三日立限歸寫經鑄鐘工畢馮在世得四十八年終宗亡春秋九十七焉

唐錢塘天竺寺法詵傳

釋法詵姓孫氏母初夢吞明珠遂黜魚惡葷誕彌厥月生有異表十五辭親從師依年受具行學一集蔚爲教宗卷伊呂立功之致陋黄綺肆志之適遺形理性與山木爲羣故地恩貞大師囑之以華嚴經菩薩戒起信論心以靜銑智與經寘一夕夢乘大艑直截滄溟

橫山當前峻與天極不覺孤帆矗戾懷襄上濟峯竦竦而忽高雲溶溶而在下既寤形若委衣流汗輕醒自此句義不思而得一部全文常現心境事事無礙之旨如貫花焉天寶六年於蘇州常樂寺續盧舍那像化示羣品大曆二年於常州龍興寺講繞登法座忽有異光如曳紅縷漸明漸大縈旋杳空久修行者會中先覩前後講大經十徧撰儀記十二卷大曆十三年十一月七日沙門慧覺夢巨塔陷地二級無何詵示疾而終春秋六十一慧命四十二受法弟子太初付以香鑪談柄潯陽正覺會稽神秀亦猶儒氏之有游夏焉詵初講天竺寺盛闡華嚴時越僧澄觀就席決疑深得幽趣及終吳興皎然爲碑邪城肅公爲頌合揚其美哉

唐京師興善寺潛眞傳道超

釋潛眞字義璋姓王氏太原華族後徙爲夏州朔方崇道鄉人也考珍眞即仲子也年在學數業尚典墳幼好佛書抑從天性甫及弱冠投跡空門開元二十六年隸名于本城靈覺寺明年納具戒自此聽習律乘涉遊論海凡曰講筵無不探賾屬代宗朝新譯文殊師利菩薩佛刹莊嚴經勑眞造疏奏云此經凡有三譯一西晉太熙中法護翻名佛土嚴淨經文勢多古語簡理幽二天后久視中實叉難陀於清禪寺翻名文殊受記經三即今大曆六年所譯也伏惟寶應元聖文武皇帝陛下天垂帝籙人歸寶圖德厚乾坤明侔日月仁恕滋物夷狄仰德而輸誠慈惠利生正教承風而演化頃者鄜坊節度使兼御史中丞

杜冕奏爲國請諸大乘經明詔下於祇園梵旨開於貝葉因請三藏不空譯此經等數十部續有勑下天下梵宇各置文殊菩薩像以旌聖功也又詔以文殊菩薩爲上座皆三藏所請三藏學究瑜伽解窮法印身口意業祕密脩持戒定慧學顯通宣暢唐梵文字聲韻具知傳譯此經善符聖旨文質相兼璨然可觀潛眞識智愚昧學藝庸淺幸陪清衆謬在翻傳虛空藏經課虛潤色猥蒙驅策述疏讚揚雖文義荒蕪已傳京邑今之所作蓋有由焉有金閣寺大德道超禪師學盡法源行契心本親覩靈境密承聖慈故久在清涼屬興淨業仍於現處建窣堵波尋覩法緣來詣京國以此經爲大事以大聖爲本師顯揚聖德無過此者乃稽首三藏誓傳大聖法門不以潛眞庸虛轉祈和尚邀令述作和尚不念前之鄙陋又令讚釋此經竊恐難契眞詮敢不盡其愚訥即大曆八年十一月疏成奏過眞學通內外性相融明考覆幽玄研精教理探賾今古比校親疎分別異同歸於一義辯猶泉涌思入虛凝直筆而書記於絕唱結成三卷以作準繩現在未來永無疑網矣又述菩提心義發菩提心戒各一卷三聚淨戒及十善法戒共一卷兼稟承不空祕教入曼拏羅登灌頂壇受成佛印顯密二教皆聞博贍闕內河東代歷四朝闡揚妙旨弟子繁多加復綱紀興善保壽二處伽藍懲勸僧尼眞有力也以貞乾四年戊辰五月十四日遺誡門人以疾而卧二十一日右脇累足口誦彌陀佛號終于興善寺本院春秋七十一僧夏四十

九云

唐代州五臺山清涼寺澄觀傳

釋澄觀姓夏侯氏越州山陰人也年甫十一依寶林寺（今應天山）霈禪師出家誦法華經十四遇恩得度便隸此寺觀俊朗高逸弗可以細務拘遂徧尋名山旁求祕藏梯航既具壺奧必臻乾元中依潤州棲霞寺醴律師學相部律本州依曇一隸南山律詣金陵玄壁法師傳關河三論三論之盛于江表觀之力也大曆中就瓦棺寺傳起信涅槃又於淮南法藏受海東起信疏義却復天竺詵法師門溫習華嚴大經七年往剡溪從成都慧量法師覆尋三論十年就蘇州從湛然法師習天台止觀法華維摩等經疏解從上智性自天然所學之文如昨抛捨鮑靜記井蔡邕後身信可知矣又謁牛頭山忠師徑山欽師洛陽無名師咨決南宗禪法復見慧雲禪師了北宗玄理觀自謂己曰五地聖人身證真如棲心佛境於後得智中起世俗念學世間技藝況吾學地能忘是心遂翻習經傳子史小學蒼雅天竺悉曇諸部異執四圍五明祕呪儀軌至于篇頌筆語書蹤一皆博綜多能之性自天縱之大曆十一年誓遊五臺一一巡禮祥瑞愈繁仍往峨嵋求見普賢登險陟高備觀聖像却還五臺居大華嚴寺專行方等懺法時寺主賢林請講大經并演諸論因慨華嚴舊疏文繁義約惙然長想況文殊主智普賢主理二聖合為毗盧遮那萬行兼通即是華嚴之義也吾既遊普賢之境界泊妙吉之鄉原不疏毗盧有辜二聖矣觀將撰疏俄於寤寐

之間見一金人當陽挺立以手迎抱之無何咀嚼都盡覺即汗流自喜吞納光明徧照之徵也起興元元年正月貞元三年十二月畢功成二十軸乃飯千僧以落成也後常思付授忽夜夢身化爲龍矯首于南臺蟠尾于山北拏攫碧落鱗鬣燿日須臾蜿蜒化爲千數小龍騰躍青冥分散而去蓋取象乎教法支分流布也四年春正月寺主賢林請講新疏七年河東節度使李公自良復請於崇福寺講德宗降中使李輔光宣詔入都與罽賓三藏般若譯烏荼國王所進華嚴後分四十卷觀苦辭請明年入勅允及具行至蒲津中令梁公留安居遂於中條山棲巖寺住寺有禪客拳眉剪髮字白癡人披短褐操長策狂歌雜語凡所指斥皆多應驗觀未至之前狂僧驅衆僧洒掃曰不久菩薩來此復次壁畫散脂大將及山麋之怪往往不息觀旣止此寺二事俱靜五月内中使霍仙鳴傳宣催入觀至帝頗敦重延入譯場刋正又詔令造疏遂於終南草堂寺編成十卷進呈勅令兩街各講一遍爲疏時堂前池生五枝合歡蓮華一華皆有三節人咸歎伏尋譯守護國界主經觀綴文潤色順宗在春宮甞垂教令述了義一卷心要一卷幷食肉得罪因緣洎至長安頻加禮接朝臣歸向則齊相國杭韋太常渠牟皆結交最深故相武元衡鄭絪李吉甫權德輿李逢吉中書舍人錢徽兵部侍郎歸登襄陽節度使嚴綬越州觀察使孟簡洪州韋丹咸慕高風或從戒訓以元和年卒春秋七十餘弟子傳法者一百許人餘堪講者千數

觀甞於新創雲花寺般若閣下畫華藏世界圖相又著隨䟽演義四十卷允齊相請述華嚴經綱要一卷法界玄鑑一卷三聖圓融觀一卷華嚴法華楞伽中觀論等別行小鈔䟽共三十卷設無遮大會十二中其諸塑繢形像繕寫經典不可殫述門人清沔記觀平時行狀云觀恒發十願一長止方丈但三衣鉢不畜長二當代名利棄之如遺三目不視女人四身影不落俗家五未捨執受長誦法華經六長讀大乘經典普施含靈七長講華嚴大經八一生晝夜不卧九不邀名惑衆伐善十不退大慈悲普救法界觀逮盡形期恒依願而修行也

唐京師西明寺良秀傳 進談

釋良秀姓郭氏蒲津人也年及佩觿挺然離俗乃往中條山栢梯寺披削誦通經業受具律儀誓以傳講爲已事勤苦忘疲三藏俱尋九流外贍于時籍甚孰不欽崇貞元四年奉詔與罽賓國般若三藏同譯大乘理趣六波羅蜜經十卷至五年二月四日解座寫本進過尋奉德宗勑令秀造䟽上表云去年十一月二十八日右街功德使王希遷奉宣令良秀等修撰新飜大乘理趣六波羅蜜經䟽者伏聞至道同源聖人一貫大雄示相演妙音於獨園寶位分身霈湛恩於雙闕開佛日於聖日降絲綸於法輪所以揚化慈航致人壽域不然豈得握真符而契合應休運以感通況以此經如來之密印羣生之度門得白馬之實函啓青龍之秘藏是第一義理去筌蹄於最後乘說無分別加以天文煥發睿思昭

回眞如契心已闡微於釋氏般若製序諒纘文於太宗慈雲溥潤於大根湛露垂滋於貝葉良秀等材惟末學性異生知謬寄討論伏增殞越上承嚴旨徒側管以窺天虔奉本師懼升堂而鼓瑟所修撰疏一部謹附王希遷隨表奉進伏乞聖慈許令同修疏沙門談筵於當寺讃演及流布中外所冀落落眞言示丹青於新學明明像教流粉澤於將來帝覽奏勑内給事毛瑛琦宣慰良秀談筵道恒等宜共賜絹九十匹至可領取比修疏義甚大勤勞也秋熱兼問師等各平安好在秀之辭筆義端時少倫匹終沒罔知時代焉

唐京師西明寺慧琳傳

釋慧琳姓裴氏疎勒國人也始事不空三藏爲室灑内持密藏外究儒流印度聲明支那詁訓靡不精奥嘗謂翻梵成華華皆典故典故則西乾細語也遂引用字林字統聲類三蒼切韻玉篇諸經雜史參合佛意詳察是非撰成大藏音義一百卷起貞元四年迄元和五載方得絶筆貯其本于西明藏中京邑之間一皆宗仰琳以元和十五年庚子卒於所住春秋八十四矣殆大中五年有奏請入藏流行近以海中高麗國雖三韓夷族偏尚釋門周顯德中遣使齎金入浙中求慧琳經音義時無此本故有闕如

宋高僧傳卷第五

音釋

燉 徒渾切燉煌郡名　惕 他的切懼也　儁 祖峻切萬人之秀曰儁　擿 他歷切挑也　蔌 蘇木切　璞 匹角切　閧 胡觥切　媪 烏皓切老母稱也　嫗 威遇切老婦之稱　繃褓 繃北萌切褓博抱切繃褓小兒衣也　假

居牙切牡豕也
彘直例切豕也
㹠徒渾切小豕也
儆古影切戒也
頷五感切低頭也
譍於證切以言對也
泌步必切
廙以豉切
粃補履切不成粟也
幺麼幺伊堯切麼母果切幺麼細小也
敳都故切敗也
紊文運切亂也
襞必益切揩疊也
雒盧各切與烙同
卮後五切後從曰卮
殫都寒切極盡也
瘞於計切埋也
斆正作劾胡孝切功也
翕許及切合也
宕徒浪切
躓支義切跲也
鞅倚兩切羈也
絆博幔切縶也
詵所臻切
艑平免切舟名
鳶余專切鷙鳥也
邗河干切地名
鄜芳無切州名
攫居縛切爪持也
鬣力業切龍領旁小髻也
繢胡對切畫也
沔亡辨切
觽許規切佩角銳端可以解結者
筌此緣切啄魚器
纘祖管切集也

宋高僧傳卷第六

宋左街天壽寺通慧大師賜紫沙門贊寧等奉勅撰

義解篇第二之三 正傳十四人 附見六人

唐京師崇福寺惟慤傳 慧震 弘沇

釋惟慤俗姓連氏齊大夫稱之後本馮翊人官居上黨爲潞人也九歲割愛冠年納戒毋氏昆弟歸于法門故慤從其受教瀾漪内湛葳蕤外發嗜學服勤必無倦色乃辭渭陽尋師隷業或經筵首席或論集前驅或參問禪宗或附麗律匠其志淵曠欲皆吞納之年臨不惑尚住神都因受舊相房公融宅請未飯之前宅中出經函云相公在南海知南銓預其飜經躬親筆受首楞嚴經一部留家供養今筵中正有十僧每人可開題一卷慤坐居第四舒經見富樓那問生起義覺其文婉其理玄發願撰疏疏通經義及歸院矢誓寫文

殊菩薩像別誦名號計一十年厥志堅強遂有冥感忽夢妙吉祥乘狻猊自慤之口入由茲下筆若大覺之被善現談般若焉起大曆元年丙午也及將徹簡於臥寐中見由口而出在乎華嚴宗中文殊智也勒成三卷自謂從淺智中衍出矣于今盛行一說楞嚴經初是荊州度門寺神秀禪師在內時得本後因館陶沙門慧震於度門寺傳出慤遇之著疏解之後有弘沇法師者蜀人也作義章開釋此經號資中疏其中亦引震法師義例似有今古之說此岷蜀行之近亦流江表焉

唐京師千福寺懷感傳

釋懷感不知何許人也秉持強悍精苦從師義不入神未以爲得四方同好就霧市焉唯不信念佛少時遷生安養疑冰未泮遂謁善導用決猶豫導曰子傳教度人爲信後講爲渺茫無詰感曰諸佛誠言不信不講導曰若如所見令念佛往生豈是魔說耶子若信之至心念佛當有證驗乃入道場三七日不覩靈瑞感自恨罪障深欲絕食畢命導不許遂令精虔三年念佛後忽感靈瑞見金色玉毫便證念佛三昧悲恨宿垢業重妄搆衆愆懺悔發露乃述決疑論七卷（即羣疑論是也）臨終果有化佛來迎合掌面西而往矣

唐吳興法海傳

釋法海字文允姓張氏丹陽人少出家于鶴林寺白駒匪食其場苗金翅俄翔其海面曲從師教周覽羣經大壑納川鄧林聚羽是以圓入一性學階空王擅當代獨悟之名剖先賢不決之義一時外學六籍該通嘗謂人曰

佛法一門極唯心地餘皆椎輪也天寶中預揚州法慎律師講肆同曇一靈一等推爲顏冉焉復與杼山書公爲忘形之交林下之遊黑白二徒多從求益焉

唐洛京佛授記寺慧苑傳

釋慧苑京兆人也少而秀異蔚有茂才厭彼塵寰投于淨域禮華嚴法藏爲師陶神練性未幾深達法義號上首門人也有勤無惰內外該通華嚴一宗尤成精博苑依實性論立四種教爲有四類不識如來藏如生盲人則凡夫聲聞辟支初心菩薩也一迷眞異執教當凡夫二眞一分半教當二乘三眞一分滿教當初心菩薩四眞具滿教當識如來藏者也諸師處判或依或違然其綱領教乘一家之說次以新譯之經未有音釋披讀之者取決無從遂博覽經書恢張詁訓撰成二卷俾初學之流不遠求師覽無滯句旋曉字源然稟從賢首之門不負庭訓之美也

唐處州法華寺智威傳 慧威

釋智威姓蔣氏縉雲人也穎脫塵蒙心遊物表少事師于軒轅氏鍊丹山聞天台宗教緘遂負笈往沃洲石城寺親灌頂禪師求請心要既而得一融道體二居宗定慧方均寂照相半雖云自了急在利他天與多能富有辯藻著桃巖寺碑與頭陀寺碑氣度相表後以法眼付授慧威焉時傳威是徐陵後身其利智雄才斷可知矣又釋慧威姓留氏東陽人也總角之年露其舊習抉開愛網徑入空門不滯一方仍叅三益聞縉雲大威禪師盛行禪法裹足造焉刻志忘勞覩威牆輿一日千

里罔不推稱至有成業時謂小威然其樂靜居山罕交人事指教門人不少傑出者左溪玄朗矣威常修止觀匪棄光陰説與行而並馳語將嘿而齊貫落落然汪汪然人無得名焉

唐台州國清寺湛然傳

釋湛然俗姓戚氏世居晉陵之荆溪則常州人也昔佛滅度後十有三世至龍樹始用文字廣第一義諦嗣其學者號法性宗元魏高齊間有釋慧文默而識之授南嶽思大師由是有三觀之學洎智者大師蔚然興於天台而其道益大以教言之則然乃龍樹之裔孫也智者之五世孫也左溪朗公之法子也家本儒墨我獨有邁俗之志童丱邈焉異於常倫年二十餘受經於左溪與之言大駭異曰謂然曰汝何夢乎然曰疇昔夜夢披僧服掖二輪游大河之中左溪曰嘻汝當以止觀二法度羣生於生死淵乎乃授以本師所傳止觀然德宇凝精神鋒爽拔其密識深行沖氣慧用方寸之間合於天倪至是始以處士傳道學者悦隨如羣流之趣於大川也天寶初年解逢掖而登僧籍遂往越州曇一律師法集廣尋持犯開制之律範焉復於吳郡開元寺敷行止觀無何朗師捐代挈密藏獨運於東南謂門人曰道之難行也我知之矣古先至人靜以觀其本動以應乎物二俱不住乃蹈于大方今之人或蕩於空或膠於有自病病他道用不振將欲取正捨予誰歸於是大啓上法旁羅萬行盡攝諸相入於無間即文字以達觀導語默以還源乃祖述所傳章句

凡十數萬言心度諸禪身不踰矩三學俱熾羣疑日潰求珠問影之類稍見罔象之功行止觀之盛始然之力也天寶末大曆初詔書連徵辭疾不就當大兵大饑之際揭厲法流學徒愈繁瞻望堂室以爲依怙然慈以接之謹以守之大布而衣一牀而居以身誨人耆艾不息建中三年二月五日示疾佛隴道場顧語學徒曰道無方性無體生歟死歟其旨一貫吾歸骨此山報盡今夕要與汝輩談道而訣夫一念無相謂之空無法不備謂之假不一不異謂之中在凡爲三因在聖爲三德爇炷則初後同相涉海則淺深異流自利利人在此而已爾其志之言訖隱几泊然而化春秋七十二法臘三十四門人號咽奉全身起塔祔于智者大師塋兆西南隅焉入室弟子吳門元浩可謂邇其人近其室矣然平日輯纂教法明決前疑開發後滯則有法華釋籤法華疏記各十卷止觀輔行傳弘訣十卷法華三昧補助儀一卷方等懺補闕儀二卷略維摩疏十卷維摩疏記三卷重治定涅槃疏十五卷金錍論一卷及止觀義例止觀大意止觀文句十妙不二門等盛行于世詳其然師始天寶終建中以自證之心說未聞之法經不云乎云何於少時大作佛事然師有焉其朝達得其道者唯梁肅學士故摛鴻筆成絕妙之辭彼題目云嘗試論之聖人不興其間必有命世者出焉自智者以法傳灌頂頂再世至于左溪明道若昧待公而發乘此寶乘煥然中興蓋受業身通者三十有九僧搢紳先生高位崇名屈體承教者又數十人

師嚴道尊遐邇歸仁向非命世而生則何以臻此觀夫梁學士之論凝議偕齊非此人何以動鴻儒非此筆何以銘栢匠蓋洞入門室見宗廟之富故以是硏論矣吁吾徒往往有不知然之道詩云維鵲有巢維鳩居之梁公深入佛之理窟之謂歟有會稽法華山神邕作眞讚至大宋開寶中吳越國王錢氏追重而誄之號圓通尊者焉可不是歟

唐蘇州開元寺元浩傳

釋元浩姓秦氏字廣成吳門人也綺歲依晉陵靈山寺慧日禪師出家具滿律戒配本州龍興寺尋爲荊溪湛然禪師囑累弟子初受法華止觀已得醍醐唯以裂大網感大果成大行歸大處以爲大願宴居三昧常隨佛後希夷自得人莫能知其祕密深遠如海印三昧不言出處常行佛事與夫難行苦行更相祖述默傳心要爲論爲記靈芝瑞草以爲功德傳於後世者不同日而語矣浩注解大涅槃經爲文首序德美圓實志願顯現蓋録其所證之意而見于文曰余聞先覺之大寶曰常在宥布和之盛典曰教率土知化之歸宗曰行交感人心之至極曰證然則以道御時以法性合其運當應物之際與顯晦同其光恢張至化而自他昭著者實播於鴻名欽恭聞思恊和至極四德克彰者實存乎妙體格變羣家歷觀諸行至典克修庶績有成者實賴乎宗本信以授人大明宗極敷暢厥旨庶幾有補於將來者實存乎妙用博綜羣言以立誠訓風行十方率用歸順者實存乎妙教矣此浩之法要如王輔嗣之法繫辭司馬遷

之自敘管仲能言輕重孟子之傳春秋雖儒釋不同其義一也以元和十二年十一月十一日示疾右脇累足入于涅槃非二乘境界眞如來定也明年十一月十三日闍維起塔於蘇州西北虎丘東山南原也浩躭學味道不涉餘事常隨然師聽其言説曾無倦色分析義理派流川注必黙記而暗誦一言不失數年之後人始知之然師曰回也如愚罕爲人説多辭以不能及被梁田二君苦勸請之始著涅槃經解述浩與上都雲華寺華嚴澄觀法師若孔門之游夏焉其儒流受業者學士梁公肅蘇州刺史田公敦緇流受業者智恒子瑜道儒仲儀仲良五人持經講論傳之無窮大比丘尼識微道巽志眞悟極此四人者高潔之倫深練禪觀初浩爲二官所請注經預夢甚爲奇特又庭階生花非人間恒所見者祥鳥飛馴五彩絶異刺史崔恭撰塔碑立于虎丘山羅漢石壇之左後有行滿道暹明曠皆著述廣天台之道歟

唐越州暨陽杭烏山智藏傳

釋智藏姓皮氏西印度種族祖父從華世居官宦後僑寓廬陵藏少入精舍覩像設之繁乃陋俗求眞而於三學各所留心唯律藏也最爲精敏大曆三年遊豫章因隷名天官寺衆懇命臨壇秉度時仰㷔休號爲律虎每登法座提唱毗尼堂盈席滿聽受無厭辯名理析微言連環可解也貞元中遇大寂禪師篤明心要及遊會稽於杭烏山頂築小室安禪乃著華嚴經妙義宣吐亹亹學者歸焉至元和十四年二月無疾而終報齡七十九焚收

舍利圓淨者建塔於院北峯馬杭烏山者越俗言訛合言杭嶋謂浙江所渡古用杭筏到岸藏杭故云嶋也

唐梓州慧義寺神清傳 義將

釋神清字靈庾俗姓章氏緜州昌明人也生于大安山下昆季相次三人出俗皆有名望清居乎仲處胎之際母頓惡葷羶及爲兒雖隨戲弄遇像禮足逢僧稽顙年十三受學於緜州開元寺辯智法師于時敕條嚴峻出家者限念經千紙方許落髮清即誦法華維摩楞伽佛頂等經有同再理時故相喬琳爲緜郡太守驚其幼俊躬而降禮請削染焉則大曆中也至年十七聽習粗通即講法華一經歲滿慧義寺依如律師受具戒夏習尸羅依學新疏尋達大宗乃詣上都後以優文贍學入内應奉暮年鍾其荼蓼歸慧義寺講導著述略無閑日以元和年中終于本寺峯頂遷神于白門蘭若即郪城北郭外也清平昔好爲著述喜作編聯蓋巨富其才亦鑿深于學三教俱曉該玄鑒極彜倫咸敘萬人之敵也受業弟子黑白四方計一千餘人前後撰成法華玄箋十卷釋氏年誌三十卷新律疏要訣十卷亦謂清鈔二衆初學儀一卷有宗七十五法疏一卷亦名法源記此蓋解小乘所計五位色心心所不相應無爲等法體性業用一皆詳括故云法源也識心論澄觀論俱舍義鈔數卷北山參玄語録十卷都計百餘軸並行於代就中語録博該三教最爲南北鴻儒名僧高士之所披翫焉寺居郪城之北長平山陰故云北山統三教玄旨實而爲録

故云忝玄也觀清之述作少分明二權一實之經旨大分明小乘律論之深奥焉清貌古且奇皙白而光瑩相國崔龜從時從事東川序眞讃云與奘三藏道顏同攝物異時一體耳門人數多其出倫者義將也獨明倶舍兼善起信海内學人望風而至開成中北山倶舍宗不泯者清之餘素乎東川涌潭僧正顏公著碑本寺講律臨壇光肇别附語録略記清言行矣

唐京師大安國寺端甫傳

釋端甫俗姓趙氏天水人也世爲秦著姓焉初母張夫人夢梵僧謂曰當生貴子即出囊中舍利使呑之及誕所夢僧白晝入其室摩其頂曰必當大興法教言訖而滅既成人高顙深目大頤方口長六尺五寸其音如鐘夫將欲荷如來之菩提鑿生靈之耳目固必有殊祥奇表歟始十歲依崇福寺道悟禪師爲沙彌十七正度爲比丘隷安國寺受具於西明寺照律師學毗尼於崇福寺昇律師傳唯識於安國寺素法師通涅槃經於福林寺崟法師甫又夢梵僧以舍利滿瑠璃器使呑之且曰三藏大教盡貯汝腹矣自是經律論無敵於當時囊括川注逢源會委滔滔然莫能濟其畔岸矣夫將欲伐株杌於情田雨甘露於法種者固必有勇智宏辯歟無何謁文殊於清涼衆聖皆現演大經於太原傾都畢會德宗皇帝聞其名徵之一見大悦常出入禁中與儒道議論賜紫方袍歲時錫施異於他等復詔侍皇太子於東朝順宗皇帝深仰其風親之若昆弟相與卧起恩禮特隆憲宗皇

帝數幸其寺待之若賓友常承顧問注納偏厚而甫符彩超邁辭理響捷迎合上旨皆契眞乘雖造次應對未嘗不以闡揚爲務繇是天子益知佛爲大聖人其教有大不思議事當是時朝廷方削平區夏縛吳斡蜀瀦蔡蕩鄆而天子端拱無事詔甫率緇屬迎眞骨於靈山開法場於祕殿爲人請福親奉香燈既而刑不殘兵不黷赤子無愁聲滄海無驚波蓋參用眞宗以毗大政之明効也夫將欲顯大不思議之道輔大有爲之君固必有冥符玄契歟掌內殿法儀錄左街僧事以標表淨衆者凡一十年講涅槃唯識經論處當仁傳授宗主以開誘道俗者凡一百六十座運三密於瑜伽契無生於悉地日持諸部十餘萬遍指淨土爲息肩之地嚴金經爲報法之恩前後供施數十百萬悉以崇飾殿宇窮極雕繪而方丈單牀靜慮自得貴臣盛族皆所依慕豪俠工賈莫不瞻嚮薦金寶以致誠仰端嚴而禮足日有千數不可殫書而甫即衆生以觀佛離四相以修善心下如地坦無丘陵王公輿臺皆以誠接議者以爲成就常不輕行者唯甫而已矣夫將欲駕橫海之大航拯迷途於彼岸者固必有奇功妙道歟以開成元年六月一日西向右脅而滅當暑而尊容若生終夕而異香猶鬱其年七月六日遷於長樂之南原遺命荼毗得舍利三百餘粒方熾而神光月皎既燼而靈骨珠圓賜謚曰大達塔曰玄祕俗壽六十七僧臘可數門弟子僧尼約千餘輩或講論玄言或紀綱大寺脩禪秉律分作人師五十其徒皆爲達者會昌

中相國裴公休爲碑頌德焉

唐圭峯草堂寺宗密傳（圓禪師　照禪師）

釋宗密姓何氏果州西充人也家本豪盛少通儒書欲干世以活生靈負俊才而隨計吏元和二年偶謁遂州圓禪師圓未與語密欣然而慕之乃從其削染受教此年進具于拯律師尋謁荆南張張曰汝傳教人也當宣導於帝都復見洛陽照禪師照曰菩薩人也誰能識之末見上都華嚴觀觀曰毗盧華藏能隨我遊者其唯汝乎初在蜀因齋次受經得圓覺十二章深達義趣誓傳是經在漢上因病僧付華嚴句義未嘗隷習即爾講之由是乃著圓覺華嚴及涅槃金剛起信唯識盂蘭盆法界觀行願經等疏鈔及法義類例禮懺修證圖傳纂略又集諸宗禪言爲禪藏總而序之幷酬答書偈議論等又四分律疏五卷鈔懸談二卷凡二百許卷圖六面皆本一心而貫諸法顯眞體而融事理超羣有於對待冥物我而獨運矣密累入內殿問其法要太和二年慶成節徵賜紫方袍爲大德尋請歸山會昌元年正月六日坐滅於興福塔院儼若平日容貌益悅七日遷于函其自證之力可知矣其月二十二日道俗等奉全身于圭峯二月十三日茶毗得舍利數十粒明白而潤大後門人泣而求諸煨中必得而歸悉斂藏于石室其無緣之慈可知矣俗齡六十二僧臘三十四遺誡令舁屍施鳥獸焚其骨而散之勿塔勿得悲慕以亂禪觀每清明上山必講道七日而後去其餘住持儀則當合律科違者非吾弟子初密道既芬馨名惟烜赫

內衆慕羶既如彼朝貴答響又如此當長慶元和已來中官立功執政者孔熾內外猜疑人主危殆時宰臣李訓酷重于密及開成中僞甘露發中官率禁兵五百人出閤所遇者一皆屠戮時王涯賈餗舒元輿方在中書會食聞難作奔入終南投密唯李訓欲求剪髮匿之從者止之訓改圖趨鳳翔時仇士良知之遣人捕密入左軍面數其不告之罪將害之密怡然曰貧道識訓年深亦知其反叛然本師教法遇苦即救不愛身命死固甘心中尉魚恒志嘉之奏釋其罪朝士聞之扼腕出涕焉或曰密師爲禪耶律耶經論耶則對曰夫密者四戰之國也人無得而名焉都可謂大智圓明自證利他大菩薩也是故裴休論譔云議者以師不守禪行而廣講經論遊名邑大都以興建爲務乃爲多聞之所役乎豈聲利之所未忘乎噫議者焉知大道之所趣哉夫一心者萬法之總也分而爲戒定慧開而爲六度散而爲萬行萬行未嘗非一心一心未嘗違萬行禪者六度之一耳何能總諸法哉且如來以法眼付迦葉不以法行故自心而證者爲法隨願而起者爲行未必常同也然則一心者萬法之所生而不屬於萬法得之者則於法自在矣見之者則於教無礙矣本非法不可以法說本非教不可以教傳豈可以軌迹而尋哉自迦葉至富那奢凡十祖皆羅漢所度亦羅漢馬鳴龍樹提婆天親始開摩訶衍著論釋經摧滅外道爲菩薩唱首而尊者闍夜獨以戒力爲威神尊者摩羅獨以苦行爲道跡其他諸祖或廣行法教或

專心禪寂或蟬蛻而去或火化而滅或攀樹以示終或受害而償債是乃法必同而行不必同也且循轍跡者非善行守規墨者非善巧不迅疾無以爲大牛不超過無以爲大士故師之道也以知見爲妙門寂靜爲正味慈忍爲甲盾慧斷爲鉤矛破内魔之高壘陷外賊之堅陣鎮撫邪雜解釋縲籠遇窮子則叱而使歸其家見貧女則呵而使照其室窮子不歸貧女不富吾師恥之三乘不興四分不振吾師恥之忠孝不並化荷檐不勝任吾師恥之避名滯相匿我增慢吾師恥之故遑遑於濟接汲汲於開誘不以一行自高不以一德自聳人有依歸者不俟請則往矣有求益者不俟憤則啓矣雖童幼不簡於應接雖驁佷不怠於叩勵其以闡教度生助國家之化也如此故親師之法者貧則施暴則斂剛則隨戾則順昏則開墮則奮自榮者慊自堅者化徇私者公溺情者義凡士俗有捨其家與妻子同入其法分寺而居者有變活業絶血食持戒法起家爲近住者有出而修政理以救疾苦爲道者有退而奉父母以豐供養爲行者其餘憧憧而來欣欣而去揚袂而至實腹而歸所在甚衆不可以紀眞如來付囑之菩薩衆生不請之良友其四依之人乎其十地之人乎吾不識其境界庭宇之廣狹深淺矣議者又焉知大道之所趣哉其爲識達大人之所知心爲若此也寧知心者多矣無如昇平相國之深者蓋同氣相求耳宣宗再闡眞乘萬善咸秩追謚曰定慧禪師塔號青蓮持服執弟子禮四衆數千百人矣

系曰河東相國之論譔所謂極其筆矣然非夫人之爲極筆於他人豈極其筆乎觀夫影響相隨未始有異也影待形起響隨聲來有宗密公則有裴相國非相國曷能知密公相續如環未嘗告盡其二公之道如然則知諦觀法王法則密公之行甚圓應以宰官身則裴相之言可度今禪宗有不達而譏密不宜講諸教典者則吾對曰達磨可不云乎吾法合了義教而寡學少知自既不能且與煩惑相應可不嫉之乎或有誚密不宜接公卿而屢謁君王者則吾對曰教法委在王臣苟與王臣不接還能與顯宗教以不佛言力輪王臣是歟今之人情見近王臣者則非之曾不知近王臣人之心苟合利名則謝君之誚也或止爲宗教親近豈不爲大乎寧免小嫌嫌之者亦嫉之耳若了如是義無可無不可吁哉

唐京師西明寺乘恩傳

釋乘恩不知何許人也肇從志學知遍尋師凡厠黌堂必窮義路常訓門人曰好學近乎智力行近乎仁仁智稍成是殊名同實趨菩薩地若下坂之走丸耳恩樂人爲學不忘講導及天寶末關中版蕩因避地姑臧旅泊之間嗟彼密邇羌虜之封極尚經論之學恩化其內衆勉其成功深染華風悉登義府自是重撰百法論疏幷鈔行于西土其疏祖慈恩而宗潞府大抵同而少聞異終後弟子傳布迨咸通四年三月中西涼僧法信精研此道稟本道節度使張義朝表進恩之著述敕令兩街三學大德等詳定實堪行用敕依其僧

賜紫衣充本道大德焉

唐彭州丹景山知玄傳

釋知玄字後覺姓陳氏眉州洪雅人也曾祖圖南任梓州射洪縣令祖憲考邈皆名場不捷母魏氏夢月入于懷因而載誕雖乳哺未能言見佛像僧形必含喜色五歲祖令詠花不數步成云花開滿樹紅花落萬枝空唯餘一朶在明日定隨風祖吟歎不懌曰吾育此孫望其登甲科雪二代之恥今見孺子志矣非貽厥也已必從空門乖始望也七歲果遇法泰法師在寧夷寺講涅槃經寺與居鄰玄日就講集所一聆法語若覩前因是夕夢其寺殿佛手摩其頂寤啓祖父乞爲勤策親黨覩其必不可抑奪故聽之年十一遂其削髮乃隨師詣唐興邑四安寺授大經四十二卷遠公義疏眥空師圓旨共一百二十五萬言皆囊括深奧矣方年十三指摘緇徒露老成之氣時丞相杜公元穎作鎮西蜀聞玄名命升堂講談于大慈寺普賢閣下黑白衆日計萬許人注聽傾心駭歎無已自此蜀人弗斥其名號陳菩薩耳傳云玄前身名知鉉漢州三學山講十地經感地變瑠璃焉玄於淨衆寺辯貞律師所受具戒纔聽毗尼續通俱舍則長十山固律師之付授焉復從本師下三峽歷荆襄抵于神京資聖寺此寺四海三學之人會要之地玄敷演經論僧俗仰觀戶外之屨日其多矣文宗皇帝聞之宣入顧問甚愜皇情後學唯識論於安國信法師又研習外典經籍百家之言無不該綜玄每恨鄉音不堪講貫乃於象耳山誦大悲呪夢神僧截

舌換之明日俄變秦語矣有楊茂孝者鴻儒也就玄尋究内典直欲效謝康樂注涅槃經多執卷質疑隨爲剖判致書云方今海内龍象非師而誰次揚刑部汝士高左丞元裕長安揚魯士咸造門擬結蓮社嘗一日玄宴坐見茂孝披紫服戴碧冠三禮畢乘空而去玄令人偵問茂孝其夕誡其子曰吾常欲落髮披緇汲瓶挈屨侍玄公所累者簪冕也吾蓋棺時殮以紫袈裟碧芙蓉冠至是方驗先見矣武宗御宇初尚欽釋氏後納蠱惑者議望祀蓬萊山築高臺以祈羽化雖諫官抗疏宰臣屢言終不迴上意因德陽節緇黃會麟德殿獨詔玄與道門敵言神仙爲可學不可學耶帝叉手付老氏中理大國若烹小鮮義共黃冠往復玄陳帝王理道教化根本言神仙之術乃山林間匹夫獨擅高尚之事業而又必資宿因非王者所宜辭河下傾辯海橫注凡數千言聞者爲之股慄大忤上旨左右莫不色沮左護軍仇士良内樞密楊欽義惜其才辯恐將有斥逐之命乃密諷貢祝堯詩玄立成五篇末章云生天本自生天業未必求仙便得仙鶴背傾危龍背滑君王且住一千年帝覽詩微解帝雖不納忠諫而嘉其識見口給也玄即歸巴岷舊山例施巾櫛而存戒檢愈更甄明方扁舟入湖湘間時楊給事漢公廉問桂嶺延止開元佛寺屬宣宗龍飛楊公自内樞統左禁軍以册定功高請復興天竺教奏乞訪玄聲迹玄復挂壞衣歸上國寶應寺屬壽昌節講讚賜紫袈裟署爲三教首座帝以舊藩邸造法乾寺詔玄居寺之玉虛

亭大中三年誕節詔諫議李貽孫給事楊漢公緇黃鼎列論義大恱帝情因奏天下廢寺基名勑重建大興梵刹玄有力焉命畫工圖形于禁中其優重如是與相國裴公休友善同激揚中興教法事八年上章乞歸故山大行利濟受益者多廣明二年春僖宗違難西蜀後遣郭遵泰賫璽書肩輿詔赴行在帝接談論頗解上心左軍容田令孜與諸達官問道勤重帝欲旌其美令諸學士撰玄師號皆未愜旨乃揮御翰云朕以開示悟入法華之宗旨也悟者覺也明也悟達大道悟佛知見又云悟者一刹那不悟河沙劫所以悟者真乘了然成佛之義今賜悟達國師爲號雖曰強名用表朕意玄陳讓不遂乃乞歸九隴舊廬於正月二十一日卧內見所曾遊歷聖境名跡皆見在前二月七日聞空聲曰必生淨土乃訊之云孰之語耶空又譍曰佛也七月中聞戶外有格鬬之聲逡巡一菩薩降于庭前事摩滅矣漸迫僅玄身丁寧讚喻勿以此苦爲累也言訖而没又於一夕有一珠自玄左足下流去苦楚萬端諦視其珠中明明有晁錯二字乃知玄是袁盎也曾因七國反盎奏斬錯以謝吳楚諸王故爲嬰撓耳召弟子慈燈附口上遺表囑令棄屍半飼魚腹半啗鳥獸吾久與西方淨土有期如斯諈諉訖右脇面西而逝享年七十三僧臘五十四玄咸通中曾遊澤州追問小遠法師同年亦同終日月焉玄堅守禁戒少欲過中不食蔬果服唯布褐卧則蒭秆而六時行道夜卧一更餘則禪坐等視衆生無貴賤少長待之如一素

結情好深者裴相國休初裴鎮荆門玄遊五臺山路出渚宮贈遺初無所取裴知其儉約密遣人沿路以供之若蘇秦遣舍人陰資奉張儀也甞經駱谷眞符縣雍氏家枕潭潭中有大魚如龍四足而齒牙纖利其家日飼以食巳四世矣或欲網釣之意則輙雲霧晦冥焉玄扣船撫其頂瞪目而鼓躍即爲受歸依未幾乃寄夢雍氏曰我謝汝累世護念今受歸依巳生天而永訣矣次爲導江玉壘山神李氷廟益昌北郭龍門神偕受戒法罷其血食歟有李商隱者一代文宗時無倫輩常從事河東柳公梓潼幕久慕玄之道學後以弟子禮事玄時居永崇里玄居興善寺義山苦眼疾慮嬰昬瞽遥望禪宫冥禱乞願玄明旦寄天眼偈三章讀終疾愈迨乎義山卧病語僧録僧徹曰某志願削染爲玄弟子臨終寄書偈决别云玄生常著如來藏經會釋疏二卷命僧徹撰法鑑以照像若十翼焉大無量壽經疏二卷僧徹著法燈類章指焉勝鬘經疏四卷僧徹著法苑以錯綜猶緯書焉又般若心經金剛經各有疏義此外泰蜀之間作釋氏雜文外篇箴論碑誌歌詩録成二十餘卷禮懴文六卷通計三十萬言後遷塔于茶籠山附聖寺矣中和二年弟子左街僧録淨光大師僧徹述傳法孫右街僧録覺輝輝弟子僞蜀祐聖國師重孫光業僧録緜緜瓜瓞皆名公也鳳翔府寫玄眞李義山執拂侍立焉

系曰玄公何云袁盎又爲知鉉二人後身耶通曰人壽百年自漢至唐玄幾經出没乎骸

山泆海斷可知矣然則玄公多才行道近古罕聞法嗣蕃昌他莫與議也

唐京兆大安國寺僧徹傳

釋僧徹不知何許人也敏利天資高邁逸類稚歲聰頴而慕悟達國師若顏回之肖仲尼也既而時親函丈頗見幽微隨侍翼從未嘗少厭窺其門墻其殆庶幾乎悟達凡有新義別章咸囑付徹暢衍之爲如來藏經疏著法鑑四卷大無量壽經疏著法燈二卷勝鬘師子吼經疏著法苑十卷觀乎悟達爲疏若左丘明之傳也徹述三法鈔猶杜服之集解歟初居法乾内寺師資角立聲彩風行凡百官寮無不奉仰率由徹内外兼學辭筆特高唱予和汝同氣相求尋充左右街應制每屬誕辰升麟德殿法座講談勑賜紫袈裟懿宗皇帝留心釋氏頗異前朝遇八齋日必内中飯僧數盈萬計帝因法集躬爲讃唄徹則升臺朗詠寵錫繁博勑造栴檀木講座以賜之又勑兩街四寺行方等懺法戒壇度僧各三七日別宣僧尼大德二十人入咸泰殿置壇度内福壽寺尼繕寫大藏經每藏計五千四百六十一卷雕造眞檀像一千軀皆委徹撿校焉以十一月十四日延慶節麟德殿召京城僧道赴内講論爾日徹述皇猷辭辯瀏亮帝深稱許而又恢張佛理旁懾黄冠可謂折衝異論者當時號爲法將帝悦勑賜號曰淨光大師咸通十一年也續録兩街僧事初徹經江論海勇於揭厲於青龍寺講貫既循悟達國師義意寄呈所見掌迴八十四字云觀君法菀思冲虛解我眞乘刃有餘若使龍光時

可待應憐僧肇論成初五車外典知難敵九
趣多才恐不如蕭寺講軒横淡蕩帝鄉雲樹
正扶踈幾生曾得闍踰意今日堪將貝葉書
一振微言冠千古何人執卷問吾廬覽兹彝
飾悲喜盈襟以廣明中巢寇犯闕僖宗幸蜀
其夕徹内宿明日倉黄與杜光庭先生扈從
入於岷峨再見悟達痛序艱難徹極多著述
碑頌歌詩不知所終内翰侍郎樂朋龜爲真
讃鳳翔嘉州皆寫其真相弟子秦蜀之間愈
多傳法者

宋高僧傳卷第六

音釋

慤苦角切　馮翊馮披冰切翊余力切馮翊郡名　漪於其切瀾漪水波文也　蕤儒佳切葳蕤草木盛貌　狻猊狻素官切猊研奚切狻猊即師子也　錍波爲切　析先擊切剖也　亹無匪切亹亹不倦之意　荼蓼荼同都切蓼力小切荼蓼辛苦之菜故以爲多難之喻也　晳思積切白色也　崟宜金切　郼烏愠切州名　餗思穀切　扼腕扼乙革切握也腕烏貫切手腕也　縲力追切黑索也　驁疑到切與傲通倨也　憧昌容切憧憧行不絕貌　黌戶盲切學舍也　懌羊益切悅也　斥昌石切指也　鉉胡犬切　愜苦協切快也　偵癡貞切邏伺也　忤五故切違戾也　櫛側瑟切梳枇之總名也　甄居延切察也　錯倉各切　盎於浪切　啗徒感切食也　諈諉諈之瑞切諉女恚切諈諉以言相囑累也　蒭秆蒭窻隅切秆古旱切蒭秆藁也　瞪澄應切直視也　瓞大結切瓜蔓也　懾之涉切慴也

宋高僧傳卷第七

宋左街天壽寺通慧大師賜紫沙門贊寧等奉勅撰

義解篇第二之四 正傳二十三人 附見四人

唐五臺山華嚴寺志遠傳 元堪

釋志遠俗姓宋氏家于汝南其父早喪孤侍孀親承顏之禮匪遑晨夕毋常念法華經精通五卷遠識度明敏孤標卓然年二十八辭

親從師歸依荷澤宗風晤解幽旨經營僧事聯緜六秋凡諸取給未甞混互自爾辭師尋禮復經八年雖博贍兩宗情猶槃滯聞天台一枝該通妙理定慧雙融解進於行十乘境觀起自一家修性三德清涼盛演因命同輩追遊五峯棲遁林泉履歷前蹤曉六凡四聖之理了開示悟入之門百界千如包羅性相即遮即照破立同時依正圓融凡聖平等豁開心目物我雙亡僅四十年闡揚獨步遠業精道邈志苦神和卧不解衣食非别請時歲不稔樵炊屢乖每掬水漱流將期永日體有瘡疥手不塗摩戒檢遵修警慎心口常以四種三昧鍊磨身心至於緘札題尺頗閑辭翰蟲篆之美每有緇素負才學者異其辯說或傍搜僻隱欲爲挫銳伺之瑕玷求其勝負進雖傲然踞席退乃跛踖赧容來高我山去隨四悉洎會昌四年春秋七十七僧臘四十八忽絕食數朝而說法罔憚以二月十七日誡門人曰吾自生修進不欺心口今獲二種果報卧安覺安而無痛惱又曰天台宗疏務在宣傳法華疏十卷本迹二門三周記別開近顯遠玄文十卷五義判釋止觀十卷境觀雙修不定頓漸八教麤妙遮照平等行解圓明一多相即一藏文句瑩玉掇金將踐聖階降玆罕及禮懺方等必假精誠志之永懷副吾之意也于時龍象雲萃櫛比座隅咸讚希奇同稱佛號慈誨之際奄至遷靈風慘雲愁山昏水咽林巒色變徒屬悽傷闍維日諸子奔馳罔知所詣雖學者如林達其法者唯元堪即扶風馬氏之裔也氣度沖邃道風素高蓋

遠傾其解脫之瓶注以醍醐之器可謂一燈之後復然一燈及武宗澄汰之際稟師先旨哀慟累夕以其章疏文句祕之屋壁及宣宗再闡釋門重葺舊居取其教部置之影堂六時經行儼若前製法華妙經積歲傳唱摩訶止觀久而敷揚嗣繼之心巳極師資之禮也

唐越州應天山寺希圓傳

釋希圓姓張氏姑蘇人也宗親豪富而獨捨家從登戒法便遊講肆不滯一方勤修三學良深歲稔尤至博通時推俊邁因命講訓光啓中屬徐約軍亂孫儒略地吴苑俶擾圓由通玄寺附商船避地于甬東其估客偕越人也篤重於圓召居會稽寶林山寺形雖幺麽性且强幹與時寡合多事宴默或問之則曰吾逍遥乎無形之場同師子遊戲耳景福中於山寺演暢經論同聲相應求法者至乃著玄中鈔數卷皆當義妙辭也恒勸人急脩上生之業且曰非知之難行之爲難汝曹勉旃圓六時禮懺未甞少缺居小房即瑯琊山頂是山也傳云從瑯琊臺飛來此處先是屠坊故皆鎮于其下山之家有井井有鰻鯠焉水有應縮應大江之潮候甚多靈怪一云此處禹鑠浙江蛟蜃之屬其名曰蛆蛆有雙耳其色蒼黄或緑竹木必風雨至矣今或出石竅入僧居溝渠中見人不驚握則跳梁如怒狀唯偏入圓房圓手執宛轉屑就乃爲之受歸戒令勿作風雹之妖暨圓終而多暴風雨也圓之脩習願見彌勒一日講次屹然坐終于法座時衆聞異香裛昏天樂錚鏦或絶或連七日後巳此眞上生之證歟則乾寧二年四

月也還山之日僧衆置祭于寺門無何有人茜袍象笏拜跪愴然憀悅之間杳無蹤迹衆莫能測焉荼毗收舍利七百餘粒被四明人齎往新羅國矣

唐絳州龍興寺木塔院玄約傳

釋玄約姓張氏正平人也志韻剛潔幼萌出塵之心既諧夙志入州龍興伽藍日誦千言更無再受落髮之後滿足律儀檢察已心循其戒範精持止作未嘗穿穴自茲名節頓高流輩窺仰數稔之間律論俱贍徧求知識探賾玄文戾止長安崇聖寺以戒德之選而預臨壇講律并俱舍共四十餘徧淵靜其性研覈靡虧著俱舍論金華鈔二十卷爲時所貴而二講登席可三百餘人皆北面受業焉傳稟門生一百許輩汾沁之間奔走學者迨乎老矣終本院小房俗壽七十六法臘五十六學法弟子道俗收焚坑舍利數百粒構甎浮圖于郡城之西焉

梁滑州明福寺彥暉傳

釋彥暉姓孫氏今東京陽武縣人也佩觿之歲聞父讀金剛般若瞪目凝聽澹然歡喜又屬家內齋僧磬梵俱作於簾幕之下合掌欣然登年十五隨師學法往太原京兆洛陽聽采忘勞年滿於嵩山少室寺受大戒肄習毗尼頗通深趣次尋經論皆討玄源且曰爲善不同同歸乎治治則戒定慧也入聖機械此三治性之極致也届洛都先達無不推伏至乎四部悉仰柔明臨鑑則感少欣多執瓶則荷輕持重三衣之外百一之資量足而供更無餘長所行慈忍匪事覬求不畜門徒惟勞

自已勤勤化導默默進修是故南燕之人號爲佛子初寄明福寺講百法論也四海英髦風趨波委恒溢百餘且多俊邁精研論席鑽仰經宗其間碩學兼才故有分爲上下十惡十惡者若八伯之號焉上十惡則洞閑性相高建法幢宗因喻三立破無滯下十惡則學包内外吟詠風騷聲論談經聲清口捷讚揚梵唄表白導宣蓋因題目之分乃極才能之際云惡則倒背之言乃是極善也其門弟子爲若此也暉因明百法二論各講百許徧出弟子一百五十餘人著鈔曰滑臺盛行于世以乾化元年秋八月三日氣力薾然而奄化矣春秋七十二法臘五十二滑人追慕其德二衆三百餘人奉神柩歸葬于陽武縣側營小塔焉

梁東京相國寺歸嶼傳

釋歸嶼姓湄氏壽春人也父元旭知子敏利授以詩書諷覽記憶彌見過羣從諸子而竊願出塵父母允其頻請乃禮本郡開元寺道宗律師爲力生焉未及周星念通法華仁王二經登于弱冠而全戒足矜持三行靡曠四儀習聽新章寺通講授後聞洛京三輔經論盛行結侶求師僅于十載踈通性相精大小乘名數一支因明一學俱舍唯識維摩上生皆深藏若虛也復往南燕就暉公重覆所學研朱益丹猶慨義章未爲盡善乃之今東京相國寺遂糅新鈔講訓克勤門生領悟時朱梁後主與嶼丱角同學庠序狎密情濃隔面年深即位半載下詔訪之嶼雖知故舊終歲不言事不可逃應召方入帝見悲喜交集宣

賚豐厚時屬嘉慶節冒下勑止絕天下薦僧道恩命其年獨賜嶼紫衣仍號演法大師兩街威儀迎道寸至寺兼勑東塔御容院爲長講院時閣帥以聖節進金剛經一藏絹三百匹盡賜嶼焉法侶榮之然覩舊鈔有所不安未極其理遂捜抉精義於三載著成二十卷號曰會要草字寫畢進呈帝覽賞歎勑令入藏嶼苦辭乃止如是十五年中唱導無怠學徒繼榮贍公相繼傳持至後唐清泰三年十月十日謂門人洪演曰余氣力僽然無常將至汝好住脩進焚香合掌初夜長逝春秋七十五僧臘五十五即以其月十八日遷塔於京東郊寺莊東岡焉

後唐洛陽長水令諲傳

釋令諲姓楊氏陜府閿鄉人也幼而履操迴求出俗得本邑之師授淨名經年既應法乃納戒律大小乘教兼而學之於名數法門染成淳粹彌陀中觀幹及胷肨聲光振發莫之與京因遊洛南長水遇歸心檀信構伽藍就中講貫一論一經三十載中宣化計各五十餘徧日別誦維摩上生以爲恒課執行持心而絕瑕纇遠近宗承若望梅者得飲焉以清泰二年乙未歲終于邑寺春秋七十一法臘五十一其年遷于山麓徇西域法火葬獲舍利學人檀越共建塔焉

後唐定州開元寺貞辯傳

釋貞辯中山人也少知出塵長誓脩學剋苦之性人不堪其憂一志聽尋暇則刺血書經又鍼血畫立觀自在像慈氏像等嘗因行道困息有二天女來相撓惱辯誓之曰我心匪

石吾以神呪被汝彼衆不容去自此道勝魔亦無蹤辯負笈抵太原城聽習時中山王氏與後唐李氏封境相接虞其覘間者幷州城内不容外僧辯由此驅出遂於野外古塚間宿會武皇帝畋遊塚在圍場中辯固不知方將入城赴講見旌旗騎卒縮身還入穴中武皇疑令擒見問其故遂驗塚中敷草座案硯疏鈔羅布遂命入府供養時曹太后深加仰重辯訴於太后曰止以學法爲懷久在王宮不樂如梏械耳武皇縱其自由乃成其業洎王處直平乃歸中山講訓補故伽藍無不諧願有婦人陳氏布髮掩地請辯蹈之撰上生經鈔爲學者所貴時號辯鈔者是後終于此寺焉

後唐會稽郡大善寺虛受傳

釋虛受嘉禾禦兒人也納戒後於上都習學内外博通傳講數本大經論不憚宣導咸通中累應奉聖節充左街鑒義輩流孰不弭伏及廣明中京闕盜據逃難邐迤抵越大善寺同好者命講涅槃維摩二經即天祐年中也因憤謙雅等師釋崇福疏繁略不中其猶以水濟水終無必濟焉遂撰義評鈔十四卷同光中方畢軸又因講俱舍論疏有賈曾侍郎序次僧圓暉序皆著鈔解之其文富贍昔嘗染指知焉受於涅槃辯而非略仍多駁議小遠之疏免爲青蠅之玷餘則法華百法唯識各有別行義章受性且狷急與人不同畜弟子無一可中嘗自執爨饌齋食柴生火滅復吹又熸怒發汲水沃之終日不食而講焉及晚年眼昏甚登師子座戴竹笠而講貴目不

閃爍爾或譏其慢衆受亦不介意屬武肅王錢氏按部至越遂出謁見王素嚮風乃加優禮言勞再三暨乾化中於會稽開元寺度戒命之充監壇選練吳會間行此職者自受始也王表于朝廷薦其紫衣莊宗制賜行人齎至營丘時受講當上生經疏序至若洪鐘而虛受受捨麈柄言曰其得名無典實令後更爲虛受小子識之乃狀聞王王曰此僧必無恩命分何名虛受乎至同光乙酉歲受終追海艦齎誥牒來稽其終日正到青社果符武肅之言有文集數卷述義章三十餘卷行之于代

後唐杭州龍興寺可周傳

釋可周俗姓傳晉陵人也出家于本部建元寺循良厥性切問于勤友生勉之曰非其地樹之不生令豫章經謂之江論謂之海胡不往請業乎周感其開導挈囊達彼遇雲表法師盛集窮法華慈恩大疏日就月將斡運深趣昭宗初自江西迴台越之間命其啓發梁乾化二年受杭州龍興寺召開演黑白衆恒有半千兩浙武肅王錢氏命於天寶堂夜爲冥司講經鬼神現形扈衛往往人覩焉嘗有祭銅官祠神巫氏久請不下後附巫曰吾隨從大神去西關天寶堂聽法方迴武肅王聞而鄭重賚周中金如意并鉢紫衣一副加號精志通明焉以天成元年終于觀音院本房初周乾寧四年戾止台州松山寺講疏闕鈔遂依疏節成五卷曰評經鈔音訓五帖解宣律師法華序鈔一卷行于浙之左右弟子相繼不絶

後唐東京相國寺貞誨傳

釋貞誨姓包氏吳郡常熟人也年始十三出家於本州龍興寺其性沈靜分陰是競方踰一稔誦徹法華經如是恒業日周二部年十九於揚州擇名師受具足法自爾西之伊洛北抵晉郊凡有講筵下風求益覈其經論窮其性相輩流之間罕齊馳騖至於非朋弱友弃背如也唐天祐元年至今東京相國寺寓舍講導法華經十許徧人未歸重則知奇貨之售亦有時焉及梁氏都于是京人物委輸貞明二年會宋州帥孔公仰誨風規知其道行便陳師友之禮捨俸財置長講法華經堂於西塔院從此翕然盛集誨旁讀大藏教文二時行道精進罔疲凡世伎術百家之言黜于議論之外誡門徒曰異端之說汩亂眞心無記不熏何須習俗吾止願爲師子吼不作野犴鳴也但專香燭塗掃以内院爲息肩之地至後唐清泰二年二月十日召弟子五十餘人自具香湯澡浴令唱上生禮佛罄捨衣資爲非時僧得施半齋僧訖至十一日望空合掌云勞其衆聖排空相迎滿百徒侶爾日皆聞天樂之音頃刻而卒俗壽七十三僧夏五十四臘於寺講貫三十餘年經講計三十七座覽藏經二徧修彌勒内院業以其年三月十八日葬浚郊東寺莊之原旛幢威儀緇白弟子約千餘人會送焉

後唐洛京長壽寺可止傳

釋可止姓馬氏范陽大房山高丘人也年甫十二迴有出俗之心依憫忠寺法貞律師年十五爲息慈辭師往眞定習學經論時大華

嚴寺有仁楚法師講因明論止執卷服膺三徧精義入神衆推俊邁有老宿維摩和尚者釋門之奇士也問楚師曰門人秀拔孰者爲先曰有幽州沙彌者温故知新厲精弗懈於是求見遂質問勝軍比量隨難應變辭不可屈維摩曰後生可畏契經所謂雖小不可欺也遂率力請止開講恒陽緇素無不欽羨焉迨十九歲抵五臺山求戒於受前方便感文殊靈光燭身已而歸寧父母及師於寺敷演二十三往并部習法華經百法論景福年中至河池有請講因明後於長安大莊嚴寺化徒數載乾寧三年進詩詔宗賜紫袈裟應制内殿本道劉仁恭者據有北門控扼蕃漢聞止之名移書召歸故鄉其父與師相次物故母猶在堂止持盂乞食以供甘旨行誦青龍疏三載文徹忽有巨蟒見于房矯首顧視似有所告時同院僧居曉博物釋子也且曰蛇則目睛不瞬今其動乎得非龍也止焚香祝之曰貧道念青龍疏營齋養母苟實龍神軫念希值一檀越居數日燕師冢子曰制勝司徒召申供養時莊宗遣兵出飛狐以圍之歷乎年載百穀踴貴止頓釋憂懼未幾燕陷劉氏父子俘歸晉陽止避亂中山節度使王處直素欽名譽請於開元寺安置逐月供俸止著頓漸教義鈔一卷見行于代天成三年戊子王師問罪定州陷焉招討使王晏休得瀛王馮道書令尋止既見以車馬送至洛京河南尹秦王從榮優禮待之奏署大師號文智焉於長壽淨土院住持應順元年甲午正月二十二日忽微疾作召弟子助吾往生念彌

陀佛奄然而化俗年七十五僧臘五十六閏正月二日荼毗收遺骨至清泰二年四月八日建塔於龍門山廣化寺之東南隅止風神峭拔戒節孤高百家子史經目無遺該博之外尤所長者近體聲律詩也有贈樊川長老詩流傳人口在定州日中山與太原互相疑貳諸侯兼幷王令方欲繼好息民因命僧齋於慶雲寺會有獻白鵲者王曰燕人詩客試爲詠題止即席而成後向云不知誰會喃喃語必向王前報太平王欣然詩人李洞者風骨僻異慕賈閬仙之模式景福中在河池相遇贈止三篇時宰相孫公渥趙公鳳馬公裔孫竇學士夢徵符侍郎蒙李侍郎詳皆唱予和汝墳篪韻諧止頃在長安講罷遊終南山逍遥園是姚秦什法師譯經之地年代寖深鞠爲茂草且曰吾爲釋子忍不興乎奏昭宗乞重脩帝允仍舊賜草堂寺額後請樊川淨休禪伯聚徒談玄矣及在洛也講外長誦金剛經不知紀極昔多居終南山崆峒山故有三山集詩三百五十篇盛行于時弟子修文修智修行微見師之道焉

漢太原崇福寺巨岷傳

釋巨岷姓任氏西河人也父遊于藝而貢丘園毋王氏戒受八關心歸三寶從妊岷也更好善緣復求福利而生令子及生年甫七歲志氣敦篤暫見佛像注仰欣然父毋知有宿因或攜入寺意欲忘歸至本郡淨心院見宣遠論師志戀其房泣求攝受二親知不能阻其願咸皆可之年十歲誦終法華維摩二經日持十卷更無間隔如執瑠璃之器其舒徐

姿制若老成馬迨圓滿足便習尸羅克通開制之科恒照欣戚之鑑自爾大乘理趣經論精窮得其師門則弁部永和三學也俾夜作晝窻案是臨不暇諸他除研習義章修六事二因也於大般涅槃經兼因明論末年逾切又傳輸金論盡屏餘緣各講十徧仍求輔亮博覽羣書得義最精又揚具美壽稟綸言住城内天王院與弟子俱供億不虧傳持無替乾祐元年漢祖以龍潛晋土之日便仰岷名持降庭臣賜紫衣號圓智大師續有詔宣住崇福寺講堂院仍充管内僧正經年而變法於晋檢策僧徒如風偃草至乾祐二年十一月五日無疾而終于時四衆含悲一城戀德俗齡九十三法臘五十四乃遵西域荼毗禮多投香水或執旛花黑白之衆盈郊黯靄之雲蔽日未容火滅皆捧寶瓶待盛粱粟之形同見熏修之體時得舍利者隨自因緣或多或少別得遺骨具表奏聞漢主勑葬於西山天龍寺凡事官供起石塔勑謚號曰達識焉

漢棣州開元寺恒超傳

釋恒超姓馮氏范陽人也祖父不仕世修儒道而家富巨萬超生而聰慧居童稚羣不貪戲弄年十五早通六籍尤善風騷辭調新奇播流人口忽一日因閱佛經洸然開悟乃歎曰人生富貴俞等幻泡唯有眞乘可登運載遂投駐蹕寺出俗未周三祀方議進修晝夜不疲而屬師亡亦遵釋氏喪儀守禮無怠孝悌之名燕人所美梁乾化三年往五臺山受木叉戒由是陟遐自邇切問近思俄徵伐木之章且狎成人之友結契遠求名匠阻兩河

閒兵未罷路不通南則梁祖北則莊宗抗衡於輕重之前逐鹿在存亡之際當是時也超止於本州魏博并汾之間學大小乘經律論計七本講通思於雍洛梁宋名師杳然隔絶雖然巡歷非遠宏暢殊精瓶滿見知翼飛名字是故并部息塵中山貞辯夫二人者言行俱臻證修有位一見超歎曰義龍之頭角悉完備矣待飛奮而爲霖雨焉其爲碩德題目多此類也龍德二年挂錫於無棣超曰此則全齊舊壤鄒魯善鄰遂止開元伽藍東北隅置院講諸經論二十餘年宣導各三十餘徧節操高邁舉措舒徐緇素見之無不怯懼聲無叱咤語不夸奢自然而然且非威勢淩轢之所得也前後州牧往來使臣嚮譽欽風修名執刺相禮重者止令童子辭以講貫罕曾接對初有所慊終伏其高齊魯之間造秀不遠數百里造其門以詰難諸公一覩超容傍聽議論忿乎子史證以教宗或問因明超答以詩一首辭新理妙皆悉歎降時郡守李君素重高風欲飛章舉賜紫衣超聞驚愕遂命筆爲詩云虛著褐衣老浮杯道不成誓傳經論死不染利名生猒樹遮山色憐窻向月明他時隨范蠡一棹五湖清李君復令人勸勉願結因緣超確乎不拔且曰而其復爾則吾在盧龍塞外矣郡將聞而止又相國瀛王馮道聞其名知是鄉關宗人先遺其書序以歸向之意超曰貧道閑人早捨父母剋志修行本期彌勒知名不謂浪傳於宰衡之耳也於吾何益門人敦喻不得已而答書具陳出家之人豈得以虛名薄利而留心乎瀛王益加

鄭重表聞漢祖遂就賜紫衣自此忽忽不樂以乾祐二年仲春三日微疾數辰而終于本院院衆咸聞天樂沸空乃升兜率之明證也春秋七十三僧臘三十五門人洞微與學徒百餘人持心喪傾城士庶僧尼會送城外具茶毗禮收舍利二百餘顆分施之外緘五十顆於本院起塔以葬之瀛王未知別奏賜師號曰德正乃刋勑文于石塔焉

漢洛京法林院僧照傳

釋僧照姓張氏范陽人也年十四出家投憫忠寺聰晤絶儔神儀偉秀初受經偈日誦數千百言目所覽者過於宿習吐論知見有老成之風遂度爲沙彌受具已來歷于再閏精誦經典已踰六大部矣即最勝王大悲維摩法華等經傍加聽尋經論十數年間深文伏義藍出青矣天祐中遊方南下爰届中山元戎王處直請住法華寺相次易帥請之太傅隴西公連表薦賜紫方袍加至真大師次則扶風馬公請爲僧正非所好也及抵洛陽有命開法華經講止法林院況乎都闕浩穰衆龍輻湊及照之唱導翕如於下風伏膺矣以乾祐元年三月二十六日示滅于講院春秋七十僧臘五十四衆號慕侍中李公傾易定曽爲外護復守洛宅飾終喪禮悉以資奉舉四月三日遷神于城南行茶毗法收舍利紅潤可數百粒濟陽丁公爲保釐之選職爲樹塔于廣化之寺南崗照平昔講凡七十餘座勤勤爲法門生頗多宰臣馬公孫最所欽重前後贈詩僅數十首洛中爲美談矣

漢洛陽天宮寺從隱傳夢江

釋從隱姓劉氏洛陽三鄉人也丱年敏慧誓欲出塵二親旣聽乃投本邑竹閣院依師誦習陶練靈府尋於嵩陽受戒畢就長水聽采纔歷數年克通百法中觀彌陀三經論焉而諲師年老深許隱之博達性相後於洛布金院赴請敷演至後唐清泰中諲付講座日爲衆三登法席夏中長馸覽藏經一袟精進苦節人無與比乾祐二年正月示疾而終俗壽五十三僧臘三十二乃依天竺法火化收合眞體圓淨堪愛門人樹塔至今存焉次有長水縣縣泉院釋夢江者姓楊氏本邑人也神彩灑落超抜凡態遂願出家恒誦仁王般若進具後講百法論清泰中龍門廣化寺請爲衆開演遇帝幸其寺宣問妙辯天逸悅可上心時於御前賜紫袈裟確乎不受訓導二十餘年講罷行道禮佛日唯一食慈忍於物罕逢慍色周顯德三年疾終緇素悲慕爲其建塔矣

漢杭州龍興寺宗季傳

釋宗季者俗姓俞臨安人也稚齒瓌偉心志剛直嘗天震鄰家樹季隨僵仆有姊尼抱就膝視之曰此非震死且有生候至夜未央甦而復作遂勸令出家事欣平寺僧後往衢州投巨信論師學名數論文義淹詳且難詘伏鋒芒如也迨迴杭龍興寺召講時僧正蘊讓給慧縱横兩面之敵也與閭丘方遠先生江東羅隱爲莫逆之交也見而申問季作二百語訓之讓正賞歎遂請開講四十餘年出弟子七八百人漢乾祐戊申歲疾終于本房初季講次遇一異人作胡語問西域未來之經

論一衆驚然季眇二目曾夜行感神光引之常覽古師之述作曰可俯而窺也遂撰永新鈔釋般若心經暉理鈔解上生經彌勒成佛經疏鈔補猷鈔闕諸別行義章可數十卷並行於世季道行孤僻性情方正寡言語氣貌高邁誓不趨俗舍暨老懇請亦罕赴白衣家居唯屢空衎然自任而孜孜手不釋卷樂道向終至今此宗越多弟子講導不泯焉

周魏府觀音院智佺傳

釋智佺姓張氏銅臺永濟人也九歲於鄴都臨清王舍城寺事師暨受具戒身器挺然八尺面色玉如行步若舒鴈言音如扣鐘人望之凜然僉曰美丈夫也恒誦諸經晝三夜三禮佛無闕本師知其法器遣往滑臺抵明福寺就暉師講肆朞月頓見諸法體用喜不自任時暉之門生急勇倸幹者數十負笈出佺之下徇睢陽人請講未久又今東京遇信士捨宅爲萬歲百法院由此洛京陳許徐宿維青琴臺咸樂請其敷演自鳩聚檀嚫前後飯僧三十萬天雄軍戴張郭三家同建觀音院命居之佺敏利之性天資初終講百法論可百許徧登法座多不臨文懸述辯給後三過覽大藏經以輔見知其誦諷經呪也嘗闔戶外聞然有彈指聲者感鬼神讚歎歟魏帥陳君思讓篤志歸依表薦紫衣師號曰歸政殆臨八十一而剋意學歐王書體僅入能妙或問之曰吾習來生字耳顯德五年年八十三呼弟子奉旻等囑累令造木龕一所斂送闍維至其年十一月十一日奄終奉木塔舉高三丈餘縱燎時有白鶴哀鳴紫雲旋覆收拾

舍利建塔緘焉

宋秀州靈光寺皓端傳

釋皓端姓張氏嘉禾人也九歲捨家入靈光精舍師授經法如温舊業焉年登弱冠受形俱無表于四明阿育王寺遇希覺律師盛揚南山律端則一聽旋有通明義門無壅尋投金華雲法師學名數一支并法華經後受吳興緇伍所請講論焉兩浙武肅王錢氏召於王府羅漢寺演訓復令於眞身塔寺宣導于時有台教師玄燭者彼宗號爲第十祖端依附之果了一心三觀遂撰金光明經隨文釋十卷由是兩宗法要一徑路通忠獻王錢氏借賜紫衣別署大德號崇法焉後誓約不出寺門慕遠公之不渡虎溪也高尚其事僅二十餘年身無長衣口無豐味居不施關坐唯一榻以建隆二年三月十八日坐滅于本房容貌猶生三日焚之于城西得舍利於煨燼之末俗年七十二僧臘五十二凡著述傳録記讃七十許卷學得其門者止八十餘人端性耿介言無苟且一坐之間不談世論唯以佛法爲己務可謂傳翼之象王矣祕書監錢昱嘗典秀郡躬覩端之標格爲著行録焉

宋東京天清寺傳章傳

釋傳章俗姓彭氏開封東明人也厥父諱即邑甸之上農也塵務之外正見不回恒讀佛經懸解詮旨母邢氏嘗夢入法宇手探道器因而娠焉與父知懷非常之子指腹誓令出俗年甫十一乃禮本邑唯識師祕公爲師一見異之初授淨名仁王法華三經及削髮去周羅隨祕公遊五臺禮文殊應跡之地其年

受具爲息慈日便於浚郊清朗法師座下聽習法華經後於睢陽道雅法師重温前業尋學唯識於本師頗揭厲于義津法水又親附副僧録通慧因明且臻其極章日誦三經兼二戒本講貫訓徒向二十載未嘗少輟廣順中左街僧録廣智大師薦聞于周高祖賜紫方袍大宋乾德二年左街僧録道深薦于太祖神德皇帝賜師號曰義明俄示疾而終于本院春秋五十五法歲三十六未絶之前命筆作偈警世而贈諸朋執矣所度弟子一十五人以其年十一月十六日卜京之南原用荼毗之法薪盡火滅得舌且不灰衆歎戒德門人檀信共立塔焉則開寶五年也先是厥父恒務法華經終後焚之亦舌不壞子父同驗實爲罕有相國寺清慧大師彝炳爲塔銘焉

宋幷州崇福寺佛山院繼倫傳

釋繼倫姓曹氏晉陽人也弱齒而壯其志勇其心決求出家本師授法華經日念三紙時驚宿習慧察過人登戒之後至年二十一學通法華經義理幽賾唯識因明二論一覽能講由是著述其鈔至今河東盛行三講恒一百五十餘徒從其道訓又撰法華鈔三卷其爲人也慈忍成性戒範堅强人望之而心服以劉氏據有幷汾酷重其道署號法寶録右街僧事寬猛相參無敢違拒以僞漢巳歲冬十月示疾心祈口述願生知足天終後頂熱半日方冷則開寶二年也享年五十一闍維畢淘獲舍利遠近取供養焉

宋齊州開元寺義楚傳 俯進省倫

釋義楚俗姓裴氏祖相州安陽人也楚七歲來省歷下臨壇大德脩進因爲出家師也進乃楚之諸父也季父省倫居香嚴院進也誦觀音普門支經向十萬徧立禮法華經字字各拜拜且徹部馬倫則青丘主宰禪居誦大悲佛頂俱一億徧楚執柯伐木熏習相資登此近圓勤學不懈敏慧夙成俱舍一宗造微臻極遂傳講圓暉疏十許徧後該覽大藏三徧乃慨儒家爲佛教之文而多謬解解既謬歟事多悮用擬白樂天六帖纂釋氏義理文章庶事羣品以類相從建其門目總括大綱計五十部隨事別列四百四十門始從法王利見部終師子獸類部其間物類檢括周旋令供筆之時必無告乏矣一十年中孜孜罔倦起晉開運二年至顯德元年畢進呈世宗勑付史館賜紫衣仍加號明教大師以開寶中終于龍興伽藍俗壽七十四法臘五十四楚始謀此作隨得便書哀多益寡日居月諸鬱成編録忽因本院門古石上有六帖二字天然分明覩此靈符乃知宿定搜今榦古筆不停綴時樞密相國王公朴爲楚作序冠于編首今行于寰海矣初楚著述心亦勞止而雙目喪明醫工莫療遂冥心懺過慮刪碎教文裁量差脫如是處處更無間息再歲還明人謂其徵感焉

宋杭州慈光院晤恩傳

釋晤恩字修已姑蘇常熟人也姓路母張氏嘗夢梵僧入其家而妊焉及稚孺見沙門相必起迎遲年十三聞誦彌陀經遂求出家親黨饒愛再三沮之乃投破山興福寺受訓後

唐長興中受滿分戒登往崑山慧聚寺學南山律晋天福初從檇李皓端師聽習經論懸解之性天然時輩輙難抗敵後微聞天台三觀六即之說冥符意解漢開運中造錢唐慈光院志因師講貫彌年通達法華光明經上觀論咸洞玄微尋施覆述出弟子相次角立雍熈三年八月朔日恩於中夜覩白光自井而出明滅不恒謂門人曰吾報齡極於此矣乃絶粒禁言一心念佛次夢擁納沙門執金鑪焚香三遶其室自言祖師灌頂來此相迎汝當去矣夢覺呼弟子至猶聞異香至二十五日爲弟子說止觀旨歸及觀心義辰時端坐面西而化享年七十五僧臘五十五其夜院僧有與文偃等皆聞空中絲竹嘹亮而無鞞鼓且多鈴鐸漸久漸遠依稀西去迨九月九日依西域法焚獲舍利青白圓粒無筭恩平時謹重一食不離衣鉢不畜財寶卧必右脇坐必加趺弟子輩設堂居亦同今之禪室立制嚴峻日别親視明相方許淨人施粥曽有晚飲薯蕷湯者即時擯出黌堂每一布薩則潸洒不止盖思其大集滿洲之言耳偏誨人以彌陀淨業救生死事受教得生感祥可見者往往有之凡與人言不問賢不肖悉示以一乘圓意或怪不逗機者乃曰與作毒鼓之縁耳不喜雜交游不好言世俗事雖大人豪族未甞輙問名居況迋趨其門乎先是天台宗教會昌毀廢文義殘缺談妙之辭没名不顯恩尋繹十妙之始終研覈五重之旨趣講大玄義文句止觀二十餘周解行兼明目足雙運使法華大旨全美流于代者恩之力

也又慊昔人科節與荆溪記不相符順因著玄義文句止觀金光明金錍論科總三十五帖見行於世吁河漢中有魚泝流而上者何潜泳有所取故恩公不寛乘戒而出弟子十有七人求解而行行耳

宋天台山螺溪傳教院義寂傳

釋義寂字常照姓胡氏温州永嘉人也母妊娠公白不喜葷血生乃首戴紫帽而誕焉幼啓二親堅求去俗旋入開元伽藍師授法華經朞月而徹寺之耆老稱歎希有受具已往會稽學南山鈔既通律義乃造天台山研尋止觀其所易解猶河南一徧照也先是智者教迹遠則安史兵殘近則會昌焚毁零編斷簡本折枝摧傳者何憑端正甚學寂思鳩集也適金華古藏中得淨名疏而已後款告韶禪師囑人泛舟於日本國購獲僅足由是博聞多識微寂此宗學者幾握半珠爲家寶歟遂於佛隴道場國清寺相繼講訓令許王錢氏在兩浙日累請開演私署淨光大師并紫方袍辭讓不却受而不稱及興螺溪道場四方學侶霧擁雲屯太平興國五年朝廷條貫緇伍經業寂從山入州治寺寺東樓安置樓近大山夜夢刹柱陷没于地意頗惡之自徙於西偏僧房其夜春雨甚山崩樓圮人咸謂寂先見同修報得之眼焉因受黄巖邑人請乘舟泛江放生講流水長者品至海門靈石是智者冬居道場也勸人修寺塑像入緣者繁夥今上遣高品衛紹欽入山重建壽昌寺也諸官同命受菩薩戒雍熈初永安縣請於光明寺受戒古殿像隳腹中獲發願辭即唐

咸通六年沙門希皎施戒勸七鄉人裝塑尊像願捨報爲男子童眞出家常布褐傳法利樂衆生云觀者皆意寂之前身也四年臨海縉雲永康東陽諸邑請其施戒九月寂至自太末十月寢疾本院方丈十一月四日囑誡門人不許哭泣祭奠應緣俗禮者非吾弟子也即窆于方丈樹小塔焉享年六十九法臘五十矣四方傳法弟子見星而舍者數百人寂平素講法華經并玄義共二十許座光明淨名梵網等經止觀金錍等論法界還源等觀禪源詮永嘉集各數徧所著止觀義例法華十妙不二門科節數卷自智者捐世六代傳法湛然師之後二百餘齡寂受遺寄最克負荷其如炎蒸講貫而無汗之霑洽曾不久聽而勝解佛乘每一談揚則掞金玉應召羽商和彼九句說妙相去幾何又甞寓四明育王寺夢登國清寺上方有寶莊嚴幢座題曰文殊臺設柅挫闌隔求入無由俄覩觀音菩薩從堂徐出以手攘却行馬低迓相接斯須覺已與觀音身泯合不分因而驚寤自是之來樂說無盡矣或曰入普門智乘利物悲上合佛覺證無上故下合衆生凡同體故開則羣靈混成一法得是心者非觀音而誰歟是以講談也施戒也自甌越之鄉迨三天子障民多咈戾俗尚畋獵受寂之訓也咸食椹革音說法之功所謂善建由是堂室閒可見者曰澄或曰寶翔曰義通及乎台之民庶曾受戒法迎眞相來州治開元寺祭饗皆縞素哀泣天爲之變慘其慈攝之所感知州鄭公元龜爲詩悲悼焉

論曰玄默垂文聖人俯察河雒之流有告圖書之法作程禹受斯符乃爲經緯本六十餘字訓第表明號洪範以開章得彛倫而逌敘帝王之法粲然可觀祖述之家翕爾宗此我之佛道可弗然耶教自西傳若龜馬之文作辯聲由此盛如夏商之美惟揚及其講訓相資籤箋互出因分異轍各競顏門施巧智之莫京致慧心之懸合宜乎得正信者必開正眼見正道者必事正修倒本前因則以決擇爲主原夫能詮之教喻圖書也所詮之理喻訓第也經容緯入緯變經存今表顯之名言從體義之相（去聲）雜唯識僉推於護法成即司南婆沙奄有於餘師說同衍字良以各迷已見皆未極成正不正之說恢張玄又玄之談崛起大抵無名相法作名相說非如色法影質易尋名色交加喜生迷競又以言存一意義止一途隨情取舍之時未爲允當隨轉理門之處蓋涉無文加復教有弛張意闕詳略討尋者非英明而莫悟承領者非行位而那知在人亡書以教爲折中故論中以四種徵理理則難隱一觀待二作用三法爾四證成用斯道理義豈惑乎譬如甲氏背人而去有二三子相問曰彼去者誰邪一云乙也一云丙也此俱未是彼有識人云甲也迴面視之是甲非乙由其不識遂有多名識者一呼應聲而至覩得自體不涉異緣故曰精義無二也因義生解解必虛通除其執情令生正解斷其迷執執情斷故所執便遣既能生解則斷障二重斷染依他清淨依他圓成故得二勝果焉不然者認相似法墮惡取空曳曲木

於稠林泛膠舟於苦海又不可勝道也瑜伽論中契經體有二一文二義文是所依義是能依如是二種總名一切所知境界也夫以能化之教已翻所詮之理難悟苟非宿慧安喻經心宿慧當多世之熏方能生起經心乃大雄之意豈易尋求諺所謂老見事長佛已三祇之揚歷多言或中法從諸聖之同宣豈得以夏蟲共論其凌澌井魚互談其溵瀣此誠不可也必須近佛菩薩善慧法師四無礙居遊戲之中八辯音演自他之利秖如天親大士將世尊之一言中道圓宗成諸法之五位如龍帶涓滴而起爲兩望苗稼而施又同命包作緯於春秋鼇度爲資於大易此皆善其通變能其揣摩以利根而教鈍根以正見而誘邪見都稱爲摩訶般特伽也西域蒲塞冶家子以爲裘此方俊才鸞乳人而加水成裘則易以日見而留心免水則難以傳來而隔手昔以講人論法造疏尋宗用成實法數之名補大乘闕負之義其有解法名目隨人見知未融六釋之端何暇三隅之反至若黎邪是報非報化人有心無心和合怖數之徒聞熏滅不滅等百有餘科並三藏四含之盤根大小兩宗之鈐鍵先賢之所不決令指之所共疑但謂闕如所知成障及乎奘師西復梵本東傳富瑜伽之寶林開唯識之淵府摩訶衍足殺三摩明名數均著作之家立破定是非之量深山大澤必生龍蛇有大乘基爲其高足不緣宿習多見生知謂之義天則明星有爛謂之理窟則善閉無關堂堂合周髀之儀軋軋應崑崙之軸有經皆講無疏不成

權奇百本之名控壓四人之聖復次光也寶也測乎沼乎章句之學頗長釋籖之理何富世茂珠林邁編圖紀璟附量度于鯨海尚綴文榮于玉華究三論極乎瑗康窮方等歸乎楷景觀公撰集華嚴命章解相入之連環且無難色通絕行之斷閣故立易功法藏從性海而遊智昇自名流而出偉歟一行所作通神實僧相之法王乃人形之菩薩忠亂琳甫賁秀詵眞俱參譯判經盡開荒闢土於爍宗密美乎湛然悟達全才徹公令範可以副人之求備哉餘諸上士擅美殊方落落英翹互有長短矧以佛之說經申經者論經由論顯論待疏通疏總義章義從師述況以隔羅縠者見猶未盡大徧知者知方得全射侯之矢易疎訴脉之求難中若非親證親說得自體之分明載驅載馳妄他求之晻曖如攝異門分差別之相難知故智論中吾滅度後所有撰集者皆爲論藏攝也俱作導師指迷人之歸路悉銜明燭照暗室之績工動戒足以行之入定門而安矣蓋纏克斷智慧成功咸從生死之河盡度涅槃之岸此始可與言從聞且思思至而修證大圓寂者過此以往未知執名滯義問欲何爲故曰精義入神以致用也既有所用則捨筌蹄而直造佛地此則深於其道者也

宋高僧傳卷第七

音釋

赧 乃版切面慚而赤也　摐 初江切撞也　俶 昌六切動也　甬 尹竦切甬東地名　鰻鯠 鰻母官切鯠落哀切鰻鯠魚名　蜃 時忍切似蛟無足者　蛆 七余切　竅 苦弔切孔也　裛䭲 裛乙及切䭲弋入切裛䭲香襲衣也　錚鏦 錚初耕切鏦七恭切錚鏦金聲也　茜 倉甸切茅茜可染紅也　惝怳 惝齒兩切怳吁往切惝怳驚貌　薾 奴結切疲也　柩 渠祐切　閩 彌鄰切東南越也　諲 於眞切　閿 無分切　纇 盧對切疵也　鍼 職深切與針同　覘 癡廉切窺也　梏械 梏古沃切械胡戒切　邐迤 邐力紙切迤養里切邐迤行貌　駮 北角切不純也　狷 古泫切躁急也　爨 七亂切炊爨也　熸 音尖火滅也　售 承咒切賣也　俘 芳符切軍所獲也　塤篪 塤況袁切篪直離切塤篪並樂器土曰塤竹曰篪　黯 幺減切慘色也　䨴 徒對切黑雲貌　轥 力刃切轢也　蠡 音禮人名　粵 王伐切發語辭　簉 初救切　晷 居洧切日景也　袟 直一切書卷也　僵仆 僵居良切仆芳遇切僵仆頓也　甦 素姑切死而更生也　詘 丑律切屈下也　衎 苦旦切樂也　睢 音雖睢陽縣名　闃 苦鶪切靜寂也　檇 將遂切檇李地名　嘹 憐蕭切嘹亮鳥聲　鞉 徒刀切鼓有柄

者　著蕷 著音署蕷音預著蕷藥名　潸 所間切涕流貌　泝 桑故切逆流而上也　圯 皮美切毀也　枑梐 枑胡故切梐蒲禮切枑梐即梐枑行馬也　椹 食枕切　彧 於六切　逌 以周切與攸同　弛 詩止切廢也　澌 息玆切凌澌冰也凌里孕切　渤 蒲沒切渤澥海名澥音蟹　鬻 于六切販也　髀 旁禮切　軋 烏黠切車轢也　診 章忍切候脉曰診　晻曖 晻衣檢切曖烏代切日無光也

宋高僧傳卷第八

宋左街天壽寺通慧大師賜紫沙門贊寧等奉勅撰

習禪篇第三之一 正傳十五人 附見三人

唐蘄州東山弘忍傳

釋弘忍姓周氏家寓淮左潯陽一云黃梅人也王父暨考皆干名不利貴于丘園其母始娠移月而光照庭室終夕若晝其生也灼爍如初異香襲人舉家欣駭迨能言辭氣與鄰兒弗類既成童丱絶其遊弄厥父偏愛因令誦書無記應阻其宿熏真心早萌其成現一旦出門徙倚閒如有所待時東山信禪師邂逅至焉問之曰何姓名乎對問朗暢區别有歸理逐言分聲隨響答信師熟視之歎曰此非凡童也具體占之止闕七大人之相不及佛矣苟預法流二十年後必大作佛事勝任

荷寄乃遣人隨其歸舍具告所親喻之出家父毋忻然乃曰禪師佛法大龍光被遠邇緇門俊秀歸者如雲豈伊小騃那堪擊訓若垂虛受固無留悋時年七歲也至雙峯習乎僧業不逭艱辛夜則斂容而坐恬澹自居洎受形俱戒檢精厲信每以頓漸之旨日省月試之忍聞言察理觸事忘情瘂正受塵渴方飲水如也信知其可教悉以其道授之復命建浮圖功畢密付法衣以爲質要將知齔雪山之肥膩構作醍醐滄海底之金剛棲傾巨樹擁納之侶蠭至蟬聯商人不入於化城貧女大開於寶藏入其趣者號東山法門歟以高宗上元二年十月二十三日告滅報齡七十有四是日氛霧冥暗山石崩圮門弟子神秀等奉瘞全身于東山之崗也初忍於咸亨初命二三禪子各言其志神秀先出偈惠能和焉乃以法服付慧能受衣化於韶陽神秀傳法荆門洛下南北之宗自茲始矣又信禪師甞於九江遥望雙峯見紫雲如蓋下有白氣横開六歧信謂忍曰汝知之乎曰師之法旁出一枝相踵六世信甚然之及法融化金陵牛頭山貽厥孫謀至于慧忠凡六人號牛頭六祖此則四祖法又分枝矣然融望忍則庶孽耳安可匹嫡乎開元中太子文學閭丘均爲塔碑焉代宗勑謚大滿禪師塔曰法雨也蘄春自唐季割屬偏霸暨開寶乙亥歲王師平江南之前忍肉身墮淚如血珠焉僧徒不測乃李氏國亡之應也今每歲孟冬州人鄰邑奔集作忌齋猶成繁盛矣其諱日將近必雨霧陰慘不然霰雪交霏至日則晴朗焉

唐韶州今南華寺慧能傳

釋慧能姓盧氏南海新興人也其本世居范陽厥考諱行瑫武德中流于新州百姓終於貶所略述家系避盧亭島夷之不斆也貞觀十二年戊戌歲生能也純淑迂懷惠性間出雖蠻風獠俗漬染不深而詭行么形駮雜難測父既少失母且寡居家亦屢空業無腴產能負薪矣日售荷擔偶聞鄽肆間誦金剛般若經能凝神屬垣遲遲不去問曰誰邊受學此經曰從蘄州黃梅馮茂山忍禪師勸持此法云即得見性成佛也能聞是說若渴夫之飲寒漿也忙歸備所須留奉親老咸亨中往韶陽遇劉志略略有姑無盡藏恒讀涅槃經能聽之即爲尼辨析中義怪能不識文字乃曰諸佛理論若取文字非佛意也尼深歎服號爲行者有勸於寶林古寺修道自謂已曰本誓求師而貪住寺取乎道也何異却行歸舍乎明日遂行至樂昌縣西石窟依附智遠禪師侍座談玄遠曰行者迨非凡常之見龍證去吾終於下風請教也未幾造焉忍師覩能氣貌不揚試之曰汝從何至對曰嶺表來參禮唯求作佛忍曰嶺南人無佛性能曰人有南北佛性無南北曰汝作何功德曰願竭力抱石而舂供衆而已如是勞乎井臼率淨人而在先了彼死生與涅槃而平等忍雖均養心何辨知俾秀唱予致能和汝偈辭在壁見解分岐揭厲不同淺深斯別忍密以法衣寄託曰古我先師轉相付授豈徒爾哉嗚呼後世受吾衣者命若懸絲小子識之能計迴

生地隱於四會懷集之間漸露鋒穎就南海印宗法師涅槃盛集論風旛之語印宗辭屈而神伏乃爲其削椎髻於法性寺智光律師邊受滿分戒所登之壇即南宋朝求那跋摩三藏之所築也跋摩已登果位懸記云後當有肉身菩薩於斯受戒又梁末眞諦三藏於壇之畔手植菩提樹謂衆曰種此後一百二十年有開士於其下說無上乘度無量衆至是能爰宅于茲果於樹陰開東山法門皆符前讖也上元中正演暢宗風慘然不悅大衆問曰胡無情緒耶曰遷流不息生滅無常吾師今歸寂矣凶赴至而信乃移住寶林寺焉時刺史韋據命出大梵寺苦辭入雙峯曹侯溪矣大龍倏起飛雨澤以均施品物攸滋逐根荄而受益五納之客擁塞于門四部之賓圍遶其座時宣祕偈或舉契經一切普熏咸聞象藏一時登富悉握蛇珠皆由徑途盡歸圓極所以天下言禪道者以曹溪爲口實矣洎乎九重下聽萬里懸心思布露而奉迎欲歸依而適願武太后孝和皇帝咸降璽書詔赴京闕蓋神秀禪師之奏舉也續遣中官薛簡往詔復謝病不起子牟之心敢忘鳳闕遠公之足不過虎溪固以此辭非邀君也遂賜摩納袈裟一緣鉢一口編珠織成經巾緑質紅暈花緜巾絹五百匹充供養云又捨新興舊宅爲國恩寺焉神龍三年勑韶州可修能所居寺佛殿幷方丈務從嚴飾賜改額曰法泉也延和元年七月命弟子於國恩寺建浮圖一所促令速就以先天二年八月三日俄然示疾異香滿室白虹屬地飯食訖沐浴更

衣彈指不絕氣微目瞑全身永謝爾時山石傾墮川源息枯鳥連韻以哀啼猿斷腸而叫咽或唱言曰世間眼滅吾疇依乎春秋七十六矣以其年十一月遷座于曹溪之原也弟子神會若顏子之於孔門也勤勤付囑語在會傳會於洛陽荷澤寺崇樹能之眞堂兵部侍郎宋鼎爲碑馬會序宗脉從如來下西域諸祖外震旦凡六祖盡圖績其影太尉房琯作六葉圖序又以能端形不散如入禪定後加漆布矣復次蜀僧方辯塑小樣眞肖同疇昔能曾言吾滅後有善心男子必取吾元汝曹勿怪或憶是言加鐵環纏頸焉開元十一年果有汝州人受新羅客購潛施刃其元欲函歸海東供養有聞擊鐵聲而擒之其塔下葆藏屈眴布鬱多羅僧其色青黑碧縑複袷非人間所有物也屢經盜去迷倒却行而還褫之至德中神會遣弟子進平送牙癢和一柄朝達名公所重有若宋之問謂能著長篇有若張燕公說寄香十斤幷詩附武平一至詩云大師捐世去空留法身在願寄無礙香隨心到南海武公因門人懷讓鑄巨鐘爲撰銘讚宋之問書次廣州節度宋璟來禮其塔問弟子令韜無生法忍義宋公聞法歡喜向塔乞示徵祥須臾微風漸起異香裛人隂雨霏霏只周一寺耳稍多竒瑞遑繁不録後肅宗下詔能弟子令韜韜稱疾不赴遣明象齎傳法衣鉢進呈畢給還憲宗皇帝追謚曰大鑒塔曰元和正眞也迨夫唐季劉氏稱制番禺毎遇上元燒燈迎眞身入城爲民祈福大宋平南海後韶州盜周思瓊叛換盡焚其寺

塔將延燎平時肉身非數夫莫舉煙熛向逼二僧對舁輕如夾紵像焉太平興國三年今上勑重建塔改爲南華寺矣

系曰五祖自何而識一介白衣便付衣耶通曰一言知心更無疑貳況復記心輪間如指之掌忍師施一味法何以在家受衣鉢乎秀師則否通曰是法寧選緇白得者則傳周封諸侯乃分分器同姓異姓別也以祖師甄別精麤以衣爲信譬如三力士射堅洛叉一摩健那射則中而不破二鉢羅塞建提破而不度三那羅延箭度而復穿餘物也非堅洛叉有强弱但由射勢力不同耳南能可謂那羅延射而獲賞焉信衣至能不傳莫同夏禹之家天下乎通曰忍言受傳衣者命若懸絲如是忍之意也又會也稟祖法則有餘行化行則不足故後致均部之流方驗能師之先覺不傳無私悋之咎矣故曰知人則哲也吁

唐荊州當陽山度門寺神秀傳

釋神秀俗姓李氏今東京尉氏人也少覽經史博綜多聞既而奮志出塵剃染受法後遇蘄州雙峯東山寺五祖忍師以坐禪爲務乃歎伏曰此眞吾師也決心苦節以樵汲自役而求其道昔魏末有天竺沙門達磨者得禪宗妙法自釋迦佛相傳授以衣鉢爲記世相傳付航海而來梁武帝問以有爲之事達磨貴傳逕門心要機教相乖若水投石乃之魏隱於嵩丘少林寺尋卒其年魏使宋雲於葱嶺見之門徒發其冢但有衣履而已以法付慧可可付粲粲付道信信付忍忍與信俱住東山故謂其法爲東山法門秀既事忍忍默

識之深加器重謂人曰吾度人多矣至於懸解圓照無先汝者忍於上元中卒秀乃往江陵當陽山居焉四海緇徒嚮風而靡道譽馨香普蒙熏灼則天太后聞之召赴都肩輿上殿親加跪禮内道場豐其供施時時問道勑於昔住山置度門寺以旌其德時王公已下京邑士庶競至禮謁望塵拜伏日有萬計洎中宗孝和帝即位尤加寵重中書令張說嘗問法執弟子禮退謂人曰禪師身長八尺厖眉秀目威德巍巍王霸之器也初秀同學能禪師與之德行相埒互得發揚無私於道也嘗奏天后請追能赴都能懇而固辭秀又自作尺牘序帝意徵之終不能起謂使者曰吾形不揚北土之人見斯短陋或不重法又先師記吾以嶺南有緣且不可違也了不度大庾嶺而終天下散傳其道謂秀宗爲北能宗爲南南北二宗名從此起秀以神龍二年卒士庶皆來送葬詔賜謚曰大通禪師又於相王舊邸造報恩寺岐王範燕國公張說徵士盧鴻各爲碑誄服師喪者名士達官不可勝紀門人普寂義福並爲朝野所重蓋宗先師之道也

系曰夫甘苦相傾氣味殊致甘不勝苦則純苦乘時苦不勝甘則純甘用事如是則爲藥治病偏重必離也昔者達磨没而微言絶五祖喪而大義乖秀也拂拭以明心能也俱非而唱道及乎流化北方尚修練之勤從是分岐南服興頓門之說由茲荷澤行于中土以頓門隅脩練之煩未移磐石將絃促象韋之著空費躁心致令各親其親同黨其黨故有

盧奕之彈奏神會之徙遷伊蓋施療專其一味之咎也遂見甘苦相傾之驗矣理病未効乖競先成秪宜爲法重人何至因人損法二弟子濯擊師足洗垢未遑折脛斯見其是之喻歟

唐袁州蒙山慧明傳

釋慧明姓陳氏鄱陽人也本陳宣帝之孫國亡散爲編甿矣明少出家于永昌寺懷道頗切扣雙峯之法高宗之世依忍禪師法席極意研尋初無證悟若喪家之犬焉忽聞五祖密付衣鉢與盧居士率同意數十許人躡迹急追至大庾嶺明最先見餘輩未及能祖見已便擲袈裟明曰我來爲法非望衣鉢也時能祖便於嶺首一向指訂明皆洞達悲喜交至問能曰某宜何往能記之曰遇蒙當居逢袁可止明再拜而去便更其名以舊云道明也下嶺紿諸僧曰向陟崔嵬遠望杳無蹤跡僧即退轉一説居士擲衣鉢於磐石曰此衣爲信豈可力爭邪任君拈去明遂手撇如負鈞石而無舉分拱立捨旃則咸亨四年也以明未捨家曾署諸衛故有將軍之號矣宜春太守秦琢奏謚號焉

唐洛京荷澤寺神會傳

釋神會姓高襄陽人也年方幼學厥性惇明從師傳授五經克通幽賾次尋莊老靈府廓然覽後漢書知浮圖之説由是於釋教留神乃無仕進之意辭親投本府國昌寺顥元法師下出家其諷誦羣經易同反掌全大律儀匪貪講貫聞嶺表曹侯溪慧能禪師盛揚法道學者駿奔乃斆善財南方參問裂裳裹足

以千里爲跬步之間耳及見能問會曰從何所來答曰無所從來能曰汝不歸去答曰一無所歸能曰汝太茫茫答曰身緣在路能曰由自未到答曰今已得到且無滯留居曹溪數載後徧尋名跡開元八年勑配住南陽龍興寺續於洛陽大行禪法聲彩發揮先是兩京之間皆宗神秀若不淰之魚鮪附沼龍也從見會明心六祖之風蕩其漸脩之道矣南北二宗時始判焉致普寂之門盈而後虛天寶中御史盧弈阿比於寂誣奏會聚徒疑萌不利玄宗召赴京時駕幸昭應湯池得對言理允愜勑移往均部二年勑徙荆州開元寺般若院住焉十四年范陽安祿山舉兵內向兩京版蕩駕幸巴蜀副元帥郭子儀率兵平殄然於飛輓索然用右僕射裴冕權計大府各置戒壇度僧僧稅緡謂之香水錢聚是以助軍須初洛都先陷會越在草莽時盧弈爲賊所戮羣議乃請會主其壇度于時寺宇宮觀鞠爲灰燼乃權創一院悉資苫蓋而中築方壇所獲財帛頓支軍費代宗郭子儀收復兩京會之濟用頗有力焉肅宗皇帝詔入內供養勑將作大匠併功齊力爲造禪宇于荷澤寺中是也會之敷演顯發能祖之宗風使秀之門寂寞矣上元元年囑別門人避座望空頂禮歸方丈其夜示滅受生九十三歲矣即建午月十三日也遷塔于洛陽寶應寺勑謚大師曰眞宗塔號般若焉

系曰修其教不易其俗齊其政不易其宜者貴其漸也會師自南徂北行曹溪之法洛中彌盛如能不自異外護巳成則可矣況乎旁

無力輪人之多僻欲無放逐其可得乎或曰其過不多何遽是乎通曰犯時之忌罪不在大失其所適過不在深後之觀此急知時事歟是以佛萬劫學化行者知化行難耳無令固已而損法慎之哉

唐潤州竹林寺曇璀傳

釋曇璀俗姓顧氏吴郡人也肇國著姓其來彌光丞相有佐命之勳尚書有挺濟之譽衣冠鼎冑太嶽峻岱峯之高令問徽猷江漢爲南國之紀星象降精靈秖効祉德備胎教香符夢徵玄珪應上聖之祥神寳蓄河汾之氣特受異凖生而不凡襁褓之日而童蒙來求佩觿之時而忘身殉道和敏而純素温恭而克明神器夙昭清風漸扇遂勉節出塵栖心物表金經祕藏一日萬言不逾歲敘而大經淹通遂於晚年緬懷宗匠始事牛頭山融大師融醇懿瓌雄東夏之達磨歟梵幢寳柱大海津梁目以上根乃誨之曰色聲爲無生之鴆毒受想是至人之坑穽致遠多泥子不務乎璀默而審之直巒獨上飡甘露味飲蒲萄漿猶金翅不食異類帝釋無共鬼居廼晦跡鐘山斷其漏習養金剛定趣大能位納衣空林多歷年所時淮南導首廣陵覺禪師江左名德建業如法師咸杖錫方來降心義體握珠懷寳虛往實歸則天皇毋臨朝龔行佛事高其道業周勤詔書時棲霞約法師梵門之秀傑躬以敦勸朝天抗詔皇明恐未然也璀曰岐伯辭帝舜之師干木謝文侯之命玄暢以善論而抗宋主惠遠不下山而傲齊后彼何人哉由是遁北阜踰東崗考槃雲冥後止

于竹林之隩葺宇盦缶而告老焉既而紹列聖之鴻徽繼前賢之能事翼亮皇梵保寧天人俄端然入定七日而滅春秋六十二是歲天授三年二月六日也翌日依天竺法火化遺骸收灰建塔士庶含酸悉皆號慟門弟子僧感僧顒等刻石紀事奉全師禮正議大夫使持節潤州刺史汝南郡昇嚮風遐想恍而久之褒德尚賢賛成厥美焉

唐金陵延祚寺法持傳

釋法持俗姓張氏潤州江寧人也儀貌邕肅膚體至潤幼而弃俗長事明師天機內發識浪外澄年十三聞黄梅忍大師特徃禮謁蒙示法要領解幽玄後歸青山重事方禪師更明宗極命其入室傳燈繼明紹迹山門大宣道化方既出山凡是學衆咸悉從其洛稟心要聲價騰遠海內聞知數年之中四部依慕時黄梅謝緣去世謂弟子玄賾曰後傳吾法者可有十人金陵法持即其一也是知兩處禪宗重代相襲後以法眼付門人智威長安二年九月五日終于延祚寺遺囑令露骸松下飼諸禽獸令得飲食血肉者發菩提心其日空中有神旛數首從西而來遶山數轉衆人咸見先居幽棲故院竹林變白報齡六十有八矣

唐越州雲門寺道亮傳

釋道亮姓朱氏越州人也厥考前刺會稽郡亮年八歲出家極通經業受具後學河中三論復講涅槃經尋入深谷破衣覆形蔬食資命不交俗務直守童眞神龍元年孝和皇帝詔亮與法席宗師十人入長樂大內坐夏安

居時帝命受菩薩戒睿宗及妃后迭異錦衾氈席二年詔於西園問道朝廷欽貴大都督李孝逸工部尚書張錫國子監周業崔融祕書監賀知章睦州刺史康詵同心慕仰請問禪心多結師資或傳香火卒年八十二門人慧遠等建塔萬齊融爲銘紀述

唐荆州碧澗寺道俊傳

釋道俊江陵人也住枝江碧澗精舍修東山無生法門即信忍二祖號其所化之法也勤潔苦行跡不出寺經四十餘載室邇人遠莫敢請謁者唯事杜默如是聲聞于天天后中宗二朝崇重高行之僧俊同恒景應詔入內供養至景龍中求還故鄉帝賜御製詩幷裝景同歸枝江卒于本寺焉

唐温州龍興寺玄覺傳

釋玄覺字明道俗姓戴氏漢末祖偘公第五燕公九代孫諱烈渡江乃爲永嘉人也總角出家齠年剃髮心源本淨智印全文測不可思解甚深義我與無我恒常固知空與不空具足皆見既離四病亦服三衣德水沐其身所以清淨良藥治其眼所以光明兄宣法師者亦名僧也幷猶子二人並預緇伍覺本住龍興寺一門歸信連影精勤定根確乎不移疑樹忽焉自壞都捐我相不污客塵覩其寺旁別有勝境遂於巖下自構禪庵滄海盪其胷青山拱其背蓬萊仙客歲月往還華蓋煙雲晨昏交集舉若功德成就佛寶鬱興神鐘震來妙屋化出覺居其間也絲不以衣耕不以食豈伊莊子大布爲裳自有阿難甘露作飯覺以獨學孤陋三人有師與東陽策禪師

肩隨遊方詢道謁韶陽能禪師而得旨焉或曰覺振錫遶庵荅對語在别録至若神秀門庭遐征問法然終得心于曹溪耳既決所疑能留一宿號曰一宿覺猶半徧清也以先天二年十月十七日於龍興别院端坐入定怡然不動僧侣悲號以其年十一月十三日殯于西山之陽春秋四十九初覺未亡前禁足於西巖望所住寺喟然歎曰人物駢闐花鬘蓊蔚何用之爲其門人吴興與師新羅國宣師數人同聞皆莫測之尋而述之曰昔有一禪師將諸弟子遊賞之次遠望一山忽而唱曰人物多矣弟子亦不測後匪久此師捨壽殯所望地也西山去寺里有餘程送殯緐擁人物沸騰其感動也若此又未終前有舒鴈千餘飛于寺西侍人曰此將何來空中有聲云爲師墓所故從海出也弟子恵操恵特等慈玄寂皆傳師之法爲時所推後李北海邕爲守括州遂列覺行録爲碑號神道焉覺唱道著明修證悟入慶州刺史魏靖都緝綴之號永嘉集是也初覺與左溪朗公爲道契朗貽書招覺山棲覺由是念朗之滯見于山拘情於講迴書激勸其辭婉靡其理明白俾其山世一如喧靜互用趣入之意暗詮于是達者韙之終勑諡號無相塔曰淨光焉

唐金陵天保寺智威傳 淨本

釋智威俗姓陳氏江寧人也住近青山地盤嘉氣善符宿瑞維嶽降神爰在童年器殊衆識至於戲弄曽不染俗性惡浮飾人皆異焉無何一朝忽失其所父母莫知攸往乃徧歷諸寺尋訪之威巳依天保寺統法師誦大乘

經早數百紙聰敏超倫衆咸歎服年二十遇恩剃落隸名于幽巖寺因從持禪師諮請禪法妙達深理繼踵前脩既獲髻珠淡然閑放形容温潤面如滿月言辭清雅慧德蘭芳望重一期聲聞遠近江左定學往往造焉其中頓悟心源即慧忠禪師乃命嗣山門盛傳道化威自出止延祚寺說法利人廣施饒益以開元十年二月十八日終于住寺遺囑林中飼鳥獸弟子玄挺等依言奉行春秋七十七威一時夜行頭陀將值天曉有三虎遇之威截路中過了無怖色虎隨至山門四顧而去每有二兎一犬庭際遊戲各無閒畏蓋大悲平等物我一均故其然也次司空山釋本淨姓張氏東平人也少入空門高其節操遊方見曹溪六祖決了疑滯開元初於南嶽司空山閑放自處人不我知蔽僞之故也天寶中因楊庭光采藥邂逅相逢論道終日迴奏詔赴京於白蓮華亭安置帝知佛法幽深孰堪商擢勅召太平寺遠法師及兩街三學碩德發問鋒起若百矢之逐一兎焉淨舉措容與四面技梧譬墨翟之解九攻機械矣既而辯若建瓴訓抗之餘乃引了義教援證復說伽陀一無留滯皇情懌悦觀者歎嗟以上元二年五月五日歸寂壽齡九十五勅謚大曉禪師亦帶所居爲名曰司空山禪師也

唐睦州龍興寺慧朗傳（智公）

釋慧朗新定遂安人也年二十有二於衢州北山遇南宗頓教之首將請爲師乃逆相謂曰汝久積淨業吾非汝師可往天台當逢掊匠至剡溪石城寺見一禪翁莫知其來鶴髮

氷膚目如流電聲含鐘律神合太虛乃問朗曰子將何之答曰欲往天台求佛大法因同行十數里憩林樹下而指訓之曰法常寂然彼亦如也何必隨遠當化有緣宜歸本生度無量衆言畢求之無方豁然本心悟佛知見林棲谷飲凡經數載乃却歸故邑慧安寺淨名白衣服非法服純陀工巧心如佛心驪珠尚潛師子未吼弱喪之終涉川迷津一日秦望山林嶺振動俄有大龜呈質咸相謂言此何祥也尋有禪僧曰習自會稽雲門而來身長八尺四寸高鼻大目睛光射人明大品思益維摩等經兼博通諸論衆曰神僧也大龜應乎此也朗袐菩薩行請之爲師習徵維摩經義答曰如日照螢火海沃牛跡耳習公深器之曰眞淨名也景龍中鄉人吳川縣尉余

少與宗黨新昌縣令余仁等十數家咸共宗事迹請降臨一夕忽覩神光從項而出旁燭山川盈十數里含情之類罔不歸依習公加師資之禮由玆反拜請朗登座乃先示法身徧同羣有次明徧化一切皆如道俗欣然而各歎曰昔山之震動龜之斅祥非習公之應明矣至是四方學禪觀者臻萃開元四年本州牧李思絢於龍山之陽建伽藍延以居之方大設戒壇廣邀律德有光州岸公會稽超公而爲上首既而發希有心受具足戒珠圓月滿内外俱明徧臨壇爲戒師旋請益爲學士衆情加重道在益尊七年刺史韋利器深心歸向八年歙州長史許思恭請往治所朗升法座無何熊伏于前聞鐘而來衆散而去時皆驚懼虞其搏攫原其有聽法之心耳其

馴猛獸也若此十三年九月二十一日告門人曰吾將去矣吾三生此州今一生矣言訖儼然而寂春秋六十四稟遺命荼毗建塔學者既多穎脫則開元寺道欽慧祐道禪龍興寺習海寧國寺進玉越州寶林寺有沛遠整杭州竹林寺一行等並傳朗之法相繼若瓜瓞然至大曆十二年新定太守蕭定述碑司馬劉長卿書刺史李揆篆額所謂俱是名公盛誇全美有矣

唐鄆州安國院巨方傳 智封

釋巨方姓曹氏安陸人也弱齡幹節立身從師稟業於州治明福院朗禪師而聽誦法華維摩二經功畢受具講述南宗論數席即拂衣而起禪會必叅後造北宗秀公所銳精稽考一見黙許之秀問曰白雲散處如何曰不昧也又問到此間後如何曰正見一枝生五葉秀領之數載之間入室侍對庶幾真道罕有倫擬乃辭覲方至上黨寒嶺而居積稔之間學徒數百求請無阻凡所提唱真妄同源遲速異劑得心助道在乎修治大較如此鄆帥吳文渙侍中欽慕其風遣使請歸府建安國院傳法化徒尚祖風者不離于席頓悟多矣鄆帥問曰今日後如何答云地布金沙人安寶刹吳帥信伏因茲一府軍民咸加宗仰吳氏家無少長重若神明檀施豐厚方後於五臺山道化涉二十餘載入滅時告衆曰吾歯盡於此矣言訖長逝春秋八十一以開元十五年九月三日全身入塔云次河中府安國院釋智封姓吳氏懷安人也中年學道勵操謹躬行頭陀之行卯食之後水漿不度歯

焉於本州清靜寺恒法師下落髮受具綜習唯識論或人所詰責之以滯于名相憤發罷講遊行登武當山見秀師會疑冰解泮思養聖胎儵辭出蒲津安峯山禁足十年木食澗飲屬州牧衛文昇請歸城内建新安國院居之因茲奔走毳衣蔚然繁盛使君問曰某今日後如何對曰日從濛汜出照樹全無影使君初不喻旨拱葉而退少選開曉充詘于懷封來往中條山二十餘年儉薄不充得其道者不可勝紀入滅後門人於州北三十步建塔焉

唐郢州大佛山香育傳

釋香育姓李氏濟陰人也父爲兖州掾育有道性常研習莊老根器奮發俄於釋典留神決捐俗態趨滄州安定寺智元律師所乞求削染滿足戒後精力律學垂欲卒業一旦辭師觀遊聖跡陟天台登南嶽或入巖阿或棲樹下末至五臺後忝預秀師盛化夙心相契擊節希聲秀問之育答密若隱書一皆開釋秀默異之在蓁衆間多歷年所洞徹心源則辭秀去入富水大佛山勁節安禪卯前一食州將韓聞篤欽其道堅召出山育稱疾而已因是黑白之衆渴仰歸依韓使君輜車繼運供施交駢樹造法堂嚴飾奇麗時來問道韓侯問佛法已後事如何答云如同太虛委在有力韓侯欽尚徒衆常有千計賢不肖駮雜而居往往聞有不測之僧頑其聽受焉一旦說法次告衆曰善哉是會遭遇者難須決所疑無遺虛度命水滌盥端坐而化春秋七十有三矣

唐兗州東嶽降魔藏師傳

釋藏師姓王氏趙郡人也父爲亳州掾稚齒尋師居然慕法而性好獨處譙多厲鬼持魅於人藏七歲隻影開房孤形逈野曾無少畏至年長彌見挺拔故號降魔藏歟請列青衿于廣福院明讚禪師師意其法器乃發擿之麿對辯給答出問表因留執事服勤受法俾誦法華踰月徹部登即剃落受具習律焉次講南宗論大機將發俄投麈尾九州靈跡罕不登升後往遇北宗鼎盛便誓依棲秀問曰汝名降魔我此無山精木怪汝翻作魔邪曰有佛有魔秀云汝若是魔必住不思議境界也曰是佛亦空何不思議之有時衆莫不異而欽之先是秀師懸記之汝與少皡之墟有緣尋入泰山數年學者臻萃供億克周爲金輿谷朗公行化之亞也一日告門人曰吾今老朽物極有歸正是其時言訖而終春秋九十一矣

宋高僧傳卷第八

音釋

邂逅邂胡懈切逅胡遘切邂逅不期而會也　騃五駭切癡也　逭胡玩切逃也　齕下沒切齧也　齫苦隕切齾也　霰先見切雨雪雜下也　瑫他牢切　䝤盧皓切西南夷謂之䝤　暈王問切　琯古滿切　屈眴梵語也此云大細布屈曲勿切眴輸閏切　縑古廉切縑繒也　袷古洽切夾也　褫直爾切解也　熛必堯切火飛貌　紵直呂切　厖莫江切　脛胡定切脚脛也　甿眉庚切民也　跬丘癸切半步也　淰式荏切閃也　鮪羽鬼切鱣屬　輓武遠切引車也　緡彌鄰切錢貫也　苫舒贍切茅覆也　璀七罪切　襁居兩切負兒衣也　殉松閏切從也　鴆直禁切毒鳥也　穽疾郢切陷也　簋古美切黍稷方器也　缶方久切瓦器也　頵規倫切　䞨于鬼

切是也

攉 正作推訖岳切舉而引之也

建瓴 建紀偃切翻水也瓴郎丁切盛水瓶也

憩 去制切息也

絢 翾縣切

歙 失涉切州名

氾 音似濛氾口入處也

輜 側持切載重物車也

盥 古玩切滌手也

皞 合老切少皞西方也

宋高僧傳卷第九

宋左街天壽寺通慧大師賜紫沙門賛寧等奉勅撰

唐京兆慈恩寺義福傳 行思

釋義福姓姜氏潞州銅鞮人也幼慕空門忝累世務初止藍田化感寺處方丈之室凡二十餘年未嘗出房宇之外後隷京師慈恩寺道望高峙傾動物心開元十一年從駕往東都經蒲虢二州刺史及官吏士女皆齎旛花迎之所在途路充塞拜禮紛紛瞻望無厭以二十年卒有制謚號曰大智禪師葬於伊闕之北送葬者數萬人中書侍郎嚴挺之躬行喪服若弟子焉又撰碑文神秀禪門之傑雖有禪行得帝王重之無以加者而未嘗聚徒開法也洎乎普寂始於都城傳教二十餘載人皆仰之初福往東洛召其徒戒其終期兵

部侍郎張均太尉房琯禮部侍郎韋陟常所信重是日皆預造焉福乃升堂爲門人演說且曰吾没日𣅜當爲此決别耳久之張謂房曰某夙歲餌金丹未嘗臨喪言訖張遂潛去福忽謂房曰與張公遊有年矣張公將有非常之咎名節皆虧向來若終此法會足以免禍惜哉乃提房手曰必爲中興名臣其勉之言訖而終後張均陷賊庭也受其僞官而房翼戴兩朝畢立大節皆終福之言矣又釋行思姓劉氏廬陵人也濡潤厥躬貞諒其性出塵之後納戒已還破觚求圓斲雕爲朴厥志天然也往韶陽見大鑒禪師一言蔽斷猶擊蒙焉既了本心地祇迭告還復吉州闡化四方禪客繁擁其堂開元二十八年十二月十三日入滅于本生地勅謚大師號曰洪濟塔曰歸眞其塔會昌中例從堙毀後法嗣者重崇樹之

唐京師興唐寺普寂傳

釋普寂姓馮氏蒲州河東人也年纔稚弱率性軒昂離俗升壇循于經律臨文揣義逈異恒流初聞神秀在荊州玉泉寺寂乃往師事凡六年神秀奇之盡以其道授焉久視中則天召神秀至東都論道因薦寂乃度爲僧及秀之卒天下好釋氏者咸師事之中宗聞秀高年特下制令普寂代本師統其法衆開元二十三年勅普寂於都城居止時王公大人競來禮謁寂嚴重少言來者難見其和悅之容遠近尤以此重之二十七年終于上都興唐寺年八十九時都城士庶謁者皆制弟子之服有制賜謚曰大慧禪師及葬河南尹裴

寛及其妻子並縗麻列于門徒之次傾城哭送閭里爲之空焉裴尹之重寂職有由矣寂之闡化神異頗多裴皆目擊又得心印歸向越深時多譏誚裴曰夕造謁執弟子禮曾無差脫一日詣寂寂懸知弟子一行之亡及寂之終滅裴之悲慟若喪所親縗絰徒步出城妻子同爾搢紳之譏生於是矣

系曰人之情也有愛惡焉愛之者不見可惡惡之者不見可愛矣夫萬物紛綸任其愛惡折中之道可愛而不可惡愛之者君子也惡之者小人也愛之不以道則君子之病矣裴尹冠裳在御職事在躬不避密行顯掇時謗宜哉譬諸僧躭俗務胡不捨袈裟而衣逢掖乎若實得道後終期脫屣有何不可邪寛不抽簪何悖禮於丘之門歟寛若行方外之道復何誅焉達人大觀物無不可矣

唐南嶽觀音臺懷讓傳

釋懷讓俗姓杜金州安康人也始年十歲雅好佛書炳然殊姿特有靈表識者占是出家相非染俗貴人寶來瑞國慶無疆方之麟鳳龜龍無萬數也天地無全功氣序有盈虛綱維缺壞補塞不足皆冥維密祐惟應度者乃燭厥理非庸庸所知也弱冠詣荆南玉泉寺事恒景律師便剃髮受具歎曰夫出家者爲無爲法天上人間無有勝者經之所謂出四衢道露地而坐也時坦禪師乃勸讓往嵩丘覲安公安啓發之因入曹侯溪覲能公能公怡然無馨無臭洪波泛臻大壑之廣乎韶護合奏大樂之和乎讓之深入寂定住無動道場爲若此也能公大事緣畢讓乃躋衡嶽止

于觀音臺時有僧玄至拘刑獄舉念願讓師救護讓早知而勉之其僧脫難云是救苦觀音得斯號也亦由此焉化緣斯盡傳法弟子曰道峻曰道一皆升堂覩奧也其後一公振法鼓于洪州其門弟子曰惟寬懷暉道一大緣將訖謂寬等曰吾師之道存乎妙者也無待而常不住而至能事集矣金口所生從法而化於我爲子及汝爲孫一燈所傳何有盡者讓以儀鳳二年生至天寶三載八月十日終于衡嶽春秋六十八僧臘四十八一公建塔于別峯元和中寬暉至京師揚其本宗法門大啓傳百千燈京夏法寶鴻緒於斯爲盛至八載衡陽太守令狐權問讓前迹權捨衣財以充忌齋自此每歲八月爲觀音忌焉寶曆中勑謚大慧禪師塔號最勝輪元和年中常侍歸登撰碑云

唐京師大安國寺楞伽院靈著傳（法訛）

釋靈著姓劉氏緜州巴西人也年殆志學方遂出家登戒尋師不下千里年四十精毗尼道兼講涅槃一律一經勤於付授晚歲請問大照禪師領悟宗風守志彌篤後詣長安誕敷禪法慕道求師者不減千計若魚龍之會淵澤也以天寶五載四月十日申時示滅于安國寺石楞伽經院享壽五十六僧夏三十六將終寺中亟多變怪蓋法門梁棟之頹撓也著加趺而坐怡然而化三七日後荼毗起塔于龍首崗鄰佛陀波利藏舍利之所帝女嫣之墳右以其年十月十日遷入塔焉弟子朗智道珣如一追慕師德香火不絕内侍上柱國天水趙思侃命釋子善運撰碑于塔所

馬有錢塘靈智寺釋法諲俗姓馮本長樂人也隨祖宦于江東遂爲錢塘人也父子通字元達世襲冠裳傳其素業然精覈百氏之餘執志慕淨名之應質談論多召禪林之士於家別室供禮願生令嗣彌久諲誕于家岐嶷之性天發端謹纔勝衣也啓父求出俗固不阻留披剃登具探賾三乘如指掌焉而性終耿介於此寺之深塢實浙江之陽也別構蘭若去伽藍敻遠終日安禪時同志者造門請益諲隨事指南多有所證以天寶二載十二月十三日天之將曉告侍者端坐奄從泥洹春秋六十五僧臘減二十年于時山鳥哀鳴雲霧蒙慘遠近檀越悲泣者如堵以其月十九日遷殯于寺側山原有弟子俞法界及子懷福猶子希秀等舊所歸心結塔營事皆出其家塔因會昌中所毀今存趾焉碑石漫没吁哉

唐潤州幽棲寺玄素傳

釋玄素字道清俗緣馬氏潤州延陵人也生有異度幼而深仁乳育安靜髫齓希尚求歸釋門父母從之出依淨域以如意年中始奉制度隸名于江寧長壽寺進具已後戒光騰燭定水澄漣思入玄微行逾人表既解色空常慕宗匠晚年乃南入青山幽棲寺因事威禪師躬歷彌載撞鐘大鳴威誨以勝法得其不刋之旨從是伏形苦節交養恬和敗納襯身寒暑不易貴賤怨親曾無喜愠時目之爲嬰兒行菩薩道業既高人希瞻禮開元年中僧汪密請至京口郡牧韋銑屈居鶴林四部歸誠充塞寺宇素納衣空牀未嘗出戸王侯

稽首不爲動揺顧世名利猶如幻焉忽於一日有屠者來禮謁自生感悟懺悔先罪求請素明中應供乃欣然受之降詣其舍士庶驚駭咸稱異哉素曰佛性是同無生豈別但可度者吾其度之何異之有天寶之初吴越瞻仰如想下生楊州僧希玄請至江北竊而宵遁黑月難濟江波淼然持舟擬風俄頃有白光一道引棹直渡通波獲全楚人相慶佛日再耀傾州奔赴會於津所人物拒道間無立位解衣投施積若山丘略不干其懷抱令悉充悲田之費禮部尚書李憕爲揚州牧齋心虔虔二時瞻近未幾而京口道俗思渴法音仍移牒渡江再請還郡二處紛諍莫決所從李時謂人曰本期奉道反成愛憎因任從所請却歸南郡其感物慕德罕有與倫以天寶十一載十一月十一日中夜無疾而化春秋八十有五哀感人倫慟徹城市以其月二十一日奉全身建塔于黄鶴山西所住之地方伯邑宰盡執喪師之禮率衆申哀江湖震響素往於寺内坐禪之所高松偃覆如蓋及移他樹還亙如前又當捨壽之夕房前雙桐無故自枯識者以爲雙林之變但眞乘妙理絶相難思嘉瑞靈祥應感必有經云隨緣赴感即其事也有門弟子法鑑及吴中法欽此二大士重光道原僉具别傳受菩薩戒弟子吏部侍郎齊澣廣州都督梁卿潤州刺史徐嶠京兆韋昭理給事中韓賞御史中丞李丹禮部崔令欽並道流人望咸歎師資亦嘗問道於徑山猶樂正子春於夫子洗心瞻仰天漢彌高水鑑明心悟深者衆矣洎大和中遠慕

遺風高其令德追謚大律禪師大和大寶杭之塔後人多以俗氏召之曰馬祖或以姓名兼稱曰馬素是也

系曰彌天以出家子咸姓釋氏懸合後到阿含經可不務乎素師以俗姓呼之必有由矣噫繁盛法嗣猶不能遏此訛稱則知素師名翼一飛四海仰止故登俗域令警將來宜正名也

唐均州武當山慧忠傳

釋慧忠俗姓冉氏越州諸暨人也孰辨甲子或謂期頤之年肌膚氷雪神宇峻爽少而好學法受雙峯默默全眞心承一印行無住相歷試名山五嶺羅浮四明天目白崖倚帝紫閣摩穹或松下安居於九旬或嵌空息慮於三昧既懸明月之戒亦淨瑠璃之心已度禪定之門不起無生之見嶷若蘇盧八風莫能動清如淨鑑萬象何所隱可止也我則武當千峯狎於麋鹿可行也我則虎溪一徑分衛人間薄遊吳楚以至于順陽川馬卜居黨子之林泉四十餘祀深入法王之聖定八萬廣門道聲洋乎力量充矣開元年中刺史前中書侍郎開國公王琚司馬太常少卿趙頤貞信潭以清聞風而悅稅駕扣寂杳然虛空禮足散金銀之華不異彌伽長者執手見微塵之佛等毗目仙人上奏玄宗徵居香刹則龍興寺也由是罷相節使王公大人罔不膜拜順風從而問道忠博達詁訓廣窮經律降魔制外孰之與京不可以威畏不可以利動暾日而食對月澄心清風飛霜勁節凌竹辭檢理詰折彼慢憧論頓也不留眹迹語漸也返

常合道得之於心伊蘭作栴檀之樹失之於指甘露乃蒺蔾之園妙不可傳花多果少世有執礫水中若獲瑠璃之寶掬泡瓶内謂得摩尼之珠忠所以訶之止之不能已矣故有超毗盧之説令其不著佛求越法身之談俾夫無染正性豈毗盧之可越而法身之可超哉是以虛空之心合虛空之理纖妄若雲翳宗通如日月朝郎結駟而至安禪不動受其頂謁儼如也蓋所謂昔人不迎七步以福於萬乘之君豈止百寮而已哉肅宗皇帝載定區夏聞其德高以上元二年正月十六日勅内給事孫朝進馹騎迎請其手詔曰皇帝信問朕聞調御上乘以安中土利他大士共濟羣生師以法鑑高懸一音演説藏開祕密境入圓明大悲不倦於津梁至善必明於兼濟尊雄付囑實在朕躬思與道安宣揚妙用廣滋福潤以及大千傳罔象之玄珠拔沉迷之毒箭良緣斯在勿以爲勞仗錫而來京師非遠齋心已久副朕虛懷春寒師得平安好遣書指不多及忠常以道無不在華野莫殊遂高步入宫引登正殿霜杖初下日照龍衣天香以焚風飄羽蓋時忠驤首接武神儀肅若天子欽之待以師禮奏理人治國之要暢唐堯虞舜之風帝聞竦然膝之前席九龍灑蓮華之水萬乘飲醍醐之味從是肩舁上殿坐而論道不拘彝典也尋令驃騎朱光輝宣旨住千福寺相國崔渙從而問津理契於心談之朝野識眞之士往往造焉洎夫寶應臨御以孝理國匪移前睠劃開萬里之天若見三江之月又勅内侍袁守宏迎近關下光宅寺

安置香飯雲來紫衣天降雖使臣擁禪門而不進御府列玉帛而盈庭了之如泡觀之若夢澹然閑任自樂天倪亦可羅浮不歸方名宴坐雙峯長往始契無生者哉成聖元胎於是乎在固所以萬行齊發千門不累於心矣則兜率之鼓無形乃聲脩羅之琴不撫而韻香傳天主花雨空王見之於忠矣常以思大師有言若欲得道衡嶽武當因奏武當山請置太一延昌寺白崖山黨子谷置香嚴長壽寺各請藏經一本度僧護持二聖御影鎮彼武當王言惟允有司承式猴江鴈塔雖未飾於中峯茅楝柴扉便以名於梵宇睿札題額鸞迴鵲飛山川光煌黑白抃躍想金殿之可期覩瑤臺之非遠至大曆八年又奏度天下名山僧中取明經律禪法者添滿三七人道門因之羽服緇裳罔不慶懌數盈萬計用福九重也忠往在南陽陷於賊境固請迴避皆不允之臨白刃而辭色無撓據青雲而安坐不屈魁帥觀其禪德淡若風韻高逸投劒羅拜請師事焉于時避寇遇寇者衆矣無何羣盜又至乃曰未可以踵前也遂杖錫發趾沿江而去有斆其先蹤堅住不避者盡被誅戮則知雲物氣象有如先覺存而不論道何深也金籍曰般若無知而無不知斯之謂歟內德既充外應彌廣自藏珍寶人莫之窺於戲論龍奮迅而麹多不知忉利雨花而明徹莫識前賢厭世正眼隨滅不亦悲夫忽疾將亟國醫罔効自知去辰衆問後事乃曰佛有明教依而行之則無累矣吾何言哉粤十年十二月九日子時右脇纍足泊然長往所司聞

奏皇情惻焉中使臨弔賻贈甚厚勑謚號曰大證禪師有詔歸葬于黨子之香嚴寺循其本也威儀手力所在支給具飾終之禮哀慟梵場也勑常修功德使檢校殿中監興唐寺沙門大濟早接道論豁如披雲雖非門人哀逾法嗣凡有敷奏聖皆允焉在家弟子開府孫知古弁弟內常侍朝進居士景超昆季等僧弟子千福寺志誠光宅寺智德香嚴寺主道密等凡數萬人痛石室之未籌悲雲峯之聳塔晨鐘徒擊於高殿夕梵空奏於前山哲人云亡疇將倣仰譯經沙門飛錫爲碑紀德焉

唐太原甘泉寺志賢傳

釋志賢姓江建陽人也夙心剛整幼且成規既遂出家壽加戒品霑嘗漸教守護諸根抗節修心不違律範大寶元年於本州佛跡巖承事道一禪師曾無間然汲水拾薪惟務勤苦遊方見金華山赤松洞是黃初平叱石羊之地鬱林峻嶺泉湖百步許意樂幽奇既棲巔頂野老負香秔蔬茹以供之時天大旱賢望空擊石曼罵諸龍曰若業龍無能爲也其菩薩龍王胡不遵佛勑救百姓乎敲石纔畢霈然而作黎人咸悅後遊長安名公碩德列請爲大寺功德之師賢悚然不顧明日遂行登五臺尋止太原甘泉寺道俗請學禪理者繼至無疾而終勑謚大遠禪師旌乎厥德矣

唐黃龍山惟忠傳

釋惟忠姓童氏成都府人也幼從業於大光山道顏禪師神驥伏櫪雖止也發蹄則超忽千里焉遊嵩嶽見神會禪師折疑沈默處于

大方觀覽聖跡見黃龍山鬱翠而奇異乃嘗芟舍其窮溪極谷而多毒龍噴氣濛濛山民犯者多如中瘴焉醫工寡効忠初不知獨居禪寂澗飲木食其怪物皆卷而懷矣山民無害或聞空中聲云得師居此民之多幸今我解脫也鄉人因號是山爲伏龍言忠弭伏鱗蟲之長故此名焉以建中三年入滅報齡七十八其年九月遷塔云

唐南嶽石頭山希遷傳

釋希遷姓陳氏瑞州高安人也母方懷孕不喜葷血及生岐嶷雖在孩提不煩保母既冠然諾自許未嘗以氣色忤人其鄉洞獠民畏鬼神多淫祀率以牛酒祚作聖望遷輙往毀叢祠奪牛而歸歲盈數千鄉老不能禁其理焉聞大鑒禪師南來學心相踵遷乃直往大鑒衎然持其手且戲之曰苟爲我弟子當肖遷逌爾而笑曰諾既而靈機一發廓若初霽自是上下羅浮往來三峽間開元十六年羅浮受具戒是年歸就山夢與大鑒同乘一龜泳於深池覺而占曰龜是靈智也池是性海也吾與師乘靈智遊性海久矣又何夢邪後聞廬陵清涼山思禪師爲曹溪補處又攝衣從之當時思公之門學者麏至及遷之來乃曰角雖多一麟足矣天寶初始造衡山南寺寺之東有石狀如臺乃結庵其上杼載絕岳衆仰之號曰石頭和尚焉初嶽中有固瓚讓三禪師皆曹溪門下僉謂其徒曰彼石頭眞師子吼必能使汝眼清涼由是門人歸慕焉或問解脫曰誰能縛汝問淨土曰誰能垢汝其答對簡速皆此類也廣德二年門人請下

于梁端自江西主大寂湖南主石頭往來憧憧不見二大士爲無知矣貞元六年庚午歲十二月二十五日順化春秋九十一僧臘六十三門人慧朗振朗波利道悟道銑智舟相與建塔于東嶺塔成三十載國子博士劉軻素明玄理欽尚祖風與道銑相遇盛述先師之道軻追仰前烈爲碑紀德長慶中也勑謚無際大師塔曰見相焉

唐成都府淨衆寺神會傳

釋神會俗姓石本西域人也祖父徙居因家于岐遂爲鳳翔人矣會至性懸解明智內發大璞不耀時未知之年三十方入蜀謁無相大師利根頓悟冥契心印無相歎曰吾道今在汝矣爾後德充慧廣鬱爲禪宗其大略寂照滅境超證離念即心是佛不見有身當其凝閉無象則土木其質及夫妙用默濟雲行雨施蚩蚩羣甿陶然知化覩貌遷善聞言革非至於廓蕩昭洗執縛上中下性隨分令入以貞元十年十一月十二日示疾儼然加趺坐滅春秋七十五法臘三十六沙門那提得師之道傳授將來以十二年二月二十二日門人弟子緇俗遷座于本院之北隅孺慕師德號哭之聲山林爲之變色初會傳法在坤維四遠禪徒臻萃于寺時南康王韋公皐最歸心于會及卒哀咽追仰蓋粗入會之門得其禪要爲立碑自撰文幷書禪宗榮之

唐杭州徑山法欽傳

釋法欽俗姓朱氏吴郡崑山人也門地儒雅祖考皆達玄儒而傲睨林藪不仕欽託孕母管氏忽夢蓮華生於庭際因折一房繫於衣

裳既而覺已便惡葷羶及迄誕彌歲在於髫辮則好爲佛事立性温柔雅好高尚服勤經史便從鄉舉年二十有八俶裝赴京師路由丹徒因遇鶴林素禪師默識玄鑒知有異操乃謂之曰觀子神府温粹幾乎生知若能出家必會如來知見欽聞悟識本心素乃躬爲剃髮謂門人法鑒曰此子異日大興吾教與人爲師尋登壇納戒鍊行安禪領徑直之一言越周旋之三學自此辭素南征素曰汝乘流而行逢徑即止後到臨安視東北之高巒乃天目之分徑偶問樵子言是徑山遂謀挂錫於此見苫蓋覆罝網層近而宴居介然而坐時雨雪方霽旁無煙火獵者至將取其物頗甚驚異嘆嗟皆焚網折弓而知止殺焉下山募人營小室請居之近山居前臨海令吳貞捨別墅以資之自兹盛化叅學者衆代宗睿武皇帝大曆三年戊申歲二月下詔曰朕聞江左有蘊道禪人德性氷霜淨行林野朕虛心瞻企渴仰懸懸有感必通國亦大慶願和尚遠降中天盡朕歸向不違願力應物見形令遣内侍黄鳳宣旨特到詔迎速副朕心春暄師得安否遣此不多及勑令本州供送凡到州縣開淨院安置官吏不許謁見疲師心力弟子不筭多少聽其隨侍帝見鄭重咨問法要供施勤至司徒楊綰篤情道樞行出人表一見欽於衆退而嘆曰此實方外之高士也難得而名焉帝累賜以縑繒陳設御饌皆拒而不受止布衣蔬食悉令弟子分衛唯用陶器行少欲知足無以儔比帝聞之更加仰重謂南陽忠禪師曰欲錫欽一名手詔賜

號國一馬德宗貞元五年遣使齎璽書宣勞弁慶賜豐厚欽之在京及迴浙令僕公王節制州邑名賢執弟子禮者相國崔渙裴晉公度第五琦陳少遊等自淮而南婦人禮乞號皆目之爲功德山焉六年州牧王顏請出州治龍興寺淨院安置婉避韓滉之廢毀山房也八年壬申十二月示疾說法而長逝報齡七十九法臘五十德宗賜謚曰大覺所度弟子崇惠禪師次大祿山顏禪師叅學范陽杏山悟禪師次清陽廣敷禪師于時奉葬禮者弟子實相常覺等以全身起塔于龍興淨院初欽在山猛獸鷙鳥馴狎有白兎二跪于杖屨之間又嘗養一雞不食生類隨之若影不遊他所及其入長安長鳴三日而絕今雞冢在山之椒欽形貌魁岸身裁七尺骨法奇異今塔中塑師之貌凭机猶生焉杭之錢氏爲國當天復壬戌中叛徒許思作亂兵士雜宣城之卒發此塔謂其中有寶貨見二甕上下合藏肉形全在而髮長覆面兵士合甕而去刺史王顏撰碑述德比部郎中崔元翰湖州刺史崔玄亮故相李吉甫丘丹各有碑碣焉

唐壽春三峯山道樹傳

釋道樹姓聞氏唐州人也少以辯智沉靜虛豁躭嗜經籍曾無少懈其爲人也貞固足以幹事隱括足以矯時偶遇僧敦喻遂誓出塵自慨年近不惑求法淹遲禮本部明月山大光院惠文爲授業登即剃染二年受具乃觀方向道天台南岳無所不遊後迴東洛遇秀宗裔如芙蓉開通達安靜至壽州三峯結茅而居常有野人服色朴素言談異常於言笑

之外化作佛形仙形菩薩羅漢或放神光或呈聲響如是涉一十年學侶覩之不測端緒後皆寂爾樹告衆曰野人作多色伎倆眩惑於人只消老僧不見不聞伊伎倆有窮吾不見不聞無盡所謂作僞心勞而日拙其自知之卷羞懷拙而去追無朕迹矣樹於寶曆初年示疾而終報齡九十二明年正月遷塔焉

系曰大鈞播物物類紛錯窮數達變因形移易者謂之化謂之幻知幻化之不異生也始窮幻化矣吾與汝俱幻也推之於實則幻化或虛置之於虛則幻化時實實虛理齊不自我之先後歟體道無心物我均矣故佛言凡所見相唯所見心又云若見諸相非相則見如來樹師有焉

唐陝州迴鑾寺慧空傳 元觀

釋慧空姓崔江陵人也家世儒雅弈葉纓緌父任陝服靈寶縣空丁艱天屬堅請入空門庸報乳哺重恩乃投迴鑾寺恒超下授受經業三載誦通及格蒙度聽習敏利因入嵩少遇寂師禪會豁如開悟乃迴三峯於仙掌間有道流綢繆論道薄暮方散非止一過州帥元公頗知歸向召之多以疾辭或至必登元席代宗皇帝聞其有道下詔俾居京師廣福寺朝廷公卿罔不傾信後終于寺春秋七十八大曆八年癸丑九月四日全身堅固而遷塔焉次南嶽東臺釋元觀姓袁氏長安人也父爲河中府掾毋兒爲沙門甚敦道化見觀幼齡聰慧風標秀舉有成人之度因勸其出家乃投興善寺誦經通利五年得度乃於律部俱舍二本渙然條理後出遊方登諸禪會

明悟眞性如醒宿酲遂趨衡山於東臺而止其道彌昌寔有所感恒得神人密送供施隨其衆寡不聞有闕忽一日神現形再拜曰我是此山檀越常送薄供者我身是也觀問汝何業所致曰我前身曾稱知識體悟匪全妄受信施坐此爲神偶師居此我曹饋粮粗副私願今二十年已足得遂超度故來決別也觀化緣斯極囑累禪徒而終春秋七十九大和四年十月二日遷塔焉

唐洛京龍興寺崇珪傳 全植

釋崇珪姓姜氏郟城人也門傳儒素相綴簪裾自天寶巳來安史之亂侵敗王略家族遷蕩父爲商賈趨利導塗於輦洛間父亡于逆旅珪慨責曰少遭不造孑遺哀煢遂議出家至年十八經業蔚通得度俄有雲水之興遊南嶽棲息數齡起迴樂南徐茅山乃依棲霞寺珪巳登徑門道聲洋溢會贊皇李公德裕廉問是邦延諸慈和寺一交雅談如遊形器之外曰吾有幽憂之疾非是居侯藩聚落之人也明歲遂行重抵嵩少居于嶽寺大和戊申歲洛下亢陽唯嶽中雨信相繼或謂爲珪之德動龍神之故也開成元年贊皇公攝冢宰請珪於洛龍興寺化徒兩京緇白往來問道檀施交馳其所談法宗秀之提唱獲益明心者多矣忽告衆決別入方丈而滅春秋八十六白侍郎撰塔銘會昌元年辛酉八月十日入塔云次淮南都梁山釋全植姓芮光州人也少禀異㮣自言學作佛度生去忽投本州榮光禪院大智下求度師頗嚴謹約其誦經受具後至洛陽叅問禪法徹了無疑辭師

覲方至淮南都梁山建立茅舍太守衛文卿命於州治長壽寺化徒衛侯問將來佛法隆替若何植曰眞實之物無振自古于今往復軌躅有爲之法四相遷流法當陻厄君侯翹足可見預言武宗毀教也植終年九十三門人建塔立碑會昌四年甲子九月七日入浮圖焉

宋高僧傳卷第九

音釋

斲竹角切斫也　堙於眞切塞也　縗倉回切喪衣也　絰徒結切喪服麻在首腰皆曰經　掇丁括切取也　珣相倫切　侃空旱切　嶷魚力切岐嶷言能立也　敻虛政切遠也　銑息淺切　淼弭沼切大水也　憕持陵切　瀚合管切　嵌丘銜切　暾他昆切日始出貌　馹入質切驛傳也

賻符遇切助也　麏渠云切羣也　蚩充之切蚩蚩敦厚貌　睨五計切邪視也　罝子邪切兔網也　墅承與切洲墅也　鷙支義切鳥之勇者　緌而錐切系冠纓也　煢渠營切獨也　芮儒稅切姓也

宋高僧傳卷第十

宋左街天壽寺通慧大師賜紫沙門贊寧等奉勅撰

習禪篇第三之三 正傳十六人 附見八人

唐洪州開元寺道一傳 智藏

釋道一姓馬氏漢州人也華以翖性不植於高原浪以辯識發明於滇海生而凝重虎視牛行舌過鼻準足文大字根塵雖同於法體相表特異於幻形既云在凡之境亦應隨機之教年方稚孺猒視塵躅脫落愛取遊步恬曠削髮於資州唐和尚受具於渝州圓律師示威儀之旨曉開制之端浣衣鍛金觀門都錯大龍香象羈絆則難權變無方機緣有待聞衡嶽有讓禪師即曹溪六祖之前後也於是出岷峨玊壘之深阻詣靈桂貞篁之幽寂

一見讓公泯然無際頓門不俟於三請作者是齊於七人以爲法離文字猶傳壺露聖無方所亦寄清源遂於臨川棲南康龔公二山所遊無滯隨攝而化先是此峯岫間魑魅叢居人莫敢近犯之者災釁立生嘗一宴息于是有神衣紫玄冠致禮言捨此地爲清淨梵場語終不見自爾猛鷙毒螫變心馴擾耆貪背憎即事廉讓郡守河東裴公家奉正信躬勤諮稟降英明簡貴之重窮智術慧解之能每至海霞斂空山月凝照心與境寂道隨悟深自明者在乎周物慱施者期乎濟衆居無何裴公移典廬江壽春二牧於其進脩惟勤率化不墜大曆中聖恩溥洽隸名於開元精舍其時連率路公聆風景慕以鍾陵之壤巨鎮輿區政有易柱之絃人同湊轂禪宗戾止降祥則多順而無違居僅十祀日臨扶桑高山先照雲起膚寸大雨均霑建中中有詔僧如所隸將歸舊壤元戎鮑公密留不遣至戊辰歲舉措如常而請沐浴訖儼然加趺歸寂享年八十僧臘五十先於建昌鄙山名石門環以絶巘呀爲洞壑平坦在中幽偏自久是謀薪火塵劫之會非議岡阜地靈之吉亞相觀察使隴西李公藩寄嚴厲素所欽承于以率徒依歸緬懷助理爰用營福道在觀化情存飾終輟諸侯之旌旗資釋子之幢蓋其時日變明晦人萃遐邇櫬覆水而爲陸炬通宵而成晝山門子來財施如積邑里僧供飯香普熏自昔華嚴歸真於嵩陽善導瘞塔於秦嶺禮視齊斬人傾國城哀送之盛今則三之初於林中經行座下開示平等垂法不標於

四科安恬告盡刻期於二月此明一終之先兆也示疾云逝俾葬遠山凡百攀援願留近郛終遂窮僻式遵理命此又明一晦跡之素誠也將歸靈龕爰泝淺瀨人力未濟舟行為遲膏雨驟下於遠空窮溪湍變於深涉此又明一通神之應感也惟一知眞在空無我於有是二俱離假一為乘示生死者人能作佛辨邪正者魔亦似聖現身不留於大士負手俄萎於拓人弟子智藏鎬英崇泰等奉其喪紀憲宗追謚曰大寂禪師丹陽公包佶為碑紀述權德輿為塔銘今海昏縣影堂存焉又

唐虔州西堂釋智藏姓廖氏虔化人也生有奇表親黨異其偉器八歲從師道趣高邈隨大寂移居龔公山後謁徑山國一禪師與其談論周旋人皆改觀屬元戎路嗣恭請大寂居府藏乃迴郡得大寂付授納袈裟時亞相李公兼國相齊公映中郎裴公通皆傾心順教元和九年四月八日終春秋八十夏臘五十五即還于塔諫議大夫韋綬追問藏言行編入圖經太守李渤請旌表至長慶元年謚大覺禪師云

唐宣州靈湯泉蘭若志滿傳

釋志滿姓康氏洛陽人也幼少之年屬其家命沙門陳佛會滿意樂不捨遂投潁川龍興寺出家聞洛下神會禪師法席繁盛得了心要南遊到黃山靈湯泉所結茅茨而止後采黃連鄉人見滿喜躍滿問此何處耶鄉人曰黃連山屬宣城也願師鎮此柰何虎豹多害滿曰虎亦有佛性乃焚香祝厭之由茲弭息遂成大禪院後示寂春秋九十一永貞元年

入塔焉

唐沂州寶眞院光瑶傳 道堅

釋光瑶姓周氏北京人也幼鍾荼蓼都不勝情誓志出家捨講肆入禪林凡嚮宗師悉從求益末遭會禪師金鉀抉瞙明視十方後到沂水蒙山結草成庵怡然宴坐餉費之人翕然從化時愼邑大夫知重首創禪宫次兖州節使王僚尚書躬請入州行化奏署額號寶眞學侶憧憧多霑大利元和二年示滅享年九十二云又唐襄州慈恩寺釋道堅姓王氏丹陽人也初發心於牛頭山慧忠禪祖大曆元年栖隱池州南泉山後詣襄漢泊慈恩寺元和初載相國燕公鎮于漢南深相欽重問道周勤施供繁沓遂於鳳林關外造寺請居二年示滅春秋七十三云

唐揚州華林寺靈坦傳

釋靈坦姓武氏太原文水人也則天太后姪孫父諱宣洛陽縣令母夏侯氏初妊坦也夢神僧授與寶鑑表裏瑩然且曰吾以此寄汝善保護之及誕親無所苦年甫七歲誦習畢通應童子舉十三從宦旋升太子通事舍人如是悅學不休三教之書彌增洞達然而恒嗟朽宅誓入空門已備大乘之資粮終到涅槃之境域于時洛都盛化荷澤寺神會禪師也方遮普寂之光漸没秀師之道坦徃叅焉會施善誘頓見其心黙而許之容其執侍父母不能迴其意飛颺莫繫始末研磨得破疑滯天寶初載召坦曰吾有一句是祖祖相傳至曹溪曹溪付吾汝諦受之吾當有留難遂辭遊方焉未幾果勑移會于弋陽坦遂向廬

州浮槎寺覽大藏經後聞忠國師自南陽詔入於大曆五年禮覲之八年欲出關忠奏曰此人是貧道同門俱神會弟子勑賜號曰大悲兼齎墨勑行化至梁園時相國田公神功供養邐迤適維揚六合方嘆大法淩夷忽聞空中聲云開心地即見菩薩如文殊像曰與汝印驗令舉項以掌按之尋覩有四指赤痕其印迹恒現又止潤州江中金山今澤心也其山北面有一龍穴常吐毒氣如雲有近者多病或斃坦居之毒雲滅迹又於江陰定山結庵俄聞有讚嘆之聲視之則白龜二坦為受皈戒又見二大白蛇身長數丈亦為受戒懺悔如是却往吳興林山造一蘭若有三丈夫衣金紫趨步徐正稱嘆道場唯善村落之民多弃罟網元和五年相國李公鄘之理廣陵也以峻法操下剛決少恩一見坦鄭重加禮召居華林寺寺內有大將軍張遼墓寺僧多為鬼物惑亂坦居愀然無眹矣又揚州人多患山妖木怪之所熒惑坦皆遏禦焉人爭歸信至十年忽見二胡人稱自龜茲國來彼無至教遠請和尚敷演十一年五月十三日於荷澤忌齋告衆吾赴遠請七月示疾九月將滅斯預告也至季秋八日果寂爾而終遷塔于揚州西馴翟坊之南岡越州掾鄭詹建塔報齡一百八歲僧臘八十四焉坦即曹溪之孫荷澤之子也

唐唐州紫玉山道通傳

釋道通姓何氏廬江人其為童也持重寡辭見佛形像必對禮嘆詠不捨因父官于泉州南安便求捨卝披緇誦經合格勑度之當天

寶初載也時道一禪師肇化建陽佛跡巖聚徒通往焉一師於臨川南康龔公山亦影隨而去然誓遊方吳越之間合明山谷靡不登陟迨乎迴錫江西泐潭山門勵心僧務不憚勤苦貞元二年往南嶽見石頭禪師猶采縷加朱藍之色也四年大寂禪師垂欲歸化昌言曰夫玉石潤山秀利益汝道業遇可居之通聞此言且同隱讖殊不詳練其年秋與伏牛山自在禪師同遊京洛迴至唐州西有山峯孤林密四絕人煙實有塵外之趣乃問鄉人云此山是紫玉山通方憶大寂之懸記我合居是峯也乃陟崔嵬見山脊有石方正其色紫玉瑩然歎曰號紫玉者合其稱也先師之言非虛記也挂錫解囊衆學之徒霧集始則誅茅構舍刺史李道古作意爲建禪宮焉元和八年弟子金藏出參禮百丈山海禪師迴見通通愀然作色汝其來矣此山有主也曳杖徑去襄州道俗皆迎至七月十五日無疾而終春秋八十三一云故相國于頔最所歸心尚書李翱禮重焉

唐雍京章敬寺懷暉傳

釋懷暉姓謝氏泉州人也宿植根深出塵志遠迨乎進具乃尚雲遊貞元初禮洪州大寂禪師頓明心要時彭城劉濟頗德暉互相推譽後潛岨崍山次寓齊州靈巖寺又移卜百家巖泉石幽奇苦於禪子請問繁雜上中條山行禪法爲法者躡跡而往蒲津人皆化之元和三年憲宗詔入於章敬寺毗盧遮那院安置則大曆中勑應天下名僧大德三學通贍者並叢萃其中屬誕辰多於此修齋度僧

馬暉既居上院爲人說禪要朝寮名士日來叅問復詔入麟德殿賜齋推居上座元和十年乙未冬示疾十二月十一日滅度春秋六十二越明年二月門人智朗志操等奉全身葬于灞橋北原勑謚大宣教禪師立碑于寺門嶽陽司倉賈島爲文述德焉

唐京兆興善寺惟寛傳 實修

釋惟寛姓祝氏衢州信安人也祖曰安考曰皎生十三歲見殺生者盡然不忍食退而出家求翦髮於僧曇受尸羅於僧崇學毗尼於僧如證大乘法於止觀成最上乘於大寂道一貞元六年始行化於閩越間歲餘而迴心改服者百數七年伏猛虎於會稽作滕家道場八年與山神受歸戒於鄱陽作迴向道場十三年感非人於少林寺二十一年作有爲功德於衛國寺明年施無爲功德於天宮寺元和四年憲宗章武皇帝詔於安國寺五年問道於麟德殿其年復靈泉於不空三藏池十二年二月晦大說於傳法堂訖奄然而化報齡六十三僧夏三十九歸葬于灞陵西原詔謚曰大徹禪師塔號元和正眞初寛說心要法三十年度黑白衆殆及百千萬應病授藥安可既乎白樂天爲宮賛時遇寛四詣法堂每來垂一問寛答如流白君以師事之門弟子殆千餘得法者三十九入室受遺寄者曰義崇圓照焉唐羅浮山釋寶修俗姓周資州人也從師於純德寺志求玄理於蘄州忍大師法裔決了重疑後愛羅浮山石室安止檀越爲造梵宇蔚成大寺一日告門人曰因緣相偪愀然不樂衆咸莫測順宗皇帝深重

佛宗知修之名詔入京與三藏擊問弁答翻譯之意朗暢如流乃留居輦下三年終于京寺云

唐天台山佛窟巖遺則傳

釋遺則俗氏長孫京兆長安人也祖洌鄂州司馬考利涉隱居金陵則弱不雜俗恬恬終日而無所營始從張懷瓘學草書獨盡筆妙雅躭經史尤樂佛書以爲得吾心一朝捐家業從牛頭山慧忠忠所謂牛頭六祖也始天竺達磨以釋氏心要至傳其道者有曹溪能嵩山秀學能者謂之南宗學秀者謂之北宗學而信祖又以其道傳慧融融得之居牛頭山弟子以傳授由是達磨心法有牛頭學則旣傳忠之道精觀久之以爲天地無物也我無物也雖無物未甞無物也此則聖人如影百姓如夢孰爲死生哉至人以是能獨照能爲萬物主吾知之矣遂南遊天台至佛窟巖蓋薜荔蔦落葉而尸居飲山流飯木實而充虛虎豹以爲賓麋鹿以爲徒兀然如枯其後剫木者見之轉相告有慕其道者曰道者未有弟子相率爲築室圖佛安僧蔚爲精舍焉故元和巳來傳則道者又自以爲佛窟學佛窟之號自則始也一坐四十年大官名侯齋書問訊檀捨則未甞有報謝禮拜者未甞而作起時歲在庚戌季夏十有三日召弟子曰汝其勉之至十五日夜遂坐歿是夜山下人聞若山崩旦望之則縹雲翔泊於巖上父老皆泣曰師死矣巳而視之果然凡則二十歲爲僧臘五十有入而終善屬文始授道於鍾山序集融祖師文三卷爲寶誌釋題二十

四章南遊傳大士遺風序又無生等義凡所著述辭理粲然其他歌詩數十篇皆行於世則元居瀑布泉西佛窟本院建龕塔會昌中例毁之其院爲道門所有後開元寺僧正法光於咸通乙酉歲遂徙碑于今所河南尹韓又爲碑文

唐婺州五洩山靈默傳（志閑）

釋靈默俗姓宣毗陵人也本成立之歲悅學忘疲約以射策登第以榮親里承豫章馬大師聚衆敷演造禪關馬師振容而示相默密契玄機便求披剃若熟癰之待刺耳受具之後苦練行門確乎不拔貞元初入天台山中有隋智者蘭若一十二所懸記之曰此地嚴妙非雜器所棲若能居此與吾無異默因住白砂道場經于二載猛虎來馴近林產子意有所依又住東道場地僻人稀山神一夜震雷暴雨懸崖委墜投明大樹倒欹庵側樹枝交絡茅苫略無少損遐邇聞旃皆來觀嘆後遊東白山俄然中毒而不求醫閉關宴坐未幾毒化流汗而滴乃復常矣行次浦陽感化有陽靈戍將李望請默居五洩焉元和初亢陽田畯惶惶默沿澗見青蛇夭矯瞪目如視行人不動咄之曰百姓溪竭苗死汝胡不施雨救民邪至夜果大雨合境云足民荷其賜屬平昌孟簡中丞廉問浙東廢管内蘭若學徒散逸時曁陽令李胄狀舉靈山許重造院十三年三月二十三日澡沐焚香端坐繩牀囑累時衆溘然而絶壽齡七十二法臘四十一高僧志閑道行峭拔文辭婉麗亦江左之英達爲默行録焉

唐荊州天皇寺道悟傳 信崇

釋道悟姓張氏婺州東陽人也受天粹氣為王子生而神儁長而謹愿年十四金翅始毛麒麟方角啓白尊老將求出家慈愛之旨不見聽許輙損薄常膳日唯一食雖體腹羸餒彌年益堅父母不獲巳而許之遂往明州大德剃落年二十五依杭州竹林寺大德具戒以勇猛力扶牢强心於六度門修諸梵行常以為療膏肓者資上妙藥開暗冥者求善知識不假舟檝其濟渡乎遂蹶然振策投徑山國一禪師悟禮足始畢密受宗要於語言處識衣中珠身心豁然真妄皆遣斷諸疑滯無畏自在直見佛性中無緇磷服勤五載隨亦印可俾其法雨潤諸叢林悟蓄力向晦深入深阻實冀一飛摩霄乃轉遁於餘姚大梅山是時大曆十一年也層崖絶壑天籟蕭瑟夐無鄰落七日不食至誠則通物感遐靈猱挺轂玃更饋橡栗異日野夫操斧言伐其楚偶所遭覩駭動悚息馳諭朋曹謂為神奇曽不旬朔詣者成市憑嵌倚峭且構危棟貲粮供具環遶方丈猛虎眈眈侶出族遊一來座側斂折肢體其類馴擾可知也夫語法者無階漸涉功者有淺深木踰鑚而見火鑑勤磨而照膽理必然矣是以掃塵累遯巖藪服形體遺晝夜精嚴不息趣無上道其有旨哉如是者三四年矣將翔雲表慮羽毛之頹鎩欲歸實所疑道塗之乖錯故重有諮訪會其真宗建中初詣鍾陵馬大師二年秋謁石頭上士於戲自徑山抵衡嶽凡三遇哲匠矣至此即造父習御郢人運斤兩虛其心相與脗合白

月映太陽齊照洪河注大海一味仲尼謂顏
子亞聖然燈與釋迦授記根果成熟名稱普
聞如須彌山特立大海谿是近佛恢張勝因
凡諸國土緣會則答始卜于澧陽次居于澋
口終棲于當陽柴紫山即五百羅漢翱翔地
也檉松蓊鬱以含風崖巘巉巖而造天駕瀲
灧之紫霞枕清泠之玉泉鸞鳳不集於蓬藋
至人必宅於勢勝誠如是也洪鍾待叩童蒙
求我川流星聚虛往實歸或接武於林樾或
駢肩於廬舍戶外之屨爛其室盈矣荆州雄
藩也都人士女動億萬計莫不擎跪稽首嚮
風作焉崇業上首以狀于連帥而邀之不違
願力聿來赴請屬及於虛落錫及於都城白
黑爲之步驟幡幢爲之轇轕生難遭想得未
曾有彼優波鞠多者夫何足云有天皇寺者

據郡之左標異他剎號爲名藍困於人火蕩
爲煨燼僧坊主靈鑒族而謀之以爲濡人攸
居必能福我夫荷擔大事蔑弃小瑕乃中宵
默往肩舉而至二寺夕有所失朝有所得諍
論鋒起達于尊官重於返復畢安其處江陵
尹右僕射裴公搢紳清重擁旄統衆風望聘
睞當時準程驅車盛禮問法勤至悟神氣灑
落安詳自處徐以軟語爲之獻酬必中精微
洞過肯綮又常秉貞操不修逢迎一無卑貴
坐而揖對裴公訝其峻拔徵其善趣謂抗俗
之志當徑挺如是邪悟以爲是法平等不見
主客豈効世諦與人居而局狹邪裴公理冥
意會投誠歸命既見仁者我心則降如熱得
濯躁憤冰散自是禪宗之盛無如此者元和
丁亥歲有背痛疾命弟子先期告終以夏四

月晦奄然入滅春秋六十僧臘三十五以其年八月五日葬之郡東隅靈龕建塔從僧禮也悟身長七尺神韻孤傑手文魚躍頂骨犀起行在於瓔珞志在於華嚴度人說法雄健猛利其一旨云垢淨共住水波同體觸境迷著浩然忘歸三世平等本來清淨一念不起即見佛心其悟解超頓爲若此也先是煙焱之末殿宇不立顧緇褐且虧瞻禮容念結構罔知權輿禪宴之際若值神物自道祠舍濵江水焉凡我疆畛富於松梓悉願傾倒施僧伽藍命工覘之宛若符契於是斬巨棟幹脩楹撐崖拄壑雲屯井構時維秋杪水用都涸徒衆歛手塊然無謀會一夕雨至萬株並進晨發江滸暮抵寺門剞劂之際動無乏者其餘廊廡牀案靡非幽賛事鄰語怪闕而不書其感攝靈祇皆此類也比丘慧眞文賁等禪子幽閑皆入室得悟之者或繼坐道場或分枝化導時太常協律符載著文頌德焉世號天皇門風也又唐澧州龍潭禪院釋崇信未詳氏族信在俗爲渚宮胡餅師之子弱齡宛異神府寬然昔天皇寺悟禪師隱耀藏光人莫我測信家居寺巷恒日提餅笥餽悟公齋食食畢且留一餅曰吾惠汝以蔭子孫信一日自念曰餅是我持去何以返遺我邪莫別有旨乎遂拱手問焉悟公曰是汝持來復汝何咎信聞似有驚怪因勸出家便求攝受曰爾昔崇福善今信吾言故名之也由是躬于井臼供億服勤乃問悟云未甞指示心要悟公云時時相示信飡稟斯言如遊子之還家若貧人之得寶直從荊渚乃詣澧陽龍潭棲

止因李翺尚書激揚時乃出世後德山鑒師出其門宗風大盛矣

唐鄴都圓寂傳（掘多）

釋圓寂不知何許人也恒以禪觀爲務勤修匪懈就嵩山老安禪師請決心疑一皆明煥寂化行相部依附者多久居天平等山稠禪師往跡無不徧尋時大司空嚴綬傾心信重享壽一百五十五歲咸亨二年己巳歲生（按咸亨二年辛未合云總章二年己巳也）世號無生和尚是歟寂之高岸恒不欲人致禮邀請必有不可犯之色時或非之然則志意修則驕富貴道義重則輕王公非其傲誕勢使然也釋掘多者印度人也從踰沙磧向慕神州不問狄鞮旋通華語而尚禪定徑謁曹溪能師機教相接猶弱喪還家焉多遊五臺路由定襄歷村見一禪者結庵獨坐問之曰子在此奚爲曰吾觀靜多曰觀者何人靜者何物得非勞子之形役子之慮乎其僧茫昧拱默而已作禮數四請垂啓發多曰子出誰門邪曰神秀大師多曰我西域異道寔繁有徒最下劣者不墮此見兀然空坐蕁爛身疲初無深益子莫起如是見立如是論早往韶陽請決所疑能曰子何不自觀自靜邪不觀相不觀如子遊歷日用自然安樂也一如多所言略無少異伊僧抉開羅網多後莫知攸往

唐袁州陽歧山甄叔傳

釋甄叔不知何許人也幼而聰敏倜儻不羈心目融明具大人相觀生死輪上見九地羣迷猶如蜣蜋處在蚊睫受勝妙欲似嚼蠟無味遂投簪削頂具佛慓幟求正覺了義扣大

寂禪師一造玄機萬慮都寂乃曰羣靈本源假名爲佛體竭形消而不滅金流朴散而常存性海無風驚波自湧心虛絶兆萬象齊照體斯理者不言而徧歷沙界不用而功益玄化如何背覺反合塵勞於陰界中妄自囚繫於是形同水月流浪人天哉叔見宜春陽歧山羣峯四合歎曰坤元作鎮造我法城纔發一言千巖響答松開月殿星布雲廊青嵐域中化出金界始從宴坐四十餘年滿室金光晝夜常照於是化緣已畢機感難留元和庚子歲正月十三日忽棄塵區還歸大定門弟子如坦良寳等心没悲海哀聲動山如月隱天羣星失耀大集衆木積爲香樓用作茶毗獲舍利七百粒於東峯下建窣堵波上足任運者命志閑爲碑紀述矣

唐新吴百丈山懷海傳

釋懷海閩人也少離朽宅長遊頓門稟自天然不由激勸聞大寂始化南康操心依附虛往實歸果成宗匠後檀信請居新吴界有山峻極可千尺許號百丈歟海旣居之禪客無遠不至堂室隘矣且曰吾行大乘法豈宜以諸部阿笈摩教爲隨行邪或曰瑜伽論瓔珞經是大乘戒律胡不依隨乎海曰吾於大小乘中博約折中設規務歸於善焉乃創意不循律制別立禪居初自達磨傳法至六祖已來得道眼者號長老同西域道高臘長者呼須菩提也然多居律寺中唯別院異耳又令不論高下盡入僧堂堂中設長連牀施椸架挂搭道具臥必斜枕牀脣謂之帶刀睡爲其坐禪旣久略偃亞而已朝參夕聚飲食隨宜

示節儉也行普請法示上下均力也長老居方丈同維摩之一室也不立佛殿唯樹法堂表法超言象也其諸制度與毗尼師一倍相翻天下禪宗如風偃草禪門獨行由海之始也以元和九年甲午歲正月十七日歸寂享年九十五矣穆宗長慶元年勅謚大智禪師塔曰大寶勝輪焉

系曰自漢傳法居處不分禪律是以通禪達法者皆居一寺中院有別耳至乎百丈立制出意用方便亦頭陀之流也矯枉從端乃簡易之業也所言自我作古古故也故事也如立事克成則云自此始也不成則云無自立辟令海公作古天下隨之者益多而損少之故也謚海公爲大智不其然乎語曰利不百不變格將知變斯格厥利多矣彌沙塞律有諸雖非佛制諸方爲清淨者不得不行也

唐潭州翠微院恒月傳（眞亮）

釋恒月姓韓氏上黨人也厥父爲土監商西江往還俄遇剽略溺死月雖幼弱念父葬于魚腹母又再行乃決志出家求報恩育受教於聖善寺慧初得度已造嵩山禪會便啓發心要後訪道尋師靡憚夷險抵望湖山翠微巖下古院挂錫四方學者如蜂得王翕然盛化建中元年示疾而終春秋七十九其年三月十二日遷塔焉洛京廣愛寺釋眞亮姓侯氏景城人也家訓儒雅辭彩粲然潔素持操與羣少年有異忽以樊籠爲厭且曰去情除饉是所願也遂於本州開元寺智休師下披染服然其刈薪汲水率先於人習行頭陀行受具已遊嵩少遇普寂獎訓頓開蒙昧入龍

門山居而禪黙問津者交集聲望日隆屬留守尚書王公鐸保釐閒而欽奉召入廣愛寺别住居馬示人禪觀匪倦教詔得道者亦多矣以貞元四年十一月三日忽告門人以桑榆末照誠難久留屬累而終年八十八焉

唐襄州夾石山思公傳 曇真

釋思公姓李氏恒陽人也早出家于本府龍興寺得度後遊伊洛間見普寂禪師開暢禪法寂始見提誘尋徹鉤深至南雍隱夾石山翛然自處屬牛公觀政漢南聞其聲績請入城謝病不應其命牛帥亦不奪其志檀施相望學衆侁侁若栴檀之園遶焉以興元初年示疾歸滅春秋八十四焉亳州安國院釋曇真姓陳維青人也少小隨父往彭門鬻槖於逆旅而亡所怙真嘆恨無依乃投徐大雲寺爲僧其土是嵩法師之後經論數澤真翫習該通後遊勝境入嵩山學禪觀已至任城邂逅李中丞諷赴職譙郡接真談道抵掌盱衡如披雲霧李恨相識之晚請以同行時聚風亭月觀談道達旦李後入爲京尹因從容稱奏真道感德皇下詔徵而不奉詔貞元七年四月示滅門人建塔云

唐定州大像山定真院石藏傳

釋石藏姓呂漢東人也年鄰小學露戒人之度跪告堂親願爲佛子遂志入開元寺削染受戒剋願禮嵩山寂禪師豁悟禪法至中山大像峯間石室孤坐冥寂數夏安然同好者望風而至蔚成叢衆陶化博陵人咸欣戴會州帥李公卓翹仰之切命入城住貴親玄論謝云野性難拘不閑禮法恐玷威稜卓躬登

山訪問欵密交談深開昏昧遂奏院題額曰定眞馬藏預白衆訣别明日坐亡春秋八十三貞元十六年正月入塔立碑頌德云

宋高僧傳卷第十

音釋

蠹露（梵語具云修蠹露此云契經蠹當故切）釁（許覲切妖釁也）螫（施隻切蟲毒也）巘（語偃切山形似甑也）呀（虛牙切谽開也）檝（即涉切短櫂也）遄（市緣切疾也）鎬（胡道切）佶（巨乙切）鄑（疾姿切國名）颺（余章切風飛物也）斃（毗祭切頓仆也）愀（七小切容色變也）泐（郎得切泐潭地名）頔（徒歷切）岨崍（正作徂徠徂叢租切徠郎才切徂徠山名）衋（乞力切傷痛也）偪（筆力切迫也）瓘（古玩切）剫（達各切治木也）畯（祖峻切典田官也）溘（口答切奄忽也）雋（子峻切絕異也）磷（良忍切薄石也）罙（民卑切深也冐也）猱（奴刀切猴屬）狿（丑延切獸名）豰（許卜切貔子）玃（居縛切大猨也）耽（都含切耽耽下視也）鎩（所介切羽傷也）脗（武粉切脗合無際貌）

檉（勅貞切河柳也）藋（徒弔切草也）澋（户猛切）屩（居灼切草屨也）轇轕（轇居肴切轕居曷切轇轕猶交加也）眄睞（眄彌典切睞洛代切眄睞目偏視也）憒（古對切心亂也）畛（止忍切界也）剞劂（剞居宜切劂居月切剞劂刻鏤也）倜（他歷切倜儻卓異貌）睫（即葉切目旁毛也）椸（音移衣架也）剽（匹妙切刼也）刈（倪際切割也）侁（所臻切侁侁行貌）盱（凶俱切）

宋高僧傳卷第十一

宋左街天壽寺通慧大師賜紫沙門賛寧等奉勑撰

習禪篇第三之四 正傳二十一人 附見四人

唐洛京伏牛山自在傳 一鉢和尚 南印

釋自在俗姓李吳興人也生有奇瑞稍長坐則加趺親黨異之辭所愛投徑山出家於新定登戒及諸方叅學從南康道一禪師法席懸解眞宗逸蹤流輩道譽孔昭行止優游多隱山谷四方禪侶叢萃其門元和中居洛下

香山與天然禪師爲莫逆之交所遊必好古思得前賢遺跡以快逸觀龍門山得後魏三藏翻經處王屋山得稠禪師解虎鬭處此山飲甘泉改爲甘泉寺嵩山得梵法師馬跑泉居無戀著所著三傷歌辭理俱美警發迷蒙有益於代前蜀王氏僞乾德初有小軍使陳公娶高中令駢諸孫女若人持不殺二十餘年後在蜀爲男婚娶禮須屠宰高初不欲親戚言自巳持戒行禮酒筵將何以娛賓也依違之際遂多庖割俄未浹旬得疾頗異口但慌言巳而三宿還蘇述冥間之事初被黑衣使者追攝入岐府城隍廟廟神峩冠大袖與一金甲武士晤坐使者領高見神武士言語紛紜讓高破戒仍扼腕罵曰吾護戒神將也爲汝二十年食寢不遑豈期忽起殺心頓虧戒檢命雖未盡罪亦頗深須送冥司懲其故犯城隍神問高曰汝更修何善追贖過尤乎高常誦持上生經其數巳多于時懵然都無記憶恐懼之間白曰誦得三傷頌一鉢和尚歌遂合掌向神厲聲而念神與武士聳耳擎拳立聽顏色漸怡及卒章神皆涕淚乃謂高曰且歸人間宜切營善拜辭未畢颯然起坐備陳厥事自此三傷一鉢之歌頌人皆傳寫諷誦焉一鉢和尚者歌詞叶理激勸憂思之深然文體涉里巷豈加三傷之典雅乎在遣弟子去江南選山水之最者吾願往中終老到江州都昌縣有好林泉廻報在行至葉縣道俗所留往隋州開元寺示滅年八十一則長慶元年也

系曰稽諸律藏出家者犯戒則招二罪一違

制二業道也高氏在家素不受戒無違制僁俗容有業道罪寧得有護戒神邪況高氏既持不殺則冥然感止持無作之善生焉因鮮克有終致遭幽責告諸五衆當畏護戒之神夫如是明則有戒法幽則有鬼神歟

次成都府元和聖壽寺釋南印姓張氏明寤之性受益無猒得曹溪深旨無以爲證見淨衆寺會師所謂落機之錦濯以增妍銜燭之龍行而破暗印自江陵入蜀於蜀江之南壖薙草結茆衆皆歸仰漸成佛宇貞元初年也高司空崇文平劉闢之後改此寺爲元和聖壽初名寶應也印化緣將畢於長慶初示疾入滅營塔葬于寺中會昌中毀塔大中復於江北寶應舊基上創此寺還名聖壽印弟子傳嗣有義俛復興禪法焉

唐汾州開元寺無業傳

釋無業姓杜氏商州上洛人也其母李氏忽聞空中言曰寄居得否已而方娠誕生之夕異光滿室及至成童不爲戲弄行必直視坐即加趺商於緇徒見皆驚歎此無上法器速令出家紹隆三寶年至九歲啓白父母依止本郡開元寺志本禪師乃授與金剛法華維摩思益華嚴等經五行俱下一誦無遺年十二得從剃落凡衆講肆聊聞即解同學有所未曉隨爲剖析皆造玄關至年二十受具足戒於襄州幽律師其四分律疏一夏肄習便能敷演兼爲僧衆講涅槃經法筵長開冬夏無倦可謂生肇不泯琳遠復興後聞洪州大寂禪門之上首特往瞻禮業身逾六尺屹若山立顧必凝睇聲仵洪鐘大寂一見異之笑

而言曰魏魏佛堂其中無佛業於是禮跪而言曰至如三乘文學粗窮其旨甞聞禪門即心是佛實未能了大寂曰只未了底心即是別物更無不了時即是迷若了即是悟迷即衆生悟即是佛道不離衆生豈別更有佛亦猶手作拳拳全手也業言下豁然開悟涕淚悲泣向大寂曰本謂佛道長遠勤苦曠劫方始得成今日始知法身實相本自具足一切萬法從心所生但有名字無有實者大寂曰如是如是一切法性不生不滅一切諸法本自空寂經云諸法從本來常自寂滅相又云畢竟空寂舍又云諸法空爲座此即諸佛如來住此無所住處若如是知即住空寂舍坐空法座舉足下足不離道場言下便了更無漸次所謂不動足而登涅槃山者也業既傳心印尋詣曹溪禮祖塔廻游廬嶽天台及諸名山徧尋聖跡自洛抵雍憩西明寺僧衆咸欲舉請充兩街大德業默然歎曰親近國王大臣非予志也於是至上黨節度使相國李抱眞與馬燧累有戰功又激發王武俊同破朱滔功多勢盛然好聞賢善雖千里外必持幣致之深重業名行旦夕瞻禮麾幢往來常有倦色謂門人曰吾本避上國浩穰名利今此又煩接君侯豈娛心哉言訖逍遥緜上抱腹山又往清涼山於金閣寺讀大藏經星八周天斯願方畢復振錫南下至于西河初止衆香佛刹州牧董叔纏請住開元精舍業謂弟子曰吾自至此不復有遊方之意豈吾緣在此邪於是撞鐘告衆作師子吼雨大法雨垂二十年并汾之人悉皆向化憲宗皇帝御

宇十有四年素嚮德音乃下詔請入内辭疾不行明年再降綸旨稱疾如故穆宗皇帝即位之年聖情虔虔思一瞻禮乃命兩街僧録靈準公遠賫勑旨迎請準至作禮白之曰知師絶塵物表糠粃世務法委國王請師熟慮此廻恩旨不比常時願師必順天心不可更辭以疾相時而動無累後人業笑曰貧道何德累煩聖主行即行矣道途有殊於是剃髮澡浴至中夜告弟子慧愔等曰汝等見聞覺知之性與太虚同壽不生不滅一切境界本自空寂無一法可得迷者不了即爲境惑一爲境惑流轉不窮汝等當知心性本自有之非因造作猶如金剛不可破壞一切諸法如影如響無有實者故經云唯有一事實餘二則非眞常了一切空無一物當情是諸佛同用心處汝等勤而行之言訖加趺而坐奄然歸寂嗚呼可謂於生死得自在也俗齡六十二僧臘四十二道俗號慕如喪考妣乃備香華幢幡遷全身就于城西練若積香薪而行荼毗乃有卿雲自天五色凝空異香西來郁馥氛氲闔境士庶咸皆聞覩及薪盡火滅獲設利羅璨若珠玉弟子慧愔行勤虔縱義幽元度恒泰等泣血收之殮以金棺乃命郢匠琢石爲塔以長慶三年十二月二十一日安葬于練若之庭業遷化之歲州牧楊潛得僧録準公具述其事遂爲碑頌勑謚大達國師塔號澄源焉

唐長沙東寺如會傳

釋如會韶州始興人也大曆八年止國一禪師門下後歸大寂法集時禪客仰慕决求心

要僧堂之内牀榻爲之陷折時號折牀會猶言鑿佛牀也後徇請居長沙東寺焉自大寂去世其法門鼎盛時無可敵諺謂東寺爲禪窟斷可知矣時相國崔公群慕會之風來謁于門答對瀏亮辭咸造理自爾爲師友之契初群與皇甫鎛議上憲宗尊號因被鎛搆出爲湖南觀察開豫歸心于會也至穆宗長慶癸卯歲終于寺春秋八十時井泉預枯異香馝馥遷塔于城南廉使李翺盡毀近城墳塔唯留會所瘞浮圖以筆題曰獨留此塔以別賢愚矣劉膳部軻著碑焉勑謚傳明大師塔曰永際亦呼所居爲夾山和尚是歟

唐南陽丹霞山天然傳

釋天然不知何許人也少入法門而性梗槩謁見石頭禪師默而識之思召其自體得實者爲立名天然也乃躬執爨凡三年始遂落飾後於嶽寺希律師受其戒法造江西大寂會寂以言誘之應答雅正大寂甚奇之次居天台華頂三年又禮國一大師元和中上龍門香山與伏牛禪師爲物外之交後於慧林寺遇大寒然乃焚木佛像以禦之人或譏之曰吾荼毗舍利曰木頭何有然曰若爾者何責我乎元和三年晨過天津橋橫卧會留守鄭公出呵之不去乃徐仰曰無事僧留守異之乃奉束素衣兩襲月給米麪洛下翕然歸信至十五年春言吾思林泉乃入南陽丹霞山結庵以長慶四年六月告門人曰備沐浴吾將欲行矣乃戴笠策杖入屨垂一足未及地而卒春秋八十六膳部員外郎劉軻撰碑紀德焉勑謚智通禪師塔號妙覺

唐常州芙蓉山太毓傳

釋太毓姓范氏金陵人也年纔一紀志在出家乃禮牛頭山忠禪師而師事焉於是勇猛精進求其玄旨法器外朗神襟内融雖明了一乘而具足萬行往雍京安國寺進受具戒裦然出衆加復威儀整肅妙相殊特如大海之不可測如虚空之不可量巡禮道場攝心淨域雖智能通達不假因師而印可證明必從先覺遂謁洪井大寂禪師覩相而了達法身刹那而頓成大道于時天下佛法極盛無過洪府座下賢聖比肩得道者其數頗衆毓與大徹禪師大宣教禪師大智禪師皆昆仲也既而南北觀方曾無告憚俾廣聞見閑養聖胎耳元和十三年止於毗陵義興芙蓉山故得名于山焉毓爲緣作因有應無著故所居感化所至恱隨道俗相望動盈萬數自此江南之人悟禪理者多矣時相國崔公群坐失守出分司後爲華州由三峯出鎮宣城其地雖邇其人則遐崔公深樂禮謁致命誠請毓以感念而現大悲爲心莫不果欲隨緣遊方順命寶歷元年至于苑陵禪定寺所以隨順而揚教也至明年告歸齊雲山九月合朔色相不動而示滅于山之院享年八十僧臘五十八是日也天地如慘草木如摧烏獸悲啼雲泉斷咽緇徒士庶孺慕充窮十月棲神于院之庭從其宜也弟子至孚契眞清幹等慨吾師示滅而後學徒存大和二年相國韋處厚素尚玄風道心惇篤以事奏聞天子爰降德音裦以殊禮追謚號塔名越州刺史陸亘摛翰論譔焉

唐南嶽西園蘭若曇藏傳 靈湊 超岸

釋曇藏不知何許人也得禪訣於大寂之門後見石頭希遷禪師所謂再染謂之赬也貞元二年嘉遁于衡嶽棲止峯之絕頂晚年苦於脚疾移下西園結茅參請者繁熾大和元年終于嶽中享齡七十先是藏養一犬尤靈甞夜經行息坐次其犬銜藏之衣歸房乃於門閫旁伏守而吠聲不絕頻奮身作猛噬之勢詰旦視之東厨有大蟒蛇身長數丈蟠繞小舍爲之岌嶪呀張其口虓闞其聲毒氣漫然侍者白藏亟去迴避藏曰死而可逃何遠之有彼以毒來我以慈受毒無自性激發則強慈苟無緣冤親一揆無人無我法性俱空言訖其蟒蛇按首徐行閃然不見又甞一夜有群盜其犬亦銜藏衣藏語盜曰諸君山叟茅舍有中意物任拈去終無少悋之分盜感其言散分下山矣又荊州永泰寺釋靈湊姓蕭氏蘭陵人也其冑裔則後梁爲周所滅支屬星分湊父居長沙爲編戶矣生湊宛有出塵之誓遇諸禪會罕不登臨止泊維青優游自得長慶元年住百家巖寺未幾徙步江陵太守王潛請居永泰寺大和三載六月二十三日終于住寺春秋七十五建塔于州北存焉又釋超岸丹陽人也先遇鶴林素禪師處衆拱默而巳天寶二載至撫州蘭若得大寂開發四方毳侶依之

唐鄂州大寂院無等傳

釋無等姓李氏今東京尉氏人也負志卓犖辭氣貞正少隨父官于南康頻遊梵刹向僧瞻像往即忘歸既作沙門遇道一禪師在龔

公山學侶螘慕等求法於其間挺然出類元和七年遊漢上後至武昌覲郡西黃鵠山竒秀遂結茅分衛由此巴蜀荆襄尚玄理者無遠不至矣大和元載屬相國牛公僧孺出鎮三江聞等道香普熏遐邇命駕枉問風虎相須爲法重人牛公慮其蘭若不隸名藉特爲奏題曰大寂也憧憧往來堂無虛位至四年十月示滅年八十二弟子誓通奉全身入塔焉

唐天目山千頃院明覺傳

釋明覺俗姓猷河内人也祖爲官嶺南後徒居爲建陽人也覺儒家之子風流藴藉好問求知曾無倦懈宿懷道性聞道一禪師於佛跡嶺行禪法往造焉遂依投剃染由此卽願觀方衡嶽天台四明徧嘗法味復於徑山留心請決數夏負薪面黧手胝下山至杭州大雲寺禁足院門續移止湖畔青山頂結庵而止屬范陽盧中丞嚮風躬謁召歸州治大雲寺住持元和十五年避嫌遠竄隱天目山是山也特秀基墟跨涉四郡有上下龍潭深不可測怪物往往出于中有白鹿毛質詭異土人謂爲山神也覺遁是中檀信爲禪宇長慶三年春及冬至明年二月大旱野火蔓延欲燒院僧惶遽覺曰吾與此山有緣火當速滅少選雷雨驟作其火都滅遠近驚歎以大和五年七月十九日示疾而亡

唐杭州秦望山圓脩傳

釋圓脩姓潘氏福州閩人也生而岐嶷長而俊邁忽思拔俗尋事名師剔髮變衣年滿於嵩陽會善寺納戒旣而儀表容與日新厥德

研窮經論俄約觀方遇百丈山海禪師根教相符遂明心要持盂振錫而抵于杭見秦望山峻極之勢有長松枝繁結蓋遂棲止于松巔時感鵲復巢於横枝物我都忘羽族馴狎由兹不下近四十秋每一太守到任則就瞻仰號鳥窠禪師焉洎元和初邦伯裴常棣酷重其道請下結庵者至于三四或爲參請者說法裴侯命八屬宰官同力造伽藍移廢額曰招賢以居之大和七年癸丑歲九月二十二日端坐怡然歸寂享年九十九僧臘八十杭之累政良守無不傾重税駕樹陰請談玄極不覺更僕移辰矣今塔在石甑山下南嶽僧唯貞爲塔銘焉近有盜發其塔且多恠異止收得銘誌而已

唐池州南泉院普願傳

釋普願俗姓王鄭州新鄭人也其宗嗣於江西大寂大寂師南嶽觀音讓讓則曹溪之冢子也於願爲太父其高曾可知也則南泉之禪有自來矣願在孕母不喜葷血至德二年跪請於父母乞出家脱然有去羈鞅之色乃投密縣大隗山大慧禪師受業苦節篤勵胼胝皸瘃不敢爲身主其師異之大曆十二年願春秋三十矣詣嵩山會善寺暠律師受具習相部舊章究毗尼篇聚之學後遊講肆上楞伽頂入華嚴海會抉中百門觀之關鑰領玄機於疏論之外當其鋒者皆旗靡轍亂大寂門下八百餘人每參聽之後尋繹師說是非紛錯願或自默而語群論皆弭曰夫人不言乃言爾耳自後含景匿耀似不能言者人以其無法說或扣其關亦堅拒不洩時有密

曠其機者微露頭角乃知其非無法説時未至矣貞元十一年挂錫池陽南泉山煙谷刋木以構禪宇簑笠飯牛溷于牧童斫山畬田種食以饒足不下南泉三十年矣夫洪鐘不爲莛撞發聲聲之者故有待矣大和年初宣使陸公亘前池陽太守皆知其抗迹塵外爲四方法眼與護軍彭城劉公同迎請下山北面申禮不經再歲毳衣之子奔走道途不下數百人大和甲寅歲十月二十一日示疾十二月二十三日有白虹貫於禪室後峯占之者得非南泉謝世乎是日西峯巨石崩聲數十里當晝有乳虎遶禪林而號衆咸異之二十五日東方明告門人曰星翳燈幻亦久矣勿謂吾有去來也言訖而謝春秋八十七僧臘五十八契元文暢等凡九百人皆布衣墨巾泣血于山門赴喪會葬者相繼於路哀號之聲震于崖谷乙卯歲門人奉全身於靈塔從其教也膳部員外郎史館修撰劉軻欽若前烈追德頌美焉

唐澧陽雲巖寺曇晟傳

釋曇晟俗姓王氏鍾陵建昌人也始生有自然胎衣右袒猶緇服焉遂請出家於石門年滿具法參見百丈山海禪師二十年爲侍者職同慶喜法必我聞身若中涓心居散位續受藥山舉發全了無疑化徒孔勤受益者衆以大和三年己酉十月二十七日示滅勑謚大師號無相塔名淨勝焉

系曰商那和脩華言胎衣也以其生帶衣而誕以繒肉而非幻爲綳褓長且稱身出家成法服至入滅闍維方爲煨燼焉晟師之有胎

衣止不及為嬰兒巳往之服耳此近叔離尼商那尊者也思過半矣何邪晟師去聖懸遠和修佛滅百年将胎衣示有行果之徒也今晟以胞袒絡化其教理之世不其難乎故曰思過半矣

唐荆州福壽寺甄公傳

釋甄公姓魯氏江陵人也少而警慧七歲誦通詩雅遂應州舉三上中第未釋褐與沙門議論玄理乃願披緇投福壽寺辯初法師以為模範後於洛京昭成寺講法數座因禮嵩山禪師通暢心決方至丹陽茅山尋挂錫於蘇州楞伽山四遠叅玄者駢肩疊足矣時白樂天牧是郡接其談道不覺披襟解帶心遊無物之場得甄之閫閾矣遂堅請出水流寺不樂安止以山水為娛情之趣耳大和三年示疾云終九十歲以其年四月十七日入塔焉

唐趙州東院從諗傳

釋從諗青州臨淄人也童稚之歲孤介弗群越二親之羈絆超然離俗乃投本州龍興伽藍從師翦落尋往嵩山琉璃壇納戒師勉之聽習於經律但染指而已聞池陽願禪師道化翕如諗執心定志鑽仰忘疲南泉密付授之滅跡匿端坦然安樂後於趙郡開物化迷大行禪道以真定帥王氏阻兵封疆多梗朝廷患之王氏抗拒過制而偏歸心於諗嘗寄塵拂上王氏曰王若問何處得此拂子答道老僧平生用不盡者物凡所舉揚天下傳之號趙州法道語録大行為世所貴也

唐京兆華嚴寺智藏傳

釋智藏姓黄氏豫章上高人也父爲洪州掾藏隨父入報國寺見供奉皓月講涅槃經微體經意樂入佛門年甫十三割恩愛辭父毋於開元寺宗法師所受學後修禪法證大寂一公宗要矣建中元年入長安廬元頴素奉其道舉奏入内供養勑令住華嚴寺輦轂之間玄學者孔熾就藏之門若海水之歸投琴之壑矣大和九年終于住寺三月十二日入塔焉

唐潭州道吾山圓智傳

釋圓智俗姓張豫章海昏人也總丱之年頓求出離禮涅槃和尚躬執餅餦爰登戒地誓叩禪門見乎藥山示其心決後居長沙道吾山海衆相從猶蜂蟻之附王焉以大和九年乙卯九月十一日長逝享年六十七闍維得不灰之骨數片腦盖一節特異而清瑩其色如金其響如銅乃建塔于石霜山勑謚脩一大師寶相之塔得其道者則晉會焉智公初領悟藥山宗旨儼師誨之曰吾無寶玉大弓以爲分器今賞汝犢鼻一署雖云微末而表親褻歟南嶽僧玄泰著碑頌

唐明州大梅山法常傳

釋法常俗姓鄭襄陽人也稚歲從師於荆之玉泉寺凡百經書一覧必暗誦更無遺忘冠年受具足品於龍興寺容貌清峻性度剛敏納衣囊鉢畢志夘齋貞元十二年自天台之于四明餘姚之南七十里寓仙尉梅子眞之舊隱焉昔梅福初入山也見多龍穴神蛇每吐氣成樓閣雲雨晦冥邊有石庫内貯仙藥神仙經籍常寄宿于房乃夢神人語之曰君

非凡夫因話及石庫中聖書懸記既往將來之事受之者爲地下主不然爲帝王之師傳矣常謂之曰石庫之書非吾所好昔僧稠不顧仙經其卷自亡吾以涅槃爲樂厥壽何止與天偕老邪神曰此地靈府俗氣之人輒難居此立致變怪常曰吾寓跡於梅尉之鄉非以據焉因號梅山也由是編苫伐木作覆形之調居僅四十年驗實非常之人也開成年初院成徒侶輻湊請問決疑可六七百納徒矣四年常忽示疾九月十九日山林搖盪鳥獸悲鳴辭衆而逝報齡八十八戒臘六十九十月十九日焚于南澗收舍利五色璨然圓轉焉常先隱梅嶺有僧求拄杖見之白鹽官安禪師曰梅子熟矣汝曹往尋幸能療渴也進士江積爲碑云爾

唐揚州慧照寺崇演傳

釋崇演姓段氏東平人也出家于本州龍興寺慧超法師之門遊方問道見嵩陽善寂禪師示其心法後居都梁山當于淮浦四面來商毳客影附焉相國李公紳鎭撫廣陵而性剛嚴少所接與偏輕釋子或允相見必問難鋒起祇應不供者多咄叱而出紳遣衙吏章幼成傳意召演入府詶對詰理談論鏗然紳惘然翻不測其畛域特加歸信請居慧照寺化導同聲相應僅于千衆開成二年終于淨院春秋八十四以十月二十三日全身入塔云

唐杭州鹽官海昌院齊安傳

釋齊安俗姓李實唐帝系之英先人播越故生于海門郡焉深避世榮終祕氏族安在胎

母夢日兆祥既誕而神光下燭數歲有異僧款門召見摩頂曰鳳穴振儀龍宮藏寶紹終之業其在斯乎及臻丱角亟請出家父母訶止安曰祿利之養止於親爾冥報之利不其遠邪珪組之榮止於家爾濟拔之益不其廣邪二親感其言而順從遂依本郡雲琮禪師雖勤勞謙黙和光同塵而螢月殊暉雞鶴異態年滿登具乃詣南嶽智嚴律師外撿律儀内照實相後聞南康龔公山大寂禪師隨化度人慈緣幽感裹足振錫一日造焉大寂欣其相依論持不倦及其蜕去安盡力送終元和末安春秋已逾七十而遊越之蕭山法樂寺以其古製垣屋靡完補壞扶傾不克宴坐時海昌有法昕者緇林翹楚於放生池壖廢地肇葺禪居焉昕謙而不自有延請安主之

四海參學者麏至焉道化之盛翕然推伏安不言寒暑不下堂廡無流眄無傾聽如此者蓋有年矣而又挺身魁岸相好莊嚴眉毫紺垂顱骨圓聳望之者如仰嵩華而揖滄溟曽無測其高深也以會昌二年壬戌十二月二十二日泊然宴坐俄爾示滅先時竹栢盡死至是精彩益振爰有清響叩户祥光滿室如環佩之鏘鳴若劒戟之交射瑞相尤繁事形別録又安懸知宣宗皇帝隱曜緇行將來法會預誡知事曰當有異人至此禁雜言止横事恐累佛法明日行脚僧數人衆禮安黙識帝遂令維那高位安置禮殊他等安每接談話益知貴氣乃曰貧道謬爲海衆圍遶患齋不供就上座邊求一供疏帝爲操翰攄辭安覽驚悚知供養僧費去所獲豐厚殆與常度

不同乃語帝曰時至矣無滯泥蟠以佛法後事而去帝本憲宗第四子穆宗異母弟也武宗恒憚忌之沉之于宮廁宦者仇公武潛施拯護俾髡髮爲僧縱之而逸周遊天下險阻備嘗因緣出授江陵少尹實惡其在朝耳武宗崩左神策軍中尉楊公諷宰臣百官迎而立之聞安已終愴悼久之勑謚大師曰悟空乃以御詩追悼後右貂盧簡求爲建塔焉

唐京師聖壽寺恒政傳

釋恒政姓周氏平原人也未入法前隨入鄉校殊不嗜書籍或見佛經躭味不捨後棄俗從師就本州延和寺詮澄法師下受誦經法既登戒已問道于嵩少決了無壅遁跡三峯放蕩自在無幾入太一山中甫行風教學人蝟慕大和中文宗皇帝酷嗜蛤蜊沿海官吏先時遞進人亦勞止一日御饌中盈柈而進有擘不張呀者帝觀其異即焚香祝之俄爲菩薩形梵相克全儀容可愛遂致於金粟檀香合以玉緜錦覆之賜興善寺令致禮之始宣問群臣斯何瑞也相國李公德裕奏曰臣不足知唯知聖德昭應其諸佛理聞終南山有恒政禪師大明佛法博聞强識詔入宣問政曰貧道聞物無虛應此乃啓沃陛下之信心耳故契經中應以此身得度者即現此身而爲說法也帝曰菩薩身已見未聞說法政曰陛下覩此爲常非常耶信非信耶帝曰希奇事朕深信焉政曰陛下已聞說法了皇情恱豫得未曾有勑天下寺院各立觀音像以答殊休其菩薩至會昌毀佛舍乃亡所在因留政内道場中累辭入山宣住聖壽寺至武

宗即位忽入終南或問其故曰吾避仇烏可已乎哉後終山舍年八十七闍維收舍利四十九粒以會昌三年九月四日入塔後有廢教之勑政之先見若合符節焉

系曰蜃蛤中胡得菩薩像乎通曰有所警發時一現耳近聞僞唐李氏國境荐饑陂湖間多生蠡蚌百姓競取而食其年免殍仆者十有七八明年豐民猶釆之無何有獲巨蚌可二尺餘提歸擘磔擊瀣曾無少損其人呪垂放之俄自開張吐出佛像長僅尺許相好具全若眞珠色號曰珠佛焉獻李氏後遺與梵僧焉此意所不及處現形者蓋經中化肉山魚米以資饑饉歲既豐登胡不屬厭故現相止足之地

唐大溈山靈祐傳

釋靈祐俗姓趙祖父俱福州長溪人也祐丱年戲于前庭仰見瑞氣祥雲徘徊盤鬱又如天樂清奏眞身降靈衢巷諦觀者艾莫測俄有華巔之叟狀類扇賔之人謂家老曰此群靈衆聖標異此童佛之眞子也必當重光佛法乆之彈指數四而去祐以稚髫短褐依本郡法恒律師執勞每倍於役冠年剃髮三年具戒時有錢塘上士義賔授其律科及入天台遇寒山子於途中乃謂祐曰千山萬水遇潭即止獲無價寶賑邺諸子祐順途而念危坐以思旋造國清寺遇異人拾得申繫前意信若合符遂詣泐潭謁大智師頓了祖意元和末隨緣長沙因過大溈山遂欲棲止山與郡郭十舍而遥敻無人煙比爲獸窟乃雜猨猱之間橡栗充食浹旬有山民見之群信共

營梵宇時襄陽連率李景讓統攝湘潭願預良緣乃奏請山門號同慶寺後相國裴公相親道合祐爲遭會昌之澄汰又遇相國崔公愼由崇重加禮以大中癸酉歲正月九日盥漱畢敷座瞑目而歸滅焉享年八十三僧臘五十九遷葬于山之右梔子園也四鎭北庭行軍涇原等州節度使右散騎常侍盧簡求爲碑李商隱題額焉

唐黃州九井山玄策傳

釋玄策俗姓魯會稽人也幼隨父商估赴天台山光明會乃隋朝智顗禪師立教年別光月遠近州邑黑白二衆鳩聚策覩殊異遂於禪林寺智廣師下出家遊方見江西大寂頓開翳障及徧叅問覩黃陂九井山竒秀乃結茅爲舍學侶若蟬之走明也或慰策曰師之耐寂寞如此乎策曰致道者忘心矣吾樂甚哉以大中八年現疾而滅續勑謚大師曰圓寂塔名智覺焉

宋高僧傳卷第十一

音釋

慌呼廣切慌惚也 扼腕扼乙革切握也腕烏貫切手腕也 懲直陵切戒也 懵蒙弄切懵也 壖而緣切緣江餘地也 薙他計切芟也 肄羊吏切習也 屹魚迄切山立貌 睇特計切目小視也 仵疑古切偶也 愔於金切 殮力驗切殮也 郢以整切 瀏力救切 鎛作各切 瘞於例切理也 譍於證切言對也 翕呼及切合也 褎余救切盛飾也 孺儒遇切乳子也 赬丑貞切赤色也 呀虛加切張口貌 虓闞虓許交切闞胡憾切虓闞虎怒聲也 彖通貫切 犖力角切卓犖超絕也 憧憧昌容切往來不絕貌 皯古旱切面黑也 胝張尼切皮厚也 岐嶷岐翹移切嶷魚力切岐嶷能目立也 剔他計切 羈鞅羈居宜切鞅於兩切 胼房連切胼

胝皮堅也 皸瘃 皸拘云切凍裂也瘃竹角切寒瘍也 弭 毋婢切息也 膭 鋤陌切探也 溷 胡困切廁也 畬 以諸切三歲治田也 莛 唐丁切草莖也 綳褓 綳補耕切褓博抱切綳褓束兒衣也 臨淄 淄側持切水名也 丱 古患切京髮貌 眕 止忍切 蚘 舒尚切 麕 渠云切群也 眄 莫甸切邪視也 擘 博陌切分擘也 荐 在見切屨也 蠯 步卑切蚌也 殍 婢小切餓死曰殍 磔 陟革切張也 泐 歷德切泐滭地名 敻 呼正切遠也 顗 疑豈切

宋高僧傳卷第十二

宋左街天壽寺通慧大師賜紫沙門贊寧等奉勑撰

習禪篇第三之五 正傳二十人 附見四人

唐杭州大慈山寰中傳

釋寰中姓盧氏河東蒲坂人也稟靈特異挺質殊倫身支臃亭頂骨圓峻其聲若鐘響其色猶脂凝學通終古辭實豐贍年二十五隨計中甲科然未塞其懷復思再捷無何遭母之憂遂廬于墓所及服闋徑往比京童子寺出家二稔未周諸經皆覽明年往嵩嶽登戒

肆習律部於茲博通忽慕上乘決往百丈山深得玄旨後隱南嶽常樂寺結茅于山椒諫議大夫崔公深重其操因別立方丈虞淵景晞一飯永日然其乏水羸瓶遠求俄爾深宵有虎噑嘯廬側詰旦視之果濫泉坼地而湧足其汲用後之杭浙江之北有山號大慈居未久檀信爰臻旋成巨院四方僧侶參禮如雲屬武宗廢教中衣短褐或請居戴氏別墅焉大中壬申歲太守劉公首命剃染重盛禪林壬午歲二月十五日囑累聲畢而終時漸溽暑驗其身一無變異而頂門煥潤冬窆于塔所享年八十三法臘五十四有說常樂寺山虎跑泉當中公滅日忽焉乾涸異哉止資中之受用耳至乾符丁酉歲勑謚大師號性空塔名定慧也縉雲太守段成式為真讚焉

唐洛陽韶山寰普傳

釋寰普者不知何許人也稟形淳粹克性謙沖居于醜夷下風請業汪汪然其識度輒難擬議具戒之後經論溫尋然後杖錫南遊澧陽遇夾山而得心要有參學舉問垂手攜歸不使一機失其開誘其所不薦勸令披覽經法亦近秀寂之遺風耳

唐衡山昂頭峯日照傳

釋日照姓劉氏岐下人也家世豪盛幼承庭訓博覽經籍復於莊老而宿慧發揮思從釋子即往長安大興善寺曇光法師下稟學納戒傳受經法靡所不精因遊嵩嶽問圓通之訣欣然趣入後遊南嶽登昂頭峯直拔蒼翠便有終焉之志庵居二十載屬會昌武宗毀教照深入巖窟飯栗飲流而延喘息大中宣

宗重興佛法率徒六十許人還就昂頭山舊基結苫蓋構舍宇復居一十五年學人波委咸通中示滅春秋一百八歲至三年二月三日入塔立碑存焉天下謂其禪學爲昂頭照是歟

唐朗州德山院宣鑒傳

釋宣鑒姓周氏劒南人也生惡葷羶少多英敏宿賁異操懇願出塵大龍不屈於小庭俊鶚必騰其層漢既除美飾當預僧流從受近圓即窮律藏其諸性相貫習偕通聞重湖間禪道大興乃抗志雲遊造龍潭信禪師則石頭宗師之二葉也始唯獨居一室鑒强供侍之一夕龍潭持一枝火授鑒鑒接而行數歩且曰久聞龍潭到來龍之與潭俱不見歟信曰子親到矣機與教符曰親丈室三十餘年後止澧陽居無何屬武宗搜揚洎大中還復法儀咸通初武陵太守薛延望堅請始居德山其道芬馨四海禪徒輻湊伏臘堂中常有半千人矣其於訓授天險海深難窺邊際雪峯忝見鑒深肯重以咸通六年乙酉歲十二月三日忽告諸徒曰捫空追響勞汝神邪夢覺覺非復有何事言訖安坐而化春秋八十四僧臘六十五身據牀坐卓然七日如生在焉天下言激箭之禪道者有德山門風焉今襄鄧漢東法孫極盛者是

唐明州棲心寺藏奐傳

釋藏奐俗姓朱氏蘇州華亭人也母方娠及誕常聞異香爲兒時嘗墮井有神人接持而出十歲出家禮道曠禪師及弱冠詣嵩嶽受具每每思念涕泣因一目不視迨其歸省即

日而明毋喪哀毀廬墓間頗有徵祥孝感如是由此顯名尋遊方訪道復詣五洩山遇靈默大師一言辨析旨趣符合顯晦之道日月之所然也會昌人中衰而復盛唯奐居之熒不能惑焚不能熱溺不能濡者也洎周洛再構長壽寺勑度居焉時内典焚毀梵夾煨燼手緝散落實爲大藏尋南海楊公收典姑蘇請奐歸于故林以建精舍大中十二年鄞水檀越任景求捨宅爲院迎奐居之剡寇求甫率徒一千執兵盡入奐瞑目宴坐色且無撓盜衆皆悸慴叩頭謝過寇平州奏請改額爲棲心寺以旌奐之德焉凡一動止禪者必集環堂擁榻堵立雲會奐學識泉涌揩鑒岐分詰難排縱之衆攻堅索隱之士皆立褰苦霧坐泮堅氷一言入神永破沈惑以咸通七年秋八月三日現疾告終享年七十七僧臘五十七預命香水剃髪謂弟子曰吾七日在矣及期而滅門人號慕乃權窆天童巖巳周三載一日異香凝空遠近郁烈弟子相謂曰昔師囑累令三載後當焚我身今異香若此乃發塔視之儼若平生以其年八月三日依西域法焚之獲舍利數千粒其色紅翠十三年弟子戒休齎舍利述行狀詣闕請謚奉勑褒謚易名曰心鑑塔曰壽相奐在洛下長壽寺謂衆曰昔四明天童山僧曇粹是吾前生也有墳塔存焉相去遼遠人有疑者及追驗事實皆如其言初任生將迎奐人或難之對曰治宅之始有異僧令大其門二十年之後當有聖者居之比奐至止果二十年矣又奐將離姑蘇爲徒衆留擁乃以椶拂與之曰吾在

此矣汝何疑焉暨乎潛行衆方諭其深旨又令寺之西北隅可爲五百墩以鎭之或曰力何可致奐曰不然作一墩植五株栢可也凡微言奥旨皆此類也刺史崔琪撰塔碑金華縣尉邵朗題額焉

唐眞定府臨濟院義玄傳

釋義玄俗姓邢曹州南華人也叅學諸方不憚艱苦因見黄蘗山運禪師鳴啄同時了然通徹乃北歸鄉土俯徇趙人之請住于城南臨濟焉罷唱經論之徒皆親堂室示人心要頗與德山相類以咸通七年丙戌歲四月十日示滅勑謚慧照大師塔號澄虚言教頗行于世今恒陽號臨濟禪宗焉

唐洛京廣愛寺從諫傳宗鑒

釋從諫姓張氏本南陽人也徙居廣陵生于淮甸焉爲性倜儻器宇崇峙於閭里間爲時畏服遇相工曰子身長八尺眉目秀朗他日必荷榮寄諫曰心不願仕於榮寄何有相工曰所寄荷不可測也越壯室之年忽深信佛理遂捨妻孥求僧披剃焉甫登戒地頗護心珠因悟禪那頓了玄理方數十載同好之者自遠而來請問諫一一指訂俾其開覺尋遊洛下廣愛寺挂錫時禪客鱗集如孝子之事父母焉洛中有請諫設食必排位對賓頭盧尊者其爲人之欽奉皆此類矣屬會昌四年詔廢佛塔廟令沙門復桑梓亦例澄汰乃烏帽麻衣潛于皇甫氏之温泉别業後岡上喬木駢鬱巨石砥平諫於夏中常就此入定或補毳事忽遇頽雲駛雨霆電擊石烈風兼至凡在此者驚奔恐懾諫唯欣然加趺而坐若

無所聞者或問諫曰惡畜生何爾大中初宣皇詔興釋氏諫還歸洛邑舊居其子一日自廣陵來覲適與諫遇于院門威貌嚴莊不復可識乃問曰從諫大德所居諫指之東南可尋其子既去遂闔門不出其剖裂愛網又若此也咸通七年丙戌歲夏五月忽出詣檀越家辭別曰善建福業貧道秋初當遠行故相聞耳至秋七月朔旦盥手焚香念慈氏如來已右脇而臥呼門人玄章誡之曰人身難得而易失急急於物無心無爲流轉無生滅法一切現存今乃生也有涯暫與爾別是日無疾而化行年八十餘矣玄章等奉遺旨送屍于建春門外尸陀林中施諸鳥獸三日復視之肌貌如生一無近者遂以餅餌覆之經宿有狐狼迹唯啖所覆身且儼如乃議用外國法焚之收合餘燼起白塔于道傍人尤歸信香火不絕焉次有杭州徑山院釋鑒宗湖州長城人也姓錢氏即禮部侍郎徽之孫父晟有疾宗割股肉饋啖之紿云他畜之肉未幾病間孝譽聞于親里乃求出家時州開元寺有上都臨壇十望大德内供奉高閑開善草隸嘗對懿宗御前書甚高華望宗誓禮爲師後出學涉通淨名思益經遂常講習開公亦示其筆法漸得鳳毛焉倏往謁鹽官悟空大師隨衆參請頓徹心源却復故鄉勸人營福咸通三年辛巳巡歷名山遂止天目東峯徑山焉道俗歸心恢揚法教出弟子尤者天童山咸啓勑賜紫衣背山行滿皆分枝化物至七年丙戌閏三月五日示滅遷塔于大寂巖下梁乾化五年吳越國王尚父錢氏表請

追謚大師曰無上祖門傳號爲徑山第二祖時吳興沈脩者自號白牙先生述德爲讃記焉

唐洪州洞山良价傳

釋良价俗姓俞氏會稽諸暨人也少孺從師于五洩山寺年至二十一方往嵩山具戒焉登即遊方見南泉禪師深領玄契續造雲巖疑滯頓寢大中末於斯豐山大行禪法後盛化豫章高安洞山今筠州也价以咸通十年巳丑三月朔旦命剃髪披衣令鳴鐘奄然而往時弟子輩悲號价忽開目而起曰夫出家之人心不依物是眞脩行勞生息死於悲何有淪喪於情太麤著乎召主事僧令營齋齋畢吾其逝矣然衆心戀慕從延其日至于七辰食具方備价亦隨齋謂衆曰此齋名愚癡也蓋責其無般若歟及僧唱隨意曰僧家勿事大率臨行之際喧動如斯至八日浴訖端坐而絶春秋六十三法臘四十二勑謚禪師曰悟本塔號慧覺矣

系曰其却留累日古亦有之如价之來去自由者近世一人而已

唐蘇州藏廙傳

釋藏廙俗姓程衢州信安人也㓜歲神氣朗暢貌質魁然元和中告親求出家志不可却直造長沙嶽麓投靈智律師請事剃染智師察其強頴不群乃攝度之既披法服尋於武陵開元寺智總律師受具足尸羅當長慶三年也因聽律範旋窮篇聚語同業曰教門繁廣然有總門總門之急勿過捨筏遂徧參禪宗遇馬素門下高足住龍牙山知廙法器異

日告之曰蘊界不眞佛生非我子之正本當何所名復從誰得廣一言領會千轍同歸龍牙曰我法眼不蒙掩矣既遂所求大得安靜却迴柯山蓋避會昌之捜揚也至大中六年郡牧崔公壽重之於州龍興寺别構禪室延居之數年比至嘉禾信士歸依請留住至德伽藍又往姑蘇時崔公鈞作守此郡聞廣名乆請居南禪院咸通八年浙西廉使周公寶命住招隱寺其年秋却返嘉禾信士呂京捨别墅造今永安院時乾符中群寇紛紜禪侶分散廣曰盜終不至此及期寇從别道行果無所損其先見如此五年十月十二日滿院陰雲雉鳴鳴噪安坐而化弟子號哭却穌至六年三月中辰前别衆後終享年八十二僧臘五十六時澹交爲廣作眞讃至乾寧中僧神贇進狀乞追謚號塔名名士吳重裕書碑

唐福州怡山院大安傳

釋大安姓陳氏閩城人也幼年入道頓拂塵蒙元和十二年勑建州浦城縣乾元寺置兜率壇始全戒足時天雨桂子及地生朱草刺史元錫手疏其瑞上達晃旒遂迴御禮詔改鳳棲寺號靈感壇焉安因往洪井路出上元忽逢一老父曰子往南昌必有所得及咨叅律學夜聞二僧談論遽了三乘之旨乃以所習付之同人之臨川見石鞏山慧藏禪師藏之提唱必持弓弩以擬學人安服拜未興唱曰看箭安神色不撓答對不差石鞏乃投弩曰幾年射始中半人也矣安遊五臺入龍池沐浴雖乆寖漣漪殊無奮暴雨雹之怪觀者驚悚後上潙山禮大圓禪師復證前聞而爲

量果也時豫章廉使贈太尉崔貞孝公則魏公之季父深契玄機敦安之道飛疏召之厥譽愈昌咸通十四年詔宜號延聖大師賜紫袈裟一副中和二年示疾所止法堂巨梁中折三年癸卯十月二十二日坐化于怡山丈室春秋九十一臘六十七續詔贈圓智大師塔號證眞安不營塋地不處温房隨化而衣天雨而浴諮法弟子慧長入關揚安之德故有追謚也博陵司空相國仰慕前烈遂著文頌德詩人周朴篤重安時入山致禮焉

唐長沙石霜山慶諸傳（洪諲　令達）

釋慶諸俗姓陳廬陵新淦玉笥鄉人也乃祖厥考咸不爲吏淸言放蕩焉諸始十三禮紹鑾禪翁爲師於洪井西山剃髮二十三往嵩山受具戒便就東洛學毗奈耶既知聽制終謂漸宗迴抵南嶽入大潙山次届雲巖遇道吾垂問知意方爲二夏之僧得石霜山便議終焉之志道吾躬至石霜山日勤執侍往還問答語在別録諸貌古氣眞世無能識時洞山新滅俄爲遠方禪侶圍遶因入深山無人之境結茅宴坐時衆追尋倏有見者皆號哭交請出爲吾曹諸將安往由是晨夕被遊學者扣擊可無希聲以應之乎如是二十年間堂中老宿長坐不卧屹若楹杌天下謂之石霜枯木衆是也南方謂之叢林者翻禪那爲功德叢林也爲四方淸則者無出其右以光啓四年戊申歲二月已亥示疾終于山院享齡八十二僧臘五十九越三月十五日葬于寺西北隅二百許步門弟子等結墳塔作螺髻形夏四月一日廣化寺釋子處訥追慕往

德恐遺美聲命南嶽玄泰纂録言行諸方弟子分行其道焉勑謚普會大師塔曰法相次

餘杭徑山院釋洪諲俗姓吳吳興人也年纔十九於開元寺禮無上大師出家落飾精加佛事罔怠巾缾二十二遣往嵩嶽會善寺受滿足律儀俾誦大比丘戒匝七日念終遂習毗尼尋傳經講自謂爲僧有逸群事業而歸禮本師曰汝於十二時中將何報答四恩三有諲聞斯詰憮然失措三日忘食本師却招誘提耳方明本事如是往還雲巖次潙山各爲切磋蔚成匠手俄而會昌中例遭黜退衆人悲泣者惋歎者諲晏如也曰大丈夫鐘此厄會豈非命也夫何作兒女之情乎時於長沙遇信士羅晏召居家供施蓋諲執白衣比丘法初無差失涉于二載若門賔焉大中初除滅法之律乃復厥議還故鄉西峰院至咸通六年上徑山覲本師明年無上大師遷神衆請諲嗣其法位始唯百許僧後盈千數于時四衆共居肅然無過僖宗皇帝賜院額曰乾符鎮國中和三年仍賜紫袈裟景福二年吳越國王尚父錢氏奏舉登賜法濟大師光化四年九月二十八日辭衆而卒雪溪戚長史寫貌武肅王爲眞讚傳法弟子盧山栖賢寺寂公臨川義直功臣院令達達於兩浙大行道化卒謚歸寂大師焉初諲有先見之明武肅王家居石鑑山及就戍應募爲軍諲一見握手屏左右而謂之曰好自愛他日貴極當與佛法爲主後累立戰功爲杭牧故奏署諲師號見必拜跪檀施豐厚異於常數終時執喪禮念微時之言矣

唐洪州雲居山道膺傳

釋道膺姓王氏薊門玉田人也生而特異神彩朗然處于童丱崆峒禀氣宿心拔俗爭離火宅之門拭目尋師遂攝鍜金之子師授經法誦徹復求年偶蹉跎二十五方於范陽延壽寺受具足戒乃令習聲聞律儀膺歎曰大丈夫可爲桎梏所拘邪由是擁線衲振錫環詣翠微山問道三載宴居忽覩二使者冠服頗異勉膺曰胡弗南方參知識邪未幾有僧自豫章至盛稱洞上禪師言要膺感動神機遂專造焉如是洞上垂接復能領會曾問曰我聞思大禪師向倭國爲王虛耶實耶對曰若是思師佛亦不作況國王乎自爾洞上印許初住三峯後就雲居提唱時唐之季鍾氏據有洪井傾委信誠每一延請入州則預紮甘子堂以禮之乃表于昭宗賜紫袈裟一副并師號焉都不留意所化之徒寒暑相交不下一千餘衆牛頭香樹圍遶者皆是栴檀金翅鳥王軒翔者不齊尺鷃四方饋供千里風從如荆南帥成汭遣賷檀施動盈鉅萬以天復元年辛酉秋示疾至明年正月三日而化焉豫章南平王鍾氏供其喪葬時諸道禪子各依鄉土所尚者隨靈龕到處列花樹帳幔粉麪之饌謂之卓祭一期凶禮之盛匆過于時也猗歟膺出世度人滿足三十年遺愛可知也

唐繒雲連雲院有緣傳

釋有緣俗姓馮東川梓潼人也小學之年往成都福感寺事定蘭開士即宣宗師矣隨侍出入多在内中一旦宣召帝以筆書其衫背

云此童子與朕有緣由玆召體矣大中九年遇白公敏中出鎭益部開戒壇卽於淨衆寺具尸羅也續於京輦聽習經律五臘後身披布褐手執墨勑海内遊行忝見小馬神照凡同時叢林禪祖無不禮謁者乃居除州華山及南遊至武夷山時廉使李誨爲築禪室乾符三年至縉雲龍泉大賽山立院因奏祠部給額號龍安勑度七僧住十八載安而能遷止連雲院焉太守盧約者以諶諒之誠請入州開元寺别院四事供施焉天祐丁夘歲四月八日示疾至六月朔日終于廨署報齡七十三臘五十二遺旨囑制置揚習司空主喪務於寺南園荼毗火滅散分舍利數百粒後收四十九粒并遺骨一鉼瘞于石塔晉開運三年乙巳歲文泰律師撰塔碑焉

唐福州雪峯廣福院義存傳

釋義存長慶二年壬寅生於泉州南安縣曾氏自王父而下皆友僧親佛清淨謹愿存生而鼻逆葷血乳抱中或聞鐘磬或見僧像其容必動以是别垂愛於膝下九歲請出家怒而未允十二從家君遊蒲田玉澗寺有律師慶玄持行高潔遽拜之曰我師也遂留爲童侍焉十七落髮來謁芙蓉山恒照大師見而奇之故止其所至宣宗中興釋氏其道也湼而不緇其身也裒然而出北遊吳楚梁宋燕秦受具足戒於幽州寶刹寺訖巡名山扣諸禪宗突兀飄飄雲翔鳥逝爰及武陵一面德山止於珍重而出其徒數百咸莫測之德山曰斯無階也吾得之矣咸通六年歸于芙蓉之故山其年圓寂大師亦自潙山擁徒至于

怡山王眞君上昇之地其徒孰執師已嗣德山纍纍而疑關存拒而久之則有行實者始以存同而議曰我之道巍巍乎法門圍遶之所不可造次其地宜若布金之形勝可矣府之西二百里有山焉環控四邑峭拔萬仞嶆崒以支圓碧培塿以覸群青怪石古松棲蟄龜鶴靈湫邃壑隱見龍雷山之巔先冬而雪盛夏而寒其樹皆别垂藤蘿苹茸而以爲之衣交錯而不呈其形奇姿異景不可殫狀雖霍童武夷無以加之實閩越之神秀而古仙之未攸居誠有待於我也祈以偕行去秋七月穿雲躡蘚陟險昇幽將及之存曰眞吾居也其夕山之神果效靈翌日巖谷爽朗煙霞飛動雲庵旣立月構旋隆繇是梶法輪於無爲樹空門於有地行實乃請名其山曰雪峯以其冬雪夏寒取鷲嶺猴江之義斯則庚寅逮于乙未存以山而道任山以存而名出天下之釋子不計華夏趨之若召乾符中觀察使京兆韋公中和中司空潁川陳公每渴醍醐而不克就歆交使馳懇存爲之入府從人願也其時內官有復命于京語其道其儕之拔俗悟空者請蛻浮華而來脫屣僖宗皇帝聞之翰林學士訪於閩人陳延效得其實奏於是乃錫眞覺大師之號仍以紫袈裟俾延效授焉存受之如不受衣之如不衣居累夏辛亥歲朔遽然杖屨其徒啓而不答雲以隨之東浮于丹丘四明明年屬王侍中之始據閩越乃洗兵於法雨致禮於禪林馥存之道常東望頂手後二年自吳還閩大加禮異及閩王王氏誓衆養民之外雅隆其道凡齋僧構刹必

請問焉爲之増宇設像鑄鐘以嚴其山優施以充其衆時則迎而館之于府之東西甲第毎將儼油幢聆法論未甞不移時僅乎一紀勤勤懇懇熊羆之士因之投跡檀那漁獵之逸其或弭心鱗羽戊辰年春三月示疾閩王走醫醫至粒藥以授存曰吾非疾也不可罔子之工卒不餌之其後札偈以遺法子函翰以別王庭夏五月二日鳥獸悲鳴雲木慘悴其夜十有八刻時滅度俗壽八十有七僧臘五十有九以其月十五日塔而藏之爾日奔走閩之僧尼士庶巷無居人閩王漣如出涕且曰師其捨予一何遽乎遣子延稟躬祭奠之復齋僧焉存之行化四十餘年四方之僧爭趨法席者不可勝筭矣冬夏不減一千五百徒之環足其趨也馳而愈離辯而愈惑其庶幾者一曰師備擁徒于玄沙（今安國也）次曰可休擁徒于越州洞巖次曰智孚擁徒于信州鵝湖其四曰惠稜擁徒于泉州招慶其五曰神晏住福州之鼓山分燈化物皆膺聖獎賜紫袈裟而玄沙紹宗一大師焉

系曰雪峯道也恢廓乎駿奔四海學人所出門生形色不類何邪玄沙乘楞嚴而入道識見天殊其猶諺曰青成藍藍謝青師何常在明經故有過師之説一則雪峯自述塔銘已盡其致也一則玄沙安立三句決擇群見極成洞過歟今江表多尚斯學此學虛通無繫了達逍遥勿拘知乘急也雪峯化衆切乎杜嘿禪坐知戒急也其能各捨一緩以成一全則可乎

唐澧州蘇溪元安傳

釋元安俗姓淡鳳翔遊麟人也卅年於岐陽懷恩寺從兄祐律師出家唯經與論無不窮核乃問道翠微次臨濟各飡法味若飫香積之盂也斲彫復朴逍遥自如聞夾山道盛德至造澧陽當稽問轇轕又增明淨後開樂普山尋居蘇溪答訓請益多偶句華美為四海傳焉以昭宗光化元年戊午十二月遷滅享壽六十五法臘四十六矣臨終告衆頗多警策辭句云

唐明州雪竇院恒通傳招賢岑師

釋恒通俗姓李邢州平恩人也家傳士族幼而知學蘇秦顯達猶懷二頃之田元亮孤高不羨五斗之禄縱越掞天擲地拖紫腰金瞬息浮華豈裨來業父母終禮年甫十三潛入鵲山訪道依師既罷丘墳唯披釋典精虔懺誦懇侍巾缾不弭初終蒙恩剃度年二十於本州開元寺具戒後往京兆薦福寺聽習經律七八年間尋窮藏教乃曰摩騰入漢譯著斯文聖冑來梁復明何事因辭北闕逕詣南方遇招賢岑大師大師問曰何處人也曰邢州人也招賢曰我道不從彼來通曰和尚還住此無於是有滯皆伸無疑不決後指洞山石霜皆往叅焉招賢示滅通以弟子禮事之咸通末遊宣城尚書崔寓素奉禪門攀迎莊肅覲通儀表拔俗問答往還崔甚悅服於謝仙山奏置禪院號瑞聖請以居之四方毳衲之徒不邀自聚博陵方議奏薦師號堅讓遂寢中和末文德初群寇競起通領徒至四明大順二年郡牧黃君晟請留居雪竇焉蔚然盛化天祐二年七月示疾越九日躬入浴室

却坐繩牀集衆焚香懃懃付囑合掌而逝春秋七十二夏臘五十二以其年八月七日遷石塔于院之西南二百餘步或曰通臨終言我龎勛也此非也高僧無作爲行録而無此説若觀年臘龎勛豈正弱冠來逃難耶

唐袁州仰山慧寂傳

釋慧寂俗姓葉韶州湞昌人也登年十五懇請出家父母都不聽允止十七再求堂親猶豫未決其夜有白光二道從曹溪發來直貫其舍時父母乃悟是子至誠之所感也寂乃斷左無名指及小指器藉跪致堂階曰答謝劬勞如此父母其不可留捨之依南華寺通禪師下削染年及十八尚爲息慈營持道具行尋知識先見眈源數年良有所得後參大溈山禪師提誘哀之棲泊十四五載而足跛時號跛脚驅烏凡於商搉多示其相時韋胄就寂請伽陀乃將紙畫規圓相圓圍下注云思而知之落第二頭云不思而知落第三首乃封呈達自爾有若干勢以示學人謂之仰山門風也海衆摳衣得道者不可勝計往往有神異之者倐來忽去人皆不測後勑追謚大師曰智通塔號妙光矣今傳仰山法示成圖相行于代也

唐天台紫凝山慧恭傳

釋慧恭俗姓羅氏福州閩人也家傳儒素不交非類母妊之初夢所居湧出浮圖上參于天迨恭誕生嶷然聰悟年十七舉進士名隨計車將到京闕因遊終南山奉日寺目祖師遺像釋然世網遂求出家操執僧事備歷艱辛二十有二適值新創安國寺受具足戒尋

乃遊方緣嶮涉荒而無難色嘗遇黑蛇傷指不求醫而毒螫自銷見魑魅占山諭罪福而妖物遁息至武陵德山詣宣鑒禪師領會風飛由茲道合因挂錫施門人禮鑒公順世後遊玉山至信州刺史營西禪院而禮之其徒數百人居歲餘以郛郭喧繁復入福州長溪馬冠山自馬冠抵泉州富陽山所至之所檀施臻集徒侶解缽禪坊立就其爲士庶嚮奉如此景福三年與門人遊天台州牧京兆杜雄留之而止杜因創瑞龍院於紫凝山祈恭興揚法席以悟淪迷緇俗雲馳香華山積天復三年癸亥十二月午時命衆聲鐘顧瞻左右促言云去加趺瞑目儼然而化春秋八十四僧夏六十二闡圓頓之宗居道德之最歿無易名塔無題牓足見浮名爲桎梏耳門人上足師遂植松負土力崇塔廟所謂法空不壞因緣矣因緣有之孝行曷傷于道云

唐杭州龍泉院文喜傳

釋文喜姓朱氏嘉禾禦兒人也母氏方娠夢吞桃三蔕至誕彌不味葷羶七歲詣本邑常樂寺僧清國下出家國即喜之渭陽也勸誦經并懺又十卷方遂削染往越州開元寺學法華經集天台文句即時敷演則救螘分中便能講訓也開成二年届趙郡受近圓登習四分律屬會昌澄汰變素服内祕之心無改遇大中初年例重懺度於鹽官齊豐寺講說後往禮大慈山性空禪師誨之曰子何不學善財徧叅乎咸通壬午歲至豫章觀音院見仰山喜於言下了其心契仰山令典常住一日有異貌僧就求齋食喜減己食饋之仰山

預知故問曰此果位僧求食汝供給周旋否答曰輟已分迴施曰汝大得利益七年旋浙右止千頃山築室居之十年餘杭劉巖合馬徵請居龍泉古城院凡十一年乾符巳亥歲巢寇杭地至餘杭喜避地湖州餘不亭刺史杜孺休請住仁王院光啓三年武肅王錢氏始牧杭郡降疏請住龍泉廨署今慈光院是也大順元年威勝軍節使董昌武肅王同年發表薦論兩賜紫衣乾寧四年奏師號曰無著光化三年示疾十月二十七日加趺坐而終于州郭廨署春秋八十僧夏六十終時方丈上發白色光竹樹變白十一月二十二日遷塔于靈隱山西塢喜形貌古朴骨强而瘦戒德禪門眞知識也初喜寓居雲川廣明元年夏有蝗飛翳天下食田苗喜自將拄杖懸挂袈裟標于畎澮中其蟲將下遂厲聲叱之悉翻飛而去十頃之苗斯年獨稔其感通如此或云所傳得馬祖細衲袈裟以爲信寶矣遷葬之後天復二年壬戌八月中宣城帥田頵應杭將許思叛渙縱兵大掠發喜塔見肉身不壞如入禪定髮爪俱長武肅王奇之遣裨將邵志祭後重封瘗焉

唐明州伏龍山唯靖傳

釋唯靖吳門人也年三十許形奇貌古且類憨癡入國寧寺巡僧房唱曰要人出家請留下至經藏院見二衆闍黎大德慧政便跪拜伸誠願容執侍政公允納與翦飾於天台受具暫歸謝政便尋訪名山有知識處必經寒燠自爾勤於禪法未嘗發言即居定光禪師廢金地道場侵星赴禪林寺晨粥而多虎豹

隨到寺門虎踞地若伺候靖出復隨至金地暹明巨迹極多靖恐人知以鋤滅虎跡俄患背疽困睡有鵂鳥糞于瘡所非久全愈又廩氷雪備粳粒半斗每日以銚合菜煑食窴粳於地窖中過期用米常滿不耗靖乃築之而云吾被此物知非理也尋居伏龍山山可瞰海峯勢岧嶢昔僧鑒諸曾隱于是諸即唐王相國之毋弟也能文習道刺史多往謁之靖續遁此山刺史黃晟常請出州供施繁委末於奉川北山置院示疾坐終享齡七十餘窆于山下壘塔存焉

宋高僧傳卷第十二

音釋

廩夷益切　闃苦穴切事已也　坼恥格切裂也　墅上與切圃墅也　燠乙六切熱也　窆陂驗切葬也　悸懾悸其季切心動也懾之涉切懼也　欆子紅切欆櫚也　墩都昆切平地有堆也　砥諸市切平也　紿他代切欺　淦古暗切水名也　椔杌椔側持切木立死也杌五忽切木無枝也　諲於眞切　惋烏貫切驚歎也　倭烏禾切國名　鷃於諫切鷃鳥名尺　汭而稅切　崷崒崷疾由切崒才律切崷崒山峻貌　覛莫白切　芊茸芊敷容切茸而容切芊茸草盛貌　翌逸織切翌日明日也　栀女履切　轇轕轇古肴切轕古曷切轇轕雜亂也　掞以冉切利也衡也　搉訖岳切揚搉也　郛芳無切郭也　澮古外切溝也　稔如甚切穀熟也　頵俱倫切　憨呼甘切愚也　銚徒吊切燒器也　窖居效切地藏也　瞰苦紺切視也

宋高僧傳卷第十三

宋左街天壽寺通慧大師賜紫沙門贊寧等奉勑撰

習禪篇第三之六 正傳十七人 附見六人

唐東京封禪寺圓紹傳

釋圓紹姓孫氏其先冨陽人也祖官于南燕因爲滑臺白馬人焉年及識環天然俊邁鄰兒戲玩我且恬然群從追隨我惟閑靜年當十八方遂志出家師事明福寺正覺禪師覺見而異之訓諸徒弟獨許紹耳曰眞空門之偉器也至年二十二於相州義檀香燈律師邊受具登即尋師訪道效祖叅玄二翼之餘一盂之外必無他物唯晳禪宗立雪傳衣是其素望也至于三湘五嶺二蜀兩京凡曰叢

林一皆叅禮既探至賾頓了心機乃挂錫於夷門即倉垣水南寺今爲開寶也大中十年適遇唐相國裴公休罷調商鼎來鎮魏郊同氣相求一言道合即命居今東上方院也紹將聚禪徒患其迫窄遂開上院之西損上益下時檀施臻萃倏成巨院擁納之流數盈二百横跨夷門山之峻嶺焉紹即七祖荷澤神會禪師五葉法孫也演其無念示以真心了達磨之密傳極南能之深趣時叅學之衆擁從且繁遇元帥相國王晉公鐸以紹道行通感神祇効靈降甘露於玄穹法嘉瑞於青檜奏僖宗賜院額曰雙林師號曰法濟別勑令度侍者七人其間法會興盛士庶歸心僅四十載所化人可萬計僧尼弟子五百餘人以乾寧二年乙卯七月四日謂衆曰急急自了去本爲逃生死若不解玄旨何時得脱吾景逼崦嵫此爲最後之言也於方丈中寂然而化俗壽八十五法臘六十三勑許於本院西南隅建塔焉越五年二月二日重開塔髪長半寸儀貌如生乃以香華供養七日遠近瞻禮稱歎希奇已而行茶毗火中迥出五色神光收舍利百餘粒四散隨心淘選近一千粒温潤玉潔璨爛珠圓驗五分之熏成匪一生之構集四衆虔仰復迎入塔即昭宗皇帝戊午歲也睢陽相國袁象先理于浚郊弟子惠靄等巽終法乳列狀乞舉行謚禮梁乾化三年癸酉太祖勑易名曰定覺塔曰靈化至貞明四年九月惠靄等欲旌表師德立碑勑允開封尹王公瓚之文也

唐蘄州黄崗山法普傳 休靜

釋法普姓潘氏廬江人也貌古情寬擁敗納觀方元和中因見黄崗山色奇秀其峯巉崪其林欝密中有石壇平坦而高峙乃放囊挂錫于中班荆以之尋附樹架蓬茨僅容身而已未幾有人自小徑而至見普驚恠問云何緣至此曰某本行中麓見巔頂騰漲紫氣盤紆可愛意此山有尤物故來耳諦視普遲迴而去山下行者聞而尋焉禪學之徒不數年遽盈百數普却之曰老僧獨居無物利人君等亦無所乏由是星居之庵多矣弟子廣嚴等構成大院禪客翕如傳其法者無筭一日集衆辭云吾其終矣汝曹善住珍惜加趺坐胡牀而卒其身不壞散後以香泥塗績之至乾符中重立碑頌云次洛京華嚴寺釋休靜不知何許人也屬洞山禪道風行靜往造之抉擿所疑若雷復于本位焉北返於洛邑開演因赴内齋諸名公皆執經諷讀唯靜并其徒俱默坐帝宣問胡不轉經訓答響應仍皆屬對悦可帝情尋迴平陽示滅收舍利四處樹浮圖勅謚寶智大師塔號無爲也

梁鄧州香嚴山智閑傳大同

釋智閑青州人也身裁七尺博聞强記有幹略親黨觀其所以謂之曰汝加力學則他後成佐時之良器也俄爾辭親出俗既而慕法心堅至南方禮溈山大圓禪師盛會咸推閑爲俊敏溈山一日召對茫然將諸方語要一時煨燼曰畫餅弗可充飢也便望南陽忠國師遺跡而居偶芟除草木擊瓦礫失笑冥有所證抒頌唱之由兹盛化終後勅謚襲燈大師塔號延福焉次舒州桐城投子山釋大同

姓劉氏舒州懷寧人也幼性剛正有老成氣度因投洛下保唐滿禪師出俗初習安般觀業垂成遂求華嚴性海復負錫謁翠微山法會同伏牛元通激發請益大明祖意由是放蕩周遊還歸故土隱投子山結茅茨棲泊以求其志中和中巢寇蕩覆京畿天下悖亂有賊徒持刃問曰住此何爲對以佛法魁渠聞而膜拜脫身服裝而施之下山以梁乾化四年甲戌四月六日加趺坐亡春秋九十六法臘四十六凡居化此山三十餘載云

梁撫州疎山光仁傳（本仁 居遁）

釋光仁不知何許人也其形矬而么麼幼則氣槩淩物精爽殆與常不同早叅洞山深入玄奥其辯給又多於人也嘗問香嚴禪師荅微有偏負曰其累繭重胝而至得無勞乎唾地而去後居臨川疎山毳客趨請頗有言辭著四大等頌略華嚴長者論行于世終入龕中已有白鹿至靈前屈膝而起時衆謂爲作弔焉次筠州白水院釋本仁不知何許人也得心於洞山法席仁罕談道而四方之人若影之附形却之還至乃徇丹陽人請住無幾時天復中至洪井高安白水院聚徒垂欲入滅先觸處告違乃集衆焚香曰至香煙盡處是其涅槃時如其言端坐而化次龍牙山釋居遁姓郭氏臨川南城人也年殆十四謦世無常而守恬淡白親往求出家于盧陵滿田寺於嵩山受具戒已思其擇木乃叅翠微禪會迷復未歸莫知投詣聞洞上言玄格峻而躬造之遁少進問曰何謂祖意荅曰若洞水逆流即當爲說而於言下體解玄微隱衆栖

息七八年間孜孜戢曜時不我知久則通矣天策府楚王馬氏素籍芳音奉之若孝悌之門禀昆長矣乃請居龍牙山妙濟禪院侁侁徒侶常聚半千爰奏舉詔賜紫袈裟并師號證空焉則梁貞明初也方嶽之下號爲禪窟闃其室得其門者亦相繼矣至龍德三年癸未歲八月遘疾彌留九月十三日歸寂遁出世近四十餘齡語詳别録

梁福州玄沙院師備傳

釋師備俗姓謝閩人也少而憨黠酷好垂釣往往泛小艇南臺江自娛其舟若虚同類不我測也一日忽發出塵意投釣棄舟上芙蓉山出家咸通初年也後於豫章開元寺具戒還歸故里山門力役無不率先布衲添麻芒鞵續草減食而食語默有常人咸畏之汪汪大度雖研桑巧計不能量也備同學法兄則雪峯存師也一再相逢存多許與故目之爲備頭陀焉有日詭之曰頭陀何不徧叅去備對曰達磨不來東土二祖不往西天存深器重之光開荒雪峯備多率力王氏始有閩土奏賜紫衣號宗一大師以開平二年戊辰十一月二十七日示疾而終春秋七十四僧臘四十四閩越忠懿王王氏樹塔備三十年演化禪侶七百許人得其法者衆推桂琛爲神足矣至今浙之左右山門盛傳此宗法嗣繁衍矣其於建立透過大乘初門江表學人無不秉風偃草歟

梁河中府棲巖山存壽傳

釋存壽不知何許人也清標勝範造次奚及罷尋經論勇冠輩流往問津於石霜禪師決

了前疑盧舟不繫乃為枯木衆之榴杌矣後還蒲坂緇素歸心時與王友謙受封屏翰好奇倘異聞人一善厚禮下之王召入府齋論道談玄不覺膝之前席頗增奉仰續為菩薩戒師供施更蕃度門人四百許員尼衆百數壽平日罕言言必利物喜愠之色人未甞見望之若孤松凌雪焉終時春秋九十三加趺而坐一月後髭髮再生重剃入塔塔之亭每有虎旋遶風迹時繁勑謚為真寂大師焉

梁台州瑞巖院師彦傳

釋師彦姓許氏閩越人也早悟羈縻忽求拔俗循乎戒檢俄欲觀方見巖頭禪師領會無疑初樂杜默似不能言者後為所知敦喻允請住台州瑞巖山院時道怤往叅問答對響捷怤公伸伏後二衆同居彦之威德凜若嚴霜糾正僧尼無容舛悞故江表言御衆翦齊者瑞巖為最甞有三僧胡形清峭目睛轉若流電焉差肩並足致禮彦問曰子從何來曰天竺來何時發曰朝行適至彦曰得無勞乎曰為法忘勞乃諦視之足皆不蹈地彦令入堂上位安置明旦忽焉不見云是辟支迦果人然莫知階級時有不測人入法會非止一過彦叅學時號為小彦長老兩浙武肅王錢氏累召方肯來儀終苦辭去寺倉常滿甞有村媼來叅禮彦曰汝休拜跪不如疾歸家救取數十百物命大有利益媼忩忙到舍見婦提竹器拾田螺正歸媼接取放諸水濆又數家召齋一一同日見彦來食至終闍維有巨蛇緣樹杪投身火聚當乎薪盡舍利散飛或風動草木上紛紛而墜神異絕繁具如別録

梁撫州曹山本寂傳

釋本寂姓黄氏泉州蒲田人也其邑唐季多衣冠士子僑寓儒風振起號小稷下焉寂少染魯風率多强學自爾淳粹獨凝道性天發年惟十九二親始聽出家入福州雲名山年二十五登于戒足凡諸舉措若老苾蒭咸通之初禪宗興盛風起於大潙也至如石頭藥山其名寖頓會洞山憫物高其石頭往來請益學同洙泗寂處衆如愚發言若訥後被請住臨川曹山參問之者堂盈室滿其所詶對激射匪停特爲毳客標準故排五位以銓量區域無不盡其分齊也復注對寒山子詩流行寓内蓋以寂素修舉業之優也文辭遒麗號富有法才焉尋示疾終于山春秋六十二僧臘三十七弟子奉龕窆而樹塔後南嶽玄泰著塔銘云

後唐漳州羅漢院桂琛傳

釋桂琛俗姓李氏常山人也甫作童兒篤求遠俗齋茹一飡調息終日秉心唯確鄉黨所欽二親愛縛而莫辭群從情纏而難脱既冠繼踰城之武求師得解虎之儔乃事本府萬歲寺無相大師矣初登戒地例學毗尼爲衆升臺宣戒本畢將知志大安拘之於小道乎乃自誨曰持犯束身非解脱也依文作解豈發聖乎於是誓訪南宗程僅萬里初謁雲居後詣雪峯玄沙兩會參訊勤恪良以嗣緣有在得旨於宗一大師明暗色空廓然無惑密行累載處衆韜藏雖夜光所潜而寶器終異遂爲故漳牧太原王公誠請於閩城西石山建蓮宫而止駐錫一紀有半來往二百衆琛

以秘重妙法罔輕示徒有客學懇求者時為開演後龍溪為軍倅勤州太保瑯琊公志請於羅漢院為衆宣法諱讓不獲遂開方便不數載南北叅徒喪疑而往者不可殫數有角立者撫州曹山文益江州東禪休復咸傳琛旨各為一方法眼視其子則知其父矣以天成三年戊子秋復戒閩城舊止徧翫近城梵宇已俄示疾數日安坐告終春秋六十有二僧臘四十遺戒勿遵俗禮而棺而墓於是荼毗於城西院之東崗收其舍利建塔于院之西禀遺教也則清泰二年十二月望日也琛得法寄付授耳時神晏大師王氏所重以言事脅令捨玄沙嗣雪峯確乎不拔終為晏讒而凌轢惜哉

後唐福州長慶院慧稜傳

釋慧稜杭州海鹽人也俗姓孫氏初誕纏紫色胎衣為童齓日俊朗抗節於吳苑通玄寺登戒已聞南方有禪學遂遊閩嶺謁雪峯提耳指訂頓明本性乃述偈云昔時謾向途中學今日看來火裏冰如是親依不下峯頂計三十許載冥循定業謹攝矜莊泉州刺史王延彬召稜住昭慶院禪子委輸唯慮後至及於長樂府居長慶院二十餘年出世不減一千五百衆稜性地慈忍不妄許人能反三隅方加印可以長興三年壬辰五月十七日長往春秋七十九僧臘六十閩國王氏私謚之大師號趍覺塔葬皆出官供判官林文盛為碑紀德云

後唐杭州龍册寺道怤傳

釋道怤俗姓陳永嘉人也丱總之年性殊常

準而惡腥血之氣親黨强啖以枯魚且虞嘔噦求出家于開元寺具戒已遊閩入楚言參問善知識要決了生死根源見臨川曹山寂公大有徵詰若曇詢之問僧稠也終頓息疑於雪峯閩中謂之小怤布納時太原同名年臘之高故曁迴浙住越州鑑清院時皮光業者日休之子辭學宏贍探賾禪門嘗深擊難焉退而謂人曰怤公之道崇論閎議莫臻其極武肅王錢氏欽慕命居天龍寺私署順德大師次文穆王錢氏創龍册寺請怤居之吳越禪學自此而興以天福丁酉歲八月示滅春秋七十荼毗于大慈山塢收拾舍利起塔於龍姥山前故僧主彙征撰塔銘今舍利院弟子主之香火相綴焉

晉會稽清化院全付傳

釋全付吳郡崐山人也幼隨父商于豫章聞禪寂之說乃有猒世之志白求出家父愠形于色愠止復白者三父異其誠率略許之遂詣江夏投清平大師問曰爾來何求付曰志求法也清平師憐其幼而抱器撫以納之夙興夜寐殊於群童及長爲之落飾尋登戒度奉師彌謹檢身彌至問法無猒飫見性不齷齪清平頷而許之一旦謂人曰吾聞學無常師吾非匏瓜豈繫於此而曠於彼乎遂辭師而抵宜春之仰山禮南塔涌禪師應對言語深認仰山之勢頓了直下之心 仰山囅然器重之眷眷伏膺棲神累載後遊于廬陵安福縣宰楊公建應國禪院請付居之禪徒子來堂室旻滿楊宰罷任其鄉人復於鵠湖山建院迎以居之廉使上聞錫名曰清化禪院禪

徒屬至請問者墻進皆不我屈豈多讓于前輩乎有同里僧謂付曰父母之鄉胡可棄也任緣徇世願師歸歟遂别鴿湖而還故國時吳越文穆王錢氏命升階賜之衣衾鉢器有加禮焉丁酉歲錢城戍將闢雲峯山建清化禪院召以居之次忠獻王錢氏遣使錫以紫袈裟付上章累讓再賜之又讓之遂故以納衣付曰吾非榮其賜而飾讓也恐後人之倣吾而逞欲矣尋賜號曰純一禪師又固讓之付不以情忘情故情眞不以道求道故道直所居院之殿宇堂室人競崇建之鑄鐘千餘斤新額曰雲峯清化禪院雲水之侶輻湊睠睠不欲捨旃開運四年丁未歲秋七月示疾謂衆曰生也法起歿也法滅起滅非言論所及也安然而逝有大雨疾風以震林木拔矣享年六十六臘四十有五歸窆于山之北塢弟子應清等十餘人奉師遺訓不墜其道焉僧主彙征爲塔銘建隆二年立

晉永興永安院善靜傳 靈照

釋善靜俗姓王氏長安金城人也父朗唐威州刺史母李氏因夢聖容煦爛金色遂爾娠焉及生岐嶷殆乎知學博通群言因掌書奏于神策軍中尉器重之忽猒浮幻潛詣終南豐德寺禮廣度禪師時年二十七也洎乎削染受具天復中南遊樂普見元安禪裔乃融心要北還化徒于故里結廬于終南雲居山道俗歸之如市又起遊峨嵋禮普賢銀色世界迴與元連帥王公禮重留之後還故鄉已忝離矣留守王公營永安禪院以居之以開運丙午歲冬鳴椎集僧囑累還方丈東向右

脇而化俗壽八十九僧臘六十黑白之衆若喪嚴親明年正月八日荼毗於城南獲舍利數千粒漢乾祐三年庚戌八月八日遷塔于長安義陽鄉石塔巋然初靜率多先覺往遊爽道避昭宗之蒙塵又生平洗沐舍利隕落皆收秘不許弟子示人又嘗禪寂次窗外無何有白鶴馴狎于庭若有聽法之意靜令人驅斥之凡此殊徵有而不有晉昌軍府主郭公歸信焉營構禪院命以居之翰林學士魚崇諒爲塔銘述德焉次杭州龍華寺釋靈照本高麗國人也重譯而來學其祖法入乎閩越得心於雪峯苦志忝陪以節儉勤于衆務號照布納焉千衆畏服而言語似涉島夷性介特以恬淡自持初住齊雲山次居越州鑑清院曾秪對副使皮光業語不相投被舉擯徒龍興焉及湖州太守錢公造報慈院請住禪徒翕然吳會間僧捨三衣披五納者不可勝計忠獻王錢氏造龍華寺迎取金華梁傅翕大士靈骨道具寘于此寺樹塔命照住持焉終于此寺遷塔大慈山之峯

周金陵清涼文益傳

釋文益姓魯氏餘杭人也年甫七齡挺然出俗削染于新定智通院依全偉禪伯弱年得形俱無作法於越州開元寺于時謝俗累以拂衣出樊籠而矯翼屬律匠希覺師盛化其徒于鄮山育王寺甚得持犯之趣又遊文雅之場覺師許命爲我門之游夏也尋則玄機一發雜務俱捐振錫南遊止長慶禪師法會已決疑滯更約伴西出湖湘爾日暴雨不進暫望西院寄度信宿避溪漲之患耳遂忝宣

法大師曾住漳浦羅漢閣人止呼羅漢羅漢素知益在長慶頴脫銳意接之唱導之由玄沙與雪峯血脉殊異益疑山頓摧正路斯得欣欣然挂囊栖止變塗迴軌確乎不拔尋遊方却抵臨川邦伯命居崇壽四遠之僧求益者不減千計江南國主李氏始祖知重迎住報恩禪院署號淨慧厥後徵言欲絕大夢誰醒旣傳法而有歸亦同凡而示滅以周顯德五年戊午歲秋七月十七日有恙國主紆于方丈問疾閏月五日剃髮澡身與衆言別加趺而盡顏貌如生俗年七十四臘五十五私謚曰大法眼塔號無相俾城下僧寺具威儀禮迎引奉全身於江寧縣丹陽鄉起塔焉益好爲文筆特慕支湯之體時作偈頌眞讚別形纂録法嗣弟子天台德韶慧明漳州智依鐘山道欽潤州光逸吉州文遂江南後主爲碑頌德韓熙載撰塔銘云

周廬山佛手巖行因傳 道潜

釋行因不詳姓氏鴈門人也遊方問道于江唯見廬山北有巖遥望如垂手焉手下則深邃可三五丈許因獨棲禪觀于其中僞唐主元宗聞之三徵召不起巖中夜闌有異鹿一卧于因之石屋之側又錦囊鳥一伏宿于石壁下二物都無驚怖因不度弟子有鄰庵僧爲之供侍一日小疾謂侍僧曰卷上簾我去去簾方就鉤下牀三數步間立屹然而化春秋七十許元宗命畫工寫眞而闍維收遺骨白塔在巖背焉初因傳禪法于襄陽鹿門山尋爲元宗堅請於棲賢寺開堂唱道不及朞月潜歸巖窟初巖如五指中指上有松一株

因終之日此亦枯瘁因有經籍之學有問則指擿先儒得失章句是非談論不滯於方隅開喻必合於教化實得道之良士也

系曰凡夫捨報尸必一同也佛則右脇果位坐亡首楮地者現通身立中者彰異其惟欲行步而化者除後僧會外則因公有焉

次錢塘慧日永明寺釋道潛俗姓武蒲津人也生而强壯容姿端雅成立則身長七尺許胷前黑子七點若斗之綱魁焉投中條山棲巖大通禪院禮眞寂禪師爲親教也戒檢嚴明訥言敏行師亡之後誓入鴈門五臺山以精恪之故躬覩文殊聖容後諸方無定遊處末到臨川見崇壽益禪師頓明心決次棲衢州古寺覽閱藏經嘗宴坐中見文殊現形不覺起而作禮及詣杭禮阿育王塔跪而頂戴淚下如雨問掌塔僧曰舍利人不目擊還實有否僧曰按傳記云藏在内角中望若懸鐘焉潛疑未已遂苦到跪禮更無間然俄見舍利紅色在懸鐘之外蠢蠕而行潛悲喜交集又光文大師彙征迥然肯重自爲檀越請於山齋行三七日普賢懺忽見徧吉御象在塔寺三門亭下其象鼻直枕行懺所漢南國王錢氏命入王府受菩薩戒造大伽藍號慧日永明請以居之假號曰慈化定慧禪師別給月俸以施之加優禮也建隆二年辛酉九月十八日示疾而終入棺之際有白光晝發孛孛瑩然時衆皆覩至十月内於龍井山茶毗所收舍利夥多有屠者自惟惡業展襟就火聚乞求斯須獲七顆屠家持於印氏塔中至開寶庚午歲天台韶禪師建石塔緘其眞骨

癸酉歲塔頂放白光焉

宋廬山圓通院縁德傳

釋縁德俗姓黄錢塘人也父超修學儒術而長於績畫傳周昉佛粉本受筆法於吴興李沼長史德幼有出家之志心性孤僻而寡合遂往天台受具習禪法於天龍寺道付心禪師尋往江西問道自雲居往廬阜孤節高岸實不見有所欲江南國主李氏召入内道場安置處其不群别構羅漢院處之苦求入山請住廬山新院乃列威儀導引焉德且裝衣荷檐而入然後升座對答叅問焉其國主賜賚未嘗以表戔報謝有國老宋齊丘者禮以師道以開寶中卒于山院德一生服用熟韋袴襪而已行杜多法供億諸禪侣厨無匱乏之或謂德有黄白術焉

宋天台山德韶傳

釋德韶者姓陳氏縉雲人也幼出家于本郡登戒後同光中尋訪名山叅見知識屈指不勝其數初發心於投子山和尚後見臨川法眼禪師重了心要遂承嗣焉始入天台山建寺院道場無幾韶大興玄沙法道歸依者衆漢南國王錢氏嘗理丹丘韶有先見之明謂曰他日爲國王當興佛法其言信矣遣使入山旁午後署大禪師號每有言時無不符合蘇州節使錢仁奉有疾遣人賫香往乞願焉乃題疏云令公八十一仁奉得之甚喜曰我壽八十一也其年八月十一日卒焉凡多此類韶末終之前也華頂石崩振驚百里山如野燒蔓莚果應韶終焚舍利繁多營塔命都僧正賛寧爲塔碑焉享年八十二法臘六十

四即開寶五年壬申歲六月二十八日也語録大行出弟子傳法百許人其又興智者道場數十所功成不宰心地坦夷術數尤精利人爲上至今江浙間謂爲大和尚焉

論曰梵語禪那華言念修也以其觸情念而無念終日修而無修又云正定也正受也正則廓然冥而定矣正受簡邪思惟增徧計故所以奢摩他以寂靜故三摩提以觀如幻故若禪那者俱離靜幻故始云菩薩不住此岸不住彼岸而度衆生令登彼岸也若然者諸聖住處旣如彼諸聖度生復若何稽夫法演漢庭極證之名未著風行廬阜禪那之學始萌佛陀什秦擯而來般若多晉朝而至時遠公也密傳坐法深斡玄機漸染施行依違祖述吳之僧會亦示有緣俱未分明肆多隱秘及乎慧文大士肇尋龍樹之宗思大禪翁繼傳三觀之妙天台智者引而伸之化導陳隋名題止觀粤有中天達磨哀我群生知梵夾之雖傳爲名相之所溺認指忘月得魚執筌但矜誦念以爲功不信巳躬之是佛是以倡言曰吾直指人心見性成佛不立文字也此乃乘方便波羅蜜徑直而度免無量之迂迴焉嗟乎經有曲指曲指則漸修也見性成佛者頓悟自心本來清淨元無煩惱無漏智性本自具足此心即佛畢了無異如此修證是最上乘禪也不立文字者經云不著文字不離文字非無文字能如是修不見修相也又達磨立法要唯二種謂理也行也然則直而不迂不速而疾云不立文字乃反權合道也爾時梁武不知魏人未重向少林而面壁唯

慧可以神交亦猶白雪雖歌巳童寡和後則睎沂牧圉子孫終號於强秦避狄岐邠文武乃成其王道可生璨璨生信信下分二枝一忍二融融牛頭也忍生秀與能能傳信衣若諸侯付子孫之分器也厥後此宗越盛焉蔭車百輛尼构樹而展轉垂枝施雨萬方阿耨龍而連莛布潤當是時也應其懸記屬于此人後來得道無央數是歟重之曰夫禪之爲物也其大矣哉諸佛得之昇等妙雌龍得之破障纏率由速疾之門無過此故今之像末鬬諍復生師足既傷資爭未巳如聞此心是佛便言三十二相何無或聞一路涅槃則曰八萬法門何在曾不知經中發菩提心此見佛性也云何修菩薩行此行布修行也因信不及無明所迷溺喪忘歸何由復業或舉經以示之則對曰此性宗法或謂之曰莫是魔說還可焚毁否且置而勿論又欲棄之又欲存之不其惑乎昔者于闐諸部謂道行經爲婆羅門書烏荼小乘謗大乘學作空華外道西乾尚爾此何驚乎良以六代宗師一期舉唱但破百年之暗靡營一室之隳殊不知禪有理焉禪有行焉脫或戒乘俱急目足更資行不廢而理逾明法無偏而功兼濟然後如可與言禪巳矣其如玄學多斥講家目爲數寶之人終困屢空之室那不見經是佛言禪是佛意諸佛心口定不相違施設逗根用有時處況以經江高國紀之名論海緫朝宗之會毗尼一學軌範千途授形俱築釋子之基唱隨行淨沙門之業擬損三事何駕一乘終包不足之羞豈倒轉依之地通人不誚豎子

何知佛事門中不捨一法吹聲貽責遷怒傷人因擊鼠以破盆爲爭搏而噬主自他俱有彼我須均縱横盡而成一秦氣劑和而成一味者也今從貞觀及于宋朝於山選山露須彌而出海於羽求羽放金翅以騰空令其鑽仰之儔慕此堅高之道矣吾徒通達無相奪倫譬若文武是一人之藝不能兼者互相非斥耳若相推重佛法增明酬君王度巳之恩答我佛爲師之訓愼之哉愼之哉

宋高僧傳卷第十三

音釋

蘄渠羈切地名　忕方無切　崦嵫崦衣檢切嵫子思切崦嵫山名日所入處也　雎宣佳切雎陽邑名　巉士咸切高巖也　抉擿抉一決切擿他歷切　芟師成切刈草也　么麼么於霄切麼母果切么麼細小也　侊侊所臻切行貌　鞵胡街切履也　厹人九切獸足蹂地也　嫗烏皓切女人老稱也　寓牛矩切同宇天地四方曰宇　遒自秋切　確克角切　轥良刃切轢也　齔初覲切毀齒也　嘔噦嘔烏后切吐也噦於月切氣逆也　齷齪齷於角切齪測角切齷齪急促局陋貌　頷胡感切頷許點頭以應也　辴丑忍切大笑貌　畟初力切過遮也　麕渠云切羣也　巋丘媿切獨貌　僰鼻墨切犍爲蠻夷也　鄮莫侯切縣名　搘章移切拄也　蠢瞤蠢尺尹切蟲動也瞤舒閭切目動也　黟合果切多也　洴輕煙切水名　圉魚許切圉人掌馬者　劑在詣切和也

宋高僧傳卷第十四

宋左街天壽寺通慧大師賜紫沙門贊寧等奉勑撰

明律篇第四之一 正傳二十人 附見五人

唐京兆西明寺道宣傳 大慈

釋道宣姓錢氏丹徒人也一云長城人其先出自廣陵太守讓之後洎太史令樂之撰天文集占一百卷考諱申府君陳吏部尚書皆高矩令猷周仁全行盛德百代君子萬年母娠而夢月貫其懷復夢梵僧語曰汝所娠者即梁朝僧祐律師祐則南齊剡溪隱嶽寺僧

護也宜從出家崇樹釋教云凡十二月在胎四月八日降誕九歲能賦十五厭俗誦習諸經依智顒律師受業洎十六落髮所謂除結非欲染衣便䘵日嚴道場弱冠極力護持專精克念感舍利現于寶函隋大業年中從智首律師受具武德中依首習律纔聽一徧方議修禪顒師訶曰夫適遐自邇因微知章修捨有時功願須滿未宜即去律也抑令聽二十徧已乃坐山林行定慧晦迹於終南倣掌之谷所居之水神人指之穿地尺餘其泉迸涌時號爲白泉寺猛獸馴伏每有所依名華芬芳奇草蔓延隋末從崇義精舍載遷豐德寺甞因獨坐護法神告曰彼清宫村故淨業寺地當寶勢道可習成聞斯卜焉焚功德香行般舟定時有羣龍禮謁若男若女化爲人

形沙彌散心顧盻邪視龍赫然發怒將搏攫之尋追悔吐毒井中具陳而去宣乃令封閉人或潛開往往煙上審其神變或送異華一奩形似棗華大如榆莢香氣馝馞數載宛然又供奇果季孟棃柰然其味甘其色潔非人間所遇也門徒甞欲舉陰事先是潛通以定觀根隨病與藥皆此類者有處士孫思邈甞隱終南山與宣相接結林下之交每一往來議論終夕時天旱有西域僧於昆明池結壇祈雨詔有司備香燈供具凡七日池水日漲數尺有老人夜詣宣求救頗形倉卒之狀曰弟子即昆明池龍也時之無雨乃天意也非由弟子今胡僧取利於弟子而欺天子言祈雨命在旦夕乞和尚法力加護宣曰吾無能救爾爾可急求孫先生老人至思邈石室宛

訴再三云宣律師示我故敢相投也邈曰我知昆明池龍宮有仙方三十首能示余余乃救爾老人曰此方上界不許輙傳今事急矣固何所悋少選捧方而至邈曰爾速還無懼胡僧也自是池水大漲數日溢岸胡僧術將盡矣無能爲也及西明寺初就詔宣充上座三藏奘師至止詔與翻譯又送真身往扶風無憂王寺遇勑令僧拜等上啓 朝宰護法又如此者撰法門文記廣弘明集續高僧傳三寶録羯磨戒疏行事鈔義鈔等二百二十餘卷三衣皆紵一食唯菽行則杖策坐不倚牀蚤蝨從遊居然除受土木自得固已亡身嘗築一壇俄有長眉僧談道知者其實賓頭盧也復三果梵僧禮壇讃曰自佛滅後像法住世興發毗尼唯師一人也乾封二年春冥感天人來談律相言鈔文輕重儀中舛悞皆譯之過非師之咎請師改正故今所行著述多是重修本是也又有天人云曾撰祇洹圖經計人間紙帛一百許卷宣苦告口占一一抄記上下二卷又口傳偈頌號付囑儀十卷是也貞觀中曾隱沁部雲室山人睹天童給侍左右於西明寺夜行道足跌前階有物扶持履空無害熟顧視之乃少年也宣遽問何人中夜在此少年曰某非常人即毗沙門天王之子那吒也護法之故擁護和尚時之久矣宣曰貧道修行無事煩太子太子威神自在西域有可作佛事者願爲致之太子曰某有佛牙寶掌雖久頭目猶捨敢不奉獻俄授于宣宣保録供養焉復次庭除有一天來禮謁謂宣曰律師當生覩史天宮持物一苞云是

棘林香爾後十旬安坐而化則乾封二年十月三日也春秋七十二僧臘五十二累門人窆于壇谷石室其後樹塔三所高宗下詔令崇飾圖寫宣之眞相匠韓伯通塑繢之蓋追仰道風也宣從登戒壇及當泥曰其間受法傳教弟子可千百人其親度曰大慈律師授法者文綱等其天人付授佛牙密令文綱掌護持去崇聖寺東塔大和初丞相韋公處厚建塔於西廊焉宣之持律聲振竺乾宣之編修美流天下是故無畏三藏到東夏朝謁帝問自遠而來得無勞乎欲於何方休息三藏奏曰在天竺時常聞西明寺宣律師秉持第一願往依止焉勅允之宣持禁堅牢捫蝨以緜紙裹投于地三藏曰撲有情于地之聲也凡諸密行或制或遮良可知矣至代宗大曆二年勅此寺三綱如聞彼寺有大德道宣律師傳授得釋迦佛牙及肉舍利宜即詣右銀臺門進來朕要觀禮至十一年十月勅每年內中出香一合送西明寺故道宣律師堂爲國焚之禱祝至懿宗咸通十年左右街僧令霄玄暢等上表乞追贈其年十月勅謚曰澄照塔曰淨光先所居久在終南故號南山律宗焉天寶元載靈昌太守李邕會昌元年工部郎中嚴厚本各爲碑頌德云

系曰律宗犯即問心心有虛實故如未得道起覆想說則宜犯重矣若實有天龍來至我所而云犯重招謗還婆羅漢同也宣屢屢有天之使者或送佛牙或充給使非宣自述也如遣龍去孫先生所豈自言邪至于乾封之際天神合沓或寫祇洹圖經付囑儀等且非

寓言於鬼物乎君不見十誦律中諸比丘尚揚言目連犯妄佛言目連隨心想説無罪佛世猶爾像季嫉賢斯何足怪也又無畏非開元中者貞觀顯慶已來莫別有無畏否

唐京兆恒濟寺道成傳

釋道成者不知何許人也居于天邑演彼律乘戒月揚光圓而不缺德瓶告實滿而不傾當顯慶中敷四分一宗有同霧市時文綱律匠雖先依澄照大師後習律文乃登成之堂奥矣又懷素著述皆出其門垂拱中日照三藏譯顯識等經天后詔名德十員助其法化成與明恂嘉尚同預證義由是聲飛神甸位首方壇謂之梧桐多棲鳳鳥謂之芳沚頗秀蘭叢門生孔多無過此集然不詳終所

系曰成公與隋蔣州道成同號而異實二者奚先通曰隋成也精乎十誦著述尤多唐成也傳乎四分譯講偕妙然其撰集則開悟迷淪究其翻傳則陶甄教道譬猶後餤靡及乎前光似寶或慙乎眞寶互有長短用則無遺也

唐京師崇聖寺文綱傳 恪名

釋文綱姓孔氏會稽人也曾祖範陳都官尚書祖禩祠部侍郎考頊生逃海避隋擇木歸舜貞觀始拜尚乘直長咸光復儒業旁通釋教是故綱也植宿根從習氣慈母懷孕雜食棄捐有婆羅門僧頭陀語其母曰若此男終紹三寶自爾每聞空中多異香雜仙樂及誕育之日白鶴翔集若臨視焉比襁褓中午後不受乳哺猶堅持齋者童齓隨師訪道十二出家冠年受具精慮苦行專念息心藜羹糗

粮麻衣草薦操有彛檢口無溢言尋詣京兆沙門道成律師稟毗尼藏二十五講律三十登壇每勤修深思凝視反聽淨如止水嶷若斷山或風雨宴居或晝夜獨得故能吉祥在手不捨其缾威德迎風不絶於氣出籠瘠鷹坐致虛空起屋下留自然成就唯甘露之渧口腧利劒之傷人愼之重之廣矣至矣由是八方來學四分永流請益者舉袂雲臨讃歎者發聲雷駭久視中天作淫雨人有憂色綱愍之乃端坐思惟却倚屋壁奄至中夕欻爾半傾唯餘背間嶷然山立識者以爲得神通因定力故日月靈跡幽明潛感兆於集事應乎遺言左右怪之綱曰夫眞實無相塵色本空正覺圓常大悲湛定不可取也是以一時法主四朝帝師同迦葉之入城遇匿王之説戒竹園門外別有沙彌畢樹枝間廣聞鷄鳥所以受潤者博入見者深萬病已痊獲歡喜之藥一心不染解煩惱之繩又恭承綵綸京都翻譯追論惠用遠契如因翹誠滿朝檀施歒國但依布薩盡用莊嚴累歷伽藍二十餘所凡是塔廟各已華豐猶且刺血書經向六百卷登壇受具僅數千人至苦至勤納無我之海不寢不食種無生之田長安四年奉勑往岐州無憂王寺迎舍利景龍二載中宗孝和皇帝延入内道場行道送眞身舍利往無憂王寺入塔其年於乾陵宮爲内尼受戒復於宮中坐夏爲二聖内尼講四分律一徧中宗嘉尚爲度弟子賜什物綵帛三千匹因奏道場靈感之事六月七日御札題牓爲靈感寺是也諸寺碎碩德以隸焉夫其左纛宿右

上林南臺終山北池渭水千門宮闕化出雲霄萬乘旌旗天迴原隰先天載睿宗聖眞皇帝又於別殿請爲菩薩戒師妃主環階侍從羅拜兜率天上親聽法言王舍城中普聞淨戒恩旨賜絹三千餘疋綱悉付常住隨事修營或金地繚垣用增上價或寶坊飛閣克壯全模或講堂經樓舍利淨土或軒廊器物厨庫園林皆信施法財周給僧寶方將示迷津引覺路濯熱火宅極溺毒流而乃奄忽神遷斯須薪盡雖有應化何其速歟以開元十五年八月十五日怡然長往時春秋九十有二其年九月四日塔于寺側爲聞哀奔喪執紼會葬香華幢蓋緇素華夷塡城塞川箏雲翳景蓋數萬人有若法侶京兆懷素滿意承禮襄陽崇拔扶風鳳林江陵恒景淄川名恪等百餘人咸曰智河舟遷法宇棟橈而已哉有若弟子淮南道岸蜀川神積岐隴慧顗京兆神慧思義紹覺律藏恒暹崇業等五十餘人並目以慈眼入於度門金棺不追灰骨罔荅乃請滑臺太守李邕爲碑邕彖彼馬遷法其班氏以二人同傳必百行以齊肩不忝懷素前不慙宣師後李北海題品不其韙乎有淄州名恪律師者精執律範切勤求解甞厠宣師法筵躬問鈔序義宣師親録隨喜靈感壇班名于經末又附麗文綱之門也

唐京師恒濟寺懷素傳實律師

釋懷素姓范氏其先南陽人也曾祖嶽高宗朝選調爲絳州曲沃縣丞祖徽延州廣武縣令父强左武衛長史乃爲京兆人也母李氏夢雲雷震駭因而娠焉誕育之辰神光滿室

見者求占此子貴極當爲王者之師傅也幼齡聰黠器度寛然識者曰學必成功才當逸格耳聞口誦皆謂老成年及十歲忽發出家之意猛利之性二親難沮貞觀十九年玄奘三藏方西域迴誓求爲師雲與龍而同物星將月以共光俱懸釋氏之天悉麗著明之象初尋經論不費光陰受具已來專攻律部有鄴郡法礪律師一方名器五律宗師迷方皆俟其指南得路咸推其鄉導著疏十卷別是命家見接素公知成律匠研習三載乃見諸瑕喟然歎曰古人義章未能盡善咸亨元年發起勇心別述開四分律記至上元三年丙子歸京奉詔住西太原寺傍聽道成律師講不輟緝綴永淳元年十軸畢功一家新立彈糾古疏十有六失焉新義半千百條也傳翼之彪搏攫而有知皆畏乘風之震砰輷而無遠不聞所化翕然所傳多矣復著俱舍論疏一十五卷遺教經疏二卷鈔三卷新疏拾遺鈔二十卷四分僧尼羯磨文兩卷四分僧尼戒本各一卷日誦金剛經三十卷講大律已疏計五十餘徧其餘書經畫像不可勝數於本寺別院忽示疾力且薾然告秀章曰余律行多缺一報將終時空中有天樂瀏亮奄然而逝俗齡七十四法臘五十三葬日有鴻鶴遶塔悲鳴至暮方散素所撰述宗薩婆多何邪以法密部縁化地部出化地從有部生故出受體以無表色也又斥二宗云相部無知則大開量中得自取大小行也南山犯重則與天神言論是自言得上人法也大抵素疏出謂之新章焉開元中嵩山賓律師造飾宗

記以解釋之對礪舊疏也又謂爲東西塔律宗因傳習處爲名耳大曆中相國元公載奏成都寶園寺置戒壇傳新疏以俸錢寫疏四十本法華經疏三十本委寶園光翌傳行之後元公命如淨公爲素作傳韋南康皐作靈壇傳授毗尼新疏記有承襲者刋名于石其辭酋麗其翰兼美爲蜀中口實焉

唐光州道岸傳

釋道岸姓唐氏世居頴川是爲大族漢尚書令琳司空珍吳尚書僕射固雍州刺史彬涼鎭北將軍瑶之後也永嘉南度遷于光州衣冠人物暉映今古岸生而不群少而奇縣爰在髫齓有若老成齒胄膠庠侚齊墳典猶恐聞見未博藝業有遺遂浮江淮達洙泗探禹穴升孔堂多歷年所矣摻翰林之鼓吹游學海之波瀾討論百家商搉三教乃歎曰學古入官紆金拾紫儒教也餐松餌栢駕鶴乘龍道教也不出輪迴之中俱非栰喻之義豈若三乘妙旨六度宏功錙銖世間掌握沙界哉遂落髮出家洗心訪道一音克舉四句精通堅修律儀深入禪慧夜夢迦葉來爲導師朝閱眞經宛契冥牒由是聲名籍甚遠近吹噓爲出世之津梁固經行之領袖十方龍象罔不師範焉萬國鵷鸞無敢詶對者向若迴玆妙識適彼殊途議才必總於四科濟世雅符於三傑有若越中初法師者秘藏精微罔不明練道高宸宇德重丘山岸聞善若驚同聲相應乘杯去楚杖錫遊吳雲霧一披鐘鼓齊振期牙合契澄什聯芳由是常居會稽龍興寺焉揚越黎庶江淮釋子輻輳烏合巷少居

人罕登元禮之門且覩公超之市岸身遺纏蓋心等虛空不擇賢愚無論貴賤溫顏接待善誘克勤明鑑莫疲洪鐘必應皆窺天挹海虛往實歸其利博哉無得稱也時號爲大和尚登無畏座講木叉律容止端嚴辭辯清暢連環冰釋理窟毫分瞻仰者皆悉由衷聽受者得未曾有於是高僧大士心醉神傾捐棄舊聞佩服新義江介一變其道大行孝和皇帝精貫白業遊藝玄樞聞而異焉遣使徵召前後數介然始入朝與大德數人同居內殿帝因朝暇躬閱清言雖天睠屢迴而聖威難犯凡厥目對靡不魂驚皆向日趨風滅聽收視岸人望雖重僧臘未高猶淪居下筵累隔先輩惜帝有輪王之位不起承迎以吾爲舍那之後晏然方坐皇帝覩其高尚伏以尊嚴偏賜衣鉢特彰榮寵因請如來法味屈爲菩薩戒師親率六宮圍遶供養仍圖畫於林光宮御製畫讚辭曰戒珠皎潔慧流清淨身局五篇心融八定學綜眞典觀通實性維持法務綱統僧政律藏冥兮傳芳象教因乎光盛比夫靈臺影像麟閣丹青功德義殊師臣禮異銓擇綱管統帥僧徒者有司之任也以岸盛德廣大至行高邈思徧雨露特變章程所歷都白馬中興莊嚴薦福罔極等寺綱維總務皆承勅命深契物心天下以爲榮古今所未有中宗有懷罔極追福因心先於長安造薦福寺事不時就作者煩勞勑岸與工部尚書張錫同典其任廣開方便博施慈悲人或子來役無留務費約功倍帝甚嘉之頻邀賞揚何間昏曉既荷天澤言酬恩地遂還光州

度人置寺於是祇陀苑囿欝起僧坊拘鄰比丘便爲人寶能事斯畢夫何恨哉江海一辭星霜二紀每懷成道之所更迫鐘漏之期遂去上京還至本處將申顧命精擇門人僧行超玄儼者是稱上足也克傳珠髻之寶俾賜金口之言右脇而卧示其泡幻也以開元五年歲次丁巳八月十日滅度於會稽龍興道場時年六十有四海竭何依山崩安仰天人感慟道俗哀號執紼衣縗動盈萬計弟子龍興寺慧武寺主義海都維那道融大禹寺懷則大善寺道超齊明寺思一雲明寺慧周洪邑寺懷瑩香嚴寺懷彥平原寺道綱湖州大雲寺子瑀興國寺慧纂等秀稟珪璋器承磨琢荷導蒙之力懷栝羽之恩思播芳塵必題貞石乃請禮部侍郎姚弈爲碑紀德初岸本文綱律師高足也及孝和所重其道克昌以江表多行十誦律東南僧堅執罔知四分岸請帝墨勑執行南山律宗伊宗盛于江淮間者岸之力也

唐百濟國金山寺眞表傳

釋眞表者百濟人也家在金山世爲弋獵表多蹻捷弓矢最便當開元中逐獸之餘憇于田畎間折柳條貫蝦蟇成串置于水中擬爲食調遂入山網捕因逐鹿由山北路歸家全忘取貫蟇歟至明年春獵次聞蟇鳴就水見去載所貫三十許蝦蟇猶活表于時歎惋自責曰苦哉何爲口腹令彼經年受苦乃絕柳條徐輕放縱因發意出家自思惟曰我若堂下辭親室中割愛難離慾海莫揭愚籠由是逃入深山以刀截髮苦到懺悔舉身撲地志

求戒法誓願要期彌勒菩薩授我戒法也夜
倍日功遶旋叩搕心心無間念念翹勤經于
七宵詰旦見地藏菩薩手搖金錫爲表策發
教發戒緣作受前方便感斯瑞應歡喜徧身
勇猛過前二七日滿有大鬼現可怖相而推
表墜于巖下身無所傷匍匐就登石壇上加
復魔相未休百端千緒至第三七日質明有
吉祥鳥鳴曰菩薩來也乃見白雲若浸粉然
更無高下山川平滿成銀色世界兜率天主
逶迤自在儀衛陸離圍遶石壇香風華雨且
非凡世之景物焉爾時慈氏徐步而行至于
壇所垂手摩表頂曰善哉大丈夫求戒如是
至于再至于三蘇迷盧可手攘而却爾心終
不退乃爲授法表身心和悅猶如三禪意識
與樂根相應也四萬二千福河常流一切功
德尋發天眼焉慈氏躬授三法衣瓦鉢復賜
名曰眞表又於膝下出二物非牙非玉乃籤
檢之制也一題曰九者一題曰八者各二字
付度表云若人求戒當先悔罪罪福則持犯
性也更加一百八籤籤上署百八煩惱名目
如來戒人或九十日或四十日或三七日行
懺苦到精進期滿限終將九八二籤參合百
八者佛前望空而擲其籤墮地以驗罪滅不
滅之相若百八籤飛逗四畔唯八九二籤卓
然壇心而立者即得上上品戒焉若衆籤雖
遠或一二來觸九八籤拈覷是何煩惱名抑
令前人重覆懺悔已正將重悔煩惱籤和九
八者擲其煩惱籤去者名中品戒焉若衆籤
埋覆九八者則罪不滅不得戒也設加懺悔
過九十日得下品戒焉慈氏重告誨云八者

新熏也九者本有焉囑累已天仗既迴山川雲霽於是持天衣執天鉢猶如五夏比丘徇道下山草木爲其低垂覆路殊無溪谷高下之别飛禽鷙獸馴伏歩前又聞空中唱告村落聚邑言菩薩出山來何不迎接時則人民男女布髮掩泥者脫衣覆路者氊罽氎毹承足者華絪美褥塡坑者表咸曲副人情一一廸踐有女子提半端白氎覆于途中表似驚忙之色迴避别行女子怪其不平等表曰吾非無慈不均也適觀氎縷間皆是狶子吾慮傷生避其悞犯耳原其女子本屠家販買得此布也自爾常有二虎左右隨行表語之曰吾不入郛郭汝可導引至可修行處則乃緩歩而行三十來里就一山坡蹲踞于前時則挂錫樹枝敷草端坐四望信士不勸自來同造伽藍號金山寺焉後人求戒年年懺罪者絶多今影堂中道具存焉

系曰表公華心變行一日千里果得慈氏爲授戒法此五十受中何受邪通曰近上法見諦自誓也發天眼通是證初二果也非諦理現觀而何專據石壇與多子塔前自誓同也或曰所授籤檢以驗罪滅之相諸聖教無文莫同諸天傳授或魔鬼所爲不可爲後法乎通曰若彰善癉惡利益不殊彌勒天主是天傳授非魔必矣諸聖教中有懺罪求徵祥證其罪滅不滅然其佛滅度彌勒降閻浮說瑜伽豈可不爲後世法耶十誦律云雖非佛制諸方爲清淨者不得不行也

唐安州十力寺秀律師傳

釋秀公者齊安人也髫年天然有離俗之意

焉既丁荼蓼便往蜀郡禮興律師諷誦經典易若溫尋又依之進具果通達毗尼乃爲興公傳律上足弟子歟如是四載入長安造宣律師門爲依止之客勤以忘勞涉十六年不離函丈窮幽諸部陶練數家將首疏爲宗本然向黄州報所生地次往安陸大揚講訓聲美所聞諸王牧守攸共遵承正化緇徒咸慕細行有貞固律師居于上席解冠諸生最顯清名餘皆後殿其諸成業不可勝筭春秋七十餘卒于十力寺本房焉

唐京師崇聖寺靈嵒傳

釋靈嵒者不知何許人也勤乎切問靡憚尋師乾封中於西明寺躬預南山宣師法席然其不拘常所或近文綱或親大慈皆求益也末塗懼失宣意隨講收釆所聞號之曰記以解删補鈔也若然者推究造義章之始唯慈與嵒也又别撰輕重訣故苑陵玄冑親覩其文故援引之以解量處輕重儀焉金華之故其訣湮滅無復可尋矣

唐京兆崇福寺滿意傳

釋滿意不知何許人也風神峭拔識量寬和經論旁通專於律學武德末所遇鄴都法礪律師作疏解曇無德律遂往摳衣明其授受如是講導三十許年乃傳付觀音寺大亮律師亮方授越州曇一盛化之間出龍象之資無過意之門也矣

唐京兆西明寺崇業傳

釋崇業不知何許人也初同弋陽道岸學毗尼于文綱之法集業之服勤淬礪罔怠釁肆之間推居元長與淄州名恪齊名挺拔剛毅

過之美聲洋洋達于禁闥睿宗聖眞皇帝操心履道勑以舊邸造安國寺有詔業入承明重修別殿爲帝授菩薩戒施物優渥僉迴捨修菩提寺殿宇抑由先不畜盈長之故也開元中微疾囑弟子曰吾化窮數盡汝曹堅以防川無令放逸語訖終于所居寺之別院業即南山之嗣孫矣

唐越州法華山寺玄儼傳 融濟

釋玄儼俗姓徐氏晋室南遷因官諸曁遂爲縣族年始十二辭親從師事富春僧暉證聖元年恩制度人始隨僧數隸懸溜寺儼幼而明敏長則韶令標格峻整風儀凜然迨于弱冠乃從光州岸師諮受具戒後乃遊詣上京探賾律範遇崇福意律師并融濟律師皆名匠一方南山上足咸能昇堂睹奧共所印可由是道尊戒潔名動京師安國授記並充大德後還江左偏行四分因著輔篇記十卷羯磨述章三篇至今僧徒遠近傳寫初光州岸公嘗因假寐忽夢神僧謂曰玄儼當爲法器云何教以小乘後乃命宣般若由是研精覃思採摭舊學撰金剛義疏七卷古德所不解先達所未詳我則發揮光明若指諸掌誓以一生宣講百徧越邑精舍時稱法華晉沙門曇翼曾結庵山巔入是法三昧感徧吉菩薩徒觀其塔類多寶涌出以證經宫如轉輪飛行而聽法雙鳥所以示兆今尚翔鳴六象所以呈奇時猶隱現不可得而思議者蓋斯之謂歟信如來之福庭是菩薩之隱岳儼乃考盤是卜東鉢深棲建置戒壇招集律行若夫秦衡上士燕代高僧數若稻麻等同竹葦伏

膺請益躡屩擔簦寘坐不出幾三十載開元二十四年帝親注金剛般若經詔頒天下普令宣講都督河南元彥沖躬請儼重光聖日遂闡揚幽賛允合天心令盲者見日月之光聾者聞雷霆之響儼之演暢蓋有力焉夫樂小法者迷自我而爲病通大方者懵開空之法道若夫會三歸一觸理冥事自優波離已下猶或病諸而儼綱紀小乘演暢大法晤佛境之非有識魔界之爲空故能使涅槃將生死一如煩惱與菩提齊致發心而登佛地非我而誰白黒歸依當仁不讓昔僧護法師常居石城宴坐青壁仰其中峯如有佛像願造十丈以圖兜率良願未諧護公長逝梁武皇帝詔僧祐律師馳傳經理規模刻劃意匠纔施俄而山塚崒崩全身坐現合高百餘尺雖金石絲竹四天之供施常聞功德莊嚴十地之琱鐫尚闕儼乃内傾衣鉢外率檀那布以黄金之色鎔以白銀之相銅錫鉛錯球琳琅玕七寶由是渾成八珍於焉具足雖寶積獻蓋界現三千迦葉貢衣金踰十萬如須彌之現于大海若杲日之出于高山此又儼之功德不可思議者也故洛州刺史徐嶠工部尚書徐安貞咸以宗室設道友之禮國子司業康希銑太子賓客賀知章朝散大夫杭州臨安縣令朱元眘亦以鄉曲具法朋之契開元二十六載恩制度人採訪使潤州刺史齊澣越州都督景誠採訪盧見義泗州刺史王弼無不停旟淨境禀承法訓齊公乃方舟結乘奉迎儼於丹陽餘杭呉興諸郡令新度釋子躬授具戒自廣陵迄于信安地方千里道俗

受法者殆出萬人凡禮佛名經一百徧設無遮大會十筵而入境住持舉無與比夫秉法傳授從佛口生有門人法華曇俊崇默龍興崇一開元智符稱心崇義香嚴懷節寶林洪霈覺引灌頂皆不傾油鉢無漏浮囊經不云乎如栴檀林栴檀圍遶如師子王師子圍遶信儼之威神有在而法主之功德不刋將知三界無安百靈共盡此生已適於後息他世應見于前心以天寶元載歲次壬午緣化已畢十一月三日現疾于繩牀七日午時坐終于戒壇院春秋六十有八粤其月二十五日窆于寺南秦山之下高樹雙塔光明踰於白雲列植千松秀色羅於明月經始則神邕崇曉住持則唯湛道昭並躬護聖場親傳智印其餘三千門人五百弟子承般若之深法受毗尼之密行盡號顓門無待彌勒天寶十五載歲次景申萬齊融述頌德碑焉

唐杭州靈智寺德秀傳

釋德秀俗姓孫氏富陽人也少出塵早棲梵宇當圓戒檢正護浮囊匪定常師留神律府講談之外嘗哀鬼神乏食恒以深更施其飲食淅汭之民傾誠畏服及終于定山頗多靈異則天寶初載也遷神座入塔時天降舍利七顆門人以餅盛之緘于其塔或發之見秀齒上生舍利紛紛而墜後人還累甓成浮圖鄉人云恒有白蛇蟠屈守塔樵牧之童無敢近者

唐開業寺愛同傳 通玄

釋愛同俗姓趙氏本天水人也代襲冠冕弱齡挺拔惠然肯來爲佛家子具戒後講彌沙

塞律遠近師禀若鱗羽宗乎鯤鳳也昔南宋朝罽賓三藏覺壽譯成此律因出羯磨一卷時運遷移其本零落尋求不獲學者無依同遂於大律之内抄出羯磨一卷彼宗學者盛傳流布被事方全孝和之世神龍中盛重翻宣同與文綱等糸預譯場推爲證義義淨所出之經同有力焉著五分律䟽十卷復遺囑西明寺玄通律師重施潤色後安史俶擾焚燎喪寺今無類矣

唐五臺山詮律師傳

釋詮律師者五臺縣人也綵服出家冠年受戒儀則清雅衆禀綱繩習毗尼宗秘菩薩行詮除訓徒外守默無撓遠近有事靡不豫知人謂爲得他心通也一食終日弊衣遮體不貯顆粒房無縷綜其强本節用造次不可及也入滅之日祥雲鬱密天樂錚摐闔寺僧徒皆聞異香馚馥乃召集寺衆執手告辭囑累門人加趺而滅云

唐揚州龍興寺法慎傳

釋法慎姓郭氏江都人也孩抱之歲誓齒空門親愛所鍾志不可奪從瑶臺成律師受具戒依太原寺東塔體解律文絶其所疑時賢推服或一言曲分於象表精理自得於環中聲振京師如睎愛日諸寺衆請綱領乃默然而東歸旣還楊都倅允郡顧恒誦金剛般若經如意輪般若佛心我得此心衆生亦得如意勝願我如此願衆生亦如謂天台止觀包一切經義東山法門是一切佛乘色空兩亡定慧雙照不可得而稱也慎暑不攝齊食不求飽居不易坐四方捨施歸於大衆一身有

無均於最下朝廷之士銜命往還路出維揚終歲百數不踐門閾以為大羞仰承一眄如洗飢渴慎與人子言依於孝與人臣言依於忠與人上言依於仁與人下言依於禮佛教儒行合而為一學者流誤故親校經論延來者聽受故大起僧坊將警群迷故廣圖菩薩因地善護諸命故曲濟衆生壽量以文字度人故工於翰墨以法皆佛法故兼采儒流以我慢為防故自負衣鉢以規規為任故綱正緇林以發揮道宗故上行恭禮以感慕遺迹故不遠他邦以龍象參議故再至京國以執度端明故研精律部歟黃門侍郎盧藏用才高名重罕於推挹一見于慎慕味循環不能離坐退而歎曰宇宙之内信有高人黃門於院中置以經藏嚴以香燈天地無疆像法常在太子少保陸象先兵部尚書畢構少府監陸餘慶吏部侍郎嚴挺之河南尹崔希逸太尉房琯中書侍郎平章事崔渙禮部尚書李憕辭人王昌齡著作郎綦毋潛僉所瞻奉願同灑掃感動朝宰如此以天寶七載十月十四日晨興盥漱就胡牀加趺心奉西方既曛而滅於龍興寺別院春秋八十三夏六十二緇素弟子北距泗沂南踰嶺徼望哭者千族會葬者萬人其上首曰會稽曇一閩僧懷一南康崇叡晉陵義宣錢塘譚山寺惠鸞洛京法瑜崇元鶴林寺法勵法海維揚惠凝明幽靈祐靈一等罔不成樂説辯才入法華三昧衆所知識物之依怙天上甘露正味調柔人中象王利根成熟音樂樹下長流福慧之泉雪山峯頂仰見清涼之月金剛決定煩惱無

餘優曇開敷香潔盈滿法施之恩郡居之感哀奉色身經始靈塔于蕪城西蜀岡之原像教也幽公自幼及衰恒所親侍後請吏部員外郎趙郡李華爲碑紀述大曆八年癸丑十二月也大理司直張從申書趙郡李陽冰題額其塔亦幽公經度建塔之地廣袤如素高卑得中周臨四衢平視千里門人環蒔列栢薦以名香其塔屬會昌中例皆毁焉

唐杭州華嚴寺道光傳

釋道光姓褚氏踰齓出家方冠受具詣光州和尚學通毗尼于時夏淺德崇壇場屬望蓋天賚眞士爲東南義虎雲雨慈味笙鏞道聲光持法華經創塔廟洎没身不怠也上元元年庚子仲秋示疾終于本寺春秋七十九法臘五十八是日馳陽昧昧淫雨淠淠烈風崇朝嘉木爲折乃東土福盡之徵也俄然喜氣五色亭亭如蓋移晷不散偏映精廬即西方往生之意也初光未歿其月三日質明支疾凝神依色身觀彌陀具相現在其前滿庭碧華昔所未覩者四日昧爽有異人請光爲和尚遂開目彈指曰但發菩提心至五日曼陀羅華自天而雨門人神烈義津追慕弗遑各分法味流布行化香火無窮云

唐揚州大雲寺鑒眞傳

釋鑒眞姓淳于氏廣陵江陽縣人也總丱俊明器度宏博能典謁矣隨父入大雲寺見佛像感動夙心因白父求出家父奇其志許焉登便就智滿禪師循其奬訓屬天后長安元年詔於天下度僧乃爲息慈配住本寺後改爲龍興殆中宗孝和帝神龍元年從道岸律

師受菩薩戒景龍元年詣長安至二年三月二十八日於實際寺依荊州恒景律師邊得戒雖新發意有老成風觀光兩京名師陶誘三藏教法數稔該通動必研幾曾無矜伐言旋淮海以戒律化誘鬱爲一方宗首冰池印月適足清明猊座揚音良多響答時日本國有沙門榮叡普照等東來募法用補闕然於開元年中達于揚州爰來請問禮眞足曰我國在海之中不知距齊州幾千萬里雖有法而無傳法人譬猶終夜有求於幽室非燭何見乎願師可能輟此方之利樂爲海東之導師乎眞觀其所以察其翹勤乃問之曰昔聞南岳思禪師生彼爲國王興隆佛法是乎又聞彼國長屋曾造千袈裟來施中華名德復於衣縁繡偈云山川異域風月同天寄諸佛子共結來緣以此思之誠是佛法有緣之地也默許行焉所言長屋者則相國也眞乃慕比丘思託等一十四人買舟自廣陵齎經律法離岸乃天寶二載六月也至越州浦止署風山眞夜夢甚靈異纔出洋遇惡風濤舟人顧其垂沒有投棄檝香木者聞空中聲云勿投棄時見舳艫各有神將介甲操仗焉尋時風定俄漂入蛇海其蛇長三丈餘色若錦文後入魚海魚長尺餘飛滿空中次一洋純見飛鳥集于舟背壓之幾沒泊出鳥海乏水俄泊一島池且泓澄人飲甘美相次達于日本其國王歡喜迎入城大寺安止初於盧遮那殿前立壇爲國王授菩薩戒次夫人王子等然後教本土有德沙門足滿十員度沙彌澄脩等四百人用白四羯磨法也又有王子一

品親田捨宅造寺號招提施水田一百頃自是巳來長數律藏受教者多彼國號大和尚傳戒律之始祖也以日本天平寶字七年癸夘歲五月五日無疾辭衆坐亡身不傾壞乃唐代宗廣德元年矣春秋七十七至今其身不施苧漆國王貴人信士時將寶香塗之僧思託著東征傳詳述焉

唐杭州天竺山靈隱寺守直傳

釋守直字堅道錢塘人也姓范氏齊信安太守瑝之八葉禮既冠衆君子器之夙有丘園之期不顧玄纁之錫遂詣蘇州支硎寺圓大師所受具足律儀是夜眼中光現長一丈餘待久方滅蓋得戒之驗也後抵江陵依眞公三年練行尋禮天下二百餘郡聖跡所至無不至焉見無畏三藏爲受菩薩戒聞普寂大師傳楞伽心印講起信宗論二十餘徧南山律鈔四十徧平等一雨大小雙機在乎圓音未嘗少異乃立願誦華嚴經還於中宵夢神人施珠一顆及覺惘惘然如珠在握是歲入五臺山轉華嚴經二百徧追夙心也宏覽大藏經三過廣正見也至開元二十六年有制舉高行道俗請正名隸大林寺後移籍天竺住靈隱峯時大曆二年也至五年三月寓于龍興淨土院謂左右曰夫至人乘如而來乘如而去示其心然也而愚夫欲以長繩繫彼白日安可得乎吾景落桑榆豈淹久也以其年此月二十九日告終春秋七十一僧臘四十五其間臨壇度人多矣顯名者洞庭辯秀湖州皎然惠普道莊會稽清江清源杭州擇鄰神偃常州道進晝公著塔銘云

唐洪州大明寺嚴峻傳

釋嚴峻姓樊氏濰州人也父任硤州長史昭王府司馬峻性地夷然學習明利年及十九應進士舉倏罹荼蓼思報劬勞投南陽佛寺後抵荊州玉泉山蘭若遇眞禪師示其禪觀入城泊大雲寺峻秉持戒印用之不刓憑附浮囊渡之攸往衆請臨壇復舉律之宗主僶俛承命忽逢觀淨禪師頓明心法大曆元年思往清涼山未達廬陵見顔魯公一言相契膠漆如也二年春宜春太守俾僧正馳䟽請召四年春洪州刺史李華員外延入大明寺住止三月中俄命沐浴換衣舉望空虛合掌而逝春秋五十九遷塔弟子圓約等於寺前大泉池立碑存焉

唐會稽開元寺曇一傳

釋曇一姓張氏蓋韓人也其先軒轅賦姓至良佐漢侯于留魏晉已還衣冠繼代曾祖恒隋太常卿邑踵楊都遂家于越恒生孝廉翼翼生處士蒧蒧生一令聞江南令四葉矣一宿植淨因生知慧性弱而敏悟長而聰明年十五從李洎先生習詩禮終日不違十六聽雲門寺茂亮法師經論一聞懸解法師異之謂其母孟氏曰此佛子也可令削髮當與授記亮即孝和皇帝菩薩戒師也一聞而歡喜有度世之志景龍中承恩出家隸在僧錄年滿受具於丹陽玄䂐律師學通事鈔於當陽曇勝律師既而鑽木見煙窺牆覩奧開元五年西遊長安依觀音寺大亮律師傳毗尼藏崇聖寺檀子法師學唯識俱舍等論安國寺印度沙門受菩薩戒於是蓮華不染之義甘

露甚深之旨一傳慧炬了作梵雄遠近瞻仰如宗師矣然刃有餘地時兼外學常問周易於左常侍褚無量論史記於國子司業馬貞遂漁獵百氏囊括六籍增廣聞見自是儒家調御人天皆因佛事公卿嚮慕京師籍甚時丞相燕國公張說廣平宋璟尚書蘇瓌兗國陸象先秘書監賀知章宣州涇縣令萬齊融皆以同聲並爲師友雖支許之會虛嘉宗雷之集盧岳未云多也四分律者後秦三藏法師梵僧佛陀耶舍傳誦中華與羅什法師共爲翻譯今之講授自此員來魏法聰律師始爲演說聰授道覆覆授光洎隋朝相部勵律師作疏十卷西京崇福寺滿意律師盛傳此疏付授亮律師其所傳授一一依勵律師疏及唐初終南宣律師四分律鈔三卷詳略同異自著發正義記十卷明兩宗之踳駮發五部之鈐鍵後學開悟夜行得燭前疑泮釋陽和解冰佛日昭晰而再中法棟崢嶸以高峙發正記中斥破南山持犯中可見也二十五年仗錫東歸明年詔置開元寺長史張楚舉爲寺主因而居焉一聲振京華道高吳會布大慈以攝衆修萬行以表儀順風問道者轂擊肩摩函丈請益者波委雲華虛受之量隨而演說故前後講四分律三十五徧刪補鈔二十餘徧焉江淮釋子受木叉者非一登壇即不爲得法從持僧律蓋度人十萬計矣至德之際國步多艱緇徒慢法罕率經教國相王公出鎮于越以一德名素高請爲僧統一變清淨大闡熏修浹旬之間廻邪入正善誘潜化皆此類焉始者一入關謁明達法師目

之曰汝人中師子也又遇遵善寺尼慈和歌曰曇一師解毗尼大聰明更無疑爲達人之所諺多矣天寶十四載浙河潮水南激錢塘大雲伽藍當兹湍浬因請一講律學徒千人咸發大願毎上念摩訶般若乃止濤激以福伍胥龍王用兹莊嚴祈於衛護五月晦夜惚怳之間見一神人衣冠甚偉稽首謝曰蒙垂法施即改波流未逾九十日漲沙五十里道俗驚歎得未曾有一蔚爲法主大揚教跡發明前佛之付囑保證後佛之護念四句作偈受持者了於未了一音演法諦聽者聞所不聞非夫天地淳精江山粹靈與法作程間世而生孰能玄通審證如此其大者乎寺中洪鐘一所作也遠徵鳬氏近法雷門生存累年匠其規制歿後三日成於鎔造聲應百里扣乎萬鈞蒲牢吼而地震師子吼而山業警悟聾俗導引迷方胡可言也法謝形離薪盡火滅以大曆六年十一月十七日遷化於寺之律院報齡八十僧臘六十一即以明年十一月二十四日遷座於秦望山從先和尚之塋也一春秋巳高精爽逾勵既不衰憊初無疾苦忽謂侍者曰吾將掃禮墳塔歸骨於此數日之後奄然而終江淮之南河洛之表衣縗制服執紼送喪號哭滿山旛華蔽野比夫劇孟之母送車千乘孔丘之墓栽樹萬株可同年哉門人越州妙喜寺常照建法寺清源湖州龍興寺神玩宣州隱靜寺道昂杭州龍興寺義賓台州國清寺湛然蘇州開元寺辯秀潤州栖霞寺昭亮常州龍興寺法俊等早發童蒙咸承訓誘三千弟子仰梁木而增悲八

萬門人望栴檀而不及時會稽徐公浩素敦
鄉里之舊爲碑頌德焉大曆十一年也

宋高僧傳卷第十四

音釋

咢五各切　搏攫搏伯各切手擊也攫厥縛切持也　奩力鹽切匣也
馞陀胡切香也　沁七鴆切地名　跌徒結切蹶也　禩序姊切　糗
丘九切乾粮也　鵽丁刮切鳥名　籞魚許切禁苑也　隰席入切下濕曰隰
紼分勿切引柩索也　篲徐醉切帚也　韙于鬼切是也　彪悲憂切虎
文也　砰輷砰披庚切輷呼宏切　薾眠輾切黍也　髫徒聊切童子垂髮也
齔初刃切毁齒也　衣縗衣於戴切著衣也縗倉回切喪衣也　栝古活切檃
也　蹻捷蹻居畧切蹻蹻走貌也　弗初限切　搕口合切　狶香依
切豬也　蹲踞蹲徂尊切踞也跽渠委切與跽同　癉當旱切病也　荼
蓼荼同都切蓼力小切　淬礪淬取內切堅也礪力制切磨也　黌戶萌切學

舍也　屩乾約切草履也　簦都滕切有柄笠也　琱鐫琱多幺切琢也鐫子
泉切刻也　鈆鍇鈆與專切鍇口駭切鐵也　銑息淺切　眘食刃切　澣
合管切　諴胡讒切　旟以諸切　顓職緣切獨也　甓蒲歷切磚也
俶擾俶昌六切作也擾而沼切亂也　錚摐錚楚耕切摐初江切並撞也
琯古滿切　憕直陵切　綦渠羈切姓也　儌古弔切猶塞也　廣袤
廣古曠切袤莫候切廣袤東西曰廣南北曰袤　椾將先切香木名也　舳艫
舳直六切艫力胡切舳艫船方而長者　刓吾官切弊也　扈蹕扈後五切
後從曰扈蹕壁吉切警蹕也　瓌公回切　踳駮踳尺尹切駮比角切踳駮
乖舛也　鈐鍵鈐巨鹽切鍵其偃切　晰之列切明也　湍涆湍他切
疾瀨也涆居案切水流疾貌　扛古雙切對舉也　憊步拜切疲極也

宋高僧傳卷第十五

宋左街天壽寺通慧大師賜紫沙門賛寧等奉勅撰

明律篇第四之二 正傳十九人 附見三人

唐餘杭宜豐寺靈一傳

釋靈一姓吳氏廣陵人也神清氣和方寸地虛與大和元精合其純粹年肇九歲僻嫌朽宅決入梵園隨息慈之倫稟出家之制暨乎始冠受其具足學習無倦律儀是修示見談笑欲明解脫示人文藝以誘世智初不計身中有我我中有身德全道成緣斷形謝以寶應元年冬十月十六日寂滅于杭州龍興寺

春秋三十五凡滿十五安居臨終顧謂弟子行荼毗法樹小浮圖焉時左衛兵曹叅軍李紓嘉興縣令李湯左金吾衛兵曹叅軍獨狐及相與悼梁木之既壞慮陵谷之當遷後之人禮應眞之塔婆昧應眞之德行故刻石于武林山東峯之陽也一家富貨殖既而削髮推千金之産悉讓諸孤昆弟所取者惟納衣錫杖自爾叩維揚法愼師學相部律造乎微而臻乎極友善者慧凝明幽靈祐會稽曇一晉陵義宣同門三益作者七人也一咳唾塵境繼日經行宴坐必擇山椒樹下初舍于會稽山南懸溜寺接禪者隱空乾靖討論第一義諦或遊慶雲寺復居餘杭宜豐寺寺鄰生丹山門對佳境冏然獨往暴風偃山正智不動巨浪沃日浮囊不飄於是著法性論以究眞諦此一之了語也每禪誦之隙輒賦詩歌事思入無間興含飛動潘阮之遺韻江謝之闕文必能綴之無愧古人循循善誘門弟子受教若良田之納膏雨焉一跡不入族姓之門與天台道士潘志清襄陽朱放南陽張繼安定皇甫曾范陽張南史吳郡陸迅東海徐嶷景陵陸鴻漸爲塵外之友講德味道朗詠終日其終篇必傳之以文約之以脩量其根之上下而授之藥焉一居寺高隅初無井泉一旦呀然而涌噴金砂之溜于庭之左右挹之彌清斟之無竭蓋精至之感矣詩行于世有選其尤者入間氣集焉

唐吳郡東虎丘寺齊翰傳

釋齊翰字等至吳興沈氏之子高祖陳國子祭酒曾祖隋魏州司馬祖考三世不仕翰綺

歲從父至山寺路高靜無塵之躅惻然有宿命之知固請捨家至天寶八載八月五日奉制度配名永定寺九載十月躋五分壇納形俱戒移名開元大曆中轉隸武丘皆兩州道俗所請從命也翰道性淵默外則淡然迹不近名身不闚事長在一室寂如無人豈比夫駢行鼓簧之士哉顯門相部義疏精敏罕儔明法華經主蘇湖戒壇每當請首則今時所謂壇長也大曆十年入流水念佛道場是夜西方念中頓現蓋純誠之所致也即以其年終于本院春秋六十八法臘二十六翰遇疾之日謂門弟子曰有鶴從空飛下迴翔我前爾曹見乎必謝之期小聖猶病安能免哉受業門人如隱戒壇宣允等與具輿皎然結法門昆弟之交俱高潔難可輕慕焉

唐潤州招隱寺朗然傳

釋朗然俗姓魏世襲冠冕其先隨東晉南渡則爲南徐人也開元中入道受業於丹陽開元寺齊大師天寶初受具于杭州華嚴寺光律師後徙靈隱寺依遠律師通四分律鈔重稟越州曇一律師精研律部講訓生徒四遠響應肅宗至德二年恩命舉移隸名於慈和寺上元中刺史韋儇又請爲招隱統領大德即以其年講授之暇著古今決十卷解釋四分律鈔數十萬言繁雜義例條貫甚明大行於世觀其先列古人之義有所不安則判斷之故號決也決中自序初依天竺威律師學習復從遠一二師也凡戒壇則二十六登皆爲壇席之主律鈔凡二十八過講有饋遺者隨豐薄受而轉施悲信二田凡於教理披文

究義皆言宿習之力也執持戒檢斯須不違大曆十二年冬癸夘趺坐如常恬然化滅時年五十四僧臘三十五越十三年春辛酉建塔于山西原縗麻之徒泣血千計高行弟子清浩擇言等請益弟子御史中丞洪府觀察使韋儇吏部員外李華潤州刺史韓賁湖州刺史韋損御史大夫劉暹潤州刺史樊冕皆歸心奉信屯田員外郎柳識爲碑頌焉

唐越州稱心寺大義傳

釋大義字元貞俗姓徐氏會稽蕭山人也以天授二年五月五日特稟神異生而秀朗七歲父訓之以經典日可誦數千言年十二請詣山陰靈隱寺求師因習内法開卷必通人咸歎之屬中宗正位恩制度人都督胡元禮考試經義格中第一削染配昭玄寺自茲聽習旁贍玄儒開元初從吳郡圓律師受具復依本州開元寺深律師學四分律指訓義因遊長安深公已亡乃摳衣法華寺玄儼律師其後邁出倫儼云于今傳法非子而誰及稱心本寺超律師請爲寺任開元中喪親誓入天台佛隴轉藏經答劬勞也天寶中遂築北塢之室即支遁沃州之地也初夢二梵僧曰汝居此與二十日至寶應初復夢曰本期二十日今滿矣魔賊將至不宜更處無何海賊袁晁竊據剡邑至于丹丘義因與大禹寺迴律師同詣左谿朗禪師所學止觀而多精達前後朝貴歸心者相國杜鴻漸尚書薛兼訓中丞獨孤峻洺州刺史徐嶠次徐浩皆宗人也以大曆巳未歲五月終于本院春秋八十九僧臘六十三殯于寺之北塢舊居因造塔

焉義前後戒壇計二十七登受戒弟子三萬餘人終時室中聞天樂聲驗乎生誦法華經大涅槃經小大乘戒本以爲口業德行非歸兜率不往淨土未可議其生處也

唐常州興寧寺義宣傳

釋義宣者晉陵人也宿植利根翛然出俗不煩師訓砥礪厥心納法後孜孜律料時無虛度玄儒旁綜長在篇章卒問捷給而稟延陵恭讓之風雅得毗尼之體初揚州法愼傳于舊章淮甸之間推爲碩匠天寶初宣歛衽摳衣諮詢彌久輩流率服愼且歎賞曰可畏乎宣講終南事鈔請業于周律師之庭考覈允精乃著折中記六卷以解之蓋慊融濟粤勝諸師有所紕謬故也使是非各盡其分人免據宗而阿比從此立稱耳毗陵多出名士僧有三宣慧德義是歟時於江都習業與會稽曇一闇川懷一慶雲靈一同門爲朋也晉陵既有三宣愼門復出三一焉江表資爲美談宣天寶末盛行化導罔究其終

系曰夫名以制義所出無窮柰何師資踵武而犯教祖之諱乎通曰春秋貴賤不嫌同號也或曰滕齊不敵俱書侯乃曰不嫌同號號與名豈得例諸通曰號大不嫌名小豈嫌乎矧以義宣始爲名者安知弟子成事於南山之門邪然出家者必也無妨一則姓既以華從梵咸稱釋氏一則西域無諱此合從旃具諱者周人以事鬼神夏商無諱明矣況乎宣師已生兜率小爲天人大爲菩薩豈宜以鬼神事之致令唐初高德勝士往往止存一字名職由諱之極矣屬今修撰乃闕文也乃知

眞諦無諱俗諦聞似則懼或曰今沙門姓旣爲釋名復不諱言我不隨俗諦云何對君主稱臣莫西域有否通曰姓名不對王者臣妾表疏合然昔齊帝問王儉遂令對見稱名自漢至唐肅宗朝始見稱臣由此沿而不革良以沙門德薄日就衰微一往無復矣又以法委國王誠難改作王謂爲是楷定莫移故佛言雖非我制諸方爲清淨者不得不行也

唐蘇州開元寺辯秀傳

釋辯秀俗姓劉氏漢楚王交三十一代孫也秀幼孤諸父哀字禮如教立孝自天生而宿植緣深心田欲穩因請伯氏出家長行哀而捨旃事靈隱謀禪師便能問津圖入道之意所聞指訓如涼風入懷醒然清悟天寶四年受戒於東海鑒眞大師傳律於會稽曇一至德中舉高行錄名於吳郡開元寺乾元中下詔天下二十五寺各定大德七人長講戒律秀應其數也頃年於淨土一門不忘于念嘗謂人曰昔聞西方之行是有相大乘此乃蓬心不直非達觀之說何邪夫出言即性發意皆如而一色一香無非中道況我正念乎秀壇場一十六番度人孤制律樞正持僧綱自肯湖南北皆宗仰焉以建中元年六月十五日寢疾而終春秋六十七法臘三十五當其逝日有庭樹一本枝葉扶疎朝華正敷而遽萎瘁其年七月五日遷靈龕於武丘西寺松門之右門人道亮道該清會偕造栴檀之香樹也故觀察使韋元甫李棲筠虢州刺史李紓御史中丞李道昌盡欽慕往德亦林下之交雪書爲碑頌焉

唐京師安國寺如淨傳

釋如淨不詳何許人也甫叅法位當納戒律明練毗尼砥礪名節時恒講勗徒侶雲屯辭筆偕長博達儒典先是關中行智首律師四分律疏魏郡法礪律師著疏別行爾時關輔河北各競宗派微似參辰隋末唐初道宣律師以首大疏爲本造刪補律鈔三卷稍爲會要行事逗機貞觀已來三輔江淮岷蜀多傳唱之次奘三藏弟子懷素者先習鈔宗後委棄宣礪之學於咸亨年中別述開四分律記後號新章歟至代宗大曆中新章舊疏互相長短十三年勑集三宗律匠重定二家隆殺時淨推爲宗主語在圓照傳至建中二年奏二疏並行淨之力也蓋以國相元公載篤重素公崇其律教乃命淨爲新疏主作傳焉

唐漢州開照寺鑑源傳 慧觀

釋鑑源者不知何許人也素行甄明範圍律道苾芻表率何莫由斯後講華嚴經號爲勝集日供千人粥食其倉簞中米粟纔數百斛取之不竭沿夏涉秋未嘗告匱其冥感如此其山寺越多徵應有慧觀禪師見三百餘僧持蓮燈凌空而去歷歷如流星焉開元中崔冀公寧疑其妖妄躬自入山宿頂禁山四方面各三十里火光至第三夜有百餘支燈現兼紅光可千尺餘冀公矍然作禮歎未曾有時松間出金色手長七尺許有二菩薩黃白金色閃爍然復庭前栢樹上晝現一燈其明如日橫布玻瓈山可三里所寶珠一顆圓一丈熠爚可愛西嶺山門懸大虹橋橋上梵僧老叟童子間出有二炬爛然空中如相迎送

交過之狀下有四菩薩兩兩偶立放通身光可高六七十尺復見大松林後忽有寺額篆書三學字又燈下垂繡帶二條東林之間夜出金山月當于午金銀二色燈列於知鉉師墳側韋南康皐每三月就寺設三百菩薩大齋菩薩現形捧燈僧持香燈引拖之鑪在寺門矣白中令敏中覩瑞興立此寺大中八年改額曰開照源律師道化與地俱靈哉弟子傳講東川所宗也

唐吳郡雙林寺志鴻傳

釋志鴻俗姓錢氏湖州長城下若人本名儼志鴻字也少出俗于石門鄉寺則梁靜林也削染受具訖往茂苑親道恒師盛集研覈精微時曇清省躬互相切磋卒成洪緒然慊先德釋南山鈔商略不均否臧無準捕蟬忘後補袞不完囊括大慈靈崿已下四十餘師記鈔之玄勸成二十卷號搜玄録大曆中華嚴疏主澄觀披尋乃爲序冠于首然其解判不無所長其如科節繁碎是其短也春秋一百有八歲勑署爲長壽六師爲近世止行其字而已今雙林累遭兵革加以水潦碑碣失蹤闕於言行也吁其儼公氏族本生必與南山宣律師相同亦爲美事矣

唐京兆安國寺乘如傳

釋乘如未詳氏族精研律部頗善講宣繩準緇徒罔不循則代宗朝翻經如預其任應左右街臨壇度人弟子千數先是五衆身亡衣資什具悉入官庫然歷累朝曷由釐革如乃援引諸律出家比丘生隨得利死利歸僧言其來往本無物也比丘貪畜自茲而始者職

由於此令若歸官例同籍沒前世遺事闕人舉揚今屬文明乞循律法斷其輕重大曆二年十一月二十七日勑下今後僧亡物隨入僧仍班告中書門牒天下宜依如之律匠非止訓二衆而已抑亦奮內衆之遺事立功不朽如公是乎終西明安國二寺上座有文集三卷圓照鳩聚流布焉

唐襄州辯覺寺清江傳

釋清江會稽人也不詳氏族幼悟幻泡身拘羈鞅因入精舍便戀空門父母沮勸建乎難拔禮曇一律主爲親教師諷誦經法寓目俱通長者品量之曰釋門千里駒也於淅陽天竺戒壇求法與同學清源從守直和尚下爲弟子還聽習一公相䟽并南山律鈔間歲精義入神舉皆通暢而善篇章儒家筆語體髙辭典又擅一隅之美時少倫儗其褊懆之性不與人類嘗於一公少因不足亦有捨和尚之譏由是遊方服勤凡云律筵無不預者自責己曰天下行半少有如我本師者還會稽一公猶老當其僧大集時擊木唱其再投和尚攝受時一公詬罵江雨淚而懺悔曰前念無知後心有悟望和尚大慈施與歡喜苟不許收則越人不可以強售章甫也一公憫其數四求哀乃曰爲汝舍垢遂爲師資如初江有禪觀之學大曆八年於汝濆遇忠國師因弟子說自忠曰此律師是和尚鄉人乃欣然相會尋往南陽再謁國師密傳心要焉

系曰江嘗爲七夕詩或謂之四背中一背也通曰詩人興詠用意不倫慧休怨別陸機牽牛星屈原湘夫人豈爲色邪皆當時寓言與

類而巳若然者言火則焚口説食則療飢也矣江之捨師後乃揚師之美反權合道也實爲此詩警世無常引令入佛智焉其故何也詳江遇忠國師大明玄理無以域中小乘法拘之哉

唐會稽雲門寺靈澈傳

釋靈澈不知何許人也禀氣貞良執操無革而吟詠性情尤見所長居越谿雲門寺成立之歲爲文之譽龔遠講貫無倦生徒戾止如闤闠焉故秘書郎嚴維劉隋州長卿前殿中侍御史皇甫曾覿面論心皆如膠固分聲唱和名散四陬澈遊吳與與杼山晝師一見爲林下之遊互相擊節晝與書上包佶中丞盛標揀其警句最所重者歸湘南作則有山邊水邊待月明暫向人間借路行如今還向山邊去唯有湖水無行路句此僧諸作皆妙獨此一篇使老僧見欲棄筆硯伏冀中丞高鑒深量其進諸乎其捨諸乎方今天下有故大賢勤王輙以非急干請視聽亦昭愚老僧不達時也然澈公秉心立節不可多得其道行空慧無慙安遠復著律宗引源二十一卷爲緇流所歸至於玄言道理應接靡滯風月之間亦足以助君子之高興也其爲同曹所重也如此晝又賫詩附澈去見佶禮遇非輕又權德輿聞澈之譽書問晝公迴簡極筆稱之建中貞元巳來江表諺曰越之澈洞冰雪可謂一代勝士與杭標雲晝分鼎足矣不測其終

唐揚州慧照寺省躬傳

釋省躬睦州桐廬人也爲童强識耆宿呼語

怪其志大而言高每厭樊籠忽投聖德寺慕道從師勑恩得度性靈天發於毗尼道學如温習復擇名師得姑蘇開元道恒師恒曰甚矣吾得躬也門人日益親及乎探賾精微愈征愈遠時有擊論互指爲迷者必請見躬爲其判之坐分曲直謗曰義盡省躬言到躬義無不盡也其博綜律乘扞禦師門也若此恒曰自吾有躬也惡言不聞矣躬避席葉拱而對曰其不佞也仰師之道若采扶桑以啖蠶蠶所患者未能嘔繁絲以報主耳恒曰視子吐園客五色絲可供黼黻之資言大謙矣晚赴維揚之召廣訓徒焉然其滿口雌黄品藻否臧古今之義生徒明敏者各録之都加潤色號順正記十卷行之復著分輕重物儀別行沿襲十三章門條例外加近世現有物之重輕頗爲要用躬復高儒學作碑頌越多以其曾化邪溝故呼淮南記主自號清泠山沙門焉

唐吳郡包山神皓傳 維亮

釋神皓字恒度姓徐氏八代祖摛齊竟陵王西邸學士子陵梁尚書左僕射其文與庾子山齊名迨陳國亡因佐吳邑遂家姑蘇皓乃爲吳郡人也天性耿潔風韻朗邁幼負脱俗之姿辱依錢塘龍泉道場一公出家天寶六年降版詔精擇眞行一州許度三人皓居薦首因隸僧籍于包山福願道場初進具於與大師次通律鈔於曇一後士講律鈔五昇壇場遂乘舟歸包山使野叟誅茅山童掃石逍遥棲息旋增修屋宇乾元元祀有詔天下二十七寺各奏大德七人長講戒律因請住開

元寺欲果其願且懼簡書遂僶俛從命奉戒弟子開州刺史陸向前給事中嚴涚服道弟子禮部侍郎劉太眞前大理評事張象欽風弟子前廉使亞相李棲筠請綱任海隅一邑緇伍三變至于道末年工於圓宗別置西方法社誦法華經九千餘部貞元六年十月開元寺遇疾至十二月顧囑弟子維亮曰我棄世後可歸洞庭故山置塔說法而終是夜瑠璃色天星霣如雨西方兆朕寄現于前春秋七十五僧臘四十三門人維亮有文有道獨步當時執師之喪不以證而廢教也傳法弟子道超靈俊道濬道稜維讓維誠皆一時英邁雲書爲墳塔碑頌美云

唐京師安國寺藏用傳

釋藏用不詳何許人也從其拔俗依棲嵩山空公爲師及乎年當應法即於汾川炬律師所受上品形俱法登詣洛中業公講肆研覈律文循其奧妙無所不臻洎聞有禪觀之學遂登盧陟霍涉漢泛湘望雙峯之叢林又歸開法京輦道既精粹訓且均敷藹然爲物楷模嚮風宗重當建中中已仝三十許臘尋應詔充臨壇首席相繼度弟子越多及居東城化塔乃代宗之邸第也推用主其綱任苾芻至息慈皆遵畏愛焉席熊延客揮麈開談指衡山石也有以識前身傳曹谿鉢也有以知後際是以門多長者之轍室滿度人之籌益物良深坐鎮雅俗貞元中左司正郎王銷南臺崔公繼和之如是數公將議標題兵部正郎程浩作都序職方正郎知制誥吳通微書之四年戊辰歲也用公長於律學急護任持

爲上都之表則也

唐湖州八聖道寺眞乘傳

釋眞乘姓沈氏德清人也厥父玄望孝廉舉調兖州司馬母氏妊乘有神光異氣之祥識者言沈氏必大其閥閲暨誕生也瓌偉長與宗族諸子雜處若群草中之琪樹焉總丱之後司馬以文學諭之令修官業且愀然如有不得已之色居處翫戲則以佛像班布父觀其宿習果請出家屬頳魯公許試經得度時已暗誦五百紙比令口諷一無差跌大見褒異落髮配住八聖道寺得戒後於通玄寺常進師所綜習毗尼進公見其俊邁也誡同門曰乘雖少齡不可以伯仲齒之後西上京師雲華寺學法華天台䟽義大著聲望又章信寺衆僧辟其講發醉千日者一聽而自醒迷終身者蹔聞而永悟經宗律柄兼講無虧籍甚緇行烜赫京邑貞元十一年功德使梁大夫以德宗巫幸安國寺奏乘移隸以備應對充供奉大德數焉時本師無滯亦以道業實蒙恩渥奏舉乘爲國祈福無滯忽夢乘捧一白蓮華南去無何乘果疾乞歸田閒勑允既還鄉里本郡守李公錡田公敦浙東率薛公戒或踵門而勸登法座或馳簡而延莅戒壇乘迫以法緣悉所勉强以是八爲律學座主四爲臨壇正員凡訓授度人或巾屨結緣一無所受遊五臺山禮文殊聖容所見瑞相不可勝言後在護國寺禮佛名經一百周懺法之餘撰法華經解䟽記十卷以元和十五年冬十月示疾而終于本寺乘精于律法長於演説以長慶二年十月十三日焚身于韶村

西隅遵遺命也萬年縣尉王甄爲碑述德焉

唐杭州靈隱山道標傳

釋道標富陽人也俗姓秦氏其遠祖與嬴同姓世爲汧隴大族及晉東渡衣冠隨之後爲杭人也其高曾至王父皆沿以儒素不甘爲吏故州里尊奉之標生則孤明長而深趣老而堅固蓋良善之因有自來矣年七歲時神清氣茂不雜凡童倏有大沙門手摩其頂曰此孺子目秀如青蓮得非我釋氏之威鳳乎苟能捨家必有善稱不然乘雲霓薄天漢吾不可得而知也父允其請遂爲靈隱山白雲峯海和尚弟子妙高之上唯日月是麗淡竭之宮固雲雷斯蓄至德二年詔白衣通佛經七百紙者命爲比丘標首中其選即日得度嘗配天竺寺焉永泰初受具品於靈光寺顗律師登以護戒嚴謹爲時所推毗柰多羅之言罔不該貫凡度人戒計六壇爲衆糾繩經一十二載置田畝歲收萬斛置無盡財與衆共之貞元中以寺務克豐我宜宴息乃擇高爽得西嶺之下葺茅爲堂不干人事用養浩氣焉標經行之外尤練詩章辭體古健比之潘劉當時吳興有晝會稽有靈澈相與詶唱遞作笙簧故人諺云霅之晝能清秀越之澈洞冰雪杭之標摩雲霄每飛章寓韻竹夕華時彼三上人當四面之敵所以辭林樂府常采其聲詩由是右庶子姑臧李公益書云重名之下果有斯文西還京師有以誇耀又景陵子陸羽云夫日月雲霞爲天標山川草木爲地標推能歸美爲德標居閑趣寂爲道標名實兩全品藻斯當爾後聲價軼於公卿間

故與之深者有相國李公吉甫大司空嚴公綬右僕射韓公皐禮部侍郎呂公渭滑亳節制盧公群襄陽節制孟公簡同州刺史李公數鳳翔尹孫公𤲟浙東廉使賈公全中書舍人白公居易隋州刺史劉公長卿戶部侍郎丘公丹外郎裴樞祕閣嚴維小諫朱放越廉問薛戎夕拜盧元輔常州釋元浩潤州釋南容金華釋乾輔吳門釋光嚴上都釋智崇等並心交塵外分契林中萬境在空驅之爲射御五峯滿眼立之爲疆場文雄而再鼓不衰神王而一戰自勝者也以長慶三年示有微疾六月七日歸滅于所居蘭若至冬十月三日葬于舊山春秋八十有四法臘五十八弟子如玢如習行儉省言常儉智猷日趍等皆得師之法傚仰不逞空園遶於栴檀恨滿盈於石室至今杭民謂之西嶺和尚矣開成五年中鄭素御録德行刊碑頌立于天竺山之東墟存焉

唐衡嶽寺曇清傳

釋曇清未詳何許人也幼持邊幅罔或迷方以謹昏吸究窮佛旨乃負笈來吳北院道恒宗師法會與省躬猶滕薛之前後也旋留南嶽化徒適會元和中閬州龍興寺結界時義嵩講素新疏傑出輩流因云僧祇律云齊七樹相去爾所作羯磨者名善作羯磨準此四面皆取六十三步等如是自然界約令作法界上僧須盡集時清遂廣徵難如是往返經州涉省下兩街新舊章南山三宗共定奪嵩公虧理時故相令狐楚猶爲禮部外郎判轉牒據兩街傳律斷曇清義爲正天下聲唱勇

執紀綱清能干城矣後著記號顯宗焉

系曰清公南山宗崛起別峯人咸景仰與嵩悟二公遇于必爭之地清果得雋矧夫閲苑也僻用律文三隅不反既成圖狀學者流傳致其嵩公如填海底至大中中玄暢公荐加褒貶貶嵩又轉沈尾閭中矣

唐京師西明寺圓照傳 利言

釋圓照姓張氏京兆藍田人也年方十歲篤願依西明寺景雲律師雲亦一方匠手四部歸心照當應法乃受近圓謹恩執持如懷寶器尋究經論訪問師承維摩法華因明唯識涅槃中觀華嚴新經或深入堂皇或略從染指仍旁求於儒墨兼擅美於風騷律藏珠珍專探日用後則霜壇秉法鴈序虔人洎乎開元年中勑選名德僧參其譯務照始預焉至代宗大曆十三年承詔兩街臨壇大德一十四人齊至安國寺定奪新舊兩疏是非蓋以二宗俱盛兩壯必爭被擒翻利於漁人互擊定傷於師足既頻言競多違帝聰有勑令將二本律疏定行一家者時照等序奏云按四分律部主梵云曇無德秦言法藏自姚秦弘始五年壬寅歲罽賓三藏佛陀耶舍秦言覺明誦出梵文沙門竺佛念聽而筆受成四十五卷至十一年歲次戊申支法領又從西國將梵本來於長安中寺重讎校殆十四年辛亥譯畢沙門慧辯等筆受成六十二卷後有魏朝道覆律師於法聰講下纂成疏六卷北齊慧光律師造疏二本次道雲律師修疏九卷次道暉撰疏七卷隋朝法礪裁疏十卷自唐平一天下也四方昌阜三寶增明有智首

律師述䟽二十一卷次慧滿律師造䟽二十卷事各一時流通絶矣當武德元年戊寅歲有相州日光寺法礪律師製䟽至九年丙戌歲成十卷宗依成實論今稱舊䟽是也洎髙宗天皇大帝咸亨元年歲在庚午有西太原寺懷素律師撰開四分律宗記十卷宗依根本一切有部大毗婆沙俱舍等論稱新章䟽是也至我皇帝受佛付囑欽尚釋門信重大乘遵承密教見兩䟽傳授各擅顓門學者如林執見殊異數興諍論聖慈愍念務息其源使水乳無爭一味和合時遣内給事李憲誠宣勑勾當京城諸寺觀功德使鎮軍大將軍劉崇訓宣勑云四分律舊䟽新䟽宜令臨壇大德如淨等於安國寺律院僉定一本流行兩街臨壇大德一十四人俱集安國寺遣中官趙鳳詮勑尚食局索一千二百六十人齋食并果實解齋粥一事已上應副即於安國寺供僧慧徹如淨等十四人併一供送充九十日齋食用茶二十五串藤紙筆墨充大德如淨等僉定律䟽用兼問諸大德各得好在否又勑安國寺三綱僉定律䟽院一切僧俗輙不得入違者録名奏來云其時天長寺曇邃淨住寺崇叡西明寺道邃與泚本寺寶意神朗智釗超儕崇福寺超證薦福寺如淨青龍寺惟幹章信寺希照保壽寺慧徹圓照共奉表謝答詔云師等道著依經功超自覺承雪宫之旨奥爲火宅之涼飈四分律儀三乘扃鍵須歸總會永息多門一國三公誰執其咎初機眩曜迷復孔多爰命有司俾供資費所煩筆削竚見裁成所謝知悉其日品官楊

崇一宣勑薦福溫國兩寺三綱與淨土院檢校僧等嚴飾道場命僧行道用五十四人起今月一日轉經禮佛六時行道至來年二月一日散其設齋食料一事已上令所司祇供宜各精誠問師等好在及解道場中官李憲誠宣勑語溫國寺轉念道場四分律臨壇大德等釋門三學以心印相傳無上菩提以戒法爲根本道場畢日即宜赴大安國寺楷定律疏十道流行至二月八日勑檢校道場大德曇邃飛錫等道場定取十日散設齋外各賜絹帛其十四人律師並令赴安國寺修疏程才品用各得其宜衆推如淨慧徹同筆削潤色圓照筆受正字寶意纂文僉定超儕筆受其崇叡已下九人證義共議篇題云勑僉定四分律疏卷第一京城臨壇大德某等奉詔定以此爲題也照爲首唱諸公和之其間厥義非長若農夫之去草其義合理猶海客之采珠可謂名解毗尼不看他面俄屬德宗即位改元建中其年五月疏草畢六月望勑圓照依國子學大曆新定字樣抄寫進本至十二月十二日送祠部進新僉定疏十卷仍乞新舊兩疏許以並行從學者所好勑宜依照務其搜集專彼研尋著大唐安國寺利涉法師傳十卷集景雲先天開元天寶誥制三卷肅宗代宗制旨碑表集共二卷不空三藏碑表集七卷隋傳法高僧信行禪師碑表集三卷兩寺上座乘如集三卷僉定律疏一行制表集三卷般若三藏續古今翻譯圖紀三卷大乘理趣六波羅蜜多經音義二卷三教法王存沒年代本記三卷上卷明佛中道下

儒也翻經大德翰林待詔光宅寺利言集二卷再修釋迦佛法王本記一卷佛現八相身利益人天成正覺記一卷判方等道場欲受近圓沙彌懺悔滅罪辨瑞相記一卷五部律翻譯年代傳授人記一卷莊嚴寺佛牙寶塔記三卷無憂王寺佛骨塔記三卷傳法三學大德碑記集十五卷建中興元貞元制旨釋門表奏記二卷御題章信寺詩太子百寮奉和集三卷貞元續開元釋教録三卷照自序云伏以開元十八年歲在庚午沙門智昇修撰釋教録洎乎甲戌經六十五年中間三藏翻經藏内並無收管恐年代寖遠人疑僞經又先聖大曆七年許編入制文猶在時帝勑宜依至今江表多集此集中經而施用焉照於律道頗有功多肅代二朝尤爲傑立累朝應奉賜紫充臨壇兩街十望大德内供奉檢校鴻臚少卿食封一百戸後終于別院春秋八十二法臘五十八云

系曰刋正二宗會歸一見庶幾知有定分不横馳求何以諸師却請雙行不其惑歟通曰是此舉也則元載所請帝乃曰俞究其始因乃新章也挾力輪摧相部獨存於我專利於人亦猶紀昌俄遇飛衛併其箭術成我材官御大輅而廢其推輪得火生而焚其木母竊量諸德微憤不平故奏雙行同不僉定則何異乎眼頭生目匪成三點之伊必須聲後知音方驗一夔之足因排法礪三本生焉舊有南山四家出矣又如東漢季也滅一跋扈生四強臣初止政出一門末云賂歸四貴若然者駢拇懸瘤雖多無用然則吾善用多矣大

集經云如是諸見不妨諸佛法界及大涅槃依之修行皆得解脫此通方之大解也哉

宋高僧傳卷第十五

音釋

㪷舉朱切挹也 儇呼緣切 翛先彫切飛羽貌 覈下革切實也 慊苦簟切 痿瘁痿於危切瘁秦醉切痿瘁猶病也 㷡其日切仆也 熠爚熠似入切爚以灼切熠爚光明也 褊補典切急也 詬舉后切辱也 陬側鳩切阪隅也 蠠蠹蠠于袁切蠹昨含切蠠蠹再蠶也 黼方矩切白黑文也 僶武盡切僶勉也 沇始銳切 霣于敏切墜也 銷呼玄切 錡宜倚切 莅力置切臨也 軼夷秩切過也 亳傍各切地名 璹殊六切 玢方貧切 詟扶件切 雋子峻切克也 釗止遙切 颸楚饑切風貌 [illegible]子鳩切漸也 拇莫厚切將指也 瘤力求切疣也 媘所景切

宋高僧傳卷第十六

宋左街天壽寺通慧大師賜紫沙門贊寧等奉勅撰

明律篇第四之三 正傳十九人 附見二人

唐朔方龍興寺辯才傳

釋辯才姓李氏襄陽人也母氏妊之倏惡葷血冥然一食虛淡終辰及其誕彌異香盈室宗黨怪焉七歲依峴山寂禪師出家厥長者明記每受經法必以等身爲限字不重問義不再思師甚器之年十六遂削髮隸本州大雲寺次乃周遊列郡登陟名山就荆州玉泉寺納具戒聞長安安國寺懷威律師報恩寺

義頌律師法門具瞻師資表率遂伏膺請業有疑必決無義不通廁于二宗推爲上首天寶十四載玄宗以北方人也禀剛氣多訛風列刹之中餘習騎射有教無類何可止息詔以才爲教誡臨壇度人至德初肅宗即位是邦也宰臣杜鴻漸奏才住龍興寺詔加朔方管内教授大德俾其訓勵革獫狁之風循毗尼之道復命爲國建法華道場及駕迴既復兩京累降璽書未塗尤於大乘頓教留心永泰二年賊臣僕固懷恩外招誘蕃戎内覬金革才勸勉毳裘不誅華族大曆三載追入充章信寺大德時府帥號國常公素仰才名與護戎任公時親道論十三年冬現身有疾至暮冬八日垂誡門徒已安坐繩牀默然歸滅春秋五十六越已未歲二月遷神於寺内西北隅先是有邑子石顒從役于城上其夜未渠聞管絃之聲自西至乃天樂也異香從空散下則生淨方之兆也才自長安而旋于塞上既受號公知遇大營福業成此精廬皆才之敦勸矣勑謚大師曰能覺仍賜紫衣一副追遠之榮聲聞塞外天復中廷尉評王僔爲碑頌德云

唐京師章信寺道澄傳

釋道澄姓梁氏京兆人也父涉中書舍人生而奇表輙惡葷肴出家如歸無所顧戀忽遇禪僧摩頂與立名曰道澄鉼錫常隨冥合律範號律沙彌也受具之後習聽南山律於諸學處微其玷缺然性都率略住寺不恒或奉恩莊嚴草堂等寺所到便居護生爲切建中二年坐夏於雲陽山有虎哮吼入其門澄徐

語之其虎揺尾弭耳而退徙居章信寺或問其故澄曰出家者可滯一方乎西域三時分房俾無貪著觀門易立矣不然者豈通方廣恕乎貞元二年二月八日帝於寺受菩薩戒京甸傾贍賜賚隆洽所受而迴施二田矣五年帝幸其寺問澄修心法門又勑爲妃主嬪御受菩薩戒十六年四月勑賜號曰大圓十九年九月十八日終于此寺焉

唐鍾陵龍興寺清徹傳

釋清徹未知何許人也周遊律肆密護根門即無常師唯善是與初於吳苑開元寺北院道恒律師親乎閫奧深該理致而鍾華望無不推稱憲宗元和八年癸巳中約志著記二十卷亦鳩聚諸家要當之說解南山鈔號集義焉或云後堂至十年畢簡今豫章武昌晉陵講士多行此義嘗覽此記繁廣是宗徹未知其終

系曰徹公言行無乃太簡乎通曰繁略有據名實錄也昔太史公可弗欲廣三五之世事耶蓋唐虞之前史氏淳略後世何述焉今不逐富贍職由此也又與弗來赴告不書同也諸有繁略不均必祛誚讓焉

唐撫州景雲寺上恒傳

釋上恒姓饒氏臨川南城人也童而有知志學之年發心捨家從母黨在空門而求攝受教誦佛典日計千言壯齒從南嶽大圓大師納戒而聽涉精苦大曆中不去父母之邦請隸于景雲寺修習無虧亟淹年序南山事鈔講貫尤專貞元初從居豫章龍興寺與廬阜法眞天台靈祐荊門法褒興果神湊建昌慧

琎遊也塤篪合韻水乳相資法付王臣故與姜相國公輔顏魯公眞卿楊憑韋丹四君友善提振禁防故講四分律而遷善滅罪者無央數衆坐甘露壇二十許年十有八會救拔群生刹浮東震男女得度者一萬五千餘人元和十年微云乖悆十月巳亥化于廬山東林寺歸全身于南岡石墳住世七十七年安居五十五夏門人等樹松栢太原白居易爲石塔銘云

唐錢塘永福寺慧琳傳

釋慧琳字抱玉俗姓柯新安人也丱齡受業于靈隱西峯爲金和尚弟子所傳法要斷無重問大曆初受具足戒於靈山會習學三教一領無遺不樂聲華止好泉石一入天眼二十餘年天眼即天目也其山高三千丈周圍三百里與天柱廬阜等相儔匹上有二湖謂爲左右目登涉艱阻數日乃到巔頂多蛟龍池潭三所最上池人不可近氣臭逆人不可久視或說山神作白鹿形每五月與震澤龍會必暴風雨焉琳居此率多妖異而心不撓元和丁亥太守禮部員外城南杜陟請出永福寺登壇至己丑歲春刺史兵部郎中裴常棣召臨天竺寺壇度人畢歸寺講訓生徒向二十載郡守左司郎中陸則刑部侍郎楊憑給事中盧元輔中書舍人白居易太府卿李幼公刑部郎中崔鄯刑部郎中路異相繼九邦伯皆以公退至院致禮稽問佛法宗意染指性相此諸名公簪組上流辭學高度或號毗曇孔子或名勝力菩薩非琳何以感動哉太和六年四月二十五日示滅享壽八十有

三法臘六十四以其年五月十二日葬于今永安寺西山之陽碼碯坡之左石塔巋然存矣

唐江州興果寺神湊傳

釋神湊姓成氏京兆藍田人也生而奇秀丱角出塵遠慕戒律祈南嶽希操師受具復恭鍾陵大寂禪師然則志在楞嚴經行在四分律其他諸教餘力則通大曆八年制懸經論律三科策試天下出家者中等第方度湊應是選詔配九江興果精舍後從僧望移居東林寺即鴈門賈遠之舊道場也有甘露戒壇白蓮池在焉既居是嗣興佛事雖經論資神終研律成務湊羸瘠視之頽然州將門人醫療而不顧進藥元和十二年九月遘疾二十六日儼然坐終于寺十月十九日門人奉全身窆于寺西道北祔鴈門墳左若僧詮葬近郭文之墓也春秋七十四夏臘五十一湊以精進心詣不退輪以勇健力揭無畏鼓故登壇秉法垂三十年一盂而食一榻而居衣縫枲麻坐藨藁秸由茲檀施臻集于躬即迴入常住無盡財中與衆共之每夜捧鑪秉燭行道禮佛徇十二時少有廢闕如是經四十五載生常遇白樂天爲典午于郡相善及終悲悼作塔銘云本結菩提香火社共嫌煩惱電泡身不須惆悵隨師去先請西方作主人

唐京兆聖壽寺慧靈傳

釋慧靈未詳何許人也幼脫塵機勤從誦習及當應法戒品方圓銳意毗尼探賾持犯以行副解心口相符由是講訓名望翕如也人皆奉畏神明如也大中七年宣宗幸莊嚴寺

禮佛牙登大塔宣問耆年乃賜紫衣其年六月勑補靈爲新寺上座矣帝望寺西北廢總持寺乃下勑曰朕以政閑賞景幸于莊嚴其寺複殿重廊連甍比棟幽房秘宇窈窕疏通密竹翠松垂陰擢秀行而迷道天下梵宮高明寡匹當建之時以京城西昆明池勢微下乃建木浮圖高三百尺藩邸之時遊此伽藍覩斯勝事其總持寺大業中立規制與莊嚴寺正同今容像則毀忍草隨荒香徑蕪侵尚存基址其寺宜許重建以副予心三月十一日令三教首座辯章勾當修寺及畢工推靈爲綱任崇聖寺賜紫敬川充寺主福壽寺臨壇大德賜紫玄暢充都維那靈居寺職清衆咸序帝所欽重寺中常貢棃華蜜其色白其味愈常蠟房所取者靈居新寺終矣究其靈公如曾預代宗永泰中參譯證義則可年百竒歲矣如不見不空良賁乃春秋夏臘無理知焉

唐吳郡破山寺常達傳

釋常達字文舉俗姓顧海隅人也發跡何陽大福山遊學江淮諸勝寺達允迪中和克完戒法專講南山律鈔後求涅槃圓音法華止觀復通陰符老莊百家之書其餘分時之學盡二王之筆迹後隨方參禪詣于宗極俄屬武宗滅法歎曰我生不辰不自我後由是寢默山棲委裘遁世而無悶焉宣宗重建法幢荐興精舍合境民人皆達之化導故太守韋曙特加崇重身不衣繒纊室唯蒙薜蘿四衆知歸諸方慕化其潔白鶴鷺如也咸通十二年合郭僧民請紹四衆教誨或遊遨垌牧或

嘯傲海壖不出林麓動經數載雖貴士單車詣門莫得而見於七五言詩追用元和之體著青山履道歌播人脣吻忽於自恣明辰鳩衆於長廊合掌遂申長別辭甚剛正因卧疾不起絕食七日而逝實咸通十五年九月十六日也春秋七十四僧臘五十一門人會淸傳朗奉靈柩殯于寺之東南三百步後年即壙起塔潁川陳言撰塔銘邑大夫汝南周思輯爲檀信乾符四年立碑焉

唐越州開元寺丹甫傳

釋丹甫者不知何許人也性多謇達言必剛直講授唯勤執持雅正會稽風土律範淵府也甫之唱導從之者若玄金之就磁石焉本習業於亘文律師法集文即省躬之游夏也甫即躬之嗣孫順正命章幹通秘賾越自曇一玄儼之後罕能追躡甫之聲塵邁于前烈然爾時允文匠手相部風行甫介于大律之間行事之時草從風偃焉咸通末出門生智章等傳講今亦法嗣存焉或聞著手記尋且未獲吁惜哉

唐吳郡嘉禾靈光寺法相傳

釋法相姓俞氏吳長水人也天寶中誕育爲孾兒卓異七歲投師受經法三浹旬誦通法華全部弱冠往長安安國寺得滿足戒即大曆中也便於上京習毗尼道諸部同異無不該綜涉十一載蔚成其業傳法東歸請學者如林吳郡太守奏於開元寺置戒壇相預臨壇之選尋充依止兼衆推爲寺綱管恒施二衆歸戒行佩漉囊器不畜長每有鳥棲于座側馳斥不去會昌元年二月十日午時三刻

告弟子清濬清高吾當滅矣儼然累足右脇而逝時衆晝聞管絃清亮乃天樂也夕覩異光春秋八十九僧臘六十九四月遷塔于來蘇鄉之原白塔是也後弟子率義州刺史曹信大理司直吳方重修塔發之見相遺骨若銅色舌相不壞若芙蓉焉齒全四十二香湯沐之重葬蓋景福二年癸丑歲五月二十二日也高弟子公靜靜弟子行蘊蘊弟子仁表表弟子玄杲杲本清白之僧也同鴻啓重修靈光一寺爲兵華殘毀之後也杲公啓公後偕隱天台習禪觀相次終于山焚之皆獲舍利焉

唐天台山國清寺文舉傳

釋文舉姓張氏婺州東陽人也年甫至學遂投師請法十九落髮始隨息慈貞元三年勅度得戒後十五年間以四分律爲學時術之晝夜翹勤遂登講訓次通法華經䟽義得智者之膏腴焉舉身量六尺餘其形如山其貌如王靜若止水動如浮雲目不迴視口無戲言四威儀中無非律範丹丘二衆仰爲繩準其奔走他方聽受者與佛窟則公禪道並驅而相高也尋勅爲國清寺大德先是智者大師荅隋煬帝問立七日金光明道場每年九月遐邇征鎮侯伯差人送供事旣無礙黒白二衆無遠不届人纔填委飲食闕焉典座僧患之大和中主事僧清蘊咨謀於舉置寺莊田十二頃自此光明會不闕告乏舉之功歟以會昌二年五月化去門人契清立塔于寺之西峯春秋八十三僧夏五十五韓乂爲碑頌德也

唐會稽開元寺允文傳

釋允文字執經姓朱氏今秀州嘉禾人也權輿九歲厥父云亡然理命捨文奉佛師授維摩法華二經敏速之性再稔皆通高達之士謂之重理耳或戲問文曰爾出家之後擬營何事業乎率然對曰當陟蓮華臺而作師子吼或訶誚之曰耆宿前敢爾或曰志欲得大此子將來未易測也至十六歲削頂周羅披安陀會相次裹足西上投嵩山臨壇大德遠和尚邊獲無作法時年二十三矣是夏即就中京攻相部律宗并中觀論補衣分衛寒燠四周既扣義門必入師室玄樞律範尤見精微大和五年爲思定省忽歎歸歟既返故鄉淹時寢疾未遑講唱後聞錢塘天竺寺講大涅槃經蔚爲勝集文往學焉星歲未周鋒芒且露開成元年因遊台嶠止息越之嘉祥寺衆籍清芬甄命敷其經律文戢約聽徒頗爲嚴毅常訓之曰夫苾芻行非家法具足別解脫律儀衆同分是其自性於其形色精進故怖畏故防守故如是方疾得道果矣不然則弟子既墮師道徒施聞其警策有涕泗交橫悛心革行思過半矣會昌三年移居靜林寺專以涅槃宣導屬乎武宗澄汰例被搜揚晝披縫掖之衣夜著縵條之服罔虧僧行唯宜俗識大中伊始復振空門重整法儀乃綠名開元寺三十人數七年寺之耆舊命講律乘乾符三年丙申秋罷講覽藏經以中和二年壬寅六月二十九日微疾作而長逝享齡七十有八法臘五十五其年七月十二日葬于石奇山之陽遺言不許封樹也初文講演升

座學徒畏憚喑嗚之際人皆披靡乃戒威德之若是於嘉祥靜林今大善三寺講相疏二十七座大經二十五座其爲人也貌古而脩長銳頂而黚黑執持密緻振鷺在庭未足方其潔也然亦獵涉儒墨慕白傅自作誌預著方墳銘藏于篋笥門人懷益因尋閱文籍見而悲咽遂從先師之志建小塔焉後門人懷肅思寂命名德虛受增加後序贊寧登會稽曾禮文眞相見法孫可翔苦節進修叶杜多之行故熟其事迹也

梁京兆西明寺慧則傳 元表

釋慧則姓糜氏吳郡崑山人也九歲博遊才義總諳儒經善種發萌倏然厭俗以大中七年就京西明寺出家勤知諷誦皆如曾習九年於本寺承恩得度十四年棲法寶大師法席覆講當年勑補備員大德咸通三年就崇聖寺講俱舍論并喪服儀出三界圖一卷七年於祖院代暢師講十五年勑署臨壇正員廣明元年巢寇犯闕關中俶擾出華州下邽避亂中和二年至淮南高公駢召於法雲寺講罷還吳刺史楊公苦留却遊天台山國清寺挂錫乾寧元年至明州育王寺撰塔記一卷出集要記十二卷武肅王錢氏命於越州臨壇以開平二年八月八日示疾坐亡受生七十四法臘五十四窆于鄮山之岡八戒弟子刺史黃晟營塔則生常不好許直以撝謙推人爲上除講貫外輪誦經呪自法華已降可三四十本以資口業覽大藏教兩徧講鈔七十徧俱舍喪儀論語各數徧清苦執持近古罕有入室弟子希覺最露鋒頴焉又元表

者貞諒之士也言多峭直好品藻人事而高義解從習毗尼兼勤外學書史方術無不該覽早預京師西明寺法寶大師講肆追廣明中神都版蕩遂出江表居越州大善寺講南山律鈔諸郡學人無不趨集表義理縱橫善其談說每揮麈柄聽者忘疲號鑑水闍黎著義記五卷亦號鑑水出門人清福冠其首焉

梁蘇州破山興福寺彥偁傳 壽闍黎

釋彥偁姓龔氏吳郡常熟人也揭厲戒津鎧銖塵務勤求師範唯善是從末扣擊繼宗記主得其戶牖乃於本生地講導同好鳩聚律風孔扇號爲毗尼窟宅焉先是海隅巫咸氏之遺壞招真治之舊墟古寺周圍不全垝垣而已嘗一夜有虎中獵人箭伏於寺閤哮吼不止偁憫之忙係韈秉炬下閣言欲拔之弟子輩扶遏且止者三四伺其更闌各睡乃自持炬就拔其箭虎耽耳舐矢鏃血顧偁而瞑目焉質明獵師朱德就寺尋虎偁告示其箭朱德悛心罷獵焉武肅王錢氏知重每設冥齋召行持明法時覆肩衣自肱而墮還自搭上或見鬼物隨侍焉所謂道德盛則鬼神助也以貞明六年六月終于山房年九十九歲云次壽闍黎者淮浦左右貞諒不群防護正念時少雙偶傳南山律鈔極成不看他面唐季楊氏奄有廣陵頻召供施四遠崇重食唯正命不畜盈長戶不施關及臨壇度弟子正秉羯磨末周三法忽爾坐亡于覆釜之畔聞見驚歎歟

後唐天台山福田寺從禮傳

釋從禮襄陽人也善事父母頗揚鄉里之譽

迨喪偏親乃果決捨家于時年已壯矣及登具足請師傳授戒文念性殊乖卒難捨本往往睡魔相撓禮忽其昏濁作鐵錐刺額兼掌由是流血直逾半稔方遂誦通自爾精持律範造次顛沛必於是以梁乾化中遊天台乃挂錫于平田精舍後推爲寺之上座持重安詳喜慍不形于色唯行慈忍恒示衆曰波羅提木叉是我大師須知出家非戒則若猿玃之脫鏁焉每所行持切於布薩誡衆令護惜浮囊時夏亢陽主事僧來告將營羅漢齋奈何園蔬枯悴請闍黎爲祈禱禮曰但焚香於眞君堂眞君者周靈王太子久聞仙去以仙官受任爲桐栢眞人右弼王領五嶽司侍帝晨王子喬來治此山是故天台山僧坊道觀皆塑右弼形像薦以香果而已自此俗間號爲山王土地非也時主事向仙祠而呪曰上座要雨以滋枯悴至夜雲起雨霏三日而止又僧厨闕用水槽棧而山上有赤樹中爲材來白禮禮曰某向眞君道去但庀徒具器以伺之無何大風卒起曳仆其樹取用足焉其感動鬼神率多此類兩浙武肅王錢氏聞之召入州府建金光明道場檀施優渥迴施衆僧身唯一布納通夜不寐一食常坐且無盈長同光三年乙酉歳冬十一月入滅春秋七十九僧臘五十二火葬收舍利立塔存焉

後唐杭州眞身寶塔寺景霄傳

釋景霄俗姓徐氏丹丘人也初之聽涉在表公門後慕守言闍黎義集敷演于丹丘執性嚴毅寡與人交猜急自持多事凌轢形器惡弱後納請往金華東白山奬訓初學時有江

西徽猷律匠出義記曰龜鑑録多學彭亨領徒到霄寺正值講次當持犯篇再三歎賞自此聲溢價高每晨滴茶一旦化爲乳焉著記二十卷號簡正言以思擇力故去邪說而簡取正義也武肅王錢氏召於臨安故鄉寺任竹林寺未幾命赴北塔寺臨壇天成二年也次命住南眞身寶塔寺終焉遷葬于大慈山塢以本受師號塔曰清涼是歟

後唐東京相國寺貞峻傳

釋貞峻姓張氏鄭州新鄭人也唐張果先生之裔孫今滎陽有張果里其墳楸櫝存焉峻風度寬裕髫齡不弄年十四忽超然離俗人莫我知雖二親褰衣昆弟截路終弗能沮之乃投相國寺歸正律師出家神機駿發乍覩可驚雖背碑覆碁彼不足多也未幾諷徹淨名仁王諸經計數萬言時同儕戲之曰汝是有脚經笥也峻辭讓斯題恭遜而已及削染爲僧形即聽俱舍論隨講誦頌八品計六百行至十八升論座年滿於嵩山會善寺戒壇院納法因棲封禪寺今號開寶律院學新章律疏二十三策名講授長宿稱奇當大順二年災相國寺重樓三門七寶佛殿排雲寶閣文殊殿裏廊計四百餘間都爲煨燼時寺衆惶惶莫知投跡或曰如請得峻歸寺寺可成矣乃相率往今開寶堅請峻歸充本寺上座前後數年重新廊廡殿宇增華又請爲新章宗主復開律講僧尼弟子日有五十餘人執疏聽采峻之律行冰雪相高暑無裸意寒止袷衣食惟知量清約太過乾化元年臨壇秉法及梁朝革命所度僧尼計三千餘人以同

光二年夏四月十二日微疾而終春秋七十八法臘五十八葬于寺莊祔慧雲禪師塔焉

漢錢塘千佛寺希覺傳

釋希覺字順之姓商氏世居晉陵覺生於溧陽家系儒墨屬唐季喪亂累被剽略自爾貧窶嘗傭書于給事中羅隱家偶問名居隱曰毗陵商家兒何至於此歎息再三多與顧直勸歸鄉修學至年二十五歎曰時不我與或服冕乘軒皆一期爾忽求出家于溫州開元寺文德元年也龍紀中受戒續揣摩律部禀教于西明寺慧則律師時在天台山也則乃法寶大師之高足廣明中關中喪亂避地江表覺始窺其牆終見室家瓌富以則出集要記解南山鈔不稱所懷何耶古德妄相穿鑿各競師門流宕忘返覺遂著記廣之曰增暉録蓋取曹植云螢燭末光增暉日月謙言增暉集要之日月也二十卷成部浙之東西盛行斯録暨乎則公長往乃講訓于永嘉武肅王錢氏季弟鏵牧是郡深禮重焉尋爲愚僧所誣塑釋而不問徙於杭大錢寺文穆王造千佛伽藍召爲寺主借紫私署曰文光大師焉四方學者騁騖而臻覺外學偏多長於易道著會釋記二十卷解易至上下繫及末文甚備常爲人敷演此經付授于都僧正贊寧及乎老病乞解見任僧職既遂所懷唯嘯傲山房以吟詠爲樂年八十一然猶抄書籍異本曾無告倦未終之前捨衣物作現前僧得施復普飯一城僧自此困憊每睡見有一人純衣紫服肌膚軟弱如綿纊焉意似相伴繞欲召弟子將至此人舒徐下牀後還如故親

向贊寧說此其知是天人耳囑託言畢而絕享年八十五生常所著擬江東讒書五卷雜詩賦十五卷注林鼎金陵懷古百韻詩雜體四十章覺之執持未嘗弛放勤於講訓切於進修學則彌老而不休官則奉身而知退可謂高尚其事名節俱全長者之風藹然如在所居號釋氏西齋慕吳兢之蘊積編簡焉

周東京相國寺澄楚傳

釋澄楚姓宗氏不知何許人也爰祖暨考偕賁丘園高蹈不仕毋趙氏妊楚也忽畏羶腥之臭及乎誕生之夕光爛充室鄰落咸驚洎當七歲親黨携之入寺見佛像輒嗟歎而作禮歸家問父曰唯佛獨尒餘者如何父曰蠢動皆佛何況人矣楚曰兒願學佛聊報二親劬勞其父黙而許旃至十歲於相國寺禮智明為師未幾有童子聚戲而招誘之楚曰汝何愚騃好嬉戲耶且雪山善財亦童子還如是否旁有聞者奇之曰子異日成法門偉器必矣受具已來習新章律部獨能輒入毗奈耶窟究然其擊難酬答露牙伸爪時號律虎焉王公大人請益者日且衆矣晉高祖聞而欽仰詔入內道場賜紫袈裟尋署大師號眞法焉自此皇宮妃主有慕法者求出家命楚落髮度戒表裏冰霜更無他物命為新章律宗主焉以顯德六年十月十一日無疾而終首北面西示佛涅槃相也俗齡七十一僧夏五十始末臨壇度僧尼八千餘人門人慧照等依西域法焚之得碎身分構甎塔緘藏之左街首座悟皎作舍利塔記焉

系曰楚師明律時號宗主者何通曰律有三

宗礪素宣是歟宗各有主故云也觀夫是名也豈無稽古乎通曰宗主二字出阿含經也

論曰原夫人有人法禁戒威儀是也天有天法光潔靜慮是也我佛利見據于大千化境斯寬法門必衆舉其會要不過戒也定也慧也此三爲路出其生死之鄉專一爲門通其涅槃之域若乃資乎急用在乎毗尼毗尼防閑三業三業皆淨六塵自袪聖賢踐修何莫由斯道也故論云生死流轉者三縛縛心心難解脱當知此唯善説法律能令解脱非由惡説因是而窺禁律乃度世之檢括也且夫菩薩戒淨則彰離垢之名辟支戒完則引無師之智聲聞戒足時俱解脱而可期内衆戒堅招感人天之不墜由是觀之戒法之時大矣哉自所推能從言索理則毗尼也木叉也因則聲教律焉果則別解脱焉直以時論三世諸佛咸同制也横從界説十方淨剎悉共行之所以優波離過去七佛咸以戒律囑累之論云戒如捉賊善擒制也定如縛賊用機械也慧如殺賊清道路也以此成功立効克取究盡三菩提者決達清靜之域也戒律之功功無與比矧以此法在師而不在資唯聞佛制行内而不通外無許俗傳故曰曲授秘方賜諸内衆事有懸合物宜象求在乎家人嚴君設訓家人嗃嗃同佛制教焉婦子嘻嘻同佛聽門矣一聽一制見其猛以濟寬一陰一陽見其開物成務夫如是知戒律是佛之家法明矣大則三聚感三身於果中小則形俱持盡形於因地受既如是隨則若何有威儀焉有細行焉爲有順違乃生持犯由是繁

廣因事制宜及佛泥丸集成律藏初唯水乳相合一家之業無殊後則叅辰各墟五部之分不類夢氎之占徵矣宗輪之論作焉剡浮樹高分影猶歸於月窟阿耨池溢下流須到於孟津迨夫大教東傳梵書西至甘露本天人之食漢土爭嘗金烏還海上之飛東方舊識除經已譯問律何傳起後漢靈帝建寧三年初翻義決律次有比丘諸禁律至即曹魏法時三藏遊于許洛覩魏土僧無律範於嘉平中譯羯磨僧祇戒本此乃此方戒律之始也自爾薩婆多律先化關中五分僧祇風行雨施迦葉遺部戒本獨來婆麤富羅聞名而已況乎僧祇部者法顯賫歸諸師判注云是根本大衆所傳非是百載五宗也今著傳家疑其未可何耶所覽僧祇現本止三十卷文因有數疑一本小而末大(謂諸部文多僧祇卷略)二中不舍五部意三不應大集懸記也或曰此略本傳此方猶法華華嚴等經鉅萬億頌中略出一分也僧祇亦爾又說曇無德律譯有重單準僧傳止覺明口誦也若據律序有支法領重譯之文焉如此古今相競且無指歸以義交徵其辭必息尋律文本即知異同如衆學戒初題云尸叉罽賴尼如破伊蘭葉言此是覺明本也如言式叉迦羅尼如破伊羅葉即是支法領本也又一本三十卷一本六十卷謂紙墨分開不定非也分三十爲六十不其太相懸謬矣若斯二譯皂白已分復次元魏已前諸受戒者用四分羯磨納戒及乎行事即依諸律爲隨何異乎執左氏經本專循公羊之傳文也至魏孝文世有法聰律匠於

北臺山始手披口釋道覆律師隨聽抄記遂成義疏權輿既爾肯構繁乎天輪而只候中星大鼎鼐而唯提附耳鄴中法礪唐世懷素新舊兩名各擅其美礪乃成實有部受體雙陳素唯尋祖薩婆開宗獨步其有終南上士澄照大師肹蠁三生逡巡千里交接天人之際優遊果證之中知無不爲繩愆糾謬以護持教法爲己任者實一代之偉人焉是以天下言行事者以南山爲司南矣丁乎大曆新舊疏家互相短長勑集三宗律師重加定奪時如淨爲宗主判定二家當建中中始言揩正號僉定疏是也至今東京三宗並盛至於秉法出沒不倫殊塗同歸師資尚異至若成公演化靈崿敷揚不離三輔之間俱傳百工之巧文綱道岸自比徂南發正輔篇從微至著道流吳會實賴伊人淨公作評家之師源尚致感通之瑞或抗表論沒官之物或成圖證結界之非或傑立一方或才雄七衆述鋒芒之義記出豕亥之疑文或辟帖紛拏或整齊齟齬若匪乘時之哲便應逸氣之英不令像運之中微降年唯永終使壽星之下照法命唯長道假人揚其在茲矣近以提河水味轉不如前座像塵埋仍覩更沒大小乘之交惡上中下之相凌活寄四邪行違七聚威儀既缺生善全虧謂律爲不急之文放僧落自由之地馬令脫轡象闕施鉤不習律儀難調象馬遂令教法日見凌夷短則行果微亡折則年齡減少合夫洪範中凶短折也又曰慈父多敗子脫或翻惡歸善變犯成持或衆主之勸修或名師之訓導假王臣之外護必法教

之中興如是則同五福中之一壽五考終命歟又曰嚴家無格虜故云毗尼是正法之壽命焉此科所班乃是鍊金液轉還丹之手勸人服之使其近添其壽遠則昇仙故我世尊凡制一戒獲其十利功德意在令正法久住耳

宋高僧傳卷第十六

音釋

峴戶顯切山名　獫狁獫虎儉切狁余准切獫狁匈奴別號也　壐息里切王者印也　顒魚容切　儋丁含切　襵陟葉切　嬪符眞切婦官也　塤篪塤況袁切篪丑離切塤篪並樂器　簪組簪側吟切首笄也組總古切綬也　枲胥里切麻有子者　藁秸藁古老切禾莖也秸居質切去皮為秸也　甍眉庚切屋棟也　坰涓榮切林外曰坰　鬃此宰切髻也　逭胡館切逃也　邽公圭切　撝于嬀切謙也　舐神紙切餂也　玃居縛切大猿也　祫訖洽切夾衣也　祔符遇切合葬也　剽方小切劫也　鏵戶華切　嗃呵各切悅樂也　僝士限切見也具也　齟齬齟慈語切齬魚巨切齟齬不相當也

宋高僧傳卷第十七

宋左街天壽寺通慧大師賜紫沙門贊寧等奉勅撰

護法篇第五 正傳十八人 附見一人

唐京師大莊嚴寺威秀傳

釋威秀不知何許人也博達多能講宣是務志存負荷勇而有儀其於筆語掞張特推明敏無何天皇即位龍朔二年四月十五日勅勒僧道咸施俗拜時則僧徒惶惑罔知所裁秀嗟教道之中微歎君王之慢法乃上表稱沙門不合拜俗引諸史爰歷累朝抑挫朝纔發令夕又改圖皆非遠略也方引經律論以爲量果詞皆婉雅理必淵明如云故出家不

存家人之禮出俗無霑處俗之儀其道顯然百代不易之令典也表上勅百官集中臺都議其事時朝宰五百三十九人請不拜三百五十四人請拜時大帝至六月勅不拜君而拜父母尋亦廢止秀之爲法實謂忘身乎抗表之際當年四月二十一日也時京邑僧等二百餘人往蓬萊宮申表上請時相謂秀等曰勅令詳議拜否未定可待後集秀等乃退於是大集西明寺相與謀議共投啓狀聞諸達官貴戚若救頭然時宣律師上雍州牧沛王啓別上榮國太夫人啓等秀之批鱗所謂以身許法也

唐京兆大興善寺復禮傳

釋復禮京兆人也俗姓皇甫氏少出家住興善寺性虚靜寡嗜欲遊心內典兼博玄儒尤工賦詠善於著述俗流名士皆仰慕之三藏地婆訶羅實叉難陀等譯大莊嚴華嚴等經皆勅召禮令同翻譯綴文裁義實屬斯人天皇永隆二年辛巳因太子文學權無二述釋典稽疑十條用以問禮請令釋滯遂爲答之撰成三卷名曰十門辯惑論賓主酬答剖析稽疑文出於智府義在於心外如斯答對堅陣難摧赤旛曳而魔黨降天鼓鳴而脩羅退權文學所舉稽疑數義也於餘則難在禮殊易何邪蓋不知教有弛張文存權實謂爲矛盾故行吊伐之師如小偏裨須請軍門之命無二既披來論全釋舊疑乃復書云續鳧之足鑿混沌之竅百年之疑一朝頓盡永遵覺路長悟迷源爇煩惱之薪餐涅槃之飯請事斯語以卒餘年云此雖一時之解紛實爲

萬代之龜鑑也禮之義學時少比儔兼有文集行於代加復深綜玄機特明心契作眞妄頌問天下學士擊和者數人當草堂宗密師銓擇臻極唯清涼澄觀得其旨趣若盧郎之米粒矣餘未體禮師之見故唐之譯務禮爲宗匠故惠立謂之譯主譯主之名起於禮矣妙通五竺融貫三乘古今所推世罕倫匹其論二軸編入藏酬外難之攻但用此之戈盾也矣

唐京兆魏國寺惠立傳

釋惠立本名子立天皇改爲惠立俗姓趙氏天水人也遠祖因官徙寓新平故爲豳人焉爰祖及父俱馳高譽立即隋起居舍人司隸從事毅之第三子也生而岐嶷有棄俗之志年十五貞觀三年出家住豳州昭仁寺此寺即破薛舉之戰場也立識敏才俊神清道邁習林遠之高風有肇融之識量聲譽聞徹勑召充大慈恩寺翻經大德次補西明寺都維那後授太原寺主皆降綸旨令維寺任天皇之代以其博考儒釋雅著篇章妙辯雲飛益思泉湧加以直詞正色不憚威嚴赴火蹈湯無所屈撓頻召入內與黃冠對論皆愜帝旨事在別傳立以玄奘法師求經印度若無紀述季代罕聞遂撰慈恩三藏行傳未成而卒後廣福寺沙門彥悰續而成之總十卷故初題云沙門惠立本釋彥悰箋是也立削藁云畢慮遺諸美遂藏諸地府世莫得聞爾後臨終令門侍掘以啟之將出乃即終焉初立見尚醫奉御呂才妄造釋因明圖注三卷非斥諸師 正義立致書責之其警句有云奉御於

俗事少閑遂謂眞宗可了何異乎鼷鼠見釜竈之堪陟乃言崑丘之非難蛛蝥覩棘林之易羅亦謂扶桑之可網不量涯分何殊此焉才由茲而寢太常博士柳宣聞其事息乃歸信以書檄翻經僧衆云其外禦其侮釋門之季路也

唐洛京佛授記寺玄嶷傳

釋玄嶷俗姓杜氏幼入玄門纔通經法黃冠之侶推其明哲出類逸群號杜乂鍊師方登極籙爲洛都大恒觀主遊心七略得理三玄道術之流推爲綱領天后心崇大法揚闡釋宗又悟其食蓼非甘却行遠舍頗反初服嚮佛而歸遂懇求剃落詔許度之住佛授記寺尋爲寺都焉則知在草爲英在禽爲雄信有之矣續叅翻譯悉彼宗之乖謬知正教之可憑或問之曰子何信佛邪嶷曰生死飈疾宜早圖之無令臨衢整轡中流泝柂乎有若環車望斗尅鬼求仙以此用心非究盡也乃造甄正論一部指斥其失令歸正眞施設主客問答極爲省要焉嶷不知厥終

系曰知彼敵情資乎鄉導或入必爭之境免書弗地之譏又猶秉爝宵征便匪如人入闇歷閒玄嶷曾寄黃冠熟其本教及歸釋族斥彼妄源不須四月而試之已納一城之款矣由是觀之脫有迕逆之者則曰吾當說汝眞斯是之謂歟

唐江陵府法明傳

釋法明本荊楚人也博通經論外善群書辯給如流戒範堅正中宗朝入長安遊訪諸高達適遇詔僧道定奪化胡成佛經眞僞時盛

集內殿百官侍聽諸高位龍象抗禦黄冠翻覆未安臲卼難定明初不預其選出場擯美問道流曰老子化胡成佛老子爲作漢語化爲作胡語化若漢語化胡胡即不解若胡語化此經到此土便須翻譯未審此經是何年月何朝代何人誦胡語何人筆受時道流絕救無對明由此公卿歎賞則神龍元年也其年九月十四日下勑曰仰所在官吏廢此僞經刻石於洛京白馬寺以示將來勑曰朕叨居寶位惟新闡政再安宗社展恭禋之大禮降雷雨之鴻恩爰及緇黄兼申懲勸如聞天下諸道觀皆畫化胡成佛變相僧寺亦畫玄元之形兩教尊容二俱不可制到後限十日内並須除毀若故留仰當處官吏科違勑罪其化胡經累朝明勑禁斷近知在外仍頗流行自今後其諸部化胡經及諸記録有化胡事並宜除削若有蓄者準勑科罪其月洛京大恒道觀主桓道彦等上表固執勑批曰朕以匪躬忝承丕業雖撫寧多失而平恕實專矧夫三聖重光玄元統序豈忘老教偏意釋宗朕志款還淳情存去僞理乖事舛者雖在親而亦除義符名當者雖有怨而必録頃以萬機餘暇略尋三教之文至於道德二篇妙絕希夷之境天竺有空二諦理祕真如之談莫不敷暢玄門闡揚至賾何假化胡之僞方盛老君之宗義有差違文無典故成佛則四人不同論弟子則多聞舛互尹喜既稱成佛已甚憑虛復云化作阿難更成烏合鬼谷北郭之輩未踐中天舍利文殊之倫妄彰東土胡漢交雜年代亦乖復水而說涅槃曾無典

據蹈火而談妙法有類俳優誣詐自彰寧煩縷說經非老君所制毀之則匪曰孝虧文是鄙人所談除之則更彰先德來言雖切理實未安宜悉朕懷即斷來表明之口給當代無倫援護法門由之禦侮惡言不入耳其是之謂乎

系曰化胡經也二教不平其爭多矣無若法明一言蔽之設或凝神抒思久不可酬況復萬乘之前孰能卒對昔楊素見嵩陽觀畫化胡素曰何不化胡成道而成佛乎道士無言觀夫明之垂問義含兩意正爲化胡成佛旁豈諸天仙言語與人不同天言傳授諸經是誰飜譯其猶一箭射雙鳧又若一發兩豵之謂歟

唐潤州石圯山神悟傳

釋神悟字通性隴西李氏之子其先屬西晉版蕩遷家于吳之長水也世襲儒素幼爲諸生及冠忽嬰惡疾有不可救之狀咎心補行力將何施開元中詣溪光律師請耆域之方執門人之禮師示以遺業之教一曰理懺二曰事懺此二者聖之所授行必有徵遂於菩提像前秉不屈之心爇難捐之指于時有異光如月朣朧紺宮極苦可以感神明至精可以動天地蓋人之難事歟天寶四年受具足戒身始披緇八年舉尤異行名隸于寺逮其晚節益見苦心每置法華道場九旬入長行禮念觀佛三昧於斯現前因語門人曰夫陰薄日以何傷風運空而不動苟違於妄誰非性也方結宇於勞勞山東中據石圯達分仙徑諸猛獸馴於禪榻祥雲低於法堂中夜有

山神現形謂悟曰弟子即隋故新成侯曹世安生爲列侯死典南嶺今師至止願以此地永奉經行言訖隱而不見故吏部員外李華殿中侍御史崔益同謁悟嘗問孔老聖教優劣請陳題品對曰路伽邪典籍皆心外法味之者勞而無證其猶澤朽思華乾池映月比其釋教夫何遠乎如是往復應答如流華益拱手無以抗敵其扞護釋門疆埸疇敢侵軼乎華乃一代之文宗與蕭穎士齊名筆語過之若此之儒孰能觝角也凡諸不逞之徒疑經難法者悟必近取諸身遠喻於物如理答酬無不垂頭搭翼者十年辛卯春寢疾加趺坐而逝享齡六十三法臘二十六闍維之日獲舍利五百餘粒珠顆纍纍粲然在矚門人湛一圓一等主之遷塔焉

唐金陵鍾山元崇傳璿禪師

釋元崇俗姓王氏瑯瑘臨沂人也晉丞相始興文獻公子奮之後自南朝淪廢世居句容祖禰已來非賢即哲崇幼而孤秀嶷若斷山心喻芙蕖形同玉潔風塵不雜立志夷簡時年十五奉道辭家負笈洞天餐霞卧雲師範陶許精研妙句獨證微隱乃恐至理未融解脫方阻因歸心釋典大暢佛乘三教齊驅遘心世表於是聲振吳越緇素異焉採訪使潤州刺史齊平陽公聞其行業虛佇久之適會恩制度人袞充舉首以開元末年因從瓦官寺璿禪師諮受心要日夜匪懈無忘請益璿公乃揣骨千里駿足可知因授深法崇靈臺虛徹可舍百神心鑑高懸塵無私隱既而聲價光遠物望所知金陵諸德請移所配棲霞

寺春秋逾紀服勤道務彛倫有叙時衆是瞻至德初並謝絶人事杖錫去郡歴于上京徧奉明師棲心閑境罕交俗流遂入終南經衛藏至白鹿下藍田於輞川得右丞王公維之别業松生石上水流松下王公焚香靜室與崇相遇神交中斷于時天地未泰豺狼構患朝賢國寳或在適軸起居蕭舍人昕與右丞諸公並碩學雄才尊儒重道偶玆一會抗論彌日鈎深索隱襟期許與王蕭歎曰佛法有人不宜輕議也矣及言旋河洛登陟嵩少懷達磨之旨要得華嚴之會歸聲價漸高衣冠羨仰京師名德咸請住持志在無爲脩然不顧乃放浪人世追蹤道流考盤靈蹤遂東適呉越天台四明清心養素數年之後遐想鐘山飛錫舊居考以雲房道俗咸喜玉反山輝大曆五年刺史南陽樊公雅好禪寂及屬縣行春順風稽首諮請道要益加師禮矣時道俗以爲此寺靈勝遊憩者多監主護持須選名德僉議無以易禪師者崇頻告辤懇苦衆咸再三事不獲已順受彌縫其間總二十年藉四方之財因道化之力欒櫨雲構丹臒日新蓋存乎無爲無所不爲者也功成身退安禪高頂前後學徒詎可勝計至大曆十二年示疾言歸不加藥餌八月二日卒於山院春秋六十有五臨終命門人無令封樹弟子如泉澄添等奉全師教以其月八日瘞于攝山之陽依巖爲窟累石不磨不襲遵遺誥也崇身長六尺儀表端肅望之儼然即之生畏意寄情恕心和行高天姿龍象生此歧嶷享齡非永惜哉弟子等共建豐碑以紀化跡樹于

寺之門首焉

唐京兆大安國寺利涉傳

釋利涉者本西域人也即大梵婆羅門之種姓夙齡彊志機警溢倫宗黨之中推其達法欲遊震旦結侶東征至金梭嶺遇玄奘三藏行次相逢禮求奘度既而群經衆論鑿竅通幽特爾遠塵歸乎正道非奘難其移轉矣奘門賢哲輻湊涉季孟於光寶之間其爲人也猶帛高座之放曠中宗最加欽重朝廷卿相感義與遊開元中於安國寺講華嚴經四衆赴堂遲則無容膝之位矣檀施繁熾利動人心有頴陽人韋玎垂拱中中第調選河中府文學遷大理評事祕校見涉講筵幣帛堆積就乞選粮所獲未厭表請釋道二教定其勝負言釋道蠹政可除玄宗詔三教各選一百人都集内殿韋玎先陟高座挫桀靜能及空門思明例皆辭屈涉次登座解疑釋結臨敵有餘與韋往返百數千言條緒交亂相次抗之勞絲自理正直有歸涉重問韋曰子先登席可非主耶未審主人何姓玎曰姓韋涉將韋字爲韻揭調長吟偈詞曰我之佛法是無爲何故今朝得有爲無韋始得三數載不知此復是何韋涉之吟作百官悚然帝果憶何韋之事凜然變色曰玎是庶人宗族敢爾輕懱朕玄元祖教及凌轢釋門玎下殿俯伏待罪叩頭言臣非庶人之屬涉貴其鉗利口以解蹤狂奏曰玎是關外之人非玄貞之族類勑貶象州百姓賜涉錢絹助造明教寺加號明教焉二教重熈涉之力也因著立法幢論一卷公卿間有言曰涉公是韋掾之膏肓也

涉曰此舉也矢在弦上不得不發自此京城無不攺觀言談講者以涉爲最焉晚節遭其譴謫漢東尋屬寬宥移徙南陽龍興寺時惠忠國師知重涉名聊款關相謁曰納衣小僧向前其被門徒朝要連坐于此適觀師當有貴氣可作高道國德勿同吾也乃開篋提衣物令忠師叟婁由此襄鄧之人皆驚涉如此懸記忠師道聲又光闡焉蓋涉望重之故也上元二年詔忠師入供養肅宗時入宫起居太上皇乃引忠見上皇曰此人何如利涉則知涉才業優長帝王器重復多著述大曆中西明寺翻經沙門圓照撰涉傳成一十卷足知言行之多也矣

唐越州焦山大曆寺神邕傳

釋神邕字道恭姓蔡氏東晋太尉謨即度江祖十五代孫也因官居于暨陽邕生于是邑母宣氏始娠之際率多徵異襁褓中聞唱經聲必有凝神側聽之貌丱角聰晤過人年十二辤親學道請業於法華寺俊師每覽孔釋二典一讀能誦同輩者罕不欣慕開元二十六年勑度隸諸暨香嚴寺名藉依法華寺玄儼師通四分律鈔儼識其志氣謂人曰此子數年後卒爲學者之司南矣爾其勉之儼新出輔篇律記邕抉其膏腴窮彼衢術一宗學者少能與其聯鑣方軌焉性非局促又從左溪玄朗師習天台止觀禪門法華玄疏梵網經等四教三觀等義秘犍截啓觀性知空爰至五夏果精敷演吳會間學者從之天寶中本邑郭密之請居法樂寺西坊恢拓佛舍層閣摩霄半澄江影廊宇完備後乃遊問長安

居安國寺公卿藉其風宇追慕者結轍而至方欲大闡禪律倏遇祿山兵亂東歸江湖經歷襄陽御史中丞庾光先出鎮荆南邀留數月時給事中竇紹中書舍人苑咸鑽仰彌高俱受心要著作郎韋子春有唐之外臣也剛氣而贍學與之詶抗子春折角滿座驚服死舍人歎曰闍梨可謂塵外摩尼論中師子時人以爲能言矣旋居故鄉法華寺殿中侍御史皇甫曾大理評事張河金吾衛長史嚴維兵曹呂渭諸暨長丘丹校書陳允初賦詩往復盧士式爲之序引以繼支許之遊爲邑中故事邕修念之外時綴文句有集十卷皇甫曾爲序自至德迄大曆中頻受請登壇度戒起丹陽洎乎金華其間釋子皆命爲親教師也又以縣南路通衢婺其中百餘里殊無伽藍釋侶往來宴息無所邕願布法橋接憩行旅遂於焦山可以爲梵場也得邑人騎都尉陳紹欽等率群信搆淨刹一紀方乃集事焉前吏部侍郎徐浩出佐明州以邦國聚落乃白廉使皇甫温奏賜額曰大曆焉先是中岳道士吳筠造邪論數篇斥毀釋教昏蒙者惑之本道觀察使陳少遊請邕決釋老二教孰爲至道乃襲世尊之攝邪見復寶琳之破魔文爰據城塹以正制狂旗鼓纔臨吳筠覆轍遂著破倒翻迷論三卷東方佛法再興實邕之力歟末遊天台又纂地誌兩卷並附於新論矣邕龎頎豐角風韻朗拔前後廉問皆延置別榻請爲僧統以加崇揖之禮貞元四年戊辰歲十一月十四日遇疾遺教門人趺坐端相而歸寂于大曆法堂焉以十二月十四

日奉靈儀於寺北原遵僧制也報齡七十九法歲五十明年冬十一月方建塔矣秘書省校書郎陸淮爲其銘上首弟子智昴靈澈進明慧照等咸露鋒穎禪律互傳至十一年戶部員外郎丘上卿爲碑紀德焉

唐朗州藥山唯儼傳

釋唯儼俗姓寒絳縣人也童齓慷愷敏俊逸羣年十七從南康事湖陽西山慧照禪師大曆八年納戒于衡嶽寺希澡律師所乃曰大丈夫當離法自淨焉能屑屑事細行於布巾邪遂謁石頭禪師密證心法住藥山焉一夜明月陟彼崔嵬大笑一聲聲應澧陽東九十許里其夜澧陽人皆聞其聲盡云是東家明辰展轉尋問迭互推尋直至藥山徒衆云昨夜和尚山頂大笑是歟自茲振譽遐邇喧然元和中李翶爲考功員外郎與李景儉相善儉除諫議薦翶自代及儉獲譴翶乃坐此出爲朗州刺史翶聞來謁儼遂成警悟又初見儼執經卷不顧侍者白曰太守在此翶性褊急乃倡言曰見面不似聞名儼乃呼翶應唯曰太守何貴耳賤目翶拱手謝之問曰何謂道邪儼指天指淨缾曰雲在青天水在缾翶于時暗室已明疑冰頓泮尋有偈云鍊得身形似鶴形千株松下兩函經我來相問無餘說雲在青天水在缾又偈選得幽居愜野情終年無送亦無迎有時直上孤峯頂月下披雲笑一聲初翶與韓愈柳宗元劉禹錫爲文會之交自相與述古言法六籍爲文黜浮華尚理致言爲文者韓柳劉焉吏部常論仲尼既沒諸子異端故荀孟復之楊墨之流洗然

遺落殆周隋之世王道弗興故文中子有作應在乎諸子左右唐興房魏既亡失道尚華至有武后之弊安史之殘吾約二三子同致君復堯舜之道不可放清言而廢儒縱梵書而猾夏敢有邪心歸釋氏者有渝此盟無享人爵無永天年先聖明神是糺是殛無何翱邂逅於儼頓了本心末由戸部尚書襄州刺史充山南東道節度使復遇紫玉禪翁且增明道趣著復性書上下二篇大抵謂本性明白爲六情玷汚迷而不返今牽復之猶地雷之復見天地心矣即内教之返本還源也其書露而且隱蓋而又彰其文則象繫中庸隱而不援釋教其理則從真捨妄彰而乃顯自心弗事言陳唯萌意許也韓柳覽之歎曰吾道萎遲翺且逃矣儼陶鍊難化護法功多迴是子之心拔山扛鼎猶或云易又相國崔群常侍温造相繼問道儼能開發道意以大和二年將欲歿告衆曰法堂即頽矣皆不喻旨率人以長木而枝柱之儼撫掌大笑云都未曉吾意合掌而寂春秋七十云

系曰嘗覽李文公復性二篇明佛理不引佛書援證而徵取易禮而止可謂外柔順而内剛逆也故曰得象而忘言矣經云治世語言皆成正法者李公有焉儼公一笑聲徹遐鄉雖未勞目連遠尋而易例有諸隆墀永歎遠壑必盈道感如然不知其然也

唐京師章信寺崇惠傳

釋崇惠姓章氏杭州人也穉秫之年見乎器局鷙鳥難籠出塵心切往禮徑山國一禪師爲弟子雖勤禪觀多以三密教爲恒務初於

昌化千頃最峯頂結茅爲庵專誦佛頂呪數稔又往鹽官硤石東山卓小尖頭草屋多歷年月復誓志於灊落雲寺遁跡俄有神白惠曰師持佛頂少結莎訶令密語不圓莎訶者成就義也今京室佛法爲外教淩轢其危若綴旒待師解救耳惠趨程西上心亦勞止擇木之故於章信寺挂錫則大曆初也三年戊申歲九月二十三日太清宫道士史華上奏請與釋宗當代名流角佛力道法勝負于時代宗欽尚空門異道憤其偏重故有是請也遂於東明觀壇前架刀成梯史華登躡如常磴道焉時緇伍互相顧望推排且無敢躡者惠聞之謁開府魚朝恩魚奏請於章信寺庭樹梯横架鋒刃若霜雪然增高百尺東明之梯極爲低下時朝廷公貴市肆居民駢足摩肩而觀此舉時惠徒跣登級下層有如坦路曾無難色復蹈烈火手探油湯仍餐鐵葉號爲餢飳或嚼釘線聲猶脆飴史華怯懼慙惶掩袂而退時衆彈指歎嗟聲若雷響帝遣中官鞏庭玉宣慰再三便賚賜紫方袍一副焉詔授鴻臚卿號曰護國三藏勑移安國寺居之自爾聲彩發越德望峻高代宗聞是國一禪師親門高足倍加鄭重焉世謂爲巾子山降魔禪師是也

系曰或謂惠公爲幻僧歟通曰夫於五塵變現者曰神通若邪心變五塵事則幻也惠公持三密瑜伽護魔法助其正定履刃蹈炎斯何足驚乎夫何幻之有哉瑜伽論有諸三神變矣

唐洛陽同德寺無名傳

釋無名姓高氏渤海人也祖宦令西京乃爲洛陽人矣沖孺之齡舉措卓異口不嚌辛血性不狎諠譁邈矣出塵故難留滯年二十八若瘦鴈之出籠投師習學依隨錄同德寺及精律藏解一字以無疑聞有禪宗思千里而請決舉領整裘開扃見路辭飛筆徤思若湧泉因隨師遊方訪祖師之遺跡得會師付授心印會先語諸徒曰吾之付法無有名字因號無名也自此志歷四方周遊五嶽羅浮廬阜雙峯峣公鑪嶺牛頭剡溪若耶天台四明罔不詢問風格高遠神操朗澈博識者覩貌便伏僻見者發言必摧時德宗方納鮮于叔明令狐峘料簡僧尼事時名有表直諫並停尋時鮮于叔明令狐峘等流南海百姓至貞元六年徃遊五臺居無定所九年十二月十二日於佛光寺先食訖儼然坐化春秋七十二臘四十三十一年閤維獲舍利一升澤潞節度使李抱真建塔於佛光寺貞元六年庚午歲也或云名著疏解彌陀經焉

唐廬山歸宗寺智常傳

釋智常者挺拔出倫操履清約徧叅知識影附南泉同遊大寂之門乃見江西之道元和中駐錫廬山歸宗淨院其徒嚮應其法風行無何白樂天貶江州司馬最加欽重續以李渤貟外元和六年隱嵩少以著作徵起杜元頴排之出爲虔州刺史南康曽未卒歲遷江州刺史渤洽聞多識百家之書無不該綜號李萬卷矣到郡喜與白樂天相遇因言潯陽廬阜山水之最人物賢哲隱淪論惠遠遺迹遂述歸宗禪師善談禪要李白朝廷金牓早

晚有嗜菜阿師名目白曰若然則未識食菜阿師嗽白彊勸遊二林意同見常耳及到歸宗李問曰教中有言須彌納芥子芥子納須彌如何芥子納得須彌常曰人言博士學覽萬卷書籍還是否耶李曰忝此虛名常曰摩踵至頂只若干尺身萬卷書向何處著李俛首無言再思稱歎續有東林寺僧神建講諸經論問觸目菩提常略提舉神建不體乃發狀訟常示惡境界時李判區分甚聞詣理常有異相目耀重瞳遂將藥燻手恒磨錯不覺目眦俱紅號赤眼歸宗矣

系曰佛理幽邃一言蔽之者玄解之言逗猛利者藥妙疾輕之驗也

唐杭州千頃山楚南傳

釋楚南閩人也俗姓張氏爰在髫齡寘然跪於父母前訴志出家投開元寺曇藹師而受訓焉當授經法目所輕覩輒誦於口執巾侍盥灑掃應對頗能謹愿迨乎冠歲乃落髮焉詣五臺登戒就趙郡學相部律往上都學淨名經一律一經略通宗旨則知頓機不甘爲漸教縛遂往芙蓉山根性未發謁黃蘗山禪師問答雖多機冝頓了倏值武宗廢教南遂深竄林谷大中興教出遇平相裴公休出撫宛陵請黃蘗出山南隨侍由此便詣姑蘇報恩寺專行禪定足不踰閫僅二十餘載乾符四年蘇州太守周慎嗣嚮風請住寶林院又請居支硎山至五年昌化縣令徐正元與紫溪戍將饒京同召住千頃慈雲院訓示禪徒之外唯儼然在定逾月或浹旬光啓三年前兩浙武肅王錢氏請下山供施昭宗聞其

道化賜其鹿胎衣五事別賚紫衣文德六年二月忽雙虹貫堂室二鹿蹶然入寺法堂梁折至五月辭衆後於禪牀垂兩足伸二臂于膝奄然而卒春秋七十僧臘五十六遷塔于院西隅大順二年壬子歲二月宣州孫儒寇錢唐之封略兵士發塔見南全身不散爪髮俱長悔罪而去南公平昔著般若經品頌偈一卷破邪論一卷以枝梧異宗外敵見貴於時也

唐南嶽七寶臺寺玄泰傳

釋玄泰者不知何許人也性摻方正言不浪施心靜之情義而後動所居蘭若在衡山之東號七寶臺不衣蠶縷時謂泰布納歟從見德山禪師豁如自適誓不立門徒逍遙求志而於詞筆筆若有神四方後進巡禮相見皆用平懷之禮嘗以衡山之陽多被山民莫傜輩斬木燒山損害滋甚泰作畬山謠遠邇傳播達于九重勑責衡州太守禁止岳中蘭若由是得存不爲延燎泰之力也終年六十五臨逝說偈曰不用剃頭不須澡浴一堆猛炎千足萬足偈終垂一足而逝闍維收舍利祔堅固大師塔左營小浮圖焉又爲象骨偈諸禪祖塔銘歌頌等好事者編聚成集而行于代焉

唐京兆福壽寺玄暢傳

釋玄暢字申之俗姓陳氏宣城人也暢爰在弱齡便持異操戲則聚沙爲塔摘葉爲香年九歲於涇邑水西寺依清逸上人教授經法年十九削髮二十歲往福州兜率戒壇受具足戒聽掇律科深得宗旨新繒細縷一染色

住而往越中求聞異說仰京室西明寺有宣律師舊院多藏毗尼教迹因栖惠正律師法席自入京華漸萌頭角受京城三學大德益廣見聞方事講談遽鐘堙厄則會昌廢教矣時京城法侶頗甚徬徨兩街僧録靈宴辯章同推暢爲首上表論諫遂著歷代帝王録奏而弗聽由是例從俗服寧弛道情龍蛇伏蟄而待時玉石同焚而莫救殆夫武皇厭代宣宗在天坏戶重開炎崗息熾暢於大中中凡遇誕辰入内談論即賜紫袈裟充内外臨壇大德懿宗欽其宿德蕃錫屢臻乃奏修加懺悔一萬五千佛名經又奏請本生心地觀經一部八卷皆入藏暢時充追福院首領又充總持寺都維那尋署上座暢講律六十座度法者數千人撰顯正記一十卷科六帖名義圖三卷三寶五運三卷雖祖述舊聞標題新目義出意表文濟時須乾符中懿宗簡自上心特賜師號曰法寶二年三月二十一日示滅俗齡七十九僧臘五十九弟子賜紫惠柔大德師遂宗紹以其年四月二十五日窆于長安邑高陽鄉小梁村四年丁酉歲尚書禮部侍郎崔沆與暢交分殊深著碑述遺跡焉

後唐南嶽般舟道場惟勁傳

釋惟勁福州長溪人也節操精苦奉養棲約破納擁身衣無繒纊號頭陀焉初參雪峯便探淵府乾化中入嶽住報慈東藏亦號三生藏中見法藏禪師鑑燈頓了如是廣大法界重重帝網之門因歎曰先達聖人具此不思議智慧方便非小智之所能又嶽道觀中亦設此燈往因廢教時竊移入仙壇也有遊嶽

才人達士留題頗多勁乃歎曰盧橘夏熟寧期植在於神都舜韶齊聞不覺頓忘於肉味嗟其無識不究本端盜王氏之青氈以爲舊物認嶺南之孔雀以作家禽後世安知于今區别乃作五字頌頌五章覽者知其理事相融燈有所屬屬在乎互相涉入光影含容顯華嚴性海主伴交光非道家之器用也楚王馬氏奏賜紫署寶聞大師梁開平中也勁續寶林傳蓋録貞元巳後禪門祖祖相繼源脉者也别著南嶽高僧傳未知卷數亦一代禪宗達士文采可觀後終于岳中也

系曰物涉疑似難輙區分勁公誌鑑燈若遺物重獲歸家也後之人必不敢攘物歸家也故曰前事不忘後世之元龜也

周洛京福先寺道丕傳

釋道丕長安貴胄里人也唐之宗室父從晏襄宗沿堂五院之首母許氏爲求其息常持觀音普門品忽夢神光燭身因爾娠焉及其誕生挺然岐嶷端雅其質屬籍諸親異而愛之如天童子年始周晬父將命汾晉會軍至于霍山没王事丕雖童穉聚戲終鮮笑容七歲忽絶葷羶每遊精舍怡然忘返遂白母往保壽寺禮繼能法師尊爲軌範九歲善梵音禮讃是歲襄宗幸石門隨師往迎駕十九歲學通金剛經義便行講貫又駕遷洛京長安焚蕩遂背負其母東征華陰劉開道作亂復荷母入華山安止巖穴時穀麥勇貴每斗萬錢丕巡村乞食自專胎息唯供母食母問還食未丕對曰向外齋了恐傷母意至孝如此年二十歲母曰汝父霍山亡没戰場之地骨

曝霜露汝能收取歸葬不亦孝乎遂辭老親往霍邑立草庵鳩工集聚白骨晝夜誦經呪之曰古人精誠所感滴血認骨我今志爲孝子豈無靈驗者乎儻群骨中有動轉者即我父之遺骸也如是一心注想目未輕捨數日間果有枯髏從骨聚中躍出競鶩丕前摇曳良久丕即躃踴抱持如復生在齎歸華陰是夜其母夢夫歸舍明辰骨至其孝感聲譽日高至二十七歲遇曜州牧婁繼英招丕住洛陽福先彌勒院即晉道安翻經創浴之地也天祐三年丙寅濟陰王賜紫衣後唐莊宗署大師曰廣智丕於梁朝後主後唐莊宗明宗凡内建香壇應制談論多居元席及晉遷都令東京天福三年詔入梁苑副録左街僧事與傳法阿闍梨昭信大師俱道貌童顔號二菩薩是故朝貴士庶多請養生之術丕精勤不懈一佛一禮佛名經法華金剛仁王上生四經逐一字禮然其守杜多之行分衛時至二弟子隨行開運甲辰歲爲左街僧録雖臨僧務日課修持相國李公濤西樞密太傅王公朴翰林承旨陶公穀等無不傾心歸重至漢乾祐中謝病乞西歸未允之際屬漢室凌夷兵大連作恣行剽掠丕於廊廡之下倚壁誦念二日紛拏一無見者特京城見聞益加欽尚逃歸洛邑周太祖潛隱所重廣順元年勑召爲左街僧録不容陳讓還赴東京居于僧任世宗尹鶩府政嫌空門繁雜欲奏沙汰召丕同議時問難交發開喻其情且曰僧之清尚必不露於人前僧或凶頑而偏遊於世上必恐正施蘗蓑草和蘭苣而芟方事淘澄

金逐沙泥而蕩大王儲明欲照蓄智當行爲益皇帝邪爲損君親邪若益君乎不令一物失所若損親也是壞六和福田況以天下初平瘡痍未合乞待後時搜揚未晚故老子云治大國如烹小鮮慮其動則糜爛矣世宗深然其言且從停寢及世宗登極丕謂僧曰吾皇宿昔有志汝當相警護持堅乞解歸洛陽又立禮首楞嚴經二年果勑併毀僧寺并立僧帳蓋限之也毀教不深乃丕之力也以顯德二年乙卯六月八日微疾十日令弟子早營粥食云有首楞嚴菩薩衆多相迎令鳴椎俄然而化春秋六十七僧臘四十七緇素號哭諸寺具威儀送葬于龍門廣化寺之左立石塔焉未終之前寺鐘無故嘶嗄表剎龍首忽焉隕墜僧澄清夢寺佛殿梁折極多異兆焉

系曰周武滅佛法隋開皇辛亥歲太府丞趙文昌入冥見邕受對寄語文帝拔救周世宗澄汰毀私邑勒立僧帳故説大漸招其惡報或有入冥見之并賛成厥事者同居負處略同周武未知是乎

論曰九重所以成深嚴七礼其能捍憂患髙墉峻壘加校尉而守之犀革兕皮介將軍而戰者君既安所臣亦建功猶釋門之外侮忽來得法將之中權斯敵使其大道喪而重復玄剛絶而又張我有仲由惡言不入外禦其侮不可暫亡也嗟乎眞教東傳累更年紀受其艱否屈指可尋法繫有爲四相以之遷貿明雖無損一輪以之蝕侵桓楚無端効羿得時而變法德興伊始欺孤餘力而責僧賴遠

公之致書因朝達之抗疏只成暴政空鯁人情元魏懷邪周邕尚辯曇始乃呈其詭迹道安盛奮其辭鋒是待秦坑能逃漢律始安二德疑其住壽應眞出没其形扶危拯溺者矣秀也鐘其厄運憤此反常上牋若攻壘之先登爲法偶犯顏而不死復禮答權文學難詞蔚成解判惠立斥呂奉御圖注免横窺闢兩面俱通玄嶷造乎甄正一場賈勇法明定其化胡答孔老於李華名儒懾伏挫是非於韋氏辯勢酋强邕也掩徐獨記於天台儼也令李成書於復性其或角史華之術因躡刀梯諫德宗之非乃俘沙汰申答而驚李激作謠而占衡山破邪之論可宗鑑燈之頌歸我以前諸德超世卓然式遏寇讎閱墻禦侮言其薄者則發憤忘食殊弗防其反汚其如皐原縱火蘭艾之臭同焚樹木摧風鸞鴟之巢共覆者其唯會昌滅虐我法之謂乎從漢至唐凡經數厄鍾厄爰甚莫甚武宗焉初有道士趙歸眞者授帝留年之術寵遇無比每一對揚排毀釋氏宜盡除之蓋以歸眞曾於敬宗朝出入宫掖勢若探湯及其禍纏暴弑自然事體如漿京邑諸僧競生誚謗歸眞痛切心骨何日忘之還遇武皇因緣狎昵署爲兩街教授先生時諫官抗疏宰臣李德裕屢言歸眞懼其動揺奏迎羅浮鄧元起南嶽劉玄靖入帝謂神仙坐致由是共爲椅角同毀釋門意報僧譏誚之讎耳衆輕覆車群喋驚蟄須彌飈颮困其劫盡之風有頂低摧倚其宿春之杵詎云終否當有復時大中行廢教之誅會昌非後天之老吁咄哉歸眞奇秘之術令

古所無何邪能寄喜怒於天子之心雖王晉安期倶弗如也爾時玄暢法寶大師也納兩街之請操一割之刀纂輯古今搜揚經史成其別録上其表牋逆龍鱗之手已伸探虎穴之心且勇膏肓之疾圭刀之散何施混濁之河銖兩之膠謾解如皆畏震所謂坐看暢公手拓不周山不免共工之觸折也凡今緇伍無縱毀譏毀譏小人也及罹禍毒君子受之亦猶城門火而池魚死也儻云周武不落於阿鼻歸眞自登於仙籍宣宗誅之已塞責矣是故比丘但自觀身行莫伺玄門非干己事又以空門染習如然無鬬四支而傷具體各是聖人設教無相奪倫如此行時名眞護法也老氏云六親不和則有孝子如無孝子之名信六親大和也已上諸公皆家中有競號咷諫乎因得善父母之名歟今我傳家止勸將來二教和同弗望後生學其訐直險在其中矣爲君不取然則臨機可用相事當行必任弛張勿爲膠柱然後知時名爲大法師也傳又云乎相時而動無累後人其斯之謂歟

宋高僧傳卷第十七

音釋

圮皮美切　䣷府巾切地名　鼷胡雞切口鼠也　釡扶雨切鍑屬　飈甫遥切大風也　枻以制切楫也　臲卼臲牛結切卼午忽切臲卼並危也　豵子紅切豕生三子曰豵　觝都禮切觸也　薈烏外切　璿似宣切　櫨落胡切枅也　艧烏郭切丹也　礱盧紅切磨也　玎中莖切

鐎甫嬌切衘也 糺居酉切察也 殛紀力切歼死也 稺直離切幼小也

硤胡夾切硤石地名 轢郎擊切陵踐也 脆餄脆此芮切翼之切餳也

嚌在詣切嘗也 皖胡管切皖公山名 峘戶官切 潡蒲沒切 燻

許云切煙上出也 眦子智切目匡也 傜餘昭切 掇丁括切採也 睟

子對切生一歲也 藨蔉藨甫嬌切蔉古本切 茝齒改切香草也 蝕乘力

切侵也 鯁古勁切塞也 闃呼狄切閴也 訐居竭切攻發人之陰私也

宋高僧傳卷第十八

宋左街天壽寺通慧大師賜紫沙門贊寧等奉　勅撰

感通篇第六之一 正傳十五人 附見三人

後魏西凉府檀特師傳

釋檀特師者一名慧豐不知何許人也身雖剃染率略無檢制飲酒噉肉語默無常逆論來事後必如言居于武威肆意狂逸時宇文仲和爲刺史請之入州歷觀厩庫乃云何意畜他官物邪仲和不諭其旨怒之不令在城未幾仲和拒不受代朝廷令獨孤信擒之仲和身死貲財没官周文聞之降書召之檀特至岐州會齊神武來寇玉壁檀特曰狗豈能到龍門邪神武果不至龍門而還侯景未叛東魏之前忽捉一杖杖頭刻爲獼猴形令其面常向西日夜弄旃又索一角弓牽挽之俄

而侯景啓降尋復背叛歸梁皆可徵驗至大統十七年春初忽著一布帽周文左右驚問之檀特曰汝亦著王亦著也至三月而魏文帝崩復取一白綃帽戴之左右復問之檀特曰汝亦著王亦著也未幾丞相夫人薨後復戴問對同前尋丞相第二子武邑公薨其事驗多如此也俄而病卒周文命葬之

後魏晉陽河禿師傳

釋河禿師者不詳何許人也魏孝昌中於晉陽市肆間行往乍愚乍智作沙門形時人不測止呼爲河禿師及齊神武誕第二子洋文宣帝也武明太后見家貧甚與親戚言及家計正憂飢凍死耳洋方生數月尚未能言欻言曰得活二字分明太后左右大驚而不敢言謂爲妖恠時傳禿師神異射事多中巧誘而至太后意占其兒子早言爲恠乃徧見諸子文襄魏永熙后旁以禄位歷問之至洋再三舉手指天而已口無所言若諸子皆別無舉措矣後不測其終

陳新羅國玄光傳

釋玄光者海東熊州人也少而穎悟頓猒俗塵決求名師專修梵行迨夫成長願越滄溟求中土禪法於是觀光陳國利往衡山見思大和尚開物成化神解相參思師察其所由密授法華安樂行門光利若神錐無堅不犯新猶劫貝有染皆鮮稟而奉行勤而罔忒俄證法華三昧請求印可思爲證之汝之所證眞實不虛善護念之令法增長汝還本土施設善權好負螟蛉皆成蜾蠃光禮而垂泣自爾返錫江南屬本國舟艦附載離岸時則綵

雲亂目雅樂沸空絳節霓旌傳呼而至空中聲云天帝召海東玄光禪師光拱手避讓唯見青衣前導少選入宮城且非人間官府羽衛之設也無非鱗介叅雜鬼神或曰今日天帝降龍王宮請師說親證法門吾曹水府蒙師利益旣登寶殿次陟高臺如問而談畧經七日然後王躬送別其舩泛洋不進光復登舩舩人謂經半日而已光歸熊州翁山卓錫結茅乃成梵剎同聲相應得法者蟄户爰開樂小迴心慕羶者蟻連倏至其如升堂受莂者一人入火光三昧一人入水光三昧二人互得其二種法門從發者彰三昧名耳其諸門生譬如衆鳥附須彌山皆同一色也光末之滅罔知攸往南嶽祖構影堂內圖二十八人光居一焉天台國清寺祖堂亦然

系曰夫約佛滅後驗入道之人以教理行果四法明之則無逃隱矣去聖彌近者修行成果位證也去聖稍遥者學教易見理親也其更緜邈者學教不精見理非諦夫一念不生前後際斷斯頓心成佛也理佛具足行布修行曾未甞述行佛具體而微東夏自六祖已來多談禪理少談禪行焉非南能不說行且令見道如救頭然之故南嶽思師切在兼修乘戒俱急是以學者驗諸行果其如入火光三昧者處胎經中以禪定攝意入火界三昧剎土洞然愚夫謂是遭焚若入水界三昧愚夫見謂爲水投物于中菩薩心如虛空不覺觸嬈者此非二乘所能究盡也斯乃急於行果焉無令口說而身意不修何由助道耶

隋江都宮法喜傳

釋法喜南海人也形容寢陋短弱迂疎可年四十許嶺表耆老咸言兒童時見識之顏貌如今無異蠻蜓間相傳云已三百歲矣亦自言舊識廬山慧遠法師說晉宋朝事歷歷如信宿前耳平素時悄然見人必語語必含深意吉凶之徵有如影響人亦不欲與喜相見懼直言災惡忤逆意也陳朝馬靜爲廣州刺史方上任喜直入州上廳事畫地作馬頭形以示其子而去靜本扶風名族雄勇多武略不閑事體及臨州也每出行部從甲士數萬旌旗劒戟若虹霓映乎霜雪言以此可用威邊徼其奢僭過度王者之不若被人誣告謀反靜懼即遣妻子百餘人入朝示無圖變陳主猶惑遣臨汝侯觀其形勢曰必有反狀便可行戮實無逆謀直往代之臨汝利其財產至州不驗是非靜恃心無異束手詣臨汝便叱左右擒而斬之此畫地之明効矣喜之先見皆同此類煬帝聞之追來揚州未久宮內樹一堂新成喜忽忽升堂觀覽俄驚走下階唱言幾壓殺其日夜闌大雨堂崩壓者數人其後又於宮內環走言索羊頭帝聞惡之責以狂言勑鏁著一室數日三衛於市見喜坦率遊行還奏勑所司覆驗禁閉之處門鏁如故守當者云喜見在室內於是開戶見袈裟覆一聚白骨其鏁貫項骨不脫帝甚驚恠勑遣長史王恒疾往驗之袈裟覆白骨骨皆鉤鏁相連鐵鏁穈其項骨帝聞愕然稱歎尤增信重勑令勿輕搖蕩曰聖者神變無方至暮喜還在室或言或笑守門復奏帝令脫鏁縱其所適有於一日赴數家齋食或時飲酒啖

肉都無拘忌俄而有疾常所卧牀自撤薦席櫬簀而歘寢令人於下鋪炭甚熾數日而終半身焦爛葬于香山寺側後四年南海郡奏喜見還在郡勑遣開棺空無所有矣

隋洺州欽師傳

釋欽師者不知何許人也大業中至廣平形神乖謬造次難知發語不常既往爰中見靈通寺樹甎浮圖五級欲務高敞工作殺雜欽望而笑謂寺衆曰造此奚爲衆曰功德佛事須用壯觀法師何斯恠問耶笑曰造烽火樓也當時緇伍互相非之曰風狂輩言何可取至九年塔尚未成賊寇四起州官警嚴於浮圖上置候望烽火方信欽言不妄矣在所耆舊亦不知欽從何而來止宿之處亦無蹤跡然則時時變身在豕彘之牢即隨豚豨群隊童子馬世達等數人覩欽始變之時乃停留伺察意更觀其復人形也後果忽復形却於看人之後大叫曰你輩欲何所觀耶群人驚愕合掌拜之其變無常皆若此也及天下喪亂亦失欽聲迹矣

系曰魏隋之僧且多應現者何通曰菩薩作用隨類化身以神通爲遊戲耳於遊戲而利益世主焉或曰魏齊陳隋與宣師耳目相接胡不入續傳耶通曰有所不知蓋闕如也亦猶大宋文軌既同土壃斯廣日有奇異良難徧知縱有其僧也其奈史氏未編傳家無據故亦闕如弗及録者留俟後賢者也

唐泗州普光王寺僧伽傳 木叉 慧儼 慧岸

釋僧伽者葱嶺北何國人也自言俗姓何氏亦猶僧會本康居國人便命爲康僧會也然

合有胡梵姓名名既梵音姓涉華語詳其何國在碎葉國東北是碎葉附庸耳伽在本土少而出家爲僧之後誓志遊方始至西涼府次歷江淮當龍朔初年也登即隸名於山陽龍興寺自此始露神異初將弟子慧儼同至臨淮就信義坊居人乞地下標誌之言決於此處建立伽藍遂穴土獲古碑乃齊國香積寺也得金像衣葉刻普照王佛字居人歎異云天眼先見吾曹安得不捨乎其碑像由貞元長慶中兩遭災火因亡蹤矣嘗卧賀䟦氏家身忽長其牀榻各三尺許莫不驚怪次現十一面觀音形其家舉族欣慶倍加信重遂捨宅焉其香積寺基即今寺是也由此奇異之蹤旋萌不止中宗孝和帝景龍二年遣使詔赴內道場帝御法筵言談造膝占對休咎契若合符仍褒飾其寺曰普光王四年庚戌示疾勑自內中往薦福寺安置三月二日儼然坐亡神彩猶生止瞑目耳俗齡八十三法臘罔知在本國三十年化唐土五十三載帝慘悼顆然于時穢氣充塞而形體宛如多現靈迹勑有司給絹三百疋俾歸葬淮上令群官祖送士庶填闉五月五日抵于今所帝以仰慕不忘因問萬迴師曰彼僧伽者何人也對曰觀音菩薩化身也經可不云乎應以比丘身得度者故現之沙門相也初伽化行江表止嘉禾靈光寺彼澤國也民家漁梁矰弋交午伽苦敦喻其諸殺業陷墮於人宜疾別圖生計時有裂網折竿者多矣伽閑而宴息見神告曰天方亢陽百姓苗死身胡藏其嬾龍耶伽曰爲之柰何神曰若今夕但小指出

窻隙外其如人何伽依之其夜霆擊異常質明視指徽有紅線脉焉伽曰吾與此壤無緣乃行抵晉陵見國祥寺荒廢乃留衣於殿梁而去後人聞異香芬馥伽嘗記之曰伊寺有人王重興去三十年後果有僧俗姓全為檀那矣通天萬歲中於山陽衆中懸知嫌鄙伽者乃昌言曰吾有五十萬錢奉助功德勿生橫議伽於淮岸招呼一舩曰汝有財施吾可寬刑獄汝所載者剽略得耳盜依言盡捨佛殿由是立成無幾盜敗拘於揚子縣獄伽乘雲下慰喻言無苦不日果赦文至免死矣昔在長安駙馬都尉武攸曁有疾伽以澡鑵水噀之而愈聲振天邑後有疾者告之或以柳枝拂者或令洗石師子而瘵或擲水缾或令謝過驗非虛設功不唐捐却彼身灾則求馬也警其風厄則索扇歟或認盜夫之錢或咋黑繩之頸或尋羅漢之井或悟裴氏之溺或預知大雪或救旱飛雨神變無方測非恒度中宗勑恩度弟子三人慧岸慧儼木叉各賜衣盂令嗣香火洎乎巳滅多歷年所嘗現形往漢南市漆器及商人李善信舩至寺見買齋器僧忽見塔中形像凝然而指曰正唯此僧來求買矣遠近嗟歎又嘗於洪井化易材木結筏而至焉大曆中州將勤寺知十驛俾出財供乘傳者至十五年七月甲夜現形于內殿乞免郵亭之役代宗勑中官馬奉誠宣放仍賫捨絹三百疋雜綵千段金澡鑵皇太子衣一襲令寫貌入內供養又乾元中州牧李名亡有推步者云為土宿加臨灾當惡弱伽忽現形撫李背曰吾來福至汗出灾銷後無

他咎嘗於燕師求氈罽稱是泗州寺僧燕使賫所求物到認塔中形信矣遂圖貌而歸自燕薊展轉傳寫無不徧焉長慶元年夜半於州牧蘇公寢室前歌曰淮南淮北自此福焉自東自西無不熟矣其年獨臨淮境內有年耳二年寺塔皆焚唯伽遺形儼若無損咸通中龐勛者本徐州戍卒擅離桂管沿路劫掠而攻泗州圍逼其城伽於塔頂現形外寇皆睡城中偶出擊之驚竄而陷宿州以事奏聞仍錫號證聖大師也文德元年外寇侵軼州將嬰城拒敵伽現形於城西北隅寇見知堅壘難下駭而宵遁大順中彭門帥時溥令張諫攻于北城除勦戮外有五百餘人拘鞠場中諫凭按恍惚間見僧衣紫誨之曰此輩平人何可殺耶不如捨之言畢不見諫遂縱之而逸乾寧元年太守臺蒙夢伽云寒東南少備蒙不喻旨以綿衾法服施之十二月晦夜半有兵士踰壘而入蒙初不知復夢一僧以錫杖置于心上冷徹心骨驚起蒙令動皷角賊驚奔獲首領姓韓至是方曉矣由此多於塔頂現小僧狀傾州瞻望然有吉凶表兆于時乞風者分風求子者得子今聞有躬禮者往往有全不見伽形相者或見笑容者吉不然則凶其不可爰度者如此洎乎周世宗有事于江南先攻取泗上伽寄夢於州民言不宜輕敵如是達于州牧皆未之信自爾家家夢同告之遂降全一郡生民賴伽之庇矣天下凡造精廬必立伽眞相牓曰大聖僧伽和尚有所乞願多遂人心李北海邕胡著作浩各爲碑頌德今上御宇也留心于此其年三

月有尼遊五臺山迴因見伽於塔頂作㜸孩相遂登刹柱捨身命供養太平興國七年勑高品白承睿重蓋其塔務從高敞加其累層八年遣使別送舍利寶貨同葬于下基焉其日有僧懷德預搆柴樓自持蠟炬焚身供養炎燎之中經聲不絶又將欲建浮圖有巨木三根沿淮而下至近浮橋且止收爲塔心柱爲續勑殿頭高品李庭訓主之先是此寺因寰中金像刻其佛曰普照王乃以爲寺額後避天后御名以光字代之近宣索僧伽實錄上覽已勑還其題額曰普照王寺矣弟子木叉者以西域言爲名華言解脱也自幼從伽爲剃髮弟子然則多顯靈異中和四年刺史劉讓厥父中丞忽夜夢一紫衣僧云吾有弟子木叉葬寺之西爲日久矣君能出之仍示其葬所初夢都不介意再夢如初中丞得夢中所示之處欲施斸之見有二姓占居於是饒錢市焉開穴可三尺許乃獲坐函遂啓之於骨上有舍利放光命焚之收舍利八百餘顆表進上僖宗皇帝勑以其焚之灰塑像仍賜謚曰眞相大師于今侍立于左若配饗焉弟子慧儼未詳氏姓生所恒隨師僧伽執侍缾錫從楚州發至淮陰同勸東海裴司馬妻恪白金沙羅而墮水抵盱眙開羅漢井宿賀跋玄濟家儼侍十一面觀音菩薩旁自爾詔僧伽上京師中宗別勑度儼并慧岸木叉三人各別賜衣鉢焉

唐嵩嶽少林寺慧安傳

釋慧安姓衛氏荊州支江人也其貌端雅紺髮青目降神乃隋開皇初年也安受性寬裕

不染俗塵修學法門無不該貫文帝十七年勑條括天下私度僧尼勘安云本無名姓亡入山谷大業中開通濟渠追集夫丁飢殍相望安巡乞多鉢食救其病乏存濟者衆煬帝聞之詔安遂潛入太和山至帝幸江都海內擾攘乃杖錫登衡嶽寺行頭陀法貞觀中至蘄州禮忍大師麟德元年遊終南山石壁而止時所居原谷之間旱霜傷苗稼安居處獨無四十里外皆苦青女之災矣天皇大帝聞而召焉安不奉詔永淳二年至滑臺草亭居止中坐繩牀四方坦露勑造寺以處之號招提是也如是却還家鄉玉泉寺時神秀禪師新歸寂咸請住持安弗從命天后聖曆二年四月告門人學衆曰各歸閉戶至三更有神人至邑衛森森和鈴鉠鉠風雨偕至其神旋遶其院數遭安與之語丁寧教誡再拜而去或問其故曰吾爲嵩山神受菩薩戒也天后甞問安甲子對曰不記也曰何不記耶乃曰生死之身如循環乎環無起盡何用記爲而又此心流注中間無間見漚起滅者亦妄想耳從初識至動相滅時亦只如此何年月可記耶天后稽顙焉聞安闕井勑爲鑿焉安曰此下有赤祥愼其傷物將及泉見蝦蟇金色蠢然出沮洳間合其懸記帝倍加欽重殆中宗神龍二年九月勑令中官賜紫袈裟并絹度弟子二七人復詔安并靜禪師入中禁受供施三年賜摩納一副便辭歸少林寺至景龍三年三月三日囑門人曰吾死已將屍向林間待野火自焚之勿違吾願俄爾萬迴和尚來見安猖狂執手言論移刻旁侍傾耳都

不體會至八日閉戶偃身而寂春秋一百三十許歲起開皇二年至景龍三年故也火焚屍畢收舍利八十粒內五粒紅紫色進內餘散施隨力造塔先天二年門人建浮圖焉

唐虢州閿鄉萬迴傳

釋萬迴俗姓張氏虢州閿鄉人也年尚弱齡白癡不語父母哀其濁氣爲隣里兒童所侮終無相競之態然口自呼萬迴因爾字焉且不言寒暑見貧賤不加其慢富貴不足其恭東西狂走終日不息或笑或哭略無定容口角恒滴涎沫人皆異之不好華侈尤少言語言必讖記事過乃知年始十歲兄戍遼陽一云安西久無消息母憂之甚乃爲設齋祈福迴倏白母曰兄安極易知耳奚用憂爲因褁齋餘出門徑去際晚而歸執其兄書云平善問其所由默而無對去來萬里後時兄歸云此日與迴言適從家來因授餅餌共啗而返舉家驚喜自爾人皆改觀聲聞朝廷中宗孝和皇帝詔見崇重神龍二年勑別度迴一人而已自高宗末天后時常詔入內道場賜錦繡衣裳宮人供事先爲兒時於閿鄉興國寺累瓦石爲佛塔入內之後其塔遂放光明因建大閣而覆之然其施作皆不可輙量出言則必有其故勑賜號爲法雲公外人莫可得見先是天后朝任酷吏行羅織事官稍高隆者日別妻子博陵崔玄暐位望俱極其母盧氏賢而憂之曰汝可一日迎萬迴此僧寶誌之流可以觀其舉止知其禍福也乃召到家母垂泣作禮兼施中金七筯一雙迴忽下階擲其七筯向堂屋上掉臂而去一家謂爲不

祥經數日令升屋取之七筯下得書一卷觀之乃讖緯書也遽令焚之數日有司忽來其家大索圖讖不獲得雪時酷吏多令盜投蠱道物及僞造秘讖用以誣人還令誣告得實屠戮籍没其家者多崔氏非聖人擲七筯何由知其僞圖讖也中宗未嘗罵韋后爲反悖逆斫爾頭去尋而誅死太平公主爲造宅於懷遠坊中與主宅前後爾又孝和親送金城公主出降吐蕃幸始平迴出迎駕時崔日用武平一宋之問沈佺期岑羲薛稷皆肅揖鄭重問訊諸公曰各欲求聖人一言以定吉凶撫沈背曰汝眞才子沈不勝其喜曰聖人與我受記諸子不可更爭又謂武曰與汝作名佛童當無憂也目羲稷有不善之色岑以馬避之目稷云此多是野狐其言何足懼也乃顧云汝亦不免及羲稷之誅人益貴重同時有僧伽化迹不恒中宗問迴曰此何人也迴曰觀音之化身也貞觀中三藏奘師西歸云天竺有石藏寺奘入時見一空房有胡牀錫杖而已因問此房大德咸曰此僧緣闕法事罰在東方國名震旦地號閿鄉于茲萬迴矣奘歸求見迴便設禮問西域宛如目矚奘將訪其家迴謂母曰有客至請備蔬食俄而奘至神異之迹多此類也正諫大夫明崇儼者道術之士謂人曰萬迴神僧也玄宗潛龍時與門人張暐等同謁迴見帝甚至褻黷將漆杖呼且逐之同往者皆被驅出曳帝入反扃其戶悉如常人更無他重撫背曰五十年天子自愛已後即不知也張公等門外歷歷聞其言故傾心翼戴焉五十年後蓋指祿山之

禍也睿宗在邸時或遊行人間迴於聚落街衢中高聲曰天子來或曰聖人來其處信宿間帝必經過徘徊也惠莊太子乃睿宗第二子也天后曾抱示迴曰此兒是西域大樹精養之宜兄弟也安樂公主玄宗之季妹附會韋后熱可炙手道路懼焉迴望車騎連唾之曰腥腥不可近也不旋踵而禍滅及之帝愈知迴非常人也出二官人日夕侍奉之特勑於集賢院圖形焉暨迴垂卒而大呼遣求本鄉河水門人徒侶求覓無所迴曰堂前即是河水何不取耶衆於階下掘井河水湧出飲畢而終迴宅坊中井皆醎苦唯此井甘美後有假託或稱小萬迴以惑市里多至誅死焉至于終後右常侍徐彥伯爲碑立閿鄉玉澗西路矣

系曰日行萬里非人必矣爲鬼神邪爲仙術邪通曰觀行知人迴無邪行非鬼神也無故作意非仙術也此得通耳故智度論中此通有四一身能飛行如鳥無礙二移遠令近不往而到三彼没此出四一念能至或曰四中迴具何等通曰俱有哉故號如意通矣瑜伽論神境同也云或羅漢有大堪能現三神變焉

唐齊州靈巖寺道鑒傳

釋道鑒姓馮氏吳郡人未知從來而居歷下靈巖山寺蹤迹神異不測僧也元和中有馮生者亦吳郡人也以明經調選未捷因僑寄長安一日見老僧來詣馮居謂之曰汝吾姓也因相與往還僅于歲餘遂注擬作尉于東越方務治裝鑒負錫來告去馮問師去安所

詣乎鑒曰吾廬在齊州靈巖之西廡下薄遊神京至今正十年矣幸得與子遊今歸舊所故來相別然吾子尉于越鄉道出靈巖寺下當宜一訪我也馮諾之曰謹受教矣數日馮出關東之赴任至靈巖寺門立馬望曰豈非鑒師所居寺乎即入訪之時一僧在庭馮問道鑒上人廬舍安在僧曰此寺無道鑒馮疑異默而計曰鑒公純直豈欺我乎於是獨遊寺中行至西廡下忽見壁畫一僧與鑒師貌同馮大驚嗟鑒師果異人歟且能降神與我交久之視其真相旁題云馮氏子吳郡人也年十歲學浮圖法以道行有聞卒年七十八馮閱其題方悟云汝吾姓也言非謬矣一說蘇州西去城二十許里有靈巖山寺西北廡下畫沙門形云是梁天監十五年作遊方居士狀經過山寺寓過宵宿而於僧廚借筆硯僧衆皆不留意詰旦僧徧搜索而亡有客見殿隅畫一梵僧面骨權奇膚色皴黑眉長且垂眸子電轉背間青白昂鼻方口張唇露齒擎拳倚右肩之上身屈可長一丈五寸衣麤納袈裟臂擐大珠徒跣衆見驚懾莫測其來遠近咸格有焚香禮歎者有請福禳災者或於晴夜殿中析窣聞有行道之聲由是鳥雀不敢汚踐簷楹之間矣然則鄉人謂之靈巖和尚或云靈巖聖僧嘗見形謂一老姥曰貧道好食茭粽疑是聖者翌日持簞入殿供養乞今年別三月三日民競送之以菰蔣葉角黍米瀹之吳人謂之茭粽也唐先天二年陸魯公子疾醫工未驗公憂慮增劇門遇一僧分衛屈入遂索水器含噀之即時病間魯公

喜贈物頗豐了不迴視遂問和尚居處何寺答曰貧道住蘇州吳縣西靈巖寺郎君爲官江表望入寺相尋斯須已去未久調補尚書祠部郎續遷桂州廉使常念當年救病之僧迂路姑蘇入靈巖寺覓焉乃說其形貌合寺僧云非此所有陸盡日徘徊不忍去忽於殿中見聖者形曰往年療某者此僧也寺僧說其由致通感難知陸捨錢數萬備香火之資却留旬日供養方去又寺中淨人每於像前占爓燈添油助爐意盜油塗髮耳居無何其髮焦卷而墮傍人勸令禮懺別買麻膏增炷平復如初又武宗將廢佛教也近寺有陸宣者夢聖者云受弟子供施年深今來相別且歸西天去也宣急命畫工圖寫眞貌至會昌五年毀拆寺宇方知告別之意焉距咸通七年蝗灾爾時彌空亘野食人苗稼至于入人家食繒帛之物百姓傍徨莫能爲計時民人吳延讓等率耆艾數十百人詣像前焚香泣告即日蟲飛越境焉乾符五年寺衆當詣闕乞鐘歸寺差僧選日登途聖者先入右神策軍本局預陳囑託及正請鐘僧到見司吏恠問數日前有僧來云緣蘇州靈巖山寺其僧曰某行無伴侶後右軍胥因事遊吳見壁畫云此是七月中曾來司內計會鐘僧也然吳中極彰靈異且不測厥由曾有梵僧來禮畫像云智積菩薩何緣在此歎嗟彌久而自此號智積應身也

系曰同異之說史氏多之今詳寺曰靈巖僧畫像此爲同也州曰歷下姑蘇遇者曰陸與馮此爲異焉斯蓋見聞不齊記録因別也原

夫聖人之應身也或南或北或漢或胡或平常之形或怪差之質故令聞見必也有殊復使傳揚自然多說譬猶千里之外望日月以皆同其時邊旁雲物狀貌有異耳既是不思議應現矣則隨緣赴感肆是難同可發例云所傳聞異辭也

唐武陵開元寺慧昭傳

釋慧昭未詳何許人其爲僧也性僻而高恒修禪定貌頗衰羸好言人之休戚而皆必中與人交言且不馴狎閉關自處左右無侍童每日乞食里人有八十餘者云昭居此六十餘年其容貌無異於少時昔日也但不知其甲子元和中有陳廣者由孝廉調爲武陵官而酷好浮圖氏一日因詣寺盡訪諸僧昭見廣且悲且喜曰陳君何來之晚乎廣愕然自揣平生不識此僧何言來晚乃曰未嘗與師遊何責遲暮昭曰此非倉卒可言當爲子一夕靜話方盡此意廣甚驚異後時詣昭宿因請其事昭曰我劉氏子宋孝文帝之玄孫也曾祖鄱陽王休業祖士弘並詳於史氏先人文學自負爲齊竟陵王子良所知子良招集賢儁文學之士而先人預焉後仕齊梁之間爲會稽令吾生於梁普通七年夏五月年三十方仕於陳至宣帝時爲甲官不爲人知徒與沈彦文爲詩酒之交後長沙王叔堅與始興王叔陵皆多聚賓客大爲聲勢各恃權寵有不平心吾與彦文俱在長沙之門下及叔陵被誅吾懼不免因皆銷聲匿跡于林谷拾橡栗而食掬溪澗而飲衣一短褐雖寒暑不易以待所憂之所定無何有一老沙門至吾

所居曰子骨法甚奇當無疾耳彥文再拜請其藥曰子無劉君之壽奈何雖服吾藥亦無所補遂告别將去復謂我曰塵俗以名利相勝竟何有哉唯釋氏可以捨此矣恭納其言自是不知人事凡十五年又與彥文俱至建業時陳氏已亡宮闕盡毀臺城牢落荆榛蔽路景陽井塞結綺基頽文物衣冠蕩然而盡故老相遇相携而泣且曰一人無良已至於是隋氏所滅良可悲乎又聞後主及諸王皆入長安乃率沈挈一囊乞食於路以至關中吾長沙王之故客也恩遇甚厚聞其遷往瓜州則徑往就謁長沙王長於綺紈而早貴盛雖流放之際尚不事生業時方與沈妃酣飲吾與沈再拜於前長沙悲慟久之瀝泣而起乃謂吾曰一日家國淪亡骨肉播遷豈非天乎吾自此且留晉昌氏羌之塞數年而長沙殂又數年彥文亡吾因剔髮爲僧遁跡會稽山佛寺凡二十年時已百歲矣雖容體枯瘠而筋力不衰尚日行百里因與一僧同至長安時唐高祖已有天下建號武德至六年吾自此或居京洛或遊江左至於三蜀五嶺無不往焉殆今二百九十年矣雖烈寒酷熱未甞有微恙貞元末於此寺夢一丈夫衣冠甚盛熟視乃長沙也吾迎延坐話舊傷感如平生時而謂吾曰後十年我之六世孫廣當官於此郡師其念之乃問之曰王今何爲曰冥官極尊旣而又泣曰師存而我之六世矣悲夫吾夢覺因紀君之名於經笥中至去歲凡十年乃以君之名氏訪於郡人尚恠君之未至昨因乞食里中遇邑吏訪之果得焉及君

之來又依然長沙之貌也然自夢及今十一年矣故訝君之晚也已而悲惋泣下數行因出經筒示之廣再拜願執屨錫爲弟子昭曰君且去翌日當再來廣受教而還明日至其居昭已遁去莫知其適時元和十一年也至大和初廣爲巴州掾於山南道路逢昭驚喜再拜曰願棄官請從師爲物外之遊昭亦許之其夕偕舍于逆旅至天將曙廣早起而省昭已去矣廣茫然若有所喪神情沮敗自是盡不知所往也然則昭自梁普通七年生于時歲在丙午下至唐元和十年乙未凡二百九十年則與昭言如合符契焉

系曰慧昭既三百年住世也前不可測後未可涯與夫賓頭羅睺尊者一貫胡不念恩地之囊孫邪通曰神仙隔一塵猶未可與之遊且廣是具縛凡夫昭爲度世上士飛鳶與淵魚蹤跡相遠比何怪歟

唐岸禪師傳

釋岸禪師并州人也約淨土爲眞歸之地行方等懺服勤無缺徵有疾作禪觀不虧見觀音勢至二菩薩現於空中持久不滅岸召境內畫人無能畫者忽有二人云從西京來欲往五臺自樂輸工畫菩薩形相續事畢贈鞵二緇忽隱無蹤岸知西方緣熟告諸弟子云吾令往生誰可偕行有小童子稽顙曰願隨師去乃令往辭父母父母謂爲戲言而令沐浴著淨衣入道場念佛須臾而終岸責曰何得前行時岸索筆讚二菩薩曰觀音助遠接勢至輔遥迎寶瓶冠上顯化佛頂前明俱遊十方剎持華候九生願以慈悲手提獎共西

行述讚已別諸弟子入道場命門徒助吾念佛端坐而終春秋八十時垂拱元年正月七日也

唐會稽永欣寺後僧會傳

釋後僧會者本康居國人也以吳赤烏年中謁大帝初吳人未識僧形止曰胡人入境乃祈舍利已令帝開悟末主天紀四年會尸解真身隱焉至唐高宗永徽中見形于越稱是遊方僧而神氣瓌異眉高隆準顧峭眸碧而瘦露奇骨真梵容也見者悚然罔知階位時寺綱糾詰其厥由罵而驅逐會行及門乃語之曰吾康僧會也苟能留吾真體福爾伽藍躧步之間立而息絕既而青目微瞑精爽不銷舉手如迎揖焉足跨似欲行焉衆議偃其靈軀寘於窀穸人力殫矣略不傾移雖色身堅牢而殭事膠漆遷于勝地別立崇堂時越人競以香華燈明繒綵旛蓋果實衣器請祈心願多諧人意初越之軍旅多寓永欣其婦女生產兵士葷血觸汙僧藍人不堪其淹穢會乃化形往謁閫廉使李若初且曰君侯即領越之藩條託爲遷之軍旅語罷拂衣而去尋失蹤跡李公喜而駭且記其言後果赴是郡及上事訖便謁靈跡認于時言者則斯僧也命撤軍家勒就營幕又疋婦夜臨蓐席且無脂燭鄰無隟光俄有一僧秉燭自牖而入其夫且入永欣認會貌即是授火救産厄之僧自爾民間多就求男女焉屬會昌毀永欣也唯令大善獨留號開元矣遂移會身入是寺中大中之後有曇休律師爲會別創堂宇廣其供具又嘗就閭閻家求草屨至今越人

多以芒鞵油旛上獻感應牓鬱各赴人家不可周述今號超化大師從永徽至今未甞闕其供施焉沙門虛受爲碑紀述焉

系曰蔡邕是張衡後身智威本徐陵前事驗皆昭晣理且弗虛至於聖人功用自在此亡彼出利見無方僧會捐世既遐唐來化越立逝屹然異中之異苟非應物現形如水中月孰能預於是乎

唐京兆法海寺道英傳

釋道英不知何許人也戒德克全名振天邑住寺在布政坊咸亨中見鬼物寺主慧簡甞曰曉見二人行不踐地入英院焉簡恠而問之英曰向者秦莊襄王使使傳語飢虛甚久以師大慈欲望排食并從者三百人勿辭勞也吾以報云後日曉具饌可來專相候耳簡聞之言以酒助之及期果來侍從甚嚴坐食倉黃謂英曰弟子不食八十年矣英問其故答曰吾生來不無故悞其如滅東周絶姬祀或責以功德吾平日未有佛法可以懺度唯以赦宥矜恤惸獨塞之終爲未補以福少罪多受對未畢今此一飡更四十年方復得食因歷指座上云此是白起王翦爲殺害多罪報未終又云此陳軫以虛許故英曰王何不從人索食而甘虛腹此奚可忍乎王曰慈心人少餘人不相見吾緣貴人不可妄行祟禍所以然也英指酒曰寺主簡公將獻深有所愧垂去謂英曰甚感此行傷費饜飫可知弟子有少物即送相償城東通化門外尖塚以其銳上而高大是吾棲神之所世人不知妄云呂不韋墓耳英曰往遭赤眉開發何有物

來曰賊取不得英曰貧道非發丘中郎是出家人無用物所必勿將來言訖長揖而去英感下趣如此罔知終畢

唐京兆法秀傳

釋法秀者未詳何許人也居于京寺遊於咸鎬之間以勸率衆緣多成善務至老未嘗休懈開元末夢人云將手巾袈裟各五百條可於迴向寺中布施覺後問左右並云無迴向寺及募人製造巾衣又徧詢老舊僧俗莫有此伽藍否時有一僧形質魁梧人都不識報云我知迴向寺處問要何所須并人伴等答曰但賫所施物名香一斤即可矣遂依言授物與秀偕行其僧徑入終南山約行二日至極深峻初無所覩復進程見碾石一具驚曰此人迹不到何有此物乃於其上焚所賫香再三致禮哀訴從午至夕谷中霧氣彌浸咫尺不辨逡巡開霽當半崖間有朱門粉壁綠牖琁題剎飛夭矯之旛樓直觚稜之影少選見一寺分明雲際三門而懸巨牓曰迴向寺秀與僧喜甚攀陟遂到時已黃昏而聞鐘磬唱薩之聲門者詰其所從遲迴引入見一老僧慰問再三倡言曰唐皇帝萬福否處分令別僧相隨歷房散手巾袈裟唯餘一分指一房空榻無人有衣服坐席似有所適者既而却見老僧若綱任之首曰其往外者當已來矣其僧與秀復欲至彼授手巾等一房但空榻者亦無人也又具言之者僧笑令坐顧彼房內取尺八來至乃玉尺八也老僧曰汝見彼胡僧否曰見已曰此是將來權代汝主者京師當亂人死無數此胡名磨滅王其一室

是汝主房也汝主在寺以愛吹尺八罸在人間此常所吹者也今限將滿即却來矣明日遣就齋齋訖曰汝當迴可將此尺八并袈裟手巾與汝主自收也秀禮拜而還童子送出纔數十步雲霧四合則不復見寺矣乃持手巾袈裟玉尺八進上玄宗召見具述本末帝大感悦凝神久之取笛吹之宛是先所御者後數年果有祿山之禍秀所見胡僧即祿山也秀感其所遇精進倍切不知所終世傳終南山聖寺又有迴向也

系曰昔梁武遣送袈裟入海上山法秀詣迴向寺燕師命使尋竹林聖寺此三緣者名殊而事一莫是互相改作同截鶴續鳧否通曰聖人之作猶門內造車門外合轍雖千萬里之遠事亦符合者蓋無異路故如樵子觀仙棊爛柯非止王質有多人遇棊且姓名不同爲爛斧柯者不一今送衣入聖寺多者亦如此也

唐滑州龍興寺普明傳

釋普明不知何許人也或云西域之僧每談禪法舉擢玄微莫可測其沉寥之高遠與大曆初年受胙縣人請居阿蘭若學者蝟聚麈中往來白衣禮而施之日以千計或一覿相目然懲忿窒慾食葚懷音沿善革惡以歲計無央數也右僕射義成軍節度使賈耽者本謫仙也優游道學率略空門纔覿明也若羊祜之識舊環蔡順之見慈母焉降心延請住州寺迎引傾郭巷無居人由是爲人說法雖老不疲行疾如風質貌輕壯以貞元八年壬申閏十二月十日囑付門徒奄然坐滅生年

或云三百歲以其年百歲者見之顏容不易之故依天竺法火化收舍利二七粒堅固圓明群信於明所居禪庭立塔一所後遷座於塔下焉明亡之後十年王師西征安靜邊塞滑人有材勇者柴清因覘獫狁深入虜庭巡邏者多乃晝伏夜動迷方失路迂直不分清見明在前導若老馬之先驅焉及抵漢城忽然不見歸州就塔作禮遐邇傳之

宋高僧傳卷第十八

音釋

洺武并切地名　閿無分切閿鄉地名　艦音檻戰船也　忤五故切逆戾也　㹠狶㹠徒渾切小豕也狶香依切猪也　噀蘇困切含水噴也　咋士革切齧也　薊古麗切地名　竁充芮充銳二切土壙也　皴七倫切皮細起也　擐古患切貫也　緉良蔣切兩枚也　躧所綺切徐行也　窀穸窀陟倫切穸祥易切　惸渠營切獨也　胙在故切　葚食枕切桑實也　射貪謝切僕射官名　覘丑廉切闚視也

宋高僧傳卷第十九

宋左街天壽寺通慧大師賜紫沙門贊寧等奉勅撰

感通篇第六之二 正傳二十一人 附見八人

唐嵩嶽破竈墮傳

釋破竈墮者不知何許人也天后之世厼事嵩嶽安禪師號老安是歟通徹禪法逍遥弗羈恒理求而不見其前別塗取而莫趣其後嘗遇巫氏能與人醮竈祓禳若漢武之世李少君以祠竈可以致物同也凡其解奏之時

往往見鬼物形兆閭里迭畏傳于衆多殺少牢以祭之者交午重其主竈乃旛蓋擁之秘而罕覩焉揚子所謂靈場之威宜夜矣乎時隨詣之始勸巫者終爲神說法巳告云我聞師教決定生天乃現其形禮辭且曰蒙師提耳獲益彌深得生殊勝天言訖而隱其竈即神祠也隨而瓦解自然破落非人力也遐邇驚駭此師素不稱名由此全取他名號破竈墮也

唐嵩嶽閑居寺元珪傳

釋元珪姓李氏伊闕人也禀氣英奇寛裕閑雅既緣宿習乃誓出家於永淳二年遂登滿足乃隸名閑居寺以習毗尼雖勤無懈執律唯堅後悟少林寺禪宗大通心要深入玄微遂卜廬于嶽中龐塢謂其徒仁素曰吾始居寺東嶺吾滅汝必塔吾骸于此珪安于巖阿時有峩冠袴褶部曲繁多輕步舒徐稱謁大師珪覩其貌偉精爽不倫謂之曰善來仁者胡謂而至曰師寧識我邪珪曰吾觀佛與衆生等吾一目之豈分別識也對曰我此嶽神也吾能利害生死於人師安得一目我哉珪曰汝能生死於人吾本不生汝焉能死吾視身與空等視吾與汝等汝能壞空與汝乎苟能壞空及壞汝吾則不生不滅也汝尚不能如是又焉能生死吾邪嶽神稽首再拜曰我亦聰明正直於餘神豈能知師有廣大之智辯乎願授之正戒令我度世助其威福珪曰神既乞戒即既戒也所以者何戒外無戒又何戒哉神曰此理也我聞茫昧止求師戒我身爲門弟子珪辟不獲即爲張座焚香秉鑪

正机曰付汝五戒汝能奉持即嚮曰能不能即曰否神曰洗耳傾聽虛心納教珪曰汝能不婬乎神曰亦娶也曰非謂此也謂無羅欲也神曰能曰汝能不盜乎神曰何乏我也焉有盜取哉曰非謂此也謂饗而福淫不供而禍善也神曰能曰汝能不殺乎神曰政柄在躬焉曰不殺曰非謂此也謂有濫誤混疑也神曰能曰汝能不妄乎神曰我本正直焉能有妄曰非謂此也謂先後不合天心也神曰能曰汝能不遭酒敗乎神曰力能珪曰如上是爲佛戒也又言以有心奉持而無心拘執以有心爲物而無心想身能如是則先天地生不爲精後天地死不爲老終日變化而不爲動畢盡寂默而不爲休悟此則雖娶非妻也雖饗非取也雖柄非權也雖作非故也雖醉非惛也若能無心於萬物則羅欲不爲婬福淫禍善不爲盜濫誤混疑不爲殺先後違天不爲妄惛荒顛倒不爲醉是謂無心也無心則無戒無戒則無心無佛無衆生無汝及無我無我無汝孰能戒哉神曰我神通亞佛珪曰汝神通十句五能五不能佛則十句七能三不能神悚然避席踣跪頓恭曰可得聞乎曰汝能倈上帝東天行而西七曜乎曰不能又曰汝能奪地祇融五嶽而結四海乎曰不能珪曰是爲五不能也又曰佛能空一切相成萬法智而不能即滅定業佛能知群有性窮億劫事而不能化導無緣佛能度無量有情而不能盡衆生界是爲三不能也定業亦不牢久無緣亦謂一期衆生界本無增減亘無一人能主有法有法無主是謂無法無

法無主是謂無心如我解佛亦無神通也但能以無心通達一切法耳作用冥現有情前也若有心有作作用必不普周焉嶽神曰我誠淺昧未聞空義願師授我戒我當奉行更何業因可拘壓界我願報慈德効我所能珪曰吾觀身無物觀無常法寧塊然更有何欲神曰師必命我爲世間事展我少小神功使已發心初發心未發心不信心必信心五等人目我神蹤知有佛有神有能有不能有自然有非自然者珪曰無爲是無爲是神曰佛亦使神護法師寧隳叛佛邪隨意垂誨珪不得已而言曰東巖寺之障也莽然無樹北岫有之而背非屏擁汝能移北樹於東嶺乎神曰已聞命矣又陳曰我必昏夜風雷擺搖震運頹師無駭即鄭重作禮辭去珪門送而且觀之見儀衛逶迤如王者之行仗又復碧靄紅霞紫嵐皓氣間錯四散幢蓋環珮戈戟森森凌高竊空杳渺隱没焉其夕果有暴風吼雷奔雲霆電隆棟壯宇岌礁將圯定僧瞻動宿鳥聲狂互相敲磕物不安所乃謂衆僧曰無怖無怖神與我契矣詰旦和霽則北巖松栝盡移東嶺森然行植焉而珪謂其徒曰吾殁後無令外知若爲口實人將妖我也以開元四年丙辰歲囑累門人若委蜕焉春秋七十三遂營塔于嶽之東嶺影堂存于本院後十二年告成縣尉許籌追珪之德爲記焉

唐廬江灊山天柱寺惠符傳

釋惠符姓戚氏越州諸暨人也登其弱冠勇氣過人角力馳逐無能及者然其任俠且猷在家忽投香嚴寺矯迹柔心淳淑頓變納法

之後練行孤標每夜沿山據草座安禪不動復研尋經論見潛縣之霍山昔漢武嘗徙南嶽之祭于此極成勝境其中天柱寺可以棲神乃結庵居焉無幾有巨蛇張口毒火焱焱符徐語之曰汝尋宿債吾可噬也不然洗身定意如運業通來爲受戒斯須弭按蜿蜒而去果化成人形來求出家符爲之落髮披衣受訖禮辭而退後被告符私度具以實對辯符云若私度有懲甘聽其罪官吏知非常而縱之符凡見瘡癤膿流皆呪之則差至開元十八年無疾而終乃從火葬見骨節相連之狀焉

唐長安西明寺惠安傳

釋惠安未詳何許人也神龍中遊于京兆抑多先見時唐休璟既立邊功貴盛無比安往造焉曰相公甚美必有甚惡將有大禍且不遠數月然可禳去休璟素知安能厭勝諸而拜之安曰更無他術但奉一計耳豈非注擬官品出乎陶冶中請選一有才幹者用爲曹州因得張君本京官即日升之官賛相次作守定陶委之求二犬可高數尺而神俊者張君到任鋭意精求得二犬如其所求以獻之休璟大悅召安視之曰極善後旬餘安却來曰事在今夕願相君嚴爲警備遂留安宿是夜休璟坐於堂之前軒命左右十數輩執弧操矢立于榻之隅休璟與安共處一榻至夜分安笑之曰相君之禍免矣可以就寢休璟喜而謝之遂撤左右俱寢迫曉安呼休璟可起矣問安曰二犬何所用乎遂尋其跡至園中見一人仆地而卒視其頸有血焉蓋爲物

所齧者又見二犬在大木下仰視之一人祖而匿身休璟驚且詰之其人泣而指死者曰其與彼俱賊也昨夕偕來欲害相國蓋遇此二犬環而且吠彼爲所噬旣殞其藏匿無地天網所羅爲犬躔守今甘萬死且命縛之曰此罪固當死然非其心也乃受制於人耳乃釋之賊拜泣而去休璟拜謝安曰非吾師不然死於二夫之手矣安曰此相國之福豈所能爲哉又休璟表弟盧軫在荆門有術士告之曰君將有灾當求善禳猒者或能免矣軫知安奇術清行爲時所重致書于休璟安即與一書曰事在其中耳及書達江陵而軫已卒其家開其書徒一幅空紙焉殊無一字休璟益重之後數年遁去罔知所之

唐西域安靜傳 徐果師

釋安靜本西域人也開元十五年振錫東遊至定陶直問丁居士何在鄉人報之曰終已三載葬在郊外且曰是人也乃在家菩薩專勤梵行肯禮事嵩山普寂禪師云已得甚深法將終合掌加趺而坐儼然而絕曹城諸寺院鐘磬不擊自鳴也靜至墳所躬自發之時五色雲氣騰噴而上遂取其骨皆金色連環若鏁可五丈許鏗然響亮擐杖頭而行别樹塔重葬衆咸驚歎少頃靜瞥然滅没焉

系曰有情遺骼引因踐果也凡夫身中節不相至十地菩薩骨節解盤龍相結佛則全身舍利焉今丁居士骨有鉤鏁形則超凡夫未階十住此乃入臂那羅延身骨節頭相鉤是歟證居士力量及此矣譬若出金之砂之謂渾不可謂爲砂也含玉之石之謂璞不可謂

爲石也矣

次又成都府大雲寺有徐果師者混物韜光人罕詳測或入三昧不失律儀或示狂癡語事多中先爲衛元嵩是難測之士坤維間往往有人謂之徐果師徐姓也果名也師通稱也此亦彊練誌公之倫類矣不知其終云

唐福州鐘山如一傳

釋如一不知何許人也開元末爲僧典牀座俄有僧徧身瘡疥衣服繿縷巡遶寺中僧衆覩之無不猒惡唯一見而憫焉延入常住別堂安置度夏夏末辭去一問去何所答曰歸庵中又問庵在何也只在大乘寺東一曰某日前方自彼來勿見庵處曰不信但來相訪某兩日後專來一遂往果見前僧在巖口相候因携手入一精舍樓閣森聳殿堂交錯且非人間景物三日遣一公下山迴首見悉是巖石方知聖寺耳一由是倍力修進願預聖流云

唐西域亡名傳

釋天竺亡名未詳何印度人也其貌惡陋纏乾陀色縵條衣穿革屣曳鐵錫化行于京輦當啇南康皐之生也纔三日其家召僧齋此僧不速自來其日僧必歷寺連名請至韋氏家僮患其長一人甚怒之以弊席坐于庭中旣而齋畢韋氏令乳母負嬰兒出意請衆僧祝願焉梵僧先從座起攝衣升階視之曰別久無恙乎嬰兒若有喜色相認之意衆皆異之韋君曰此子纔生三日吾師何言別久也梵僧曰此非檀越所知也韋君固問之梵僧曰此子乃諸葛亮之後身耳武侯鼎國時爲

蜀丞相君所知也縁蜀人受其賜且久今降生於世將爲蜀帥必福坤維之人吾往在劒門與此子爲善友既知其生于君門吾不遠而來此子作劒南節度二十年官極貴中書令太尉此外非我所知也父然之因以武子爲字又單字武也張鎰出爲鳳翔隴州節度奏臯權知隴州及鎰爲李楚琳所殺牛雲光請臯爲帥朱泚不得已用臯爲鳳翔帥德宗置奉義軍節以旌之續加禮部尚書興元中駕還京徵爲左金吾衛將軍貞元元年爲成都尹代張延賞到任和南蠻并戰功封南康郡王順宗即位進太尉南康在任二十一年末塗甚崇釋氏恒持數珠誦佛名所養鸚鵡教令念經及死焚之有舍利焉臯又歸心南宗禪道學心法於淨衆寺神會禪師在蜀富貴僭差重賦歛時議非之然合梵僧懸記焉

唐京兆抱玉傳

釋抱玉者行業高奇人事罕接每言來事如目擊焉見釋子大光而誨之曰汝誦經宜高揭法音徹諸天傾聽必得神人輔翼後皆符其記剏京邑歸信千計每夕獨處一室闔扉撤燭嘗有僧於門隙間窺其所以見玉口中出慶雲華彩可愛後年可九十許而終終時方大暑而尸無萎敗宰臣第五琦與玉相善及終臨喪頗哀琦以香乳灌其口隨有祥光自口而出晃然四照琦愈奇之琦乾元二年十月貶忠州刺史寶應初入爲太子賔客至京尹王皆預言榮貴轗軻相半皆如其言刻意歸信焉

唐虢州閿鄉阿足師傳

釋阿足師者莫詳出處形質癡濁精神瞢然時有所言靡不先覺雖居無定所多寓閿鄉以其踵法雲公之塵躅憧憧往來爭路禮謁檀施山積曾無顧瞻人有隱憂身嬰所苦獲其指南者其驗神速時陜州有富家翁張臻者產業且多財貨增溢少子息臻恒懼錢帛身後無嗣後產男既愚且惷手足拳攣語言謇澁唯嗜飲食殆與平人有異口如溪壑終日無猒年可十七父母鍾愛縱其須索迎醫求藥不遠千里數十年後家業罄窮或有謂其臻曰阿足師其實寶誌之流何不敷布腹心求救其疾乃夫妻來抵閿鄉叩頭抆淚告其拯拔阿足瞑目久之謂臻曰汝寃未散尚須數年憫汝勤拳爲汝除去即令選日於河上致齋廣召衆多同觀度脫仍領引其男赴于道場時衆知阿足奇異觀者如堵少選指呼壯夫三數輩叱曳其子令投諸河隨急流而逝臻且哀且驚莫測其由阿足語臻曰爲汝除灾訖良久其子忽於流數十步外聳身水面戟手罵其父母曰與爾寃仇宿世緣業賴逢聖者遽此解紛儻或不然未期畢日挺身高呼辭理分明都無癡濁之狀須臾沉水不知其他阿足由茲傳播歸信之人如就市焉所行化導皆此類矣蓋大曆建中中也殆德宗貞元十二年丙子勑謚爲大圓禪師至今陜虢之間猶崇重焉

唐天台山封干師傳木須師寒山子拾得

釋封干師者本居天台山國清寺也剪髮齊眉布裘擁質身量可七尺餘人或借問止對曰隨時二字而已更無他語樂獨舂穀役同

城旦應副齋炊嘗乘虎直入松門衆僧驚懼口唱唱道歌時衆方皆崇重及終後於先天年中在京兆行化非恒人之常調士庶見之無不傾禮以其躡萬迴師之後微亦相類風狂之相過之言則多中先是國清寺僧厨中有二苦行曰寒山子曰拾得多於僧廚執爨爨訖二人晤語潛聽者多不體解亦甚顛狂糺合相親蓋同類相求耳時閭丘胤出牧丹丘將議巾車苦頭疼羌甚醫工寡効邂逅干造云某自天台來謁使君且告之恚干曰君何慮乎便索淨器吮水噴之斯須覺體中頗佳閭丘異之乃請干一言定此行之吉凶曰到任記謁文殊閭丘曰此菩薩何在曰國清寺厨執爨洗器者是及入山寺問曰此寺曾有封干禪師曰有院在何所寒山拾得復是何人時僧道翹對曰封干舊院即經藏後今閑無人止有虎豹時來此哮吼耳寒拾二人見在僧厨執役閭丘入干房唯見虎跡縱横又問干在此有何行業曰唯事舂穀供僧粥食夜則唱歌諷誦不輟如是再三歎嗟乃入厨見二人燒柴木有圍爐之狀閭丘拜之二人連聲咄叱後執閭丘手褻之若瓔孺呵呵不已行曰封干饒舌自此二人相携手出松門更不復入寺焉干又嘗入五臺巡禮逢一老翁問曰莫是文殊否翁曰豈可有二文殊干禮之未起怳然失之

次有木漬師者多遊京邑市鄽間亦類封干人莫輕測封豐二字出沒不同韋述吏宮作封彊之封閭丘序三賢作豐稔之豐未知孰是

寒山子者世謂爲貧子風狂之士弗可恒度推之隱天台始豐縣西七十里號爲寒暗二巖每於寒巖幽窟中居之以爲定止時來國清寺有拾得者寺僧令知食堂恒時收拾衆僧殘食菜滓斷巨竹爲筒投藏于内若寒山子來即負而去或廊下徐行或時叫譟凌人或望空謾罵寺僧不耐以杖逼逐翻身撫掌呵呵徐退然其布襦零落面貌枯瘁以樺皮爲冠曳大木屐或發辭氣宛有所歸歸于佛理初閭丘入寺訪問寒山沙門道翹對曰此人狂病本居寒巖間好吟詞偈言語不常或臧或否終不可知與寺行者拾得以爲交友相聚言說不可詳悉寺僧見太守拜之驚曰大官何禮風狂夫耶二人連臂笑傲出寺閭丘復往寒巖謁問并送衣裳藥物而高聲倡言曰賊我賊退便身縮入巖石穴縫中復曰報汝諸人各各努力其石穴縫泯然而合杳無蹤跡乃令僧道翹尋其遺物唯於林間綴葉書詞頌并村墅人家屋壁所抄録得二百餘首令編成一集人多諷誦後曹山寂禪師注解謂之對寒山子詩以其本無氏族越民唯呼爲寒山子至有庭際何所有白雲抱幽石句歷然雅體今巖下有石亭亭而立號幽石焉

拾得者封干禪師先是偶山行至赤城道側仍聞兒啼遂尋之見一子可數歲已來初謂牧牛之豎委問端倪云無舍孤棄于此封干携至國清寺付與典座僧或人來認必可還之後沙門靈熠攝受之令知食堂香燈忽於一日見其登座與像對盤而飡復呼憍陳如

曰小果聲聞傍若無人執筯大笑僧乃驅之靈熠咨尊宿等罷其堂任且令廚內滌器洗濯纔畢澄濾食滓以筒盛之寒山來必負而去又護伽藍神廟每日僧廚下食爲烏鳥所取狼藉拾得以杖扑土偶三二下罵曰汝食不能護伽護伽藍乎是夕神附夢與闔寺僧曰拾得打我明日諸僧說夢符同一寺紛然始知非常人也時牒申州縣郡符下云賢士隱遁菩薩應身宜用旌之號拾得爲賢士又於寺莊牧牛歌詠呼天當其寺僧布薩時拾得驅牛至僧集堂前倚門撫掌大笑曰悠悠者聚頭時持律首座咄曰風人何以喧礙說戒拾得曰我不放牛也此群牛者多是此寺知僧事人也拾得各呼亡僧法號牛各應聲而過舉衆錯愕咸思改往修來感菩薩垂跡度脫時道翹纂録寒山文句於寺土地神廟壁見拾得偈詞附寒山集中

系曰按封干先天中遊遨京室知閭丘寒山拾得俱睿宗朝人也奈何宣師高僧傳中閭丘武臣也是唐初人閭丘序記三人不言年代使人悶焉復賜緋乃文資也夫如是乃有二同姓名閭丘也又大溈祐公於憲宗朝遇寒山子指其泐潭仍逢拾得於國清知三人是唐季葉時猶存夫封干也天台沒而京兆出寒拾也先天在而元和逢爲年壽彌長耶爲隱顯不恒耶易象有之小狐汔濟其此之謂乎

唐成都淨衆寺無相傳 智詵禪師

釋無相本新羅國人也是彼土王第三子於本國正朔年月生於郡南寺落髮登戒以開

元十六年泛東溟至于中國到京玄宗召見隷於禪定寺後入蜀資中謁智詵禪師有處寂者異人也則天曾召入宮賜磨納九條衣事必懸知且無差跌相未至之前寂曰外來之賔明當見矣汝曹宜洒掃以待閒一日果至寂公與號曰無相中夜授與摩納衣如是入深溪谷巖下坐禪有黑犢二交角盤礴於座下近身甚急毛手入其袖其冷如冰捫摸至腹相殊不傾動每入定多是五日爲度忽雪深有二猛獸來相自洗拭躶卧其前願以身施其食二獸從頭至足嗅而去往往夜間坐牀下搦虎鬚毛既而山居稍久衣破髮長獵者疑是異獸將射之復止後來入城市晝在冢間夜坐樹下真行杜多之行也人漸見重爲構精舍於亂墓前長史章仇兼瓊來禮謁之屬明皇違難入蜀迎相入内殿供禮之時成都縣令楊翌疑其妖惑乃帖追至命徒二十餘人曳之徒近相身一皆戰慄心神俱失頃之大風卒起沙石飛颺直入廳事飄簾卷幕楊翌叩頭拜伏踹而不敢語懺畢風止奉送舊所由是遂勸檀越造淨衆大慈菩提寧國等寺外邑蘭若鐘塔不可悉數先居淨衆本院後號松溪是歟相至成都也忽有一力士稱捨力伐柴供僧厨用相之弟本國新爲王矣懼其却迴其位危殆將遣刺客來屠之相已冥知矣忽曰供柴賢者暫來謂之曰今夜有客曰灼然又曰莫傷佛子至夜薪者持刀挾席坐禪座之側逡巡覺壁上似有物下遂躍起以刀一揮巨胡身首分於地矣後門素有巨坑乃曳去瘞之復以土拌滅其

跡而去質明相令召伐柴者謝之已不見矣嘗指其浮圖前栢曰此樹與塔齊寺當毀矣至會昌廢毀樹正與塔等又言寺前二小池左羨右飯齋施時少則令淘浚之果來供設其神異多此類也以至德元年建午月十九日無疾示滅春秋七十七臨終或問之曰何人可繼住持乎乃索筆書百數字皆隱不可知諧而叶韻記莂八九十年事驗無差失先是武宗廢教成都止留大慈一寺淨衆例從除毀其寺巨鐘乃移入大慈矣洎乎宣宗中興釋氏其鐘却還淨衆以其鐘大隔江計功兩日方到明日方欲為齋辰去迎取巳時已至推挽之勢直若飛焉咸怪神速非人力之所致也原其相之舍利分塑真形爾日面皆流汗上足李僧以巾旋拭有染指者其汗頗鹹乃知相之神力自曳鐘也變異如此一何偉哉後號東海大師塔焉乾元三年資州刺史韓汯撰碑至開成中李商隱作梓州四證堂碑推相為一證也

唐揚州西靈塔寺懷信傳

釋懷信者居處廣陵別無奇迹會昌三年癸亥歲武宗為趙歸真排毀釋門將欲堙滅教法有淮南詞客劉隱之薄遊四明旅泊之宵夢中如泛海焉迴顧見塔一所東度見是淮南西靈寺塔其塔峻峙制度校胡太后永寧塔少分耳其塔第三層見信凭欄與隱之交談且曰蹔送塔過東海旬日而還數日隱之歸揚州即往謁信信曰記得海上相見時否隱之了然省悟後數日天火焚塔俱盡白雨傾澍傍有草堂一無所損由是觀之東海人

見永寧塔不謬矣糸曰塔焚皆云往東海海豈納煨燼耶通曰五行爲物亦七大性可弗周徧法界乎順則相生逆則相害雖逆順各時與法界同其分齊證知唯有識耳且天仙鬼物與人相反殊勝諸天則定果宮殿神仙則附物變化鬼神則歆其食氣質礙之流火化則得受用也凡塔刹嚴麗多被鬼神取旃海若川侯亦非人也如陳重雲殿天火焚東海人時見殿影焉又近馬氏霸湖南末年天冊閣爲天火焚朗州守此夜聞空中呵喝言迴避天冊閣來也雲中騰沸若千萬人昇荷重物然累日方潭州火矣若懷信見劉隱之夢信亦不可測之僧也

唐陝府辛七師傳

釋辛七師者不顯出家之號時姓氏行次呼之既熟人耳更無別召體焉實陝人也始爲兒時甚聞謹肅不嘗狎弄少即老成其父爲陝郡守觀七師之作爲謂其母曰是子非常兒孺善宜護養之年甫十歲迥知佛法可以宗尚凡經卷冥然分其此華此梵都不緣師敎及鐘茶蓼陟屺之痛愈深雖親屬勸勉益加柴毀先是郡城南有瓦窑七所一日哀號之際發狂遁去其家僮輩躡迹尋之見其入窑竈中端坐身有奇光爍若金色家僮驚就問無言懼而徒步次窺一窑復見七師同前相狀如是歷徧七窑一一見其端坐發光是以陝服之人重之若神遇之羅拜焉

唐京師大安國寺和和傳

釋和和者莫詳氏族本生其爲僧也狂而不

亂愚而有知罔測其由發言多中時號爲聖安國寺中居住出入無拘撿見本寺修營殿閣未就有越國公主降榮陽鄭萬鈞雖琴瑟相諧而數年無子和因至公主家鈞焚香灑掃以待之主拜跪歸向鈞祈告之曰某自叨選尚頗得一子爲嗣唯師能致之乎和曰易耳但遺我三千疋絹主當誕一男鈞勤重如聽佛語出絹如所求施之和取付修寺殿閣功德主乃曰主有娠矣吾令二天人下爲公主作兒所憂者公主不能併妊二子乎爲變乳包羞耳吾俾其同年而前後誕之果如其言歲初年末各生之矣長曰潛耀次曰晦明皆美丈夫後博涉成事爲京邑之間傳揚沸渭量其位地不可輕議哉

唐揚州孝感寺廣陵大師傳

釋廣陵大師者維揚人也不言法名淮海之間競呼廣陵大師也形質寢陋性多桀黠眞率之狀與屠沽輩相類止沙門形異耳好嗜酒啖肉常衣繐裘厚重可知盛暑亦不暫脫蚤虱聚其上僑寓孝感寺獨一室每夕闔扉而寢率以爲常或狂悖性發則屠犬彘日聚惡少鬬毆或醉卧道傍揚民以是惡之貞元中有一少壯袁以力聞嘗一日少壯與人賭博大師大怒以手擊碎博局少壯笑曰駛兒何敢逆壯士耶大師且罵而唾其面於是袁少壯鬬擊觀者圍帀千數少壯爲大師所困迸道而逃自此人方知有神力焉亦於稠人廣衆中自負其力往往入闤闠間剽奪人錢帛市人皆畏其勇而莫敢拒後有一耆年僧召大師誡勑之曰汝胡不謹守戒法奈何食

酒肉屠犬豕彊抄市人錢物又與無賴子弟鬬競不律儀甚豈是僧人本事耶一旦衆所不容執見官吏按法治之何處逃隱且深累佛法大師怒色對之曰蠅蚋徒喋羶腥爾安知鴻鵠之志乎然則我道非爾所知也且我清中混外者豈同爾齷齪無大度乎耆年且不能屈後一日自外來歸入室閉户有於門隙覘之見大師坐席放神光自眉間晃朗照物洞然觀者驚報少頃寺僧奔至瞻禮稱歎或有懺悔曾謗之者或有彈指讚詠之者明日群僧伺候大師出焚香致禮及開戶瞑目如入禪定已長往矣自此廣陵人寫貌供養號之爲大師焉

唐南嶽山明瓚傳

釋明瓚者未知氏族生緣初遊方詣嵩山普寂盛行禪法瓚往從焉然則默證寂之心契人罕推重尋於衡嶽閑居衆僧營作我則晏如縱被詆訶殊無愧恥時目之懶瓚也一說伊僧差越等夷或隨衆齋飡或以瓦釜煑土而食云是彌陀佛應身未知何證驗之一云好食僧之殘食故殘也（殘上聲呼）或隨逐之則時出言語皆契佛理事迹難知天寶初至南嶽寺執役盡專一寺之上夜止群牛之下曾無倦也如是經二十年相國鄴公李泌避崔李之害隱南嶽而潛察瓚所爲曰非常人也聽其中宵梵唄響徹山谷李公情頗知音能辯休戚謂瓚曰經音悽愴而後喜悅必謫墮之人時將去矣候中夜李公潛往謁焉望席門自賛而拜瓚大詬仰空而唾曰是將賊我李愈加鄭重唯拜而已瓚正發牛糞火出芋啗

之良久乃曰可以席地取所陷芋之半以授焉李跪捧盡食而謝謂李公曰愼勿多言領取十年宰相李拜而退居一月刺史祭岳修道路極嚴忽中夜風雷而一峯頹下其緣山蹬道爲大石所攔乃以數牛縻絆而挽之又以數百人鼓噪以推之物力竭而石愈固更無他術瓚曰奚用如許繁爲我始去之衆皆大笑瓚遂履石而動忽轉盤而下聲若震雷山路旣開衆僧禮而踴躍一郡呼爲至聖太守奉如神明瓚悄然乃懷去意寺外虎豹忽爾成群日有殺傷無由禁止瓚曰授我一小箠爲爾驅除衆曰大石猶可推虎豹當易制遂與之荆梃皆躡後以觀之出門見一虎銜之而去瓚旣去矣虎亦絶蹤矣李鄴公於天寶末肅宗北巡至靈武即位遣使訪召會泌自嵩潁奔赴行在所帝喜用之俾掌樞務權逾宰相判廣平王府司馬事肅宗曰卿爲朕師友令父子三人資卿道義尋爲崔圓李輔國害其能泌懼乞遊衡嶽詔許之絶粒數年遂見瓚焉後終居相位一如瓚之懸記矣勅謚大明禪師塔存嶽中云

唐簡州慈雲寺待駕傳 一懷

釋待駕俗姓王氏金水縣人也冲孺出家作爲詭異其父立名待駕當天寶末也練行精進時號頭陀及玄宗巡幸果自諸府剃髮爲僧至是待駕得度其言信矣駕去縣邑二十里開逕芟茅獨居山頂後成一寺此山絶多靈跡初名石城追明皇至劒門山神見形迎駕稱姓李氏勑賜與玄孫之稱後陜武擔東臺遠望祥雲紫氣盤結空界問左右曰此何

處對曰名城山乃悟山神扈衛之意遂改雲頂爲慈雲寺也寯後卒于此寺又福州楞伽寺釋懷一景龍中鋭意於愛同寺東造精舍相度地形無水濟用方拱手而去忽山禽擊鬭於地一異之命工穴深尺餘甘泉沸湧此後伏臘而無加耗寺中每有休咎必暫減耗候以知之風俗謂之靈泉焉以永泰二年歸寂弟子超悟奏乞代宗題寺額上首曰智恒次行弼越州刺史皇甫政爲碑紀德襄州節度使于頔書焉

唐福州愛同寺懷道傳 智恒

釋懷道邁德高情慈忍濟物思乎達法恒爾遊方凡遇通人畢禮求益及還鄉之日禮佛勤劬收舉坐具獲珠一顆後置於文殊塑像額心安之其珠圓瑩且異蚌胎又冥然降舍利骨尋分於南澗塔中洎至德二年令弟子僧常持法華經不捨晝夜俄有白氎袈裟一領降於塔中不知其來此蓋道修練之心感于冥理也後滑臺守李邕著碑文并書相次智恒繼居法華院即懷一弟子也道行與師相埒卒後禮部侍郎劉太眞作碑頌褚長文書次有超悟行弼皆名望相齊化于閩俗無不重焉

唐昇州莊嚴寺惠忠傳 圓寂

釋惠忠俗姓王潤州上元人也初在母孕忽遇異僧謂曰所生貴子當爲天人矣誕育已來不食葷腥有異常童禀性敦厚年二十三以經業見度即神龍元年也遂配莊嚴寺志節高簡爲時輩所推聞牛頭山威禪師襲達磨蹤得佛法印遂造山禮謁威見忠乃曰山

主來矣因爲說法頓悟上乘威既得人如老
氏之逢尹喜乃命入室付法傳燈并委山門
之事遂出鄮聚忠即繼踵玆峯夙夜精勵常
頭陀山澤飲泉藉草一食延時每用一鐺衆
味同煮用畢懸於樹杪方復繩牀晏坐終日
如杌衣不易時寒暑一納積四十年遂彰靈
應非一州牧明賢頻詣山禮謁再請至郡施
化道俗天寶初年始出止莊嚴忠以爲梁朝
舊寺莊嚴最盛今已歲古凋殘興懷修葺遂
於殿東擬創法堂先有古木鵲巢其頂上人
將欲伐之忠曰且止待鵲移去始當伐之因
至樹祝曰此地造堂當速移去言畢其鵲競
銜柴遷寓他樹合郭道俗觀者如堵莫不歎
異又立基未定忽有二神人爲止其處因乃
定焉雖汲引無廢神曠不撓四方之侶相依
日至以大曆三年山門石室前有忠挂衣藤
是歲盛夏忽然枯悴靈芝仙菌且不復生至
九月忠演法高座無故水出遶座而轉至四
年六月十五日集衆布薩至晚乃命侍者剃
髮浴軀是夜瑞雲覆刹天樂聞空十六朝怡
然坐化時風雨震蕩樹木摧折和州延祚寺
僧徒其夕咸見白虹直東西貫于山中鳥獸
哀鳴林壑巖閒哭聲數日方止岳牧韋公損
聞而哀惜遣使贈賻并令上元令劉君備威
儀送歸山于時炎蒸至七月七天降雨絕涼
八日神柩出纖塵不飛又有群鶴徘徊聳上
送至山門瘞後數日墳內放光照于山林五
年春依外國法荼毗獲舍利不可勝計圓細
如珠光彩瑩徹遠近道俗有恨無所尅獲咸
於焚身處煨燼中至求凡百千人皆得舍利

故知法身圓應感物無窮聖力潛通光騰千古門人起木塔春秋八十七矣身逾七尺霜眉徑寸儀容殊偉鸞頷龍腮神氣孤拔色如金聚含光王潤若梵僧所居帳幃弗張蚊蚋不犯曾居蘭若幽棲松竹深邃嘗有虎鹿並各產子馴遶人室曾無懼色開元二十七年上元令長孫遂初脫略異聞躬造山詢驗及到山半猛虎當路咆吼遂乃驚怖莫知所爲忠聞出林曉喻虎因寢聲伏于林中遂恐懾合掌禮謝而迴忠又向吳郡具戒院中有凌霄藤盛夏萎悴人擬伐之威大師曰勿翦惠忠還日其藤更生人不之信及秋忠還其藤重茂矣又昔有供僧穀倉在莊夜有强盜來竊之虎乃吼喚逐之盜棄負器而逃其類夥多良難縷述忠著見性序及行路難精旨妙密盛行于世又鄴中釋圓寂氏族生地俱不可尋初從嵩山見老安禪師道契相符莫測涯岸以高宗咸亨二年生計終歲已一百有奇年矣襄州節度使嚴綬傾心供養亦號無生和尚焉

唐洛京天宮寺惠秀傳

釋惠秀俗姓李氏今東京陳留人也出離塵垢慕尚逍遥初以戒律飾躬後以禪定爲務於荊郢之地叅問祖師既了安然迴依洛邑天宮寺也屬則天頻幸神都而秀道聲聞于后聽㬇詔入禮重其於懸記未然事合同符契長安中往資聖寺唱道化人翕然歸向忽誡禪院弟子令滅燈燭有白秀曰長明燈可留亦令滅之因說火灾難測不可不備云嘗有寺家不備火燭佛殿被焚又有一寺鍾樓

遭㲯又有一寺經藏煨燼殊可痛惜時衆不喻其旨至夜遺火佛殿鐘樓經藏三所悉成灰炭方知秀預知垂警又玄宗在潞邸時曾與諸王俱詣問法從容留施一笛玄宗出去秀召弟子曰謹掌此笛後有要時當獻上也及受睿宗傳禪弟子達磨等方悟其言取笛以進帝恱先知迴賜豐厚秀偶示微疾告誡門人奄然歸寂享年一百歲燕國公張説素所歸心送瘞龍門山道俗數千人奔會悲悼焉

唐成都郫縣法定寺惟忠傳

釋唯忠少孺爲僧勵精自行在乎群等莫不宗焉出家法定寺本是後漢永平中佛法始流中國便有置德淨伽藍神光屢現至宋釋惠持自盧阜辤遠公法兄誓化岷蜀屬譙縱不道令數輩操刃欲屠持持乃彈指其衆驚奔僵仆隋開皇四年改名法定焉寺有彌勒聖像唐武德中忽有枯查泝江而至夜發光明因雕作像首貞觀中竇軌爲長史劒門佛首光見引達于府竇公令人迎取數百人亦不能勝乃令祝之任欲何往遂言可就法定否乃一人能舉竇遂造佛身長史高士廉葢殿以安之後有僧泝愛樹其浮圖而獲一巨蟹身足二尺餘是塔頗多靈異人或將酒肉乘醉詣聖佛前立見灾禍矣忠於天寶中於寺愈加精苦無何塔爲霆震拔其塔心柱出外忽有小木承代之意衆咸怪之罔測厥由忠乃叩搕於聖彌勒像告訴天龍合加畏重何輙震擊奪塔心柱邪是知庶女叫而雷擊景公臺誠有所感一日迅雷烈風還同前震

覆覩之乃龍神送舊柱安置如故當其易柱隂雲四合有四神人以身扶翼立與塔齊忠之感物也若此會昌圻寺之前舍利七粒出相輪上白光滿空向西飛去蜀皆所目覩將倒之時赤光見于半天焉又此寺有大棗樹將毀寺之年其樹枯瘁及大中再置其棗重榮也忠後終寺

系曰教法興替得非數乎數筭已定罊刻弗移如其會昌之前舍利預飛棗樹先瘁是知當替數之彊興數必弱興不勝其替矣大中之興替不勝其興矣若不爲四相之遷非繫興替之數也教法是有爲之法詎免遷流者乎吁

宋高僧傳卷第十九

音釋

灊似林切地名 郫薄宜切邑名 祓敷勿切除災求福也 礹去急五合二切動也 轗𨏳轗苦感切𨏳力感切轗𨏳車不進也 吮徂兖切敷也 湏古送切 樺胡罷切木名 詵所臻切 拌普半切 浤音宏 孿所眷切一乳二子也 繐胡桂切細疏布也 泌毗必切 啗徒紺切食也 頔徒歷切 埒盧拙切等也 菌渠殞切地蕈也 颮薄交切 夥胡果切多也

宋高僧傳卷第二十

宋左街天壽寺通慧大師賜紫沙門贊寧等奉 勑撰

感通篇第六之三 正傳二十二人 附見四人

唐資州山北蘭若處寂傳一
代州五臺山華嚴寺無著傳二
真定府普化傳三
漢州栖賢寺大川傳四 法侗
西域難陀傳五
壽州紫金山玄宗傳六
袁州陽岐山廣敷傳七
鄧州烏牙山圓震傳八
池州九華山化城寺地藏傳九
婺州金華山神暄傳十
澧州開元寺道行傳十一
徐州安豐山懷空傳十二
洛京慧林寺圓觀傳十三
江州廬山五老峯法藏傳十四
洛陽香山寺鑑空傳十五
廣州羅浮山道行傳十六
潞州普滿傳十七
江陵府些些傳十八 食油師
吳郡義師傳十九 証智蔦福寺老僧
唐州雲秀山神鑒傳二十
天台山國清寺清觀傳二十一 儈外
洪州黃蘗山希運傳二十二

唐資州山北蘭若處寂傳

釋處寂俗姓周氏蜀人也師事寶修禪師服勤寡慾與物無競雅通玄奧居山北行杜多行天后聞焉詔入內賜摩納僧伽梨辭乞歸山涉四十年足不到聚落坐一胡牀宴默不

寐常有虎蹲伏座下如家畜類資民所重學其道者臻萃由是頗形奇異如無相大師自新羅國將來謁詵禪師寂預誡衆曰外來之賓明日當見矣宜灑掃以待之明日果有海東賓至也開元初新除太守王曄本黄冠也景雲中曾立少功剌于是郡終於釋子苞藏禍心上任處分令境内應是沙門追集唯寂久不下山或勸寂往叅免爲厲階寂謂弟子曰汝雖出家猶未識業吾之未死王曄其如吾何迨乎王公上官三日緇徒畢至或曰唯處寂蔑視藩侯弗來致賀曄微怒也屈諸僧升廳坐已將啓怒端問寂違拒之由愠色悖興僧皆股慄曄俄然仆地左右扶掖歸宅至廳事後屏樹如被摑頰之聲禺中氣絶自此人謂爲妄欲加諸道人一至於此寂以開元二十二年正月示滅享年八十七資中至今崇仰焉

唐代州五臺山華嚴寺無著傳

釋無著永嘉人也識度寛明秉操貞確留神大道約志遊方抵于京師雲華寺就澄觀法師研習華嚴之教凡諸經論志極旁通然於華藏海終誓遨遊以大暦二年入五臺山肆欲觀聖人之境界五月到華嚴寺掛錫始於堂中啜茶見老僧寢陋據北牀問曰子從南方來還賫數珠請看著乃躬度之迴視之間失僧之所于時神情惝怳疑喜交生曰昔僧明入此覩石臼木杵後得入聖寺獲見聖賢我顧止此其爲快乎次由般若經樓見吉祥鳥羽毛複絢雙飛于頂上望東北鼓翼而去明日有白光兩穗入戶悠颺少頃而滅同房

僧法等見而驚怪言曰此何祥也願期再現斷衆生疑尋覩光如前因往金剛窟望中致禮方坐假寐聞叱牛三聲云飲水一翁古貌瓌形服麤短褐曳麻屨巾裹甚異著乃迎執其手問從何來翁曰山外求粮用來居在何地云求粮用在臺山翻質著云師何戾止答曰聞此有金剛窟故來隨喜翁曰師困耶答曰否曰既不困憊何輒睡乎著曰凡夫昏沉胡可怪哉曰師若昏沉可去啜煑茶乎翁指東北見精舍相距數步餘翁牽牛前行著躡躅而隨至寺門喚均提三聲童子應唯開闔年可十四五垂髮齊眉衣褐襦牽牛入寺見其地盡是瑠璃堂舍廊廡皆耀金色其間華靡非人間之制度翁踞白牙牀指錦墩揖著生童子捧二甌茶對飲畢擎玳瑁器滿中酥酪各賦一匙著咽之如有所證神府明豁悟宿事焉翁曰師出家來何營何慮乎答曰有修無證大小二乘染指而已曰未知初出家時求何心著云求大乘菩提心曰師以初心修即得又問齒臘幾何三十一矣翁云師之純淑年三十八則其福根荄植此地而榮茂歟且徐徐下山好尋道路勿傷厥足吾年老朽從山外來困極欲偃息也著請寓一宵可乎曰不可緣師有兩伴相隨今夜不見師歸憂愁曷已此乃師有執情在著曰瞿曇弟子有何執處雖然有伴不顧戀他又問持三衣否曰受戒已來持之曰此是封執處著曰亦有聖教在若許住宿心念捨之脫有强緣佛故聽許曰若依小乘無難不得捨衣宜從急護翁拂襟投袂而作著亦趨行翁曰聽吾宣

偈一念淨心是菩提勝造恒沙七寶塔寶塔究盡碎爲塵一念淨心成正覺著俯聽凝神謝曰蒙宣密偈若飲醍醐容入智門敢忘指決丈人可謂知言銘刻心府翁喚均提可送師去臨行拊背曰好去著再折署與童子駢肩齊步至金剛窟前問童子此何伽藍不懸題額童子指金剛窟反問著云伊何窟乎曰先代相傳名金剛窟童子曰金剛下有何字著惟忖少選曰金剛下有般若童子唍爾適入者般若寺也著携童子手揖顩而別童子瞠目視著如欲吐辭著曰送我可以言代縞帶與玉玦乎童子遂宣偈叟云面上無瞋供養具口裏無瞋吐妙香心裏無瞋是珍寶無染無垢是眞常偈終恍惚之間童子及聖寺俱滅唯見山林土石悵悵盈懷歔欷不已歎曰緒言餘論若筳鏞之末響猶在乎耳諦觀山翁立處有白雲冉冉湧起去地尋常許變成五色雲霓上有大聖乘師子而諸菩薩圍遶食頃東方白雲一段漸遮菩薩面群像與雲偕滅著倏見汾州菩提寺主僧修政等六人相將還至窟前作禮忽聞山石振吼聲如霹靂諸僧奔走良久寂無所覩著遂陳遭遇六人悔責不見聖容咫尺緜邈知罪障之屛翳歟著遂隱此山而終元和中門人文一追述焉

唐眞定府普化傳

釋普化不知何許人也秉性殊常且多眞率作爲簡放言語不拘躬事盤山積禪師密容指教深入堂奥誠令保任而發狂悖甞與臨濟玄公相見乃對之以之驢鳴旁侍無不哂

笑直時歌舞或即悲號人或接之千變萬態略無恒度一日擎挾棺木巡街徇户告辭云普化明日死去時視之知不可訾趙人相率隨送出城東門而揚言曰今日葬不合青烏經二日出南門人亦隨送又曰明日方吉如是西門北門出而還返人頗意怠一旦坐于郊野如入禪定焉禪宗有著述者以其發言先覺排普化爲散聖科目中言非正負也矣

唐漢州棲賢寺大川傳 法烱

釋大川不知何許人也沉默自居節操彌厲戒無毫宂言不浪施於漢州棲賢寺行四聖種法克苦既增川也其樂也泄泄緜竹之人無夙少率皆宗奉及乎終也卧于寺外白衣具牀榻相率舁歸寺中務營喪禮方當舁舉無何雙鹿引前若騶導焉始復門閾寺額奮然隕地遠近驚歎又此山靈異不容麤鄙有僧深藏者不謹愿多所違犯神人擲于山下可七里許唯傷足指從此無不悛革守戒者大曆初北山變成黄金色上有樓閣菩薩行道斯須之間萬形千狀川素居此寺與地俱靈留影供養如事靈祠焉次閩城法烱者未詳何許人也行頭陀法克苦克勤激勸閩人辭氣剛直閩海壇練門江内有巨鐘相傳云昔有人往廣州慕鑄信鼓巨艦至此忽值風濤沉溺每月望日其潮大至水退其蒲牢乃出可容一人從中穿過約其周圍徑一丈餘大曆中烱欲出此鐘先於開元寺設大會齋誦呪令一小僧詣龍宫乞鐘於人世擊扣以警晨昏小僧見海神曰我惜以鎮海别與小珠三顆爲信當爾時小僧有如夢覺珠在手

焉

唐西域難陀傳

釋難陀者華言喜也未詳種姓何國人乎其爲人也詭異不倫恭慢無定當建中年中無何至于岷蜀時張魏公延賞之任成都喜自言我得如幻三昧嘗入水不濡投火無灼能變金石化現無窮初入蜀與三少尼俱行或大醉狂歌或聚衆說法戍將深惡之亟令擒提喜被捉隨至乃曰貧道寄迹僧門別有藥術因指三尼曰此皆妙於歌舞戍將乃重之遂留連爲置酒肉夜宴與之飲唱乃假襦袴巾櫛三尼各施粉黛並皆列坐含睇調笑逸態絕世飲欲半酣喜謂尼曰可爲押衙蹋舞乎因徐進對舞曳練迴雪迅起摩趺伎又絕倫良久曲終而舞不已喜乃咄曰婦女風邪喜忽起取戍將刀衆謂酒狂坐者悉皆驚走遂所三尼頭皆踣於地血及數丈戍將大驚呼左右縛喜喜笑曰無草草也徐舉三尼乃節竹杖也血乃向來所飲之酒耳喜又却坐飲宴別使人斷其頭釘兩耳柱上皆無血汙身即坐於席上酒巡到即瀉入斷處面色亦赤而口能歌舞手復擊掌應節及宴散其身自起就柱取頭安之輙無瘢痕時時言人吉凶事多是謎語過後方悟成都有人供養數日喜忽不欲住乃閉關留之喜即入壁縫中及牽之漸入唯餘袈裟角逡巡不見來日見壁畫僧影其狀如日色隔日漸落經七日空有墨迹至八日墨迹已滅有人早見喜已在彭州界後終不知所之

系曰難陀之狀迹爲邪正邪而自言得如幻

三昧與無猒足王同此三昧者即諸佛之大定也唯如幻見如幻不可以言論分境界矣四神通有如幻通能轉變外事故難陀警覺庸蜀之人多尚鬼道神仙非此三昧不足以化難化之俗也

唐壽州紫金山玄宗傳

釋玄宗姓吳氏永嘉人也少時出塵氣度寬裕於本部永定山寶壽院依常靜爲師照得戒已還諸方遊學抵江陵詞朗禪師門若眞金之就冶焉決了疑貳復振錫他行見紫金山恱可自心留行禪觀此山先多虎暴或噬行商或傷樵子避苛政者哭婦堪哀從宗卜居哮㘚絶迹自邇入山者無憚矣一日禪徒擁集見一老父趨及座前拜跪勤恪宗問子何人耶答云我本虎也在此山中食啖衆生因大師化此冥迴我心得脫業軀已生天道故來報謝折旋之頃了無所見以大曆二年囑別門徒溘然化矣春秋八十六二月入塔立碑存焉

唐袁州陽岐山廣敷傳

釋廣敷俗姓鄭南燕人也少依京望大德思浩下承乎法訓登戒畢遊嵩少兩京遇神會禪師大明玄旨至宜春陽岐山挂錫是中峯巒積翠洞穴涉幽芝菌之苗叅于草卉敷終日瞑目木食度辰時有峩冠羽帔馭鶴驂鸞者始則乍往倏來後則登庵造膝其仙客所到必輕雲薄霧隨步而至擁從者天丁力士令遠去對晤談論移晷其後道化既成於貞元元年三月四日入滅春秋九十一云

系曰神仙道異談論豈同乎通曰昔小有眞

人能談空理方諸山神仙建浮圖者信崇佛道止不削染號在家菩薩叉雪山諸仙善五明論求度者同也然其相似道必須甄簡若西域二十諦中五唯量五大與釋氏法名同所計天殊良難區别哉

唐鄧州烏牙山圓震傳

釋圓震姓陳中山人也少警悟而尚學入庠序研究五經倏遇雲遊沙門寓宵其父爲州衙吏酷有道心留是僧供施震禮奉其僧聽其談道頗覺入神捨儒典披釋經頓辭所愛往白磁山禮智幽爲師受教後遇荷澤禪師得法隱南陽烏牙山先是山中多巨蛇澤穴有毒龍鄉人患之及震居此二物潛蹤曾有一人形服且異致拜乃曰我在此已二百歲今感無心之化絶慮之修吾曹冥感超昇可非師之力歟貞元六年終享齡八十六弟子奉全身入塔焉

唐池州九華山化城寺地藏傳

釋地藏姓金氏新羅國王之支屬也慈心而貌惡穎悟天然七尺成軀頂聳奇骨特高才力可敵十夫嘗自誨曰六籍寰中三清術内唯第一義與方寸合于時落髮涉海捨舟而徒振錫觀方邂逅至池陽覩九子山焉心甚樂之乃逕造其峯得谷中之地面陽而寬平其土黒壤其泉滑甘巖棲磵汲趣爾度日藏甞爲毒螫端坐無念俄有美婦人作禮饋藥云小兒無知願出泉以補過言訖不見視坐左右間濼潽然時謂爲九子山神爲湧泉資用也其山天寶中李白遊此號爲九華焉俗傳山神婦女也其峯多冐雲霧罕曽露頂歟

藏素願持四大部經遂下山至南陵有信士爲繕寫得以歸山至德年初有諸葛節率村父自麓登島深極無人雲日鮮明居唯藏孤然閉目石室其房有折足鼎鼎中白土和少米煮而食之群老驚歎曰和尚如斯苦行我曹山下列居之咎耳相與同構禪宇不累載而成大伽藍建中初張公嚴典是邦仰藏之高風因移舊額奏置寺焉本國聞之率以渡海相尋其徒且多無以資歲藏乃發石得土其色青白不磣如麵而供衆食其衆請法以資神不以食而養命南方號爲枯槁衆莫不宗仰龍潭之側有白墡硎取之無盡以貞元十九年夏忽召衆告别罔知攸往但聞山鳴石隕扣鐘嘶嗄加趺而滅春秋九十九其屍坐於函中泊三稔開將入塔顏貌如生舉舁之動骨節若撼金鏁焉乃立小浮圖于南臺是藏宴坐之地也時徵士石拾遺費冠卿序事存焉大中中僧應物亦紀其德哉

唐婺州金華山神暄傳

釋神暄俗姓留建陽人也幼而沈靜非問不言客遊婺女入開元寺志願出家焉無何本郡太守入寺訪其師見暄神彩朗練太守善相人也顧之數四且曰是子真出塵之器異日承受深法千衆圍遶必超上果非凡氣也乃誦七佛俱胝神呪昏曉不絕納戒畢於金華山北洞百家巖有石穴暄居中止息不構庵室作露地頭陀復無牀榻然有神人吐紫色雲氣而高覆之遐望冉冉猶獨柱觀焉其神人時來問道拱手白暄曰赤松洞之東峯有林泉卓異師可居之否暄隨請往住數年

越多徵瑞貞元二年遇志賢禪師問暄如此持誦魔事必生欲滅魔怨須識身本身本旣眞無魔無佛豁然開悟理事俱成神呪功倍元和八年范駁中丞知仰遣使賷乳香氊罽器皿施暄並迴施現前大衆次中書舍人王仲請於大雲寺爲衆受菩薩戒十二載平昌孟簡尚書自會稽甄請不赴八月俄迴舊山人莫詳測倐云示滅春秋七十六弟子建塔焉一云暄在金華山北多寒少陽神人問曰師須何物曰吾在山之陰苦於凜冽神曰小事耳至夜聞喧闐之聲明旦見一小峯移矣

唐澧州開元寺道行傳

釋道行姓楊桂陽人也自生巳來神府聰利肌體氷雪如也年甫十二心誓慕道於南岳般若道場受學於鐘陵求訣自默證法號自在三昧由此布納蒲鞵用資殘息而巳就澧陽西南伐木爲室方丈而居虎豹多伏於牀榻之間後有賷材殖爲營堂宇曽未浹旬一皆周具視之寂無人焉始知鬼神捨材輸力也太守苦召居州治開元寺未久元和十五年終年六十九焚舍利建塔焉

唐徐州安豐山懷空傳

釋懷空姓梁氏閬州人也幼適本州耆闍山廣福院削染得戒之後遊方慕學於大寂禪法洗然明暢後至彭城安豐山挂錫宴默不數載間成大伽藍甞有一僧乘空而至遶垣墻不息或躡蓮華或時履地人或瞻覩數日之後禮辭空且曰我三五稔却來依附言訖不見空以與元元年滅度春秋八十八長慶元年二月方遷入塔云

唐洛京慧林寺圓觀傳

釋圓觀不知何許人也居于洛宅率性踈簡或勤梵學而好治生獲田園之利時謂之空門猗頓也此外施爲絶異且通音律大曆末與李源爲忘形之友源父憕居守天寶末陷於賊中遂將家業捨入洛城北慧林寺即憕之别墅也以爲公用無盡財也但日給一器隨僧衆飲食而已如此三年源好服食忽約觀遊蜀青城峨嵋等山洞求藥觀欲遊長安由斜谷路李欲自荆入峽爭此二途半年未决李曰吾已不事王侯行不顧歷兩京道矣觀曰行無固必請從子命遂自荆上峽行次南浦泊舟見數婦女條達錦璫負罌而汲觀俛首而泣曰其不欲經此者恐見此婦人也李曰自上峽來此徒不少奚獨泣爲觀曰其孕婦王氏者是某託身之所也已逾三載尚未解娩唯以吾未來故今既見矣命有所歸釋氏所謂循環者也請君用符呪遣其速生且少留行舟葬吾山谷其家浴兒時亦望君訪臨若相顧一笑是識認君也後十二年當中秋月夜專於錢塘天竺寺外乃是與君相見之期也李追悔此之一行致觀到此哀慟殆絶召孕婦告以其事婦人喜躍還頃之親族畢集以枯魚濁酒饋于水濵李往授符水觀具其沐浴新其衣裝觀其死矣孕婦生焉李三日往看新兒襁抱就明果致一笑李泣具告王氏王氏厚葬觀明日李迴棹歸慧林寺詢問弟子方知已理命矣李常念杭州之約至期到天竺山寺其夜桂魄皎然忽聞葛洪井畔有牧童歌竹枝者乘牛扣角雙髻短

衣徐至寺前乃觀也李趨拜曰觀公健否曰李公眞信士我與君殊途愼勿相近君俗緣未盡但且勤修不墮即遂相見李無由序語望之潸然觀又歌竹枝杳褭前去詞切調髙莫知所謂歎曰眞得道之僧也咫尺懸隔聖凡路殊諒有之乎初源忩父遇害賊庭時方八歲爲群賊所虜流浪南北展轉人家凡六七年歸於近親代宗聞之授河府掾源遂絶酒肉不婚娶不役童僕常依慧林寺寓一室隨僧齋食先命宂其野以備終制時時往眠其間至於榮辱是非一皆均等也時相國李公德裕表薦之遂授諫議大夫于時源已年八十餘矣抗表不起二年而卒長慶二年也

系曰圓觀未死先寄胎者聞必不信何耶違諸聖教也嘗聞閩尼多許族姓家婦女爲兒云便來也及終有以朱題髀當日有家生子身有赤文便來二字焉此類亦多莊子所謂曲士不可與語道者束於教也其或竺乾異計有教未來佛或別會曾談見有我宗自許若然者未可定執已行之教矣其如觀也果證高深同智論中多種不思議也心思言議千里難追矣

唐江州廬山五老峯法藏傳

釋法藏俗姓周氏南康人也稺齡爽俊始研尋史籍而於醫方明得其工巧同支法存之妙用焉有門僧卧疾幾云不救藏切脉處方信宿平復其僧多接談玄自爾萌出塵之意年已長矣懇辭親投本郡平田山寶積院從願師下受教納戒後遊謁大寂禪師言喻若石之投水儵然北下廬山登五老峯愛其靈

異獨止寒林采橡栗掬溪澗聊延形氣而止數年有二仙乘雲而來終日談論或留宵宿或經月不來或繼日而至他人有見者旁說不同及乎學僧臻萃全無蹤跡又一日告辭藏云且歸山去師當好住由是道且馨香檀越共營一院寶曆中示滅年八十二其年三月四日入塔云

系曰藏隱五老峯時二仙來終日談論者何通曰昔劉向輯列仙云若干人見于內典歟又裴周桐栢三真人弟子各半學佛法可非來問道乎詩中草蟲之應阜螽同也

唐洛陽香山寺鑑空傳

釋鑑空俗姓齊吳郡人也少小苦貧雖勤於學而寡記持壯歲為詩不多靡麗常困遊吳楚間已四五年矣干謁侯伯所潤無幾錢或盈貫則必病生用罄方差元和初遊錢塘屬其荒儉乃議求餐於天竺寺至孤山寺西餒甚不前因臨流雪涕悲吟數聲俄有梵僧臨流而坐顧空笑曰法師秀才旅遊滋味足未空曰旅遊滋味則已足矣法師之呼一何乖謬蓋以空未為僧時名君房也梵僧曰子不憶講法華經於同德寺乎空曰生身已四十五歲矣盤桓吳楚間未嘗涉京口又何洛中之說僧曰子應為飢火所燒不暇憶故事遂探囊出一棗大如拳許曰此吾國所產食之者上智知過去未來事下智止於知前生事耳空飢極食棗掬泉飲之忽欠呻枕石而寢頃刻乃悟憶講經於同德寺如昨日焉因增涕泣問僧曰震和尚安在曰專精未至再為蜀僧矣今則斷攀緣也神上人安在曰前願

末滿悟法師焉在曰豈不記香山石像前戲發大願乎若不證無上菩提必願為起起貴臣昨聞已得大將軍矣當時雲水五人唯吾得解脫獨汝為凍餒之士也空泣曰某四十許年日唯一餐三十餘年擁一褐浮俗之事決斷根源何期福不完乎坐於飢凍僧曰由師子座上廣說異端使學空之人心生疑惑戒珠曾缺羶氣微存聲渾響清終不可致質傴影曲報應宜然空曰為之奈何僧曰今日之事吾無計矣他生之事誓於吾子焉乃探鉢囊取一鑑背面皆瑩徹謂空曰要知貴賤之分脩短之期佛法興替吾道盛衰宜一鑒焉空覽照久之謝曰報應之事榮枯之理謹知之矣僧收鑑入囊遂挈而去行十餘步旋失所在空是夕投靈隱寺出家受具足戒後周遊名山愈高苦節大和元年詣洛陽於龍門天竺寺遇河東柳珵親說厥由向珵珵聞空之說事皆不常且甚奇之空曰我生世七十有七僧臘三十二持鉢乞食尚九年在世吾捨世之日佛法其衰乎珵詰之默然無答乃索珵筆硯題數行於經藏北垣而去曰與一沙衰恒河沙兔而罝犬而拏牛虎相交與角牙寶檀終不滅其華

系曰食梵僧之棗而知宿命者與茹雪山之藥解諸國言音同也覽鑑而知吉凶者與窺圖澄塗麻掌同也食棗臨鑑豈偶然耶非常人之遇也其空公題識而答塞柳珵之問驗在會昌之毀教矣時武宗勒僧尼反俗計二十萬七千餘人圻寺并蘭若共四萬七千有奇故云與一沙衰恒河沙兔在罝犬仍拏言

殘害之甚乙丑毀法丙寅歆代佛法喻寶檀之樹終不絕其華蘤芬馥故云也苟非異人何以藏往考來之若是乎

唐廣州羅浮山道行傳

釋道行姓梅氏會稽人也父爲越州衙吏行弱齡知書比成造秀有僧分衛行接之談道頗精禪觀遂求出家至四明山保壽院智幽所禀訓進修拾薪汲水後遊南岳聞江西大寂道化往親附焉思養聖胎見羅浮奇異高三千丈有七十石室七十二長溪仙人仙禽玉樹朱草生于上半入海中行居于石室嘿爾安禪然或山精水怪往往驚鳴行視之蔑如也有老人容貌端正衣冠華楚再拜稽顙云我居此中僅二百載今因師住㝠感匪躬逍遥脫苦歸人趣受樂矣其感物多此類也寶曆九載疾終春秋九十五其年九月十八日入塔焉

唐潞州普滿傳

釋普滿者未知何許人也於汾晉間所爲率意不拘僧體或歌或哭莫喻其旨以言斥事往必有徵故時人以强練萬迴待之或入稽胡激勸修善至有罷弋獵者建中初於潞州佛舍中題詩數篇而亡去所記者云此水連涇水雙朱血滿川青牛將赤虎還號太平年題後人莫能知至朱泚爲涇源叛徒推擁篡革奉天于時天下徵兵闗輔賊據圍逼連戰人方解悟此水者泚也涇水者涇州來兵始亂也雙朱泚與滔也青牛者興元元年乙丑乙木青也丑牛也其年改元貞元至二年丙寅丙火赤也寅虎也至是賊始平故曰還號

太平年也

唐江陵府些些傳（食油師）

釋些些師又名青者蓋是不與人交狎口目言些些故號之矣德宗朝於渚宮遊衣服零落狀極憨癡而善歌河滿子縱肆所爲故無定檢甞遇醉伍伯伯於塗中辱之抑令唱歌些便揚音揭調詞中皆訐伍伯從前隂私惡迹人所未聞事伍伯慙惶旁聽之者知是聖僧拜跪悔過焉貞元初多入市肆聚群小隨逐楚人以輿笑本矣後不測其終次有僧憨狂遊行無度每斷中唯食麻油幾升如見巨器盛施之則喜判渚一家特召啜麻膏是日又在湖南齋分身應供號食油師焉

系曰些之聲爲商爲羽耶通曰傳家采録其例有二一則按文不音二則口授知韻今得些者按文也若楚詞聲餘則蘇箇切也若山東言少則寫邪切焉此師判楚間事也其二音以聽來教些名同鳥獸之自呼也

唐吳郡義師傳（証智薦福寺老僧）

釋義師者不知何許人也狀類風狂語言倒亂貞元初巡吳苑乞丐事多先覺人以此疑之市肆中百姓屋數間義師輙操斧斫劃其簷禁之不止其人素知其神異禮白之曰弟子藉此生活無壞我屋迴顧曰汝惜乎投斧而去其夜市火連延而燎唯所截簷屋數間存焉好止廢寺中無冬夏常積聚壞旛蓋木佛像悉代薪炭又於煨火燒炙鯉魚而多跳躍灰坌彌漫撫掌大笑不具匕筯而食面垢不靧靧之輙陰雨吳人以爲占候及將死也飲灰汁數十斛乃念佛而坐士庶觀之滿七

日而死時盛暑色不變支不摧百姓舁出郊外焚之又京兆安國寺僧事迹不常熟地而燒木佛所言人事必無虚發此亦不測之僧也復次京師永壽寺釋証智不詳生族貞元中於京寺多發神異而衆罔知或晝在張濆蘭若治田夜歸寺中其蘭若在漢陰金州相距京甸七百里焉時號智禪師此之長足安法雲公也皆能致遠於瞬息間道家謂之縮地脉而能陟遐矣若於色塵作神變雖遠而近也次薦福寺老僧專務誦持罕有間缺言未兆事來如目擊大和初相國韋公處厚好重空門逐月別召名德僧食老僧見韋新登庸曰大奇相公得如此好滅度處人皆不喻後因奏對於文宗御前疾作僵仆殿階及扶舁出殿前氣已絶矣方驗老僧言死在内殿中故云好滅度處即開成中也後不知其終

唐唐州雲秀山神鑒傳

釋神鑒姓韓氏潯陽人也稚歲淳靜而不雜群童父爲齊安掾且歸心釋氏嘗於廨署陳像設命僧徒讃唄揚音法樂俱作鑒則喜色盈顔隨僧不捨求願出家父母無計阻之潛投東林寺貞素律師下修學後講通大涅槃經義乃南格豫章參大寂禪師續於懷安西北山居焉是山先是猛獸旁午率多作害從鑒居之虎灾弭息遠近稱之忽有戴平幘男子望法座致禮勤重倏爾無蹤七日後有冠裳宛異者於方丈前升空宣言曰此大師者眞法寶也開人天眼目故來報之其徒聞見知鑒道高會昌四年入滅八月十五日藏之于塔凡得道之人地神報空神展轉至于有

項於斯見矣

唐天台山國清寺清觀傳 外物

釋清觀字明中臨海人也姓屈氏初誕彌手足指間有幕蹼屬相著焉佛經所謂網漫相也迨爲童孺神俊挺然乃有出塵之志遂詣國清寺投元璋律師執侍缾鉢非父母不沮之若迦樓羅鳥啄幾萬重圍矣年十八納形俱法良由善根深植悟解天然台嶺教文洞明三觀兼得深定神異通感皆莫我知必覽百家彌通三教仍善屬文長於詩筆凡其邦伯輶軒皆響風造謁觀則持重若嚴君焉見則畏伏秖就几杖以待貴士或施財寶皆迴入常住罄無私畜或曰貴人所施皆充別施何不已用耶對曰恨未能捨頭目況世財乎大中初天下寺刹中興觀入京請大鐘歸寺鳴擊并重懸勅額則集賢院學士柳公權書題也柳復有詩序送其東歸復請藏經歸寺大中癸酉江表荐饑殍踣相望觀遂併粮食施之又山僧物外度荒自入室禪定謂弟子曰汝如不死至禾黍熟時當以磬引我出果如其言明歲方從定起矣一旦溪南人命觀齋食可去寺二十里餘其夜溪澗泛溢無人可渡謂觀不來頃刻而至且無淹濕作用可知也人皆異之遠近瞻禮日別盈滿喧擾可猒乃逃往琴屏山蘭若獨棲續天台山衆列請爲僧正乃佯狂隱晦州牧杜雄遂奏昭宗宣賜紫衣觀聞之若愁思不樂後無疾而終焉

唐洪州黃蘗山希運傳

釋希運閩人也年及就傳鄉校推其慧利乃

割愛投高安黄蘗山寺出家迨成長也身量減王商裁一尺所額間隆起號爲肉珠然倜儻不羈人莫輕測而乃觀方入天台偶逢一僧偕行言笑自若運偷窺之其目時閃爍爛然射人相比而行截路巨磎泛泛湧溢如是捎笠倚杖而止其僧督運渡去乃强激發之曰師要渡自渡言訖其僧褰衣躡波若履平陸曾無沾濕已到他岸矣迴顧招手曰渡來運戟手訶曰咄自了漢早知必斮汝脛其僧歎曰眞大乘法器我所不及縱能傷我只取辱焉少頃不見運惝怳自失及薄遊京闕分衛及一家門屏樹之後聞一姥曰太無猒乎運曰主不惡賔何無猒之有姥召入施食訖姥曰五障之身忝嘗禮惠忠國師來勸師可往尋百丈山禪師所惜巍巍乎堂堂乎眞大乗器也運念受二過記剪攸同乃還洪井見海禪師開了心趣聲價彌高徇命居黄蘗精舍昇平相裴公休欽重躬謁有詩贈焉曾傳達士心中印額有圓珠七尺身挂錫十年棲蜀水浮盃今日渡漳濵一千龍象隨高步萬里香華結勝因願欲事師爲弟子不知將法付何人則裴相得法出運之門以大中中終于所住寺勅謚斷際禪師塔名廣業語録而行于世

宋高僧傳卷第二十

音釋

曄 域輙切　蔑 亡結切　惝怳 惝尺養切怳吁往切惝怳失精神貌　穗 徐醉切猶未莖也　玳瑁 玳徒耐切瑁莫佩切玳瑁龜屬　唍 胡板切　瞠 丑庚切直視也　玦 居穴切玉珮也　櫛 阻瑟切梳比器也　踣 弼力切仆也　謎 迷計切隱語也　溘 口合切奄忽也　濈湁 濈子入切湁女立切濈湁水動

貌
墡常演切白土也娩無遠切生子免身也餧於僞切飤也蘤爲詭切華榮也靧音悔洒面也幘側革切燕巾也斮側略切斬也慁胡困切辱也厠也

宋高僧傳卷第二十一

宋左街天壽寺通慧大師賜紫沙門賛寧等奉勅撰

感通篇第六之四 正傳十八人 附見三人

唐五臺山法華院神英傳

釋神英罔知姓氏滄州人也宿緣悟道卅歲從師諷誦精勤日夜匪懈年當應法受具後乃杖錫萍遊尋訪知識早通玄話兼擅論經相次叅神會禪師謂英曰汝於五臺山有緣速宜往彼瞻禮文殊兼訪遺跡既承指授以開元四年六月中旬到山瞻禮於僧厨止泊一日食畢遊於西林忽見一院題曰法華英遂入中見多寶塔一座暐曄繁華如法華經

說同也其四門玉石功德細妙光彩神工罕測後面有護國仁王樓上有玉石文殊普賢之像前有三門一十三間內門兩畔有行宮道場是文殊普賢儀仗三門外狀臺山十寺杳然物外觀瞻浩蕩神情恍惚英試出院又見衆僧且非恒所見者而多詭異疑豫未決遂出門東行可三十步忽聞閉戶鏗然廻目視之了無一物英乃悲泣曰此大聖警悟我邪於此地必有緣矣遂於髣髴多寶塔處結庵而止乃發願曰我依化院建置一所住持日居月諸信施如林歸依者衆遂召工匠有高價者誓不酬之乃於易州千里取乎玉石用造功德細妙光瑩功侔所見其壁乃王府友吳道子之跡六法絕妙爲世所尚此院前後工畢因號法華耳英說法住持其齊整若剪裁焉後無疾召門人囑付而終春秋七十五今墳塔存矣

唐五臺山華嚴寺牛雲傳

釋牛雲俗姓趙鴈門人也童蒙之歲有似神不足遣入鄉校終日不知一字惟見僧尼合掌有畏憚之貌年甫十二二親送往五臺華嚴寺善住閣院出家禮淨覺爲師每令負薪汲水時衆輕其朴鈍多以謔浪歸之年滿受具甚難誦習及年三十有六乃言曰我聞臺上恒有文殊現形我今跣足而去儻見文殊惟求聰明學誦經法耳時冒寒雪情無退屈至東臺頂見一老人然火而坐雲問曰如此雪寒從何而來老人曰吾從川下來雲曰從何道上何無履跡曰吾雪前來老人却問雲曰有何心願犯雪徒跣而至豈不苦也雲曰

吾雖爲僧自恨昏鈍不能誦念經法此來欲求見文殊只乞聰明果報老人曰奇哉又曰此處不見文殊更欲何之雲曰欲上北臺去老人曰吾意亦然曰請師先行雲乃遊徧臺頂告别老人自西而去薄暮方到北臺又見老人然火而坐頗爲驚恠問曰適於東臺相别爲何先至老人曰師不知要路所以來遲雲雖承此語心乃猶豫只此老人莫應文殊也雲乃嗚足禮拜老人曰吾俗人也不應作禮唯貪設禮情屬不移良久老人云休禮候吾入定觀汝前身作何行業而昏鈍也老人閉目倏爾開顔語雲曰汝前生爲牛來因載藏經今得爲僧而闇鈍耳汝於龍堂邊取一钁來與汝斸却心頭淤肉即明快也雲遂得钁度與老人曰汝但閉目候吾教開即開因閉目次有似當心施钁身無痛苦心乃豁然似闇室立於明燈巨夜懸於圓月也雲開目乃見老人現文殊像語雲曰汝自後誦念經法歷耳無忘又於華嚴寺淵東院大有因緣無得退轉雲乃行悲行泣接足而禮未舉頭頃不見菩薩矣雲後下山四支無損凡曰經典目所一覽輙誦於口明年夏五月遶育王塔行道念經至更初乃見一道直光從北臺頂連瑞塔基久而不散於光明中現寶閣一所前有金牌題云善住雲憶菩薩授記之言依光中所現之閣而建置焉道化施行人咸貴重於開元二十三年無疾而終俗齡六十三法臘四十四矣雲名亡上字承文殊記識本迹爲牛故時號之焉

唐五臺山清涼寺道義傳

釋道義江東衢州人也開元中至臺山於清涼寺粥院居止典座普請運柴負重登高頗有難色義將竹鞋一緉轉貨人荷擔因披三事納衣東北而行可五里來於楞伽山下逢一老僧其貌古陋引一童子名字覺一老僧前行童子呼請義東邊寺内啜茶去乃相隨入寺徧禮諸院見大閣三層上下九間總如金色閃爍其目老僧令遣義早還所止山寒難住唯諾辭出寺行及百步迴顧唯是山林乃知化寺也却回長安大曆元載具此事由奏寶應元聖文武皇帝蒙勑置金閣寺宣十節度助緣遂召蓋造都料一僧名純陀爲度土木造金閣一寺陀元是西域那爛陀寺喜鵲院僧寺成後勑賜不空三藏焉義不測其終

唐五臺山竹林寺法照傳

釋法照不知何許人也大曆二年棲止衡州雲峯寺勤修不懈於僧堂内粥鉢中忽覩五彩祥雲雲内現山寺寺之東北五十里已來有山山下有澗澗北有石門入可五里有寺金牓題云大聖竹林寺雖目擊分明而心懷隕穫他日齋時還於鉢中五色雲内現其五臺諸寺盡是金地無有山林穢惡純是池臺樓觀衆寶莊嚴文殊一萬聖衆而處其中又現諸佛淨國食畢方滅心疑未決歸院問僧還有曾遊五臺山已否時有嘉延曇暉二師言曾到言與鉢内所見一皆符合然尚未得臺山消息暨四年夏於衡州湖東寺内有高樓臺九旬起五會念佛道場六月二日未時遥見祥雲彌覆臺寺雲中有諸樓閣閣中有

數梵僧各長丈許執錫行道衡州舉郭咸見彌陀佛與文殊普賢一萬菩薩俱在此會其身高大見之者皆深泣血設禮至酉方滅照其日晚於道場外遇一老人告照云師先發願往金色世界奉覲大聖今何不去照恠而答曰時難路艱何可往也老人言但亟去道路固無留難言訖不見照驚入道場重發誠願夏滿約往前任是火聚冰河終無退衄至八月十三日於南嶽與同志數人惠然肯來果無沮礙則五年四月五日到五臺縣遥見佛光寺南數道白光六日到佛光寺果如鉢中所見略無差脱其夜四更見一道光從北山下來射照照忙入堂内乃問衆云此何祥也吉凶焉在有僧答言此大聖不思議光常答有緣照聞已即具威儀尋光至寺東北五十里間果有山山下有澗澗北有一石門見二青衣可年八九歲顏貌端正立于門首一稱善財二曰難陀相見歡喜問訊設禮引照入門向北行五里已來見一金門樓漸至門所乃是一寺寺前有大金牓題曰大聖竹林寺一如鉢中所見者方圓可二十里一百二十院皆有寶塔莊嚴其地純是黄金流渠華樹充滿其中照入寺至講堂中見文殊在西普賢在東各據師子之座說法之音歷歷可聽文殊左右菩薩萬餘普賢亦無數菩薩圍繞照至二賢前作禮問言末代凡夫去聖時遥知識轉劣垢障尤深佛性無由顯現佛法浩瀚未審修行於何法門最為其要唯願大聖斷我疑網文殊報言汝今念佛今正是時諸修行門無過念佛供養三寶福慧雙修此

之二門最爲徑要所以者何我於過去刧中因觀佛故因念佛故因供養故今得一切種智是故一切諸法般若波羅蜜甚深禪定乃至諸佛皆從念佛而生故知念佛諸法之王汝當常念無上法王令無休息照又問當云何念文殊言此世界西有阿彌陀佛彼佛願力不可思議汝當繼念令無間斷命終之後決定往生永不退轉説是語已時二大聖各舒金手摩照頂爲授記别汝已念佛故不久證無上正等菩提若善男女等願疾成佛者無過念佛則能速證無上菩提語已時二大聖互説伽陀照聞已歡喜踊躍疑網悉除又更作禮禮已合掌文殊言汝可往詣諸菩薩院次第巡禮授教已次第瞻禮遂至七寶果園其果纔熟其大如盌便取食之食已身意泰然造大聖前作禮辭退還見二青衣送至門外禮已舉頭遂失所在倍增悲感乃立石記至今存焉復至四月八日於華嚴寺西樓下安止洎十三日照與五十餘僧同往金剛窟到無著見大聖處虔心禮三十五佛名照禮纔十徧忽見其處廣博嚴淨瑠璃宫殿文殊普賢一萬菩薩及佛陀波利居在一處照見已惟自慶喜隨衆歸寺其夜三更於華嚴院西樓上忽見寺東山半有五聖燈其大方尺餘照呪言請分百燈歸一畔便分如願重謂分爲千炬言訖便分千數行行相對徧於山半又更獨詣金剛窟所願見大聖三更盡到見梵僧稱是佛陀波利引之入聖寺語在覺救傳至十二月初遂於華嚴寺華嚴院入念佛道場絶粒要期誓生淨土至于七日初

夜正念佛時又見一梵僧入乎道場告云汝所見臺山境界何故不說言訖不見照疑此僧亦擬不說翌日申時正念誦次又見一梵僧年可八十乃言照曰師所見臺山靈異胡不流布普示衆生令使見聞發菩提心獲大利樂乎照曰實無心祕蔽聖道恐生疑謗故所以不說僧云大聖文殊見在此山尚招人謗況汝所見境界但使衆生見聞之者發菩提心作毒鼓緣耳照聞斯語便隨憶念録之時江東釋慧從以大曆六年正月内與華嚴寺崇暉明謙等三十餘人隨照至金剛窟所親示般若院立石標記于時徒衆誠心瞻仰悲喜未已遂聞鐘聲其音雅亮節解分明衆皆聞之驚異尤甚驗乎所見不虚故書于屋壁普使見聞同發勝心共期佛慧自後照又依所見化竹林寺題額處建寺一區莊嚴精麗便號竹林焉又大曆十二年九月十三日照與弟子八人於東臺覩白光數四次有異雲靉靆雲開見五色通身光光内有圓光紅色文殊乘青毛師子衆皆明見乃霏微下雪及五色圓光徧於山谷其同見弟子純一惟秀歸政智遠沙彌惟英優婆塞張希俊等照後篤葦其心修鍊無曠不知其終絳州兵掾王士詹述聖寺記云

系曰佛成就三身必居三土顯正依報莊嚴故菩薩未雲國土名但云住處修淨佛國因隨生佛家故華嚴經有菩薩住處品焉經云唯佛一人居淨土此下不僭上也若八字陀羅尼經云文殊大願力與佛同境界境界淨則說法淨則三土義齊也問諸經中佛住王

舍城等可非住處邪通曰此義同名别或可上得兼下也又如兜率宮院是補處淨域寳陀落清涼支提等山皆是菩薩淨識所變刹土也若然者淨土與住處義同名異耳如法照入竹林聖寺見文殊淨境也諸於山嶺見老人童子等則穢土見聖人

唐清涼山祕魔巖常遇傳

釋常遇俗姓陰范陽人也出家於燕北安集寺襟懷灑落道貌清奇睎跡林泉避脫聲利大中四年杖錫離燕孤征朔雪祁沍千里徑涉五峯詣華嚴寺菩薩堂矚文殊睟容旋右手中指沃以香膏爇以星焰光騰半日怡顔宛然次徧遊聖境終始兩朞其所覩祥瑞不可勝紀後至西臺遇古聖跡曰祕魔巖乃文殊降龍之處也遇稽首之際忽見輕雲金光爛爛駭目漸分雉堞方勢如城咸曰金色世界也化事畢復問其處僧曰是地古德嘗止國贈金光照大師名節孤峻神異不測載録圖記人具爾瞻遇悲喜交感久而不已始結茅玆地滌慮澄神入三摩呬多四十九日鳥排華雨人萃香雲揚袂摳衣歸依若市乃剏興佛廟僧守十有七年不下山頂日以九會雜華五部等法翫味精課不遺寸陰覺聖力潛通道出凡境事或禮問他見莫尋士嚮庶歸克念如聖洎懿皇運末遇易舊規或拊掌大咍或擊石異語類不輕之海記同楚客之佯狂及禍發中原寇盜交騁夷撤宮壺鑾輅蒙塵因省師言其若合契矣時屬河東武皇遥嚮眞德就山致信追文德元年夏四月命憲州刺史馬師素傳意邀請遇曰浮世之寵

辱我何累哉堅拒遠徵確乎不拔以其年七月十八日召門弟子曰爾可檢護戒足好住餘生吾與汝決矣言訖儼然蟬蛻俗歲七十二僧夏五十一門人太文等哀慟哽絶龍紀初祀四月十八日闍維獲設利羅凡數十粒文公堅貯孝思旌建靈塔銜哀出入投詣天府武皇賵贈加等文武崇烈及嵐憲等州牧守例刻清俸俾助良因建乎墳塔即以九月二十五日封窆基隧也

唐成都府永安傳

釋永安眉州洪雅人也身裁幺麼面色黧黫言音鄙惡而識量寬舒大抵不可貲也大中八年三月中詣成都 云造謁府帥白公敏中請奏寺額以其足跛肩輿而至人皆未嘗見其登圊而旋溺也故時呼爲無漏師安置聖壽寺中且十日白中令俾差僧五六晝夜互守之而伺察焉內外飲食亦略同常人而無解衣去二行之意詳其十辰之積便旋何所畢不可知司徒白公奏額到日便辭歸眉郡判官盧求見之謂爲小沙彌耳人云此師年已八十餘矣

系曰蜀人謂安公爲無漏師者非也夫斷煩惱不復隨增故永無種習乃稱之無漏今以飲食之餘歸于九孔安公止二竅不流耳瑜伽云無内逼惱分也然其位次忍住難知啜茹如常何緣不流二竅觀夫對法論中有清淨依止住食示現依止住食二種則羅漢菩薩佛也若然者安公是示現依止住食雖食不食滓穢奚生必也正名以召其體哉

唐衢州靈石寺慧聞傳

釋慧聞信安人也多勸勉檀那以福業爲最常言未預聖位於五道中流轉非福何憑甞於濲江鑄丈八金身像州未聽許銅何從致且曰待大施主居無何有清溪縣夫妻二人将嫁資鑑來捨聞爲誓呪之曰此鑑鼓鑄若當佛心前乃是夫妻發心之至也迨脫摹露像果然鑑當佛心胷間矣又甞往豫章勸化獲黄金數鎰俄遇賊劫掠事急遂投金水中曰慮損君子福田請自撈攎捨聞聞去賊徒泳水求之不得及聞到州金冥然已在其院中若役人用匠不避譏嫌得物見多自提魚貫蔬肩飼工人焉又山路虎豹聞或逢之將杖叩其腦曰汝勿害人吾造功德何不入緣明日虎銜野猪投聞前弭尾而去凡舉事皆成歸信如流率多奇異焉

唐朔方靈武下院無漏傳

釋無漏姓金氏新羅國王第三子也本土以其地居嫡長将立儲副而漏幼募延陵之讓故願爲釋迦法王子耳遂逃附海艦達于華土欲遊五竺禮佛八塔既度沙漠涉于闐已西至葱嶺之墟入大伽藍其中比丘皆不測之僧也問漏攸往之意未有奇節而詣天竺僧曰舊記無名未可輙去此有毒龍池可往教化如其有驗方利涉也漏依請登池岸唯見一胡牀乃據而坐至夜將艾霆雷交作其怪物吐氣蓬敎種種變現眩曜無恒漏瞑目不揺譬如建木挺拔豈微風可能傾動邪持久乃有巨蛇驤首于膝上漏悲憫之極爲受三歸而去復作老人形來致謝曰蒙師度脫義無久居吾三日後捨鱗介苦依得生勝處

此去南有磐石是弟子捨形之所亦望閑預相尋遺骸可矣後見長偉而天矯僵于石上鄉寺僧咸默許之又曰必須願往天竺者此有觀音聖像禱無虛應可祈告之得吉祥兆可去勿疑漏乃立于像前入於禪定如是度四十九日身嬰虛腫略無傾倚旋有鼠兒猶彈丸許咋左脛潰黄色薄膿可累斗而愈漏限滿獲應群僧語之曰觀師化緣合在唐土心存化物所利滋多足倦遊方空加闇見不可强化師所知乎漏意其賢聖之言必無唐發如是却迴臨行謂漏曰逢蘭即住所還之路山名賀蘭乃憑前記遂入其中得白草谷結矛栖止無何安史兵亂兩京版蕩玄宗幸蜀肅宗訓兵靈武帝屢夢有金色人念寶勝佛於御前翌日以夢中事問左右或對曰有沙門行迹不群居于北山兼恒誦此佛號肅宗乃宣徵不起命朔方副元帥中書令郭子儀親往諭之漏乃爰來帝視之曰眞夢中人也迨乎羯虜盪平翠華旋復置之内寺供養諒乎猴輕金鎖鳥厭雕籠累上表章願還舊隱帝心眷重答詔遲留未遂歸山俄云示滅焉一日忽於内門右闔之上化成雙足形不及地者數尺閽吏上奏帝乘步輦親臨其所得遺表乞歸葬舊隱山之下即時依可葬務官供乃宣御門扇置之設奠遣中使監護卤簿送導先是漏行化多由懷遠縣因置廨署謂之下院喪至此神座不可輒舉衆議移入構別堂宇安之則上元三年也至今眞體端然曾無變壞所卧中禁户扇乃當時之現瑞者存焉

唐杭州靈隱寺寶達傳

釋寶達者不知何許人也適是名山高乎道望號刹利法師以持密呪爲恒務其院中有印沙牀照佛鑑往者浙江也驚濤巨浪爲害實深其潮大至則激射今湖上諸山焉達哀其桑麻之地悉變爲江遂誦呪止濤神之患一夜江濤中有偉人玄冠朱衣導從甚繁而至謂達曰弟子是吳伍員復仇雪恥者非他人也師慈心爲物員已聞命矣言訖而滅明日寺僧怪問昨夜車馬之喧爲誰具言其事其冥感神理多此類也自爾西岸沙漲彌年還爲百姓殖利時所推稱翕然敷化後罔知所終

系曰印沙牀者何通曰有道之士居山必非寶器疑其範築江沙巧成坐榻歟照佛鑑者何通曰即鑑燈耳以其陸鴻漸貞元中多遊是山述記記達師節儉而明心之調度也

唐代州北臺山隱峯傳亡名鴝鳩和尚

釋隱峯俗姓鄧氏建州邵武人也稚歲憨狂不佝父毋之命出家納法後往觀方見池陽南泉禪師令取澡罐提舉相應爲願公所許焉終認嗣馬禪師耳峯元和中言游五臺山路出淮西屬吳元濟阻兵違拒王命官軍與賊遇交鋒未決勝負峯曰我去解其殺戮乃擲錫空中飛身冉冉隨去介兩軍陣過戰士各覩僧飛騰不覺抽戈匣刃焉既而遊徧靈跡忽於金剛窟前倒立而死亭亭然其直如植時議靈穴之前當舁就蘒屹定如山併力不動遠近瞻覩驚歎希奇峯有妹爲尼入五臺嗔目咄之曰老兄疇昔爲不循法律死且

熒惑於人時衆已知妹雖骨肉豈敢攜貳請從恒度以手輕攘僨然而仆遂茶毗之收舍利入塔號鄧隱峯遺一頌云獨絃琴子爲君彈松栢長青不怯寒金礦相和性自別任向君前試取看

系曰僵屍累足於事一同立逝坐亡爲修三昧此者頭搘厚載履蹈青冥逆恒理以難知諒是人而不測若斯倒置振古一人其妹尼之攘也若屈平爲女頦之詈焉如幻之功善權大矣或曰淮西之役唐書胡弗載隱峯飛錫解陣邪通曰小說所傳或得其實是故春秋一經五家作傳可得同乎

又漢州開化寺釋亡名先因入寺見瑞應交現遂誓捨身尅苦爲期忽於殿中焚香次俄覩地屋皆爲瑠璃色有菩薩乘五色雲下庭中曰汝極堅至必當得道吾來證汝亡名叩頭禮拜斯須不見寺僧至云學院內皆變瑠璃色嘆嗟不已其僧復勤節行焉

又鄧州有僧亡名年且衰朽游行穰鄧州間日食二鵓鴿僧俗共非之老僧終無避迴嘗饌羞之次有貧士求飡分其二足與之食食訖老僧盥漱雙鴿從口而出一則能行一則匍匐在地貧士驚怪亦吐其飯其鴿二足復全其僧實不食此禽自爾衆人崇重號曰南陽鵓鴿和尚也有嘆之曰昔青城山香闍梨飲酒啖肴然後吐出雞羊肉皆化作本形飛鳴而入坑穴中同也

唐興元府梁山寺上座亡名傳

釋亡名者不知何許人也居褒城西數十里號中梁山數峯迴負翠碧凝空處于厰中行

終詭異言語不常恒見者弗驚乍親者可怪平常酷嗜酒而食肉麤重公行又綱任衆事且多折中僧亦畏焉號爲上座時群緇伍一皆傚習唯此無懼上座察知而興嘆曰未住淨心地何敢逆行逆行非諸人境界且世云金以火試待吾一日一時試過開成中忽作大餅招集徒衆曰與汝曹游尸陀林去蓋城外山野多墳塚人所棄屍於此故云也上座踞地舒餅裹腐爛死屍向口便啖傪快之狀頗嘉同游諸僧皆掩鼻唾地而走上座大叫曰汝等能餧此肉方可餧他肉也已自此緇徒警悟化成精苦焉遠近歸信時右僕射栁仲郢任梁府親往禮重終時云年可八九十眞影存于山寺至今梁益三輔間止呼爲與元上座云奇蹤異迹不少未極詳焉

系曰上座始則爾之教矣後則民胥効矣曾不知果證之人逆化於物終作佛事用警未萌故若歸其實乃對法論中諸大威德菩薩示現食力住故也如有妄云得果此例而行則如何野干鳴擬學師子吼者乎

唐太原崇福寺文爽傳

釋文爽不詳姓氏何許人也早解塵纓抉開愛網從師問道天然不睡縱困憊之極亦唯趺坐此行長坐頭陀也後獨棲丘隴間霖雨浹旬旁無童侍有蛇入爽手中蟠屈時有人召齋彼怪至時不赴主重來請見蛇驚懼失聲蛇乃徐徐而下回命往食爽辭過中不食終夕翌日有狼呀張其口奮躍欲噬咋之狀者三爽憫其饑火所熬復自念曰穢囊無恪施汝一飡願疾成堅固之身汝受吾施同歸

善會斯須狼乃弭耳而退及乎卒日空中鐘磬交響遲久方息門徒鄉人聚送殯之爾日有旛數十口蔽空前導異香普熏舉衆悲嘆如失恃怙焉

唐福州保福寺本淨傳

釋本淨者未詳何許人也道氣高抗人覩肅然響闔嶺多禪宗知識故歷參之聞長溪縣霍童山多神仙洞府乃經中所謂天冠菩薩領徒侶居此說華嚴性海法採樵者多聞天樂異香鳥獸之瑞然山中不容凡惡故多被斥逐淨入山結茅爲室有石穴謂之毒窟淨居于穴側其龍夭矯而出變現無恒遂呼召之而馴擾焉又諸猛虎橫路爲害採樵者不敢深入淨撫其頭誡約丁寧弭耳而去嘗清宵有九人冠幘袴褶稱寄宿盡納諸庵內明旦告辭偕化爲鶴鳴唳空中而去淨罔知其終也

唐成都府法聚寺法江傳 興善寺 興僧

釋法江者江東人也來遊岷蜀居于法聚寺寺即隋蜀王秀之造也寺內有仁壽中文帝樹舍利塔江以慈愍爲懷多逆知其來言無少慢嘗在房中謂門人曰外有萬餘人盡戴帽形且攣躩從吾乞救汝速出寺外求之不見人物弟子怪師之言何其倒亂徙倚之間有數十人荷檐竹器中螺子至江曰此之是歟命取錢贖之投于水中矣

又長安大興善寺本隋舍衛寺也至唐先天中火災殿宇蕩然唯遺基耳明慶中東明觀道士李榮者本巴西人也好事薄徒多與釋子爭競優劣榮來玄都觀因率黃冠指其灰

燼而嘲之曰道善何曾善言興且不興如來燒赤盡唯有一群僧僧中有憤其異宗譏誚者急慕勸重新締構復廣於前十二畝之地化緣雖日盈千萬計未能成僧衆搔首躊躕未知何理克成忽有一僧衣服麤弊形容憔悴負一破囊入緣言速了佛殿步驟而去啓視之則黃金也校秉之一千兩矣時人奇之由此檀施日繁殿速成矣

唐彭州九隴茶籠山羅僧傳

釋羅僧者蜀聖寺中得果位人也甞寢疾於五臺山同會僧人俱不測也而瞻視之曾無怠慢將及九旬而病愈臨訣之際曰深感所苦而煩看視今遂平復由師之力我住在劍外九隴郡之茶籠山爾異日遊方無忘相訪也暮歲而至蜀歷訪群峯徧訊老樵輩且曰未甞聞茲山名乃歎曰噫病禪之妄也將迴遇山童曰其是彼巖之聚沙者即前導而去俄覩殿塔儼空房廊環肅果值昔之卧病者迎門叙故日將暮矣而謂之曰茲寺非得漏盡通不能至此爾以我宿緣一諧遘止言寄宵乎斯爲未可爾其克勤修證至此胡難乃命舊童送師歸去其僧迴望但見巖壁峭峻杉檜森蒼而已則開成中也時悟達國師知玄著傳之次得僧可思尤閑地理命爲玄作他日安塋兆之地得景丹前峯其山若雉堞狀雖高低起伏而中砥平俄有里人耆老曰古相傳云茶籠山矣

唐明州奉化縣契此傳

釋契此者不詳氏族或云四明人也形裁腲脮蹙頞皤腹言語無恒寢卧隨處常以杖荷

布囊入鄽肆見物則乞至于醢醬魚葅纔接入口分少許入囊號爲長汀子布袋師也曾於雪中卧而身上無雪人以此奇之有偈云彌勒眞彌勒時人皆不識等句人言慈氏垂迹也又於大橋上立或問和尚在此何爲曰我在此覓人常就人乞啜其店則物售袋囊中皆百一供身具也示人吉凶必現相表兆亢陽即曳高齒木屐市橋上豎膝而眠水潦則係濕草屨人以此驗知以天復中終于奉川鄉邑共埋之後有他州見此公亦荷布袋行江浙之間多圖畫其像焉

唐鄴都開元寺智晉傳

釋智晉不知何許人也少而英偉長勤梵學凡諸經論一聽入神其所講宣也音辯瀏亮每臨臺座自謂超絶所患者聽衆無幾處其以水傳器器器不空繫我獨無乃違佛意遂負箱帙徧歷名山以詢智者未至衡嶽寺憩息月餘嘗於寺開齋獨自尋繹疏義復自咎責曰所解義理莫違聖意乎沉思兀然偶舉首見老僧振錫而入曰師讀何經論窮何義理晉疑其名嶽之内車轍原中羅漢混凡曾何可測乃自述本緣因加悔責又曰儻蒙賢達指南請受甘心鈐口結舌不復開演矣老僧笑曰師識至廣豈不知此義大聖猶不能度無緣之人況其初心乎師只是與衆生無緣耳晉曰豈終世若此乎老僧曰吾試爲爾結緣遂問晉今有幾貲粮耶晉曰自北徂南裂裳裹足已經萬里所賷皆罄竭矣見受持九條衣而已老僧曰只此可矣必宜鬻之以所易之直皆作糜餅油食之調晉如言作之

約數十人食遂相與至坰野之中散掇餠餌焚香長跪呪曰今日食我施者願當來之世與我爲法屬我當教之得至菩提言訖烏鳥亂下啄拾地上螻螘蠅蠻莫徵其數老僧曰爾後二十年方可歸開法席今且周遊未宜講說也言訖而去習由是精進道力不倦研摩義味滋多志在傳授至二十年却歸河北盛化鄴中聽衆盈千數人皆年二十已來其老者無二三人焉

系曰中有末位變定難移今世所修必招當果今智習依異僧之教令二十年後待聽徒一如其言如此則當生修當生果故弗誣矣詩曰俟河之清人壽幾何將知永壽之人河清屢見矣

唐鳳翔府甯師傳

釋甯師者岐陽人也亡其名時以姓呼之耳往來無恒止出處如常僧昭宗即位初年居山寺中忽暴終安卧體暖忽忽如爛寢焉僧徒環守不敢殯斂三日而穌衆驚奔問之曰我爲冥司追攝初見一判官云和尚壽在而無禄乃召吏語之與檢覆吏曰只有乾荷葉三石因令注於簿又命一人引之巡歷觀遊去乃入一門見數殿各有牓於是徙步至一殿署云李克用於牖間窺有一黒龍眇一目中立鐵柱連鎖縶維之次一殿署曰朱全忠乃青犢白額虎鎖繫如初而前有食噉人血狼藉之狀次署曰王建黄金牀上卧一白兎焉次署曰李茂貞具冠冕如王者左右數侍女焉次署曰楊行密窻牖庳黒不能細瞻問使者曰此諸怪狀者何邪曰將來王者也旁

廂數殿望之黷黷使者不容引去還至本所判官廳事謂使者曰好送師廻但多轉念功德經寗問曰孰是功德經曰金剛般若是歟此經冥間濟拔功力無比及乎穌醒四顧久之乃述前事聞者駭然遂聞于官後歧帥怪宏迂而妄都不之信厥後茂貞果封秦王李克用枉濫殺戮號獨眼龍也朱氏革于唐命殘害安忍傳翼擇肉非虎而何蜀王建屬兔阻兵自固天祐丁卯僭偽號以金飾牀也諸皆符合寗自此每斷中唯荷葉湯而已其諸食饌逆口不飡秦隴之人往往請寗入冥預言吉凶更無蹉跌或請齋爭辦淨池嫩荷號爲入冥和尚終于歧下

系曰入冥之說與夢略同穆王將化人歡宴秦穆得上帝翦鶉形在人間神游上界前言既發後事必然是知六候八徵諒非虛也寗師入冥與後唐馬珣見天符下以潞王爲天子無異寗所見殿中物象題牓終符其述謂之爲夢想夢想有徵謂之爲神遊神遊不謬將知覺夢惟一明昧有殊如攝論云如夢等覺時一切處唯有識也有若古莽國多眠五旬一覺以夢爲實以覺爲妄若然者覺之所爲爲夢之先兆也而取實於夢中眞實也夢覺反用其猶一歟寗師非妄者果梁華唐命二李王楊皆與天子抗衡諸殿遠望者得非餘割據群雄偏覇者乎所食荷葉與隋僧法慶同故幽冥等録中康何德次李山龍入冥而返說事皆驗焉經云猶如睡夢人知一切諸物有身不移本處是也

宋高僧傳卷第二十一

音釋

習皮變切丱古患切丫角也恍憿恍火廣切憿尺養切恍憿驚貌鑁
居縛切大鉏也斸朱玉切鋤也啜姝悅切飲也衄女六切心挫也鞏
古勇切固也沍胡故切寒凝也睟雖醉切清和潤澤也呬火利切咍
呼來切笑也撤直列切除去也鋭輸芮切解也賵芳貢切贈死物也
窆陂驗切下棺也隧徐醉切墓道也幺於宵切小也䵟古旱切面上黑
䵟也圊七情切溷也瀫古祿切水名摹莫胡切規範也鎰羊質切二
十四兩為鎰艦音檻海船也闐徒年切于闐國名僵居良切仆也
咋陟格切齧也盪徒朗切蕩除也闔胡臘切門扉也鹵簿鹵龍五切
簿伴姥切車駕行羽儀雙道謂之鹵簿憨呼甘切愚癡也侚松閏切從也
僨方問切僵也搘章移切柱也柱音注嬃相俞切女嬃屈平之姊也抉
古穴切擿抉也憊蒲拜切病也呀虛加切張口也熬五刀切乾煎也幘
側華切髻巾也覆褶達協切裕也攣躚攣呂員切拘攣也躚巨員切曲
也躇躅躇陳如切躅直朱切躇躅猶豫也腲腇腲烏罪切腇乃罪切
腲腇肥大也瀏力救切清也繄於計切發語詞蠁許兩切蟲也縶

陟立切絆也鞟苦郭切皮也庳賓彌切卜也蹉跌蹉七何切跌徒
結切鶉常倫切潞洛故切國名

宋高僧傳卷第二十二

宋左街天壽寺通慧大師賜紫沙門賛寧等奉　勅撰

感通篇第六之五正傳十三人 附見五人

後唐韶州靈樹院如敏傳

釋如敏閩人也始見安禪師遂盛化嶺外誠多異迹其爲人也寬綽純篤無故寡言深憫迷愚率行激勸劉氏偏霸番禺每迎召敏入請問多逆知其來驗同合契廣主奕世奉以周旋時時禮見有疑不決直往詢訪敏亦無嫌忌啓發口占然皆准的時謂之爲乞願乃私署爲知聖大師初敏以一苦行爲侍者頗副心意呼之曰所由也一日隨登山脊間却之潛令下山迴顧見敏入地焉苦行隱草中覆其形久伺之乃出往迎之問曰師焉往乎曰吾與山王有舊邀命言話來如是時或亡者乃穴地而出嚴誡之曰所由無宜外說洩吾閑務後終于住院全身不散喪塔官供今

號靈樹禪師眞身塔是歟

系曰靈樹如遇大安必壽臘綿長出入常限疑此亦所聞異辭矣

後唐天台山全宰傳

釋全宰姓沈氏錢塘人也孩抱之間不喜葷血其母累覩善徵勸投徑山法濟大師削染及修禪觀亭亭高竦不雜風塵慕十二頭陀以飾其行諺曰宰道者焉迨乎諸方叅請得石霜禪師印證密加保任入天台山闇巖以永其志也伊巖與寒山子所隱對峙皆魑魅木怪所叢萃其間宰之居也二十餘年惡鳥革音山精讓窟其出入經行鬼神執役或掃其路或侍其旁或代汲泉或供採果時時人見宰未甞言後天成五年徑山禪侶往迎歸鎮國院居終于出家本院焉

晉巴東懷濬傳

釋懷濬者不知何許人其爲僧也憨而且狂乃逆知未兆之事其應如神乾寧中無何至巴東濬且能草聖筆法天然或於寺觀店肆壁書佛經道法以至歌詩鄙俚之詞靡不集其筆端矣與之語阿唯而已里人以神聖待之刺史于公患其惑衆繫獄詰之乃以詩通狀辭意在閬川之西東然章句靡麗州將異而釋之又詳其旨疑在海中得非杯渡之流乎行旅經過必維舟而謁焉辯其上下峽之吉凶貿易經求物之利鈍客子懇祈唯書三五行終不明言其事徵密驗時荆南大校周崇賓謁之書遺曰付皇都勘爾後入貢因王師南討遂縶南府終就戮也押牙孫道能謁之書字曰付竹林寺其年物故營葬於古竹

林寺基也皇甫鉉知州乃畫二人荷杖一女子在旁尋爲取民家女遭訟錮身入府矣有穆昭嗣者波斯種也幼好藥術隨父謁之乃畫道士乘雲提一匏壺書云指揮使高其牒衙推穆生後以醫術有効南平王高從誨令其去道從儒簡授攝府衙推屬王師伐荆州濬乃爲詩上南平王曰馬頭漸入揚州路親眷應須洗眼看是年高氏輸誠於淮海遂解重圍其他異跡多此類也甞一日題庭前芭蕉葉云今日還債業州縣無更勘窮往來多見殊不介意忽爲人所害身首異處刺史爲其荼毗焉

晉閬州光國院行遵傳

釋行遵福州閩王王氏之仲子後唐莊宗即位入洛進方物因留京邸同光末會明宗將入兵亂相仍乃自翦飾變服爲僧寓身巴蜀逮晉開運中狀貌若七十餘然壯力不衰或詢其年臘則必杜默於閬中寓光國禪院院徒以律法住持人不之知遵之能否有李氏子家命齋飲噉之次欻起出門叫譟若有所責謂李曰今夜有火自東南至于西北街鄰居咸令備之是夕果然煨燼無遺衆聚問其故曰昨一婦女衣紅秉炬而過老僧恨追不及耳又於趙法曹家指桃樹下云有如許錢不言其數趙乃召人發之畚鍤方興適遇客至爲家僮所取喧喧之際盡化爲青泥人各爭得百餘後圬墁之門壁壞往往而有焉遵或經人塚墓知其家吉凶至於風角鳥獸聞見之間預言災福後必契合故州閭遠近咸以預言用爲口實終于晉安王山緇徒爲其

荼毗焉

晉襄州亡名傳

釋亡名不知何許人也觀方問道不憚艱辛勝境名山必約巡訪矣天福中至襄州禪院挂錫與一僧循良守法同九旬禁足其人庠序言多詭激稱名曰法本朝昏共處心雅相於若久要之法屬焉法本云出家習學即在鄴都西山竹林寺寺前有石柱他日有暇必請相訪其僧追念前約因往尋問洎至山下村中投一蘭若止宿問彼僧曰此去竹林寺近遠僧乃遥指孤峯之側曰彼處是也古老相傳昔聖賢所居之地今但有名存耳故無精廬淨舍立佛安僧之所也僧疑之詰旦而往既覩竹叢叢中果有石柱泩然不知其涯涘僧憶法本臨別之言但扣其柱即見其人遂以小杖擊柱數聲乃覺風雲四起咫尺莫窺俄爾豁開樓臺對聳身在三門之下遂巡法本自內而出見之甚喜問南中之舊事説襄鄧之土風乃引度重門升祕殿領參尊宿若綱任焉顧問再三法本曰早年襄陽同時禁足曾期相訪故及山門也尊宿曰善可飯後請出在此無座言無凡僧之位次也食畢法本送至三門相別既而天地昏暗不知所向頃之宛在竹叢石柱之側餘並莫覩其僧出述其事罔知伊僧其終焉

系曰入竹林僧何人也通曰遇仙之士亦仙之士聖寺之遊豈容凡穢一則顯聖寺之在人間一則知聖僧之參緇伍無輕僧寶凡聖混然此傳新述於數人振古已聞於幾處且如北齊武平中釋圓通曾瞻講下僧病其僧

夏滿病差約來鄴中鼓山竹林寺事跡略同此蓋前後到聖寺也

漢洛陽告成縣狂僧傳曹和尚

釋狂僧者晉開運中徧於邑下乞石礦灰曰夜驅荷入大小留二山中謂行人鄉叟曰要造宮闕然莫之測也皆謂爲風狂有何准據如是運至數千石封閉甚固其後鄉人不意此僧絶乎蹤跡屬乾祐初漢祖旣入今東京即位不逾年而崩當是時也詔卜睿陵於大留山下計慮者云甎瓦數百萬此山之內可陶而燒其如礦灰烏可得乎俄有里胥曰此地元有僧積藏灰可數千石准用應足按行使山陵畢用無孑遺其僧也非狂由此方證之矣又鎮州釋曹和尚者恒陽人也不常居處言語糾紛敗襦穿屨垢面黷膚號風狂散逸之倫也齊趙人皆不測而多重旃或召食食畢默然而去其狀猶不醉而怒歟府帥安重榮作鎮數年諷軍吏州民例請朝廷立德政碑碑石將樹之日其狀屹然曹和尚指之大笑曰立不得立不得人皆相目失色主者驅逐曹猶口不絶聲焉至重榮潛萌不軌秣馬利兵垂將作逆朝廷討滅碑尋毀之凡所指斥猶響答聲也後不測所終

周僞蜀淨衆寺僧緘傳大慈寺亡名

釋僧緘者俗名緘也姓王氏京兆人少而察慧辭氣絶羣大中十一年杜審權下對策成事祕書監馮涓即同年也乾符中巢寇充斥隨流避亂至渚宮投中令成汭汭攻淮海不利遂削髮出家屬雷滿據荊州襄州趙凝攻破之梁祖遣高季昌誅滅焉江陵遂屬高氏

緘避地夔峽間後唐同光三年入蜀尋訪馮涓已死矣遂居淨衆寺而髭髮皓然且面色紅潤逍遥然人不測其情僞有華陽進士王處厚者乙卯歲於僞蜀落第則周顯德二年也入寺寫憂於松竹間見緘緘曰得非王處厚乎處厚驚曰未嘗相押何遽呼耶緘曰偶知耳遂説本唐文宗大和初生止今一百三十餘載矣處厚曰其身跡奚若子將來之事極於明年而今而後事可知矣意言蜀將亡也囑令勿洩明日再尋杳沉聲跡一日復扣關自來云暫去禮峨嵋結夏於黑水方還緘於桉頭拈文卷覽之則處厚府試賦藁曰考乎眞僞非君燭下之文何多誑乎遂探懷抽賦藁示之此豈非程試眞本乎處厚驚竦不已乃曰僕試後偶加潤色用補燭下倉卒之過也師何從得是本也緘曰非但一賦君平生所作之者皆貯之矣明日訪之携處厚入寺之北隅同謁故太尉幽公杜琮之祠坐於西廡下俄有數吏服色厖雜自堂宇間綴行而出降階再拜緘曰新官在此便可庭參處厚惶懅而作緘曰此輩將爲君之驅策又何懼乎寧知泰山舉君爲司命否仍以夙負壯圖未酬前志請候登第後施行復檢官禄簿見來春一牓人數已定君亦預其間斯乃陰注陽受也策人世之名食幽府之禄此陽注陰受也處厚震駭不知所裁但問明年及第人姓名爲誰耶緘索紙筆立書一短封與之誡之嚴密藏之脫洩禍不旋踵須臾吏散緘携手出廟及暝而去至春試罷緘來處厚家留一簡云暫還弊廬無復再面也後往寺僧

堂中問之已他適矣乃拆短封視之但書四句云周成同成二王殊名王居一焉百日爲程及乎牓出驗之有八士也二王處厚與王愼言也王居一焉惡其百日爲程處厚唯狎同年置酒高會極遂性之歡由是荒亂不起是夜暴亡同年皆夢處厚藍袍棍笏驅殿而行驗其策名之榮止一百二十日也詳其緘之生於文宗太和初也成身在宣宗大中王處厚遇之已一百三十餘歲也次僞王蜀城都大慈寺僧亡名恒諷誦法華經令人樂聞時至分衞取足而已身微所苦有示方藥伊僧策杖入青城大面山採藥泝溪越險忽然雲霧四起不知所適有頃見一翁僧揖之序寒暄問何以至此僧曰爲採少藥也翁曰莊舍不遠略迂神足得否僧曰迷方失路願隨居士少頃雲散見一宅宇陰森旣近翁曰且先報莊主人矣僧入門覩事皆非凡調問曰還齋否曰未食焚香且覺非常鬱悖請念所業經其僧朗聲誦經勉令誦徹部所饋齋饌皆大慈寺前食物齋畢青衣負竹器以香草薦之乃施錢五貫令師市胡餅之費翁合掌送出或問云此孫思邈先生也到寺已經月餘矣其錢將入寺則黄金貨泉也王氏聞之收金錢別給錢五百貫其僧散施之將知仙民恒在名山次嘉州羅目縣有訴孫山人賃驢不償直乞追攝問小童云是孫思邈也縣令驚怪出錢代償其人居山下及出縣路見孫公取錢二百以授之曰吾元伺汝於此何遽怪乎得金錢僧不知其終所

周杭州湖光院師簡傳

釋師簡姓趙氏丹丘人也弗循戒範放肆恬然擁破納衣多誦詞偈好懸記杭越間災福初無信者驗猶合符於一行景淳山經地理別得徑門常言昔泰山道辯相塚得術餘無取焉喜爲人遷山相塚吉凶如其言居無定所多遊族姓家言腹飢便求雞肉餐此外得美酒啜數杯而去初無言謝然長於勒書大字題牌寺觀門額書成相之吉凶隨言久近驗之始居杭西湖旁院無疾而終後有行客自長沙市中見携手話舊寄言與崇壽院主汝先負錢若干今放汝我眠牀匊薦下層有紙裹肉脯屑必應腐敗爲棄之院僧依言果然見之因寫貌供養簡曾言吳頭屋巳後火化去及州南塔戊午歲被天火爇之應言無爽矣

宋明州乾符寺王羅漢傳

釋王羅漢者不測之僧也酷嗜彘肉出言若風狂後亦多驗云嘗曝衣有盜者將欲搴之低頭佯睡有物人就之乞終無吝色及開寶初年六月內忽坐終三日後漆布之忽聞兩頰間嗚咤聲皆云潰爛夜寄夢與數人曰布漆我昏悶如何開焉明日召漆工剥起肉色經白有圓粒舍利墮落收而供養至今肉身存于本寺時僧正贊寧作碑紀異漢南國王錢氏私易名爲密修神化尊者

宋潭州延壽院宗合傳道因

釋宗合閩越人也遊嶽泛湘以求知識焉其爲僧也介立而寡慾羣居終日唯笑而巳南楚之人且多信重後居延壽院故諫議大夫賈公玭判軍府聞之往謁見言話不接輿人

議曰得道之人豈入恒量度中耶贊乃堅請往文殊院住持爾日登座聊舉禪要而散明日告衆曰有故暫出諸賢不宜留難其裝束若行脚狀渡彭蠡至黃州驛前屹然立終遐邇奔競觀禮時馬鋪使臣爲營喪務造塔於立終處則開寶二年也今號眞身院是歟又澠池大安寺釋道因不知何許人也遊處澠池瀍澗之間自言出家人守儉則少于人與畜類爲同行則無是非盈耳嘗養一烏犬出入起卧不相忘捨每食以鐵鉢就火而炊糜熟與犬同食或前或後行止奇異人莫能測一旦僧亡犬亦坐斃今大安寺塑其像而肉身兩存開寶中也洛下崇信香華滿龕焉

宋卬州大邑靈鷲山寺點點師傳

釋點點師者不知何許人也孟氏廣政中隱卬南大邑山寺多遊鄽肆中雖事削染恒若風狂或與人接必指點而言故目是稱焉有命齋食者酒肉不問率以爲常俚人亦不之厭也日之夕矣乃市黃白麻紙筆墨寘懷袖以歸行數里沈酣而至暝矣所居之室雖有外戶且無四壁入後闔扉人不得造初隣僧小童躡足伺之見秉燭箕踞陳紙筆於前訶責大書莫曉其文字往往咄嗟如決斷處置久之明闇間熟視閃爍若有人森列狀如曹吏則襦裳非世之服飾觀者怖懼而退詰旦微詢其事怒而弗答居數載卬筰之人咸神異之後不知其終

系曰點點師而能劾鬼別無髙絜軌生物善亦與古人判冥司事者同邪通曰所作在心如不從正道力中生則與五斗米道同如不

從有心符禁中起則感鬼神歸信驅策之耳故善戒經云若須神通應感化度爲示神足莊嚴論中菩薩以神通變化而爲戲喜又或此是辟支行位人也故論云獨覺依彼彼村落乞食以身濟度不以語言示現種種神通境界爲令誹謗者歸向故

宋天台山智者禪院行滿傳

釋行滿者萬州南浦人也羈貫成童厥性明黠篤辭所親求爲佛子受戒方畢聞重湖間禪道隆盛石霜之門濟濟多士遂往求解屬諸禪師棄代滿往豫章觀諸法席既得安然次聞天台靈聖之跡由是結束遊之棲華頂峯下智者院知衆僧茶竈見人怡懌居幾十載未覩其愠色卧一土牀空其下燒糞掃而煖之每日脫衣就牀則蚤虱蟄蟄焉唼之及饜飼得所還著衣如故或人潛捫其衣蚤虱寂無蹤矣先是居房檻外有巨松橫枝之上寄生小樹每遇滿出坐也其寄生木必婀婀而側時謂此樹作禮茶頭也或不信者專伺滿出則紛紛然滿去則屹立亭亭更無動揺雖隨衆食量少分而止四十年内人未見其便溺以開寶中預向人說我當行矣令衆僧念文殊名號相助默焉坐化春秋年可八十餘滿多作偈頌以唱道焉

宋魏府卯齋院法圓傳鑛師　李通玄

釋法圓俗姓郝眞定元氏人也宿殖之緣出塵無滯後唐長興二年投本府觀音院勤勤誦習師與落髮問歲受滿足戒後策杖負囊巡禮諸方至韶山挂錫看大藏經焉晉開運三載却來本生地寓天王院越來年契丹犯

闕戎王耶律德光迴至常山欒城而死永康王兀谷代爲蕃國之主時旋軍自鎮州董戎北返留酋長麻荅耶律解里守于下京即常山也晉之臣寮兵士盡在斯矣漢兒將帥謀逐醜虜其計未決兩分街巷漢人在蕃之中者蕃人先發無少長皆被屠戮之天王院八僧殊死圓預其數也其時見殺者尤衆初圓引頸兩受刃如擊木石然圓呼曰猛乞一劒遂身首異處至暮圓如夢中忽覩晚照亦微悟被戮意之自謂死已冥寞亦見日月逡巡舉一臂試捫其頭乃覺如故再三疑之不敢摇動慮其分落也又謂血凝所綴重捫之遶頸有痕縫如線許大終身如此時城中既逐出蕃部稍定傍人扶起詰朝歸院院僧方將食粥見圓謂爲鬼物一皆奔散遲久審得其實喜言再生遠邇觀禮且歎希奇常山之人競陳供施圓自後復往諸方居無定所暨周顯德中寓大名府成安縣邪齋院温尋藏教以開寶六年忽謂衆曰人生虛幻何能久長物極則遷生死涅槃必無少別遂不數日而長逝黒白之衆若喪所親及送就荼毗日感舍利若黍粟之皀粒焉春秋七十四法臘五十一時范魯公質親問圓厥由深加鄭重再詢履行則大藏經已兩過披讀矣又福州楞伽寺鏞師者海壇戍卒之子厥初母氏懷娠冥然不喜葷羴洎乎誕育歧嶷異常不嚌魚肉年及八歲甘嗜野菜若鉏斸種者即言殺傷物命每見家廚烹燀毛鱗則手掬沙灰投于爨鑊貴其不食自言開元寺塔隋朝中我造也多說未萌事後皆契合便請出家因披

法服頂有香氣如爇沉檀號爲聖僧時侍御史皇甫政爲留後請入府署因作肉餡子百數唯一是素者盤器交錯悉陳于前意驗其凡聖耳鑛臨蹉徑拈素者啖之餘者手拂而作時皇甫部曲一皆驚歎每出街巷衆人圍遶自言壽止十三當定歸滅至是果終遂於寺前火化傾城士女哭泣依輪王法樹浮圖焉復次唐開元中太原東北有李通玄者言是唐之帝胄不知何王院之子孫輕乎輕冕尚彼林泉舉動之間不可量度身長七尺餘形貌紫色眉長過目髭鬢如畫髮紺而螺旋脣紅潤齒密緻戴樺皮冠衣大布縫掖之制腰不束帶足不躡履雖冬無皴皸之患夏無垢汗之侵放曠自得靡所拘絆而該博古今洞精儒釋發于辭氣若鏗巨鐘而傾心華藏未始輟懷每覽諸家䟽義繁衍學者窮年無功進取開元七年春賫新華嚴經曳節自定襄而至并部盂縣之西南同頴鄉大賢村高山奴家止於偏房中造論演暢華嚴不出戶庭幾于三載高與鄰里怪而不測每日食棗十顆栢葉餅一枚餘無所須其後移於南谷馬家古佛堂側立小土屋閑處宴息焉高氏供棗餅亦至嘗賫其論并經往韓氏莊即冠蓋村也中路遇一虎玄見之撫其背所負經論搭載去土龕中其虎弭耳而去其處無泉可汲用會暴風雨拔老松去可百尺餘成池約深丈許其味香甘至今呼爲長者泉里人多因愆陽臨之祈雨或多應焉又造論之時室無脂燭每夜秉翰於口兩角出白色光長尺餘炳然通照以爲恒矣自到土龕俄有二

女子衣貲布以白布爲慘頭韶顏都雅饋食一奩于龕前玄食之而已凡經五載至於紙墨供送無虧及論成亡矣所造論四十卷總括八十卷經之文義次決疑論四卷綰十會果因之玄要列五十三位之法門一日鄉人聚飲酒之次玄來謂之曰汝等好住吾今去矣鄉人驚怪謂爲他適乃曰吾終矣皆悲泣戀慕送至土龕曰去住常也鄉人下坡迴顧其處雲霧昏暗至子時儼然坐亡龕中白色光從頂出上徹太虛即開元十八年暮春二十八日也報齡九十六達旦數人登山見其龕室內蛇虺塡滿莫得而前相與啓告蛇虺交散者少追感結輿迎于大山之北甃石爲城而葬之神福山逝多林蘭若方山是也葬日有二斑鹿雙白鶴雜類鳥獸若悲戀之狀焉大曆九年六月內有僧廣超到蘭若收論二本召書生就山繕寫將入汾川流行其論由茲而盛至大中中閩越僧志寧將論注於經下成一百二十卷論有會釋七卷不入注文亦寫附於初也宋乾德丁卯歲閩僧惠研重更條理立名曰華嚴經合論行於世人所貴重焉

系曰北齊內侍劉謙之隨王子入臺山焚身謙之七日行道感復丈夫相冥悟華嚴義乃造論六百卷久亡至李長者之化行晉土神變無方率由應以此身而爲說法也或曰李論中加乎十會經且闕焉依梵字生解可非迷名耶何長者說法之有通曰十會理有宜俟後到之經所解南無言離中虛也此配法觀心也若知觸物皆心方了心性故經云知

一切即心自性則成就慧身不由他悟此乃心境如如則平等無礙也觀李之判教該博可不知華言義耶嘗聞幽州僧惠明鴆諸僞經幷華嚴論同焚者蓋法門不相入耳僞經可爇李論難焚伊非小聖境界也亦猶楊墨之說與儒相違行方外者復憎孔孟水火相惡未始有極苟問通人分曹並進無相奪倫哉

論曰丹成轉數服則登仙慧鍊功夫驗之果證若或名未標於籙籍力未合於經王烏以輕舉此身出過凡世徒秪眩曜肉眼驚忙猿心所謂釋氏之儔高下異爾亦乃譬同羣象也牙能觝觸鼻善卷舒力却九牛奔過駟馬矣別有阿耨池岸香醉山陰象則鼓雙翼以飛騰用七支而巧便與夫海山之象百倍絕倫厥號鵠羅伐拏象中龍也諒知沙門有所感通斯之謂歟若夫能感所通則修行力至必有天神給侍是也能通所感則我施神變現示於他是也能所俱感通則三乘極果無不感通也昔梁慧皎爲傳創立神異一科此唯該攝究極位之聖賢也或資次徵祥階降奇特當收不盡固有缺然及乎宣師不相沿襲乃釐革爲感通蓋取諸感而遂通通則智性修則感歟果乃通也覈斯理長無不包括亦猶班固增加九流變書爲志同也復譬聖人重卦不亦愈於始畫者乎然則前不仰觀俯察後何變通此非宣師之能據嘉祥變例而能矣原夫室靜生虛白心靜則神通儒玄所能我道奚若引發靜慮自在現前法不喧囂萬緣都泯智門開處六通由是生焉動相

滅時五眼附茲照矣目連運用彰何第一之名那律觀瞻有是半頭之見迷盧入其芥子海水噏於毫端不思議時凡夫之心口兩喪神通生處諸佛之境界一如復次我教法中以信解修證爲准的至若譯經傳法生信也義解習禪悟解也明律護法修行也神異感通果證也孰言像末無行果乎亦從多分說也秖如檀特刻杖表侯景之西歸河秃指天知支襄之南面光師入安樂之行弟子證三昧之門泗上僧伽十九類身之應現萬迴尊者五千餘里之往來諸方更有其異名此刹彌觀其奇迹難拘定態莫檢恒形從願海而起身元惟智積自意生而分質素是康僧岸覩菩薩之迎生英致泰襄之就食留年不測示跡無方或揚化於數朝或受齡於三百或令竈祠而墮或得御笛而迴珪戒嶽神安敉唐相或漉龍兒而至或擎鎖骨而征入聖寺門認諸葛亮或神光出口或怪物沈河豐干識其文殊無相免其任俠夢送浮圖而渡海身分窰窟以安禪或放毫相之光或令公主之誕或獲珠之爍爍或擾虎之眈眈或記宰臣或移巢鵲壽過百歲身隱五臺或識草書或求聽衆或隱形而留影或見母而便生或題異辭或語虓獸記韋公之滅度驚張瀆之夜歸不濡其服而渡溪不泄其穢而恒食或倒立而死或直吐其鳩或身首異處而還連或半年坐亡而復起若以法輪啓迪多作沙門之形設如異迹化成或作老叟之貌寒山拾得瘡痍可惡疥癘堪嫌或逆逜於恒流或譸張於下類伊皆難測孰曰易知將逆取順之由

反權合道之意耳或曰感通之說近怪乎對
曰怪則怪矣在人倫之外也苟近人情之怪
乃反常背道之徒歟此之怪也非心所測非
口所宣能至其涯畔矣今神仙鬼物皆怪者
也仙則修鍊成怪鬼則自然爲怪佛法中之
怪則異於是何耶動經生劫依正法而修致
自然顯無漏果位中之運用也知此怪正怪
也在人情則謂之怪在諸聖則謂之通感而
遂通故目篇也故智論云以禪定力服智慧
藥得其力已遂化衆生復置世界於一毛疑
海水爲五味故曰緣法察境唯寂乃照始驗
佛門龍象間代一生出而攝諸不慙愧也矣

宋高僧傳卷第二十二

音釋

閬來宕切　錮古暮切禁也　畚鍤畚布忖切筥屬鍤竹洽切鍫也　圬墁圬於姑切墁謨官切圬墁塗墍也　襦如朱切短衣也　髭即移切口上鬚也　厖莫江切色不純也　咤丑亞切叱咤也　玼此氏切　蠡里弟切彭蠡湖名　澠彌兖切澠池縣名　瀍呈延切水名　筰疾各切筰西南夷也　劾胡得切按劾也　絜古屑切清也　嫋奴了切嫋皮動貌　酋慈秋切酋長魁帥之稱　皁在早切黑色也　胾側吏切肉臠也　嚌才詣切嘗也　燀齒善切炊也　爨初貫切炊爨也　䭔都回切　皴皵皴七倫切散也　皸舉云切凍裂也　奩力鹽切匣也　皺側救切砌也　繕時戰切繕寫也　翕許及切翕與吸同　窰余昭切燒瓦竈也　虓許交切虎吼也　逜吾故切相于逜也　譸職流切譸張誑也

宋高僧傳卷第二十三

宋左街天壽寺通慧大師賜紫沙門贊寧等奉勅撰

遺身篇第七 正傳二十二人 附見二人

唐汾州僧藏傳

釋僧藏者西河人也弱齡拔俗氣茂神清允迪循良恪居下位迨霑戒善密護根塵見仁祠必禮之逢碩德則盡禮苟遇僧俗施拜乃俯僂而走如迴避令長焉若當衆務也則同

淨人屈已猶臧獲焉見他人故衣則潛加澣濯別事紐縫至于炎暑乃脫衣入草莽間從蚊蚋蛸蛭唼齧蠆芥血流忍而汗洽而恒念彌陀佛號雖巧曆者不能定筭數矣確志冥心未嘗少缺及預知報盡謂瞻病者曰山僧多幸得諸天人次第來迎藏又言吾瞑目間往淨土聚諸上善人散花方迴此耳正當捨壽合掌念佛安然而終矣

唐漢東山光寺正壽傳　慥禪師

釋正壽者不知何許人也風儀峻整節槩高强肩錫曳囊宗師皆謁然以因緣相扣附麗有歸於南塔慥禪師門決開疑網容修資益後壽杜默于隨部山寺人皆不識時譙王重福者中宗次子也神龍初韋庶人譖云與張易之兄弟構成重潤之罪遷均州刺史容加防守不聽視事韋后臨朝添兵士捍衛及韋氏被誅睿宗即位轉集州刺史未行然忽忽不樂而歸心於慥禪師爲其造生藏塔舉高七十尺極爲宏壯于時慥師疾已危篤譙王使問師後孰繼高躅慥曰貧道有正壽在王問諸僧誰爲正壽或曰和尚有弟子在山光迹韜晦王遣使召到壽白慥師曰喜王爲檀越其塔已成其欲爲先試得否慥曰善爲吾試是時壽攝衣合掌入塔斂容瞑目結加趺坐便即滅度全身不散時號爲試塔和尚譙王聞已歎嗟終日曰弟子猶爾乃別議改圖爲慥禪師營構焉

系曰先人有奪人之心壽公先其慥矣夫直往者必能迴來也業累弗羈樊籠弗罩脫羈開罩生死自由既然自由已躋果位矣俗諦

觀之壽公出藍之青也矣而能秉心矯跡出
其師之前一日千里其是之謂乎

唐五臺山善住閣院無染傳

釋無染者不委氏族何許人也從中條山受
業講四分律涅槃經因明百法論善者從之
恒念華嚴經至說諸菩薩住處東北方金色
世界文殊菩薩與一萬聖衆從昔已來止住
其中而演說法或現老人或爲童子近聞佛
陀波利自西國來不倦流沙無辭雪嶺而尋
聖跡高宗朝至臺山思量嶺啓告扣禮乃見
老人即文殊也利雖云面接未決心疑令却
往西國取經詣金剛窟入文殊境界於今不
迴古德既爾吾豈無緣乎染乃從彼發跡徧
訪名公或遇禪宗窮乎理性或經法席探彼
玄微以貞元七年到臺山善住閣院時有僧
智頵爲臺山十寺都檢校守僧長之初也遂
挂錫棲心誓不出山每念文殊化境非凡者
之可勝豈宜懈怠冬即採薪供衆夏即跣足
登遊春秋不移二十餘禩前後七十餘徧遊
歷諸臺覩化現金橋寶塔鍾磬圓光莫窮其
際且曰松栢之鼠不知堂宻中有美樅乎言
更有愈於諸瑞吾得少未爲足也最後於中
臺東忽見一寺額號福生內有梵僧數可萬
計染從頭禮拜遞互慰勞見文殊亦僧也語
染曰汝於此有緣當須荷衆勿得唐捐有願
無行而已言訖化寺衆僧寂無所覩染歎而
言曰覩茲靈異豈可徒然此危脆身有何久
固乃遵言廣興供施每設一百萬僧乃然一
指以爲記驗焉漸及五百萬數遐邇委輸若
海水之入歸塘焉及千萬供畢十指然盡迨

開成中白大衆曰吾於此山薄有因緣七十二徧遊諸聖跡人所不到吾皆至止又不出茲山巳報深願幸奠大焉奈何衰老今春秋七十四夏臘五十五及存餘喘欲於中臺頂上焚一炷香告辭十方如來一萬菩薩或息我以死誰甘相代況諸人等並是菩薩門人龍王眷屬蒔𢦏善種得住此山夙夜精勤覊勒三業龍華三會共結要期此時下山勿有留難合掌曰珍重而去衆初不喻其意皆言早廻㳙乃但攜餅錫惟𧬼名香遂命季氏趙華將蠟布兩端麤麻一束香汁一斗於中臺頂從旦至暮禮拜焚香略無暫憩都不飲食念佛虔誠聲無間斷巳至深更趙氏怪其所以陟彼崔嵬見㳙不移舊止轉更精專㳙謂趙曰吾有密願汝與吾助緣不得相阻爲取蠟布麻油將來纏裹吾身於夜半子時要然身供養諸佛吾若得道相度汝也趙氏諫之苦勸不止將布纏身披麻灌油從頂而煉言曰將吾灰骨當須飄散無使顯異趙氏一從其命略無移改從頂而煉至足方仆矣趙氏歎曰昔聞藥王然身今見上人奇哉痛哉後門人收眞骨於梵仙山南起塔至今在矣

唐成都府福感寺定蘭傳

釋定蘭姓楊氏成都人也本闤闠間兇惡屠沽類天與厥性悔往前非誓預六和化行三蜀當爾時也咸歸信焉造伽藍一號聖壽𡽱其緣未發乃藏於傭保中耳而父母早亡無資可以追往每遇諱辰蘭悲哭咽絶輒裸露入青城山縱蚊蚋蛸蠅唼咋膚體且云捨内財也用荅劬勞蜀中有黑白蟆形如粟吶人

口及肉而少見者次則刺血寫經後則煉臂至于拔耳剜目餧飼鷙鳥猛獸既而行步非扶導而觸物顛躓後有異人掌擊物若珠顆然內空背中斯須瞻矚如故冥告曰南天王還師眼珠矣遠近驚駭常謂人曰吾聞善戒經中名爲無上施吾願勤行速要上果矣大中三年宣宗詔入內供養仰其感應之故以優禮奉之弟子有緣恒執事左右六年二月中又願焚然肩髆帝累勸勉年耆且務久長修煉蘭不奉詔遂焚焉而絕有緣表請易名建塔勑謚覺性也塔號悟眞也蜀都止呼定蘭塔院于今香火不絕云

唐福州黃蘗山建福寺鴻休傳景先

釋鴻休不知何許人也神宇標挺玄機幹運居閩黃蘗山寺叢萃毳客示教之外侃然怡樂恒言宿債須償償盡則何憂何懼物我俱逍遥矣人皆不喻其旨及廣明之際巢寇充斥休出寺外脫納衣於松下磐石之上言曰誓不汙清淨之地而安詳引頸待刃刃下無血賊翻驚異羅拜懺悔焉門弟子景先闍維其屍收舍利七顆囊而寶之有篤信者以莜粒如數易之追之靡及遂往筮焉占之曰死生貴賤罔分吾卦在靡在之失寧失矣孰知其然也洎獲寘之于塔分之七粒緘于瑠璃器中瑩然光色時僧清豁著文作頌紀德焉

唐鄂州巖頭院全豁傳

釋全豁俗姓柯氏泉州人也少而挺秀器度宏遠而踈略禮清源誼公爲師往長安造西明寺照公與受滿足法即於左街保壽寺聽尋經律決擇綱宗毎成講導振錫南指詣武

陵德山藥病相應更無疑滯後居所鄰洞庭地曰卧龍乃築室而投憩焉徒侶影隨又居唐年山山有石巖巉崒立院號巖頭鄉凡所施用皆削繁總兀然而坐任衆圍繞曰汝何不思惟家中有多少事實於逆順之境證得超越之相者豁值光啓巳來中原多事諸侯角立狂賊來剽掠衆皆迴避豁惟晏如賊責彿供饋忿怒俾揮刃之曾無懼色當光啓丁未歲夏四月八日門人權葬葬後收焚之獲舍利七七粒僖宗賜謚曰清嚴塔號出塵葬事檀越田詠兄弟率財營構南嶽釋玄泰撰碑頌德提唱斗峻時號巖頭法道難其領會焉

系曰休豁二師何臨難無苟免乎通曰凡夫之難是菩薩之易經生累捨此烏慽哉昔安世高累累償債去若拂塵業累纔輕苦依身盡換堅固之體耳神仙或從刃殞者謂之劒解況其正修證果之人觀待道理不以不令終爲恥也

唐吳郡嘉興法空王寺元慧傳

釋元慧俗姓陸氏晉平原内史機之裔孫也父丹文林郎雲騎尉溫州糾曹慧即仲子也髫齡頴悟長而溫潤畏作枯龜思爲瘦鴈以開成二年辭親於法空王寺依清進爲弟子會昌元年往恒陽納戒法方習毗尼入禮五臺仍觀衆瑞二年歸寧嘉禾居建興寺立志持三白法諷誦五部曼拏羅於臂上爇香炷五年例遭澄汰權隱白衣大中初還入法門至七年重建法空王寺又然香於臂供養報恩山佛牙次往天台山度石橋利有攸往略

無憂虞焉咸通中隨送佛中指骨舍利往鳳翔重眞寺煉左拇指口誦法華經其指不踰月復生如故乾寧三年偶云乖悆九月二十八日歸寂于尊勝院報齡七十八僧臘五十八弟子端肅等奉神座葬之吳會之間謂爲三白和尚焉其禮拜誦持不勝其計如別録也

系曰煉大拇指火盡灰飛如何於焦炭之末骨肉隨生不久如故此與火中蓮華同種而異態耳何謂三白通曰事理二種一白飯白水白鹽事也二身不徧觸口誦眞經意不妄緣此三明白非黑業也故享此名歟

唐京兆菩提寺束草師傳

釋束草師者無何而至京兆平康坊内菩提寺其爲人也形不足而神俊吟嘯自得罕接時人且不言名姓常負束藁坐卧於兩廊下不樂住房舍或云此頭陀行也經數年寺内綱任勸其住房或有誚其狼藉曰爾厭我邪世不堪戀何可長也其夕遂以束藁焚身至明唯灰燼耳且無遺骸略盡汙塗之臭又無延燎驚咤之聲計其少藁不能焚此全軀既無孑遺然其起三昧火而自焚也衆皆稱歎民多觀禮焉京邑信士遂塑其灰爲僧形置于佛殿偏傍世號束草師禱祈多應焉

系曰處胎經中菩薩禪定攝意入火界三昧愚惑衆生謂爲菩薩遭劫火燒是也比丘實未及此無象此以惑人如能用少芻藁能焚巨骸則可信矣故書曰民無胥譸張爲幻吁哉

唐南嶽蘭若行明傳

釋行明俗姓魯吳郡長洲人也幼從師于本部後遊方問道然其耿介軒昂嘯傲自放初歷五臺峨嵋禮金色銀色二世界菩薩皆隨心應現由此登天台陟羅浮入衡嶽遊梓潼屬唐季湘之左右割裂爭尋常而未息靡有寧歲於是棲祝融峯下有終焉之志止七寶臺與玄泰布納爲交契其性之好惡泰亦罔抗其輕重焉嘗謂道友曰吾不願隨僧崖焚之於木樓不欲作屈原葬之於魚腹終誓投軀學薩埵太子超多劫而成聖果可不務乎屢屢言之都不之信忽於林薄間委身餧虎前爭競食之須臾肉盡時泰公收其殘骸焚之而獲舍利乃擷華酌水爲文祭之辭中明其勇猛能捐內財破慳法成檀度未捨已捨當捨三輪頓空取大果若俯拾芥焉

系曰佛勑比丘施衆生食二世順益感果非輕若其明公成大檀度遠慳貪也成大勇猛得無畏也成三輪空無爲功德也成難捨心淨佛土也一擲其軀其利博哉譬猶善賞者費少而勸多其是之謂乎

晉太原永和三學院息塵傳

釋息塵姓楊氏并州人也父遷貿有無營利而已其母氏嘗夢人服裝偉麗稱寄宵宿便覺娠妊生而有異童稚不羣每聞鐘唄之音凝神側耳年方十二因夢金人現奇之狀引之入精廬明旦告白二親懇求出家未允之前泣而不食父母憫其天然情何厭塞遂曲順之即投草堂院從師誦淨名經菩薩戒達宵不寐將周一祀捨本諷通年當十七便聽習維摩講席粗知大義及乎弱冠乃圓上品

執持律範曾無缺然年二十三文義幹通於崇福寺宗感法師勝集傳授復學因明唯識不虧敷演學徒頴脫者數人崇福寺辯才大師從式最爲高足於天祐二年李氏奄有河東武皇帝請居大安寺淨土院四事供養專覽藏教修鍊上生業設無遮大齋前後五會塵嘗以身飼狼虎入山谷中其獸近嗅而奔走又於林薄裸體以啖蚊蚋乃遊仙巖嶽寺養道棲神復看大藏經帀設齋然一指伸其報慶彼寺有聖觀音菩薩像長囑七燈香華供獻後被諸生就請下山城內傳揚大論四序無輟逐月設沐浴臨河就沼投飼水族以巳噠嚫旋贖羽毛沈潛高明以遂生性或施牢獄人食或賑惠貧乏或捐旛蓋於淨明金藏二塔後唐長興二年衆請於大安國寺後

建三學院一所供待四方聽衆時又講華嚴新經傳授於崇福寺繼暉法師由是三年不出院門一字一禮華嚴經一徧字字禮大佛名經共一百二十卷復煉一指前後計然五指時晉高祖潛躍晉陽最多欽重洎乎龍飛塵每入洛京朝覲必延內殿從容錫賚頗豐帝賜紫服并懿號固讓方俞塵闥鳳翔府法門寺有佛中指骨節眞身乃辭帝往岐陽瞻禮覩其希奇又然一指塵之雙手唯存二指耳續於天柱寺就楚倫法師學俱舍論方經數日微有疾生至七月二十七日辰時枕肱而逝俗年六十三臘四十四平常唯衣大布不蓄盈長六時禮佛未曾少缺朧坻之間聞其示滅黑白二衆具威儀送焚之得舍利數百粒弟子以靈骨歸于太原晉祖勑葬于晉

水之西山小塔至今存焉

系曰麈師捐捨詎能愈其精進乎脫落浮榮豈能勝其義解乎若然者不可以一名名矣厥猶瞻蔔華焉色黃而矣則眞金謝其色香芬而遠則牛頭愧其香多名生乎一體者其麈公歟

晉天台山平田寺道育傳

釋道育新羅國人也本國姓氏未所詳練自唐景福壬子歲來遊于天台遲迴而挂錫於平田寺衆堂中慈愛接物然終不捨島夷言音恒持一鉢受食食訖略經行而常坐脇不著席日中灑掃殿廊料理常住得殘羨之食雖色惡氣變收貯于器齋時自食與僧供漏浴煎茶遇薪木中蠢蠢乃置之遠地護生徧切所服皆大布納其重難荷每至夏首秋末日昳乃裸露胷背脞腨云飼蚊蚋蛸蛭雜色蟲螫齧至於血流于地如是行之四十餘載未嘗少廢凡對晤賓客止云伊伊二字殊不通華語然其會認人意且無差脫頂髮垂白眉亦尨焉身出紺赤色舍利有如珠顆人或求之隨意皆獲至晉天福三年戊戌歲十月十日終于僧堂中揣其年八十餘耳寺僧昇上山後焚之灰中得舍利不可勝數或有得巨骨者後唐清泰二年曾遊石梁迴與育同宿堂內時春煦亦燒榾柮柴以自熏灼口中嘮嘮通夜不輟或云凡供養羅漢大齋日育則不食人或見迎羅漢時問何不去殿內受供口云伊伊去或云飼蟲時見群虎嗅之盤桓而去矣

晉江州廬山香積庵景超傳

釋景超不知何許人也素持戒範若護浮囊性惟矢直言不面從及乎遊方役足選勝棲身至于廬峯便有息行之意惟誦法華鞠爲恒務九江之人且多景仰嘗禮華嚴經一字拜之計已三徧乃燒一指爲燈供養慶禮經周矣次禮法華經同前身膚内隱隱出舍利磊落圓瑩或有求者坐席行地拾之無筭天福中卒于庵中今墳塔在乎廬阜遊者致禮嗟歎而已

系曰言遺身者必委棄全軀如薩埵王子是歟今以指爲燈以肱擎炷何預斯例莫過幸否通曰煉指斷肱是遺身之加行也況復像末尤成難事其猶守少分之廉隅入循吏傳同也

晉鳳翔府法門寺志通傳

釋志通俗姓張氏右扶風著姓家之子也早知遺世克務淨門選禮名師登于上品諸方講肆徧略留心後唐之季兵革相尋自此駕巳東巡薄遊洛下遇嚩日囉三藏行瑜伽教法通禮事之乃欲陟天台羅浮遂辭三藏曰吾比求翻譯屬中原多事子議南征奈何路梗何通曰泛天壍其如我何三藏曰苟去吳會閒可付之梵夾或緣會傳譯通曰已聞命矣以天福四年巳亥歲天王錫命于吳越遂附海艦達浙中時文穆王錢氏奉朝廷之故具威儀樂部迎通入府庭供養於眞身塔寺安置施賚豐腆通請往天台山由是登赤城陟華頂既而於智者道場挂錫因覽西方淨土靈瑞傳變行迴心願生彼土生常不背西坐山中有招手石者昔智顗夢其石上有僧

臨海上舉手相招召之狀顗入天台見其僧名定光耳輪聳上過頂亦不測之神僧也及相見乃問顗曰還記得相招致否顗曰唯此石峻峙顧下無地通登此投身願速生淨土奮軀而墮一大樹中枝輭幹柔若有人扶接焉殊無少損乃再叩榼投之落于巖下蒙茸草上微有少傷遲久蘇矣衆僧謂爲豺虎所啖及見其循殗殜然昇就本道場初通去不白衆遂分人各路尋覓至螺溪民村有巫者言事多驗或就問焉神曰伊僧在西南方現有金鎧神扶衛不死我到彼神氣盡矣固難近也皆符協神言後往越州法華山默修淨業將欲化去所止房地生白色物如傳粉焉未幾坐禪牀而終遷座闍維有五色煙覆于頂上法華川中咸聞異香焉

系曰昔薄拘羅有五不死今通公二不死昔法充投千仞香爐峯而不亡通且同矣得非天龍負翼不損一毛乎而能延彼連持色心未斷者何俾其增修淨土業耳

晉朔方靈武永福寺道舟傳

釋道舟姓管氏朔方迴樂人也髫年聰雅庠序有儀雖誦詩書樂聞釋典決志出家于龍興寺孔雀王院爰得戒珠漸圓心月吟哦唄讚嘹亮可聽乃率信士造永興寺功成不宰辭靈帥韓公洙入賀蘭山白草谷立要持念感枯泉重湧有靈蛇游泳于中遂陟法臺談講也道俗蜂屯檀施山積讚唱音響可遏行雲獷悍之人若鵶鶵之革韻乃刺血畫大悲千手眼立像屬其亢陽則絕食瞑目要期雨之通濟方議充腸中和二年聞關輔擾攘乃

於城南念定院塔下斷左肱焚之供養大悲像願倒冒干戈中原塞上早見弭兵言畢迅雷風烈洪澍焉又嘗截左耳爲民祈雨復斷食七日請雪皆如其願至于畨洛無不祇畏以天福六年辛丑歲二月六日其夜未央結加趺坐留累門人方畢而絶享齡七十有八遺骸不散如入禪定遂加漆紵焉建隆中郭忠恕者博覽群籍小學尤長篆隸爲能多事凌轢因過投于北裔詢舟前烈著碑頌焉

漢洛京廣愛寺洪眞傳

釋洪眞姓淳于氏滑州酸棗人也幼悟塵勞決求出離介然之性雲鶴相高師授法華經隨文生解鎧甲精進伏其恚忿或霑檀施迴面捨旃誦法華經約一萬部詣朝門表乞焚全軀供養佛塔帝命弗俞時政出多門或譖云惑衆或言不利國家下勑嚴阻眞歎曰善根殖淺魔障尤强莫余敢止遂退廣愛寺盤捨衣盂作非時施願畢當年無疾坐滅經數日顔貌如生遷就荼毗唯舌根不壞益更鮮紅時衆觀之歎希有事春秋五十二伊洛之間重之如在

周錢塘報恩寺慧明傳

釋慧明俗姓蔣錢塘人也研覈三學漸入精微後登閩越殆至臨川禮文益禪師深符正理悟先所宗不免生滅情見後迴浙隱天台白沙立草寮有雪峯長慶之風到者皆崩角摧鋒謂明爲魔說漢乾祐中自山出時翠巖叅公率諸禪伯於僧主思憲院定其臧否明之口給無能挫衂尋漢南國王錢氏造大報恩寺請以住持假號圓通普照禪師然行玄

沙正眼非明曷能致此顯德中卒時酷暑俾欲葬之有弟子永安曰知師唯我也請焚之得舍利五色一皆圓淨初明煉指爲燈於天台供養後相繼燒三指而勤持課脇踈衽席時説法焉性且剛直言多忤物是其所短也

周晉州慈雲寺普靜傳

釋普靜姓茹氏晉州洪洞人也少出家于本郡惠澄法師暗誦諸經明持祕呪思升白品願剪青螺既下方壇而循律檢往禮鳳翔法門寺眞身乃於睢陽聽涉赴龍興寺講訓徒侶若鱸鮪之宗蛟龍焉又尤琴臺請轉梵輪安而能遷復於陳蔡曹亳宿泗各隨緣奬導迴於今東京揚化善者從之晉天福癸卯歲心之懷土還復故鄉遂斷食發願願捨千身速登正覺至周顯德二年遇請眞身入寺遂陳狀於州牧楊君願焚軀供養楊君允其意乃往廣勝寺傾州民人或獻之香果或引以旛華或泣淚相隨或唄聲前導至四月八日眞身塔前廣發大願曰願焚千身今千中之一也徐入柴庵自分火炬時則煙飛慘色香靄愁雲舉衆歎嗟羣黎悲泣享壽六十有九弟子等收合餘燼供養焉

宋衡陽大聖寺守賢傳

釋守賢姓丘氏泉州永春人也少而聰達淵懿沉厚誓投吉祥院從師披剪焉後遊學棲雲門禪師道場明了心決趨彼衡陽衆推説法納衣練若之人若百川之會于朝夕池矣賢不衣繒纊布衣皮袴而已度伏臘必無更易脇不著席唯坐藤牀瞑目通宵除有問者隨其啓發雍容自持乾德中告衆曰吾有債

願未酬心終不了明日入南嶽山投身飼虎弟子輩去尋見雙脛皮袴纏且存耳收闍維之得舍利無數報齡七十四今小浮圖藏遺體焉

宋天台山般若寺師蘊傳

釋師蘊金華人也厥性真率不好封植遇事屬情有多許直深龍德中與德韶禪師結侶遐征遊訪名師勝境至於北代清涼山冥心巡禮後登蒼梧野陟祝融峯然韶師或隨或否迴于浙來還棲息韶師法會其爲人也稠人廣衆往往滑稽有好戲噱者則狎之膠漆如也故高達之者置之於度外矣唯韶師默而識之謂人曰蘊公癡狂吾不測其邊際焉因有疾求僧作懺悔文誦經及密呪各論幾百藏爲度方知其密持之不懈甞謂道友曰吾生無益於人欲投宴坐峯下不然石梁下所願早預賢聖之儔也其道友多沮其計以開寶六年七月內無疾坐終如入禪定時炎蒸停屍二七日身無欹側竅無氣穢及遷神座就寺之東隅闍維煨燼中收舍利外舌根不壞灰寒拾之如紅芙蕖色柔輭可憐或曰伊僧別無奇異此物偶存乃重燔爇其舌隨同火色遲久還如蓮葉遂議結小塔于寺中緘藏後有不信者重燒鍛凡數十過矣蘊生不言姓氏年齒人以貌取之則年八十餘矣

宋杭州眞身寶塔寺紹巖傳

釋紹巖俗姓劉雍州人也母張氏始妊夢寤甚奇及生也神姿瓌偉至長也器度宏深七歲苦求出家於高安禪師十八進具於懷暉律師凡百經書覽同溫習自是遊諸方聖跡

洎入吳會棲息天台四明山與德韶禪師共決疑滯於臨川益公遂於錢塘湖水心寺挂錫恒諷持法華經無晝夜俄感陸地庭間生蓮華舉城人瞻矚巖亟命搴而蹂之以建隆二年辛酉經願云滿誓同藥王焚身以供養時漢南國王錢氏篤重歸心苦留乃止尋潛適投身曹娥江用飼魚腹會有漁者拯之云有神人扶足求溺弗可衣敷水面而驚濤迅激巖如坐寶臺然水火二緣俱爲未濟恒怏惋其懷乃於越法華山安置續召於杭塔寺造上方淨院以居之開寶四年七月有疾不求藥石作偈累篇示門徒曰吾誦經二萬部決以安養爲期跏趺坐亡享齡七十三法臘五十五喪事官供荼毗于龍井山獲舍利無筭遺骨若玉瑩然遂收合作石函寘于影堂大寧軍節度使贈太師孫承祐爲碑紀述焉

宋天台山文輦傳

釋文輦永嘉郡平陽人也邂逅求師受業于金華納具足律儀畢翹勤篤勵三乘之學一皆涂漸因往縉雲明昭禪師法會不事繁云揚眴之間決了無滯末遇天台山德韶禪翁唱宗一大師之道輦復諦受無疑不爲異緣牽轉故三十載隨韶師聽其進否嘗謂人曰悟入之緣猶蠖屈之於葉也食黃則身黃食蒼則身蒼其屈伸之狀無變吾初見明昭乃若是今學玄沙又如是此所謂殊塗而同歸今更取佛言爲定量之乃覽大藏經三周徧自是已來逍遙無滯以太平興國三年忽自操其斧言伐其檀巧結玲瓏重攢若題湊焉號曰浮圖中開戶入內趺坐自持火炬誓之

曰以此殘喘焚之供養十方佛諸聖賢言訖發焰亘空其煙五色旋轉氤氳猶聞誦經之聲須臾始絶觀者號哭灰寒收舍利不知顆數春秋八十四初聿嘗謂善建寺僧說吾死已無占伽藍可食之地弗如自焚供養望諸賢此時聚柴積下念佛助我往生只此相煩耳今善建寺中累石爲小塔焉

系曰小乘教以自殺犯重戒前諸方便罪是以無敢操炬就燎者然自殺二例一畏殺須結蘭吉二願往生强猛之心命終身往蘭吉可能作礙邪復次大心一發百年闇室一燈能破何罪之有是故行人無以小道而拘大根者乎

宋臨淮普照王寺懷德傳

釋懷德本江南人也髫年離俗謹愿飾身誦通法華經得度自爾雖登講肆終以誦持爲專務晚遊泗上禮僧伽塔像屬今上遣高品李神福賫旛華上供并感應舍利至葬于新塔下基深窟中德遂誓焚軀供養先罄捨衣囊供身之物齋僧一中然後自衣紙服身纏油蠟禮辭僧衆手持雙燭登柴積中發火誦經觀者莫不揮涕德至火熾熛高其身聊側猶微聞誦經之聲一城之人無不悲悼者淘汰舍利甚多乃太平興國八年四月八日也使臣回奏上爲之動容焉

論曰界繫之牢不無我所浮生之命連在色身皆自貴而輕他悉已多而彼少而增靳固但長慳貪若驪龍之吝珠猶犛牛之愛尾孔惜翠羽麝護香臍也其如儒氏彞倫孔門徽典以已私之肌體曰父母之髮膚不敢毀傷

恒知保慎復有好自標遇三年不見於門生且事尊嚴一坐不垂於堂廡及乎心遊方外教脕域中或大善之克成非小僁之能絆許友以死殺身成仁漸契不拘將鄰直道至有黜禮樂薄忠信去健羨飲淳和乃有洗耳辭禁抱石沉水與儒則一倍相反於釋則分寸相鄰佛乃爲物捐軀利生損命與其不拔脛毛爲利也伏臘殊時與其惜父母之親體也參辰各見如此乃驗教之深淺行之是非譬猶出泉貨而既多入息利而不少我世尊因地也初唯滅口次則脱身車服越共弊之心象馬過借人之乘輟食菜之地判受封之城用若拂塵捨猶脱屣復次晙膚待飫剜目副求或指然一燈或身均百鸞救羸虚之虎化長偉之魚因超劫歸彌勒之前先成佛享釋

迦之位皆從旋習始外財而終内財及熟善根變難捨而成易捨夫輟外財外財難捨難捨凡夫也捐内財内財易棄易棄菩薩也須知三世諸佛同讃此門是真實修是第一施豈不見僧崖菩薩安詳陟於柴樓大志道人慊愷焚其腕骨人皆難色彼有易容蓋累世之曾爲致今生之又捨捨而復捨估七寶以非珍空而又空以三輪之絶軌乘慈度岸是曰真歸得金剛堅固之身留玉粒馱都之應今之録也藏則當乎炎暑裸餧蚊蚋壽則試其浮圖坐中圓寂定蘭感天王而還眼鴻休拒大盜以償寃明飼獸而破慳超然燈而燼指加其舌根不壞身溺不沈入薪塔而自焚露赤軀而受咋以前諸德也念業異熟爲所依趣知身是幻幻體何憑悟質如漚漚形暫

起幻從心造假偽相尋漚散水澄浮沈互有是故大聖幾生所計小乘潤生盡期貴息苦依思除我倒非謂視同糠粃觀若塵臭譬之寄習學於茅廬附彎弧於土梁爲選登雲之路爲求出塞之功然後賜宅一區門羅八戟方云貴士始利封侯以其乳哺之囊轉得那羅之器亦復如是或曰用斯聲教化我中華得非韓吏部所患非楊即墨而況加其佛乎攻乎異端斯害孔熾對曰正談仁義則道德相懸正説苦空則忠言可薄還借韓之譬況坐井窺天非天之咎孔門大旨未能知生焉能知死莊子曰勞我以生息我以死若觀鼓盆而歌似知不死焉二教曾不言人死神明不滅隨其善惡業緣受報故有好醜若由業因也是用將麤易細以弱商强售覓陸之脆形博華鬘之珍服既熏當種而起現行生勝巳生報强前報剜肉眼而招佛眼割凡軀而貿金軀尼拘之子至微蘖車之形不少是爲真語非謂食言菩薩利他適足以學或曰夫行然鍊善人則不疑其有不善之人慣嘗刲割謂疼痛爲詼諧堪受凌遲謂炙炮爲戲劇或斆人而偶作或謔世而强爲此則裁何善根自求辛螫耳對曰雖則頑民喜忍惡少耐傷且經念以然燒或淺誠而餧飼冥招善報巳種良因以浮泛心得浮泛報昔有女子戲披袈裟婆羅門醉著法服其緣會遇道果終成也或曰義淨傳譯重累再三令勿然煉伊人親遊西域備熟方宜至乎教乘罔不詳究不許毀傷何邪對曰此專縛阿笈摩之教安能沮壞摩訶衍法耶設或略捨內財決定當

圓檀度故莊嚴論云若能施自身命則爲希有成菩薩檀度也將知四輪出世十善行時有道則堯下足淳民奉孝則曾家生令子我聖上踐祚之四載兩浙進阿育王盛釋迦佛舍利塔初於滋福殿供養後迎入內道場屢現奇瑞八年二月望詔於開寶寺樹木浮圖僅登千尺先藏是塔于深甃中此日放神光亘燭天壤時黑白衆中有煉頂指者有然香炷者宣賜物有差苟非大權菩薩大福天王安能激勸下民而捐身寶者乎直令此地螺髻見而珍寶成還覺其時鷲峯淨而土田變范雲綴史紀數色之徵祥王劭編文書幾州之葬塔隋分舍利唐瘞眞身比乎我朝田隴與鐵圍爭其疆畔耳此篇所載成傳開宗令能忍難忍之人既亡若在使捨身受身之者雖死猶生圖五芝於草木之前列四瑞於鱗毛之表詩曰儀刑文王萬邦作式者也

宋高僧傳卷第二十三

音釋

慥七到切 譙才笑切郡名 躅直錄切軌躅也 頵俱倫切 禩祥里切與祀同 樅七恭切木名柏葉松身 咂作答切齧也 躓陟利切跲也 眥疾智切目際也 斡烏括切轉也 巉鋤銜切巖巉高也 [illegible][illegible][illegible]窓偶切藍音憂與秸同不藁也 髂柯額切骨髂也 擷胡結切捋取也 噠嚫梵語也此云財施噠音達嚫初覲切 坻典禮切陵阪曰坻 湢彼側切 昳徒結切日昃也 脞腨脞部禮切腨市兗切 螫施隻切蟲行毒也 尨莫江切長也 榾柮榾古沒切柮當沒切榾柮木頭也 嘮丑加切 腆他典切厚也 顗魚豈切 榼口答切 殗殜殗於葉切殜直葉切殗殜病半眠起也 獷古猛切惡也 轢郎擊切踐也 鱣鮪鱣知連切鮪于美切

鱠鮪並魚名　鍛丁貫切煉也　蹂如又切踐也　熛必堯切火飛也　淘徒勞切澄汏也　犛莫交切長髦牛也　臠力轉切肉臠也　粃補履切不成粟也　炱堂來切炱煤灰也　彎烏關切挽也　刳空胡切剖也　窯餘招切燒瓦窯也　瘞於例切埋也

宋高僧傳卷第二十四

宋左街天壽寺通慧大師賜紫沙門贊寧等奉勑撰

讀誦篇第八之一 正傳二十一人 附見三人

隋行堅傳

釋行堅者未知何許人也常修禪觀節操惟嚴偶事東遊路出泰山日之夕矣入嶽廟謀之度宵令曰此無別舍唯神廊廡下可以然而來寄宿者必罹暴死之殃吾師籌之堅曰無苦不得已從之爲藉藁於廡下堅端坐誦

經可一更聞屋中環珮之聲須臾神出衣冠甚偉部從焜煌向堅合掌堅曰聞宿此者多死豈檀越害之耶神曰遇死者特至聞弟子聲而自死焉非殺之也願師無慮堅固延坐談說如食頃間因問之曰世傳泰山治鬼寧有之邪神曰弟子薄福有之豈欲見先亡乎堅曰有兩同學僧已死願得見之神問其名曰一人已生人間一人在獄受對不可喚來師就可見也堅聞甚悅因起出不遠而至一處見獄火光焰甚熾使者引堅入墻院中遙見一人在火中號呼不能言語形變不可復識而血肉焦臭令人傷心堅不忍歷觀愍然求出俄而在廟廡下復與神坐如故問曰欲救同學有得理邪神曰可能爲寫法華經必應得免旣而將曙神辭僧入堂旦而廟令視堅不死怪異之堅去急報前願經寫裝畢賫而就廟宿神出如初歡喜禮拜慰問來意以事告之神曰弟子知已師爲寫經始書題目彼已脫免今生人間也然此處不潔不宜安經願師還送入寺中言訖天曉辭決而去則大業年中也堅居處不恒莫知終畢

隋天台山法智傳

釋法智者不詳何許人也髫年離俗應法升壇松直淩空玉堅絕汙凡百講肆靡不留神晚歲以逕直之門莫如念佛每謂人曰我聞經言犯一吉羅歷一中劫入于地獄可信又聞經說一稱阿彌陀佛滅八十億劫生死重罪則末之信人難云何故生大邪見俱是佛言急須念佛久則三昧現前乃於國清寺兜率臺上晝夜精勤念佛忽預辭道俗云生西

方去令親識爲吾設齋終日於中夜無疾而化時有金色光明來迎照數百里江上船中謂言天曉遲久方明始知智之往生矣

唐京兆禪定寺慧悟傳

釋慧悟未詳氏族隱太白山中持誦華嚴經服餌松朮忽於一時見一居士來云相請居士騰身入空令悟於衣襟中坐攝以飛行至一道場見五百異僧翔空而至悟奄就末行居士語曰師受持華嚴是佛境界何得於小聖下坐遂却引於半千人之上齋訖居士曰本所齋意在師一人雖有五百羅漢來食皆臨時相請耳齋訖遂送還本處有如夢覺即高宗永徽年中也

唐京兆大慈恩寺明慧傳

釋明慧不知何許人也簡默恭己約志蠲明耐乎寒餒誓求大乘精進之鎧介躬睡眠之魔退跡是以初中後夜念誦經行時玄奘三藏在京兆北坊部玉華宮翻大般若經畢麟德元年示滅其夜子時慧旋遶佛堂忽見北方有白虹四道從北亘南橫跨東井直勢貫慈恩塔院歷歷分明慧心怪焉即自念曰昔如來滅度白虹十二道從西貫于太微於是有雙林之滅今有此相將非玉華法師有無常事邪申旦向衆述其所見衆咸怪之至九日凶問至京正符所見慧彌增篤勵老而無懈未知終所

唐太原府崇福寺慧警傳

釋慧警姓張氏祁人也少而聰悟襁褓能言二親鞠愛鄰黨號爲奇童屬新譯大雲經經中有懸記女主之文天后感斯聖莂酷重此

經警方三歲有教其誦通其含嚼紆鬱調致天然也遂徹九重乃詔諷之帝大悅撫其頂敕授紫袈裟一副後因出家氣貌剛介學處堅固充本寺上座拯頓頹綱人皆畏憚或於街陌見二衆失儀片招譏醜必議懲誡斷無寬理後修禪法虛室生白終時已八十餘齡矣九子毋院有遺影并賜紫衣存焉

唐太原府崇福寺崇政傳

釋崇政侯姓本府人也幼齡敏達固願出家誦經通一千餘紙耆宿嘆賞謂之爲經藏焉神氣沈約儀容整麗秀眉廣目挺志高奇雖通群籍所精者俱舍論相國王公縉躬請政宣講于時談叢發秀美曲流音屬聽無厭雖移辰歷晷謂如食頃焉其剖判尤長無得形似矣代宗皇帝下詔徵爲章信寺大德稱疾不赴終于本院春秋五十八云

唐太原府崇福寺思睿傳

釋思睿姓王氏太原人也夙通禪理復貫律宗慈悲仁讓忤無愠容睿素嬰羸瘵乃立志法筵專祈藥上恪勤不懈夀見感徵忽心力勇鋭辯猶缾注因誦十輪經日徹數紙翌日倍之後又倍之自爾智刃不可當矣開元中杖錫嵩少問道時義福禪師禪林密緻造難其人一言相入若石投水既飲甘露五載而還趺坐居定日不解膝遠邇擊問求其玄理如堵墻焉春秋六十六卒于所住院

系曰誦經不貴多要在神解慧警三歲通大雲經差爲奇俊崇政終通千紙得力在乎不奉詔赴章信新寺睿公諷徹十輪後咨禪道故經偈云雖誦千章不如一句者如渡溪杖

策到岸必捨焉

唐上都青龍寺法朗傳

釋法朗姑蘇人也禀質温潤約心堅確誦觀音明呪神効屢彰京闕觀光人皆知重龍朔二年城陽公主有疾沈篤尚藥供治無所不至公主乃高宗大帝同毋妹也友愛殊厚降杜如晦子荷荷死再行薛瓘既疾綿困有告言朗能持袐呪理病多瘳及召朗至設壇持誦信宿而安賞賚豐渥其錢帛珍寶朗迴爲對面施公主奏請改寺額曰觀音寺以居之此寺本隋靈感寺開皇三年置文帝移都多掘城中陵園塚墓徙葬郊野而置此寺至唐武德四年廢至此更題額朗壽終于此寺焉

唐河東僧衒傳 啓芳 圓果

釋僧衒并州人也本學該通解行相副年九十六遇道綽禪師著安樂集講觀經始迴心念佛恐壽將終日夜禮佛一千拜念彌陁佛八百萬徧於五年間一心無怠大漸告弟子曰阿彌陁佛來授我香衣觀音勢至行列在前化佛徧滿虛空從此西去純是淨土言訖而終時有啓芳法師圓果法師於藍田縣悟眞寺一夏結契念阿彌陁佛共折一楊枝於觀音手中誓曰若得生佛土者願七日不萎至期鮮翠也又夢在大池内東面有大寶帳乃飛入其中見僧云但專念佛並生此也又見觀音垂脚而坐啓芳奉足頂戴見一池蓮華彌陁佛從西而來芳問佛曰閻浮衆生依經念佛得生此否佛言勿疑定生我國也且見極樂世界平坦如鑑娑婆世界純是山川音樂寶帳直西而去有一僧名法藏御一大

車來迎芳見自身坐百寳蓮華成等正覺釋
迦牟尼佛與文殊讃法華經復見三道寳階
向西直往第一道階上並是白衣第二階有
道俗相叅第三階唯有僧也云皆是念佛人
往生矣芳果二師躬云已見云

唐荆州白馬寺玄奘傳

釋玄奘江陵人也通大小乗學尤明法華正
典別是命家自五十載中日誦七遍嘗因淨
室焚香感天人來傾聽齋講之時徵祥合沓
與道俊同被召在京二載景龍三年二月八
日孝和帝於林光殿解齋時諸學士同觀盛
集奘等告乞還鄉詔賜御詩諸學士大僚奉
和中書令李嶠詩云三乗歸淨域萬騎餞通
莊就日離亭近彌天別路長荆南旋杖鉢渭
北限津梁何日紓真果重來入帝鄉中書舍
人李乂云初日承歸旨秋風起贈言漢珠留
道味江璧返真源地出南關遠天迴北斗尊
寧知一柱觀却啓四禪門更有諸公詩送此
不殫録奘歸鄉終本寺焉

唐成都府靈池縣蘭若洪正傳 守賢

釋洪正俗姓常氏未詳何許人也居于岷蜀
間蘭若往因有疾所苦沉綿從復平寧發誓
恒誦金剛般若經日以二十過爲准精持靡
曠時鄰僧守賢夜坐見二鬼使手操文牒私
相謂曰取攝僧洪正一使曰爲其黙念般若
傍有大奇荷護無計近得又恚責限遲延今
別得計見有直府東門者姓常又與僧同名
復曾爲僧來共儞攝去以塞違殿也守賢聞
之驚異且志其事明日寄問門子常洪正已
死守賢先持彌陀經後改業焉洪正後不測

其終

系曰寧有同名異實者可互死耶業不可移此可移也與其俗巫畫肖已形言可以代衰厄同也通曰琰摩王或是菩薩以同名善者則捨不善者攝之此或是罪霜條晞正增年壽故得捨旃又其惡器方滿復當終期故斯取也苟以互實而取者行教化焉捨斯之外非常理所能知也已

唐沙門志玄傳

釋志玄者河朔人也攻五天禁呪身衣枲麻布耳行歷州邑不居城市寺宇唯宿郊野林薄玄有意尋訪名迹至絳州夜泊墓林中其夜月色如晝見一狐從林下將髑髏置之於首搖之落者不顧不落者戴之更取艻草隨葉遮蔽其身逡巡成一嬌嬈女子渾身服素練立于道左微聞東北上有鞍馬行聲女子哀泣悲不自勝少選乘馬郎遇之下馬問之曰娘子野外深更號咷何至於此耶女子掩淚紿之曰賤妾家在易水前年爲父毋娉與此土張氏爲婦不幸夫壻去載夭亡家事淪薄無所依給二親堂上豈知妾如此孤苦乎有一于此痛割心腑不覺哀而慟矣妾思歸寧其可得乎郎君何怪問之乘馬郎曰將謂娘子哀怨別事若願還鄉某是易定軍行爲差使迴還易水娘子可乘其麤乘女子乃收淚感謝方欲攀踏次玄從墓林出曰君子此女子非人也狐化也彼曰僧家豈以此相誣莫別欲圖之乎玄曰君不信可小住吾當與君變女子本形玄乃振錫誦胡語數聲其女子還爲狐走而髑髏草蔽其身乘馬郎叩頭

悔過非師之救幾隨妖死玄凡救物行慈皆此類也

唐鳳翔府開元寺元皎傳

釋元皎靈武人也有志操與衆不群以持明爲已務天寶末玄宗幸蜀肅皇於靈武訓兵計剋復京師爲物議攸同請帝即位改元至德及二年返轅指扶風帝素憑釋氏擇清尚僧首途若祓除然北土西河所推皎應其選召入受勑旨隨駕伏内赴京壽勑令皎向前發至于鳳翔於開元寺置御藥師道場更擇三七僧六時行道然燈歌唄讚念持經無敢言疲精潔可量也忽於法會内生一叢李樹有四十九莖具事奏聞宣内使驗實帝大驚喜曰此大瑞應四月十八日檢校御藥師道場念誦僧元皎等表賀答勑曰瑞李繁滋國之興兆生在伽藍之内足知覺樹之榮感此殊祥與師同慶皎之持誦功能通感率多此類加署内供奉焉

唐京師千福寺楚金傳

釋楚金程氏之子本廣平郡今爲京兆之盩厔人也母高氏夜夢諸佛因而妊焉生實法王之子也行素顔玉神和氣清七歲諷法華十八通其義三十構塔曰多寶四十入帝夢於九重玄宗覩法名下見金字詰朝使問罔不有乎于時聲騰京輦遂慕人構塔累級而成有同反掌嘗於翠微悟眞捫蘿靈阯乃曰此吾棲遁之所遂奏兩寺各建一塔咸以多寶爲名此外吟詠妙經六千餘徧寶樹之下髣髴見於分身靈山之中依俙覩於三變心無所得舌流甘露瑞鳥金碧棲於手中天樂

清泠奏于空際凡諸休應皆不有之乃曰法象王之法駕迴人主之宸睠承明三入揚法六宮后妃長跪於御筵天華分散而不著明皇題額肅宗賜旛蓋榮冠於一時亦庶幾於佛在也以乾元二年七月七日子時右脇示滅焉薪盡火滅雪顏如在昭乎上生於安養之國矣春秋六十二法臘三十七天子憫焉中使弔焉勑驃騎大將軍朱光輝監護即以其法葬于城西龍首原法華蘭若塔之初金髫年寫法華經不衣縑纊寒加艾納而已弟子慧空法岸浩然皆隨象王之子也紫閣峯草堂寺飛錫碑文吳通微書至貞元十三年四月十三日左街功德使開府邠國公竇文場奏千福寺先師楚金是臣和尚於天寶初爲國建多寶塔置法華道場經今六十餘祀僧等六時禮念經聲不斷以歷四朝未嘗旌德勑謚大圓禪師矣

唐台州湧泉寺懷玉傳

釋懷玉姓高丹丘人也執持律法名節峭然一食長坐蚤虱恣生唯一布衣行懺悔之法課其一日念彌陀佛五萬口通誦彌陀經三十萬卷至天寶元年六月九日俄見西方聖像數若恒沙有一人擎白銀臺從窻而入玉云我合得金臺銀臺却出玉倍虔志後空聲報云頭上已有光暈矣請跏趺結彌陀佛印時佛光充室玉手約人退曰莫觸此光明至十三日丑時再有白毫光現聖衆滿空玉云若聞異香我報將盡弟子慧命問師今往何刹玉以偈云清淨皎潔無塵垢蓮華化生爲父母我修道來經十劫出示閻浮厭衆苦一

生苦行超十劫永離娑婆歸淨土至說偈巳香氣盈空海衆徧滿見阿彌陀佛觀音勢至身紫金色共御金剛臺來迎至含笑而終肉身現在後有讚云我師一念登初地佛國笙歌兩度來唯有門前古槐樹枝低只爲挂銀臺一云是台州刺史段懷然詩也

唐兗州泰嶽大行傳

釋大行齊州人也後入泰山結草爲衣採木而食行法華三昧感普賢現身行自歎曰命且無常必歸磨滅未知來世何處受生遂入藏內信手探經乃獲西方聖教遂專心思念阿彌陀佛三七日間於半夜時忽覩瑠璃地心眼洞明見十方佛猶如明鑑中像後時詔行入內宮寢於御殿勑賜號常精進菩薩受開國公乃示微疾右脇而終葬後開棺見儀貌如生異香芬郁焉

唐洛陽廣愛寺亡名傳

釋亡名榮陽人也居止洛中廣愛寺以精習毗尼愼防戒法避其譏醜罕有缺然上元中東歸寧省路及榮陽道宿于逆旅方解囊脫履欲漉水盥塵次有僧至頗見貌剛而率略與律師並房安置其後到僧謂主人曰貧道遠來疲頓餒乏主人有美酒酤滿甖粱肉買半肩物至酬直無至遲也主人遽依請辦僧飲啖之都無孑遺其律師呵之曰身披法服對俗士恣行飲啖不知慙赧其僧不答初夜索水盥漱端身趺坐緩發梵音誦華嚴經初舉題目次言如是我聞巳下其僧口角兩發金色光聞者垂泣見者歎嗟律師亦生羨慕竊自念言彼酒肉僧乃能誦斯大經比至三

更循聞誦經聲聲不絕四帙欲滿口中光明轉更增熾徧於庑宇透於窻隙照明兩房律師初不知是光而云彼客何不息燈損主人油燼律師因起如厠方窺見金色光明自僧之口兩角而出誦至五帙巳上其光漸收却入僧口夜將五更誦終六帙僧乃却卧須臾天明律師涕泣而來五體投地求哀懺過輕謗賢聖之罪律師喜遇異人後加勤苦卒成高名莫知終地

唐成都府雄俊傳

釋雄俊俗姓周成都人也善講說無戒行所受檀信非法而用且多狡詐唯事踈狂又經反初服入軍壘而因逃難還入緇行大曆中暴亡入冥見王者訶責畢引入獄去俊抗聲大呼曰雄俊儻入地獄三世諸佛即成妄語矣曾讀觀經下品下生者造五逆罪臨終十念尚得往生俊雖造罪不犯五逆若論念佛莫知其數佛語若有可信暴死却合得迴與雄俊傳語云若見城中道俗告之我巳得往生西方言畢承寶臺直西而去

系曰一念憶識自身稱佛名不少垂入獄而還返者以强善心而轉弱惡故是故行人須知口誦莫如心持往生淺力當如是學也俊語流出民間必死者重蘇傳此語也

唐吉州龍興寺三刀法師傳

釋三刀法師者本姓曹廬陵人也天然之性嗜於蔬食羈貫成童志願出家于時自江以西從安史之亂南方不寧多事土扶故强秉弱兵華未休大曆七年十一月廣州呂大夫被翻城奉洪州路嗣恭牒吉州刺史劉寧徵

兵三千人同收畨禺法師舊名伯連其爲人也强渥而貌惡且心循良恒持誦金剛經以筩盛經佩之于身誓不婚娶然不揚此善于他惟容行愈至無何被括爲軍呈閱之時又選充行營小將非其所好遂亡命焉時徵兵頗急牒諸處要害捕逐於本州洋口擒送劉寧令於朱木橋處死三下刃俱折劉怪問之遂言素志捨家恒持經法如斯怯懦恐衂軍威是以亡耳問經何在曰被獲時遺墜遂令捜取果數百步外得之竹筩有刃痕而幾絶劉拱手稱歎久之乃縱其爲僧奏聞勑下本道號三刀法師配本郡龍興寺後加精進卒于住所

唐湖州法華寺大光傳

釋大光俗姓唐氏生于邑之安吉也母梅氏寄孕而夢協靈祥在娠乃惡葷臭焉既誕能言不爲戲弄未齔之歲思求佛乘矣願念法華三月通貫經聲一發頑鄙革心及遂出家而尋登戒西遊京邑朝見肅宗帝召對禁中拱而嘆曰昔夢吳僧口持大乘五光隨發音容宛若適朕願兮因賜名大光屬帝降誕節齋于定國寺因賜墨詔許天下名寺意往者住持令中官趙温送于千福寺住持經道場其誦經作吳音遼遼通於聖聽帝甚異其事令中官而宣諭焉後居藍田精舍先期而寺僧夢天童來降曰大光經聲通于有頂光一日宴坐自見神手從天而下撫其心乃憶先達抱玉大師嘗誌斯言今高其法音當有神之輔翼又別夕夢神僧乳見於心命光口吮自爾功力顯暢形神不勞又尋山探幽偶墜

窮谷龍泉莫測淪溺其間心靈了然都無惑亂因思本經多寶塔爲誠願持此支品十萬遍恍然奮身脫泉若有神捧焉後詔住資聖等此寺趙國公長孫無忌宅龍朔二年爲文德皇后追福造長安七年遭火蕩盡唯於灰中得數部經不損一字以事奏聞百姓捨施數日之間已盈鉅萬遂再造其寺光覽此經倍加精進後以偏感有親在吳未答慈力表乞歸省養詔旨未允遂生有妄之疾策蹇强力將投于淵驢伏不前群鳥拂頂心既曉覺疾亦隨瘳乃以經頂荷行道忽有詔許還既止烏程構營寶塔日持華偈成報往願焉永泰元年浙西廉使韋元甫表請光爲六郡别勑道場持念之首大曆癸丑歲顏魯公眞卿領郡相國李紳父爲烏程宰紳未朞歲乳病暴作而不啼不鑒者七辰召光至命乳母洗滌焚香乃朗諷經分别功德品遂超席而坐拱手開睟光授飲杯水令强乳哺之疾乃徐愈光笑而謂曰汝何願返之遄速乎因以光名易紳小字貞元中紳重遊霅上泊舟之次光早遲竚于溪側而笑言戲撫之若稚孺焉後紳刺于吳與飲醉于館光引宿於道場夜分將醒白光滿室朗然若晝往覘光公宴坐梵音方作光起面門如開毫相經音向息光色隨斂紳歸京相辭光曰汝得徑山之言吾則無以爲諭行矣自愛去留有時他日位處廟堂以教法爲外護乎永貞元年十二月累月既夕示滅于持經道場獸嘷鳥墜山木驚振異香芬馥信宿不消刺史顏防深愴悼之光一納四十歲無浣濯而戒香鬱然一飯七

十載徵驗絶多故相李公紳素於空門寡信頗規僧過而敎重光公自著碑題云墨詔持經大德神異碑銘布衣楊夔書云

唐荆州天崇寺智燈傳

釋智燈不知何許人也矜莊巳行嚴厲時中守護戒科恒持金剛般若勤不知倦貞元中遇疾而死弟子啓手猶熱不即入木經七日還蘇云初見冥中若王者以念經故合掌降階因問訊曰更容上人十年在世勉出生死因問人間衆僧中後食薏苡仁爲藥食還是巳否曰此大違本教燈報云律中有正非正開遮之條如何王曰此乃後人加之非佛意也遠近聞之渚宫僧至有中後無有飲水者

系曰小乘尚開食五淨物薏苡非五穀正食也疑其冥官因機垂誡嫌于時比丘太慢戒法故此嚴警開制實諸佛常法也非後人之加釀焉

宋高僧傳卷第二十四

音釋

焜煌 焜胡本切煌胡光切焜煌光燿也　餧 奴罪切飢也　襁褓 襁居兩切褓博抱切襁褓小兒繃也　儞 女氏切汝也　枲 胥里切麻有子曰枲　艿 音仍舊草不芟新草又生曰艿　紿 徒亥切誑詐也　轅 于元切轅輈也　祓 敷勿切禳除也　盩厔 盩張流切厔職日切盩厔縣名　睠 音眷顧也　縑 古廉切絹也　暈 王問切　霅 直甲切　覘 敕廉切闚視也　薏苡 薏於記切苡余止切薏苡草名

宋高僧傳卷第二十五

宋左街天壽寺通慧大師賜紫沙門贊寧等奉　勅撰

讀誦篇第八之二 正傳二十一人 附見五人

唐幷州石壁寺明度傳

釋明度未知何許人也經論步學三業恪勤誦金剛般若資爲淨分慈濟爲心迨貞觀末有鴿巢于屋楹乳養二雛度每以餘粥就窠哺之復呪之曰乘我經力羽翼速成忽早學飛墮地偕殞度乃瘞之旬餘夢二小兒曰兒

等本受卵生小類蒙上人爲養育誦持廻向今轉生人道距此寺東十里間其家是也度默誌之至十月滿往訪此家男婦果孿生二子入視之數日遂呼曰鴿兒一時廻頭應諾歲餘能言皆得成長度未知終所

唐梓州慧義寺清虛傳

釋清虛姓唐氏梓州人也立性剛決桀黠難防忽廻心長誦金剛般若三業偕齊無有懈怠嘗於山林持諷有七鹿馴擾若傾聽焉聲息而去又鄰居失火連甍灰燼唯虛之屋飈燄飛過略無焦灼長安二年獨遊藍田悟眞寺上方北院舊無井泉人力不及遠取於澗挈缾荷甕運致極勞時華嚴大師法藏聞虛持經靈驗乃請祈泉即入彌勒閣内焚香經聲達旦者三忽心中似見三玉女在閣西北山腹以刀子剜地隨便有水虛熟記其處遂趨起掘之果獲甘泉用之不竭四年從少林寺坐夏山頂有一佛室甚寛敞人無敢到者云鬼神居宅焉嘗有律師恃其戒行夜往念律見一巨人以矛刺之狼狽下山逡巡氣絶又持火頭金剛呪僧時所宗重衆謂之曰君呪力無雙能宿彼否曰斯焉足懼於是賫香火入坐持呪俄而神出以手擘足投之澗下七日不語精神昏倒虛聞之曰下趣鬼物敢爾即往彼如常誦經夜聞堂東有聲甚厲即念十一面觀音呪又聞堂中似有兩牛鬬佛像皆振呪既亡效還持本經一契帖然相次影響皆絶自此居者無患神遂移去神龍二年準詔入内祈雨絶二七日雪降中宗以爲未濟時望令就寺更祈請即於佛殿内精禱

并煉一指纔及一宵雨周千里指復如舊纔遇大水寺屋皆墊溺其院無苦若無湧没凡諸異驗皆如此也

唐睦州烏龍山淨土道場少康傳

釋少康俗姓周縉雲仙都山人也毋羅氏因夢遊鼎湖峯得王女手捧青蓮授曰此華吉祥寄於汝所後生貴子切當保惜及生康之日青光滿室香似芙蕖迨綳褓之年眼碧唇朱齒得佛之一相恒端坐含笑時鄉中善相人也目之此子將相之才不語吾弗知也年甫七歲抱入靈山寺中佛生日禮聖容毋問康曰識否忽發言云釋迦牟尼佛聞皆怪之蓋生來不言語也由是父母捨其出家年十有五所誦之經已終五部於越州嘉祥寺受戒便就伊寺學毗尼五夏之後往上元龍興寺聽華嚴經瑜伽論貞元初至于洛京白馬寺殿見物放光遂探取爲何經法乃善導行西方化導文也康見歡喜呪之曰我若與淨王有緣惟此軸文斯光再現所誓纔終果重閃爍中有化佛菩薩無筭遂之長安善導影堂内乞願見善導眞像化爲佛身謂康曰汝依吾施設利樂衆生同生安養康如有所證南至江陵果願寺遇一法師謂康曰汝欲化人徑往新定緣在於彼言訖不見止有香光望西而去洎到睦郡入城乞食得錢誘掖小兒能念阿彌陀佛一聲即付一錢後經月餘孩孺螘慕念佛多者即給錢如是一年凡男女見康則云阿彌陀佛遂於烏龍山建淨土道場築壇三級聚人午夜行道唱讃二十四契稱揚淨邦每遇齋日雲集所化三千許人

登座令男女弟子望康面門即高聲唱阿彌陀佛佛從口出連誦十聲十佛若連珠狀告曰汝見佛身即得往生以貞元二十一年十月示衆囑累止勸急修淨土言畢跏趺身放光明而逝天色斗變狂風四起百鳥悲鳴烏龍山也一時變白令壙塔存于州東臺子巖歲久唯餘方石石傍之土相傳療疾州民凡嬰衆病悉焚香取土隨服多差石之四隅若車轍焉漢乾祐三年天台山德韶禪師重建其塔至今高敞時號後善導焉

系曰康所述偈讃皆附會鄭衛之聲變體而作非哀非樂不怨不怒得處中曲韻譬猶善醫以餳蜜塗逆口之藥誘嬰兒之入口耳苟非大權入假何能運此方便度無極者乎唱佛佛形從口而出善導同此作佛事故非小緣哉

唐江州開元寺法正傳 宗會

釋法正不知何許人也寛曠其懷慎修厥行司辰于三業御史于六根以其日諷金剛般若三七過執持恭恪罔或云懈長慶初得疾暴終云倐至幽冥引見王者問曰師生平藝何福田獲何善果正以誦經爲對王乃揖上殿令登繡座請誦七遍王以下侍衛靡不合掌階下拷掠搒擊論愬寂若無聲念畢後遣一人引正令還人間王降階揖送云上人更得三十年在世勿廢誦持隨吏行數里至一巨坑俾正俯窺爲吏推墮若隕空焉颰然蘇起初正死唯面不寒起述其事變心遷善者不一正後年暨八十餘卒于住寺次荊州功安縣釋會宗俗姓蔡初泛爾爲僧別無他技

忽經中蟲病乃骨立因苦發心志誦金剛般若經以待盡爾至五十過夢有人令開口喉中引出髮十餘莖其夜又有夢吐蟥長一寸月餘因此遂愈當長慶初也荆山僧行覩見其事宗不測終所

唐京兆大興善寺守素傳

釋守素者立性高邁與羣不同居京興善寺恒以誦持爲急務其院幽僻庭有青桐四株皆素之手植元和中卿相多遊此院青桐至夏中無何發汗頗汙人衣如輠脂焉而不可浣時相國鄭公絪嘗與丞郎數人避暑且惡其滴瀝謂素曰弟子爲師伐此樹各植一松可乎及暮素戲呪之曰我種汝二十餘年汝以汗之淋瀝爲人所惡同惡木之不可休其下也來歲若然我必薪之自爾絶蹤矣素誓不出院誦法華經三萬七千部夜恒有狢子馴擾來聽經齋時則烏鵲就掌取食他僧以食誘群羽皆驚噪而逝長慶初有僧玄幽題此院云三萬蓮經三十春半生不踏院門塵當時以爲佳句也素之終代罔得詳焉

系曰刺漆樹者恒患其少滴愛故難求斬魏樹者患其多辛惡之易得嗟爾青桐發汗世所罕聞及乎素公詆呵明年絶跡豈有出家弟子不如其無情樹木乎既不能爲漆與物隔其汙爲魏與食加其味乎苟認師友之彈呵取今完淨傳曰過則勿憚改本教則悔罪清淨如本無異思之

唐幽州華嚴和尚傳

釋華嚴和尚不知名氏居在幽州城北恒持華嚴經以爲淨業時號之全取經題呼召耳

其所誦時一城皆聞之如在庭廡之下萬歲通天年中韓國公張仁愿之爲幽州都督也夜聞經聲品次歷歷然及爾晨與謂夫人曰昨宵城北道人諷誦若在衙署前也還聞已否夫人曰是何地遠可得聞乎張君曰如其不信可各遣小豎走馬往覆之果無差謬張君請召入城及相見謂張君曰有願胡不報乎答曰現造袈裟五百緣布施羅漢去華嚴曰勿去餘處但送往州西馬鞍山竹林寺內施僧及遣使賷香衣物登佛龕山已去覓竹林寺且無蹤跡如是深入陟高山見一翁問之曰但隨吾來倏覩雲開寺現景物非凡世所有入寺散袈裟畢而少二人彼老宿曰可賷還二分一與張仁愿一與華嚴和尚自此方知華嚴和尚是竹林聖寺中來使留一宿出已經年行化既久及終坐亡肉身不萎敗范陽之人多往乞願時有徵應塔近因兵革而廢矣

系曰一口宣誦何能入遠近人人耳耶通曰近則若願持經善法力故遠則一音演說隨類聞解其人是聖寺眞位斷可知矣

唐河中府栢梯山文照傳

釋文照不知何許人也本敦朴遲訥之人耳然見佛像則悅懌一旦詣栢梯寺禮曇延法師畫影出家專念諸經罔知詮顯常憤受性昏濁忽若假寐見曇延法師身長一丈目光四射謂照曰爾所欲者吾安能致之吾有聰明經一卷求之於彼必謹而持取感應若俯拾地芥耳即袖中出以授之則金剛般若也登即執讀七過而便驚寤經猶在目然後念

通無滯如久習焉其喉舌間曲折浮沈尋變入節非常調也自此聰敏日新辯給在口時謂爲觀音附麗于厥躬也且曰我師是周隋國師凡所纂集義疏必乘夢寐而神授我無愧爲資矣

唐陝府法照傳

釋法照不知何許人也立行多輕率遊方不恒長慶元年入逆旅避雨逡巡轉甚泥淖過中時乞食不得乃咄遣童子買麤肉煑夾胡餅數枚麤食略盡且無恥愧旁若無人客皆詬罵少年有欲毆者照殊不答至夜念金剛經本無脂燭一室盡明異香充滿凡二十一客皆來禮拜謝過各施衣物照踞坐若無所覩後不知終所

唐蘄州廣濟縣清著禪院慧普傳

釋慧普姓宋本郡蘄水人也性地疎朗敏利絫然既奉尸羅氷雪任操元和十二年樂廣濟山秀地靈願棲于此始諆誦大涅槃經歷稔彌年卒通四十二卷聞者憮然曰四裱大經若爲温習非揣量而可庶幾乎或疑其妄言徹部有亂次舉品題以試驗之且無澁滯少遼緩之無不弭伏普亦不戒意躬刀耕火種趣足而已卉服布裘度其伏臘日夜經聲不絕如是涉三十載邑人學者莫不推重增修院宇以大中三年冬無疾集衆告違跏趺坐終儼若凝思弟子以香泥纏飾遷于山椒塔中號涅槃焉于今香火不絕

唐今東京客僧傳

亡名長慶中自遠而至狀輙麤暴見寺中淨人咄曰與吾將錢沽酒寺僧見之怒其匆遽

戒檢辱我僧坊其何以堪遂奪其缾擊寺外栢樹缾則鏗然已碎其酒凝滯不流著樹如綠玉焉摇之不散嗅之無臭寺僧驚怪顧客何爲客曰某常持金剛般若須預飲此物一杯則諷吟瀏亮率以爲常非此不可上人勿怪寺僧遲迴之際愀然其容將器就樹戚之其酒盡落器中略無孑遺觀者如堵奄然流啜斯須器空而酣暢不知其僧往復何所

唐上都大温國寺靈幽傳

釋靈幽不知何許人也僻靜淳直誦習惟勤偶疾暴終杳歸冥府引之見王問修何業答曰貧道素持金剛般若已有年矣王合掌屢稱善哉俾令諷誦幽吮脣播舌章段分明念畢王曰未盡善矣何耶尠少一節文何貫華之線斷乎師壽命雖盡且放還人間十年要勸一切人受持斯典如其眞本即在濠州鍾離寺石碑上如是已經七日而蘇幽遂奏奉勑令寫此經眞本添其句讀在無法可說是名說法之後是也

系曰春秋夏五不敢輕加佛教宜然無妄釀矣通曰靈幽獲鍾離寺石經符合無苦如道明所添糅使人疑豫必招詐偽率易改張稱有冥告誡之哉

唐荆州法性寺惟恭傳 靈歸

釋惟恭不詳何許人也少孺出俗于法性寺好尚偏下多狎非法之友雖乖僧行猶勤持誦金剛般若罕離脣齒酒徒博侶交集門庭虛誕云爲曾無廉恥後遇病且死同寺有靈歸其跡相類號爲一寺二害也歸偶出去寺一里所逢六七人少年甚都衣服鮮潔各執

樂器如龜茲部問靈巋曰惟恭上人何在巋即語其處疑其寺行香樂佛也及曉迴入寺聞鐘聲云恭卒所見者乃天樂耳蓋承經力必生淨刹亦以其跡勉靈巋也巋感悟折節緇門崇重終成高邁焉

唐明州德潤寺遂端傳

釋遂端姓張不知何從而來德潤寺求師其爲人也質直清粹不妄交遊師授法華經誦猶宿構人皆駭嘆至乎老齒勤而無懈十二時間恒諷不輟咸通二年忽結跏趺坐而化須臾口中出青色蓮華七莖遠近奔走皆至覩禮邑人同心造龕窆於東山之下二十餘年墳塋屢屢光發後開視之形質如生衆迎還寺漆紵飾之今號眞身院存焉伊寺者吳太子太傅都鄉侯闞澤書堂後捨爲伽藍其題額取澤字也今日濟寺是也

系曰端終口出優曇鉢華是乎聞諸輪王出世海中道上方生是華今像末豈有是邪通曰爲感其人而應則不可以時拘也譬猶麟非中國之物感明王而至同也

唐越州諸暨保壽院神智傳

釋神智婺州義烏人也俗姓力力氏之先黄帝臣牧之後漢有魯郡相力歸因官居兗遂爲魯人也祖考皆田畯而以朴素相訟智少有貞操懇樂捨家就雲門寺惟孝爲師年十二一食齋中持大悲心呪應法登戒峻勵恪勤俄屬會昌滅法智形服雖殊誓重爲僧磨不磷而涅不淄于時見矣大中初年復道巡遊暨陽考于禪室且曰營廷之魚潛于藪澤宜哉此處吾之藪澤也恒呪水盂以救百疾

歛之多差百姓相率日給無筭號大悲和尚焉大中中入京兆時昇平相國裴公休預夢智來追乎相見欣然相國女即鬼神所被智持呪七日平復遂奏請院額曰大中聖壽仍賜左神策軍鐘一口天后繡幡藏經五千卷裴君爲書殿額智以光啓丙午歲十二月終于東白山春秋六十八法臘四十八遷座歸暨陽南山入塔焉

梁揚州禪智寺從審傳

釋從審不詳氏族幼入江都禪智寺捨家誦經數萬餘言其寺即隋煬帝之故宮也咸通五年受具戒於燕臺奉福寺律席經筵徧知嘗涂後併三衣成五納諸名山勝槩無不遊覽末歸淮甸推爲僧首五六年間一皆嚴肅然恒誦淨名經未憇日計以貞明二年三月十八日構疾迨十九日禺中微息而終顏貌如常荼毗獲舍利三十粒堅明通鍜無耗疊石爲墳筠源沙門靈護述墳銘云

梁温州大雲寺鴻楚傳

釋鴻楚守方外姓唐氏永嘉人也生而符彩且異群兒及甫髫齔器度宏曠楚之外昆弟皆出俗越之龍宮伽藍遂祈二親亦願隨往網疎魚脫籠揭鶴飛杜若殖于蘭洲新縉涂于絳色互相切直誦習彌通年二十三方升上品無作及迴本郡時州將朱褒知其名節欽揖愈勤唐大順中以城南有廢大雲寺荒墟表聞昭宗欲重締構帝俞其請於是百工俱作楚躬主之施利程功不憇于素而講經禮像無相奪倫武肅王錢氏乾化初年於杭州龍興寺開度戒壇召楚足臨壇負數因奏

薦梁太祖賜紫衣并號固讓弗聽終不披著自言涼德何稱法門命數之服時詩人鄭諗南遊訪鴻靜法師邂逅與楚會體知高行杼詩贈楚云架上紫衣閑不著案頭金字坐長看楚寬慈人未嘗見其慍色神氣清爽厥顯豐下且䐗其腹目不邪視顧必廻身世俗之言不輕掉舌所講法華經計五十許座一日楚之講堂中忽生蓮華重樹複葉香氣芬荂以長興三年壬辰六月五日無疾而化俗齡七十五法臘五十二道俗孺慕其年遷塔于慈雲右岡焉楚講貫外深夜行道誦經將逝夕燈光忽暗經聲絕微告門人曰勞爾給使吾將往矣其所卧之榻中先有白蛇其大若肱恒同卧處長誡童侍無妄驚擾生常撰上生經鈔刺血寫法華經一部至今永嘉人謂爲僧寶中異寶焉

後唐溫州小松山鴻莒傳

釋鴻莒姓唐氏永嘉人也早出家于越州龍宫寺始則誦法華經全部得度裹足往趨長安學律因讀化度寺碑時有舉人旁聽見莒目瞻多行異之知能背碑請莒誦之儒生覆其文了無一悮又相將去崇聖寺亦然而多强記輩流所推言歸故鄉請受二衆依止其細行也生來未嘗叱其狸犬豈況諸餘乎然晝夜行道誦經有鬼神扶衛或爲然燭或代添香皆鬼物也天成三年戊子水潦之後報之以大旱民荐饑饉有强盗入其室莒待之若賓客躬作粥飯飼之曰徐徐去山深無人汝曹爲天災所困耳盜者拜受而去弟子中欲襲其不備莒曰非我弟子我捨此永入深

山矣諸子罷輕襲之意長興癸巳歲中恬然無疾跏趺儼然長逝至三更手敲龕門者三弟子哭泣啓開云吾告汝等與吾換新衣裳緣佛土諸上善人嫌吾服章不淨易畢便終七日頂煖時院中有巨犬三能猛噬遷塔日隨人馴狎時山中麞鹿飛鳥相慕犬無摯猛獸不驚奔葬後有虎遶墳嗥吽其感物之情如是有弟鴻楚並高行爲時所重

後唐鳳翔府道賢傳

釋道賢不知何許人也持諷孔雀王經以爲日計末則受瑜伽灌頂法持明之功愈多徵應嘗夜夢佛携賢行步步蹈履濃雲若乘剛焉每行不知幾百里而指之曰此摩竭陀國此占波國南印度西印度迦濕彌羅等國且行且記喜躍不勝及寤覺冥解五天梵音悉曇語言時西域僧到岐下葱嶺北諸胡僧往往偶稱五印人賢以一接語言先斥之曰汝是其國人北戎南梵無敢紿之隴坻道俗皆禀承密藏號阿闍梨也迨長興末明宗晏駕立從厚爲帝鳳翔清泰不恭其命遣王思同帥師伐之清泰乃嬰城自守清泰問賢曰危甚矣如何對曰召賓八郎可逆知勝負也清泰出乘城撫衆其賓八介甲持戈來馬前作迎鬭之狀跳躍已解甲投戈而走賢曰此外敵必降之象也果如斯說清泰乃擁兵而東召賢俱行入洛即帝位歟改元曰清泰賢奏曰年號不佳何邪水清石見至二年勑移并州晉高祖爲天平軍乃阻兵自固潛連契丹長驅入洛清泰自焚果石見之應矣晉兵未至賢先終于洛今兩京傳大教者皆法孫之

曾玄矣賓八郎者歧人也家且富焉自荷器鬻水言語不常唯散髮披衣狂走與李順輿相類或遇牛驢車必撫掌而笑迨死焚之火聚中盡化金色胡蝶而飛去或手掬衣扇行之歸家供養焉

漢江州廬山若虛傳亡名僧

釋若虛隱于廬山數年持經不出石室江南國主李氏欽尚其道累徵終不降就唯言老僧無能寧銷王者歸心若更相呼竄入深山矣或衣物則避讓香則受之以乾祐中盛夏坐終身不沮壞今湓城人供養影相焉又潭州釋亡名恒誦法華經口無他語長沙文昭王馬氏特加禮重召入天策府湘西院供養然其語事詭異堪驚一旦召知佛殿僧令急襞掠佛像各就兩廂僧皆謂爲狂發相目而笑舉止極甚忽切須臾自入正殿內據佛座而坐奄然而化舉州道俗爭禮焚香漢乾祐中也

周會稽郡大善寺行瑫傳

釋行瑫姓陳氏湖州長城人也考曰良母陶氏鍾愛之心與諸子異然其敏利又於群童傑然而出父母多途礙其出家之志終弗能禁唐天祐二年依光遠師求于剃染年十有二誦法華經月竒五辰而畢軸次維摩經盡如道安朝請經而暮納本焉尋於餘杭龍興寺受滿足戒遂往金華雙林寺智新傳南山律鈔弭節服膺流輩推揖常食時至以不繫之米與莱茹投小鼎中糝煑而食此外斷無重味義解之心理棼破木都無難色嘗謂人曰所好甚者不見他物之可好吾之好也樂

且無荒也後唐天成中寓于越樂若耶山水披覽大藏教服枲麻之衣慕道俗置看經道場於寺之西北隅構樓閣堂宇蔚成别院供四方僧曾無匱乏以顯德三年壬子秋七月示疾終于此院報齡六十二法臘四十四瑫性剛正無面諛無背憎足不趨豪貴之門囊不畜盈餘之物房無閑戸口無雜言亦覽群書旁探經論慨其郭迻音義疎略慧琳音義不傳遂述大藏經音疏五百許卷今行于江浙左右僧坊然其短者不宜稱疏若言疏可以疏通一藏經瑫便過慈恩百本幾倍矣其耿介持律古之高邁也矣

宋東京開寶寺守真傳（沙彌彌伽 道蔭）

釋守真永興萬年人也俗姓紀漢祚帝信之鴻緒乃祖乃父素履貞吉弈葉孝行充塞閭里故鄉人美其孝焉遂目之曰紀丁蘭也真即其後矣洎黄冠干紀僖宗蒙塵車駕避鋒而西幸咸鎬失守而没賊因而徙家居于蜀矣及冠也偶遊聖壽寺見修進律師行出物表語越常度乃解帶卸冠北面而事之七支既備先謁從朗師學起信論次依性光師傳法界觀後禮演祕闍梨授瑜伽教並得心要咸盡指歸自明達諸法宣暢妙典四十年間略無怠矣而賜號曰昭信焉講起信及法界觀共七十餘遍皆以燈傳燈用器投器嗣乎法者二十許人開灌頂道場五徧約度僧尼士庶三千餘人開水陸道場二十徧常五更輪結文殊五髻教法至夜二更輪西方無量壽教法稱阿彌陀尊號修念佛三昧期生淨域一日謂弟子緣遇曰如來不云出息不保

入息吾之壽也幸矣汝之年也耄矣今欲順俗從世預設二塔其可得乎緣遇稽首而對曰廣度長老捨院之右地請建塔者有年矣今大師屬其意長老致其美因緣冥契安可而止於是鳩工而營之自十月琢磨至來一月徹續以開寶四年秋八月九日命衆念佛佛聲既久令止奄然而歸寂俗壽七十八僧臘五十三其月二十一日焚葬於北永泰門外智度院側其獲舍利光潤各將供養之次沙彌彌伽者于闐國人也專誦華嚴經曾無間息聖曆年中天帝釋請迎伽上天誦持乃曰每被阿修羅見擾故屈師來請爲誦宣華嚴經以禳彼敵遂墜座朗諷是經時脩羅軍衆聞經乃現威神一時而化去又沙彌道蔭常念金剛經實曆初因他出夜歸虎暴中路忽遇哮吼跳躑于前蔭知不免乃閉目而坐唯默念是經心期救護虎遂伏草守之達曙村人來往乃視虎其蹲處涎流於地焉蔭後持誦益加高行矣

論曰入道之要三慧爲門若取聞持勿過讀誦者矣何耶始惟據本本立則道生次則捨詮詮留則月失比爲指天邊之桂影而還認馬上之鞭鞘如此滯拘去道彌遠然則機有新發跡或作移須令廣覽多聞復次背文髙唱在乎品位先號法師故經云受持讀誦解說書寫如法修行是也原夫經傳震旦夾譯漢庭北則竺蘭始直聲而宣剖南惟僧會揚曲韻以諷通蘭乃月氏之生會則康居之族兩家左右二見否臧無爲冰上之狐兔問堠傍之路通曰西竺僧持部類行事不同或執

親從佛聞更難蘆葦或稱我宗自許多決泒流或直調而質乎或歌聲而巧矣致令傳授各競師資此是彼非我眞他謬終年矛盾未有罷期故有若美一期之唄匿誦三契之伽陀感車馬而不行動人天之共聽此曲折聲之效也若乃盤特少句薄拘短章止憂忘以鼓脣胡暇巧而揚舌猶登中聖或致感徵此直置聲之驗也今以一言蔽之但有感動龍神能生物善者爲讀誦之正音也或曰常聞光音天之語言則是梵音未委那爲梵音邪請狀貌以示之通曰諸陀羅尼則梵語也唄匿之聲則梵音也或曰如天下言音令人樂聞者與襄陽人爲較準彼漢音也音附語言謂之漢音漢語則知語與音別所言唄匿者是梵音如此方歌謳之調歟且梵音急疾而言則表詮也分曉舒徐引曳則唄匿也或曰此只合是西域僧傳授何以陳思王與齊太宰撿經示沙門耶通曰此二王先已熟天竺曲韻故聞山響及經偈乃有傳授之說也今之歌讃附麗淫哇之曲迤邐之音加釀環辭包藏密呪數爲梵奏此實新聲也如今啓夾或曰開題秖知逐句隨行那辨眞經僞造豈分支品未鑒別生能顯既知所詮須體當聞捨筏適足歸宗達其阿字之門圖其法身之體此讀誦之至也其有難通帚字多遊族家急令口誦於一經且爲身恭於五衆賴能暗誦免呼粥飯之僧如偶澄清緩裹歸家之樸或曰國朝度戒何責經乎豈不聞羯磨之辭止云年滿衣鉢具足不言念經爲增上緣耶通曰此滅法無知之徒言耳上根感戒果證

相隨何以經紙數考試耶脫捨下根之誦持入法止闒茸白丁矣南山大師云纔登解髮便須通覽又後周初多度僧尼勑靈藏銓品行業若講若誦卷部衆多隨有文義莫不周鑑時共測量通經了意最爲第一此乃精選誦經通義爲入道之階漸也不見此文深爲痛惜梁傳曰此爲經師宣師不沿而華號爲讀誦今采諸師從唐至宋取其多善宗歸乎高則有感神宿廟度苦因經法智往生感金光之照野明慧行道占虹氣之貫天或受請居羅漢之前或持明救城陽之疾得御詩之餞送見勢至之來迎使者攝而不能妖狐媚而自變猗歟元皎致李樹之叢生焯爾楚金感帝王之入夢圓光在頂三昧現前遇誦華嚴放金光於口角後遊地獄乘寶座於西方三刀斷勢傷於竹筒千福經聲入於帝耳證返不飡於薏苡康聲無斷於連珠或添齡於三十許年或差蟲於數十莖髮或經音徧於燕壘或本足在於鐘離或樂象龜茲或口開菡萏或鬼神避呪或陸地生蓮或夢華胥而悉解梵音或坐佛座而便歸圓寂如斯上德若此法師殖壁隨方貫華有次身爲金鼓擊之成懺悔之音口若王簫吹之出神仙之曲因依相授徒倚獨宣可謂皮裹法華足行經藏俾法音之不斷善付三乘皆成佛之無餘還宣八辯者也詩曰伐柯伐柯其則不遠望吾曹無忘取則於此焉

宋高僧傳卷第二十五

音釋

孿 所眷切雙生子也
擥 魯敢切手取也
墊 都念切溺也
綳 布耕切䙩也
餳 徐盈切餹也
螾 弋忍切蚯蚓也
輠 合果切膏器也
盛狢 下各切狐狢也
詆 都禮切呰毀也
淖 女教切濕也
憮 無斧切失意貌
袠 直一切書卷編次也
愀 七小切色變也
窳 以主切鈇也
糅 女救切雜也
巋 苦軌切
偪 彼側切近也
磷 良刃切薄也
淄 莊持切黑也
憕 知孟切
柎 芳無切花下萼也
墌 之亦切基址也
複 方六切重也
荂 芳無切華榮也
麐 規倫切鹿屬
鬻 余六切賣也
襞 必益切疊也
糳 即各切精米也
棼 扶分切亂也
鞘 師交切鞭鞘也
堠 胡遘切封堠也
[口匿] 尼力切唄[口匿]梵音也
惉懘 惉尺占切懘尺制切惉懘音敗不和也
瓌 姑回切偉也
闒茸 闒吐合切茸乳勇切闒茸不肖下材也
焯 之藥切明也

宋高僧傳卷第二十六

宋左街天壽寺通慧大師賜紫沙門贊寧等奉　勑撰

興福篇第九之一 正傳十四人 附見二人

周京師法成傳

釋法成本姓王名守愼官至監察御史屬天后猜貳信酷吏羅織乃避法官乞出家爲僧苦節勤於化導聲發響隨行高質直長安中於京兆西市疏鑿大坎號曰海池焉支分永安渠以注之以爲放生之所池上佛屋經樓皆成所造穿池之際獲古石銘云百年爲市而後爲池自隋朝置都立市至于時正一百年矣儀鳳二年望氣者云此坊有異氣勑掘之得石函函内貯佛舍利萬餘粒光色粲爛而堅剛勑於此處造光宅寺仍散舍利於京寺及諸州府各四十九粒武后於此始置七寶臺遂改寺額成公居之行其激勸多以崇

福爲已任焉

唐五臺山昭果寺業方傳

釋業方者即解脫禪師之法孫也身長七尺五寸古貌軒昂垂手過膝眉長數寸目有重瞳人望凛然禮誦無倦紹脫高躅動合無形不捨利物而再修梵宮時太原府有士女造立文殊像一軀將送入山到滹池河側洪波汎漲方乃隔岸焚香啓告河爲流減過文殊畢水還瀰溢後終建塔在寺西北一里肉身見存而多神異焉

唐上都青龍寺光儀傳

釋光儀姓李氏本唐宗室也父瑯瑯王與越王起兵欲復本朝中興帝道不克天后族誅之而無噍類儀方在襁褓中乳母負之而逃後數年則天竊聞瑯瑯有子在民間購之逾急乳母將至扶風界中鬻女工以自給儀年八歲狀貌不群神悟超拔乳母疑遭貌取而敗且極憂疑乃造布襦置錢於腰腹間於桑林之下告之令去勑捜不慢吾慮俱死無益於事汝聰頴必可自立或一旦富貴無忘老姥言訖對泣儀慟不自勝乳母從此而逝矣儀茫然行至逆旅與群兒戲有郡守夫人往夫所住處方息俱此見儀群聚且貌俊爽因而憐之召謂之曰郎君家何在而獨行至此儀紿之曰莊鄰於此有時閑戲耳夫人食之又給之錢乃解衣而内其錢日暮尋逕而去擬投村墅遇一老僧呼曰爾小子汝今一身家已破滅將奚所適儀驚愕佇立老僧又曰出家閑曠且無憂畏小子欲之乎儀曰素所願也老僧因携其手至大樹陰令禮十方佛

歸依常住佛法僧已因削其髮又出袈裟以披服之小大稱其體其執持收掩猶如幾夏比丘老僧喜曰此習性使然善持僧行遂指東北曰去此數里有伽藍汝直詣彼謁寺主云我使汝為其弟子也言畢老僧欻然亡矣方知聖僧也儀如言趨彼寺主駭其言因留之經十年許儀已洞明經律善其禪觀而屬中宗即位唐室復興勑求瑯琊王後儀方向寺僧言之時衆大駭因出詣扶風李使君即儀之諸父也見之悲喜乃舍之於家方以狀聞固請不可使君有女年齒相侔一見儀而心悅願致情曲儀恐懾而避焉他日會使君夫人出其女靚粧麗服從者越多來而逼之儀固拒百端終不屑就紿之曰身不潔請沐浴待命女許諾方令具湯沐女出因閉關女還排戶既不得入自牖窺之方持削髮刀顧而言曰有于此根故為慾逼今若除此何逼之為女懼止之不可遂斷其勢投之于地儀亦悶絕戶既不開俄而使君夫人俱到女實情具告遂破戶視之漸蘇命醫工昇歸蠶室以火燒地苦酒沃之坐之于上以膏傅之月餘瘡愈使君奏儀是瑯琊王子有勑命驛置至京引見慰問優賚豐洽詔襲父爵儀懇讓誓願為僧確乎不拔中宗勑令領徒任置蘭若自恣化方儀性好終南山因居法興寺於諸谷口造庵寮蘭若凡數十處率由道聲馳遠談說動人或山行十里間緇素侍者常數千百人迎候瞻待甚於權要卿相焉儀恒居寂定或言將來事以決吉凶必無差忒人益歸之開元二十三年六月二十三日先囑累

弟子當謹護身口勿事諠譁祖師意無別事靜則眞法現前此外提唱皆不獲已言極激切因北首而卧枕肱右脇著席而亡此大涅槃之表兆也遺言令葬於少陵原南乃鑿原成室而封之柩之發也異香芬馥狀貌如生祖車出城白鶴數百鳴唳空中綵雲依約覆車數十里道俗號咷多持孝服所葬之地遂建天寶寺弟子皆留而守之

唐鎮州大悲寺自覺傳

釋自覺博陵望都人也稚齒猒于俗態俄白親者言兒樂從佛求度世去二親驚愕咄咤俾去然無慙怍再拜請命乃強禮本部開元寺知欽欽觀其志氣弗群立字曰自覺訓之曰汝聞名思義答曰佛種從緣起唯聽明誨矣既而誦經及格蒙度至德二年年滿鎮州受具足法即往靈壽縣禪法寺習律經論勤瘁九年皆造微也便言當入太行山於一磐石上結茅菴三畝小谿爲蘭若不亦快乎大曆元年九月晦往平山縣界得重林山院果應所求遁跡自娱至二年五月天其旱暵覺則跣足經行冬則右肩偏袒其林薄山谷虎狼狃跡重複唯拾果釆蔬卯時一食時恒陽節度使張君患炎旱聞覺精苦躬入山請其祈雨張語之曰某無政術致累百姓三年亢陽借苦引咎自責良無補矣或云龍王多依師聽法忘其施雨願師垂救旱之誓有如白水如念蒼生請輟禪定略入軍府覺乃虔恪啓告龍神未移晷刻天輒大雨二辰告足張帥歸向勤重若孝子之事父母焉覺始入法巳來學諸佛因中誓願其數亦四十九也其

一願身長隨大悲菩薩次願造鑄大悲像寺及乎發言響應檀施臻萃用赤金鼓鑄成舉高四十九尺梵相端嚴眼臂全具迨更年稔寺亦隨成今城西山大寺是歟遂於壇前誦念至三更見神光二道作中金色於晃朗中見彌陀佛觀音勢至左右翼從佛垂金臂呼自覺聲漸下雲來摩其頂曰守願勿悛無宜懈廢利物爲先汝去吾隨任從汝意言畢雲收杳無朕迹覺以願心酬畢返山林之間擇送終之處貞元十一年二月望夜有神人現半身若毗沙門狀謂曰師今歲滅度矣舉手謝神人曰往來定分吾聞命矣其年六月十四日奄歸寂滅門人欲奉神龕歸山寺州府人苦留終於大悲寺南遷塔焉則十三年四月八日也其大悲爲恒陽奇事感應潛通至周顯德初勑鑄九府圜法天下銅像一例除毀時州人相率出錢贖此像不允登即爐橐鎔冶真定之人莫不悲悼時炭熾飛煙無之從頂至胷旋收銅汁斯須計料匠氏暴卒自此罷工迨宋太祖神德皇帝追鑄今全代巇前事焉

唐東京相國寺慧雲傳

釋慧雲姓姚氏湖湘人也性識精明氣貌踈朗高宗麟德元年正十歲矣邈然有出塵之志二親多厭沮之其心匪席不可卷也父哀其所願從往南嶽初祖禪師禀承慈訓而能黠慧好味經教沈默如也至于弱冠於嶽寺受具足法自專護戒且善毗尼尋罷講科專營福事發言響答化俗風從立事絶私士庶欽揖乃出重湖而遊荆郢江南振錫浙汭携

囊務在勸人令捨慳病隨處蓋造葺修寺宇二十餘所皆功成不宰天后久視元年江北行化因緣未會長安元年來觀梁苑夜宿繁臺企望隨河北岸有異氣屬天質明入城尋覩乃歙州司馬宅西北園中池沼雲徒步臨岸見瀾漪中有天宮影參差樓閣合沓珠瓔門牖綵繪而九重儀像逶迤而千狀直謂兜率之宮院矣雲覩茲異事喜貫心膺吾聞智嚴經說瑠璃地上現宮殿之影此不思議之境界也今決擬建梵宮答其徵瑞乃挂錫于安業寺神龍二年丙午往濮州屬縣報成寺發願爲國摹寫彌勒像舉高一丈八尺募人出赤金于時施者委輸逡巡若丘阜矣遂振橐籥程巧工一鑄克成相好奇特殆景龍四年庚戌六月屬溫王讓位奉睿宗叔父也景雲元年雲於寺東廊南隅造別殿安聖容始云治材方議版築檀越衆議紛紜未成建樹至二年辛亥於福慧寺經坊北貿新安典午鄭景宅方事興工掘得古碑則北齊天保六年乙亥歲置建國寺乃高歡嗣子文宣帝也覩之者皆驚嘆同舍利弗悲螘垤焉採訪使君稱異再三遂沿此記改福慧爲建國寺迎取安業聖容及殿材至寺太極元年五月十三日改元延和是歲刑部尚書王志愔爲採訪使至浚郊宣勑應凡寺院無名額者並令毀撤所有銅鐵佛像收入近寺雲移所鑄像及造殿宇門廊猶虧綵繢遇新勑乃輟工雲於彌勒像前泣淚焚香重禮重告曰若與此有緣當現奇瑞策悟群心少頃像首上放金色光照曜天地滿城士庶皆嘆希有是時生

謗毀者隨喪兩目又有舌腫一尺許者遠近傳聞爭來瞻禮捨施如山乃全勝槃像坐垂趺人觀稽顙涉惡報者雲望像爲其悔過斯須失明者重視舌卷者能言皆願爲寺之奴持鐘掃地也採訪使王志愔賀蘭務同録祥瑞奏聞睿宗潛符夢想有勑改建國之牓爲相國蓋取諸帝由相王龍飛故也仍勑佛授記寺大德明幹同共檢校功德勿令州府煩擾中書舍人賈曾侍郎崔沼給事中盧逸中書侍郎平章事岑羲皆捐俸禄共構因緣或啓發心之元或施外護之力先天中行傳神于潞邸玄宗即位至八月十五日上皇御書寺額奉詔令大德眞諦幷弟子二人品官一人賫勑賜旛華及寺額至迎受懸挂雲道化梁園身榮福樹百齡有限四相交遷終于寺之別院葬今京之東郊寺莊塔亭存焉時號造寺祖師雲去世後天寶四載造大閣號排雲肅宗至德年中造東塔號普滿者至代宗大曆十年畢工或云造塔僧能分身行化難測品階文殊維摩是王府友吳道子裝塑又開元十四年玄宗東封迴勑車政道往于闐國摹寫天王樣就寺壁畫焉僧智儼募衆畫西庫北壁三乘入道位次皆稱奇絕今之殿宇皆大順年火災之後蓋造宋太祖重修翰林待詔高益筆跡壁畫時推筆墨之妙矣

唐杭州華嚴寺玄覽傳（慧昶　守如）

釋玄覽姓褚氏其先河南人也食菜于錢塘因是家焉覽誕膺明德生而懸解深達實相以崇善本自初念至于捨家師承慧昶昶師德無不滿衆用皆足年高行尊久爲師範及

見覽無一息之間違仁告門人曰無上之道清淨爲本有能一念用其心吾未見學不足者江表無眞僧久矣或以此子爲法鼓耶俾遐邇聞之其預爲達匠之所甄異也如此其本邑有故華嚴寺覽以包桑之地近於玄禮師之先塋屬隋室不競法宇弛頹名將壑遷跡亦時廢屬于唐初募信人重建文明歲有勑許還舊額廣輪制度兼移基址背山臨水往返形勝覽初以具戒依天竺次以僧録住一閑居後以耆德統華嚴三寺次第同致于道道無不在因教有遷也覽嘗以憫物慈濟爲已任遂議寺前平湖之通川爲放生池時太守袁從禮因兹勸勉深入慈門以禁六里司馬楊斂言感夢又廣至十里是以揵髻掉尾噞喁浮沈不虞其害得遂生性焉覽又以經像爲最則殿前畫四像慈氏爲首鑄金銅像三百五十座彌陀爲首寫經二千餘軸金字涅槃經爲首如是功德以順現報故王考宗追贈和州刺史右散騎常侍封舒國公無量則覽之元昆也量修學之日臨平湖龍見無不往觀舒公晏然不離書楼氣度如此明皇初年舒公侍講帝嘉尚之歸覲太夫人年已期頤昆季皆以華皓晨昏之地說法而已覽以開元二十二年示疾終于臨平所造寺春秋八十四僧明了大覺普賢神滿懷遜皆參預法流奉法器藏于細礪洞之下基工部侍郎徐安貞撰碑頌德焉又閩中愛同寺釋守如多事勸誘越上之民歸若鄽聚焉崇樹精廬以爲濟衆急在利他開元十年於寺營浴室患地勢陡高清泉在下桔槹無用汲引

步遥終以爲勞思慮不逌無由改作忽一宵下流頓涸距造浴室所二十餘步清泉迸出時謂神功冥作移此泉耳七閫之民罔不歸信終于温室之偏房矣

唐東陽清泰寺玄朗傳

釋玄朗字慧明姓傅氏其先浦陽郡江夏太守拯公之後曹魏世避地于江左則梁大士翕之六代孫遂爲烏傷人也母葛氏初姙夢乘羊車飛空躡虛而覺身重自玆已後葷血惡聞殆乎産蓐亦如初寐覺後心輕體安嬰兒不啼啌爾而笑九歲出家師授其經日過七紙如意元年閏五月十九日勑度配清泰寺弱冠遠尋光州岸律師受滿足戒旋學律範又博覽經論搜求異同尤切涅槃常恨古人雖有章疏判斷未爲平允往在會稽妙喜寺與印宗禪師商確秘要雖互相述許大旨未周聞天台一宗可以清衆滯可以趣一理因詣東陽天宮寺慧威法師威禀承括州智威時傳威是徐陵後身灌頂師之高足也朗親附之不患貧苦達法華淨名大論止觀禪門等凡一宗之教迹研覈至精後依恭禪師重修觀法博達儒書兼閑道宗無不該覽雖通諸見獨以止觀以爲入道之程作安心之域雖衆聖繼想而以觀音悲智爲事行良津遊心十乘諦冥三觀四悉利物六即體徧雖致心物表身猒人寰情指舊廬志栖林壑唯十八種十二頭陀隱左溪巖因以爲號獨坐一室三十餘秋麻紵爲衣糲蔬充食有願生兜率宮必資福事乃構殿壁繢觀音賓頭盧像乃焚香斂念便感五色神光道俗俱瞻歎

未曾有此後或猿玃來而捧鉢或飛鳥息以聽經時有盲狗來至山門長嗥宛轉于地朗憫之焚香精誠爲狗懺悔不踰旬日雙目豁明至開元十六年刺史王上客屈朗出山暫居城下朗辭疾仍歸本居厥後誨人匪倦講不待衆一欝多羅四十餘年一尼師壇終身不易食無重味居必偏厦非因尋經典不然一燭非因覲聖容不行一步其細行修心蓋徇律法之制遂得遠域沙門鄰境耆耋擁室塡門若冬陽夏陰弗召而自至也其寺宇凋弊乃指授僧靈禀建其殿宇形像累二甎塔續事不用牛膠悉調香汁天台之教鼎盛何莫由斯也一日顧謂門人曰吾衆事云畢年旦暮焉以天寶十三年九月十九日薄疾而終春秋八十有二僧夏六十一置塔於巖所生常撰法華經科文二卷付法弟子衢州龍丘寺道賓淨安寺慧從越州法華寺法源神邕常州福業寺守眞蘇州報恩寺道遵明州大寶寺道原婺州開元寺清辯齠年慕道志意求師不踰三年思過半矣行其道者號左溪焉第其傳法號五祖矣禹山沙門神迥著乎眞讚矣

系曰觀其唐世已上求戒者得自選名德爲師近代官度以引次排之立司存主之不由已也朗之求戒不其是乎如是師資相練恩義所生脫臨事請爲則喻同野馬也

唐湖州佛川寺慧明傳

釋慧明俗姓陳氏漢太丘長寔之後世居潁川永嘉南渡祖爲司徒掾曾祖仲文有佐命于陳封丹陽公祖爲雙溪穀熟二縣令考爲

蘭陵長乃爲蘭陵人也明母氏初感之日如持佛戒足惡履于葷園山不甞于蟲器神夢髣髴如聞法音既而誕焉年漸及卝方祈捨俗父母偕聽至受具時即開元七年也習學律藏甞謂人曰昔者緊刑首作伯成子遁焉吾雖不捨律儀而惡乎諍論紛紛若心印心之法至矣哉乃西詣方巖頓開心地天寶中有願於清涼山淮汴阻兵明即旋策與禪客遇同遊宛陵於上石門置蘭若三所有大戲來擾如撫尨焉時荐饑群盜欲至必號呼先告往往有徵焉先是此鄉好弋獵明化之皆焚置網器仗矣至天寶五年爰止乎魚陂道場有瑀公者白土史宗之流迹邇行轍世莫之識始相見曰南祖傳教菩薩來何晚耶他日同登魚陂峯頂見東南有山蒼琅獨秀謂瑀公曰吾與此山宿有緣矣天寶八年有制度人州將韋南金舉高行黑白狀請隸名州中寧化道場明固辭改隸佛川即疇昔魚陂所望之峯梁吳均故宅之所地志云青山南掘得古佛二軀莫知年代獲像之地靈泉涌起因名佛川焉泉側有吳王古祠風俗淫祀濫以犧牲於是明夜泊廟閒雷雨荐至林摧瓦飛頃之雨収月在見一丈夫容衞甚盛明曰居士生爲賢人死爲明神柰何使蒼生每被血食豈知此事殃爾業耶神曰非弟子本意人自爲之禮懺再三因與受菩薩戒神欣然曰師欲移寺弟子願捨此處永奉禪宮後果移寺於祠側獲銅盤之底篆文有慧明二字焉建中元年正月示疾其日庭水春涤山雨晝冥猛虎繞垣悲嘯而去十二日奄然長

往春秋八十四僧臘五十一二月十二日建塔于寺西山焉傳法弟子慧解慧敏如知三人也若鶖子採菽之倫也菩薩戒弟子刺史盧幼平顔真卿獨孤問俗杜位裴清深於禪味俾晝公爲塔銘焉

唐湖州大雲寺子瑀傳

釋子瑀字眞瑛姓沈氏吳興德清人也其先亡國於沈因以爲氏春秋沈子之後也瑀生而聰慧不以師授年未總角辭親出家以如意年中大赦度人壞衣削髮煤炱世事於洛京大福先寺受戒勤勤祈請假寐三日之夕見有神人儼然在目倏往忽來或同或異得非至誠乎於是燭如來燈佩菩薩印證聖中歸于大雲道場堅執律柄僧綱釐舉不亦宜哉瑀素履純虔無咎無譽使天下之士有外道焉有闡提焉心如飄風言若泉涌撓我聖教擠我妙門瑀示以從容誘以方便莫不稽首挫色而聞命焉常禮一萬五千佛名兼慈悲懺日夜一帀或二日三日一帀夜有聖僧九人降於禮懺之所相與行道彈指而去或夜無燈燭心口是念圓光照室如坐月中如此則往往有之瑀慨德清偏邑未有塔寺遂鋭懷營構一唱齊和乃成精宇前後寫經三藏凡一萬六千卷天寶初臨安足法師死經三宿將入地獄冥中見瑀引至王所謂王曰此人能講涅槃經王宜宥之王曰唯聞巖崙師能講不聞此師名何也如是再三王不能屈因赦之曾是鄉人施犢牛者天然不孕因而出乳其通感如是以十一年秋禪坐而終十二年春將啓靈龕欲焚之容色不變如生

雖少林孕髭蘄春育髮何獨嘉也大理評事攝監察御史姚淡主客郎中姚泲刺史楊慧才偕歸信焉

唐明州慈溪香山寺惟實傳

釋惟實姓湯氏富陽人其爲人也杜多其行禪觀其心淡然靜居長坐不寐初母氏抑其願心不容披削既而籠開鳥逝岸穴泉飛學善財之徧參同迦葉之練行天寶中往明州若嶼山夜聞冥告曰達蓬聖跡名山宜矣翌日且登其山巖洞窈窕石壁削成秀異之多實維靈境有大佛足跡詢其山叟則曰彼開元年中始現斯瑞遂願棲此有終焉之志時屬海冦袁晁蜂蠆屯聚分以剽劫殺戮無辜至于香山衆皆奔竄實據榻瞑目先以大石掩洞門賊可三二百數復舁巨石闊二丈餘鎮其穴口實起喑嗚以掌擧之群盜羅拜以謝之而去邑民重之遂立精舍弗再歲而成大曆八年也太守裴儆奏請署香山題額焉詔度僧七人隸名矣以貞元二年冬示疾終于寺則跏趺而化也春秋六十二法臘三十一矣

唐朔方靈武龍興寺增忍傳

釋增忍俗姓史氏沛國陳留人也典謁之年登其鄉校百氏簡策寓目入神藝文且工乃隨計吏數擧不捷會昌初薄遊塞垣訪古賀蘭山中得淨地者白草谷內發菩提心頓挂儒冠直歸釋氏乃薙草結茅爲舍倍切精進羌胡之族競臻供獻酥酪至五載節使李彥佐嘉其名節於龍興寺建別院號白草焉蓋取其始修道之本地也忍刺血寫諸經大中

七年李公慮其枯悴躬往敦論曰師何獨善一身行小乘行胡不延惜生性任持教法所利博哉忍執情膠固遂著三教毀傷論以見志師覽而益加崇重九年因讀大悲經究尋四十二臂至無畏手疑而結壇浹旬禱請自空中現其正印雙拳歷歷可覩遂命畫工繪寫此臂焉或有譏謗者忍再精懇虔告畫工濯筆銅椀中忽感寶性華一朶枝趺鬚葉一皆鮮明覩者驚歎至咸通十二年七月十日示滅于白草院春秋五十九年十月十七日藏神于水館之南建塔焉初忍刺血寫經總二百八十三卷畫盧舍那閣三十五尺門一丈六尺起樣畫大悲功德三軸自著大悲論六卷並藏諸篋笥焉後節使唐恒夫仰其遺跡奏乞旌勸勑諡大師曰廣慧塔曰念定弟子無轍亦致遠之高足賷血書經二卷瑞華椀一枚詣闕奏呈宣賜紫衣天復中終及梁乾化初中書令西平王韓公遜録遺跡奏聞太祖勑致諡曰法空别賜紫方袍塞垣榮之後唐同光中從事薛昭紀爲碑焉

唐京兆荷恩寺文瓚傳

釋文瓚姓張氏晉陽人也天姿整恪幼事師於并州崇福寺學該群籍控帶三乘至若金版銀繩之籙龍韜象祕之文罔不穫耘情田波濤口海宣暢皇化對揚天休一皆悅服詔爲翻譯并河南佛授記寺兼京兆安國荷恩崇福等寺大德好修福事設無遮一百會凡聖混淆一皆等施縱風雲連起及至齋日必晴明晏然感動人祇福無唐設春秋六十餘卒於本院境内苦霧如泣數日不解焉

唐太原府崇福寺懷玉傳

釋懷玉姓許并州人也少而警利日覽千言早露鋒芒逈拔儕類及其長也戒節踰峻梵場龜鑑志在修葺無間彼此夏墟寺宇經有闕而必補像有凋而徧修三任紀綱特有崇建仍校讎大藏經二十餘本祁寒盛暑不廢晨暮增飾淨土院與事任力轉加殊麗代宗嘉之委爲灌頂道場主眞言祕訣有所在矣春秋六十三卒於本院云

唐晉州大梵寺代病師傳

釋代病者台州天台人也姓陳氏以其嘗發大願盡一報代衆生之病致本名不顯矣誕育之辰祥光充室鄰里異焉七歲喪父哀毀幾于滅性白母求出家母纔艱阻遂斷一指親黨敦勸偏親乃送於國清寺因戒法登滿誓志觀方初止今東京次於河陽爲民救旱按經續八龍王立道場啓祝畢投諸河舉衆咸覩畫像沉躍不定斯須雲起膚寸雷雨大作千里告足自此歸心者衆先是三城間多暴風雹動傷苗稼雉堞號爲毒龍爲之也代病爲誦密語後經歲序都亡是患盟津民立堂宇若生祠焉大曆元年登太行遊霍山乃深入幽邃結茅而居有盜其盂食俄見二虎據路會逢代病盜叩頭陳悔慰諭畢因摩掌虎頭如是累伏猛獸其盜本樵子願依附爲苦行焉其中山神廟晉絳之間傳其肸蠁代病入廟勸其受歸戒絕烹燀牲牢其神石像屢屢隨勸頷首顧其神婦略無俞答之狀遂剃神之髮毀撤神婦鄉人怪之聞白州邑太守怒之曰此唐高祖初起至此久困陰雨其

神見形示路以迎義師厥後龕石爲像薦饗無虧此之兒師無狀敢爾俾繫閉於嘉泉寺扃鍵且嚴至二十日啓關寂然禪定傾城咸往觀禮或聲磬舒徐而起太守急召之不來以至約令斷頭代病斬一指以付使者太守感之躬就迎請移置大梵寺別營甎浮圖以藏其指節矣由是檀信駢肩躡踵有寘毒於酒者貽貧女往施之代病已知貧女紿之曰妄家醞覺美酌施和尚求福況以佛不逆衆生願代病曰汝亦是佛然貧女懼反飲具以情告代病執杯啜之俄爾酒氣及兩脛足地爲之墳裂聞者驚怪以酒供養自茲始也汾隰西河人有疾止給與淨水飲之必瘳凡屬荐饑必募粮設食後於趙城救斯荒歉作施食道場前後八會遐邇賴之道感多類以貞元十九年秋七月八日奄然跏趺示滅四衆初謂如嘉泉寺之禪定輿香華供養至于隔歲膚肉漸堅方知永逝遂漆布縜畫之武宗廢塔像無巨細皆毀除或議之移入陶竈中既而生瑞草一本其狀亭亭若蓋盤錯縈紆庇其風雨而有餘也宣宗即位佛事中興綱糾比丘造小亭移眞形寘於此先於嘉泉寺斷指節已過百齡筋肉甲爪光潤且如金色或屬兵華城陷指亡後有賫出逃難事息歸還亦陰福其逋亡者至今平陽人崇信焉

宋高僧傳卷第二十六

音釋

滮池 滮荒胡切池唐何切滮池水名與滹沱同　鬃 此宰切髻也　瞙 虛汗切乾也　狃 女久切習也　晷 矩鮪切日景也　汭 儒稅切水北曰汭　歙 失涉切州名　槖籥 槖他各切籥以灼切槖籥鞴袋也　垤 徒結切蟻封也　鬐 渠脂切鬣也　噞喁 噞疑檢切喁魚凶切噞喁魚口上見也　桔槔 桔音結槔居勞切桔槔汲水具也　唍 胡板切小笑貌　玃 居縛切大母猴也　鱻 思連切凡新殺曰鱻　虥 鉏山切獸名虎淺毛曰虥貓　尨 莫江切狗也　撓 奴巧切亂也　擠 牋西切排也　犒 徒刀切牛羊無子也　泲 子禮切　嶴 烏到切　慤 苦角切謹也　鬘 莫班切　肹蠁 肹黑乙切蠁許兩切肹蠁謂肹向蠁布也　燀 尺善切炊也　墳 房忿切沸也　隰 似入切地名　歉 苦簟切穀不登也

宋高僧傳卷第二十七

宋左街天壽寺通慧大師賜紫沙門贊寧等奉勑撰

興福篇第九之二 正傳二十一人 附見三人

唐京師光宅寺僧竭傳

釋僧竭者不知何許人也生在佛家化行神甸護珠言戒止水澄心每嗟靳固之夫不自檀那之度乃於建中中造曼殊堂擬摹五臺之聖相議築臺至于水際竭懼傷生命俾立三日道場呪其多足至無足當移窟相避勿

成其梵行之難將知至誠所感徵驗弗虛掘土及泉了無蠢動焉常以複素爲漉袋遇汲有蟲投諸井坎時號護生井恒盈不涸又覩其飛蛾蠛蠓錯認火明爲可飛之路故犯之乃鑄銅蟾爲息煙調天下傳其制度其曼殊院甞轉經每勑賜香此寺本七寶臺寺内有天后所造之臺竭居于中焉

唐成都福感寺定光傳

釋定光者不知何許人也爰從入法厥性弗拘糲食斷中麤襦卒歲方於庸蜀化導有緣事或多魔教鍾中否俄遭武宗毀廢例反儒宗及乎佛日重暉僧倫咸序光同締構寺宇因鑄大鐘計赤金萬餘斤爾日鼓鞴灰飛投鑪火熾有祥煙兩道自浮圖相輪最高處出冉冉射上若虹蜺焉萬人引望五色騰凌相感如然信鼓斯應其塔是阿育王藏舍利之所大和初南蠻蒙傞顛剽掠入益城分蠻卒舍于寺内廊廡皆烹炙熏灼僧皆奔迸時塔頂出四道濃煙分穗直上空虛至夜蠻蛋覩此奇異乃禁止汙穢此塔先在西北四十餘步天寶末長史章仇兼瓊赴在至劒門見一人長一丈餘持戟當路兼瓊驚問對曰某是大石寺護塔神故來奉迎且有少事咨祈大夫也緣大石寺塔在西南未爲極善今請移東北四十二步伏望便掘石此下以鎮舍利兼瓊曰此易耳遂隱厥形到府數日乃令量其地處先掘果得巨石其深無際促石匠數十人鑿鑿之至夜輙填滿遣人潛伺之見有白豕數十以喙推石末塞之隨以舌舐其堅如鐵銅矣章仇止令勿鑿遂移塔於今所即

金華舊寺基也光鐘亦移入新寺焉

唐吳郡嘉禾貞幹傳

釋貞幹俗姓武氏雲中人也神宇高邈以禪默爲務曳錫蹁步南訪靈跡及至故鄣有崑山寺者林泉秀茂則宋支曇諦嘗考室于此味道崇化二十餘載基蹠存焉至元嘉中創成大伽藍屬武宗廢教其寺屏除幹至止於兹與范陽盧君襲同興弘覺法師第二生名跡寺成進士姚扶有詩幹後遊今秀州長水見靈光寺邑民欲樹巨殿時盧令移邑宇民欣然相遇幹悉先知或云得他心宿命之明焉遂請幹首唱而惡偃室之囂寓殿基後編苫爲淺室而居四方檀信弗召自臻又與僧令恭君道等累歲方成今殿其最高廣海内罕比事畢挈弊囊振舊錫歸北莫知其終

唐蘇州支硎山道遵傳

釋道遵字宗達姓張氏吳興人也夙負殊操潔士稱之榮曜不足關於心聲塵未嘗觸其性至年二十詣天竺義威律師受具戒事報恩寺興大師首宗毗尼傳教也後學天台一心三觀法門欲廣寫法華經置道場闢經院一之日發其心二之日規其趾作不逾序厥功成焉居支硎之福地大曆元年州將韋元甫兵部尚書劉晏侍御史王圓開州刺史陸向殿中侍御史陸迅大理評事張象競誘眞心共獲殊勝乃相與飛表奏聞詔書特署爲法華道場自江以東總一十七所皆因遵之首置也舉精行大德二七人常持此經以報主恩鑄盧舍那及毗盧遮那像及多寶塔修淨土當生業造彌陀佛復寫天台教益乎道

場置常住莊二區平時講法華玄義天台止觀四分鈔文臨壇度人授心揭律徒盈石室之籌天寶中於靈巖道場行法華三昧忽覩大明上燭于天我身正念儼在光中異日問荆溪然師曰智慧光明從心流出非精志之所致耶又於本寺入法華道場覩此身在空中坐先證者知是滌垢之相其年春秋七十一僧夏四十六以興元元年七月二十九日告終于支硎山寺僧益公翰公一夜同夢大殿崩果遵入滅門人靈翰法臧道欣猶子靈源追慕不已樹塔旌德焉

唐京兆大興善寺含光傳

釋含光不知何許人也幼覺覺塵馳求簡靜開元中見不空三藏傾高時望乃依附焉及不空却迴西域光亦影隨匪憚艱危思尋聖迹去時泛船海中遇巨魚望舟有吞噬之意兩遭黒風天吴異物之怪既從恬靜俄抵師子國屬尊賢阿闍棃建大悲胎藏壇許光并慧警同受五部灌頂法天寶六載迴京不空譯經乃當參議華梵屬師卒後代宗重光如見不空勑委往五臺山修功德時天台宗學湛然解了禪觀深得智者膏腴嘗與江淮僧四十餘人入清涼境界湛然與光相見問西域傳法之事光云有一國僧體解空宗問及智者教法梵僧云曾聞此教定邪正曉偏圓明止觀功推第一再三囑光或因緣重至爲翻唐爲梵附來某願受持屢屢搖手叮囑詳其南印土多行龍樹宗見故有此願流布也光不知其終

系曰未聞中華演述佛教倒傳西域有諸乎

通曰昔梁武世吐谷渾夸吕可汗使來求佛像及經論十四條帝與所撰湼槃般若金光明等經疏一百三卷付之原其使者必通華言既達音字到後以彼土言譯華成胡方令通會彼亦有僧必展轉傳譯從青海西達葱嶺北諸國不久均行五竺更無疑矣故車師有毛詩論語孝經置學官弟子以相教授雖習讀之皆爲胡語是也又唐西域求易道經詔僧道譯唐爲梵二教爭菩提爲道紛拏不已中輟設能翻傳到彼見此方玄賾之典籍豈不美歟又夫西域者佛法之根榦也東夏者傳來之枝葉也世所知者知枝葉不知根榦而不知枝葉殖土亦根生榦長矣尼拘律陀樹是也蓋東人之斂利何以知耶秦人好略驗其言少而解多也西域之人淳朴何以知乎天竺好繁證其言重而後悟也由是觀之西域之人利在乎念性東人利在乎解性也如無相空教出乎龍樹智者演之令西域之仰慕如中道教生乎彌勒慈恩解之疑西域之罕及將知以前二宗殖於智者慈恩之土中枝葉也入土別生根榦明矣善裁接者見而不識聞而可愛也又如合浦之珠北土之人得之結步揺而飾冠珮南海之人見而不識聞而可愛也蠶婦之絲巧匠之家得之繡衣裳而成黼黻縿抽之嫗見而不識聞而可愛也懿乎智者慈恩西域之師焉得不宗仰乎

唐剡沃洲山禪院寂然傳

釋寂然姓白氏不知何許人也名節素奇踵四聖種故號頭陀焉大和二年振錫觀方訪

天台勝境到剡沃洲山者在天姥岑之陰對天台華頂赤城北望四明金庭石鼓山介焉西北北有支遁嶺養馬坡放鶴峯次焉晉宋已來茲山洞開初有羅漢白道猷言西域來戾止是山次竺法潛支道林居焉高人勝士接踵而棲此中至於戴逵王羲之郗超孫綽許詢遊憩其間矣見是中景異聞名士多居如歸故鄉戀而不能捨去既行道化盛集禪徒浙東廉使元相國稹聞之始爲卜築次陸中丞臨越知之助其完葺三年欝成大院五年而佛事興然每爲往來禪侶談說心要後終于山院大和七年時白樂天在河南保釐爲記劉賓客禹錫書之

唐天台山福田寺普岸傳（全亮 唯約）

釋普岸姓蔡氏漢東人也冲弱之齡逈然聰敏骨目奇秀天生不嗜葷羶長有出塵之意其父嚴毅訓授經籍漸通其義秉翰伸辭宛然華藻因入僧舍暫執經卷乃歎曰佛法玄微非造次可及決志辭親時懷海禪師居百丈山毳納之人駢肩累足時號大叢林焉岸叩其關海攝受之日隨普請施役夜獨執燭誦經曾不憚勞遂諧剃染及陞戒品便習禪那壁坐忘疲觀心恒務瞻蔔附風而香遠戲貓逢獸而吼高學者成圍請於安陸壽山院坐道場矣如是環拱可四百餘衆執器聽瞿沙之說投籌待毱多之度大利群機得道者衆大和年中謂衆曰吾山水之遊未猒諸人勿相留滯天台赤城道猷曾止息焉華頂石梁智者昔降魔矣將遊之也自襄陽邐迤而來從沃洲天姥入天台之西門得平川谷中

峯名大舍號平田是也覩其山四舍鬱翠東西山石門而有三井龍潭東入石橋聖寺乃是綠身道猷尊者結茅居此未幾見尨虎乳子瞪目而視岸岸以杖按其頭曰貧道聞此山是神仙窟宅羅漢隱居今欲寄此安禪檀越勿相驚撓經宿領子而去以大和七年癸丑十月二十七日營構丈室携一童侍給薪水耳八年春禪侶輻湊衆力義成此院號平田焉開成中宛是大道場會昌三年七月告衆入滅春秋七十四度弟子全亮俗姓陳氏悟師之道得鳳之毛一人唯約在上元入滅肉身不朽岸遷塔于是山前此寺置五百羅漢殿永嘉全億長史畫半千形像每一迎請必於石橋宿夜焚香具幢蓋螺鈸引導入于殿香風送至旛幢之勢前靡而入門即止其石梁聖寺在石橋之裏梵唄方作香靄始飄先有金色鳥飛翔後林樹石畔見梵僧或行或坐或招手之狀或卧空之形瞬息之間千變萬化漢南國王錢氏頻年施供養祥瑞極繁今上大平興國三年於滋福殿宣問兩浙都僧正贊寧石橋長廣量度一皆實奏帝歎嗟久之至八年因福田寺道者自詢誓斷腕然鍊乞重造此寺乃宣内殿頭高品衞紹欽張承貴華故規制若化出天宮焉今岸師影堂在寺之右

唐京師奉慈寺惟則傳

釋惟則者拔俗志高栖神物表凡施善務舉則波隨常言像是生善之强緣不得不多立初之覩也如對嚴君次則其心不亂中則觀門自成末則如如焉蕩蕩焉三昧安得不現

前乎是以我曹勸化迷俗得不以此是爲先容歟由是若雕若塑形像森然恒事進修天邑之間偏加激勵屬憲宗太皇太后郭氏元和中爲母齊國大長公主追福造奉慈精舍搜擇名德則乃預選入居未久之間聞四明鄮山有阿育王塔東晉劉薩訶求現往專禮焉乃匠意將七寶爲末用膠範成摹寫脫酷似自甬東躬自負歸奉慈寺供養京邑人皆傾瞻歸信焉

唐長安禪定寺明準傳

釋明準者不詳氏族生緣本天台靈墟道場出俗遊方至京邑觀古之神僧智苑於范陽北山刊石寫經灌鐵以俟慈氏下生免水火之虞又東洛長壽寺寫華嚴聖善寺寫法華嵩山嶽寺寫楞伽悉刊貞珉皆圖不朽準遂於貞元戊寅歲春正月見寺僧鑿山攻石石悉頑惡知匠氏不虔山靈祕恡時準疏告陰靈請裨善務俄於定中見若干幅貯無量石冥冥之間如有宰割皆中刻字時連率博陵崔公激勸幕府參佐各書一品從序至勸發凡二十八圜廊挺立不朞畢工準之化人皆此類也元和元年八月中也後不詳終所

唐洪州寶曆寺幽玄傳

釋幽玄俗姓劉幽州人也夙懷出俗之願年及弱冠方遂前心投并州賢禪師而了玄契元和二年振錫江左至會稽大雲寺見三學僧梶定食輪資緣都闕玄言發響應檀越供贍未幾移居湖心龜山妙喜古寺九年屬平昌孟簡鎮于越枉駕問道遂構成大院十二載復登南嶽栖止絕頂十三年豫章太守商

祐篤重其道命住東明寺即東晉安帝世之所造僧數繁湊寶曆中爲奏改爲世福兼置戒壇續勑改爲度僧寺其間形像皆玄之化導大和元年沈傳中丞又加信向玄於院南别造佛閣五層功就謂弟子曰福事無盡生涯有期物有闕然後人庀具吾終後可將屍漆布安閣下言訖而化門人特旁立塔焉

唐五臺山智頵傳

釋智頵者中山人也自幼辭親來五臺山善住閣院禮賢林爲師誦經合格得度神情爽拔氣調髙峙於世資財少欲知足糲食充腹麤衣禦寒餘有寸帛未嘗不濟諸貧病也遊方參覷預諸講席傳法華維摩二部窮源盡理後持錫髙峯息心却掃距元和中衆辟爲五臺山都檢校守僧長頵與時遷徙固辭不允遂登此職後遇歲當饑饉寺宇蕭條有華嚴寺是大聖棲眞之所巡遊者頗衆供施稀疎院宇倫巡例稱不迨衆請爲華嚴寺都供養主時德不孤有法照無著澄觀之出世也當觀師製華嚴經疏海衆雲集請頵爲講主日供千僧十有餘祼食無告乏皆云有無盡藏之米麪也歲久頗見豐盈有鄰院僧義圓亦當代之碩德也謂頵久知常住私有謗言非平等心是貪饕者也夜有神人報圓曰僧長是千佛之一數也汝發輕言若不悔過當墮惡道圓乃詰朝鳴足懺謝有兹驗也及鍾武宗澄汰頵遁乎山谷不捨文殊之化境未逾歲載宣宗即位勑五臺諸寺度僧五十人宣供衣帔山門再辟頵爲十寺僧長兼山門都修造供養主大中七年與褒海遊臺四衆

建無遮精妙供養一月日乃謂大衆曰吾欲暫憩微骸息心斂迹佐助衆務吾無能爲也付諸俊哲繼吾遺躅乃淨室安坐而滅春秋七十七夏臘五十八云

系曰僧中職任也如網之綱如屋之梁焉肇自姚秦立正魏世推都北齊則十統分員唐世則僧録命職異乎常所聞者五臺山自貞元中智頵始封僧長矣亦猶魚鹽蜃蛤祈望守之也

唐會稽呂后山文質傳

釋文質俗姓祝氏尚丘之遠孫衢州須江人也叔氏爲僧號唯寬學通多本經論寬被詔入長安止大興善寺重詔入内道場兼請受菩薩戒質隨寬入内年十五誦法華華嚴維摩等經二十三受具七日誦周戒本二夏便講四分律二十七講通俱舍四十年中精曉諸大經論後約束大悲禹跡二禪師參問心要既慱達矣歸諸暨法樂寺領徒時有虎來聽法質摩其頂而去後往永嘉鍾會昌之搜簡乃隱樂成縣大芙蓉山胎息而已大中重興太守韋君累請不來强置于榻舁出州開元寺居檀施駢貤廻造大佛殿并講堂房廊形像并寫藏教無不備焉越州廉使沈貳卿命住呂后山院本寧貴禪師舊化之地也質唯居草庵而止咸通二年十月十四日告衆言别十五日端坐而化春秋八十四僧臘六十二窆于雲谷建塔越州刺史叚式爲行録焉

唐明州國寧寺宗亮傳

釋宗亮姓馮氏奉化人也家傍月山而居後

稱月僧焉亮開成中剃落納法方事毗尼循于四儀且無遺行而云我生不辰屬會昌之難便隱家山深巖洞穴大中再造國寧寺徵選清高者隸名亮預住持建州太守李頻爲寺碑云於清心行不汙者得二十八人以補其負廣住持也律僧宗亮禪僧全祐而已國寧經藏載加繕寫躬求正本選紙墨鳩聚嚫施建造三門藏院諸功德廊宇皆亮之力焉晚年專事禪寂不出寺門處士方干贈詩云秋水一泓常見底澗松千尺不生枝空門學佛知多少剃盡心華只有師終于本寺春秋八十亮恒與沙門貫霜棲悟不吟數十人皆秉執清奇好迭爲文會結林下之交撰嶽林寺碑詩集三百許首讚頌並行于代而於福敬二田鋭心彌厚焉亮爲江東生羅隱追慕樂安孫郃最加肯重著四明郡才名志序諸儒駿士外獨云釋宗亮多爲文士先達倣仰焉

唐越州開元寺曇休傳

釋曇休字德敷姓李氏器度宏廓志行修敕納法已來未容少缺習通漸教頗至精微四分律相部疏宗蔚成淵府初機請學皆到甚深休於講訓之餘糾繩寺任伊寺者梁所創年涉四百雖觀閣巋然且榱桷傾弛休華故有方締構無隙特加壯麗輪焉奐焉又護國經樓迨諸棟宇悉見鼎新次以寺之門樓也則長安四年故曇一律師之經始也既而頹廢仍重整覆一同創制復慊永徽中康僧會法師應身堂座畢庳乃募人釐變舊規咸通年中也休之一言檀信響應後終于住寺令

之大善伽藍是也

唐雅州開元寺智廣傳

釋智廣姓崔氏不知何許人也德餅素完道根惟固化行洪雅特顯奇蹤凡百病者造之則以片竹爲杖指其痛端或一撲之無不立愈至有癰者則起跛者則奔其他小疾何足言哉乾寧初王氏始定成都雅郡守羅名乜罷任携廣來謁蜀主王氏素知奇術唯呼爲聖師焉先是咸通中南蠻王及坦綽來圍成都府幾陷時天王現沙門形高五丈許眼射流光蠻兵即退故蜀人於城北寶曆寺立五丈僧相後爲牛尚書預毀次兵火相仍唯懼毗沙門之頹圮耳王氏乃語廣曰郎之異術道德動人乘此可料理天王否往吳尚書行營曾夢令修吾像方事經營除書忽到請法力成之廣唯其命徙就天王閣下居一隅小榻而已翌日病者塡噎其門日收所施二十萬至三十萬錢又發言勸人出材木浹旬皆運至堆積令三綱掌管焉初廣在雅郡本寺揭帝神堂內居其半室低門苫蓐不許女人到門唯有一竹篁子每齋受嚫二十文必投篁內滿則置之佛殿聲鐘集衆自他平等分之常日俗家請齋亦體廣意止施二十文淨飯菜豉汁此外不許一物嚫多不取食畢而去亦無辭告其後益加神驗或遇病者一摑一叱皆起或令燒紙緡掇散飲食或遇甚痛惱者掖紙蘸水貼之亦差光化元年修天王閣向畢乃循江瀆池呪食飼魚經夜其魚二尺巳上萬億許皆浮水面而殞聊躡流水救十千魚生忉利同也

唐鄜州寶臺寺法藏傳

釋法藏不詳氏族厥性方正好行惠物嘗於葦川化衆造寺佛殿僧坊一皆嚴麗雕刻華鶮鄜時命爲壯觀藏偶病篤暴終至一精廬七寶莊嚴非世所有門外有僧梵貌且奇特倡言曰法藏汝造伽藍不無善報奈何於三寶物有互用之愆何從洗雪藏首露之僧曰汝但繕寫金剛般若經恒業受持豈不罪銷亦可延乎壽命言訖而蘇自躬抄度其經午夜口誦藏終時年一百一十歲云雕陰人至今信重焉

唐五臺山海雲傳守節

釋海雲未詳氏族鄉里來遊聖跡始於南臺側選峭絶峯巒幽僻林谷而特居之其刻苦訖道儉而難遵從其遊者寡而無衆迨其入滅門人守節淘灑舍利起塔焉昔傳雲是普賢菩薩應身也門人守節即高力士之子也從師曇儉有進無退雲示之曰上都有卧倫禪師者雖云隱晦而實闡揚六祖印持一時難測化導之方若尸鳩之七子均養也汝急去從之及見倫扣擊未幾告云汝師海雲入滅巳節禀聽斯言荼蓼情苦遂奔赴如其言矣乃繼武接跡盛化相未迨將示滅愁雲欝結鬼神悲號有塔存焉

系曰海雲是普賢應身非耶通曰菩薩下化弗拘定相應以比丘即現說法若然何亂文殊境使主伴不分乎通曰若如所問凡夫分矣聖人豈以我所求乎

唐五臺山佛光寺法興傳

釋法興洛京人也七歲出家不參流俗執巾

提盥罔憚勤苦諷念法華年周部帙又誦淨名經匪逾九旬戒律軌儀有持無犯來尋聖跡樂止林泉隸名佛光寺節操孤潁所霑利物身不主持付囑門人即修功德建三層七間彌勒大閣高九十五尺尊像七十二位聖賢八大龍王罄從嚴飾臺山海衆異舌同辭請充山門都焉蓋從其統攝規範準繩和暢無爭故也大和二年春正月聞空有聲云入滅時至兜率天衆今來迎導於是洗浴焚香端坐入滅建塔于寺西北一里所

唐五臺山行嚴傳

釋行嚴榮陽人也家襲簪組業嗣典墳嚴稟庭誥以周旋約成器能而濟用內要隨計偕發宿緣因聞妙莊嚴王經品白父母求出塵勞堂親抑禁略無却退既而削飾去華年充納戒諸方問道綽有餘能聞五臺山文殊應現凡聖交蹤乃登遊而隸名斯地自爾一成慕學三教偕明談論天人之際聽者茫昧不知區域之內外耶王公大人靡不迴向大和中多行激勸俾營福焉自設大供日計千人聞見之流皆鳴指讚嘆曰行合解通世之希實也助道之法當如是修以大中三年右脇而滅建塔寺西一里云

唐五臺山佛光寺願誠傳

釋願誠姓宋氏望本西河家襲素風濬流遠派不揚胄緒祖考不書母陰氏夜夢庭樹對發千華餘華尋謝獨結一果乃覺有孕母啓願心得娠男子足矣十月臨蓐果如其望立字曰願誠後志存小字不訓法名者遵慈母之意也誠少慕空門雖爲官學生已有息塵

之志追棲金地禮行嚴爲師嚴即儒宗珪璋釋氏師子也一旦謂誠曰汝神情朗秀宜於山中精勤效節可不務乎大利三年落髮五年具戒先誦諸經悉皆精練行人屬耳道望日隆無何會昌中隨例停留唯誠志不動搖及大中再崇釋氏選定僧員誠獨爲首矣遂乃重尋佛光寺已從荒頓發心次第新成美聲洋洋聞於帝聽颸馳聖旨雲降紫衣後李氏奄有并門遐奉文殊躬遊聖地覩其令範撫手愜懷表聞唐天子相繼乃賜大師號圓相也就加山門都檢校光啓三載差饌命僧捨衣投施鐘聲引衆悉至齋堂右脇曲肱寂然長往建塔樹碑寺之西北一里也

後唐五臺山王子寺誠慧傳

釋誠慧元禮之宗盟祖沠蔚州靈丘之故邑父母深信注意清涼因瞻大聖之容乃乞與邦之子旣而有孕遂誕賢童纔當丱年器幹天假自詣臺山永爲佛子時眞容殿釋法順覩其儁哲化以苦空勸捨俗衣令披法服暨登具足尤習毗尼自後孤遊谿谷多處林泉有王子寺僧湛崇等請居玆寺慧主任之餘暇內外典教靡捨斯須供瞻精嚴非不勤恪恒轉華嚴經數盈百部每至卷終懇發願曰以我捧經之手救彼苦惱之人而屬武皇與梁太祖日尋干戈中原未定武皇中流矢創痛楚難任思憶慧師翹想焚香痛苦乃息遄飛鴈帛遠達雞園命下重巒迎歸丹闕武皇躬拜感謝慈悲便號國師矣後乞歸本寺金峯顯耀玉樹相依九州之珍寶皆來百寺之樓臺普建莊宗即位詔賜紫衣次宣師號慧

堅不受帝復宣厥後再朝天闕更極顯榮受恩一月却返五臺同光三年乙酉歲十二月囑累門人廷珪曰吾令化緣將畢爲吾進遣表達于宸聽宜各努力理無相代言訖入丈室右脇而終也俗齡五十僧臘三十帝聞惻愴遣高品監護喪送仍勑賜祭三朝火燼五色骨存收取舍利而起塔焉謚曰法雨塔曰慈雲也

宋高僧傳卷第二十七

音釋

硎戶經切　蠛蠓蠛莫結切蠓母總切蠛蠓醯鷄也　剽匹妙切劫也　蜑徒旱切蠻蜑南夷種類也　鏨昨濫切小鑿也　踽俱禹切獨行貌　縿蘇曹切與纅同纅繭爲絲也　葺七入切修補也　邐迤邐力紙切迤移爾切邐迤連接也　柅尼質切止也　庀甲履切治也　貤以豉切重也　郃侯閤切　敕蓄力切正也　慊詰叶切足也　癵呂員切癵病也拘　摑古陌切批打也　鄜芳無切州名　蘤羽委切榮也　儁祖峻切偉也

宋高僧傳卷第二十八

宋左街天壽寺通慧大師賜紫沙門贊寧等奉勅撰

興福篇第九之三 正傳十五人 附見一人

後唐洛陽中灘浴院智暉傳

釋智暉姓高氏咸秦人也權輿總角萌離俗之心不押童遊動循天分欻遇圭峯溫禪師氣貌瑰偉虛心體道趍其門者淑慝旌别矣謂暉曰子實材器多能之士也請祈攝受二十登戒風骨聳拔好尚且奇山中閴然曾無他事唯鉤索藏教禪律亘通日誦百千言義味隨嚼閒佛許一時外學頗精吟詠得騷雅之體翰墨工外小筆尤嘉粉壁興酣雲山在掌恒言吾慕僧珍道芬之六法恨不與同時對壁連圖各成物象之生動也然眞放達之士哉或振錫而遊縱觀山水或躡屩而至歷

覽市朝意住則留興盡而去或東林入社或南嶽經行悟宗旨於曹溪寧勞一宿訪神仙於阮洞擬到三清事以志求時無虛度此外采藥於山谷救病於旅僧惟切利他心無別務洎梁乾化四年自江表來于帝京顧諸梵宮無所不備唯溫室洗雪塵垢事有闕焉居于洛洲鑿戶爲室界南北岸葺數畝之宮示以標牓召其樂福業者占之未朞漸構欲閏皆周浴具僧坊奐焉有序由是洛城緇伍道觀上流至者如歸來者無阻每以合朔後五日一開洗滌曾無間然一歲則七十有餘會矣一浴則遠近都集三二千僧矣暉躬執役未甞言倦又以木爲承足皋麻縫衣彼迦葉波相去幾何哉其或供僧向暇吟詠餘閑則命筆墨也緬想嘉陵碧浪太華蓮峯凝神邈然得趣乃作五溪煙景四壁寒林移在目前暑天凜冽矣加復運思奇巧造輪汲水神速無比復構應真浴室西廡中十六形像并觀自在堂彌年完備時楊侍郎凝式致政佯狂號楊風子者而篤重暉爲作碑頌德莫測所終

晉五臺山眞容院光嗣傳

釋光嗣姓李氏太原文水人也沖幼孤靜罕雜童稚信尚臺山乃爲眞容院浩威之高足也納戒後器宇穹隆情繫包桑出求禪法歷于年稔內外之學優長口海崩騰良難抗敵由是決意越重湖登閩嶺盛談文殊世界聞者竦動忠懿王王氏大施香茗遣使送山寺焉癸酉歲至兩浙謁武肅王錢氏厚禮遲之施文殊聖衆供物香茶并鉢盂一萬副應吳

越諸州校宰皆刻俸入緣仍泛海至滄州運物入山時降龍大師者率領彈壓緇伍畏焉爲其分散諸寺蘭若衆寡均等時徒侶堅請嗣主院宣補僧官轄諸臺寺院命曰都綱師號超化居于僧上若鯤鳳之領鱗羽焉十五年間興建梵宇齋飼僧尼不勝紀極以天福元年遘疾至九月五日遷滅門人起塔藏其靈骨舍利至今存焉

晉東京相國寺遵誨傳 彥求

釋遵誨姓李氏譙郡人也祖世不仕母張氏夢神人授已寶珠乃有娠焉生且奇異乳哺之時善認人之喜慍彌長見寺觀必任步遅迴顧眄不捨年甫十一禮亳城開元寺崇諲律主爲師範矣誦法華經二周畢部由是勤於學問殆登弱冠受于戒律持彼律儀確乎轉石壽師西洛問道梁園初於智潛法師傳法華經講精義入神雌黄滿口梁開平二年戊辰歲止相國寺藥師院首講所業至後唐長興二年辛卯歲門徒相續請其訓導已周一十九徧升其堂者二十餘人洎天福二年有五臺山繼顒大師精達華嚴大經躬入東京進晉祖降聖節功德誨仰顒師辯浪經江下風趍附乃允講宣誨善下百川蔚成藏海矣梁宋之間以顒罷唱請誨敷揚啓帀虚堂緇素雲萃募四衆鐫石壁華嚴經一部於講殿三面焉嗟其油素易羅炎上之災刻此貞珉寧患白蟫之食工未告終所施已足又召僧俗人各念一卷得二百四十人成三部四季建經會近二十年更無間曠復別施鬼神水陸法食皆勸勵莊嚴菩提心行矣朝廷崇

重旌表其功賜號眞行大師開運二年乙巳歲正月十六日示疾策杖教誡門弟子訖右脇而臥口誦佛名斯須長逝矣享壽七十一法臘五十一門生奉遺旨葬于隨河之北寺莊東原也次有杭州龍華寺釋彥求姓葉氏縉雲人也梁貞明中納戒造景霄律席迴見毗尼祕邃方將傳講俄悟沓婆羅漢反求堅固法乃遊閩嶺得長慶禪師心決迴浙受丹丘人請居六通院其道望惟馨與夫申椒菌桂爭其芬烈矣漢南國王錢氏欽其高行命住功臣院未歸州治龍華寺聚徒開演求好營衆事務必身先唯以利人爲急受施必歸常住房無關鍵笥無扃鐍不容尼衆禮謁不苟聲勢常屬度戒四遠人聚日供累千僧食未甞告匱言前後計飯鉅萬人焉宋建隆中終于住寺云

晉曹州扈通院智朗傳

釋智朗姓黄氏單州城武人也母劉氏夢數桑門圓坐爲劉說法歷然在耳遂妊朗焉及生暨長婉有僧之習氣淳靖簡潔苦辭親出家往曹州扈通院事行滿師供給惟謹洎乎剃染成大比丘學四分律淨名經俱登閫閾且曰出俗之者何滯方守株不能脫羈解絆乎於廣博知見無所堪能乃携缾鉢南極衡陽登嶽棲般若寺行胎息術而覽藏經事訖入閩嶺曾無伴侶形影相弔逢猛獸者數四皆欲呀口垂噬又躡步徐去矣見洞山雪峯二祖師決了禪訓有請問者隨答如飛蓋了達無絓矣後旋本院信向如歸而四事供僧罔闕閒隙四十餘齡役已無倦以晉末丁未

歲十一月二十三日遷滅于時白衣飲痛緇流茹傷獸失猛以哀嘷鳥停飛而宛轉或曰愛河苦海誰拯溺邪春秋七十七法臘五十三火葬收舍利起塔于院朗爲釋子衣物誓不經女人之手浣濯不役徒弟檀施之物像寶未省互用蓋以初律後禪陶冶神用之故也大名府少尹李鉉爲碑焉

漢東京天壽禪院師會傳

釋師會俗姓巨漢荊州刺史武之後祖徙家北燕遂爲薊門人也考諱知古毋趙氏會童孩出俗禮薊州溫泉院道丕爲師匠焉業成年滿受具於金臺寶剎寺壇梁開平中萍梗任飄於河朔杯盂隨步於江淮乃抵漢南遇觀音院巖俊班荊話道抵掌論心且曰子還聞投子山有大同禪師已否曰聞而未見曰宜亟往焉及參大同跬步之間舉揚之外洗焉明白其安坦然乾化二年來梁苑謝俊公曰始者攸攸歧路茫茫生死紫實昧朱狂斯濫哲苟不奉師友指歸幾一生空度今以穢蕕請與薰同器而藏可乎俊公與會耆德留入法席四年秋有寶積坊羅漢院志修堅請會代居所住焉苫蓋五間而已乃感檀越尚書左丞吳藹兵部侍郎張袞若袁粲之謁寶亮徐湛之禮惠通共發奉章賜額曰天壽焉四海之僧翕然而至歷三十五載供僧二百餘萬用其財寶無少混淆耿介可知也天福七年晉高祖以會行成于內聲聞於外勑賜紫衣開運元年賜號曰法相紫衣則藏以受持師號則蔑其稱謂且曰我本不求名名來自求我知其白而守其黒和其光而同其塵

世幻遂巡時不我與三年七月一十六日累諸門人帖然而滅春秋六十七夏臘四十八闍維收舍利數百粒起塔於東郊汴陽鄉也刑部侍郎邊歸讜爲碑頌德云

周宋州廣壽院智江傳

釋智江俗姓單幽州三河南管人也本富族遊俠之子雖乗竹馬猒迴火宅之門乍玩沙堆好作浮圖之制略聞竺乾之教必淡慮凝情若瀟湘之逢故人也唐乾寧四載始年十五詣盤山感化寺遂成息慈息慈業備天復三祀往五臺山梨園寺納木义法自此擔簦請業擇木依師淨名上生二典精練渙然冰釋心未屬猒梁龍德元年於商丘開元寺講名數一支所謂精義入神散則繁衍因著瑞應鈔八卷達者傳之生徒影附繕寫夥多後唐同光元年在微子之墟住院締搆堂宇輪奐可觀復塑慈氏釋迦二尊十六羅漢像咸加繢彩克肖聖儀善務方辦俄遘沉痾以周顯德五年孟秋順終享齡七十四當屬纊時滿院天人雜沓若迎導之狀疇昔誓生覩史之昭應也吏部負外郎李鉉著塔銘云

系曰前人立義皆按教文豈得好惡隨情是非任見巳行前轍不覆後車胡不謹而循之通曰夫創著述者有四焉一前說極非於文茫昧一僻見謬解領悟自乖一樂繁嫌略一好直怪迂有一於此無不著述也江公瑞應鈔未經披覽聞諸道路言亦濟時須苟不濟用而變華古德義章則何異以舊防無所用而壞之者必有水敗也

周五臺山眞容院光嶼傳

釋光嶼俗姓韓氏應州金城邑人也幼讀儒書有佐國牧民之志頻有神人夢中警策曰汝於佛法有大因緣遂投眞容院附法威侍其缾錫謹弟子之職受具後誦淨名經徹簡每至依於義不依語告喻本師而求聽習威尋許諾遂詣太原三學院涉乎寒燠研覈孜孜屢改槐檀乃講維摩上生二座忽謂同志曰余憶昔年每念依於義遡棲學院今講二經窮理見性知果驗因得不依教起行免背四依之行乎俄辭晉水却返故山戴華嚴經遶菩薩殿六時右旋禮佛時晉高祖握圖之三載也名聞丹禁遂賜紫衣明年授號通悟焉山門僧官與大衆堅命臨壇告辭不允僧官謂曰師行解兼人獨善其已良璞不剖必見泣血辭不獲已度人三二載堅求脫免屬少王嗣位院之主守大衆僉舉非嶼而誰辭曰此山四海客遊之所奈何不出院門有年歲矣令知供養有何所須雖免不從自後供施委輸十八年中供百萬餘僧一夕雲霧俱發霰雪交零嶼之蓋經白練一條可三四尺忽爾不見翌日深更遺練俄還舊所也蓋陰神之送至歟顯德七年庚申歲十月示疾謂諸子曰猶龍者厭乎大患歎鳳者悲於逝川諸行無常是生滅法言訖如蟬蛻焉俗壽六十六僧臘四十六荼毗於東峯下取諸靈骨瘞於塔幢舍利隨緣供養焉

宋東京觀音禪院巖俊傳

釋巖俊姓康氏邢臺人也誕育之來蔚繁神異挺身去縛誓入空門從捧戒珠終身圓瑩乃持杯錫言徧參尋陟彼衡廬登乎岷蜀背

至鳳林欻逢深谷見一區之晃耀原七寶之縱橫時同侶相顧曰奇哉可俯拾乎俊曰古人鋤園觸黃金若瓦礫耳苟欲懷之自速禍也徯吾野菅覆頂須此供四方僧言訖捨去造謁舒州投子山主問之曰客來昨宿何處俊曰在不動道場曰既言不動曷由至此對曰至此豈是動邪曰元來宿不著處然山主默認許之迨思還趙路出陳留抵今東京屬乎梁少保隴西公資即河陽節度使贈中書令芝之昆也雖居貴仕酷信空門接俊談玄若劉遺民之奉賈遠也相與議捨第宅俾建仁祠俊弗讓違以安形性既考禪室而行祖風慕道窮玄堂宇盈塞周高祖世宗二帝潛隱地與俊布衣之交每登方丈必施跪禮及其即位延遅優渥至乎朝達見必稽顙高談虛論若至寶山焉以乾德丙寅三月示身有疾彌留弟子求醫奉藥瞋目噤脣不食垂誡門人後巳當怡顏儼肅合掌訣衆而滅享齡八十五坐夏六十五初俊被朝恩賜紫袈裟也受而不服錫淨戒師號也有而不稱屬其策杖清羸周祖勑侍者輩勿令大師一中食俾其日昃更進佉闍尼矣俊諾而難遵慈柔被物暨乎自狹而廣實三院一門也二堂東西恒不減數百衆五十年間計供僧萬百千數京城禪林居其甲矣以其年四月八日歸葬于東郊豐臺村白塔存焉于日神都寺院各率旛幢吹貝鳴鐃相繼二三里道俗送殯者萬數知制誥王著爲碑昭懋厥德云

宋西京寶壇院從彥傳

釋從彥姓米氏燕人也始自識環壽知跪橋

顒昂挺質谿達爲襟年距十五父母聽許出家於并部慧覺禪院也受戒後經江鼓枏論海化鯤流輩畏之咸知宗奉乃懷心於祖教望攻玉於他山由是北别冰天南觀桂海不虞惡瘴唯慕叢林欣遇龍牙山禪師爲決所疑蔚成達者後唐清泰丙申歲還遊嵩少洛中始安人情輯睦彥謍構禪坊延聚緇侶而供養之歷晉漢周三朝皆加恩命乃曰寵辱若驚吾無驚久矣然俗諦門中感世主以綈繡緣飾朽木者哉以開寶二年八月三日示疾而終四年辛未改權從久瘞于層塔焉

宋東京普淨院常覺傳

釋常覺姓李氏陳留人也肇爲鞠子氣調絶奇入鄉校中諷讀經籍群童咸出其下洎登弱冠往廬山遊二林陟五老乃禮歸宗寺禪師充苦行焉梁乾化二年蒙去飾披緇矣明年於東林甘露戒壇納解脫木叉厥後修身踐言雖三藏俱留於意表而以心學爲究盡之務復入五臺山禮妙吉靈跡迨後唐天成三載始於東京麗景門之右樹小禪坊勑額爲普淨焉而逐月三八日設闔京僧浴其或香湯汲注樵蒸失供覺必令撤小屋抽榱桷而助爨焉有公王仰重表薦紫衣堅拒弗受汲汲以利行濟物爲已任耳開寶四年十二月三日遘疾輕安無撓十一日告衆右脇而化享年七十六僧臘五十六荼毗收舍利五色磊落無筭嘗居京邑屢登斯院覽北海陶尚書穀爲湘東張仲荀序詩贈覺而云起後唐天成至漢乾祐每黑白月三取八日浴京大衆累歲費錢可一百三十六萬數計緡千

萬矣雖檀施共成實覺公化導之力也噫大火之下陳留古封周秦已來戰伐之國人物衆而土風尚利舟車會而貨殖惟錯昔梁惠王賢諸侯也嘗謂孟軻曰何以利吾國是知禮讓之化不勝於好利之心明矣且梁去魯千里而近道猶不同矧十萬八千里乎梁王孟子同世之人也心或有異況瞿曇上人乎彼孟氏屬斯文未喪不能揚素王之道今上人當去聖逾遠卒能行法王之教苟非三業内淨六塵外清以至公之行化於人孰以至公之心受於化也陶重叙曰自靈山覆簣法海堙流玉毫晦而微言絶金杖折而異端作惟上人也色空等觀物我都亡麻麥一齋自同禪悦炎涼一納僅蔽枯形前後王臣欲上章乞以大師爲號請以紫染方袍者皆確而拒之云云張仲荀贈覺鉢盂拄杖草屨各用五言爲章刊于小碣其爲名流碩學旌别有如此者

宋杭州報恩寺永安傳

釋永安姓翁氏温州永嘉人也少歲淳厚黄中通理遇同郡彙征大師鳳鳴越嶠玉瑩藍田穫落文心沉潛學奥以其出樂安孫郃拾遺之門也而有慕上之心往拜而乞度然征性高岸而寡合而安事之也曲從若環蓋哀其幼知擇師耳天成中隨侍出杭俄有從十二頭陀之意潛逃欲登閩嶺參問禪宗屬封彊艱棘却迴結庵于天台後遇韶禪師法集頓遣群疑重來禮征咄之曰棄背孝養爾自速辜遺行于斯還有裨補前咎計否安跪對曰從來無事請用塞責征肯頷之漢南國王

錢氏召居報恩寺署號禪師焉乃以華嚴李論爲會要因將合經募人雕板印而施行每有檀施罕聞儲畜廻捨二田矣以開寶甲戌歲終而焚之其舌存焉累投火鍛色雖同乎熾炭寒則柔弱今藏普賢道場中春秋六十四法臘四十四云

宋錢塘永明寺延壽傳

釋延壽姓王本錢塘人也兩浙有國時爲吏督納軍須其性純直口無二言誦徹法華經聲不輟響屬翠巖叅公盛化壽捨妻孥削染登戒嵴於台嶺天柱峯九旬習定有烏類尺鷃巢棲于衣襵中乃得韶禪師決擇所見還遁于雪竇山除誨人外瀑布前坐諷禪嘿衣無繒纊布襦卒歲食無重味野蔬斷中漢南國王錢氏最所欽尚請壽行方等懺贖物類放生汎愛慈柔或非理相干顏貌不動誦法華計一萬三千許部多勵信人營造塔像自無貯畜雅好詩道著萬善同歸宗鏡等録數千萬言高麗國王覽其録遣使遺金線織成袈裟紫水精數珠金澡罐等以開寶八年乙亥終于住寺春秋七十二法臘三十七葬于大慈山樹亭誌焉

宋西京天宮寺義莊傳

釋義莊姓張氏滑臺人也當免懷之日及就傳之秋神彩克明塵機頓去乃於本府開元寺歸善財之列從升戒德因樂遊方始於洛邑采聽法華見識過人闡揚訓物衆請居九曜院焉匪虧法食用濟往來慈以利生始末無間建隆初左散騎常侍申公奏賜紫衣稟學僧尼三十餘員莊性敦勤進講外兢兢五

十年間二時禮懺至老不替於太平興國戊寅年八月奄終俗壽七十八僧臘五十九明年二月遷塔于龍門菩提寺西焉

宋西京廣愛寺普勝傳

釋普勝姓張氏深州陸澤人也幼歳情愛踰薄俄決志趨五臺山華嚴寺師事超化大師或問之曰子胡以越山踰域而求出家彼饒陽者豈無仁祠哲匠乎勝對曰附神驥可以日千里矣其知妙吉淨刹感徵膠戾令我小凡速成果證可不是乎衆聆斯說曰任氣小兒有此高識我曹俱弗如也勝曰其非衽金革死而不厭之徒也願入慈門而思利物耳追乎受具南臨潞府講通上生經矣聞崇法大師傳唯識論盛化洛都往從學焉凡百章疏經目便識之不幾稔間習通精贍勝所傳者中山貞辯鈔講多悞失所然昌言曰繁略不均解判非當乃刪多補少爲四卷行于世太祖神德皇帝賜紫衣師號曰宣教也以太平興國四年秋七月四日示疾終于淨土院享壽六十三坐四十三夏門人等收舍利葬于龍門山寶應寺西阜建塔旌表之

宋東京開寶寺師律傳

釋師律范陽人也姓賈氏大丞相魏國公躭之後唐書有傳律弱齔端謹不與群童鬪伎裁十五歳於憫中寺落髮禮貞涉爲師嚴肅垂髫所履不出邊幅之外涉默異之曰不可屈身下位而抑其名節乎成比丘已可去遊方律奉訓南逝得其禪要廻錫故鄉時梁世追大周朝其間帝王重臣率皆宗仰居于夷門山舊封禪也營構乎殿宇聖儀豐厨祕藏

供僧饒羡約勒後生別院翁如罔違彝憲朝廷以紫衣徽號用旌厥德律視之蔑如也一日謂弟子庶幾曰吾無願不報厥齡欲頹汝宜知之勿俗情而悲悼也乾德二祀正月二十三日而終春秋八十一法臘六十二太平興國五年三月改葬于北部浚儀之原進士賈守廉爲塔銘焉

論曰佛出于世經譯于時大要在乎果因所推歸乎罪福罪也者下三塗之階陛也福也者上諸聖之階陛也階陛是同上下有異耳此命章曰興福者乃欲利他焉如秤低昂如室明暗則知二事必不同時又類薰蕕不同器而藏堯桀不同國而治也凡夫氣分唯說罪多聖者品流但聞福厚順性故易造逆意故難修修有多門行有衆路大約望檀波羅蜜多令度無極也始則人天福行施食與漿橋梁義井次則輪王行中下品善上品十善者則梵天福行也一造偷婆二補修故寺三請佛轉法輪次則二乘淨福行同三品善止自利功强耳次究盡位福行乃成二嚴莊嚴相好從三輪無礙見萬法體空獲利殊多盡未來際夫如是福之廣矣大矣乃知聖者爲福則易爾何耶純淨之故也凡夫則反是易薰染之故也是以佛亦爲穿針之福知福不宜厭焉目連然燎迦葉蹋泥無盡意頁瓔珞寶珠沓婆羅分僧臥具伊皆大人有作聖者權方欲其因罪不厭除福不厭取矧以教傳嶺外法布中原年所彌深行持漸薄内衆修福就彼持門先哲息慠行其懺法矣夫修理懺也淡慮觀心心無所生生無所住當爾之

時順違無相則罪滅福生之地也若行事懺也心憑勝境境引心增念念相資綿綿不斷禮則五輪投地悔則七聚首心或期瑞而證知乃見罪滅之相也昔者齊太宰作淨住法梁武帝懺六根門澄照略成住法圖眞觀廣作慈悲懺至乎會昌年内玄暢大師請修加一萬五千佛名經是以兩京禮經則口唱低頭搗磬一聲謂之小禮自淮以南民間唯禮梁武懺以爲佛事或數僧唄暱歌讚相高謂之禳懺法也其有江表行水懺法者悔其濫費過度之愆此人僞造非眞法也又有斆古人逐字禮華嚴法華經以爲禮無漏法藏也由此有四衆之徒於字上安南無字下安佛誠叨濫也有倡言曰但務生善唯期滅罪何判爲非邪通曰翻譯之後傳行已來若天上之恒星如人形之定相或別占一座便曰客星或新起肉隆乃爲胼贅者耳君不見春秋夏五邪鄭杜諸家豈不能添月字乎蓋畏聖人之言成不刊之典不敢加字矣夫子曰吾猶及史之闕文將知佛教還可加減否如慧嚴重譯泥洹經加之品目忽夢神人怒責聲色頗厲曰涅槃尊經何敢輒爾輕加斟酌是知興福不如避罪斯言允矣今則不勤課勵靡事增修因搜頽脱之數負貴顯孟安之三寶就令有作何代無人或京兆開乎海池或終南建乎蘭若鑄大悲之銅像造相國之伽藍或代病利人或護生掘土鑄鐘感瑞立刹參雲刻像繁多修臺浩博披榛平田之梵宇脫樣阿育之浮圖刊石爲經鳩財立藏或治病於井絡或化人於酇時如斯人也入殊邦

之鄉導合二姓之良媒日月伏根照洞庭之幽暗乾坤玄鑒開混沌之竅端所行博哉續運長矣公羊子有之曰是上之行乎下也詩云爾之教矣民胥效矣願吾徒望上而學之令仁祠聖像無墜于地者也

宋高僧傳卷第二十八

音釋

屩居勺切草履也　菌苦殞切　扃鐍扃古熒切鐍古穴切篋箱鎖處爲扃鐍　閫閾閫苦本切閾雨逼切閫閾門限也　蕕以周切臭草也　讜多曩切　簦都藤切有柄笠也　夥胡果切多也　菅居顔切茅屬　噤巨禁切口閉也　綈杜奚切厚繒也　榱桷榱倉回切椽也桷訖岳切梠也　簣求位切土籠也

宋高僧傳卷第二十九

宋左街天壽寺通慧大師賜紫沙門賛寧等奉勑撰

雜科聲德篇第十之一 正傳二十六人 附見六人

南宋錢塘靈隱寺智一傳一
元魏洛陽慧凝傳二
唐成都府法聚寺貞相傳三
越州妙喜寺僧達傳四
京兆神鼎傳五
京兆泓師傳六
洛陽罔極寺慧日傳七 真法師
越州大禹寺神迥傳八
京兆鎮國寺純陀傳九
天台山國清寺道邃傳十
懷安郡西隱山進平傳十一
寧州南山二聖院道隱傳十二
溫州陶山道晤傳十三
京兆歡喜傳十四 無側
湖州杼山皎然傳十五 福琳
安陸定安山懷空傳十六
澧州慧演傳十七
荊州國昌寺行覺傳十八 皓王
鄂州開元寺玄晏傳十九
南嶽澄心傳二十
杭州天竺寺道齊傳二十一 法如
金陵莊嚴寺慧涉傳二十二
京兆千福寺雲邃傳二十三 清源
京師寶壽寺法真傳二十四
呂后山道場寧賁傳二十五
閬州長樂寺法融傳二十六

南宋錢塘靈隱寺智一傳

釋智一者不詳何許人也居靈隱寺之半峯精守戒範而善長嘯嘯終乃牽曳其聲杳入雲際如吹笳葉若揭遊絲徐舉徐揚載哀載咽颼飀淒切聽者悲涼謂之哀松之梵頗生物善或在像前讚詠流靡於靈山澗邊養一白猿有時驀山踰澗久而不還一乃吭吻張喉作梵呼之則猿至矣時人謂之白猿梵召一公爲猿父猶狙公也其後澗邊群狙聚焉每至衆僧齋訖斂生飯送猿臺所後令山童呼三二聲則群猿競至洎乎唐武宗廢教伊寺毀除焉鞠爲茂草之墟飯猿于臺事皆堙滅一師不詳所終

元魏洛陽慧凝傳

釋慧凝未知何許人也棲止洛邑而無異藝正修練心戒耳甞得疾暴終七日而蘇起說冥間報應及見區分更無毫髮之差所覩者五沙門一是寶明寺智聖以坐禪苦行得升天堂次一是般若寺道品以誦涅槃經四十卷同前智聖次是融覺寺曇謨最稱講涅槃華嚴經領徒千數琰摩王曰講經者心懷彼我以驕慹物比丘中第一麤行今唯試坐禪誦經最曰貧道立身已來唯好講導不能禪誦王曰付司即有青衣數輩擁送最向西北門屋舍皆黑似非好處次是禪林寺道恒唱云教導勸誘四輩檀越造一切經人中像十軀王曰沙門之體必須攝心守道志在禪誦不干世事不務喧繁雖造經像止欲得他財物既得財物貪心即起既長貪行三毒熾然具足煩惱與最同入黑門第五是靈覺寺寶明自稱未出家時甞作隴西太守造靈覺寺

即棄官入道雖不禪誦禮拜不闕王曰御作刺史之日曲理枉法劫奪民財假作此寺非御之力何勞説此亦付青衣送入黑門矣凝由此省悟最先見王屬吏檢尋名籍悮追攝耳時胡太后聞之遣黄門侍郎徐紇依凝之説散訪驗寺額并僧名有無奏報云城東有寶明寺城内有般若寺城西有融覺禪林靈覺三寺并智聖道品曇謨最道弘寶明等皆實有之太后稱歎久之詔請坐禪誦經者一百僧常在内殿供養焉續有詔不聽比丘持經像在街路乞索如私有財物造經像者任意凝入白鹿山隱居修道自此京邑城下比丘多修禪觀誦持大部經法焉

系曰曇謨最坐講法而人我因入黑門中若禪誦者人我隨增知亦不免最與道士姜斌爭論護法之功可補前過無謂傳法之人皆墮負處胡后偏見不亡吁哉

唐成都府法聚寺貞相傳

釋貞相蜀人也七歲出家博綜内外善屬文時號奇童内修律範人無間然龍朔元年有疾而終于此寺將啓手足房内長虹若練而飛上天寺塔鈴索無風自鳴其大門屋壁畫剥落每夜有鼓角聲經百餘日方息從此鳥雀不棲其屋咸亨四年甘露降于講堂前欆櫚樹焉相終弟子收文集三十餘卷寺中石像碑相作辭龔靈曠同撰是歟

唐越州妙喜寺僧達傳

釋僧達姓王氏會稽人也稚齒英奇不參戲弄於龜山妙喜道場出俗其寺南梁初建後樂遊方見黄梅忍禪師若枯苗得雨隨順修

禪罔有休懈遇印宗禪師重磨心鑑光州見道岸律師更勵律儀四衆依歸如水宗海開元七年示疾而終春秋八十二云

唐京兆神鼎傳

釋神鼎者不詳何許人也狂狷而純直髮垂眉際每持一斗巡長安市中乞丐得食就而食之人或施麤麁帛幣布錦綺羅縠並綴聯衣上而著且無選擇嘗入寺中見利貞法師講於座前傾聽少時而問貞曰萬物定巳否貞曰定鼎曰闍梨若言定何因高岸爲谷深谷爲陵有死即生有生即死萬物相糾六道輪迴何得定耶貞曰萬物不定鼎曰若不定何不指天爲地呼地爲天召星爲月命月爲星何得不定邪貞無以應之時衆驚其辯發如流貞公與學被挫其鋒頗形慙色張文成見之歎嗟謂之曰觀法師迅辯即是菩薩行位人也鼎曰菩薩得之不喜失之不怨撻之不怒辱之不嗔鼎今乞得即喜不得即怨撻之即怒辱之即嗔由此觀之去菩薩遠矣時衆錯愕合掌而散焉

系曰答人之問遲巧不如拙速今傳家隔幾百年輙伸詶對通曰谷變陵遷生來死往萬類相糾五道輪迴正是不遷之法可非定耶經云世間相常住是也又言天地星月各據其倫終歸磨滅可非不定耶經云劫火洞然大千俱壞是也今不壞世間相而談實相可非定不定耶雖定不定俱解脫相歟又言有喜怒非菩薩者菩薩雖喜怒非喜怒非菩薩而誰也今聊雪利貞之鬱悒歟

唐京兆泓師傳

擇泓師者齊安人也神龍中來遊京輦簡傲自持而罕言語語則瑰怪頗善地理之學占擇塋兆郭景淳一行之亞焉而出入於郎公韋安石之門與韋既密一日謂之曰貧道於鳳棲原見一段地約二十畝有龍起伏之形勢有藏此者必累世居台鼎韋曰老夫有別墅在城南候閑隙陪國師訪地問其價幾何同遊林泉又資高興異日韋壽前約方命駕次韋公夫人曰令公爲天子大臣國師通陰陽術數柰何潛遊郭外而營生藏非所宜也遂止韋曰舍弟滔有中殤男未葬便示此地泓曰如賢弟得此地不得他將相止列卿而已滔買葬中殤後爲太常卿禮儀使而卒泓每行視山原即爲圖狀嘗自洛東言於張說曰缺門道左有好山岡丞相可用之説曰已位極人臣吉孰過此泓曰無人勝此遂咨源監察乾曜曰先人有遺旨矣後曜請假東洛遷奉而廻已經年矣泓再經缺門其地已成塋兆問居人曰源氏之松柏也泓曰冥數合歸源氏坐可待其變化不數年曜果登庸焉泓曾誠燕公曰宅勿於西北隅取土後成坑三二處爲穴泓驚謂燕公曰禍事令公富貴一身耳更二十年禍及賢郎耳及均垍受祿山僞官肅宗復京以減死論太上皇苦執令處斬皆符泓言然中睿朝皆崇重泓號國師占相之言未嘗差謬

唐洛陽罔極寺慧日傳（真法師）

釋慧日俗姓辛氏東萊人也中宗朝得度及登具足後遇義淨三藏造一乘之極躬詣竺乾心恒羨慕日遂誓遊西域始者泛舶渡海

自經三載東南海中諸國崐崘佛誓師子洲等經過略徧乃達天竺禮謁聖迹尋求梵本訪善知識一十三年咨稟法訓思欲利人振錫還鄉獨影孤征雪嶺胡鄉又涉四載既經多苦深猒閻浮何國何方有樂無苦何法何行能速見佛徧問天竺三藏學者所說皆讃淨土復合金口其於速疾是一生路盡此報身必得往生極樂世界親得奉事阿彌陀佛聞已頂受漸至北印度健馱羅國王城東北有一大山山有觀音像有志誠祈請多得現身日遂七日叩頭又斷食畢命爲期至七日夜且未央觀音空中現紫金色相長一丈餘坐寶蓮華垂右手摩日頂曰汝欲傳法自利利他西方淨土極樂世界彌陀佛國勸令念佛誦經廻願往生到彼國已見佛及我得大利益汝自當知淨土法門勝過諸行說已忽滅日斷食既困聞此强壯及登嶺東歸計行七十餘國總一十八年開元七年方達長安進帝佛眞容梵夾等開悟帝心賜號曰慈愍三藏生常勤修淨土之業著往生淨土集行于世其道與善導少康異時同化也又以僧徒多迷五辛中與渠與渠人多說不同或云蕓薹胡荽或云阿魏唯淨土集中別行書出云五辛此土唯有四一蒜二韮三葱四薤闕於興渠梵語稍訛正云形具餘國不見迴至于闐方得見也根麤如細蔓菁根而白其臭如蒜彼國人種取根食也于時冬天到彼不見枝葉蕓荽非五辛所食無罪日親見爲驗歟以天寶七年卒于住寺報齡六十九葬于白鹿原成小塔焉餘姚休光寺釋眞法師金

華人也俗姓王氏眞髫丱辭家童蒙悟道發大精進堅持戒地一門之中數人緇服眞學習師古義成先聖八部經理宛在掌中三乘法源盡於度內天寶六年太守秦公長史狄公知其行高遂以名薦主休光寺焉二公常相謂曰眞公通深妙法玄無上義問一得三言發響應昔利涉辯博僧會智周與之齊驅未可同日以其八年終于寺本縣令王璲述德刊銘洪元眘書焉

唐越州大禹寺神迥傳

釋神迥未詳何許人也幼入法流齊莊自任節高行峭不惡而嚴晚年慕稱心寺大義律師同習三觀於天台宗得旨於左溪禪師即寶應年中也加以辭筆宏贍華藻紛紜爲朗師眞影讚法華經文句序冠絶于時爲世所貴不詳厥終焉

唐京兆鎭國寺純陀傳

釋純陀者本西域人也梵名無由翻就華言也從遊京邑人所欽重上元中便云東渡人見之顔容若童孺之色言巳年六百歲矣或謂爲八十歲人也言談氣壯舉動不衰代宗皇帝聞之詔入禮遇極豐俾求留年之道陀曰心神好靜今爲塵境汩之何從冥寂乎若離簡靜外欲望留年如登木采芙蕖其可得乎陛下欲長年由簡潔安神神安則壽永寡慾則身安術斯巳往貧道所不知也帝由是篤重之以永泰三年預知必逝遣弟子賫衣鉢進上帝賜弟子紫衣陀終于鎭國寺焉

唐天台山國清寺道邃傳

釋道邃不知何許人也幽識遠晤執志有恒

懸解眞宗不由邪術末傳隋智者教道素得玄微荊溪之門杳難窺望大曆中湛然師委付止觀輔行記得以敷揚若神驗之可以致遠也于時同門元浩逈知畏服不能爭長矣貞元二十一年日本國沙門最澄者亦東夷卉服中剛決明敏僧也泛溟涬達江東慕天台之法門求顗師之禪決屬邃講訓委曲指教澄得旨矣乃盡繕寫一行教法東歸慮其或問從何而聞得誰所印俾防疑悞乃造邦伯作援證焉時台州刺史陸淳判云最澄闍梨形雖異域性實同源特禀生知觸類玄解遠傳天台教旨又遇龍象邃公總萬行於一心了殊塗於三觀親承祕密理絕名言猶慮他方學徒未能信受所請印記安可不任爲憑云澄泛海到國贊教法指一山爲天台號一寺爲國清風行電照斯教大行倭僧遙尊邃爲祖師後終于住寺焉

唐懷安郡西隱山進平傳

釋進平姓吳氏京兆人也早出家于永安山明福院風表端雅諸經大論皆所研尋銷文鍊注令人樂聞末思禪觀於洛下遇荷澤會師了悟且曰甚矣不自外知者所知難乎哉後至唐州遂居西隱山刺史鄭文簡請入城闡揚宗旨示滅年八十一大曆十四年三月入塔

唐寧州南山二聖院道隱傳

釋道隱姓王氏彭原人也風宇高峙情性宏淡少脫塵勞誓從沖漠既循師範因願遊方得荷澤師頓明心要迨旋鄉土道聲洋洋慕其法者若登華陰之市也匪召自臻檀施豐

洽鬱成精舍焉以大曆十三年三月晦囑累四部從於中夜趺坐而終春秋七十二法臘三十五弟子辯眞建塔緘藏焉今師資二座全身不朽矣議者以爲得道眞正其器亦然譬猶鍊丹之鼎藥成鼎亦化金矣在華嚴有諸菩薩成就如虛空忍得無來身以無去故得不生身以不滅故得不聚身以無散壞故其隱師之謂歟

唐溫州陶山道晤傳

釋道晤者不知何許人也高趣放蕩識量難貲末住永嘉陶山側精舍則隱居修眞誥之所也大曆中代宗爲陶眞君樹此精舍晤於此進修靡怠人亦傾仰一夕跏趺而卒身肉無沮如入三昧議不焚葬後五年忽舉右手狀若傳香州官民庶異之以事奏勑賜紫袈裟謚曰實相大師至今塔中州民祈禱旛華塡委焉

系曰凡諸入滅舉其指者蓋示其得四沙門果之數也昔求那跋摩舉二指而滅言已證二果歟其次法京垂滅屈三指慧景反握二指捋之還屈今晤之伸指豈不同諸

唐京兆歡喜傳（無側）

釋歡喜不知何許人也性無羈束慈忍寬和人未嘗見其慍色故號之焉觀國之光至于京輦貴達下民延之少見違拒言語不常事迹難測德宗皇帝聞而重之興元十二年勑永泰寺置戒壇度僧時喜與保唐禪宗別勑令受戒緇伍榮之至其年六月十九日卒于本寺焉有會稽雲門寺釋無側者外國人未知葱嶺南北生也若胡若梵烏可分諸建中

中越磧東遊得意則止度其冬夏後棲越溪雲門寺修道然善體人意號利智梵僧焉相傳則是康寶月道人後身也必嘗以事徵驗而知與名德相遇談話終夕吳興皎然題側房壁云越山千萬雲門絶西僧貌古還名月清朝掃石行道歸林下眠禪看松雪其高邈之狀在畫辭焉

唐湖州杼山皎然傳 福琳

釋皎然名晝姓謝氏長城人康樂侯十世孫也幼負異才性與道合初脱羈絆漸加削染登戒于靈隱戒壇守直律師邊聽毗尼道特所留心於篇什中吟詠情性所謂造其微矣文章儁麗當時號爲釋門偉器哉後博訪名山法席罕不登聽者然其兼攻並進子史經書各臻其極凡所遊歷京師則公相敦重諸郡則邦伯所欽莫非始以詩句牽勸令入佛智行化之意本在乎兹及中年謁諸禪祖了心地法門與武丘山元浩會稽靈澈爲道交故時諺曰霅之晝能清秀貞元初居于東溪草堂欲屏息詩道非禪者之意而自誨之曰借使有宣尼之博識胥臣之多聞終朝目前矜道侈義適足以擾我眞性豈若孤松片雲禪座相對無言而道合至靜而性同哉吾將入杼峯與松雲爲偶所著詩式及諸文筆併寢而不紀因顧筆硯曰我疲爾役爾困我愚數十年間了無所得況汝是外物何累於人哉住既無心去亦無我將放汝各歸本性使物自物不關於予豈不樂乎遂命弟子黜焉至五年五月會前御史中丞李洪自河北負譴再移爲湖守初相見未交一言恍若神合

素知公精於佛理因請益焉先問宗源次及心印公笑而後荅他日言及詩式具陳以宿昔之志公曰不然固命門人檢出草本一覽而歎曰早年曾見沈約品藻慧休翰林庾信詩箴三子所論殊不及此奈何學小乘褊見以宿志爲辭邪遂舉邑中辭人吳季德梁常侍均之後其文有家風予器而重之晝以陸鴻漸爲莫逆之交相國于公頔顔魯公眞卿命裨贊韻海二十餘卷好爲五雜俎篇用意奇險實不忝江南謝之遠裔矣晝清淨其志高邁其心浮名薄利所不能啖唯事林巒與道者遊故終身無惰色又與冥齋蓋循燋面然故事施鬼神食也晝舊居州興國寺起意自捐衣囊施之嘗有軍吏沈釗本德清人也夕從州出乘馬到駱駝橋月色皎如見數人盛飾衣冠釗怪問之如何到此曰項王祠東興國寺然公修冥齋在玆伺耳釗翌日往覆果是鬼物矣又長城趙胥錢沛行役泊舟呂山南見數十百人得非提食器負束帛怡然語笑而過問其故云赴然師齋來時顔魯公爲刺郡早事交遊而加崇重焉以貞元年終山寺有集十卷于頔序集貞元八年正月勑寫其文集入于祕閣天下榮之觀其文也亹亹而不厭合律乎清壯亦一代偉才焉晝生常與韋應物盧幼平吳季德李萼皇甫曾梁肅崔子向薛逢呂渭楊逵或簪組或布衣與之交結必高吟樂道道其同者則然始定交哉故著儒釋交遊傳及內典類聚共四十卷號呶子十卷時貴流布元和四年太守范傳正會稽釋靈澈同過舊院就影堂傷悼彌久

遺題曰道安已返無何鄉慧遠來過舊草堂余亦當時及門者共吟佳句一焚香其遺德後賢所慕者相繼有焉又唐黄州大石山釋福琳姓元氏荆州人也父爲襄陽判司素崇釋氏琳幼好佛門恒循檢操早知割愛就玄靜寺謙著師下剃染登滿足法已躬禮荷澤祖師乃契眞心後至黄陂剪茅營舍終成大院安集四方禪侶琳終時年八十二與元二年四月入塔

唐安陸定安山懷空傳

釋懷空俗姓商氏河陽人也膏粱之子幼且矜莊乃辭所親就本州大都山廣福院出家大明禪師默識空之器局不常教誦群經納法之後觀方京都屬北秀禪師闡化造而決疑後往安陸定安山倏遇一叟勸空鎮壓此川我霑大利乃結茅而止前叟即土地神耳尋因村民逐虎入山見空歡喜而白之曰此中多虎暴村落不安願和尚示以息災之法空曰虎亦衆生也若屠害於彼彼必來報迭相償報何時斷期乎老僧爲諸君計者善可禳去鄉人曰愚下無知唯教所在空曰汝歸舍同心陳置道場施設大會空預法筵至日之夕矣有一虎於庵前瞑目伏地空曰咄哉惡類一報未滅更增宿殃噬人倫也天不見誅死當墮獄吾憫汝哉虎被責已忽遲迴而逝明日齋散上山其虎在庵前領其七子將齋餘擲之各食訖爲其懺悔七虎相次俱亡百姓胥悦且曰從師居此俗無疵癘仍年穀熟致拜而退時張遼大夫爲州牧遣府吏慕容興往請入州空謝病不起部領工匠爲建

禪宮畢示疾而終享年八十三貞元三年三月十六日火葬收舍利入塔焉

唐澧州慧演傳

釋慧演姓苗氏襄陽人也父爲東平糾曹演㓜入開元寺聞經歡喜求於辯章法師所度脫章日講涅槃經演常隨聽入神旣通深義復能講談一日結侶同遊華下思登毛女峯觀仙掌路出洛中乃㕘荷澤祖師通達大觀因入南嶽遂住澧陽江南得道者多矣貞元十二年終享齡七十九云

唐荊州國昌寺行覺傳皓玉

釋行覺姓劉氏鉅鹿人也穉歲英敏立不易方負志出家親難沮勸早投本部永泰伽藍受業納戒後於洛都遇會禪師開悟玄理秉心矯跡遊方見江陵古寺殿宇摧墮闃而無人覺卸囊挂錫明日見樵夫驚怪言此是國昌寺廢巳三周將知人事相因道從緣會學者至矣鄉人來矣鬱成一寺時節使崔尚書請召入城謝而不赴檀施繼臻乃興盛化貞元十五年告終年九十二荊楚之人營塔焉又南嶽山釋皓玉者趙氏之子上黨人也出塵于法清寺後於荷澤會下大明心印入嶽中蘭若養道衡陽太守王展貟外傾重終時年八十餘興元中入塔云

唐鄂州開元寺玄晏傳

釋玄晏江夏人也姓李氏祖善而博識多學注文選行講集於梁宋之間李邕北海太守唐書有傳晏穉昧之齡決志離俗至德初年誦經高第依僧崇眞剃落配住開元寺大曆三年從大闍棃眞悟受具足法便尋律範目

不視靡曼足不履邪徑於四儀中無終食之間違教儀形峭拔眉目秀朗如孤鴻野鶴獨立逈澤望風瞻想自有遠致性多分劑苟與惡比丘共住遑遑然如以佉陀羅炭浴身也不出戶牖焚香掃地端坐盡日人不堪其憂而晏居之以爲三禪之樂不敵也晏少習毗尼長學金剛解空破相臻極玄奧而聞律藏有一時外學之說或賦詩一章運思標拔孤遊境外彭城劉長卿名重五言大嗟賞之由是風雲草木每有賦詠輒爲工文者之所吟諷也晏房舍在寺之北隅頗爲湫陋凡當時名士共營草堂有若陳郡袁滋趙郡李則盧來卿于文炫蔡直偕檀捨同締構也鄂嶽連師何公旌其行業請居晉安不移其志建中伊始符載與楊衡李演約晏爲塵外之侶焉以貞元十六年九月十四日示滅春秋五十八僧臘三十四遷塔于黃鶴山南原也

唐南嶽澄心傳

釋澄心姓朱氏東海人也厥父任濟源令天寶中安史之亂遇害心穉齒隨母氏至河內貧極母即從人心不樂隨嫁心之志氣不群乃投應福寺智明法師求教易披削登戒後雲遊鳥宿務急叅玄於秀師高足門下了其法要乃觀諸方名跡遂止衡嶽請益之僧摩肩駢足時太守吳憲忠請心入州治謝而不行再命棲于龍興寺來問道者丈室恒滿貞元十八年壬午十一月示滅春秋七十六以其月二十七日入塔云

唐杭州天竺寺道齊傳 法如

釋道齊俗姓趙氏錢塘人也幼而察慧器度

浩然入于庠序經籍淹通偶立當衢見僧分衞行諷淨名經冥然喜之且召入家設食問僧爲居何寺荅曰定水伽藍因請父母出家母曰吾生汝時夢手擎日月嘗占是夢云貴子有五等之分脫或捨家吾無望矣由是往定水從師年十七進具習毗尼法復投靈隱寺學華嚴經義自爾於天竺寺修習禪定行杜多行其山有石窟齊於中坐忽巨蟒矯首哈呀爲呑噬之狀愀然不動時有虎豹近于石室群麀時時馴擾又山椒乏水以錫杖剟地其泉迸流實供其用貞元二十一年四方學者勸請講華嚴經時雪飄飛忽生華二本狀若芙蕖熠爚光發觀者嗟歎見所未見齊道譽惟馨其節儉惡衣惡食人所不勝後終于山寺焉又唐太行山釋法如俗姓韓慈州人也少爲商賈心從平準至今東京相國寺發心依洪思法師出家肄業偕通遂往嵩少間遊於洛邑遇神會祖師授其心訣後登太行山見馬頭峯下可以棲神結茅而止有褚整戍將王文信率衆建精廬焉刺史李亞卿中丞命入城不赴示寂報齡八十九元和六年三月遷塔云

唐金陵莊嚴寺慧涉傳

釋慧涉俗姓謝氏會稽人也即東晉太傅安之後是知傑氣英靈間代而出津梁拔俗異世豈無涉爲人清素戒節孤峻好寂爲樂不棲名聞以大曆之初於金陵莊嚴寺遇牛頭山忠禪師一言知歸遂命入室授其法要服膺道化待之彌載不憚其勞洎忠捐世踵武兹嶺無遊人境一衣方丈操節彌高自是以

來問道者衆四維方域無不霑洽五十年中翕然歸德以長慶二年終於山院春秋八十有二門弟子惟晏等奉全師禮建塔於寺之西北勒銘紀德若考師之藝文則草堂廬嶽各美於當代矣

唐京兆千福寺雲邃傳 清源

釋雲邃不知何許人也通綜經論解將行兼仍貫群書號爲該博好遠汎愛人無間然累朝詔入內道場順宗已來掌領譯務憲宗初勾當右街諸寺觀釋道二教事別勑充西明千福兩寺上座風猷淹雅綱任肅然昔賢以道生比郭林宗遂公有焉次潤州棲霞寺釋清源姓馮南徐延陵人也稺年貞素長亦弗群俗態不拘法流爰入造涉公爲弟子焉學贍經律人罕疇匹棲于攝山積其齡稔長慶初工部尚書李相國德裕鎮于浙西洗心道域延居京口諮稟禪要雅契夙心及贊皇去郡返錫棲霞終于住寺

唐京師保壽寺法眞傳

釋法眞不知何許人也器識悠深學問宏博研窮梵典旁賾儒書講導之餘吟詠情性公卿貴士無不宗奉洎長慶中帝頗銳懷佛事眞屢膺召命內殿祇奉四年赴禁中道場睿武昭愍皇帝御于法席顧問三寶功能眞得應對而辯給圜轉援據粲然帝悅因請云久廢壇度僧未全法者皆老朽蓋兩河間兵革未偃之故尋詔兩街佛寺各置僧尼受戒壇場自三月十日始至四月十日停仍令兩街功德使各選擇有戒行僧謂之大德者考試僧尼等經僧能暗誦一百五十紙尼一百紙

即令與度真頻奉勑修功德故遂奏請真之德望實唱導之元罔知終所

唐呂后山道場寧貢傳

釋寧貢姓李氏隴西人也家于亳州蒙城幼奉釋尊而不言乎簪組之緒無得稱其代諱焉貢所吐論皆以覺了不取諸相心通定慧而盡虛空無以邊中可測無以文字求我因往洪州尋道一祖師見而奇之語而異之大乘法器得其人矣遂乃具戒作入室弟子師資數歲道議殊倫欲往天台至越呂后山岑廖曰即是諸佛住處何必天台也貢菩提直幹挺秀七尺村豪里宿覩其異狀歸依瞻仰老幼爭先同味醍醐疾病皆愈是時多有行路緇屄欲暴僧徒貢乃引之而前威之而退驚駭儀貌禮足歸依調御山林魔邪懾伏不下巖嶺近萬餘辰德遠道高僧徒彌衆先時居處隘陋兼無殿堂衆議經營任人資福遠村窮墅亦競助緣土石木工程材售巧約山横棟臨澗飛簷斤師斧子鳥立猿懸揆景促力星再迴天殿堂成矣佛像列矣精耀俯仰照山姹雲人天不殊別開佛土大和二年六月七日遠聞道場之內有鼓鞞絲竹之聲是夜二更恬然化滅生形七十五炎臘四十一是月權殯于杉園禮也齋祭殊品哀號震山慘樹色於禪枝咽水聲於石穴物尚知感人情可量大和五年九月茶毗建塔於道場巽山稟先意也

唐閬州長樂寺法融傳

釋法融姓嚴氏閬中人也穉齒好朴素惡華楚之服父訓令秉筆便畫佛形像至于聚戲

搏沙爲塔所作無非佛事年甫十三見釋子摳其衣坐執經卷苦求出家依長樂寺慧休法師爲弟子經誦偕通乃霑戒善遂講南山律鈔後遊雲水見嵩嶽普寂禪道風行密付心印往弋陽福寧寺放蕩閑居學道者麕至以大和九年示疾而終春秋八十九其年正月十日門人奉神座入塔焉

宋高僧傳卷第二十九

音釋

𢾊力膺切與凌同　椶櫚椶子紅切櫚力居切椶櫚木名　垍期致切　蕓薹蕓禹軍切薹徒來切蕓薹菜名　荽音雖胡荽香菜也　鬉作孔切鬉角也　璲徐醉切　昚時刃切　倭烏禾切國名　磧七迹切　褊補典切陋也　釗止遙切　赳居柳切　閴苦鶪切寂靜也　唅呀唅胡南切呀呼加切唅呀張口貌也　剟陟劣切刊也　熠爚熠弋入切爚弋灼切熠爚光燿　鐓都昆切　䋷音留　褭乃了切

宋高僧傳卷第三十

宋左街天壽寺通慧大師賜紫沙門贊寧等奉勅撰

雜科聲德篇第十之二 正傳十九人 附見六人

唐大安國寺好直傳

釋好直俗姓丁氏會稽諸暨人也幼不喜俗事酒肉葷茹天然不食因投杭塢山藏師落髮元和初受具於杭之天竺寺凡百經律論疏鈔嗜其腴潤一旦芒屩策杖詣洪州禪門洞達心要虛往實歸却於本郡大慶寺求益者提訓凡二十餘載爲江左名僧見儒士能青眼故名輩多與之遊往往戲爲詩句辭皆

錯愕凡從事廉問護戎於越入境籍聲實而造其戶不獨能誘亦善與人交者大和中遊五臺路出京邑一夕而去前護戎郄志榮宋常春二內侍尤味其道孜孜遠招開成初再至京國二貴人同力唱和牽裓虔留致安國寺大方丈以居之王畿龍象莫不欽重無何召入爲供奉大德非所好也徇俗受之然歸歟之歎未嘗少棄四年十月二十五日囑累弟子訖奄然而寂春秋五十六夏三十二郄宋二家率財權瘞于滻水東人皆悲之門人鑑諸後歸葬于崇山之南華嚴寺起塔會昌四年起居舍人韋絢爲碑紀代焉

唐天台山禪林寺廣脩傳 高閑

釋廣脩俗姓留氏東陽下崑人也淑質貞亮早預遂師之門研窮教迹學者雲擁日誦法華維摩金光明梵網四分戒本六時行道弗休彌年更篤每一歲行懺法七七日則第四隨自意三昧也開成三年日本國僧圓載來躬請法台州刺史韋珩謂講止觀于郡齋以會昌三年癸亥歲二月十六日終于禪林本寺俗壽七十三法臘五十二遷神于金地道場法付門人物外焉咸通七年門人良汶發壙火葬淘收舍利一千餘粒重塔緘藏焉又湖州開元寺釋高閑本烏程人也髫年卓躒范露異才受法已還有憐堅志苦學勞形未嘗少惰後入長安於薦福西明等寺隸習經律克精講貫宣宗重興佛法召入對御前草聖遂賜紫衣仍預臨洗懺戒壇號十望大德性情節操矗然難屈老思歸鄉終于本寺弟子鑒宗勑署無上大師亦得閑之筆法閑常

好將雲川白紵書眞草之蹤與人爲學法焉

唐高麗國元表傳 清全

釋元表本三韓人也天寶中來遊華土仍往西域瞻禮聖迹遇心王菩薩指示支提山靈府遂負華嚴經八十卷尋訪霍童禮天冠菩薩至支提石室而宅焉先是此山不容人居居之必多霆震猛獸毒蟲不然鬼魅惑亂於人曾有未得道僧輒居一宿爲山神驅斥明旦止見身投山下數里閒表賷經棲泊澗飲木食後不知出處之蹤矣于時屬會昌搜毀表將經以華櫚木函盛深藏石室中殆宣宗大中元年丙寅保福慧評禪師素聞往事躬率信士迎出甘露都尉院其紙墨如新繕寫今貯在福州僧寺焉又會稽釋全清越人也穫耘戒地芬然杜若於密藏禁呪法也能劾鬼神時有市儈王家之婦患邪氣言語狂倒或啼或笑如是數歲召清治之乃縛草人長尺餘衣以五綵置之於壇呪禁之良久婦言乞命遂誌之曰頃歲春日於禹祠前相附耳如師不見殺即放之遠去清乃取一罌以鞭驅芻靈入其中而呦呦有聲緘器口以六乙泥朱書符印之瘞于桑林之下戒家人無動之婦人病差經五載後值劉漢宏與董昌隔江相持越城陷人謂此爲窖藏掘打罌破見一鵶闖然飛出立於桑杪而作人語曰令得日光矣時清公已卒也

唐鎮州龍興寺頭陀傳

釋頭陀本下邽磨家之子然其器度溫潤若長者之規厥父課令其守磨夜深憫驢牛之困憊自巳代之放其畜齧草飲水歇卧者父

母知之爲其罷業兒亦乞出家遂落髮受具持無嗔怒唯收拾糞掃物爲衣可重數斤卧具三十年未甞更易苦節之行無有倫比眞定之民重之而不受人供施號抖擻上人焉

系曰糞掃衣者四聖種之一也凡修鍊者必願成此行奈何少堪任之其勝之者勇猛堪能之人也

唐南嶽山全玭傳

釋全玭本餘杭人也入徑山禮法濟大師求剃染禀質強渥且耐飢寒諸所參尋略得周徧乃隱衡嶽中立草庵木食澗飲結輭草爲衣伏臘不易有贈玭詩云窠居過後更何人傳得如來法印眞昨日祝融峯下見草衣便是雪山身此太常孫渥舊相南遷有作事詳南嶽高僧傳云

系曰草衣在南嶽炎方壯年即可未知衰老徙居幽朔耐否如能則上上根勝士也

唐越州明心院慧沐傳

釋慧沐俗姓祝氏即世暨陽人也代爲著姓沐幼沖之歳家法嚴明訓授儒經鬱成造秀將隨計吏謁覺智寺契眞禪師即謐大觀者是也因以微諷沐由茲開悟明年剃度乃詣洪井禮觀音禪師頓了心契咸通七載還歸故鄉邑宰韋公迺率信心者造棲眞院四方禪客無遠不届廉使裴延魯召沐因營鑑水坊精舍成還以坊爲題牓既而居之安而能遷允明州掾齊肇請住玉笥峯未久而卒壽八十八臘四十五則乾寧五年七月三日也

唐幽州南瓦窰亡名傳　祝融峯禪者

釋亡名履行尤峻獨居燕城南窰竈間天祐

中幽薊不稔道殍相望因分衛迴聞車轍中呱呱之聲憫而收歸乃飢民所棄女子也以求牛乳哺之當七八歲引於城中求色帛以衣之及笄年也容色豔麗殆非凡俗或譏呵者僧終無渝志適遇燕帥劉仁恭從禽逐兔直入僧居窖內一卒見女子侍僧之側遂白帥劉往親見問其故皆以實對劉曰弟子欲收之可乎僧曰諾早驗無悋意自扶上馬歸府元眞處子也劉益哀之不令伍於下位仍重其僧謂爲果位中人也別造精舍以處之劉一旬兩往謁焉其僧疾沒門人入訃女方獨坐聞之哀慟而死焉劉爲僧營塔標誌矣

又祝融峯禪者亡名爲人抗直不事威儀每一舉揚善標宗要道俗歸之若市嘗飲酒遇毒當時吐下透落腐衣裂石體中無惱每有一蛇一虎爲衛護狀迨終闍維留骨一片大如琵琶槽僧衆構火重焚焚時色同火質火盡灰寒色白如雪豈非得全身分堅固設利羅乎至今嶽中傳其言句立其浮圖號祝融峯道者焉

唐洪州開元寺棲隱傳 寶安

釋棲隱字巨徵姓徐氏少而端厲神解天然佩觿之歲酷好出塵父母不可壞其意削髮之後納法已還其間服勤於學深入毗尼壺奧焉又於風雅之情非彫刻而得成自天姿廣明中避巢寇入廬山折桂峯實嘉遁也然多於華朝月夕晚照高秋練句成聯合篇爲集往往酋健瀏亮散在人口身擁零破麻納不識者謂之山叟野人殊無能者得歸宗禪旨與同舉揚且無悋法平常與貫休處默脩

睦爲詩道之遊沈顏曹松張凝陳昌符皆處士也爲唱訓之友隱爲群士響臻淡然若水後冦盗稍平入荆楚登祝融蹤迹嘯傲光化三年遊畨禺受知於太尉徐彦若同光二年於洪井鉅鹿魏仲甫邂逅以文道相善後唐天成中卒詩弟子應之携隱之詩計百許首投仲甫爲集序今所行者號桂峯集是也次

嘉禾靈光寺釋寶安俗姓夏姑蘇常熟人也風神爽拔性行淑均壯年家務所嬰誓思脱屣及進具之後專習定門洞達眞訣而不衣絲縷惟專分衞寢則匆穌安昔遊五臺嗟南人之不識遂率道俗同模築五臺之制於靈光寺今且存焉事畢無疾而終受生一百有十八歲法臘七十八由身不壞門徒布漆之別院供養至會昌毀寺遂焚之

唐河東懸甕寺金和尚傳

釋金和尚者姓王氏西河平遥人也所生之地猪坑村㓜而魁岸爲人魯質所作詭異與平人不類於嵩巖山出家其後身裁一丈腰闊一圍言事多奇差終後如在鄉人供祭之乞願皆遂人意西河至稽胡皆鄭重焉

梁四明山無作傳

釋無作字不用姓司馬氏姑蘇人也父陳宛丘縣尉母戴氏始妊時夢異沙門稱姓徐住持流水寺欲寄此安居言訖跏趺而坐其父同夜夢於盤中書一字甚稱心自言可以進上天子至明各說所夢母曰意其腹中必沙門也矢之曰如生兒放於流水寺出家及生果歧嶷可愛且惡葷羶之氣年迨四歲母自教誦習利金易礪記憶無遺厥父欲其應童

子舉業漸見風範和潤且恒有出塵之意俄爾父偷窺姚氏之女且美容儀酷欲取之母切忌之因曰或捨是子出家寛汝所取父乃許之送入流水寺中纔及月餘姚氏仳離時謂此女是善知識爲作之出家增上緣矣年二十受具足法相次講通刪補律鈔法華上生等經百法論一性五性宗教勵精尋究孔老書篇無不獵涉後叅其玄學於雪峯存禪師深入堂奥至廬陵三顧山檀越造云亭院豫章創南平院請作住持皆拂衣而去前進士唐稟作藏經碑述作公避請之由居洪井十載且未識洪師鍾氏之面乃遊會稽四明因有終焉之志吳越武肅王錢氏仰重召略出四明因便歸山蓋謝病也有詩杼意呈王王亦不留詩云雲鶴性孤單爭堪名利關銜恩雖入國辭病却歸山時奉化樂安孫郃退居嘯傲不交緇伍唯接作交談終日進士楊弇亦慕爲林下之遊以梁開平中卒于四明春秋五十六初作善草隷筆迹遒健人多摹寫成法述諸色禮懺文數十本注道安六時禮佛文一卷并詩歌並行于代作不入尼寺不謁公門不修名刺不趨時利自號逍遥子焉

梁成都府東禪院貫休傳（處默 曇域）

釋貫休字德隱俗姓姜氏金華蘭溪登高人也七歲父母雅愛之投本縣和安寺圓貞禪師出家爲童侍日誦法華經一千字耳所暫聞不忘於心與處默同削染鄰院而居每隔籬論詩互吟尋偶對僧有見之皆驚異焉受具之後詩名聳動於時乃往豫章傳法華經

起信論皆精奥義講訓且勤本郡太守王慥彌相篤重次太守蔣瓌開洗懺戒壇命休為監壇焉乾寧初賫志謁吳越武肅王錢氏因獻詩五章章八句甚愜旨遺贈亦豐王立去偽功朝廷旌為功臣乃別樹堂立碑記同力平越將校姓名遂刊休詩于碑陰見重如此休善小筆得六法長於水墨形似之狀可觀受衆安橋強氏藥肆請出羅漢一堂云每畫一尊必祈夢得應真貌方成之與常體不同自此遊黟歙與唐安寺蘭闍梨道合後思登南嶽北謁荊帥成汭初甚禮焉於龍興寺安置時內翰吳融謫官相遇往來論道論詩融為休作集序則乾寧三年也尋被誣譖於荊帥黜休于功安鬱悒中題硯子曰入匣始身安弟子勸師入蜀時王氏將圖僭偽邀四方賢士得休甚喜盛被禮遇賜賚隆洽署號禪月大師蜀主常呼為得得來和尚時韋藹舉其美號所長者歌吟諷刺微隱存于教化體調不下二李白賀也至梁乾化二年終于所居春秋八十一蜀主慘怛一皆官葬塔號白蓮於城都北門外昇遷為浮圖乃偽蜀乾德中即梁乾化三年癸酉歲也休能草聖出弟子曇域癸酉年集師文集首安吳內翰序域為後序韋莊嘗贈詩曰豈是為窮常見隔只應嫌酒不相過又廣成先生杜光庭相善比鄉人也休書跡好事者傳號曰姜體是也嘗

覩休真相肥而矬蜀宰相王鍇作讚曇域戒學精微篆文雄健重集許慎說文見行于蜀有詩集亞師之體也

梁廬山雙溪院國道者傳

釋國道者未知何許人也器凝淳粹行敦高邁塊然獨處翩翩在形器之上矣叅學攸廣欲歇孤征愛廬山秀異誓隱淪以求其志考築草舍灌園植蔬任山中居人揃取或問其故答曰貧道無心而種無心而捨也驗此見知實達道之上流矣脩睦僧正恒傾意奉重詩贈國公云入門空寂寂真箇出家兒有行鬼不見無心人謂癡後終于院葬于雙溪山原有小浮圖焉今以國字呼之爲名邪姓邪未得詳焉

梁泉州智宣傳

釋智宣泉州人也壯歲慕法學義淨之爲人也輕生誓死欲遊西域禮佛八塔并求此方未流經法以唐季結侶渡流沙所至國土懷古尋師好奇侚異聚梵夾求舍利開平元年五月中達今東京進辟支佛骨并梵書多羅葉夾經律宣壯歲而往還已衰耄矣梁太祖新革唐命聞宣迴大悅宣賜分物請譯將歸夾葉于時干戈不遑此務也

梁江陵府龍興寺齊已傳

釋齊已姓胡益陽人也秉節高亮氣貌劣陋幼而揃俗於大溈山寺聰敏逸倫納圓品法習學律儀而性躭吟詠氣調清淡有禪客自德山來述其理趣已不覺神遊寥廓之場乃躬往禮訊既發解悟都亡眹迹矣如是藥山鹿門護國凡百禪林孰不叅請視其名利悉若浮雲矣於石霜法會請知僧務梁華唐命天下紛紜于時高季昌禀梁帝之命次遂雷滿出渚宮已便爲荊州留後尋正受節度迫平均帝失御河東莊宗自魏府入洛高氏遂

割據一方捜聚四遠名節之士得齊之義豐南嶽之巳以爲築金之始驗也龍德元年辛巳中禮巳於龍興寺淨院安置給其月俸命作僧正非所好也其如閑辰静夜多事篇章乃作渚宮莫問篇十五章以見意且侚高之命耳巳頸有瘤贅時號詩囊棲約自安破納擁身枲麻纏膝愛樂山水懶謁王侯至有未曾将一字容易謁諸侯句爲狎華山隱士鄭谷詩相酬唱卒有白蓮集行于世自號衡嶽沙門焉

後唐靈州廣福寺無迹傳

釋無迹姓史氏朔方人也當宣宗御宇佛法中興大中九年年正十三決志捨家投白草院法空大師爲弟子操執容縝拂攘囂塵咸通三年用賓于京室得戒度於西明寺矣凡於百藝悉願遊焉慕定林威能畫戴安道能琴我則講貫之餘兼而綜習先是唐恒夫嘗作鎮朔方後於輦下相遇以家僧之禮待焉蓋知言行相髙復能唱導聞恒夫白兩街功德使請隷西明寺旋屬懿宗皇帝於鳳翔法門寺迎眞身右宣副使張思廣奏迹充乎讚導悦懌上心宣賚稠厚光啓中傳授佛頂熾盛光降諸星宿吉祥道場法歸本府府帥韓公聞其堪消分野之災乃於鞠場結壇脩飾而多感應景福中太尉韓公創修廣福寺奏迹住持皆以律範繩之塞垣間求戒者必請爲力生焉梁乾化丙子歲中書令韓公洙奏署師號曰鴻遠歟後唐同光三年乙酉歲四月一日坐終于丈室筋骨如生風神若在蕃漢之人觀禮稱歎曰昔至德中當府龍興寺

有高士辯才坐亡遂漆布之乾寧元年府帥舉奏勑謚曰能覺令迹師可不異時而同事哉中書令韓公命工布漆焉莊宗朝軍府從事薛昭紀爲碑頌徳云

後唐明州國寧寺習光傳

釋習光字登封姓吳氏永嘉人也唐史官左庶子兢之裔孫也幼捨家於陶山寺剃度居必介然不與常人交雜好自標遇慢易緇流多作古調詩苦僻寡味得句時有得色長於草隸聞陸希聲謫官于豫章光往謁之陸恬靜而傲氣居于舟中凡多迴投刺且不之許接一日設方計干謁與語數四苦祈其草法而授其五指撥鐙訣光書體當見酋健轉腕迴筆非常所知乃西上昭宗詔對御榻前書賜紫方袍後謁華帥韓建薦號曰廣利自華下歸故鄉謁武肅王錢氏以客禮延之而性畔岸弗愜王情乃歸甬東終焉有文集知音者所貴出筆法弟子從瓌溫州僧正智琮皆得墨訣有朝賢贈歌詩吳內翰融羅江東隱等五十家僅成一集時四明太守仰詮素重光高蹈躬爲喪主埋命令葬後三年淮西域焚之發棺儼若生相髭髮爪皆長荼毗收舍利起小塔焉則後唐長興中也

晉宣州自新傳

釋自新姓孫氏臨淄人也濯戒尋師曾無懈廢聞膺禪師化被鍾陵往參問焉從雲居長往迴錫嵒隱廣德山中屬兩浙文穆王錢氏率吏士躬征苑陵入山寺群僧皆竄唯新晏如問曰何不避乎對曰東西俱是賊令老僧去何處逃避王驚其訐直迴戈遣歸見武肅

王問之言無所屈加之高行造應瑞院居之假號曰廣現大師初新眘入宣城山采藥穿洞深去始則闇昧尋見日分明行僅數里洞側有別竅溪水泛泛然隈一大松枝下有草庵一僧雪眉擁納坐禪旁有一磬火器新擊磬遂開目驚曰嘻師何緣至此乃陳行止揖坐取石敲火煎茗香味可愛日將夕矣僧讓庵令新宿顧其僧上松巔大巢内闇念法華經聲甚清亮逡巡又咄罵云此群畜生毛類何苦生人恐怖速歸林薄不宜輙出叱去新窺之乃虎豹弭耳而去明日謂其僧曰願在此侍巾屨僧曰自居此地百見草枯四絶人煙非師棲息處又問莫飢否相引溪畔有稻百餘穗收穀手挪三匊黃粱挑野蔬和煑與食後遣回去送至洞口曰相遇非偶然也所食茶與菜麋師平生不乏食矣遂導路回本院已月餘日命同好冉往尋之失洞蹤跡後在浙中充寶塔寺主以天福中卒于住寺年八十餘今影在冷水灣前小院存焉

漢杭州耳相院行脩傳

釋行脩俗姓陳泉州人也少投北巖院出家小心受課誦念克勤十三削髮往長樂府戒壇受上品律儀年始十八參雪峯山存禪師隨衆請問未知詮旨辭存師言入浙去存曰與汝理定容儀令彼二人睹相發心遂指其耳曰輪郭幸長垂璫猶短吾爲汝伸之雙手平曳登即及肩如是者三自此長垂見者舉目後唐天成二年丁亥歲入浙中傾城瞻望檀施紛紛遂構室于西關高峯爲其宴息後欝成大院脩別無舉唱默默而坐人問唯笑

而止士女牽其耳交結於頋下杭人號長耳和尚以乾祐三年庚戌歲十一月示疾動用如平時以三月中夜坐終檀越弟子以漆布今亦存焉後寄夢睦州刺史陳榮曰吾坐下未完檢之元不漆布重加工焉

宋宜陽栢閣山宗淵傳

釋宗淵姓宫氏高密人也幼通經籍察慧若神忽願出家于東萊北禪院後叅學江表岳中祖師勝友資神潤已往造實歸僻好吟詩於荊楚間甞師學于齊已之體自言緣情在品物流形之外覽天下山川且曰步仞之丘巨獸無以隱其軀愛宜陽栢閣山居之以求其志其孤潔耿介凡俗不可造次而見日别持觀音支品蓋曾有善相人言淵促齡勉令受持普門品也至太平興國五年十月預言終期令水土作坐如鹿頂形連促木工明日齋時要用至是果坐終焉鄉人無遠近皆來焚香設拜當年遷小塔于寶雲寺之山原年八十三有洛西集著挽辭五十首一云舉世應無百歲人百年終作塚中塵余今八十有三也自作哀歌送此身紙衣一襲葬焉後開發神色宛然弟子淡然奉明葬之于巖穴之中矣

論曰太極是生兩儀兩儀生萬物絪緼而出鼓動而萌由庶類以蚩蚩稟自然而歷歷自然者道道惟本心心無不通通物之理之謂道也道其不一蓄息流形若究天倪物亦惟一乾一也坤一也殆乎因動成變以變求占則生象不一歟至如鳥獸交氣草木構精或用其牡而踈其雄或同乎根而異乎實鰐飛

似鳥橘移成枳交獲爲倉羽嘉生鳳若此之倫物類糅錯之所致也雜之時大矣哉事有重貤物有紛綸乃彰雜名非一名而統盡故曰義雖博則知可以一名舉也昔梁傳中立篇第十曰唱導也蓋取諸經中此諸菩薩皆唱導之首之義也唱者固必有和乎導者固必有達者終南釋氏觀覽此題得在乎歌讃表宣失在乎兼才别德也璧若别均天分重賦全才虎雙翼而飛鷹四足而擊也於是建立雜篇包藏衆德何止聲表無所不容或曰續傳改作名題自何稽古通曰象班孟堅加九流中雜流也如其立教如其爲人匪獨陰陽不專刑律或兼名墨或涉縱横則可目之爲雜家流也漢書有變拾太史公之遺澄照建題正梁慧皎之僻或曰胡不聞揚子雲疾其雜乎通曰彼惡夫淮南太史公不宗孔而無純德耳此則應雜而雜斷無雜咎歟今作傳者若游夏焉覩其起隱終哀何敢措一辭也或曰何忽變唱導成聲德耶通曰聲之用大矣哉良以諸佛刹土偏用一塵以爲警悟唯忍土最尚音聲行爲佛事及觀音説圓通世尊稱讃者爲被聞熏故若毗目仙人香積世界樂不樂爰居之耳園不入方鑿之穿是以影勝大王止前驅之象馬鉢囊釋子動合會之人天返魂者隨唄聲而到家光潔者聞唄聲而歡喜乃可謂宫商佛法金石天音哀而不傷樂而不佚引之入慈悲之域勸之離繫縛之場脱或執受不精器能無取乃不可謂爲聲德也于今捜有鄰之德聚兼講之才三人之師于斯見矣四戰之國孰敢攻乎得

非備五彩而服章含八風而成樂則有登天竺而作𢣕梵動㙮鈴而貫虹霓副天請而都講隨占地理而宰臣應觀音摩其髮頂彌勒訴其雷神始化倭民坐亡舉指見慈顏而不怒作詩式以安禪巨蟒不驚山魔懾伏臨神鑑而懸知澄汰禮天冠而誓隱靈蹤破虀飛烏勞身代畜衡山衣草禹寺明心養童女以身全遇毒流而命在德符禪月軀涉磧沙或辯之利通或聲之流靡猗嗟碩德於爍群公若諸根之互能同五事之俱舉故强名爲雜也薝蔔接㭊檀之樹數倍馨香鷹鷂育金翅之巢千重猛鷙洛爾同道聽乎直言爲僧不應於十科事佛徒消於百載如能以高爲本以德爲枝以修爲華萼以證爲子實然後婆娑挺蓋鬱密成陰周覆三千大千號之曰大菩提樹也歟

宋高僧傳卷第三十

後序

前代諸家或云僧傳僧史記録乃題號不一亦聲迹有殊至梁沙門慧皎云高僧傳蓋取高而不名者也則開其德業文爲十科見於傳内厥後有唐續高僧傳倣仰梁之大體而以成之洎乎皇朝有宋高僧傳之作也清風載揚盛業不墜贊寧自至道二年奉睿恩掌洛京教門事事簡心曠之日遂得法照等行狀撰已易前來之闕如尋因治定其本雖大義無相乖有不可者以修之先者所謂加我數年於僧傳則可矣已斯幸復治之豈敢以桑榆之年爲辭耶時方徹簡咸平初承詔入職東京右街僧録尋遷左街乃一日顧其本未及繕寫命弟子輩緘諸篋笥俾將來君子知我者以僧傳罪我者亦以僧傳故於卷後而書之云耳

音釋

滻所簡切水名　躒音洛　矗昌六切直聳上貌　錇音浮小缶也　呦幺虬切鳴聲也　窖居效切地藏也　闖敕蔭切闖然出頭貌　殍婢表切餓死曰殍　呱古胡切小兒啼聲　觿翾規切角錐也　鞂古黠切與桔同藁也　仳匹婢切離別也　黟音伊縣名　弇於檢切　譛莊蔭切讒也　鍇苦駭切　揃即淺切割也　瘤力求切疣也　縝章忍切　鰐五各切魚名　傖鋤庚切吳人罵楚人曰傖　鸇鷙鸇之然切鷂屬鷙音至鳾也

明高僧傳

明天台山慈雲禪寺沙門釋如惺識

清刻龍藏佛說法變相圖

明高僧傳敘

明天台山慈雲禪寺沙門釋如惺識

釋迦世尊自周昭王甲寅降生西竺成道涅槃垂千餘載而至漢明帝摩騰竺法蘭始入中國帝爲首創白馬寺以居之自是佛法興而僧徒漸盛於是則有吳之康僧會晉之釋道安寶誌僧倜支遁無讖神僧名釋靈軌芳踪徧於天下微言道韻高論良謨盈於簡牘作史者豈容已哉故六朝廬山遠公唐宣律師宋贊寧輩乃修僧史及高僧傳各若干卷又達磨大師遥知震旦機熟不遠數萬里而來特授教外别傳之旨六傳而至曹溪其道大振載傳而至青原南岳馬祖石頭其枝分榦布派溢源深可謂魯一變而至於道矣然後百丈出叢林備則有開堂入室竪拂拈椎

一千七百則葛藤蔓延寰宇首以道原禪師學士楊大年附馬李遵勗輩作傳燈諸録各若干卷入我國朝成祖文皇帝於萬機之暇乃於僧史傳燈録間採諸靈異者别曰神僧傳又若干卷於戲可謂盛典矣夫孔子作春秋而亂臣賊子懼太史公作史傳天下不肖者恥今吾釋氏而有是書則使天下沙門非惟不作師子身中蟲而甚有見賢思齊黙契乎言表得兔亡罤者詎可量哉然僧史始於漢明傳燈遠遡七佛皆終於宋惟神僧傳迄于元順而止明興太祖高皇帝開國以來國家之治超於三代佛法之興盛於唐宋獨僧史傳燈諸書尚寥寥無聞良可歎也然吾儕有力者不以爲念有志者無以爲縁而我國朝人物其果不若唐宋乎予於庚子校刻前代金湯編今歲又緝國朝護法者以補其缺間於史誌文集往往有諸名僧載焉因隨喜録之自南宋迄今畧得若干人命曰大明高僧傳以備後之修史者採摭云爾

萬曆丁巳仲夏吉旦書于嘉興楞嚴之般若堂

明高僧傳卷第一

明天台山慈雲禪寺沙門釋如惺撰

譯經篇第一 正傳一人 附見二人

元燕都慶壽寺沙門釋沙囉巴傳一 剌溫卜 迦囉思巴

釋沙囉巴西國積寧人總丱即依發思巴帝師薙染習諸部灌頂法又從著栗赤上師學大小乘時有剌溫卜善通燄曼德迦密教爲世所稱投之盡得其道所以善吐番音說諸妙法兼解諸國文字後因迦囉思巴帝師薦于世祖命譯中國未備顯密諸經各若干部其辭旨明辯特賜大辯廣智之號其時僧司雖盛而風紀寖弊官吏不能干城遺法抗禦外侮返爲僧害世祖每論至此切憂之乃選能者整維其失故特授師爲江浙等處釋教都總統帝親勞送之既至江南盡削去煩苛務從寛大故遐邇僧寺賴以安之隨改統福廣因師之氣正德莊嚴峻不倚是以多忤同列嘗自歎曰天下何事耶吾人自擾之耳朝廷設官愈多則天下之事愈煩況釋教乎今僧之苦無他蓋官多事煩耳所謂十羊九牧可勝言哉遂建言以聞得旨盡罷諸路總統天下快焉師即遁迹壠坻築室種樹將欲終老至大中復召至燕京拜光祿大夫大司徒皇太子諸王嘗問法要詔給廩館於慶壽寺所譯之經朝廷皆爲刊行延祐元年十月五日示疾賜鈔萬緡勅太尉瀋王視醫藥謝却之竟面佛端坐而化帝悼之哀賜給葬遺使馳驛送歸故里建塔

系曰譯經之盛莫過於六朝盛唐鳩摩什實

叉難陀輩及入五代北宋則漸漸寢矣況自康王渡江胡馬南飲鑾輦馳遁淳熙之後雖有一隙之暇烏能於是哉至元世祖而華夷一統始復有譯經之命入我國朝洪武建元以來以三藏頗足摩滕不至故止是例今於元史僅得此人庶不虛此首科亦幾希矣

解義篇第二之一 正傳十三人 附見八人

南宋松江興聖寺沙門釋淨真傳一

眉州中巖寺沙門釋祖覺傳二

臨安上天竺寺沙門釋若訥傳三

台州白蓮寺沙門釋了然傳四

明州寶林寺沙門釋了宣傳五 善榮

元杭州上天竺沙門釋性澄傳六 雲夢 澤

杭州下天竺沙門釋蒙潤傳七 古源 竹堂 傳

杭州上天竺沙門釋真淨傳八 無極 度

杭州慧因寺沙門釋盤谷傳九

紹興雲門寺沙門釋允若傳十 大山 恢 天岸 濟 我庵 無

杭州演福寺沙門釋必才傳十一

天台薦福寺沙門釋善繼傳十二

寶雲寺沙門釋子文傳十三

松江興聖寺沙門釋淨真傳一

釋淨真未詳姓氏從松江興聖寺若平法師薙染習賢首宗嘉熙三年遊浙江諸刹因錢塘江壩毀江濤泛溢災民師以偈呈安撫使

趙端明曰海沸江河水接連民居衝蕩益憂煎投身直入龍宮去要止驚濤浪拍天遂投身於海三日而返謂居民曰我在龍宮說法龍神聽受此塘不復毀矣語訖復投於海趙端明感其德具聞於朝敕賜護國淨真法師立祠於杭之會祠

眉州中巖寺沙門釋祖覺傳二

釋祖覺別號癡庵嘉州楊氏子也聰穎夙發獨嗜佛乘精究賢首宗旨盡得其奧後奉旨出住眉州之中巖四方學者雲委川騖而至日於開堂拂倦誨示汲引後學曲盡慈悲清涼一宗至師可爲鼎盛矣而於拈椎之外古今書史諸子典謨無不該研一覽成誦嘗修北宋僧史併華嚴集解金剛經註水陸齋儀等行世

臨安上天竺沙門釋若訥傳三

釋若訥奉旨住上天竺常領徒千人大弘三觀十乘五重六即之道其詞辯若瀉懸河實爲當世四依也南宋淳熙三年高宗幸上竺寺欲禮大士訥迎高宗問曰朕於大士合拜不合拜訥對曰不拜則各自稱尊拜則遞相恭敬高宗欣然致拜又問歲修金光明懺其意爲何訥曰昔佛爲梵釋四王說金光明三昧囑其護國護人後世祖師立爲懺法令僧每於歲旦奉行其法爲國祈福此盛世之典也上說授訥右街僧録賜錢即修其道次年四月八日召訥領僧五十入內觀堂修護國金光明三昧賜齋罷訥登座說法上問曰佛法固妙安得如許經卷訥曰有本者如是高宗大悅進訥左街僧録號曰慧光法師自是

歲歲此日入内修舉佛事賜絹帛五十疋七年八月召訥入内賜齋説法稱旨恩寵隆渥加異

台州白蓮寺沙門釋了然傳四

釋了然號志涌出家郡之白蓮寺講演天台教觀二十餘年精勵後學白業潛修日惟一餐常坐達旦一夕夢二龍雲中交戲空際忽然化爲神人從空而降謁師且於衣袖出一書示曰師七日後當行西歸了然既寤知是往生之應乃撾鼓集衆登座説法遺囑後事已而書偈曰因念佛力得生樂國凡汝諸人可不自逸即索浴更衣命衆同聲誦彌陀經至西方世界倏然而化一衆皆聞天樂之音盈空祥光燭於天表

明州寶林寺沙門釋了宣傳五 善榮

釋了宣四明人肄業於寶林因慕南湖之盛投之精究三觀十乘之旨閱大藏教無不知其大義修法華懺法二十七年與釋善榮爲同志相善凡所修進必偕榮嘗金書法華楞嚴淨名圓覺等經宣亦爲助或遇西資會則施人手畫水墨觀音像二人結誓往生每説法則諄諄勸人皆求生安養從之念佛者衆一日宣詣榮之室默坐榮故問之對曰我西歸有期矣難忘若道義與若淨土重會也榮曰正所幸願宣即集衆告别命誦經念佛號端坐書偈曰性相忘情一三無寄息風不行摩訶室利合掌而逝時正炎暑停龕七日顔色紅潤口角有微涎觀者以帕裛之則異香噴人傾城士庶來裛香涎愈滋闍維舍利無筭宣入寂三年榮忽取經像分施親故諷普

賢行法經小彌陀經今衆同助念佛跏趺乃曰我爲赴宣公之約言畢翛然而化

元杭州上天竺沙門釋性澄傳六雲夢澤

釋性澄字湛堂號越溪紹興會稽孫氏子也父滿母姜氏夢日輪從空而墮旣覺日光猶照其榻遂生師四歲常戲拈筆爲佛像授以佛經即能成誦若宿習焉元至元丙子投石門殊律師祝髪受具石門謂三世諸佛戒爲根本乃教探律藏而通其遮性雙單止持作犯之義乙酉依佛鑒銛公習天台教觀謁雲夢澤法師於南竺普福澤一見深加器重歷居清班要職因天台國清實台宗講寺後易爲禪乃不遠數千里走京師具奏寺之建置顛末舊制之由元世祖賜璽書復之已而欲東渡鴨緑游高麗求天台遺書聞其國有事遂寢大德乙巳出住杭之東竺丁未吳越大旱師率衆說法禱雨格應歲饑民死無以斂乃爲掩其遺骸作水陸大會普度之至大戊申遷南竺之演福至治辛酉驛召入京問道於明仁殿被旨居清塔寺校正大藏駕幸文殊閣引見問勞賜無量壽佛等經各若干卷事竣辭歸特賜金襴衣將行俄有旨即白蓮寺建水陸大無遮會時丞相東平忠獻王請升座說法事聞寵賚尤渥賜號佛海大師泰定甲子住上天竺九年至順壬午六月朔忽撾皷告衆曰我三住名山逾三十年自行無益世緣有限雖媿不敏古德風烈猶或可攀竟拂衣歸天竺之雲外齋歲餘還越之佛果篤志淨土修一心三觀者七晝夜屢感瑞應一日月旦衆以常儀問訊師遽揖曰老僧向

非急於退步一十二年幾在半途矣今日則有明日恐無光陰其可把玩乎煩㸃視衣鉢用表無常衆爲念佛止曰佛須自念明晨却送別黎明衆集遂端坐而逝閲世七十有八坐六十有四夏龕留七日顔貌如生全身窆於清泰塔院所著有金剛集註心經消災經註彌陀經句解及仁王經如意輪咒經科並行世

杭州下竺寺沙門釋蒙潤傳七 古源竹堂傳

釋蒙潤字玉岡嘉禾之海鹽人姓顧父敏隱君子也母孫氏實古源清法師之甥女母娠及誕俱感異夢潤年十四依古源於郡之白蓮方禮伽藍神土偶皆仆一衆驚異古源授經輙成誦遂命從祥公祝髮進具古源見其鋭敏授以天台止觀金剛錍十不二門諸書即能了人意會古源歸寂乃事竹堂傳法師以卒其業因苦學嬰奇疾修請觀音懺七七日既獲靈應疾愈而心倍明利遂得分座於南竺演福湛堂澄公來涖其席潤居第一座無何出世主海鹽之當湖德藏夏講法華衆嘗千指屠酤爲之易業瑞應之迹不可勝紀遷演福宗風益振六年退院事高卧於龍井風篁嶺之白蓮庵專修念佛三昧依者日衆宣政院以下竺法席强起之寺方災惟普賢殿巋然荆棘瓦礫中因慨然謂衆曰茲寺成於慈雲今殿尚存則祖師之願力有在矣乃爲次第葺治而新之昕夕演說無倦率衆修法華三昧感普賢放光現諸瑞相居三禩一日呼門弟子實法明策等示止觀安心之旨已而告曰吾生縁殆盡茲惟其時驟稱佛號

數百聲泊然而化潤生平力修晝夜無怠嘗修常行三昧以九十日爲期者七修法華金光明大悲淨土以七七日者不可以期數故其潛德密行密證者有未易淺窺之也

杭州上天竺寺沙門釋真淨傳八無極度

釋真淨字如庵雲間華亭姚氏子也母朱氏夢月自海昇墮於懷覺而有娠及誕時瑞光滿室有異僧過指謂其母曰此兒海月法師之再來也九歲依化城寺明靜志法師授法華經歷耳成誦十六得度博究諸乘夙慧頓發乃以性學自許首謁杭之廣福雲夢澤公聞無極度法師化聲大振遂造其室盡得其學元大德間出住海鹽德藏法嗣無極其寺方圯淨竭力扶樹衆散復聚田爲豪門所奪復歸不數年翕然成舊式也至治遷松江超果泰定乙丑元相脫驩舉住下竺居七禩講席不倦闢寺前之徑高大其門書佛國山以揭之至順辛未上竺湛堂澄公以老告休舉淨自代先是淨因疾晝寢夢白衣大士持金瓶水灌其口曰汝勿憂非久自愈矣叩以未來休咎示云汝却後二年當避喧大樹之下覺疾果差竊疑避喧樹下非入滅之讖耶及乎澄舉住上竺至見寢堂西有大樹堂匾曰靜處始悟夢之所示由是殫心弘法學者常數千指元主慕其道賜佛心弘辯之號及金紋紫伽黎衣淨素簡重有古人風舉止不妄言笑夙興默課法華經寒暑不輟癸酉冬預告終期乃命舟亟歸於受業未幾示疾書偈而逝閱世七十有二坐五十有六夏闍維得舌根頂骨不壞舍利五色

杭州慧因寺釋盤谷傳九

釋盤谷號麗水海鹽人師貌不揚而志氣超邁博覽經史性忱山水之樂至元中遊五臺峩眉伏牛少室名山勝地嘗云足迹半天下詩名滿世間時附馬高麗瀋王聞師德望具書聘講華嚴大意於杭之慧因寺師展四無礙辯七衆傾伏王大悅師聲價益重後至松郡搆精舍勤修淨業日課彌陀佛號年七十餘無疾預告以時端坐而寂有游山詩集三卷行世

紹興雲門寺沙門釋允若傳十 大山恢 天岸齊 我庵無

釋允若字季蘅號浮休因雲門之傍有若耶溪後又號若耶郡之相里人年九歲能通春秋大義父母鍾愛之稍長翛然有絕塵之趣遂依雲門元和尚十五祝髮爲大僧隨渡濤江首謁大山恢法師於杭之興福山授以天台四教儀金錍十不二門指要鈔諸書一覽而知大旨聞湛堂主南竺往依焉凡法智所結立陰觀別理隨緣六即蛣蜣理毒性具等文靡不精究至於思清之兼業昭圓之異說齊潤之黨邪仁岳之背正亦皆察其非是於是湛堂甚器重之俾司賓客元至治初湛堂奉詔入燕都校大藏因奏若之行業錫以慈光圓照之號即命出住昌源淨理院其院頗頹弊乃力爲經度田蕪者闢之室圮者葺之三年遂成巨刹湛堂復招之俫歸命居第一座攝衆規範泰定中復出主杭之興化時與天岸濟我庵無王庭罕三公道望並峙湖上世稱爲錢塘四依未幾退居越之雲門又與

斷江恩休耕逸臨風吟咏不知夕陽在樹世又稱爲雲門三高至正住越之圓通遷上竺其山舊有纓絡泉涸久若至持錫叩巖禱曰苟吾緣在是泉當爲我一來不然則涸如故言訖泉涌出淵冷漸盈時戶部尚書貢師泰稱比慈雲之重榮擒命之曰再來泉復退隱雲門築精舍專修法華三昧爲暮年淨業會天下大亂干戈紛擾衆欲擁若避去若斥曰難可苟免乎吾對將至待以酬之衆遁若獨危坐賊衆入其舍若毅然不爲屈辭色俱厲賊首知爲有道者約退一賊獨怒直前揮刃中之白乳溢出於地實元至正十九年二月二十九日也世壽八十僧臘六十有五賊退衆歸荼毘舍利如菽無筭若平生風度簡遠不妄言笑趙孟頫稱爲僧中御史得法弟子集慶友奎演福良謹延慶如瑩隆德法讓淨聖圓證等若干人所著內外集黃溍爲敘

杭州演福寺沙門釋必才傳十一

釋必才字大用姓屈氏台州臨海人父哲明大經爲科目之儒母趙氏嗜善崇佛惟謹才娠十月母一夕夢梵僧振錫入堂內覺而生甫能言輒記孝經一卷七歲善屬句脫口而就聲文諧協宛有思致時有江西瞿法師居越之報恩實剡源暹公諸孫通天台教觀才年十二乃挾冊從之未幾爲祝髮進具戒十六出游虎林謁湛堂澄於南竺湛堂與語皆中肯綮即以法器期之命典客司時玉岡潤法師居第一座學者歸之如雲才亦執經入室雖至流金之暑折膠之寒足不踰戶限者十年凡山家之玄教觀之要一經指授意釋

心融靡不臻其閫奥玉岡歎曰此子非靈山會上業已習之烏能至此哉一時儕輩如我菴無絶宗繼皆英聲偉望超出時流至於剖決宗旨議析教章必推才爲上首玉岡出主海鹽德藏命才分座講演其辯若雨注河翻縱横無礙聽者稱之泰定元年玉岡遷演福宣政院請才繼德藏當是時湛堂聲譽喧播中外衆意其必願爲其弟子及升座辦香嗣玉岡君子謂其知義至正二年遷杭之興福三年補演福元臣康里常咨決心要先因寺燼於兵才爲次第新之建萬佛閣其高一百三十尺有奇才之爲人凝重沉默觀行精勵孜孜修進無斯須懈怠接人以慈誨人無倦門弟子據猊座者百人順帝特賜佛鑑圓照之號一日忽覺頭目岑然即謂衆曰吾緣盡矣乃焚香面西端坐高稱彌陀佛號盡一晝夜又告衆曰汝等勿謂修持無驗吾淨土緣熟三昧現前矣即索浴更衣爲書以别相識遂合掌而逝輿龕荼毘有五色光自龕中發火餘不壞者二舌根如紅蓮華齒牙若珂貝舍利滿地衆競取之一時俱盡最後至者乃穴地尺許求之亦有得者塔於寺南閣世六十有八坐五十六夏著述有妙玄文句止觀增治助文法華涅槃講義章安荊溪法智禮文詩偈等並行於世

天台薦福寺沙門釋善繼傳十二

釋善繼號絶宗越之諸暨婁氏子也母王氏夢神僧授白芙蕖遂娠生即能言或見母舉佛號便能合掌和之稍長從季父於山陰靈祕寺治春秋傳因竊窺佛經乃喟然歎曰春

秋固佳特世法耳莫若求出世法況吾身如泡聚官爵奚爲哉於元大德即請於父母師恭和尚祝髮明年進滿分戒尋從天竺大山恢法師習天台教恢公見其慧解卓倫嘗囑曰吾輪下數百人而堪繼大法者惟子耳當自愛勉之會大山遷雲間之延慶即往南竺謁湛堂澄澄一見便問曰入不二門屬何觀法繼對曰三種觀法對屬三部此文旣與止觀同成觀體的是從行澄又問諸經之體爲迷爲悟繼曰體非迷悟迷悟由人亦顧所詮經旨何如耳澄公喜溢顏色謂衆曰法輪轉於他日將有望於斯子矣俾居第一座澄移上竺玉岡潤補其席亦居第一座天曆己巳出住良渚香嗣湛堂日講金光明經夜夢四明法智謂曰爾所講之經與吾若合符節目是益加精進至正壬午元臣高納璘請主天台薦福無何遷能仁闡法華妙玄文句又釋五章與義嘗示衆曰吾祖有云止觀一部即法華三昧之筌蹄一乘十觀即法華三昧之正體汝等須解行並馳正助兼運則圓位可登而不負祖師命宗之意也元季會天下大亂遂東還華徑專修淨業繫念彌陀晝夜不輟一日忽告衆曰佛祖弘化貴乎時節因緣緣與時違化將焉托吾將歸矣乃端坐而逝至正丁酉七月二十二日也世壽七十有二僧臘六十有三荼毘舌根不壞塔於靈祕之西得法弟子有靈壽懷古延慶自朋崇壽是乘廣福大彰雷峯淨昱演福如玘報忠嗣璡車溪仁讓香積曇冑若干人

明州寶雲寺沙門釋子文傳十三

釋子文字宗周四明象山人也即北溪聞法師之上足出主寶雲寺淹博教觀律規甚嚴常與人言則蹇訥若不出口至於升座滔滔如建瓴之水莫之禦也臨終時講十六觀經終即欲就座別衆入滅或有啓曰和尚後事未曾分付柰何遽爾告寂耶文曰僧家要行便行莫倣俗漢伎倆爲兒女計而有後事衆懇益切於是下座復歸方丈一一條畫之即合掌稱西方四聖號回向發願畢遂入滅闍維舍利燦然無數異香襲人彌日而止

明高僧傳卷第一

音釋

窆方泛切音騐葬下棺也　錍賓彌切音畀斧也　穟秦醉切音萃稻也　頫方矩切音甫低頭也　瓴郎丁切音陵甕似瓶也

明高僧傳卷第二

明天台山慈雲禪寺沙門釋如惺撰

解義第二之二 正傳二十人 附見二十人

古懷肇　纖江恩　晦机
天岸濟　古林茂

松江延慶寺沙門釋融照傳一

釋融照字慧光世家越之南明早歲受業於華藏刻意修習天台教觀於台之安國山及杭之天竺後從淵叟湛法師居華亭延慶寺力精教乘勤修禪定燃膏繼晷旦夕無間故學由志臻表於叢席職躋衆右四十祀矣名聞京師詔嘉獎賜師號每歲元日率衆修金光明懺祝釐君上說法之外力事懺摩與諸衆生掃除塵翳攝入善根既老而彌勤得其法者三人曰居簡曰宗棐曰宗權皆法門之龍象也

杭州普福寺沙門釋弘濟傳二　舜田滿

釋弘濟字同舟別號天岸越之餘姚人姓姚氏幼孤從里之寶積寺舜田滿和尚出家卝時駿發絶倫滿授以法華經輒成誦年十六爲大僧日持四分律蹟步之間不敢違越繩尺已而歎曰戒固不可緩而精研教乘以資行解又可後乎於是往鄞依半山全法師習台教久之悉通其旨嘗修法華金光明淨土等懺一日於定中彷彿覩四明尊者付以犀角如意自是談辯日溢若河懸泉涌而了無留滯元泰定元年出世住萬壽圓覺明年鹽官海岸毀居民朝夕惴惴恐爲魚鼈之宅元丞相脫驩甚憂之乃禱觀音大士於上竺命濟即海岸建水陸大齋入慈心三昧取海沙誦大悲陀羅尼帥衆徧撒其處凡足跡所及岸皆復固人稱神焉天曆遷集慶顯慈二寺適當歲儉退處別室蘇人聘與大德萬壽寺闕六寒暑寺告成至正五年宣政請主會稽

之圓通居四載還寶積專修念佛三昧七年濟以年高八十元主降旨命主杭之普福濟堅卧不起門人法航等進曰和尚自爲固善其如斯道何濟不得已遂强起受詔赴之無何竟拂衣復歸舊隱開清鏡閣以蟄焉因楞嚴經諸註繁簡失當將欲折衷其說爲之疏解俄疾作即召弟子以唯心淨土之旨惓惓爲勉問有未解其意濟乃厲聲曰生死難處生死難處遂書偈而逝時至正十六年三月十日也閱世八十有六坐七十有一夏越七日顏如生衆以陶器葬里之蛾眉山松花塢亦濟自卜之所嗣法弟子有上竺道臻雍熙淨琛普光允中圓通有傳天宮明靜五人所著有四教儀紀正天岸外集各若干卷行於世

系曰濟有大過人者三焉內外書史過目則終身不忘一也有高昌僧般若室利學兼華梵世無敵者請濟用高昌語譯小止觀而頓見文彩煥發室利赧然自失二也生平以流通教法爲己任凡講法華一百十會而感天雨寶花繽紛者再三也嗚呼人或有一不媿於生濟備此三可謂世之優曇也歟

四明延慶寺沙門釋本無傳三

釋本無號我庵台州黄巖人幼從方山寶禪師於瑞巖薙髮進具戒次依寂照禪師於中天竺命司箋翰寂照每深加錐劄亦有省處後有舅氏本習天台教挽之更衣見湛堂澄於演福精研教部寂照惜其去遂作偈寄之云從教入禪今古有從禪入教古今無一心三觀門雖別水滿千江月自孤師後出世既

爲澄公法嗣仍爇一香以報寂照蓋不以跡異二其心也寂照將入滅時師方主延慶照乃遺書囑其力弘大蘇少林二宗餘無他説師因眞寂照乃拈香云妙喜五傳最光燄寂照一代甘露門等閒觸著肝膽裂氷雪忽作陽春溫我思打失鼻孔日是何氣息今猶存天風北來歲云暮掣電討甚空中痕師後晚年遷杭之上天竺最久一日無疾端坐而蛻於白雲堂謚曰佛護宣覺憲慈匡道大師

天台佛隴修禪寺沙門釋行可傳四

釋行可號宜行博綜台宗精修止觀踐履確實悟理圓融一夕因聽雨述偈曰簷前滴滴甚分明迷處衆生喚作聲我亦年來多逐物春宵一枕夢難成未詳其所終

五臺山祐國寺沙門釋文才傳五 迦羅斯巴

釋文才號仲華清水楊氏子其先弘農人世官隴坻父靜義爲清水主簿遂家焉師少孤事母盡孝性敏捷慧悟生知而於古今墳典史籍無不精究尤邃於理學好古作善吟咏然所稟敦朴若無所知或對客討論如河漢莫窺其涯涘自受具後徧游講肆盡得賢首之學嘗曰學貴宗通言必會意以意逆志則得之矣其語言文字糟粕耳豈能開人之慧目乎初隱成紀築室樹松將欲終焉故人稱曰松堂和尚元世祖特降旨命主洛陽白馬寺學者川奔海會聲譽日馳成宗建萬聖寺于五臺詔求開山第一代住持時帝師迦羅斯巴薦之成宗即鑄金印署爲眞覺國師總釋源宗兼祐國住持事帝師賚旨起師師辭曰山僧荷蒙國恩居白馬寺亦過矣何德敢

主祐國越分以居不詳不省而行不明吾坐此二頌爲我辭帝師曰此上命也上於是寺心亦勤且至矣非師孰與此係教門事師善爲之於是不得已而行既被命以來而大弘清涼之道雖至老無怠大德六年壬寅九月朔日示微疾乃說法辭衆端坐而寂年六十有二闍維舍利數百粒塔于東臺之麓嗣法有普寧之弘教普庵之幻堂

泰州景福寺沙門釋英辯傳六 柏林潭

釋英辯號普覺俗姓趙垂髫爲驅烏沙彌弱冠受具戒年二十有五得傳于柏林潭法師之學未三稔出世於泰州景福寺其道大震聲馳四表摧伏異見樹正法幢辯之資性真純如玉含璞不加雕繪人愛重之至於悍卒武夫亦能敬其爲無佛世之佛也每得襯幣悉以犒梵剎食僧伽施貧乏元世祖聞其高風降旨旌異至延祐元年六月庚戌無疾辭衆坐寂煥異景於易簀之夕標奇迹於火葬之餘塔於普覺寺之後閱世六十有八臘六十有一

京都崇恩寺沙門釋德謙傳七

釋德謙號福元姓楊氏寧州定平人也幼爲勤策嗜誦佛書稍長即游秦洛汴汝逾河北齊魏燕趙之邦諮訪先德初受般若於邠州寧公習瑞應於原州忠公受幽贊於好畤仙公學圓覺於乾陵一公究唯識俱舍等論於陝州頙公聽楞嚴四分律疏於陽夏聞公凡六經四論一律皆辭宏旨奧窮三藏之蘊而數公並以識法解義聲名遠聞謙皆親熏炙之而必臻其道後至京師受華嚴於大司徒

萬安壇主初諮居萬寧寺遷崇恩前後十紀道德簡於宸衷流聲揚於海外未嘗以榮顯寵遇改其志嘗曰畦衣之士抗于世表苟不媿于朝聞夕死尚何慕焉自以重居巨刹久佩恩榮唯恬退爲高尚乃讓師席與弟子自居幽僻謝絶人事括囊一室以明其明樂其樂處世而遺世者也元延祐四年正月二十有六日示寂帝賜鏹五十緡賻葬勑有司備儀衛旛幢音樂津送荼毘獲舍利數十顆建塔于城之南隅世壽五十有一臘四十有三

京都慶壽寺沙門釋達益巴傳八（綽思吉）

釋達益巴未知何國人少爲苾芻事帝師十有三年侍聽言論陶熏滋久鬱成美器凡大小乘律論及祕密部皆得乎理之所歸帝師西還送至臨洮命依綽思吉大士十有九年聞所未聞道益精萃秦人請居古佛寺其六波羅蜜靡所不修兼通賢首之教於是名譽四表道重三朝元武宗踐祚召問法要稱旨所賜雖厚辭不受未久乞歸許之將謀以終自許俄而復召還京大宣法化帝親臨聽特賜弘法普濟三藏之號命鑄金印及紫方袍以旌異之勑王公大臣皆咨決心要延祐五年八月十有六日無疾端坐而化壽七十有三帝命兩宮賜幣助葬皇太子宰輔致奠勑有司衛送全身建塔謚曰祐聖國師

京都寶集寺沙門釋妙文傳九（大德明）

釋妙文蔚州孫氏子也九歲出家十八受具已而遊學於雲朔燕趙之境二十一抵京師依大德明和尚學圓頓教遂陸沉于衆十有一年衆請出世始赤服升猊座縱無礙辯若

峽倒川奔及乎閒居簡默言不妄發其涵養冲挹無欲速不躁進大類如此年四十八住薊之雲泉勤儉節用老者懷其德少者嚴其教故衆睦而寺治廩有餘粟以賑饑民薊人稱之世祖召見顧謂侍臣曰此福德僧也詔居寶集自爾教乘法席益盛性相並驅僧俗溥濟斯時海内講席紛紛方膠錮於名相凝滯於殊途文獨大弘方等振以圓宗使守株者融通於寂默之表龍象蹴踏競駕一乘年逾八十專修念佛三昧延祐六年預知時至誡諸弟子高聲稱彌陀佛名而西趺坐手結三昧印泊然而蛻塔于平則門外

五臺山普寧寺沙門釋了性傳十

釋諱了性號大林武氏子也宋武公之後以謚爲姓少即好學聽叡天啓初依安和尚薙髮登具戒歷諸講席精究三藏後遇真覺國師啓迪厥心旣而周遊關陝河洛襄漢訪諸耆德從而學焉如柏林潭關輔懷南陽慈諸公皆以賢首之學著稱一時性悉造其門領其玄旨及歸復參真覺於巃坻乃曰佛法司南其在茲矣乃從真覺至五臺未幾真覺化去遂北遊燕薊晦迹魏闕之下優游江海之上與世若將相忘成宗徵居萬寧聲價振蕩内外至大間太后剏寺臺山曰普寧延居爲第一代師之爲人剛毅頗負氣節不能俛仰媚悅於人故足跡不入城隍不謁權貴人或忌之性聞嘗曰予本以一介苾芻蒙天子處之以巨剎惟乃夙夜弘法匪懈圖報國恩不暇餘復何求雖有臧倉毀鬲之言其如青蠅止棘樊耳顧予命之不遭道之不行則納屨

而去何往而不可也時元世因尊寵西僧其徒衆甚盛出入騎從擬若王公或頂赤毳袈冠岸然自居天下名德諸師莫不爲之致禮抠衣接足丐其按顱摩頂謂之攝受師惟長揖而已顧謂衆曰吾敢慢於人耶吾聞君子愛人以禮何可屈節自取卑辱苟爲之屈非諂則佞吾自爲道於彼何求識者高尚其義至治改元九月三日示寂塔于竹林之墟諡曰弘教

五山普安寺沙門釋寶嚴傳十一（大林性）

釋寶嚴字士威幻堂其號也成紀康氏季子因罹喪亂與弟同薙髮爲僧後參真覺得傳賢首宗旨而嗣其道爲人淳朴無僞方寸之地湛如止水值真覺三坐道場嚴與弟皆從而佐之真覺入滅乃繼其席無何奉詔住普安祐國二寺最久而與大林性公表裏大弘清涼之教至治二年七月入寂世壽五十一建塔于封谷之口

金陵天禧寺沙門釋志德傳十二（海聞法照禧）

釋志德號雲巖山東東昌鎦氏子也十二受經於順德開元寺海聞和尚聞真定法照禧法師大弘慈恩宗旨於龍興寺徑從之學而盡得其蘊至元二十五年詔江淮諸路立御講三十六所務求其宗正行修者分主之德被選世祖召見賜宴并紫方袍命主天禧旌忠二刹日講法華華嚴金剛唯識等疏三十一年特賜佛光大師之號每與七衆授戒必令其父母兄弟相教無犯至於然香然頂指爲終身誓居久盡出衣鉢新其殿廡樓閣或

歲儉乃煮糜食餓殍數萬人建康流俗尚醪醴好結官吏德獨以律繩自徒衆謹飭出止若互用常住物者誤一罰百故犯者擯之居天禧三十餘年一衲一履終身不易午過不食夜則危坐達旦以苦誦喪明忽夢梵僧迎居内院高座空中散花如雨因示微疾至治二年二月七日猶誦經不輟頃之辭衆安坐而化世壽八十八龕留二十一日顔貌紅潤如生闍維舍利無筭會者數萬人塔江寧張家山學士趙孟頫爲銘

鎮江普照寺沙門釋普喜傳十三 無念端

釋普喜號吉祥山東人也身偉面黑而瘠脫類梵僧早歲懇父母出家父母責以無後爲大因娶育二子已而始得爲沙門精究慈恩相宗研習唯識師地因明等論元至元二十五年薛禪皇帝剏立江淮御講之所普照居其一也詔師主之升座外日誦華嚴大經以十卷爲常課而素與雲南端無念相善端爲唯識之巨魁天下無出其右每與師論辯理趣或有少失師以正言救之端亦爲誠服而稱之入滅荼毘舍利甚夥其門人留其靈骨貯以髹函奉藏二十餘年始建塔于丹徒雩山逮入塔之際啓視之但見舍利霑綴函袱若蜂屯蟻聚觸之熠熠然也鎮江之民多有圖像隨處祠之稱爲吉祥佛云

蘇州嘉定淨信寺沙門釋祖㒃傳十四 石室英 竹屋淨

釋祖㒃字日章別號用拙蘇州常熟張氏子祝髮後東游四明時我庵無公住延慶石室瑛公居育王皆侍以忘年後嗣法于竹屋淨

法師出世永定教寺繼遷崑山廣孝嘉定淨信而主教吳下垂五十年洪武初預選高行有旨就天界寺說法上數召入禁中奏對稱允加賜慈忍法師之號後賜歸故里終焉

寧波普陀寺沙門釋行丕傳十五

釋行丕字大基寧波鄞縣人也宗說兼通行解相應蔚爲時之名僧初由天台佛隴昇主寶陀匡衆說法恢復産業而振興叢席洪武庚戌春正明部使者贛州劉君承直與師抱杖西東遊使者曰此清淨境也盍爲亭師乃建清淨境亭于寺之南嶺上從三十尺衡如之左倚山右入潮音洞學士宋景濂爲記

松江興聖寺沙門釋原真傳十六

釋原真號用藏松江上海朱氏子也出家受具興聖寺傳天台教觀戒行高潔博極羣書精修法華彌陀懺法暇則書法華諸經隨緣演說禪坐達旦洪武乙丑微疾索浴書偈告衆曰四十二年無作無修有生有滅大海一漚真歸無歸心空淨遊趺坐泊然而終

杭州上天竺寺沙門釋慧日傳十七　柏子庭

釋慧日號東溟天台賈氏子即宋相賈似道之諸孫及似道貴戚師尚幼志求出家依縣之廣嚴寺平山和尚數年落髮受具戒年二十二聞柏子庭講台教於赤城師趨座下未幾能領大義子庭歎曰投丸於峻坂不足以喻其機之疾也吾道藉子其大昌乎自是師之學沉浸醲郁而名重一時矣一旦假寐恍見竹橫地下竹上凝者白粥粲然師卧地食之既覺言于子庭庭爲解曰竹與粥同音子

得就地而食殆非緣在上下天竺乎於是渡錢塘謁竹屋淨法師于上竺所處房頗卑濕乃作詩風之竹屋見詩謂衆曰此子不凡異日當主玆山不可以少年易之也故乃遇如賓友無何命典客寮尋掌僧籍竹屋化去時湛堂澄公繼其席器師延居後堂年餘出主吳山聖水元至正四年住薦福歷三稘下天竺災元臣高納麟請師新之寺宇告成王溍爲之記四年遷上竺師知緣在夙夜罔怠凡寺中所制一重緝之元順帝聞特賜慈光妙應普濟之號併金襴衣以徵之十六年退隱于會稽巖壑間人無識者元相達識帖穆爾遣使物色得之力請還山凡兩住上竺二十五年至我皇明太祖洪武二年詔赴蔣山佛會命禮部給饌明日召見奉天殿百僚咸集僧若魚貫惟師臘最高朱顏白眉班居前列上親問昇濟沉冥之道師備奏稱旨太祖顧謂僧衆曰邇來學佛者惟飽餐優游沉蘊歲月如金剛楞伽心經皆攝心之要典何不研窮其義今有不通者當質諸白眉法師自後召見太祖但以白眉呼之而不名也嘗與別峯同法師金碧峯禪師輩賜食禁中因奏厓棺寺乃隋智者大師釋法華之所不可從廢太祖命就天界別建室廬以存其跡詔即開山說法五年孟春復於鍾山建水陸大齋命師說毘尼戒太祖親率百僚臨聽事竣辭歸上竺謝院事曰修彌陀懺以臻淨業十二年秋七月一夕夢青蓮花生方池中芬芳襲人寤告衆曰吾生淨土之祥見矣於人間世殆不遠乎後四日趺坐合爪而寂世壽八十九

僧臘七十三越十日奉全身藏于寺之西峯妙應塔院師生軀幹脩偉眉長寸餘目睛閃閃射人而人無老少見師入城咸呼曰我白眉和尚來也爭持香花以散其上師而嚴冷言不妄發嘗對王公大臣未出一輭媚語至於誘引後學其辭色溫如春曦故人多悅從其學嗣法有思濟行樞允鑑允忠艮謹普智文會元秀景梵等若干人

杭州集慶寺沙門釋士璋傳十八 天心瑩 絕宗繼

釋士璋字原璞郡之海寧王氏子也生即伏犀貫頂目炯炯黑如點漆幼即羶葷弗御父母或陰試之輒嘔不止喜讀佛書隣有寺僧請其父曰此釋氏種也盍乞師我父怒曰吾兒如芬陀花非若倫也遂捨入傳法寺受五戒時翰林侍制柳貫嘗憇寺舍愛師乃授以經史親爲敷繹與義師闡迎刃即解年十九薙髮爲大僧我庵無法師主上天竺師將擔簦趨侍忽夢遊寶所有大菩薩教其胡跪作禮口宣懺文覺而思之乃普賢淨行品偈文果見我庵刮目視之凡天台教觀一家章義以次授師而志慮專一力學無怠至忘寢食我庵陰鑒其勤常以遠大期之時有天心瑩素亢不服人故世稱義虎亦豔師行約共燈火日與磨切詰難極於毫芒衆曰雙璧久之我庵化去東溟日公補其席陶冶學者選師爲開科命知賓客繼領懺摩事元至正十三年受命住持棲眞而寺與南竺演福二剎相隣時有大用才絕宗繼二老居之師尤以學未足日往扣焉凡教觀之奧偏圓本跡之微

一一無不條析所以嘗對衆歎曰佛法教藏渺如烟海固非獨善所能究盡使吾自畫而不進其能免於孤陋之誚乎二十年移主旌德元季天下兵戈大亂人咸計自藏師獨專心寺事不以世難自易厥志其彰善癉惡風彩爲之改觀日納淨衆講演經疏時無虛晷至我皇明洪武集慶虛席郡守李公請就提唱教乘未幾中書被旨俾浙之東西五府名刹住持咸集京師共甓天界立善世院以統僧衆同監董其役諸方耆德皆莫知所爲師獨出方畧具有條敘時十萬之衆咸傚法之是年六月既望預知時至召弟子囑以後事至十七日安然坐蛻壽四十六臘二十八闍維其弟子圓覺一印昇元克勤等函其骨建塔于龍井辯才法師塔南師之器局瀟灑論議慷慨據直道而不狥流俗每徵諸刹而樹徒植黨者皆爲怨府師乃誓不薙蓄弟子學者謁欲依附必厲言拒之不妄録一人

杭州演福寺沙門釋如玘傳十九

釋如玘字具菴别號太璞得法于文明海慧繼絶宗公師學冠羣英才逸三教非但十乘三觀九經七史凡世間所有名言祕典無不博綜我太祖高皇帝賜旨命住天界日與諸耆德闡揚教乘以備召問命同宗泐訂釋心經楞伽金剛奉旨頒行天下

紹興寶林寺沙門釋大同傳二十　春谷古　懷肇　天岸濟　繼江　古林茂　恩　晦机

釋大同字一雲别峯其别號也越之上虞王氏子父友樵母陳氏娠師十月父晝坐堂上忽見龐眉異僧振錫而入父起揖曰和尚何

來曰崑崙山竟排闥趨內急追聞房中兒啼聲父笑曰吾兒得非再來者乎師幼俊爽讀書輒會玄奥初習辭章翩翩大有可觀於是父以纘承家學屬之母獨歎曰是子般若種也詎俾纏溺塵勞乎遂命入會稽崇勝寺薙髮聞春谷法師講清涼宗旨郡之景德往依之盡得其傳又謁古懷肇公精四法界觀因春谷移主寶林乃謂師曰子之學精且博矣恐滯心於龕執但益多聞縛於知見誠非見性之本宜潛修而滌之庶爲吾宗之幸於是命出錢塘見晦機熙禪師見其揮麈之間師之夙習見聞一時蕩絕惟存孤明耿耿自照如是者閱六寒暑晦機深嘉其志又聞天目中峯法道之盛往參便有終焉之意中峯一日召而勉曰賢首一宗日遠而日微矣子之器量足以張之毋久滯此特書偈讚清涼像付以遣之師大喜曰吾今始知萬法本乎一心不識孰爲禪又孰爲教也還寶林復侍春谷且告中峯之意谷隨命分座講雜華經時宋故官徐天祐王易簡相與崇獎聲光煥著郡守范公某憐春谷臘高欲風之讓席乃設伊蒲親與師言師毅然動容曰其所貴乎道者在師弟之分耳分明可以垂訓後學茍乘其耄而攘其位豈人之所爲哉明公固愛我使我陷於名義實傷之也范不覺避席謝曰吾師誠非常人豈吾所能知也元延祐初出主蕭山淨土寺次遷景德至元被命住嘉禾之東塔隨攺寶林然寶林本清涼國師肄業之地人咸榮師師亦高卧不赴於是郡邑交疏延請再至始投袂而起乃倣終南草堂故

事闡幽含招徠俊人故天下學者莫不擔簦躡屩集其輪下至正初賜佛心慈濟妙辯之號併金襴僧伽衣元臣忠介泰不華守越若旱力請師禱師爇臂香於玄度塔下雨即大澍元季天下大亂寺災師奮然謀復新之至我太祖高皇帝御極設無遮大會於鍾山召師入見武樓師時年八十免拜跪次日賜宴禁中事竣賜内庫白金數鎰并珍物榮其歸師生神宇超邁伏犀貫頂身修偉玉立而美談吐如坐王公貴人有排難教門者則法輪滚滚理或不直雖斧鑕在前亦不少挫其氣有以危法加之弗少顧惟誦華嚴經爲常課而已不移日其人自斃師每扶植他宗毫無猜忌如繼江恩少林之學者乃薦之主天衣天岸濟台教之徒也挽之住圓通師遊閩時古林茂主福建之保寧而馭下過嚴楚僧無賴者將愬之於公府師偶遇旅邸乃設豐食從容餉之謂曰吾固不識古林聞其爲禪林名德若輩將不利之君子以若輩爲何如人不若且止否則恐自罹大咎事遂寢師性至孝恨蚤喪父每至忌日必流涕不已養母純至非惟順色涼温而已必使心饜道味及亡蒸嘗無闕且求名儒撰行實樹石於墓側師持律甚嚴一鉢外無長物惟有書史五千餘卷洪武二年十二月内示微疾次年季春十日登座說法辭衆歸方丈端坐而化世壽八十二僧臘六十有五闍維徵異甚多建塔于竹山所著有天柱稿寶林類編各若干卷嗣法弟子妙心之大衍臯亭之善現高麗之若蘭景德之仁靜姜山之明善延壽之師顗南

塔之國琛福城之大慧景福之性澄妙相之道儞法雲之道恱淨土之梵翱寶林之日益等

明高僧傳卷第二

音釋

頙初責切音折正也　薶與埋同藏也　豔以贍切音燕　泐歷德切音勒

明高僧傳卷第三

明天台山慈雲禪寺沙門釋如惺撰

解義第二之三 正傳一十一人 附見九人

松江上海安國寺沙門釋紹宗傳一 靜庵鎮

釋紹宗別號遂初上海陳氏子年十三父母捨入里之安國寺得法於靜庵鎮法師天資穎悟戒行精嚴初出說法於杭之長慶寺大展玄風緇素嚮化次遷吳興慈感寺時金陵長干守仁法師延居第一座一衆傾伏洪武癸酉應召有事廬山奏對稱旨賜金縷僧伽黎擢右講經無何陞右善世丁丑正月五日示微疾端坐而化上聞勑遣中使致祭茶毘日送者數千人徒衆奉收舍利遺骨塔于安國寺

松江普照寺沙門釋居敬傳二 東源

釋居敬字心淵別號蘭雪學通内外善屬文精嚴律部禮金陵大報恩寺一雨和尚職知客後叅杭州集慶寺東源法師於懺摩堂居第一座從而講周易永樂初奉詔校大藏經預修會典已而住持上海廣福講寺遷松江普照大開法席一十三載建大雄殿海月堂三解脱門廊廡重軒精舍香積煥然新之七衆瞻仰道風大扇

杭州龍井寺沙門釋普智傳三

釋普智字無礙別號一枝叟浙江臨平褚氏子出家於錢塘龍井寺依東溟日法師授天台性具之學優於講說歷四大道場門風大振晚年開演於松江延慶寺遂爲終老專修淨業寒暑不輟永樂戊子正月二日微疾會衆端坐面西念佛而逝嘗集註阿彌陀經一卷

蘇州延慶寺沙門釋善啓傳四

釋善啓字東白別號曉菴姑蘇長洲楊氏子世爲宦族甫能言即通釋典如舊熟父母異之知是法器捨入永茂院出家無幾薙染受具屏跡龍山研窮大藏百氏諸史無不精究永樂戊子出世郡之延慶寺明年應召纂修永樂大典併敎大藏經賜金縷僧伽黎一時名人若沈民望王汝玉錢原溥輩皆爲方外交或辯儒釋之異師曰無論聖人理同且各爲其敎又曰東魯垂道西竺見性皆眞先於厚本故吾儕雖離父母而養生送死率皆從厚與兄弟極友愛正統癸亥示寂塔於龍山

廣西横州壽佛寺沙門釋應能傳五

釋應能僞姓楊氏實建文君也太祖之嫡孫懿文太子之長子封皇太孫諱允炆生時頂顱頗偏太祖撫之曰半邊月兒及讀書甚聰頴一夕懿文太子與侍太祖命詠新月詩太子吟云昨日嚴陵失釣鈎誰人移上碧雲頭雖然未得團圓相也有清光徧九洲太孫吟云誰將玉指甲掐作天上痕影落江湖裏蛟龍不敢吞太祖覽之不悦蓋未得團圓影落江湖皆非吉兆洪武三十一年太祖大漸乃授以一小篋封鑰甚密戒於急難方開是年五月十六日即位年二十有二明年改元建文召方孝孺爲翰林侍講直文淵閣日講周官禮變更太祖舊制於是諸王多不遜服乃曲加恩禮侍讀太常卿黄子澄兵部尚書齊泰議削諸王之權謀者先燕命侍郎張昺都指揮使謝貴察燕動静遂逼燕起靖難師南討黄齊建文四年六月十三日破金川門帝縱火焚宫啓太祖遺篋視之得楊應能度牒剃刀袈裟緇服遂削髮自御溝出遁雲遊四方自湖湘入蜀雲南復閩入廣西横州南門壽佛寺居十五年陞座演法歸者甚衆所至成大法席人不知是帝也復往南寧居一蕭寺衲子雲集師爲隨緣開示一衆歡然久之至思恩州立于當道值知州出從者呵之師言我是建文皇帝也自滇歷閩至此今老矣欲送骸骨歸帝鄉巡按御史聞於朝賜號老佛命驛送至京師乃賦詩云流落江湖曰十秋歸來不覺雪盈頭乾坤有恨家何在江漢無情水自流長樂宫中雲影暗昭陽殿裏雨聲愁新蒲細柳年年緑野老吞聲哭未休及

至京朝廷未審虛實以太監吳亮曾經侍膳使審之師見亮即呼曰汝非吳亮耶曰不是師曰我昔御便殿曾秉片肉於地汝伏地餂食之何得忘也亮稽首大慟已而取入西内供養竟卒於宮中

系曰建文君既繼大統之二應與賢佐之臣兢兢格守太祖之成法而補其未逮則文皇帝亦安于藩邸矣烏有靖難兵破金川門哉爲其一旦誤用方黄輩講周官行井田變更舊制威逼親王文皇烏能坐視大寶隳於侏儒而束手待縛耶今數百年國家之昌盛天下之治平者誠賴靖難之一旅耳建文事弁山集深言其既罹難必無出家之理既出家必無還宮之事楊應能牒是冒之也斯據國朝典故皇明通載及憲章録思恩誌等說録之固於僧傳是不可缺君子詳焉

隰州石室寺沙門釋圓鏡傳六

釋圓鏡汾州臨縣人早歲出家游心賢首講肆得悟諸經密旨常遊平陽府隰州妙樓山石室寺隨緣爲衆說法一日至北門瓦窑坡土鑿搆一菴如龕燕默其中忽囑其徒曰吾將歸矣衆請其期曰來日耳晨與沐浴更三衣焚香趺坐說偈而逝

蘇州華山沙門釋祖住傳七 大章

釋祖住字幻依麓亭其號也丹徒人姓楊氏母朱氏夢梵比丘入其室覺而誕師少沉密不貪世緣喜作佛事年十三父母捨入龍蟠山依朝陽和尚受法華華嚴諸大部經十七薙染十九受具通曉諸經大義自謂覺識所依非關眞際遂擔簦游少室依大章和尚五

載復至伏牛依高安十二夏先後所得二師印可次游都下謁松秀二法師盡得清涼宗旨淮安胡給事延住鉢池山造大藏經作水陸無遮會至南京訪無極法師居第二座犍搥之暇即入衆作務事竣往京口萬壽寺演華嚴大鈔至入法界品地震天雨甘露寶華時無極率徒與焉妙峰承印二禪衲亦居座下自是道價鬱跂叢林傾挹師智崇禮甲如常不輕提獎唱誘孜孜不倦所至皆成寶坊師演四十八願時有異人頂白冠冠有蛇四足來聽說法人怪問之對曰吾乃法冠而乃境觀忽不見萬曆甲申憇錫蘇之蓮華峰下建精舍居之丁亥九月忽示疾語衆曰二十二日不作離散便可再展華嚴但老僧不得曲狥人情至日晨起沐浴跏趺說偈曰虛空無面目無位强安排話頭不話頭處處是如來又曰今年六十六不知做甚麼嘆諸人著眼看這箇消息佛祖到來也用他不著言訖而逝異香積時不散奉全身三日顏色自若生荼毘斂遺骨塔於蓮華峰之陰壽六十有六臘五十有四王世貞作銘

北直牟山秀峰庵沙門釋明龍傳八 大光

釋明龍淮南宿遷姚氏子也俗諱東陽嘗補邑庠諸生居常好修嗜內典二十年不問家人產雅從善知識遊隆慶改元澹然爲居士而北探諸名勝巨刹訪有道耆德寓清苑越三寒暑登銀山法華寺從大光和尚祝髮進具尋居牟山秀峰庵名德日起鶉衣一衲不祴不襦不履諸陵中貴人多檀施弗之顧安七十二衆期千日親爲說法闡三教宗旨時

休寧汪司馬道昆奉詔行邊道出諸陵期督府法華寺聞師高德乃趣一沙彌逆至見師敝衲僧不掩骭祈寒無所侵汪與督府避席禮之携入洞中坐石床與語師略舉西來意督府灑然信服汪問千日畢能作常住乎曰無常無住明日辭歸越旬有五日立春年山放光五色又越七日除夕集衆告曰元年元日吾當行矣汝等識字者用耳聞經不識字者用心念佛務禪定智慧務濟物普心即此是佛愼弗他求汝等勉之除夜旣半命弟子視中星曰夜午乎曰午矣師曰未也日午乃行元日年山復放五色光如嚮至日中師辭衆坐化越七日闍維復放光如嚮大衆與諸中貴人望光對師羅拜曰佛耶佛耶願以此光普照下土已而舍利纍然督府治塔藏之汪公爲之銘實萬曆元年正月也

應天棲霞寺沙門釋眞節傳九

釋眞節號素菴襄陽人也少爲郡弟子忽宿根内萌即辭割親愛禮明休和尚祝髮旣而北遊京師徧叅講席居秀法師座下饜飱法喜深得賢首之印師之學富内外諸方每以龍象推之久之負錫南還金陵出主攝山棲霞衆逾三百敎備五乘據師子座撾大法鼓三十餘年檀施之餘拓地爲盧時殷宗伯得琅琊大士像五臺陸公亦鑄金像悉歸師供奉羅叅知署曰圓通精舍句曲李石麓學士盟爲方外交師闡大法不以期限嘗講法華經至多寶塔品空忽現寶塔于座前一如經言四衆跂觀灑然希覯中使張某奉慈聖皇太后命至同覩聖瑞乃出尚方金縷僧伽黎

衣一襲宣慈旨賜之即於講堂之西建一浮屠以徵神化汪道昆記其事

嘉興東禪寺沙門釋明得傳十（百川海　妙峯覺）

釋明得號月亭以紹萬松林禪師法嗣故又號千松湖州烏程周氏子也師生即頴異岐然不凡髫時隨父入西資道場遂指壁間畫羅漢像問父曰僧耶俗耶父曰僧也師慨然曰吾願為是矣於是力求出家父母不聽至年十三始投郡之雙林慶善庵從僧真祥習瑜珈教越四載祝髮聞有向上事乃首參百川海公不契因而單衣芒屩徧遊叢席匍匐叩請備歷艱辛自念般若緣薄擬投天竺哀懇觀音大士祈值明師道經中竺聞萬松說法先入禮謁萬松問曰大德何來欲求何事對曰欲叩普門求良導耳松豎一指曰且去禮大士却來相見師泫然再拜求決生死大事松曰子欲脱生死須知生死無著始得師聞罔然依受具足戒自爾朝叅夕叩久無所入松不得已授以楞嚴大旨於是苦心研究至清淨本然云何忽生山河大地處怳然若雲散長空寒蟾獨朗遂作偈呈曰楞嚴經内本無經覿面何須問姓名六月炎天炎似火寒冬臘月冷如氷松頷之囑曰汝旣悟教乘異日江南講肆無出爾右向上大事藉此可明松住徑山師為衆負米採薪不憚勞苦偶行林麓間有虎踞道師卓錫而前虎遁去嘗閱棗伯合論至十地品中霄隱几而坐夢遊兜羅綿世界登座闡華嚴奥旨至于結座乃說偈曰從本已來無今日何曾有一毛頭上現虛空笑開口咄一咄下座寤白松松撫之

曰此聖力之冥被耳非惟吾道之將行清涼一宗亦大振矣無何松化去師懸錙守塔三載聞佛慧祇園法師講席之盛戴笠投之祇園亦默識而愛重其弟子沙泉頗自負不籍師名師遂掛錫報先寺報先與佛慧咫尺之間故晨則持鉢午則聽講夕則與同叅十餘人敷其義趣於是衆日漸益香積不繼師陰禱于伽藍神曰倘吾與聖教有緣神其無恪訶護移時有外道自雲間來施米百石自是報先之盛過于佛慧開堂之日祇園命侍僧奉以衣拂師謝還之瓣香爲萬松拈出已而子身復徑山凌霄峰爲礙膺未破又力叅三年一夕初夜趺坐豁爾心境冥會疑滯氷釋乃躍然說偈曰千年翠竹萬年松葉葉枝枝是祖風雲嶽高岑棲隱處無言杲日普皆同

趨禮萬松塔曰老漢不我欺也自此道譽益隆學者輻輳四方交聘歲無虛日開堂靈隱門庭嚴峻無賴僧徹空天然輩睨視不敢近竟以不測事誣師不終日事白天然坐誣遁餘黨笞死者二十人師南遊赤城外道歸化者不可勝紀台郡敎乘之被實師始也闡玄談于大中菴三日菴災獨師之丈室巋然無恙講圓覺疏鈔於法海地產白蓮華紫芝生於廁五臺居士因匾其堂曰涌蓮師居東禪夜夢文殊跨獅出乃遺獅乘空而去獅忽化爲童子師故問曰爾方獅今童耶試開口童子啓頰口如丹硃師撫其背曰爾猶獅也童曰師口何如師張口示之童躍入咽師驚覺而汗且喜曰文殊大智在我腹中矣不數月五臺陸公率衆命講華嚴大鈔衆常千指妙

峰覺法師入室弟子也遥宗四明弘天台教觀之道以師闡賢首未諳台衡故質六即蛣蜣之義師曰天台六即在行人迷悟之分耳如我在名字則十界皆名字我證究竟則十界皆究竟若我蛣蜣十界皆蛣蜣也非蛣蜣上别有六即覺曰不然天台六即不論世出世間有情無情物物皆具隨舉一法六即在焉何必以我迷悟觀彼優劣哉師曰聖人設教誠爲汲引迷塗若云隨舉一法六即在焉是爲惟談世諦成於戲論學人何有哉前五即置所弗論如云究竟一究竟則一切皆究竟如金出鑛似璧離璞是故如來初成正覺觀於九界一切衆生同時成佛非惟九界正報全體遮那則九界依報無非寂光所以歎云奇哉衆生具有如來智慧德相乃因妄想不自證得豈非以我成佛觀彼皆成佛也果如子言其究竟蛣蜣永無成佛日矣一切衆生而無一人發菩提心所謂十法界都爲一隊無孔鐵鎚若言究竟蛣蜣容有成佛如來何日復迷而作衆生金重爲鑛其失孰大覺曰究竟蛣蜣非是説也以其心體本具故曰理即色相已成方稱究竟一界旣爾界界總然當界而論六即自備何必以其成佛不成佛難耶師笑曰子去做一箇究竟蛣蜣也聞者無不高其論吳俗尚崇事玄武比丘亦有披僧伽衣而禮者師見故逆而問曰汝奚爲而來曰禮祖師也師叱曰汝身爲比丘心實外道其玄武北方一水神耳教中所謂毘娑門天王是也彼以神力爲佛外護稱其爲祖師乃披七佛衣拜之不亦謬且倒乎遂毁其

像易事達磨之像謂其僧曰此爾祖師也凡所過名蘭精舍有事玄武三官盡去之俾學人專心正道其護教槩如此也師爲人修幹孤高性度剛毅以傳法爲己任故禍患不避其身而欣慽不形乎色至于登座則慈雲靄然七衆無不渥其沛澤白椎則三千炳著八萬森嚴室中雖不横施棒喝聞毒鼓而心死者衆矣萬曆丁亥秋告衆曰吾爲汝等轉首楞嚴法輪作再後開示無復爲汝更轉也冬示疾尤諄諄囑以教乘事明年正月望後二日吉祥而逝世壽五十有八臘四十有六荼毗塔于徑山

天台慈雲寺沙門釋眞清傳十一 寶珠 荆山 月溪

釋眞清號象先長沙湘潭羅氏子也生而頴異修幹玉立威儀嚴肅不妄言笑日誦經史數千言終身不忘一字父爲河南縣尹常對賓朋以大器期之年十五補邑弟子員偶有異僧過而目之曰此法門之良驥也十九因家難起遂投南嶽伏虎巖依寶珠和尚薙染受具足戒令看無字話自是一心叅究寒暑不輟至二十五從珠遊金陵探禹穴因舟艤岸有聲忽有省珠大喜曰幸子大事已明善宜保護珠以年高自普陀棲隱于下天竺時内臣張公永慕珠道行密奏張太后賜紫色僧伽黎衣以徵其德珠忽一日命師曰吾欲觀化無令人入聞吾擊磬聲當啓戸數日不聞動定師密窺牖隙見珠鼻柱垂地越一日聞磬師方排闥而入珠已泯然逝矣珠既化去師乃訪鹽官古蹟駐錫覺皇俄患背疾感

雲長入夢授藥病愈時佛慧寺月溪法師講起信論於吉祥豔師乃率衆延唱臨濟宗旨衆扣師室師從容語之曰圓宗無象滿教難思我若有宗可講非但法堂前草深一丈即眞空亦爲緣慮之場汝若有法可聽豈特頭上安頭實際却爲聲名之境三世諸佛歷代祖師不過以楔出楔隨迷遣迷是故會旨者山嶽易移乖宗者錙銖難入況起信之旨大徹宗乘何須更煩忉怛勉之衆皆稽首而退師乃南遊天台窮搜勝絕懷無見覩之高風誅茆其塔前三年有荆山法師赴石梁之社偕師至毘陵永慶互以楞嚴參究荆山歎曰某所講經雖精微于佛語聞師所論誠出卷于塵中師欲返初服而禮部唐公荆川留結千日之期已而復歸天台古平田寺臨海王司寇敬所入山訪道訂爲方外交隨遷華頂天柱峰修大小彌陀懺六年暇則敷演十乘闡明三觀故四方學者攀蘿而至者戶外之履常滿一夕夢琳宮綺麗寶樹參差見彌陀三聖師方展拜傍有沙彌授與一牌書曰戒香薰修寤知中品往生之象也蓋師日勤五悔密持梵網心地品及十六觀經爲常課是亦精誠之所感耳嘗示衆曰大乘八萬小乘三千實整六和之模範出三界之梯航也今世之高流輕蔑律儀惟恃見解遂令後學不遵佛制輒犯規繩本自無愆誤造深罪饒他才過七步辯若懸河不免識墮鐵城終未解脫汝等勉之萬曆丁亥八月蒙慈聖宣文明肅皇太后遣使降旨褒崇賜金紋紫方袍以寵之十月王太初居士因丁内艱請師就永

明禪室闡妙宗鈔百日爲期時台郡王理邢某親登雲嶠而設供焉戊子歲儉羣盜蜂起相戒無敢入師之室檇李五臺居士陸光祖虛芙蓉之席見招辭不赴忽謂衆曰桃源之慈雲實懶融四世孫爲開山唐天寶賜額曰雲居山曰安國五代德韶國師中興爲第二道場永明壽禪師剃髮之所今坐禪石永明庵故址在焉韶公常領徒五百說法此地昔螺溪寂法師請復台教諦觀亦親禮足皆此寺也今爲豪民奪之將爲掩骨之所竊恩朝廷千數百年之香火一旦爲俗子葬地誰之罪也遂罄衣鉢贖歸之將謀興建俄雲間陸宗伯平泉聘說法于本一院李方伯冲涵聘講於桐川再畢返棹嘉禾龍淵欻抱疾告門人曰夜來神人啓我爲魏府子其富貴非吾所志也遂付衣鉢遺囑弟子如法闍維盡發長物於五臺雲棲西興五處飯僧有勉服藥石者師謝曰生死藥能拒乎吾淨土緣熟聖境冥現此人間世固不久矣是歲正月七日乃絕粒惟飲檀香水而已期於二十九日告終每日雖米漿不入於口與衆說無生法誨諭進修而拳拳弗倦至夕乃起別衆曰吾即逝矣無以世俗事累我衆請曰和尚往生淨土九品奚居曰中品中生也衆曰胡不上品生耶曰吾戒香所薰位止中品言畢泊然而逝延五日顏色紅潤如生手足溫輭怡容可掬弔者無敢下拜荼毘日天色霽明淨無纖翳舉火之際忽有片雲如蓋凝覆其上灑微雨數點烟燄起時異香充塞內自殿閣僧房外自路人船子所聞種種隨力不同火餘骨

有三色而鏘鏘有聲紅者如桃白者如玉緑者潤似琅玕猶香氣郁郁師生於嘉靖丁酉十二月二十六日示寂於萬曆癸巳正月二十九日世壽五十七臘三十八如惺抱骨初建塔慈雲之南岡壬寅還于寺西螺師山右繡文溪之上武塘了凡居士袁黄撰銘

明高僧傳卷第三

音釋

裓(古得切音革)　骭(古案切音幹)　巋(丘追切)　欻(許物切)

明高僧傳卷第四

明天台山慈雲禪寺沙門釋如惺撰

習禪篇第三之一 正傳二十二人 附見十二人

二　光化吉　百丈震　月庵杲

明州天童寺沙門釋正覺傳一　枯木成　丹霞淳

釋正覺隰州李氏子也父諱宗道母趙氏誕師之夕光出於屋人皆異之年七歲日誦書數千言十三通五經七史一日乞從釋氏學無生法依郡之淨明寺本宗和尚薙髮受具戒於晋州慈雲寺智瓊和尚年十八游方因自訣曰若不發明大事誓不歸矣於是渡河首謁枯木成公於汝州从之無所入時丹霞淳禪師道價方盛乃頂笠造焉入門霞便問如何是空劫已前自已師對曰井底蝦蟆吞却月三更不借夜明簾霞曰未在更道師擬議霞打一拂子曰又道不借師忽大悟作禮霞曰何不道取一句師曰某甲今日失錢遭罪霞曰未暇打你在且去值霞退居唐州大乘寺師亦從焉宣和二年霞遷大洪俾掌記室三年遷首座時金粟智雪竇宗輩皆參隨之眞歇了公住長蘆招師首衆未幾出主泗洲普照高宗建炎間住舒州之太平遷江之圓通能仁次補長蘆時冦酋李在抄掠境上乃入寺衆懼奔散師獨危坐堂中但以善語諭之李在稽首餽金贍衆僧於是一方頼安寇靜又越二年乃渡浙之錢塘至明州禮補陀大士天童虛席郡守馳檄請師住持無何胡虜犯境虜至登嶺遥望嶺上若有神衛遂斂兵而退次年被旨主靈隱將行四衆號阻百鳥哀鳴師居天童三十年凡寺舍殿廊無不新者紹興二十七年九月朔別郡帥檀越七日還山飯客如常次辰素浴更衣端坐爲書囑後事訖書偈曰夢幻空花六十七年白

鳥煙没秋水連天擲筆而逝詔謚曰宏智禪師塔曰妙光

燕都慶壽寺沙門釋教亨傳二 普照寶

釋教亨字虗明濟州任城王氏子也先有汴京慈濟寺僧福安居任城有年精修白業緇素仰重一日赴齋於芒山村乃倚樹化去是夕示夢於女弟馮自彭村見其乘白馬而下曰我生於西陳村王光道家馮覺語母及其子三人夢皆同詰且至光道家詢之其母劉氏先夕亦夢安公求寄宿焉是日果誕亨乃拳右拇指似不能伸但瞬而未笑次日有同業僧福廣福堅聞而來謁見即呼云安兄無恙耶亨熟視舉手伸指而笑其母嘗卧師於室中若有人誦摩訶般若之聲及晬或以佛經酒杯試之竟取經卷素不茹葷血見僧喜從之遊人皆呼爲安山主故芒山村乃以師事碑於石紀其異年七歲出家依州之崇覺寺圓和尚薙染十三受大戒遇苦瓜先生相之曰此兒他日坐道場必領僧萬指年十五遊方聞鄭州普照寶和尚法席之盛於是荷錫自汴發足寶公夜夢慶雲如金芙蕖繽紛亂墜因語衆曰吾十年無夢矣今有此是何祥也翌日亨至寶獨異之師朝夕叅叩寶亦痛劄之一日往睢陽忽馬上憶擊竹因縁凝情不散如入禪定將抵河津渾無知覺同行德滿呼曰此河津也亨驚遂下馬悲喜交集及歸涕以語寶公寶曰此僵人耳切須更甦轉動始得曾看日面佛公案否曰見時已念得寶公笑曰我只教你叅諸方掉下底禪但再叅去自有得力處一日亨於雲堂靜坐忽

聞打板聲霍然證入遂呈偈曰日面月面流星閃電若更遲疑面門著箭咄寶公曰我謾汝不得也師後出世乃五坐道場若嵩山之戒壇韶山之雲門鄭州之普照林溪之大覺嵩山之法王次因金國丞相夾谷清臣請主中都潭柘遷濟州普照未幾忽方丈後叢樹中有一株亭亭高丈餘而羣鴉以次來巢狀若浮圖上下十二級衆賀曰和尚佛法愈大振乎不十日詔住慶壽寺衆常萬人三年繼主少林法席大盛無何師引去乃徜徉於嵩少之間或放歌或長嘯如是數年一日忽覺四大紘緩杜門堅坐謝絶賓客至金興定己卯七月十日誡其衆曰汝輩各自勤修索浴説偈端坐而逝享年七十坐夏五十有八闍維睒如蓮華開合牙齒目睛不壞舍利無筭師自兒時頟有圓珠涌現於皮間至是爆然飛去弟子分設利羅以建塔焉

臨安府徑山沙門釋宗杲傳三

釋宗杲號大慧因居妙喜庵又稱妙喜産宣州奚氏即雲峯悦之後身也靈根夙具慧性生知年方十二即投慧雲齊公十七薙染初遊洞宗之門洞宗耆宿因師詞鋒之鋭乃燃臂香授其心印師不自肯棄去依湛堂準久之不契湛堂因臥疾俾見圓悟悟居蜀昭覺師踟躕未進一日聞詔遷悟住汴天寧喜曰天賜此老與我也遂先日至天寧迎悟且自計曰當終九夏若同諸方妄以我爲是者我著無禪論去也值悟開堂舉僧問雲門如何是諸佛出身處門曰東山水上行悟曰天寧即不然只向他道薰風自南來殿閣生微涼

師聞忽前後際斷悟曰也不易你到這田地但可惜死了不能活不疑言句是爲大病豈不見道懸崖撒手自肯承當絶後再甦欺君不得須要信有這些道理於是令居擇木堂爲不釐務侍者日同仕夫不時入室一日悟與客飯次師不覺舉筯飯皆不入口悟笑曰這漢麥黄楊木禪到縮了也師曰如狗舐熱油鐺後聞悟室中問僧有句無句如藤倚樹話師遂問曰聞和尚當時在五祖曾問此話不知五祖道甚麼悟笑而不答師曰和尚當時既對衆問今說何妨悟不得巳曰我問五祖有句無句如藤倚樹意旨如何祖曰描也描不成畫也畫不就又問樹倒藤枯時如何祖曰相隨來也師當下釋然大悟曰我會也悟歷舉數段因緣詰之皆酧對無滯悟喜謂之曰始知吾不汝欺也乃著臨濟正宗記付之俾掌記室未幾圓悟返蜀師因韜晦結菴以居後度夏虎丘閲華嚴至第七地菩薩得無生法忍處忽洞明湛堂所示殃崛摩羅持鉢救産婦因緣宋紹興七年詔住雙徑一日圓悟訃音至師自撰文致祭即晚小麥舉僧問長沙南泉遷化向甚處去沙曰東村作驢西村作馬僧曰意旨如何沙曰要騎便騎要下便下若是徑山即不然若有僧問圓悟先師遷化向甚處去向他道墮大阿鼻地獄意旨如何曰飢餐洋銅渴飲鐵汁還有人救得也無曰無人救得曰如何救不得曰是此老尋常茶飯十一年五月秦檜以師爲張九成黨毁其衣牒竄衡州二十六年十月詔移梅陽不久復其形服放還十一月詔住阿育王

二十八年降旨令師再住徑山大弘圓悟宗旨辛巳春退居明月堂一夕衆見一星殞於寺西流光赫然尋示微疾八月九日謂衆曰吾翌日始行是夕五鼓手書遺表併囑後事有僧了賢請偈師乃大書曰生也秖麼死也秖麼有偈無偈是甚麼熱委然而逝世壽七十有五坐五十八夏謚曰普覺塔名寶光

平江府虎丘沙門釋紹隆傳四

釋紹隆和州含山人也年九歲辭親投佛慧院六年得度受具足戒精研律部五夏而後遊方首訪長蘆信和尚得其大畧而已一日見有僧傳圓悟勤禪師語至隆讀之歎曰想口生液雖未得澆腸沃胃要且使人慶快苐恨未聆謦咳耳遂至寶峯依湛堂次見黃龍死心然後叅圓悟一日入室圓悟問曰見見之時見猶離見見不能及悟忽舉拳曰還見麼隆曰見悟曰頭上安頭隆聞脫然契證悟曰見箇甚麼隆對曰竹密不妨流水過悟首肯之俾掌藏鑰有僧問於圓悟曰隆藏主其柔易若此烏能爲哉悟笑曰瞌睡虎耳後因圓悟退老回蜀隆乃住邑之城西開聖宋建炎結廬於桐峯之下郡守李光延居彰教次遷虎丘道大顯著因追繹白雲端立祖堂故事乃曰爲人之後不能躬行遺訓於義安乎遂圖像奉安題讚其上達磨讚曰闔國人難挽西携隻履歸只應熊耳月千古冷光輝百丈讚曰迅雷吼破澄潭月當下曾經三日聾去却膏肓必死疾叢林從此有家風開山明教大師讚曰春至百花觸處開幽香旖旎襲人來臨風無限深深意聲色堆中絕點埃蓋

白雲以百丈海禪師創建禪規之功宜配享達磨可謂知本矣隆能遵行而爲讚又且發明其道亦爲知禮者歟紹興丙辰示微恙加趺而逝塔全身於寺之西南隅

系曰北宋三佛並唱演公之道惟佛果得其髓也而入佛果之室坐無畏床師子吼者又不下十餘人獨後法嗣之繩繩直至我明嘉隆猶有臭氣觸人巴鼻者妙喜與瞎驢虎之裔耳他則三四傳便乃寂然無聲然此二老可謂源遠流長者也當時稱二甘露門不亦宜乎

慶元育王山沙門釋端裕傳五

釋端裕號佛智吳越錢王之裔也六世祖守會稽因家焉師生而岐嶷眉目淵秀十四驅烏於大善寺十八得度受具往依淨慈一禪師未幾偶聞僧擊露柱曰你何不説禪裕忽有微省去謁龍門遠甘露卓泐潭祥皆以頴邁見推晩見圓悟於鍾阜一日悟問正法眼藏向這瞎驢邊滅却即今是滅不滅曰請和尚合取口好悟曰此猶未出常情裕擬對悟擊之裕頓去所滯侍悟居天寧命掌記室尋分座道聲藹著京西憲請開法丹霞次遷虎丘徑山謝事猶平江道俗之請菴於西華閲數稔勑居建康保寧後移蘇城萬壽及閩中玄妙壽山西禪復被旨補靈隱慈寧皇太后幸韋王第召裕演法賜金襴袈裟乞歸西華舊隱紹興戊辰秋赴育王之命上堂曰德山入門便棒多向布袋裏埋蹤臨濟入門便喝總在聲塵中出沒若是英靈衲子直須足下風生超越古今途輒拈拄杖卓一下喝一喝

曰秖這個何似生若喚作棒喝瞌睡未惺不喚作棒喝未識德山臨濟畢竟如何卓一下曰總不得動著僧問如何是賔中賔裕曰你是田庫奴僧曰如何是賔中主曰相逢猶莽鹵僧曰如何主中賔曰劒氣爍愁雲曰如何是主中主師曰敲骨打髓裕益衆色必凜然寢食不背衆唱道無倦紹興庚午十月初示微疾至十八日首座法全請遺訓師曰盡此心意以道相資語絕而逝火後目睛齒舌不壞其地發光終夕得設利無筭踰月不絕黃冠羅肇常平日問道於裕適外歸獨無所獲羅念勤切方與客食咀嚼間若有物吐哺則設利也大如菽色若琥珀好事者持去遂再拜於閣維所聞香匳有聲亟開所獲如前而差紅潤門人奉遺骨分塔於鄮峯西華謚大悟禪師

　潭州大溈山沙門釋法泰傳六

釋法泰號佛性漢州李氏子僧問理隨事變該萬有而一片虛凝事逐理融等千差而咸歸實際如何是理法界師曰山河大地曰如何是事法界師曰萬象森羅曰如何是理事無礙法界師曰東西南北曰如何是事事無礙法界師曰上下四維上堂渺渺邈邈十方該括坦坦蕩蕩絕形絕相目欲視而睛枯口欲談而詞喪文殊普賢全無伎倆臨濟德山不妨提唱鼈吞陝府鐵牛蛇咬嘉州大象嚇得東海鯉魚直至如今肚脹上堂憶昔遊方日獲得二種物一是金剛鎚一是千聖骨持行宇宙中氣岸高突兀如是三十年用之爲準則而今年老矣一物知何物擲下金剛鎚

擊碎千聖骨抛向四衢道不能更惜得任意過浮生指南將作北呼龜以爲鼈喚豆以爲粟從他明眼人笑我無繩墨

天台護國寺沙門釋景元傳七

釋景元號此菴溫州永嘉張氏子也年十八依靈山希拱和尚圓具戒習台敎三稘棄去謁圓悟勤禪師於鍾阜聞僧讀死心和尚小參語云既迷須得箇悟既悟須識悟中迷迷中悟迷悟雙忘却從無迷悟處建立一切法元聞而疑即趨佛殿以手托開門扉豁然大徹機辯逸發圓悟目爲聱頭元侍者悟自讚像付之曰生平只說聱頭禪撞著聱頭如鐵壁脫却羅籠截腳跟大地撮來墨漆黑晚年轉復沒刀刀耆金剛椎碎窠窟他時要識圓悟面一爲渠儂併拈出自爾鏟彩埋光不求聞達後爲括蒼太守耿延禧暮元欲致開法南明物色得元於台之報恩迫其受命僧問三聖道我逢人即出出則不爲人意旨如何曰八十翁翁嚼生鐵僧又問興化道我逢人即不出出則便爲人又作麼生曰須彌頂上浪翻空元後示疾請西堂應菴華付囑院事訓徒如常時俄握拳而逝荼毘得五色舍利齒舌右拳不壞塔於寺東北劉阮洞前世壽五十三

系曰大慧既雲峯悅之再來可謂具大根器者尚受湛堂痛撥不入至三十餘方觸圓悟鉗鎚始得大悟今元公年方二十一聽傍僧讀死心語便乃徹證其根器之利過於大慧槩可知也出世初住南明終居護國叢林稱爲元布袋以其有聖者之風耳簡堂機出於

其門說法拈椎詞雄氣偉機鋒圓捷葢見元公之垣墻者矣

臨安靈隱寺沙門釋慧遠傳八 靈巖徽

釋慧遠眉山彭氏子年十三從藥師院宗辯和尚薙染首詣大慈講肆次叅靈巖徽禪師徽有所入會圓悟復領旨住昭覺遠投之値悟普說舉龐居士問馬祖不與萬法爲侶因緣遠忽頓悟仆於衆衆掖之起遠乃曰吾夢覺矣至夜小叅遠出問曰淨躶躶空無一物赤骨力貧無一錢戶破家亡乞師賑濟悟曰七珍八寶一時拏遠曰禍不入謹家之門悟曰機不離位墮在毒海遠便喝悟以拄杖擊禪床云喫得棒也未遠又喝悟連喝兩喝遠便禮拜自此機鋒峻發無所抵捂出世初住皇亭山顯孝宋乾道六年十月十五日詔遷靈隱上堂僧問即心即佛時如何曰頂分了角僧曰非心非佛時如何曰耳墜金環僧曰不是心不是佛不是物又作麼生曰頺頂修羅舞柘枝七年二月十五日召入選德殿賜坐孝宗問如何免得生死遠對曰不悟大道終不能免帝曰如何得悟遠曰本有之性究之無不悟者帝曰悟後如何遠曰悟後始知脫體現前了無毫髮可見之相帝首肯之帝又曰即心即佛如何遠曰目前無法陛下喚甚麼作心帝曰如何是心遠正身叉手立曰只這是帝大悅八年秋八月七日召遠入東閤賜坐帝曰前日夢中忽聞鐘聲遂覺不知夢與覺是如何遠曰陛下問夢耶問覺耶若問覺而今正是寐語若問夢而夢覺無殊教誰分別夢即是幻知幻即離覺心不動故曰

若能轉物即同如來帝曰夢幻既非鐘聲從甚處起遠曰從問處起帝又問曰前日在此閣坐忽思得不與萬法爲侶有個見處遠曰願聞帝曰四海不爲多遠曰一口吸盡西江水又如何帝曰亦未曾欠闕遠曰繞涉思惟便成剩法正使如斷輪如閃電了無干涉何以故法無二故見無二見心無別心如天無二日帝悅賜佛海大師之號淳熙二年乙未秋示衆說偈曰淳熙二年閏季秋九月旦鬧處莫出頭冷地著眼看明暗不相干彼此分一半一種作貴人教誰賣柴炭向你道不可毀不可讚體若虛空沒涯岸相喚相呼歸去來上元定是正月半明年正月忽感微疾果於上元說偈曰拗折秤鎚掀翻露布突出機先鴉飛不度安坐而逝留七日顏色不異全身塔焉

常德府文殊寺沙門釋心道傳九

釋心道眉州徐氏子也年三十得度詣成都習唯識自以爲至同舍僧詰之曰三界惟心萬法唯識今目前萬象縱然心識安在道茫然遂出關周流江淮既抵舒州太平聞佛鑑夜參舉趙州栢樹子話至覺鐵觜云先師無此語莫謗先師好因大疑提撕既久一夕豁然即趨丈室擬敘所悟鑑見便閉却門道曰和尚莫瞞某甲鑑曰十方無壁落何不入門來道即拳破窓紙佛鑑即開門搊住云道道道即以兩手捧鑑頭作口啐而出呈偈曰趙州有箇栢樹話禪客相傳徧天下多是摘葉與尋枝不能直下根源會覺公說道無此語正是惡言當面罵禪人若具通方眼好向此

中辨真假鑑然之裏守請開法天寧擢大别文殊宋宣和改元詔改僧爲德士因上堂曰祖意西來事今朝特地新昔爲比丘相今作老君形鶴氅披銀褐頭包蕉葉巾林泉無事客兩度受君恩所以道欲識佛性義當觀時節因緣且道即今是甚麽時節毘盧遮那頂戴寶冠爲顯真中有俗文殊老叟身披鶴氅且要俯順時宜一人既爾衆人亦然大家成立叢林喜得羣仙聚會共酌迷仙酎同唱步虚詞或看靈寶度人經或説長生不死藥琴彈月下指端發太古之音棊布軒前妙著出神機之外進一步便到大羅天上退一步却入九幽城中秖如不進不退一句又作麽生道直饒羽化三清路終是輪迴一叚身二年九月詔下復僧上堂曰不掛田衣著羽衣老君形相頗相宜一年半内閑思想太抵興衰各有時我佛如來預識法之有難教中明載無不委知較量年代正在于兹魔得其便惑亂正宗僧改俗形佛更名字妄生邪解刪削經文鐃鈸停音鉢盂添足多般矯詐欺罔聖君賴我聖明不忘付囑不廢其教特賜宸章仍許僧尼重新披剃實謂寒灰再燄枯木重榮迷仙酎變爲甘露瓊漿步虚詞翻作還鄉曲子放下銀木簡拈起尼師壇昨朝稽首擎拳今日和南不審秖改舊時相不改舊時人敢問大衆舊時人是一箇是兩箇良久曰秋風也解嫌狼藉吹盡當年道教灰建炎三年春示衆舉臨濟入滅囑三聖因緣道曰正法眼藏瞎驢滅臨濟何曾有此説今古時人皆妄傳不信但看後三月至閏三月有賊叛衆

請師南奔道曰學道所以了生死何避之有賊至道曰速殺我以快汝心賊即舉槊殘之白乳上出賊駭引席覆之而去

潭州龍牙寺沙門釋智才傳十

釋智才舒州施氏子早歲服勤於佛鑑及遊方謁黃龍死心翌日入室死心問曰會得最初句便會末後句會得末後句便會最初句最初末後拈放一邊百丈野狐話作麼生會才曰入户已知來見解何須更舉轢中泥心曰新長老死在上座手裏也才曰語言雖有異至理且無差心曰如何是無差底事才曰不扣黃龍角焉知頷下珠心便打才初住嶽麓次遷龍牙三十載以清苦滋衆故衲子畏敬之又遷雲溪紹興戊午八月望俄集衆付寺事書偈曰戊午中秋之日出家住持事畢臨行自已尚無有甚虛空可覓每日垂訓如常至二十三日再示衆曰涅槃生死盡是空花佛及衆生並爲增語汝等諸人合作麼生衆皆下語不契才喝曰苦苦復曰白雲湧地明月當天言訖儼然而逝火浴獲設利五色塔寺西北隅

溫州龍翔寺沙門釋士珪傳十一　宗範

釋士珪號竹菴成都史氏子也初依大慈宗雅和尚出家心醉楞嚴後南遊謁諸尊宿始參龍門遠禪師以平時所得白遠遠曰汝解心已極但欠著力開眼耳一日侍立次問曰絕對待時如何遠曰如汝僧堂中白椎相似珪罔措至晚遠抵堂司珪復理前問遠曰閑言語珪於言下大悟正和末住和州天寧紹興奉詔開山鴈宕能仁時眞歇了公居江心

恐珪緣未熟迎至方丈大展九拜以誘溫人由是人皆翕然歸敬上堂明明無悟有法即迷諸人向這裏立不得住不得若立則危若住則瞎直須意不停玄句不停意用不停機此三者既明一切處不須管帶自然現前不須照顧自然明白雖然如是更須知有向上事豎拂子曰久雨不晴咄丙寅七月十八日召宗範長老付後事次日沐浴聲鐘集衆就座泊然而逝荼毘凡送者均得舍利塔於鼓山

建康華藏寺沙門釋安民傳十一

釋安民字密印嘉定府朱氏子也初講楞嚴於成都有聲時圓悟居昭覺因造焉值悟小參舉國師三喚侍者因緣趙州拈云如人暗中書字字雖不成文彩已彰那裏是文彩已彰處民聞心疑之告香入室悟問座主講何經對曰楞嚴悟曰楞嚴有七處徵心八還辯見畢竟心在何處民多呈義解悟皆不肯民復請益悟令一切處作文彩已彰會偶僧請益十玄談方舉問君心印作何顏悟厲聲曰文彩已彰民聞悅然自謂至矣悟示鉗鎚罔指一曰白悟請弗舉話待某說看悟曰諾民曰尋常拈鎚豎拂豈不是經中道一切世界諸所有相皆即菩提妙明真心悟笑曰你元來在這裏作活計民又曰下喝敲床時豈不是返聞聞自性性成無上道悟曰你豈不見經中道妙性圓明離諸名相民於言下釋然於是罷講侍圓悟因悟出蜀居夾山民從行悟爲衆小參舉古帆未掛因緣民聞未領遂求決悟曰你問我民舉前話悟曰庭前栢子

民即洞明謂悟曰古人道如一滴投於巨壑殊不知大海投於一滴悟笑曰奈這漢何悟說偈曰休誇四分罷楞嚴按下雲頭徹底參莫學亮公親馬祖還如德嶠訪龍潭七年往返遊昭覺三載翺翔上碧巖令日煩充第一座百花叢裏現優曇未幾開法保寧遷華藏大弘圓悟之道後示寂於本山闍維舍利頗臢人或穴地尺許皆得之尤光明瑩潔心舌不壞併建塔焉

成都昭覺寺沙門釋道元傳十三大別道

釋道元號徹菴綿州鄧氏子也幼於降寂寺出家受具謁大別道公令看廓然無聖之語忽爾失笑曰達磨元來在這裏道公命參佛鑑佛眼皆掌賞識又投金山見圓悟呈所見處悟弗許值悟被詔居雲居元從之雖有所入終以鯁胸之物未散因悟問僧生死到來時如何僧曰香臺子笑和尚次問及元汝作麼生元曰草賊大敗悟曰有人問汝時如何元擬答悟憑陵曰草賊大敗元大徹悟以拳擊之元拊掌大笑悟曰汝見甚麼便如此曰毒拳未報永劫不忘

平江府南峯沙門釋雲辯傳十四穹窿圓

釋雲辯姑蘇人初依瑞峯章公得度旋謁穹窿圓和尚忽有所得遂通所見圓曰子雖得入未至當也切宜著鞭乃辭扣圓悟值入室繞趯門悟遽曰看脚下辯打露柱一下悟曰何不著實道取一句辯曰師若摇頭某便擺尾悟曰你試擺尾看辯翻筋斗而出悟大笑由是知名住後僧問如何是奪人不奪境曰霸王到烏江僧曰如何是奪境不奪人曰築

壇拜將僧曰如何是人境兩俱奪曰萬里山河獲太平僧曰如何是人境俱不奪曰龍吟霧起虎嘯風生僧曰向上還有事也無曰當面蹉過僧曰眞個作家曰白日鬼迷人

南康雲居寺沙門釋善悟傳十五

釋善悟號高菴洋州李氏子年十一得度生有夙慧靈根自發聞冲禪師舉梁武帝問達磨因緣如獲舊物遽曰我既廓然何聖之有冲異其語勉之南詢遂謁龍門佛眼一日有僧被蛇咬佛眼問衆曰既是龍門爲甚却被蛇咬悟應聲曰果然現大人相眼器之後傳此語至佛果果曰龍門有此僧東山法道未寂寥爾上堂心生種種法生森羅萬象縱横信手拈來便用日輪午後三更心滅種種法滅四句百非路絶直饒達磨出頭也是眼中金屑心生心滅是誰木人携手同歸歸到故鄉田地猶遭頂上一鎚

隆興黄龍寺沙門釋法忠傳十六

釋法中號牧菴四明姚氏子也十九試經得度習天台教悟一心三觀之旨未能泯跡故徧叅名德後至龍門觀水磨旋轉發明述偈呈佛眼曰轉大法輪目前包裹更問如何水推石磨佛眼曰其中事作麽生忠曰澗下水長流眼曰我有末後一句待分付汝忠即掩耳而去後至廬山於同安枯樹中絶食清坐宣和間湘潭大旱禱弗應忠躍入龍淵呼曰業畜當雨一尺雨隨至嘗居南嶽每跨虎出遊儒釋皆望塵而拜上堂我有一句子不借諸聖口不動自已舌非聲氣呼吸非情識分别假使淨名杜口毘耶釋迦掩室摩竭大似

掩耳偷鈴未免天機漏泄直饒德山棒臨濟喝若向牧菴門下秪得一橛千種言萬般說秪要教君自家歌一任大地虛空七凹八凸

系曰牧庵既悟一心三觀即當揮麈爲台教吐氣尤以未能泯跡乃徧扣達磨之徒正如香象渡河直欲一踏到底所以宜乎纔跨龍門便能傾湫倒嶽也偉哉世有習三觀者且指悟之一字不知其爲何物誤認糟粕作醍醐詆壁觀爲護教豈非師子之蟲耶故凈山集深斥台教傳佛心印書後卷當刪去葢令學者障悟門造地獄業不淺矣

華亭昭慶寺沙門釋法寧傳十七

釋法寧因住沂州馬嵴山故號馬嵴山東客州莒縣李氏子也初依沂州天寧妙空明和尚得度叅侍既久盡得雲門宗旨出世住沂之淨居寺大弘雪竇之道紹興間抵華亭青龍鎮察判章滚母高氏夢天人告曰古佛來也翌日師至迎之止錢氏園乃建精舍掘地得鐵磬斷碑佛像之應於是華亭令椰約奏所建刹賜額曰淨居因省明公于明州雪竇時郡守莫將請主吉祥哲宗元符佘山有精舍曰靈峯部符攺曰昭慶禪院右丞朱諤請師爲開山第一代無何遷明州廣慧復返昭慶紹興二十六年丙子正月八日沐浴端坐說法辭衆而寂世壽七十六僧臘五十九塔全身於寺之東隅

衢州烏巨山沙門釋道行傳十八

釋道行號雪堂處州葉氏子也初依普照英得度出遊叅佛眼一日聞眼舉玄沙築著脚指話遂大悟住郡南明上堂會得便會玉本

無瑕若言不會碓嘴生花試問九年面壁何如大會拈花南明恁麼商確也是順風撒沙次遷烏巨示衆舉璣和尚問僧禪以何爲義衆雖下語未契厥心衆僧請益璣代云以謗爲義師曰三世諸佛是謗西天二十八祖是謗唐土六祖是謗天下老和尚是謗諸人是謗山僧是謗於中還有不謗者無談玄說妙河沙數爭似雙峯謗得親忽示微疾門弟子教授汪喬年至省遂以後事委之說偈曰識則識自本心見則見自本性識得本心本性正是宗門大病又註曰爛泥中有刺莫道不疑好黎明沐浴更衣加趺而逝闍維獲五色舍利煙所至處舍利纍然齒舌不壞塔於寺西

安吉州何山沙門釋守珣傳十九　廣鑑英

釋守珣號佛燈即郡之施氏子也初叅廣鑑瑛和尚不契遂謁佛鑑隨衆咨請邈無所入乃封其衾曰今生若不徹去誓不展此於是晝夜胥立如喪考妣逾七七日忽佛鑑上堂曰森羅及萬象一法之所印珣聞頓悟鑑曰可惜一顆明珠被這風顛漢拾得也乃詰曰靈雲道自從一見桃花後直至如今更不疑如何是他不疑處珣曰莫道靈云不疑只今覓箇疑處了不可得鑑曰玄沙道諦當甚諦當敢保老兄未徹在那裏是他未徹處珣曰深知和尚老婆心切鑑然之珣拜起呈偈曰終日看天不舉頭桃花爛熳始擡眸饒君更有遮天網透得牢關即便休鑑囑令護持是夕展衾厲聲曰這回珣上座穩睡去也圜悟聞竊疑其未然乃曰我須勘過始得令人召

至因與遊山偶到一水潭圓悟推珣入水遽問曰牛頭未見四祖時如何珣曰潭深魚聚曰見後如何珣曰樹高招風曰見與未見時如何珣曰伸脚在縮脚裏圓悟大稱之後出世初主禾山次天聖徙何山及天寧紹興甲寅謂居士鄭績曰十月八日是佛鑑先師忌日吾將至矣乞還鄣南至十月四日績遣弟僧道如訊之珣曰汝來正其時也吾雖與佛鑑同條生終不同條死明早可與我尋一隻小船來道如曰要長者高者珣曰高五尺許越三日雞鳴端坐如平時侍者請偈珣曰不曾作得言訖而逝闍維舌根不壞

眉州象耳山沙門釋袁覺傳二十　佛性

釋袁覺郡之袁氏子出家傳燈寺本名圓覺郡守塡祠牒誤寫袁字守疑其嫌因戲謂之曰一字名之可乎對曰一字已多也郡守異之已而往大溈依佛性和尚入室陳其所見性曰汝忒煞遠在俾充侍司遷掌賓客佛性每舉法華開示悟入四字令下語又曰待我點頭汝理方是偶不職被斥制中無依乃寓俗士家一日誦法華至亦復不知何者是火何者爲舍乃豁然有省制罷歸寺白性首爲肯之後至雲居見圓悟述所得悟呵之曰本是淨地屙屎作麼於是所疑頓釋紹興丁巳郡守請居象耳法道大振四方英俊宿德鴻儒聞風禮謁室無所容開堂詞辯河傾峽瀉叢林稱之未詳其終

明州天童沙門釋曇華傳二十一

釋曇華字應庵蘄州汪氏子也生而奇傑不類凡兒年十七依於東禪薙髮首謁遂和尚

畧得染指法味於是徧叅知識靡所契證聞圓悟住雲居煆煉學者華往禮依侍悟乃痛與錐劄値悟返蜀指見乕丘隆禪師侍一載頓明大事已而訪此菴元命分座於是開堂妙嚴遷歸宗時大慧在梅陽有僧傳華示衆語大慧見之極口稱歎復寄偈曰坐斷金輪第一峯千妖百怪盡潛蹤年來又得真消息報道楊岐正脉通虎丘忌日拈香曰生平沒興撞著這無意智老漢做盡伎倆奏泊不得從此卸却干戈隨分著衣喫飯二十年來坐曲彔床懸羊頭賣狗肉知他有甚憑據雖然一年一度燒香日千古令人恨轉深世稱華與杲二甘露門嘗戒徒衆曰衲僧著草鞋住院何事口如龜蛇惡窟乎宋隆興元年六月十三日奄然而化塔全身於東山

臨安府靈隱寺沙門釋德光傳二十二

光化吉　月菴杲
百丈震

釋德光賜號佛照臨江軍彭氏子也志學之年即依本郡光化寺吉和尚薙髮受具一日入室吉問曰不是心不是佛不是物是箇甚麼光罔措通夕不寐次日復登方丈請曰昨蒙和尚垂問既不是心不是佛又不是物畢竟是甚麼望乞慈悲指示吉乃震威喝曰這沙彌更要我與你下註脚在拈棒劈脊打出於是有省次謁月菴杲應菴華百丈震皆無所入適大慧奉旨住明州阿育王四海英才鱗集光亦造焉入室大慧舉竹篦問曰喚作竹篦則觸不喚作竹篦則背不得下語不得無語光擬對大慧便棒光豁然大悟從前所得到此瓦解氷消侍久之宋孝宗慕光道價

降詔命住靈隱一日召問對答稱旨留宿内
觀堂後示寂塔全身於東菴

明高僧傳卷第四

音釋

旖於離切 旎乃倚切 𩏂五交切音警 酎直又切音胄
𩓺丑展切音搌 賸徒登切音騰

明高僧傳卷第五

明天台山慈雲禪寺沙門釋如惺撰

習禪篇第三之二 正傳二十七人 附見七人

眉州中巖寺沙門釋祖覺傳一 慧目能 南堂靜

釋祖覺嘉州楊氏子也自幼聰慧書史過目成誦乃著書排斥釋氏忽惡境現前大怖悔

過出家依慧日能和尚未幾疽生膝上五年醫治莫愈因書華嚴合論畢夕遂感異夢旦即捨杖趨履仍前一日誦至現相品曰佛身無有生而能示出生法性如虛空諸佛於中住無住亦無去處處皆見佛遂悟華嚴宗旨至是始登僧籍府帥請講於千部堂而詞辨宏放衆所欽服適南堂靜禪師過其門謂曰觀公講說獨步西南惜未解離文字相耳黨能問道方外即今之周金剛也覺欣然罷講南遊禪社遂依圓悟於鍾阜一日入室悟舉羅山道有言時踞虎頭收虎尾第一句下明宗旨無言時覷露機鋒如同電拂作麼生會覺罔對於是夙夜參究忽有所省作偈呈曰家住孤峯頂長年半掩門自嗟身已老活計付兒孫悟未許可次日入室悟問昨日公案作麼生覺擬對悟喝曰佛法不是這箇道理覺復留五年愈更迷悶後於廬山棲賢閱浮山遠削執論云若道悟有親疎豈有旃檀林中却生臭草始豁然大悟遂作偈寄圓悟曰出林依舊入蓬蒿天網恢恢不可逃誰信業緣無避處歸來不怕語聲高悟大喜持示衆曰覺華嚴徹矣自是諸方皆稱曰覺華嚴云上堂僧問最初威音王末後樓至佛未審參見甚麼人覺曰家住大梁城更問長安路僧問如何是一喝如金剛王寶劍覺曰血濺梵天曰如何是一喝如踞地師子覺曰驚殺野狐狸曰如何是一喝如探竿影草覺曰驗得你骨出曰如何是一喝不作一喝用覺曰直須識取把鍼人莫道鴛鴦好毛羽

系曰覺華嚴既於講席有聲南堂過而稍施

提勉便能罷講南遊正所謂見鞭影而行者也豈不駿哉至爲圓悟頂門一錐雖然䰟飛要且命根未斷尚依識見呈偈遭圓悟一喝直得氣索五年而始大徹噫古爲人師者必俟學者寒灰燄發絕後復甦方肯點頭未嘗輕許而賊夫人子今人纔見靈利後生便使拈弄公案作得一偈頓焉稱賞不亦彼此皆瞎也殺人之惡小害人之惡大其誰乎善於講者又當以覺公爲良範

台州釣魚臺沙門釋自回傳二

釋自回號石頭臨海人世業石工人呼石頭和尚眼如盲龜不識一字善根内啓志慕空宗求人口授法華能誦遂棄家投大隨和尚供掃灑寺中令取崖石公用回手不釋鎚鑿誦經不輟口隨見而語曰今日硿磕明日硿磕生死到來作甚折合回愕然設禮願聞究竟法隨令罷誦經看趙州勘婆子因緣於是念念叅究久之一日鑿石石堅乃盡力一鎚火光迸出忽然徹悟即走方丈禮拜呈偈曰用盡工夫渾無巴鼻火光迸散元在這裏隨大喜曰子徹也復述勘破偈曰三軍不動旗閃爍老婆正是魔王脚趙州無柄鐵掃帚掃蕩烟塵空索索隨可之遂爲薙染授以僧服出世住釣魚臺上堂曰叅禪學道大似井底叫渴殊不知塞耳塞眼回避不及且如十二時中行住坐臥動轉施爲是甚麼人使作你眼見耳聞何處不是路頭若識得路頭便是大解脫處方知老漢與你證明山河大地與你證明所以道十方薄伽梵一路涅槃門諸仁者大凡有一物當途要見一物當途之根

源一物無處要見一物無處之根源見得根源源無所源所源既非何處不圓諸禪德你看老僧有甚勝你處你有甚不如老漢處會麼太湖三萬六千頃月在波心說向誰

系曰觀回師資生之業既傭且拙學佛之志既銳且勤始而迷則瞶子如盲後而悟則通身是眼至於說偈談禪大有超今逸古之風得非能者後起耶苟使其居讀五車出窮三藏又烏有一鎚而火光迸出之象哉大凡天下治愈隆亂愈起學固博執益封古人斥爲雜毒入心良有以也於戲世之錦心繡口之士文龍義虎之僧能爲昌黎子之虛心周金剛之自返胡盧油不出麵道不我親哉所以追風逐日者非駑駘之足訶佛罵祖者豈鄙陋之夫或膠錮於見知桎梏其比量又莫若頑璞之易琢也

潼川護聖寺沙門釋居靜傳三

釋居靜號愚丘成都楊氏子也年十四依白馬寺安慧出家聞南堂禪師道望往謁堂舉香嚴枯木裏龍吟話詰之靜於言下大悟一日堂問曰莫守寒巖異草青坐却白雲宗不妙汝作麼生靜曰直須揮劍若不揮劍漁父棲巢堂矍然曰這小厮兒靜珍重便行後出世住東巖嘗謂衆曰叅學至要不出先南堂道最初句及末後句透得過者一生事畢儻或未然更與你分作十門各各印證自心還得穩當也未第一須信有教外別傳第二知有教外別傳第三須會無情說法與有情說法無二第四須見性如觀掌中之物了了分明一一田地穩密第五須具擇法眼第六須

要行鳥道玄路第七須文武兼濟第八須摧邪顯正第九須大機大用第十須向異類中行凡欲紹隆法種須盡此綱要方坐得這曲彔床子受天下人禮拜敢與佛祖為師若不到恁麼田地祇一向虛頭他時異日閻老子未放你在又偈曰十門綱要掌中施會得來時自有為作者不須排位次大都首尾是根基

泉州教忠寺沙門釋彌光傳四 黃檗祥

釋彌光號晦菴閩中李氏子也生寡言笑閒僧見梵則喜年十五依文慧禪師圓頂未窮海藏喜究羣書一日計曰剃髮染衣當期悟徹而醉心俗典耶遂首謁圓悟次參黃檗祥高菴悟機語皆契以淮楚盜起歸謁佛心值大慧寓廣因從之慧曰汝在佛心處所得者試舉一二看光曰佛心上堂拈普化公案曰佛心即不然總不恁麼來時如何劈脊便打從教徧界分身慧曰汝意如何曰某不肯他後頭下個註脚慧曰此正是以病去法光毅然無信可意慧曰汝但揣摩看光竟以為不然經旬因記海印信公拈曰雷聲浩大雨點全無光始無滯趨告慧舉道者見琅邪并玄沙未徹語詰之光對已大慧笑曰雖進一步祇不著所在如人斫樹根下一刀則命根斷矣汝向枝上斫其能斷命根乎今諸方浩浩說禪見處總如是也何益于事其楊岐正傳止三四人而已光慍而去翌日慧問汝還疑否曰無可疑者慧曰祇如古人相見未待開口已知虛實或聞其語便識淺深此理如何光悚然汗下莫知所詣慧令究有句無句話

慧過雲門庵光亦侍行一日問曰某到這裏不能得徹病在甚處慧曰汝病最癖世醫拱手何也別人死了不得活汝今活了未曾死要到大安樂田地須是死一回始得光疑情愈深後入室慧問喫粥了也洗鉢盂了也去却藥忌道將一句來光曰裂破慧乃振威喝曰你又說禪也光即大悟慧即撾鼓告衆曰龜毛拈得笑哈哈一擊萬重關鎖開慶快平生在今日孰云千里賺吾來光亦呈偈曰一拶當機怒雷吼驚起須彌藏北斗洪波浩渺浪滔天拈得鼻孔失却口自爾名喧宇宙道洽緇素出住教忠瓣香爲妙喜拈出其爲知本也歟

系曰凡爲人師者須具二種法方堪坐曲录牀一先明已眼二鑒機病源若已眼未明自尚拖枷帶鎖胡能爲人解粘去縛不識病源未免傭醫殺人之陋所以久依爐鞴不能脫胎成器者非學人之罪也爲學者亦須具二種法方可驗天下善知識舌頭一不自知足二死後復甦若易知足必以魚目爲珠若不死後再甦則生死命根不斷所以久入選佛場不能心空及第者非宗匠之罪也是故妙喜一生不自肯晚登川勤之室亘階華嚴七地不其然乎今晦庵以滑稽叅禪未曾大死一番苟非妙喜屠龍之手而不珍魚目者幾希故遭振威一喝亘下喪身失命便能對衆作蟭螟蟲大吼豈不快哉嗚呼世之靈利漢靡不坐晦庵膏肓之疾如狂子失心而不可療者多矣曾未服醫父起死之劑且急欲爲人指迷不亦謬乎

江州東林寺沙門釋道顏傳五

釋道顏號卍庵潼川鮮于氏子也初叅圓悟但登堂未能造其玄奧圓悟將還蜀以書遺大慧曰顏彩繪已特未點眼耳他日嗣後未可量也於是朝夕質疑於慧方大悟徹於是聲光遐溢黑白咸被其化僧問如何是佛顏曰誌公和尚曰學人問佛何答誌公顏曰誌公不是閒和尚曰如何是法顏曰黃絹幼婦外孫齏臼曰是甚章句顏曰絕妙好辭曰如何是僧顏曰釣魚船上謝三郎曰何不直說顏曰玄沙和尚顏凡所說法大槩簡易如此

福州西禪寺沙門釋鼎需傳六

釋鼎需號懶庵郡之林氏子也幼業儒舉進士蒞政有聲年二十五因閱遺教經忽省曰幾爲儒冠誤也即欲舍俗母氏難以親迎在期需笑絕之曰夭桃紅杏一時分付春風翠竹黃花此去永爲道侶遂依保壽樂公爲大僧徧叅名宿歸里結庵羌峯三年嘗以即心即佛話問學者時妙喜庵于洋嶼晦庵光在侍特以書招之曰此間庵主手段與諸方別可來少欵如何需不答光以計邀至值妙喜爲衆入室需欲隨喜而已妙喜因舉僧問馬祖如何是佛祖云即心是佛你作麼生需下語喜訴曰汝見解如此敢妄爲人師耶乃鳴鼓訐其爲邪解需淚交頤不敢仰視自默計曰我既爲所排而西來不傳之旨豈止此耶遂求入弟子之列一日妙喜問曰內不放出外不放入正恁麼時如何需擬開口喜拈竹篦劈脊連打三下需大悟厲聲曰和尚已多了也喜又打一下需禮拜喜笑曰今日方知

吾不汝欺也印以偈曰頂門竪亞摩醯眼肘後斜懸奪命符瞎却眼卸却符趙州東壁掛葫蘆自此名喧叢席道被遐方此後開堂始稱具眼宗匠云也

建寧府沙門釋道謙傳七

釋道謙本郡人未詳氏族初依佛果無所入妙喜奉旨住徑山謙亦在侍令往長沙通書于張紫巖乃自謂叅禪二十年尚無個入處又有此行豈不荒廢了矣將辭友人宗元叱曰不可豈以在路叅禪不得耶汝去吾與俱往一日在途泣曰一生叅禪無得力處今奔波若此何得相應元曰你但將諸方叅得悟得幷圓悟妙喜與你説得底都不要理會途中我可替者盡替汝只有五事替不得須自承當曰何爲五事元曰著衣喫飯屙屎放尿馱箇死屍路上行謙於言下大徹不覺手舞足蹈元曰汝此回方可通書吾先歸矣後半載返雙徑妙喜于山門外亭一見便曰建州子這回自別也

潭州沙門釋清旦傳八

釋清旦號慧通蓬州嚴氏子也初辭親愛即嗜空宗聞有教外別傳之道注念日切乃腰包出關擬投叢席時大溈泰和尚住德山謁之值泰上堂舉趙州曰臺山婆子已爲汝勘破了也且道意在甚麼處良久曰就地撮將黃葉去入山推出白雲來旦聞平生疑礙釋然翌日入室泰問曰前百丈不落因果因甚墮野狐後百丈不昧因果因甚脫野狐旦曰好與一坑埋却住後上堂曰三脚驢子弄蹄行步步相隨不相到樹頭驚起雙鯉魚枯來

一老一不老爲憐松竹引清風其奈出門便是草因喚檀郎識得渠大機大用都推倒燒香勘證見根源糞掃推頭拾得寶叢林浩浩謾商量勸君莫謗先師好旦之門庭嚴肅機語峻利是故學者多難泊焉

天台國清寺沙門釋行機傳九

釋行機自簡堂郡之楊氏子也生知夙發趣向高邁丰姿挺異才壓儒林少棄妻孥勤學出世精窮竺典逸貫三乘竊欲離言單求直指於是慕護國元公之道價擔簦相依稍觸鉗鎚客有契證因住莞山而刀耕火種單丁者一十七年嘗有偈曰地爐無火客囊空雪似楊花落歲窮拾得斷麻穿壞衲不知身在寂寥中每日其猶未穩在豈以住山樂吾事耶一日偶看斫樹倒地有聲忽大悟平昔礙膺之物泮然水釋未幾適有江州圓通之命乃曰吾道行矣即欣然曳杖應之登座說云圓通不開生藥鋪單單只賣死猫頭不知那個無思筭喫著通身冷汗流聞者無不絕倒叢林至今稱焉

澧州靈巖寺沙門釋仰安傳十 表自

釋仰安未詳何許人氏穎異超羣幼年舍俗既圓顱頂慕最上乘精謹律儀耽遊講肆久而棄之遂入佛果勤公之室時大潙泰爲座元昕夕扣之頓領玄旨後泰住持德山命安詣佛果通嗣法書果見問千里馳騁不辱宗風公案現成如何通信安曰覿面相呈更無回互果曰此是德山底那個是上座底曰豈有第二人果曰背後底聻安即進書果笑稱作家次至僧堂前捧書問訊首座座曰玄沙

白紙此自何來安曰久默斯要不務速說今日拜呈幸希一覽座便喝安曰作家首座座又喝安以書便打座擬議安曰未明三八九不免自沉吟又打一下曰接時佛果佛眼同見果曰打我首座死了也眼曰官馬厮踢有甚憑據安曰說甚官馬厮踢正是龍象蹴踏也果喚安至前曰我五百人首座汝爲何打他安曰和尚也須喫一頓果顧佛眼吐舌眼曰未在却問曰空手把鋤頭話意作麼生安鞠躬曰所供並是詣實眼笑曰元來是屋裏人又往五祖山通書於表自和尚自曰書裏說箇甚麼安曰文彩已彰曰畢竟說甚麼安曰當陽揮寶劒自喚曰近前來我這裏不識幾箇字安曰莫詐敗好自顧侍者曰是那裏僧曰曾在和尚會下去自曰恠得恁麼活頭安曰被和尚鈍置來自將書於香爐熏曰南無三曼多安近前彈指自便開書自是聲播四方而不屈爲泰使命未幾出主靈巖衲子輻輳拈椎竪拂大有古人之風焉

臨安府徑山沙門釋寶印傳十一 智策

釋寶印號別峯嘉州李氏子也幼通六經長窮七史忽厭塵俗志慕竺墳乃從德山清素和尚得度往聽華嚴起信盡得旨覺勞筭沙終非解脫遂依中峯密印民禪師密印舉僧問巖頭起滅不停時如何巖叱曰是誰起滅師聞大悟會圓悟歸昭覺遣師往省隨衆入室悟問從上諸聖以何接人師竪起拳悟曰此是老僧用底何者是從上諸聖用底師以拳揮之悟亦舉拳相交大笑而止又謁大慧於徑山慧問甚處來曰西川慧曰未出劒門

闞與汝三十棒了也曰不合起動和尚慧忻然後出奉詔住雪竇淳煕七年秋召師問道賜肩輿入選德殿帝曰三教聖人本同這個理否對曰譬如虛空東西南北初無二也帝曰但聖人所立門戶則不同耳如孔子性以中庸設教印曰非中庸何以安立世間故法華云治世語言資生業等皆與實相不相違背華嚴云不壞世間相而成出世法帝曰今時士大夫學孔子者多只工文字語言不見夫子之道不識夫子之心惟釋氏禪宗不以文字教人直指心源頓令悟入不亂于生死之際此爲殊勝印曰非獨後世不見夫子之心嘗見孔門顏子號爲具體盡平生力量只道得個瞻之在前忽焉在後竟捉摸不著而夫子分明八字打開向諸弟子道二三子以我爲隱乎吾無隱乎爾吾無行而不與二三子者是丘也以此觀之夫子未嘗迴避諸弟子而諸弟子自蹉過了也昔張商英曰吾學佛然後能知儒此言實爲至當帝曰朕意亦謂如此帝又問莊子若何如人印曰只是佛法中小乘聲聞以下人也蓋小乘厭身如桎梏棄智如雜毒化火焚身入無爲界即如莊子所謂形固可使如槁木心固可使如死灰若大乘人則不然度衆生盡方證菩提正如伊尹所謂予天民之先覺者也將以斯道覺斯民也有一夫不被其澤者若已推而內溝中也帝大悅詔住徑山開堂曰三世諸佛以一句演百千萬億句收百千萬億句秪在一句祖宗門下半句也無秪恁麼合喫多少痛棒諸仁者且道諸佛是祖師是若道佛是祖

不是祖是佛不是取舍未忘若道佛祖一時俱是一時俱不是顢頇不少且截斷葛藤一句作麽生道良久曰大蟲裹紙帽好笑又驚人十年二月帝註圓覺經賜師命作叙流行紹熈元年十一月往見智策禪師決别策問行日師曰水到渠成索紙書云十二月初七夜鷄鳴時九字果至期而化留七日顏色明閏髪長頂温葬全身于西岡謚曰慈辯塔曰智光

潭州上封寺沙門釋諱才傳十二（海印隆）

釋諱才號佛心福州姚氏子也幼爲驅烏弱冠得度精求律部持犯霜威慕最上乘不憚遐扣勞逸弗介一念力叅首謁海印隆公於大中偶見老宿達道看經至一毛頭師子百億毛頭一時現處才問曰一毛頭師子作麽生得百億毛頭一時現達曰汝作入叢林未可理會許事才疑之適海印夜叅至結座擲拄杖曰了即毛端呑巨海始知大地一微塵才豁然有省次謁黄龍死心不契乃叅靈源凡入室出必揮淚曰此事我見甚是分明秖臨機吐之不出奈何源曰須是大徹方得自在一日竊觀隣僧讀曹洞廣録至藥山採薪歸有僧問甚處來山曰討柴來僧指腰下刀曰鳴剥剥是甚麽山拔刀作斫勢才忽大悟擲隣僧即揭簾趨出説偈曰徹徹大海乾枯虚空迸裂四方八面絶遮攔萬象森羅齊漏泄初住上封屢遷名刹詞河辯海潮涌波騰學者無能湊泊其涯涘也

華亭青龍菴沙門釋妙普傳十三（雪竇持）

釋妙普號性空漢州人未知姓氏久依黄龍

死心密受心印品格高古氣宇宏邁因慕船子遺風抵秀水結菴于青龍之野別無長物唯吹鐵笛以自娛好吟咏嘗賦山居詩云心法雙忘猶隔妄色塵不二尚餘塵百鳥不來春又過不知誰是住菴人示衆偈曰學道猶如守禁城晝防六賊夜惺惺中軍主將能行令不動干戈治太平宋建炎初賊徐明扳道經烏鎮肆意殺戮民懼逃亡普聞歎曰衆生塗炭吾盍救之乃荷策而行直詣賊所賊見偉異疑必奸詭詢其來處答曰禪者問何所之云往密印寺也賊怒欲斬普曰大丈夫要頭便取奚以怒爲吾死必矣願得一飯以爲送終賊奉肉普供佛出生如常儀曰孰當爲我文以祭賊笑不答普索紙筆大書曰嗚呼惟靈勞我以生則大塊之過役我以壽則陰陽之失乏我以貧則五行不正困我以命則時日不吉吁哉至哉賴有出塵之道悟我之性與其妙心則其妙心孰與爲隣上同諸佛之眞化下合凡夫之無明纖塵不動本自圓成妙矣哉妙矣哉日月未足以爲明乾坤未足以爲大磊磊落落無罣無礙六十餘年和光混俗四十二臘逍遥自在逢人則喜見佛不拜笑矣乎笑矣乎可惜少年郎風流太光彩坦然歸去付春風體似虛空終不壞尚饗遂舉筯飫肉賊徒大笑食罷曰劫數既遭離亂我是快活烈漢如今正好乘時便請一刀兩段乃大呼斬斬賊駭異稽首謝過令衛而出於是民之廬舍少長無恙者普之惠也僧問既見佛爲甚不拜普掌之曰會麼曰不會又掌曰家無二主紹興冬、自造大盆鑿穴塞

之修書寄雪竇持禪師曰吾將水葬矣壬戌持至普尚存乃作偈嘲曰咄哉老性空剛要餧魚鱉胡不索性去秪管向人說普笑曰遲兄證明耳徧告遐邇衆集普示法要說偈曰坐脫立亡不若水葬一省柴燒二免開壙撒手便行不妨快暢是誰知音船子和尚高風難繼百千年一曲漁歌少人唱遂趺坐盆中口吹鐵笛順潮而下衆皆隨至海濱普去塞孱其水洄漩衆擁觀水涓滴不入乃乘流而住歌曰六十餘年返故鄉沒蹤跡處妙難量眞風徧寄知音者鐵笛横吹作散場人望曰斷尚聞笛聲嗚咽於蒼茫之間遙見以笛擲空而沒衆號泣競圖像事之後三日見於沙上趺坐如生道俗迎歸留五日闍維舍利大如菽有二鶴徘徊空際火盡始去塔于青龍菴

潭州法輪寺沙門釋應端傳十四

釋應端南昌徐氏子也生而眉宇豁如形儀莊肅幼厭塵穢少入空門依郡之化度寺善月度爲大僧謁眞淨文機不諧時靈源分座雲居扣之源稍加痛劄端負已解妙入經論乃援引馬祖百丈機語及華嚴經旨相表酧答靈源笑曰汝舉馬祖百丈固錯矣而華嚴宗旨與箇事喜沒交涉端憤然欲去因辭揭簾忽大悟汗流浹背靈源見喜曰子方識好惡矣馬祖百丈文殊普賢幾爲汝累由是聲譽四馳道欽七衆政和末太師張司成虛百丈堅命開堂舉僧問大隋劫火洞然時這箇壞也不壞話遂曰六合傾翻劈面來暫披麻縷混塵埃因風吹火渾閒事引得遊人不肯

回壞不壞隨不隨徒將聞見强鍼錐太湖三萬六千頃月在波心説向誰

隆興府黄龍寺沙門釋道震傳十五

釋道震號山堂金陵趙氏子也垂髫依覺印英禪師爲童子英遷泗之普照得度久之辭謁丹霞淳與論曹洞宗旨震呈以偈曰白雲深覆古寒巖異草靈花彩鳳銜夜半天明日當午騎牛背面著靴衫次依草堂日取藏經讀之一夕聞晚粢鼓步出經堂舉頭見月忽大悟亟趨方丈堂望見即曰子徹矣遂爲印可尋出三遷而至百丈道顯著紹興已已有律師妄踞黄龍衲子散子散去主事者走錢塘求王承宣繼先書達洪師張如瑩瑩公命震以從衆望而主事者請致書謝王震讓曰王公爲護佛法何謝之有況我與之素昧平生於是主事悉退故仲温曰彼交結權貴倚爲藩垣者聞其言亦足顏汗噫紹興以來宗師言行相應而與秋霜爭嚴捨震其誰哉

天台山萬年寺沙門釋法一傳十六

釋法一號雪巢即襄陽郡王駙馬李遵勗玄孫也世居開封祥符縣母夢一老僧至其家而産聲洪氣偉具大人相十七試上庠從祖仕淮南欲官之不就請去家事長蘆慈覺賾禪師祖弗許母曰此兒必宿世沙門也願弗奪其志未幾慈覺殁禮靈巖通照愿禪師祝髮依十年覺心迷悶道無所入遂往蔣山謁圓悟一見器重之適悟奉旨住天寧亦在侍不契次見草堂於疎山一言之下忽爾徹其源底紹興七年泉守劉彦修請居延福四遷巨刹最後住長蘆因慕天台形勝昕夕懷之

於是乞退居山之古平田觀音院高臥煙霞長嘯深𡸁處世而忘世也一日忽示微疾書偈曰今年七十五歸作菴中主珍重觀世音泥虵吞石虎乃入龕趺坐別衆而逝塔于本山

慶元府天童寺沙門釋普交傳十七

釋普交郡之萬齡畢氏子也幼頴異卓倫不泥塵滓惡喧嗜潔儼似衲僧未冠得度五夏無虧首謁南明聽習台教偶爲檀信修事懺摩有人問曰師所懺罪爲自懺耶爲他懺耶若言自懺罪性何來若爲他懺他既非汝烏能爲懺交罔不能對大慚易服逕投泐潭足纔踵門潭即呵斥交擬申問潭即拽杖逐之一日忽呼交至丈室曰我有古人公案要與你商量交擬進語潭便喝交豁然頓悟顧乃大笑潭下繩牀執其手曰汝會佛法耶交便喝拓開潭亦大笑於是名聞四達學者宗之後歸桑梓居天童掩關却掃者八年寺偶虛席郡僚命開法恐其遯去遣吏候于道故不得辭上堂曰拙哉黃面老佛法付王臣林下無情客官差逼殺人莫有知心底爲我免得者麼若無不免將錯就錯去也凡見僧來必叱曰汝柳栗子未擔時我已爲汝說了也且道說箇甚麼招手洗鉢拈扇張弓趙州栢樹子靈源見桃花且擲放一邊山僧無恁麼閒唇吻與你打葛藤何不休去歇去忽拈拄杖逐散宣和六年三月二十日沐浴陞座說偈曰寶杖敲空觸處春箇中消息特彌綸昨宵風動寒巖冷驚起泥牛耕白雲說畢脫然而寂壽七十七臘五十八塔於本山

江州圓通寺沙門釋道旻傳十八

釋道旻賜號圓機世人稱云古佛興化蔡氏子也母夢吞摩尼珠遂娠生五歲不履不言一日母抱遊西明寺見佛像遽趣合掌作禮稱南無佛見者大異之稍壯宦學大梁棄依景德寺德祥出家得度徧扣禪林皆得染指後親潙山喆禪師無所入謁泐潭乾公具陳所得潭不爲印可一日潭舉世尊拈花迦葉微笑話問之不契侍潭行次潭以杖架肩長噓曰會麼旻擬對潭便打有頃復拈草示之曰是甚麼亦擬對潭便喝機旋於是頓悟玄旨便作拈花勢曰這回瞞旻上座不得也潭曰便道旻曰南山起雲北山下雨即禮三拜潭首肯印之後開法于灌溪遷圓通以符道濟之記也學者如川赴海朝廷聞其道宰臣會請錫以命服賜圓機之號而尊寵之於是遐邇欽化少長咸被其法澤未詳厥終

紹興府慈氏院沙門釋瑞仙傳十九

釋瑞仙會稽人幼纏塵網幾溺愛河年二十奮然去家會試經披剃精習大小律藏至戒性如虛空持者爲迷倒句忽自省曰戒者東身法耳胡自縛耶遂探究台教一日閱諸法不自生亦不從他生不共不無因是故說無生處疑曰既不自又不他不共不無因畢竟從何而生也歎曰因緣生法雖照以空假三觀不過抑揚性海心佛衆生名異體同十境十乘妙心成智不思議境智照方明固非言詮所能及也遂更衣謁諸耆宿後登投子山見廣鑑禪師問曰甚處來曰兩浙東越鑑曰東越事作麼生曰秦望山高鑒湖水闊鑑曰

秦望山與自已是同是別曰梵語唐言鑑曰猶是業林秖對畢竟是同是別師便喝鑑便打忽有省禮拜曰恩大難酬後開法于慈氏嘗問僧三箇稾馳兩隻脚日行萬里趂不著而今收在玉泉山不許時人亂斟酌你等向甚處與仙上座相見一衆無能下語投其機者終于本山

隆興府雲巖寺沙門釋天遊傳二十

釋天遊自號典牛成都鄭氏子也幼業儒穎俊逸倫儕輩推重初試郡庠復試梓州二處皆與貢籍懼不敢承遂竄名出關適會王山谷西還見其風骨不凡談論超卓邀其同舟策往廬山削髮不易舊名首衆死心不契依湛堂準於泐潭一日湛堂普說曰諸人苦苦就準上座覓佛法遂捐膝曰會麼雪上加霜又捐膝曰若也不會豈不見乾峯示衆曰舉一不得舉二放過一著落在第二師聞脫然悟入出世於雲蓋遷靈巖說法大有湛堂之風嘗和忠道者牧牛頌曰兩角指天四脚著地拽斷鼻繩牧甚屎屁張無盡見之甚爲擊節因退雲巖過廬山而棲賢主者意不欲納乃故曰老老大大正是質庫中典牛耶師聞述偈曰質庫何曾解典牛秖緣價重實難酬想君本領無多子畢竟難禁這一頭竟去菴於武寧匾曰典牛則終其身不出年近百歲而告寂焉徑山塗毒見時九十三矣

明高僧傳卷第五

音釋

昕 許斤切音欣　嬭 乃禮切音你　截 昨結切音截　戽 呼古切音虎

明高僧傳卷第六

明天台山慈雲禪寺沙門釋如惺撰

習禪篇第三之三 正傳二十五人 附見十一人

保定興聖寺沙門釋德富傳二十五

平江府覺海寺沙門釋法因傳一

釋法因姑蘇嵎山朱氏子也少汩塵俗無意出纏年二十四始披緇服不終五夏遽爾遊方謁慧日雅禪師於東林慧日舉靈雲見桃花悟道因緣問之擬對日曰不是不是忽有所契呈偈曰巖上桃花開花從何處來靈雲纔一見回首舞三臺慧日戒曰子雖見已入微更假著鞭當明大法於是居廬阜三十年不與世接四方仰之學者川騖蟻屯就其鑪鞴因亦不辭煆煉隨機說法宋建炎末盜起江左乃順流東歸覺海緇白踵門問道嘗謂衆曰汝等當飽持定力弗憂晨炊干求外務也晚年放浪自若稱曰五松散人

眉州中巖寺沙門釋蘊能傳二 澄甫 崇真

釋蘊能號慧目郡之呂氏子也少習儒博究經史年二十二於村落校書偶於山寺見禪册在几閱之似有所得遂裂衣冠投僧圓具一鉢遐遊首叅寶勝澄甫禪師徵詰酬酢所趣頗異逕往荊湖方謁永安喜真如喆德山繪諸公造詣益邁次抵大溈絲瑃禪師瑃問曰桑梓何處曰西川瑃曰聞西川有普賢菩薩示現是否曰今日親瞻慈相瑃曰白象何在曰爪牙已具瑃曰會轉身麼能提具繞禪床一帀瑃曰不是能趨出一日瑃問僧黃巢過後有人收得實劍麼僧豎起拳瑃曰莱刀子僧曰爭奈受用不盡瑃喝出次問能亦豎拳瑃曰也是莱刀子能便近前攔胸築曰殺得人即休瑃笑曰三十年弄騎馬今日被驢撲由是聲播諸方返蜀初主報恩次居中巖

室中嘗問崇眞氈頭曰如何是你空劫已前面目眞忽領悟對曰和尚且低聲遂呈偈曰萬年倉裏曾饑饉大海中住儘長渴當時尋時尋不見今日避時避不得能印可之能住持三十餘年說法不許人錄臨終書偈辭衆端坐而化闍維時暴風忽起烟之所至皆雨舍利道俗斸地亦有得者心舌不壞而建塔焉

系曰能公不過一校書郎耳纔覩禪册便知落處豈非再來人乎況乃遨遊諸師之門不無肯綮方接大潙眉睫即解轉身其利器固可知矣潙尤未可至問收劍因緣前僧寧無入處而終爲揮下及能公則別有通霄一路乃拈莖草而作吹毛大潙不免親遭鼈鼻一口公可謂得大機用者歟大潙固善爲人師能公亦不愧爲人弟也嗚呼世之師徒賓主相見能具此風彩作略庶不辜遊法海兩無遺憾不然總爲無孔鐵鎚負黃面漢不少矣勉哉

成都府信相寺沙門釋宗顯傳三

釋宗顯號正覺潼川王氏子也少選爲進士有聲嘗晝掬溪水爲戲至夜思之遂見水泠然盈室欲汲之不可得忽爾塵境自空歎曰吾世網裂矣往依昭覺白公得度蕭然一衲隨衆咨叅一日白公問高高峰頂立深深海底行作麽生會忽於言下頓悟曰釘殺脚跟也白拈起拂子曰這箇又作麽生顯一笑而出服勤七祀出遊至京都淮淛徧歷叢林晚登五祖見演和尚問未知關棙子難過趙州橋如何是關棙子祖曰汝且在門外立顯進

步一踏而退祖曰許多時茶飯元來也有人知滋味明日入室祖見顒便問是昨日問話僧否我固知你見處秖未過得白雲關在顒珍重便出時圓悟爲侍者乃以白雲關意扣悟悟曰直下會取顒笑曰我不是不會秖是未諳待見這老漢共伊理會一上耳次日祖往舒城顒與悟繼往適會於興化祖問記得曾在那裏相見來顒曰全火秖候祖顧悟曰這漢饒舌後遊廬山回舉高高峰頂立話所得之意白五祖祖曰吾嘗以此事詰先師先師曰我曾問遠和尚遠曰猫有歃血之功虎有起屍之德非素達本源不能到也顒侍之久祖鍾愛之辭返蜀祖爲小叅復送之以頌曰離鄉四十餘年一時忘却蜀語禪人回到成都切須記取魯語顒歸昭覺白公尚無恙再侍之聲譽藹然初出住長松次主保福大張爐鞴煆煉四方學者故龍象多出其輪下焉

嘉興報恩寺沙門釋法常傳四

釋法常開封人即丞相薛居正之後也宣和七年始解塵縛遐思高舉遂依長沙益陽華嚴軾公剃鬚髮受田衣見者獅王居必寶社非法不言異軌弗顧深慕大乘不斥小敎一日閱首楞嚴經乃廓爾義天淵通法海自是肆遊淮泗放浪湖湘後至台山萬年叅謁雪巢一見機語契會命掌翰牋未幾請令首衆爲僧入室大有風彩澹然處世不飾衆緣室中唯一矮榻餘無長物紹興庚子九月望日語衆曰吾一月後不復留矣至十月二十一日書漁父詞於室門曰此事楞嚴嘗露布梅

花雪月交光處一笑寥寥空萬古風颾語迥然銀漢橫天宇蝶夢南華方栩栩班班誰跨豐干虎而今忘却來時路江山暮天涯目送鴻飛去書畢就榻收足而逝塔于寺西南

臨安府徑山沙門釋智策傳五 寂室光 大圓

釋智策號塗毒天台陳氏子也生而聰敏卓邁羣兒不樂世華潛思寥廓幼依護國楚光落髮授以僧儀一鉢蕭然研窮三藏首造國清寂室光公灑然有省次往明州謁萬壽大圓禪師問甚處來曰天台圓曰曾見智者麽曰即今亦不少圓曰因甚在汝脚跟下曰當面蹉過圓曰尚人不耘而秀不扶而直也一日辭圓門送之拊其背曰寶所在近此城非實策敬諾欲往豫章參典牛遊和尚道由雲居風因雪塞路無客進履越四十二日午聞板聲豁然大悟及造典牛之門牛獨指策曰何處見神見鬼來曰雲居聞板聲來牛曰是甚麽曰打破虛空全無柄靶牛曰向上事未在曰東家暗坐西家厮罵牛曰嶄然超出佛祖他日起家一麟足矣後奉旨住雙徑大弘典牛之道四方學者鱗布蝟集將示寂時爲文以祭自危坐傾聽至云尚饗爲之一笑後兩日沐浴更衣集衆說偈曰四大旣分飛烟雲任意歸秋天霜夜月萬里轉光輝泊然而逝塔全身于寺東岡之麓

臨安府靈隱寺沙門釋道樞傳六

釋道樞號懶菴吳興四安徐氏子也嘗叅道場慧禪師得授心印道業日隆初主何山移華藏隆興初詔遷靈隱宋孝宗召入内殿賜坐問曰禪道之要可得聞乎對曰此事在陛

下堂堂日用應機處本無知見起滅之分聖凡迷悟之別第護正念則與道相應亡情却物則業不能繫盡去沉掉二病自忘問答之意矧今見在般若光明中何事不成見也上爲之首肯後以老乞退居明教之永安逍遥自適嘗題偈于壁曰雪裏梅花春信息池中月色夜精神年來可是無佳趣莫把家風舉似人淳熙丙申八月示微疾書偈而逝塔于永安

上京大儲慶寺沙門釋海慧傳七 清慧

釋海慧金國人也幼而英敏學不由師魯詰笁墳過目成誦初遊講肆如入龍宮性相玄途無不挾其英而挹其粹也所以法喜禪悦飯而飽餐潛踪五臺刀耕火種就巖縛屋一榻蕭然如是者十有五稔一日歎曰大丈夫當以衆生爲急溺是胡爲遂携錫燕都偏歷禪寺隨緣演化七衆雲屯於是聲播寰宇道布宸宫金皇統三年六月英悼太子創造大儲慶寺於上京宫側告成極世精巧幻若天宫慕師道價降旨請爲開山第一代説法賜牒普度境内童行有籍于官者百萬爲僧尼次年詔迎栴檀瑞像供養于寺之積慶閣皇統五年海慧入寂火浴獲舍利五色無筭光明徹於空表異香彌旬金主偕后太子親王百官設供五日奉分五處建塔謚曰佛覺祐國大師次年正月詔清慧禪師住持儲慶賜號佛智護國大師命登國師座特賜金縷僧伽梨衣幷賜異瓶鑪寶器金主后妃太子頂禮雙足奉服法衣其震丹國王致敬沙門古所未若於是時也

常州華藏寺沙門釋有權傳八

釋有權號伊菴臨安昌化祁氏子也髫齡出家十四得度篤志勤厲博究羣章十八知有向上一著殫力叅求首禮佛智裕公於靈隱時無菴和尚充第一座權入室請益菴以從無住本建一切法問之權久而有省荅曰暗裏穿針耳中出氣菴可之遂密付心印旣有所得精進益堅一夕危坐深入禪那至於達旦雖行粥至忘乎展鉢隣僧以手觸之頓然大悟偈曰黑漆崑崙把釣竿古帆高掛下驚湍蘆花影裏弄明月引得盲龜上釣船佛智深加稱賞一日問權心包太虛量廓沙界時如何對曰大海不宿死屍佛智撫其座曰此子他日據此訶佛罵祖去在權於是深自韜晦寄跡湖湘江浙之閒十年然後或依應菴或見大慧凡明眼宿德躬往禮謁無庵出主道場召權分座說法自是聲播諸方未久有華藏之命開堂云禪禪無黨無偏迷時千里隔悟在口皮邊所以僧問石霜如何是禪霜曰甎軛僧問睦州如何是禪州曰猛火著猛油煎僧問首山如何是禪山曰猢猻上樹尾連顛師曰道無橫徑立處孤危然此三大老而行聲前活路用劫外靈機若以衲僧正眼檢點將來不無優劣一人如張良入陣一人如項羽用兵一人如孔明料敵若人辨白得出可與佛祖齊眉雖然如是忽有箇出來道長老話作兩橛了也適來說道道無橫徑無黨無偏而今又分許多優劣且作麼生秪對還委悉麼把手上山齊著力咽喉出氣自家知淳熙庚子秋示微疾書偈而逝茶毘齒舌

不壞舍利五色者無數而建塔焉

南康軍雲居寺沙門釋德昇傳九 慧溫

釋德昇號頑庵漢州何氏子也幼溺塵滓稍長夢醒二十得度游心講席三學四衆以義虎推焉忽以支解自嫌翻然易輒更衣頂笠謁文殊道和尚懇示佛法省要之旨道說偈曰契丹打破波斯寨奪得寶珠村裏賣十字街頭窮乞兒腰間掛箇風流袋昇將擬對道叱曰莫錯於是退叅三年方領前旨入閩鼓山禮覲竹庵問國師不跨石門句意旨如何竹庵應聲曰閉言語言下頓悟後有僧問如何是無位眞人昇曰聞時富貴見後貧窮釋慧溫號蘿菴産于福州鄭氏與昇同依竹庵於東未幾因竹菴謝事自以胷次而未灑然又謁高庵悟南華昺草堂請諸耆宿皆蒙賞音會竹庵遷閩乾元溫復歸省庵曰情生智隔想變體殊不用停囚長智道將一句來溫釋然悟入呈偈曰撈出通身是口何妨罵雨訶風昨夜前村猛虎咬殺南山大蟲竹庵肯之後住通州狼山與昇共樹竹庵赤幟爲一方良導也

南康軍雲居寺沙門釋自圓傳十 莫能

釋自圓號普雲綿州雍氏子也夙有靈根少能割愛卸欲梏如魚脫網入法苑似鳳棲梧十九試經得須祠牒染衣之後先探律宗作犯止持白圭良璧淹流教海五祀而後出關南下叅遊四衆咸推英俊徧扣尊宿始入龍門偶步廊廡覩繪壁間胡人之像忽爾有省至夕白于高庵庵舉法眼偈曰頭戴貂鼠帽腰懸羊角錐語不令人會須得人譯之庵即

笑火示之曰我爲汝譯了也圓於言下大悟呈偈曰外國言音不可窮起雲亭下一時通口門廣大無邊際呑盡楊岐栗棘蓬高庵遣侍佛眼眼曰吾道東矣釋善能亦高庵嗣法門人其族嚴陵未詳姓氏一日高庵普請擇菜次庵知其縁熟忽以猫兒擲能懷中能擬議被庵攔胷踏倒豁然大悟起惟吟笑而已歷侍既久德馨遠聞緇素傾心天人擁出住持福州中際大闡宗風世稱雙樹法幢云

臨安府淨慈寺沙門釋彥充傳十一

釋彥充號肯堂杭之於潛盛氏子也幼即慧性朗然善根內著生而知有願脫塵羈遂依明空院釋義堪薙髮五夏學律一鉢孤征逕造大愚宏智正堂大圓後聞僧舉東林顏示衆曰我此間別無玄妙秖有木札羹鐵釘飯一任汝等咬嚼彥竊喜之直謁陳所見解東林謂曰據汝所見處正坐在鑑覺中也彥盡將從前所得底一時颺下專注一心精勤叅究一日聞傍僧舉南泉道時人見此一株花如夢相似乃默自覺曰打草秖要蛇驚耳次日入室東林問那裏是嚴頭密啓其意處彥曰今日捉敗這老賊林曰達磨大師性命在汝手裏也彥擬開口驀然被林攔胷一拳頓即大悟汗流浹背點首言曰臨濟道黃蘗佛法無多子豈虛語哉呈偈曰爲人須爲徹殺人須見血德山與巖頭萬里一條鐵林深然之

婺州智者寺沙門釋眞慈傳十二

釋眞慈號元庵潼川李氏子也總角即慕空寂好遊伽藍懇父母依成都之正法院圓頂

受具足大小乘戒潔肅氷雪解慧日隆耽嗜貝文徧遊講肆聽圓覺修多羅至四大各離今者妄身當在何處畢竟無體實同幻化因而有省頌曰一顆明珠在我這裏撥著動著放光動地呈似諸座講師無能識者歸舉受業師師以狗子無佛性話詰之慈曰百千公案無出此頌也師乃叱出因而南遊廬阜掛錫圓通時卍庵爲西堂爲衆入室舉僧問雲門撥塵見佛時如何門曰佛亦是塵慈聞豁然隨聲便喝以手指胷曰佛亦是塵復呈頌曰撥塵見佛佛亦是塵問了答了直下翻身勸君更盡一杯酒西出陽關無故人又頌塵塵三昧曰鉢裏飯桶裏水別寶崑崙坐潭底一塵塵上走須彌明眼波斯笑彈指笑彈指珊瑚枝上清風起卍庵頷之於是聲揚四表道洽殊途出主智者誨誘學者大居龍之手焉

福州鼓山沙門釋安永傳十三安分

釋安永號木庵閩縣吳氏子也永生具道質行止肅然身汨愛纒心懷遐舉弱冠薙髮高標物外聞有別傳之道乃謁懶菴禪師於雲門入室之際菴顧而問曰不問有言不問無言世尊良久不得向世尊良久處會隨後便喝永倏然契悟諸人未得箇入處須得箇入處既得箇入處不得忘却老僧永曰恁麼說話面皮厚多少木菴則不然諸人未得箇入處須得箇入處既得箇入處直須揚下入處始得凡所說法簡明如此時有安分菴主少與永共肄業於安國後永偕依懶菴不契辭謁大慧於徑山行次錢塘江干仰瞻宫闕忽

聞街司喝侍郎來分忽大悟偈曰幾年個事掛胷懷問盡諸方眼不開肝膽此時俱裂破一聲江上侍郎來竟回西禪懶菴逈之付以伽黎衣自爾不規所寓後菴居歙門化被嶺表學者從之

臨安府淨慈寺沙門釋曇密傳十四

釋曇密號混源天台盧氏子也生即英敏頴異匪凡幼失廕天志懷高邁初依邑之資福道榮研窮竺敎十六圓具足戒登大僧籍大小律部瑩無瑕疵精習天台敎觀而於頓漸偏圓性具理毒之旨如指諸掌一日歎曰敎乘之妙無得而稱但未離於名言終非見性不若更衣從別傳之學倘有隙見足快生平聞大慧唱道徑山腰包禮謁又訪雪巢一此菴元諸公皆無省發於是從閩而之泉南投敎忠光和尚俾職維那聞忠舉香嚴擊竹因緣豁然契悟呈偈忠詰玄沙未徹之語對酧無滯始囑曰子此後方可見大慧也於是受敎辭往梅陽服勤四載慧嘗登座焉出世奉詔住持淨慈大弘敎忠之道戶外之屨常滿示寂塔于本山之西北隅

明州天童寺沙門釋咸傑傳十五

釋咸傑字密菴福州鄭氏子也其母夢廬山老僧入舍遂舉師自幼頴異過人及壯剃髮進具徧叅知識最後謁應菴華和尚於衢州明果菴一日問曰如何是正法眼答曰破沙盆應菴頷之說偈曰大徹投機句當陽廓頂門相從今四載徵詰洞無痕雖未付衣鉢氣宇吞乾坤却把正法眼喚作破沙盆後出住衢州烏巨菴次遷祥符蔣山華藏未幾奉詔

主徑山及靈隱上堂牛頭橫說竪說不知有向上關棙子有般漆桶漢東西不辯南北不分如何是向上關棙子何異開眼尿牀我有一轉語不在向上向下千手大悲摸索不著老僧今日布施大衆去也良久曰達磨大師無當門齒上堂卓拄杖曰迷時秖迷這個復卓一下曰悟時秖悟這個迷悟兩忘糞掃堆頭重添搕𢶍莫有東涌西沒全機獨脫處道得一句底麼若道不得老僧自道去也擲拄杖曰三十年後又舉金峰和尚示衆云老僧二十年前有老婆心二十年後無老婆心僧問如何是和尚有老婆心峰曰問凡答凡問聖答聖僧又問如何是和尚無老婆心峰曰問凡不答凡問聖不答聖師曰我當時若見他恁麼說好向他道你若自瞥地去自然不落這聖凡窠臼也又舉婆子燒庵話畢師曰這個公案叢林中多有拈提者老僧今日裂破面皮不免對衆納敗闕一上定要諸方檢點明白乃召衆曰這婆子住處深穩水泄不通偏向枯木上糝花寒巖中發燄這僧孤身迥迥慣入洪波等閒坐斷滔天潮頭到底自無涓滴仔細檢點將來敲枷打鎖則不無若謂佛法二人俱未夢見在今老僧與麼提持畢竟意歸何處良久曰一把柳絲收不得和烟搭在玉欄干上堂卓拄杖曰盡大地喚作一句子擔枷帶鎖不喚作一句子業識茫茫兩頭俱透脫得了淨倮倮赤洒洒不可把達磨一宗掃地而盡所以雲門大師道盡乾坤大地無纖毫過患猶是轉句不見一法始是半提更須知有全提在師曰劒去久矣方乃

刻舟拈拄杖卓一卓下座

夔州臥龍山沙門釋祖先傳十六 法薰

釋祖先字破庵廣安王氏子也幼歲出家力叅祖道夜不安寢一衲隨身聞密庵大弘臨濟之宗遂腰包叅謁密庵知是大器深加錐拶一日密庵上堂示衆忽有省後密庵住靈隱命師分座偶有道者問曰猢猻捉不住時奈何師曰用捉作什麽如風吹水自然成文有講楞嚴座主求示師說偈曰見猶離見非眞見還盡八還無可還木落秋空山骨露不知誰識老瞿曇時有石田法薰叅師舉世尊拈花迦葉微笑話詰之薰對曰焦磚打破連底凍赤眼撞著火柴頭師頷之後出世爲嗣法焉

臨安府靈隱寺沙門釋崇岳傳十七

釋崇岳字松源處州龍泉呉氏子也隆興二年得度於杭之西湖白蓮精舍叅方最久後謁密菴傑和尚聞室中問僧不是心不是佛不是物話忽大悟遂得心印因密菴還靈隱命居第一座久之出世首住平江澄照次居江陰光孝饒之薦福明之香山寧宗慶元三年詔住靈隱三易寒暑乞老退居寺之東庵嘉泰二年八月四日手書別公卿垂語示學者曰有大力量人因甚擡脚不起又曰開口不在舌頭上貽囑弟子以闡法是務乃書偈曰來無所來去無所去瞥轉玄關佛祖罔措加趺而逝壽七十一臘四十塔全身于北高峰之原得法者香山光睦雲居善開

臨安府徑山沙門釋師範傳十八

釋師範字無準蜀之梓潼雍氏子也年九歲

依陰平山道欽和尚出家讀書過目成誦南宋紹熙六年始腰包遊於成都正法寺請益堯和尚坐禪工夫堯曰禪是何物坐的是誰師於是晝夜體究一日如厠因提前話有省明年出遊廣浙謁佛照於育王照問何處人曰劒州又問帶得劒來麽師便喝佛照笑曰這烏頭子也亂做師貧無資薙髮故人目之曰烏頭子破庵居靈隱師侍次時有一道者問破庵獅猻子捉不住奈何破庵曰用捉作麽如風吹水自然成文師於言下大悟未幾同月石溪公遊天台鴈宕時雪峰雲和尚住瑞巖留師分座夜夢一偉人手持把茅授與師次日明州清涼寺專使迎師方入院見伽藍神牌書茅姓然其衣冠與夢所見無異住三年遷焦山次雪竇又奉旨領主阿育王久之補雙徑無何召入大內修政殿說法稱旨賜金襴衣加佛鑑禪師之號師住徑山其殿宇兩遭回録皆兩復新之又去寺四十里築室百楹接待雲水額曰萬年正續次於其西數百步結庵爲歸藏之所又建重閣其上藏朝廷所賜御翰師之先世居蜀遇亂絕嗣乃於山中設祠祀俗之祖父事聞於朝賜額曰圓照以徵其孝思宋淳祐戊申乃築室明月池上榜曰退耕是年三月旦日疾作遂升座謂衆曰山僧既老且病無力與諸人東語西話今勉强出來將從前說不到的盡情向諸人抖擻去也遂起身抖衣曰是多少便歸方丈十五日集衆親書遺表遺書數十言而與客言笑諧謔如平時至夜書偈曰來時空索索去也赤條條更要問端的天台有石橋移

頃而逝停龕二七日遺表上聞帝遣中使降香賜幣帛奉全身塔于圓照

鄭州普照寺沙門釋道悟傳十九 附白雲海

釋道悟號佛光陝西蘭州冠氏子也師生即齒髮俱長具大人相年十六力求出家父母不聽乃絶食幾死遂捨入里中寺祝髮閱二年偶宿臨洮灣子店夢梵僧振聲喚覺忽聞馬嘶豁然大悟喜不自勝說偈曰見也羅見也羅徧虗空只這個遂歸告母曰某於途中拾一物母問何物師曰無始來不見了的母掌曰何喜之有遂辭欲叅方去母問汝將何之答曰水流須到海鶴出白雲頭先是熊耳山有白雲海禪師雖住古刹不畜一徒人或問和尚何不擇一法嗣去海曰芝蘭秀發獨出西秦曰幾時至海曰行脚了也師腰包將至海命侍者鳴鐘集衆曰我關西弟子來也然此寺原是郭子儀所建今渠自來住持汝當迎之師方入門海遥見便云相公來何暮也師進前曰諾海大笑竟授與衣法令繼其席自即退隱寺側先有羣盜盤踞劫民受其害或請海捕之海曰非老僧所能也不久郭公至必自捕也民弗解其說後師居寺方三日乃率衆往擒盡縛之破其穴將欲盡誅賊哀乞命師從容謂曰汝劫財物傷人命分當死矣今汝乞命獨不念彼命乎賊叩首流血願從三寶戒誓不爲非師爲說偈剃髮釋之自是路不拾遺者數十年人始信師實郭令公之再來也宋大定二十四年海公歿師方出主鄭州普照又遷三鄉竹閣庵身著白衣跨黄犢吹短笛遊於洛中嘗曰道我凡耶曾

向聖位中來道我聖耶又向凡位中去道我非凡非聖耶却向毘盧頂上別有行處泰和五年於臨洮大勢寺結夏闌圓覺經謂衆曰此席將半吾當行矣五月十二日晚小叅爲衆談第一義晨興呼侍僧曰我病覓藥去侍僧將出門師已蜕矣上有五色祥雲盤結似蓋紅光如日彌塞四維三日不散世壽五十五僧臘三十有九弟子舉全身建塔焉

系曰迦葉聞那羅王三奏樂則三起舞非習氣其誰耶昔郭邠陽能爲國討賊拯民於塗炭今爲佛光居寺方三日便擒羣盜得非習氣使然者乎觀其著白衣騎黄犢而吹笛遊洛自稱於毘盧頂上別有行處此又不可思議也矣

江西羅湖沙門釋曉瑩傳二十

釋曉瑩字仲温未詳氏族歷叅叢席頻明大事四衆推重晚歸羅湖之上杜門卻埽不與世接惟以生平之所見聞諸方尊宿提唱之語及友朋談説議論宗教之言或得於殘碑蠹簡有關典謨之説皆會萃成編曰羅湖野録其所載者皆命世宗匠賢士大夫言行之粹美機鋒之勁捷酧酢之雄偉氣格之弘曠可以輔宗乘訓後學抑起人于至善是故閲者不忍釋手云

名山天寧寺沙門釋禪惠傳二十一

釋禪惠即名山人也家世業儒屢舉不第元符間郡守吕由誠見以僧勑戲之遂棄儒從釋力叅祖道得大開悟初出住邑天寧寺出入必策馬乘輿諸耆宿言以佛法貴乎苦行固不宜乘輿馬服綺繡師答以偈曰文殊駕

師子普賢跨象王新來一個佛騎馬也無妨凡所説法機鋒敏捷有語録行世

巴川宣密院沙門釋顯嵩傳二十二淨業

釋顯嵩西蜀重慶銅梁李氏子飽衆倦遊出世住巴川之宣密院三十年跡不出闠紹興中集衆説偈曰八十年中常浩浩宏開肆貨摩尼寶也無一個共商量不是山僧收舖早言訖端坐而逝荼毘舍利無筭時有淨業和尚石照文氏子少業屠有羊方乳二羔將殺之二羔銜其刀跪伏於門若乞母命師感歎棄家爲僧力參宗匠忽大悟作偈曰昨日羅刹心今朝菩薩面羅刹與菩薩不隔一條線

平江靜濟沙門釋法全傳二十三

釋法全字無菴崑山陳氏子生有偉質温粹不凡幼請父母從道川禪師爲僧參請精勤志明大事一日行靜濟寺殿前偶觸首於柱忽大悟傍觀者見其光彩飛動而不自知自此徧遊名山叢席道價日益乾道中將示寂衆求遺偈師瞪目下視衆又請遂援筆書無無二字端坐而逝闍維得舍利五色塔于金斗峰

臨安徑山沙門釋　冲傳二十四

釋　冲字癡絶武信長江苟氏子也首叅杭之妙果曹源生和尚大悟玄旨出世嘉禾之天寧次遷蔣山雪峰無何奉旨住四明天童三年詔補靈隱時京兆尹建法華寺特奏請師爲開山第一代允之未赴宋理宗降勑命主杭州雙徑師謂衆曰不赴法華則不信違徑山之命則不恭既失恭與信何以爲後學法遂慵然就法華開堂月餘即御旨登徑山

於是一衆響合歡聲若雷臨入滅乃手書記敘得法之由上堂說法辭衆入方丈囑後事至夜分正坐與衆論道移時蛻然而逝當理宗三年三月十五日也世壽八十二僧臘六十一荼毘舍利瑩然弟子分塔二處一于本山莒蒲田玉芝菴一于金陵玉山菴

保定興聖寺沙門釋德富傳二十五

釋德富保定易縣謝氏子也年七歲力求出家父母感異夢遂捨入興聖寺依眞空和尚薙髮受具戒力究大法一日經行次忽大悟自是名播叢林宋皇慶初萬山壽和尚奉旨大興水陸齋會請師開堂說法七衆咸集師方升座說偈忽於座上放大光明徧照空際現諸瑞相良久方隱聞于朝廷賜通辯大師之號併金僧伽黎衣及後示滅有白光頂出照耀四達荼毘得舍利數十顆建塔

明高僧傳卷第六

音釋

劚（之六切音竹）　栩（虛呂切音許）　嶄（鉏咸切音讒）　搉（私盡切）

U0138095